Magdalena Bechstein

Keine Träne mehr

www.wagner-verlag.de

Keine Träne mehr
Von Magdalena Bechstein

Ein Buch aus dem WAGNER VERLAG
Umschlaggestaltung von www.boehm-design.de

1. Auflage
ISBN 978-3-86683-052-3

Bibliografische Information der Deutschen Bibliothek
Die Deutsche Bibliothek verzeichnet diese Publikation in der Deutschen Nationalbibliografie; detaillierte bibliografische Daten sind im Internet über http://dnb.ddb.de abrufbar.

Die Rechte für die deutsche Ausgabe liegen beim
Wagner Verlag GmbH,
Zum Wartturm 1, 63571 Gelnhausen.
© 2007, by Wagner Verlag GmbH, Gelnhausen.
„Wagner-Verlag" ist eine eingetragene Marke.

Das Werk ist einschließlich aller seiner Teile urheberrechtlich geschützt. Jede Verwertung und Vervielfältigung des Werkes ist ohne Zustimmung des Verlages unzulässig und strafbar. Alle Rechte, auch die des auszugsweisen Nachdrucks und der Übersetzung, sind vorbehalten! Ohne ausdrückliche schriftliche Erlaubnis des Verlages darf das Werk, auch Teile daraus, weder reproduziert, übertragen noch kopiert werden, wie zum Beispiel manuell oder mit Hilfe elektronischer und mechanischer Systeme inklusive Fotokopieren, Bandaufzeichnung und Datenspeicherung. Zuwiderhandlung verpflichtet zu Schadenersatz.

Alle im Buch enthaltenen Angaben, Ergebnisse usw. wurden vom Autor nach bestem Wissen erstellt. Sie erfolgen ohne jegliche Verpflichtung oder Garantie des Verlages. Er übernimmt deshalb keinerlei Verantwortung und Haftung für etwa vorhandene Unrichtigkeiten.

Danksagung

Einen herzlichen Dank an meine wunderbaren Freunde und besonders an meine liebe Freundin Marta Alonso, die mich in der schlimmsten Zeit meines Lebens unterstützte, mir Trost und Mut zugesprochen hat. Sie hat mir die Kraft gegeben, weiter zu kämpfen und zu leben.
Danke auch an Dr. Antuan Charles, er hat einen großen Beitrag geleistet, dass ich mein Gleichgewicht wiedergefunden habe.
Nicht zu vergessen: Ein großes Dankeschön an meinen Mann Wolfgang, der mir seine kostbare Zeit gewidmet hat, obwohl er mit dieser Art von Lektüre überhaupt nichts anfangen kann.
Und natürlich das Wertvollste, das ich besitze: Meine Kinder, die all die Zeit meine Verrücktheit ausgehalten haben und mich bedingungslos unterstützten. Euch gebe ich einen dicken Kuss!

Quisiera tomar esta ocasión para agradecer el apoyo de todos mis amigos, y especialmente a mi queridísima amiga Marta Alonso, que estuvo a mi lado en mis peores momentos y que sin ella me hubiese perdido en un ahogo de lágrimas. Gracias a ella encontré la fuerza para volver a sonreírle a la vida.
También quisiera agradecer al Dr. Antuan Charles, que fue de gran ayuda para volver a encontrar el equilibrio en mi vida.
Y no puedo olvidar dar un gran agradecimiento a mi marido Wolfgang, que me dedicó su limitado tiempo para apoyarme en este largo proceso creativo, haciendo eso sin tener una gran pasión por este tipo de literatura.
Y claro, finalmente quisiera dar gracias a mis hijos, por aguantar todas mis locuras y darme apoyo siempre que lo necesitaba.

Magdalena Bechstein

1. Kapitel

Aufgeregt stürmte Julia, ohne anzuklopfen, in das Arbeitszimmer. »Onkel, wie gut, dass ich dich antreffe, unsere Tiere sind endlich in Dover angekommen.« Sie hielt ein Schreiben vom zuständigen Reeder in der Hand und wedelte es unruhig hin und her. »Er bittet darum, dass wir sie umgehend abholen lassen. Er schreibt auch, dass die Zuchtbullen in keinem guten Zustand sind, die Überfahrt sei sehr stürmisch gewesen.«

Sir Richard blickte von seinem Buch auf, fing heftig an zu husten und wollte nicht wieder aufhören. Er saß an seinem großen Schreibtisch, eingemummt in einen dicken karierten Schal.

Besorgt schüttelte sie ihre roten Locken. »Onkel, du solltest eigentlich im Bett sein, hier holst du dir nur noch den Tod.« Der Lichtstrahl, der vom Fenster her direkt auf ihren Onkel strahlte, zeigte ihr überdeutlich die dunklen Augenringe, die eingefallenen Wangen. Seit Wochen schleppte er eine Erkältung mit sich herum.
»Ach Julia, könntest du bitte veranlassen, dass man mir eine Kanne Tee heraufbringt, du weißt schon, den von den Schlüsselblumen, und ein großes Glas Honig. Du musst es aber der neuen Köchin sagen, die stellt sich manchmal etwas dumm an.« Das grelle Licht störte Sir Richard, darum hielt er seine Hand wie einen Schild vor seine Augen.
Julia lief zu dem langen Fenster, zog den roten Samtvorhang etwas zu, aber nur so viel, dass ihr Onkel nicht mehr geblendet wurde. Julia musste in sich hineinlächeln, um was sich ihr guter Onkel alles Gedanken macht, als ob die Köchin nicht wüsste, welcher Tee gut wäre gegen Husten und Erkältung. »Sofort, Onkel Richard, aber was soll ich denn jetzt mit den Tieren machen?«

Er zog das Papier der Zollerklärung aus der Schublade seines handgeschnitzten Schreibtischs und überreichte sie Julia mit seiner leicht geschwächten Hand. »Geh damit zu unserem Anwalt in Dover, er wird alles in die Wege leiten.«
Unschlüssig blickte Julia auf die Unterlagen und stöhnte innerlich, es sollte das erste Mal sein, dass sie allein eine Reise unternahm und auch das erste Mal, dass sie allein ein Geschäft tätigte. Julia strich eine verirrte Locke nach hinten.
»Am besten sage ich gleich Thomas Bescheid, dass er die Kutsche fertig macht.« Sie richtete ihre Augen fragend auf den Onkel: »Kann ich Albert mitnehmen?«
Sir Richard schnäuzte sich kräftig die Nase und fuhr sich mit der Hand fahrig über die Augen. »Was ist das für eine Frage, dein Schatten ist doch sowieso immer bei dir. Ich bin sogar beruhigt, wenn ich weiß, dass er auf dich aufpasst.«
Sie lief um den Schreibtisch herum, verabschiedete sich von ihrem kranken Onkel, hauchte ihm einen Kuss auf seinen grauen Kopf, und verließ mit dominanten Schritten das Zimmer.
Ihr Onkel lächelte ihr hinterher, stand auf und befolgte den Rat von Julia, er ging zu Bett.

Als Julia in Dover ankam, goss es in Strömen. Sie öffnete leicht das Fenster der Kutsche, um besser sehen zu können, schloss es aber sofort wieder, weil ihr ein Schwall schmutzigen Wassers entgegenkam. Sie blickte in das Rückfenster und konnte noch sehen, wie eine vorbeifahrende Kutsche in das nächste Loch stürzte. Julia schüttelte den Kopf, und sagte laut: »Ich sollte hier Bürgermeisterin sein, dann würde ich zuerst sämtliche Gassen und Straßen pflastern lassen.«
Albert, der ihr gegenübersaß, grinste sie breit an: ›Warum lassen Sie sich nicht zu den Wahlen aufstellen?«

Julia schob ihren bestiefelten Fuß zu Albert und tippte ihn an sein rechtes Schienbein. »Sei nicht so frech! Wenn man uns Frauen mehr Rechte einräumen würde, glaube mir, dann würde die Welt anders aussehen.«

Die Kutsche fuhr langsamer, blieb dann stehen. Sie waren da, bei dem Winkeladvokaten. Julia schmunzelte in sich hinein, so nannte ihr Cousin Mr. Lampert immer. Der Regen prasselte immer noch auf die Kutsche. Julia stülpte die Kapuze über ihre Haare und wartete, bis Albert ihr mit dem Schirm die Türe öffnete. Aber vorher noch öffnete sie das vordere kleine Fenster und sagte mit lauter Stimme: »Thomas.«

Der Kutscher beugte seinen Kopf zu Julia. »Sie wünschen, Miss Hardcastle?«

»Thomas, am besten fährst du gleich zum Hotel „Golden Goose" und bestellst mir ein Zimmer, dann kommst du zurück und holst mich ab.«

Albert begleitete Julia in die Kanzlei. Sie nickte ihm zu und sagte: »Du bleibst hier.«

Mit seinem breiten Rücken stand Albert am Eingang und beobachtete Julia. Er ließ sie keine Sekunde aus den Augen.

Wie eine frische Meeresbrise kam Julia in die Anwaltskanzlei geweht, ihr mittelblauer weiter Samtmantel, gefüttert mit rotem Satin, schwang weich bei jedem Schritt mit. Dazu trug sie ein Gedicht von einem enormen Satinhut in derselben Farbe, mit einer blau gefärbten Straußenfeder. Seitlich vom Hut blitzten kleine rote Löckchen hervor. Das Gewand war auffallend, Julia genoss es, die Blicke auf sich zu ziehen. Leicht nervös klopfte sie mit ihren Fingernägeln auf den etwas schäbigen Schreibtisch, der mitten im Raum stand, um sich bei dem Sekretär bemerkbar zu machen, der umständlich einen Aktendeckel beschriftete. »Können Sie mich bitte bei Mr. Lampert melden, mein Name ist Julia Hardcastle.«

Der Sekretär blickte erstaunt auf, rückte sich seine Nickelbrille auf der Nase zurecht. Julia dachte, es sieht fast so aus, als wenn noch nie weibliche Wesen diese heiligen Räume betreten hätten. Sie wusste, die Kunden von Mr. Lampert waren ausschließlich Männer der gehobenen Gesellschaft. Interessiert blickte sie sich um. Das Wartezimmer war nicht besonders groß, hatte ein Fenster zur Straße, gedämpftes Licht, Stühle, Sessel, Schreibtisch, alles sehr nüchtern und einfach gehalten.

Der Sekretär legte den Ordner auf die Seite und blickte Julia wissbegierig an. »Miss Hardcastle, Mr. Lampert hat gerade Besuch, es wird noch etwas dauern.«

Julia, die gewohnt war, immer die erste Geige zu spielen, sagte etwas ungehalten: »Ist denn niemand da, der mich empfangen kann?«

»Nein, Miss, sein Assistent ist gerade unterwegs.«

Warten war nicht unbedingt Julias Stärke, aber da ihr nichts anderes übrig blieb, setzte sie sich seufzend auf einen bequemen Stuhl. Erst da bemerkte sie, dass sie von einem Gentleman interessiert beobachtet wurde. In seinem Blick sah sie eine Bewunderung, die sie verlegen machte. Sie zog ihre Wildlederhandschuhe aus und spielte mit den Spitzen.

Der Gentleman saß zwei Stühle weiter. Nach einer kurzen Zeit, sprach er sie an: »Es ist sehr ungewöhnlich, eine junge Dame an so einem Ort vorzufinden.«

Leicht irritiert blickte sie zu dem Kavalier, der sie angesprochen hatte. Sein Blick ließ ihr das Blut schneller durch den Körper fließen. Die erste Reaktion war, dass sie sich tiefer in den Stuhl sinken ließ. Sie überlegte, was sie ihm antworten konnte, und sie ärgerte sich über sich selbst, was muss er nur von mir denken. Normalerweise ließ sie sich doch sonst von niemandem einschüchtern, was glaubt der wohl, wen er vor sich hat. Sie nahm ihren ganzen Mut zusammen und antwortete mit keckem Augenaufschlag.

»Was glauben Sie denn, wo findet man junge Damen vor, mein Herr, wie war noch Ihr Name?« Ihre Stimme klang nicht so sicher, wie sie es sich gewünscht hätte.

Er lächelte sie aalglatt an. »Gestatten, Dudley, Nicholas Dudley. Um auf Ihre Frage zurückzukommen, im Allgemeinen sitzen so reizende Ladys wie Sie an so einem trüben Tag am Kamin und sticken.«

Das Blut schoss Julia in die Wangen. Das ärgerte sie noch mehr als die vorgefasste Meinung von diesem Mr. Dudley, sie erwiderte aber: »So erleben Sie hier eben die große Ausnahme.« Dabei zeigte sie ihm ihre strahlend weißen Zähne.

In diesem Moment verabschiedete sich Michael Lampert von seinem Besucher. Er eilte auf Julia zu, begrüßte sie, bat sie aber sofort entschuldigend, sich noch einige Minuten zu gedulden, weil er zuerst noch Mr. Dudley empfangen müsse. Dann begrüßte er äußerst überschwänglich diesen Dudley, indem er ihn sogar in den Arm nahm und ihm freundschaftlich auf die Schultern klopfte.

Doch dieser sagte dann zu Julias Erstaunen. »Ladies first, nehmen Sie doch bitte zuerst Miss Hardcastle dran, ich habe noch etwas Zeit.«

Er wendete sich Julia wieder zu und öffnete weit die Tür zu seinem Arbeitszimmer. »Miss Hardcastle, dann kommen Sie doch bitte herein. Was kann ich denn für Sie tun, wo haben Sie denn Ihren verehrten Onkel gelassen?«

»Er liegt krank im Bett, aber er lässt sie grüßen.«

»Danke schön, ist es was Ernstliches?«

Das Gesicht von Julia nahm einen besorgten Ausdruck an. »Nein«, das heißt, sie dachte daran, wie eingefallen er ausgesehen hatte.

»Es ist nur eine starke verschleppte Grippe.«

»Ach so, nehmen Sie doch bitte Platz.« Er rückte Julia einen Stuhl zurecht und setzte sich hinter den Schreibtisch, ihr gegenüber.

Mit neugierigen Augen ließ sie ihren Blick im Zimmer umherschweifen, lächelte, als sie an Lady Isabel dachte, die einmal zu ihr sagte, willst du eine Person kennenlernen, so schau dir nur sein Arbeitszimmer an und schließe deine Augen, fühle die Umgebung, so wirst du wissen, ob diese Person ehrlich und vertrauenswürdig ist. Gediegene handwerkliche Fähigkeiten mit funktionellem Design, der alte, dunkle Sekretär gefiel ihr besonders, solide Handwerkerkunst, ordentlich aufgeräumt, zwei Fenster, die sicher die Morgensonne einfingen. Ein Bücherregal, gefüllt mit dicken Büchern, es nahm die ganze Wand ein. Es gab nur ein Gemälde, Kopie oder Original, schwer zu sagen, aber sehr interessant.

»Mr. Lampert, dieses Bild ist großartig, sind Sie Sammler?«

»Nein, eigentlich nicht, aber in dieses Bild habe ich mich verliebt, es hat so etwas Liebliches an sich. Meine Frau sagt, dieses Bild ist ein schöner Kontrast zu dem nüchternen und trockenen Alltag, den ich führe. Der Titel des Gemäldes heißt „Italia und Germania" und ist von einem Deutschen namens Friedrich Overbeck gemalt. Bei uns im Lande ist der Maler nicht sehr bekannt. Ein Freund von mir brachte es von einer Reise aus Deutschland mit.« Mr. Lampert lächelte Julia verbindlich an. »Wollen Sie nicht Ihren nassen Mantel ablegen, Miss Hardcastle?«

Dabei stand er schon hinter Julia und nahm ihr das Cape ab.

Zum Vorschein kam ein blaues Satinkleid, mit vielen kleinen Schleifen und Samtbändern verziert.

»Das ist sehr freundlich von Ihnen, der kurze Weg von der Kutsche bis zu Ihrer Kanzlei hat gereicht, dass die Nässe durch den dicken Stoff drang. Aber zum Glück bin ich nicht so empfindlich.« Dabei strahlten ihn ihre faszinierenden Augen an.

Mr. Lampert war beeindruckt, er hatte Julia Jahre nicht mehr gesehen, er konnte sich nur schwach an sie erinnern, aber sie war ihm schon immer aufgefallen, weil sie ein sehr neugieriges und vorwitziges Kind war. Ihre roten Locken wirkten immer etwas zerzaust. Wie hatte sie sich gemausert, aus ihr war eine Schönheit geworden, ein wahrhaft lohnender Anblick in der düsteren Männerwelt, in der er sich normalerweise bewegte. Er seufzte; an so ein weibliches Wesen könnte er sich gewöhnen, dabei dachte er an seine Frau, die mit ihren fünfunddreißig Jahren schon eine Matrone war.

»Ach ja, Mr. Lampert, wie Sie wissen, mein Onkel hatte Zuchtbullen in Holland bestellt, und jetzt wurden wir benachrichtigt, dass sie hier im Hafen angekommen sind. Mein Onkel bittet Sie, mir behilflich zu sein, sie vom Schiff zu schaffen und auf unser Landgut zu befördern.«

Lampert runzelte nachdenklich die Stirn. »Da haben wir aber ein Problem. Ihr Onkel ist nicht der Einzige, der Tiere oder Ware im Ausland bestellt hat. Die drei Fuhrunternehmen, die Dover besitzt, sind oft wochenlang im Voraus ausgebucht. Darum kann es noch mindestens eine Woche dauern, bis wir jemanden finden, der Zeit hat.«

Alarmiert blickte Julia Mr. Lampert an. »Das ist aber ärgerlich. Sie kennen doch alle Leute hier, meinen Sie nicht, dass es doch noch eine Möglichkeit gibt? Mein Onkel hat so viel Geld bezahlt, es wäre ein Jammer, wenn die Tiere jetzt, nach gelungener Überfahrt, hier im Hafen verenden würden, nur weil es zu wenig Transportunternehmer gibt.«

Mr. Lampert tätschelte Julias Hand, als er ihr besorgtes Gesicht sah. »Na, machen Sie sich mal nicht zu viel Sorgen, ich werde schauen, was ich für Sie tun kann.«

Erleichtert atmete Julia auf und strich sich ihr Kleid glatt, welches auf der Reise etwas gelitten hatte.

»Zuerst müssen die Tiere vom Dampfschiff, Miss Hardcastle, können Sie das erledigen? Ich werde versuchen, eine Stallung für die Tiere zu finden. Meine zwei Mitarbeiter sind leider auch unterwegs, aber ich kenne einen jungen Gentleman, der ab und zu bei mir einspringt, wenn es eilige Dinge zu erledigen gibt, den schicke ich gleich los. Wenn er etwas gefunden hat, sucht er Sie am Schiff auf. Zwischenzeitlich können sie den Viehdoktor, der am Ende dieser Straße wohnt, abholen, ich hoffe er ist zu Hause und hat Zeit.«

»Ja, das hoffe ich auch«, sagte Julia.

»Und mit ihm fahren Sie zum Hafen, ich werde auch veranlassen, dass Sie die Tiere ohne Probleme vom Schiff bekommen. Miss Hardcastle, haben Sie ein paar Stallburschen mitgebracht, die dann wenigstens auf die Stiere aufpassen können?«

Julia zog ihre Stirn in Falten.

»Ja, ja, ich sehe schon an Ihrem Gesicht, dass es nicht so ist, gehen Sie, bevor es dunkel wird.«

Es ärgerte Julia maßlos, dass ihr Onkel sie so unvorbereitet nach Dover geschickt hatte, aber sie versuchte ihn innerlich sofort zu entschuldigen. Wahrscheinlich war Onkel Richard im Importieren von Tieren genauso unerfahren wie sie, oder er hatte sich einfach auf Mr. Lampert verlassen, dass dieser alles erledigen würde.

Michael Lampert stand auf, eilte zur Tür, öffnete sie für Julia.

Beim Hinausgehen nickte Julia Mr. Dudley zum Abschied kurz zu. Als sie wieder auf der Straße stand, regnete es noch immer in Strömen. Heute ist nicht mein Tag, dachte sie, denn die Kutsche war auch noch nicht zurück. Sie hoffte nur, dass Thomas ein Hotelzimmer bekommen hatte, sonst würde sie bei Elsa schlafen müssen, aber dazu hatte sie überhaupt keine

Lust. Sie ging wieder zur Anwaltskanzlei zurück, um wenigstens im Trockenen zu warten.
In diesem Augenblick traten Nicholas Dudley und Michael Lampert lachend aus dem Büro.
Mr. Lampert blickte Julia erstaunt an. »Miss Hardcastle, was machen Sie denn noch hier?«
»Meine Kutsche ist noch nicht zurück.«
Mit einer freundlichen, aber reglosen Miene ließ Dudley seinen Blick forschend über ihren Körper schweifen, dann fragte er sie: »Kann ich Sie irgendwo hinbringen, Miss Hardcastle?«
Plötzlich wurde ihr Mund merkwürdig trocken, aber sie hielt seinem forschenden Blick stand und erwiderte: »Danke, sehr nett von Ihnen, meine Kutsche hätte eigentlich längst zurück sein müssen.«
Galant reichte Dudley Julia die Hand, um ihr beim Einsteigen zu helfen. Er nahm ihr gegenüber Platz.
Albert wollte auch einsteigen, dabei fixierte er grimmig Nicholas Dudley, aber Julia ergriff schnell das Wort. »Warte hier bis Thomas zurückkommt, wir treffen uns dann im Hafen.« Julia wandte sich Mr. Lampert zu: »Wie heißt noch das Schiff, Mr. Lampert?«
»Viktoria.«
»Hast du verstanden?«
»Ja Miss Julia.« Man konnte Albert ansehen, dass ihm die Situation nicht passte.
Mit nachdenklichem Blick, auf Albert zielend, fragte Mr. Dudley: »Ist dieser junge Mann Ihr Leibwächter?«
Julia lachte hell auf. »Ja, ja, so etwas Ähnliches ist er, jedenfalls lässt er mich keine fünf Minuten aus den Augen und wenn er, wie jetzt, einfach einige Zeit aus meinem Leben ausgeschlossen wird, ist er hinterher ungenießbar.«
Sie lachten sich an.

»Kann es sein, dass dieser junge Mann in Sie verliebt ist, oder wie haben Sie es geschafft, dass er Ihnen so treu ergeben ist?«

Schmunzelnd überlegte Julia, ob sie einem Fremden die Geschichte erzählen sollte. Sie fühlte, dass sie Vertrauen haben konnte, und so fing sie an zu sprechen. »Der Stallmeister unseres Landgutes, ein im höchsten Grad cholerisch veranlagter Mann, ließ seine Wut und Aggressionen an unserem Albert aus, indem er ihn fast totschlug. Ich kam gerade noch rechtzeitig dazu und habe ihm mit meiner Peitsche ins Gesicht geschlagen. Das war vor ungefähr zwei Jahren, und seither habe ich einen mir treu ergebenen Sklaven.«

Zuerst schaute Nicholas sehr erstaunt, dann bog er sich vor Lachen. »Sie sind ja nicht mit Gold aufzuwiegen! Ich nehme an, Sie haben sich nicht nur einen Freund, sondern auch einen Feind geschaffen?«

»O ja, dieser Mann ist gefährlich. Wenn Sie wüssten, was er jetzt für eine Narbe im Gesicht hat! Ich muss gestehen, leider war ich etwas außer Kontrolle, dass ich nicht Acht gegeben habe, wo die Peitsche hinsauste. Er arbeitet jetzt nicht mehr bei uns, aber in gewissen Abständen lauert er mir immer mal wieder an irgendeiner Ecke auf und droht, mir seine Verstümmelung heimzuzahlen, aber bis jetzt hatte er kein Glück, weil, wie Sie so schön sagen, mein Bodyguard immer bei mir ist.«

»Bemerkenswert.« Dudley schüttelte den Kopf und musterte Julia mit seinen dunklen, durchdringenden Augen.

Julia war aufgefallen, dass dieser Mr. Dudley seinen Gesichtsausdruck unheimlich der Situation anpassen konnte, sein Mienenspiel war faszinierend.

»Wir sind leider schon da. Darf ich Sie heute zum Abendessen einladen, Miss Hardcastle?«

Augenzwinkernd sagte sie: »Das ist reizend von Ihnen, aber meine Großmutter hat mir verboten, mit fremden Männern auszugehen, aber vielleicht ein anderes Mal, nachdem ich Sie ja jetzt kennengelernt habe«, feixte sie ihn an, verabschiedete sich und schenkte ihm ein umwerfendes Lächeln. Dabei strich sie sich eine Strähne aus dem Gesicht.
Nicholas musste schmunzeln und blickte Julia begeistert nach. So eine kokette und interessante Frau war ihm noch nie über den Weg gelaufen. In was für eine Kategorie passte diese Julia? Er schüttelte den Kopf und musste sich eingestehen, er wusste es nicht, auf jeden Fall gefiel sie ihm außergewöhnlich gut.

Der Veterinär wollte gerade seine Praxis schließen, als Julia seine Geschäftsräume betrat. Er packte schnell seinen braunen Instrumentenkoffer zusammen und folgte Julia.
Auf dem Schiff ging natürlich nichts reibungslos vonstatten. Sie liefen über eine wackelige Brücke auf das Dampfschiff. Zuerst irrten sie wie zwei verlorene Kinder auf dem Deck umher, bis sie endlich einen Matrosen fanden, der dann von nichts etwas wusste. Dieser befragte den nächsten, der schüttelte auch nur den Kopf, keiner wusste etwas, bis Julia etwas lauter wurde, dann brachte man sie zum Ersten Offizier. Der nickte wissend. Ein Bulle von einem Mann, er war so breit wie hoch, seine Zähne waren dunkel und ungepflegt, wahrscheinlich kaute er Tabak. Außerdem hatte er eine Zahnlücke, auf die sie immer wieder schauen musste, wenn er den Mund aufmachte. »Wissen Sie, Miss. Sie haben ja wirklich ein Glück, dass Ihr Viehzeug noch lebt, die Tiere waren so seekrank, dass sie kaum was fraßen und dazu noch Durchfall bekamen. Aber einer unserer Schiffsjungen kommt von einem Bauernhof, und es scheint, er hat eine gute Hand für Tiere. Er gab ihnen irgendein Kraut oder Trank, ich weiß das auch nicht so genau,

er wusste Bescheid und konnte Ihren Tieren helfen. Aber kommen Sie doch.« Er ging ihnen voraus und brachte sie unter Deck.

Sie betraten einen engen, von Gittern gesäumten Gang. Feuchte Wärme schlug ihnen entgegen, geschwängert mit der scharfen Ausdünstung der Tiere und dem scheußlichen Geruch nach abgestandenem Urin. Ein Strohlager wurde sichtbar, und sie kamen zu den Tieren, die in der hintersten Ecke zusammengepfercht standen.

Julia erschrak.

Aufgescheucht und nervös wiegten sie ihre Köpfe hin und her. Die mussten furchtbar abgenommen haben, man konnte jede einzelne Rippe zählen.

Der Tierarzt blickte zu Julia. »Machen Sie sich keine Sorgen, Miss Hardcastle, nach so einer stürmischen Überfahrt kommen Tiere hier selten in einem besseren Zustand an. Nach ein paar Tagen Ruhe und einem ordentlichen Futter werden sie rasch wieder zunehmen.«

Das sonst so fröhliche Gesicht von Julia blickte bekümmert drein. »Hoffentlich haben Sie recht.«

Mit dicken Tränensäcken unter den Augen starrte der Viehdoktor auf Julia herunter. »Glauben Sie mir, das ist nicht das erste Mal, dass ich Tiere behandle, die so eine Schiffsfahrt überstanden hatten.« Dabei entnahm er seiner Tasche eine große Flasche und reichte seine Ärztetasche Julia. »Können Sie diese bitte halten.«

Julia nahm die Tasche an sich und schaute angewidert auf die Exkremente, die den Holzboden übersäten, dann betrachtete sie den Saum ihres Kleides. Sie ärgerte sich, dass sie kein einfacheres Kleid angezogen hatte, um hier im Kuhmist herumzulaufen.

Der Arzt öffnete die Flasche. »Sie müssen wissen, das ist ein

Zaubertrank.« Dann drehte er sich zu dem Bootsmann, der sie begleitete, reichte ihm die Arznei. »Können Sie vielleicht die Medizin den Tieren einflößen, solange ich ihren Kopf halte.«

Der Matrose kratzte sich hinterm Ohr und blickte den Arzt verdutzt an. »Das kann ich nicht, ich bin schließlich Seefahrer und kein Bauer.«

Julia streckte den Arm aus: »Geben Sie mir die Flasche, ich flöße es den Tieren ein.«

Es war ein schweres Unterfangen. Die Stiere waren zwar schwach, aber so schwach doch nicht, sie wehrten sich mit allen Kräften, bis Philip Dickens auftauchte, die Hilfe des Anwalts.

Mit vereinten Kräften flößten sie den Tieren den Trank ein.

Der Viehdoktor schnaufte schwer. »So, jetzt kommt das Schwierigste, die Tiere müssen vom Schiff gebracht werden.«

Wie durch Magie bereinigte sich aber dieses Problem relativ schnell. So wie es aussah, hatte der Kapitän wenigstens schon Vorkehrungen getroffen.

Wieder auf festem Land, betrachteten Julia und der Arzt das Schauspiel, wie die Vierfüßer, einer nach dem anderen mit zwei breiten Bändern um den Bauch, vom Schiff gehievt wurden.

Philip Dickens erledigte zwischenzeitlich zu Julias höchster Zufriedenheit den Papierkram, der normalerweise, wie man ihr sagte, oft einen ganzen Tag in Anspruch nahm.

Julia war begeistert. Sie verstand nicht, dass man so einen Mann nicht fest einstellte.

Es wurde aber letztlich doch 9.00 Uhr abends, sie kam völlig ausgelaugt und durchweicht im Hotel an. Ihr war kalt, ihre Füße taten weh, aber trotz allem war es ein sehr abwechslungsreicher Tag gewesen.

Die Zuchtbullen wurden vorerst in einer viel zu kleinen Unterkunft untergebracht. Den Stall hatte sie auch nur bekommen, weil sie einen horrenden Preis dafür bezahlte. Morgen würde sie sich um ein anderes Zuhause für die Tiere kümmern, oder allenfalls konnte sie irgendwo doch noch eine Transportmöglichkeit auftreiben. Todmüde fiel sie ins Bett und schlief ein, noch ehe ihr Kopf richtig auf dem Kissen lag.

Am nächsten Abend saß sie im Speisesaal des Hotels und dachte über den Tag nach. Es war gänzlich unmöglich, in dieser Stadt eine andere Unterkunft oder, ganz zu schweigen, einen Transport für die Tiere zu bekommen. Der Eigentümer des Fuhrunternehmens wurde sogar unverschämt, und sie musste Albert zurückhalten, dass er nicht auf diesen Menschen losging.

Den ganzen Tag war sie unterwegs gewesen und hatte nichts erreicht. Sie hatte auch das Gefühl, dass sie keiner so richtig erst nahm, und das ärgerte sie am meisten. Was bilden die sich denn alle ein, nur weil ich eine Frau bin, können sie mich so behandeln? Zuerst wurde sie von oben bis unten fixiert, dann stellte sich bei den meisten ein anmaßendes Lächeln ein. Sie war sich sicher, Onkel Richard hätten alle mit Respekt behandelt, und sicherlich hätte er auch irgendetwas erreichen können. Das ärgerte sie am meisten, dass sie überall auf Widerstand stieß. Jetzt war es das erste Mal, dass sie darüber nachdachte, ein Fuhrunternehmen zu gründen, nur um diesen Lackaffen eins auszuwischen. Gereizt nahm sie gerade einen Schluck Tee, als Nicholas Dudley vor ihr stand. Vor Schreck verschluckte sie sich und musste husten.

»Oh, ich wollte Sie nicht erschrecken. Darf ich mich zu Ihnen setzen?«

Verwirrt blickte sie um sich und wusste nicht, ob es sich ziemte, denn die Leute hoben schon die Köpfe. Wie so oft dachte sie: Was kümmern mich die Leute. Er war groß, größer als sie ihn in Erinnerung hatte, seine Kleidung war modisch, er

trug eine hellblaue Hose mit einem hübschen Rüschenhemd in derselben Farbe wie die Hose, als Farbtupfer eine schalartige Krawatte, gelb mit hellblauen Ringen, dazu einen dunkelblauen wollenen Redingote. Seinen schwarzen Seidenzylinder nahm er ab, als er Julia ansprach.
»Ja bitte.«
»Unser gemeinsamer Anwalt hat mir von Ihrem Problem erzählt, darum wollte ich Ihnen einen Handel vorschlagen.« Er rief den Kellner und bestellte einen Krug Wein.
Der Ober brachte zwei Gläser und wollte Julia einschenken.
Julia hob die Hand und winkte ab. »Nein danke, ich möchte keinen Wein.« Interessiert wandte Julia sich Dudley zu. »Was für einen Handel meinen Sie?«
»Ich kann Ihnen einen Transport besorgen, und Sie machen mich mit Sir Hardcastle bekannt.« Nicholas nahm den Krug und schenkte Julia ein Glas Wein ein.
Widerwillig faszinierten sie seine Hände, seine feingliedrigen langen Finger waren die eines Arztes oder Gelehrten. Sie blickte ihm wieder voll ins Gesicht. »Ich weiß doch gar nichts von Ihnen…«
»Sie wollen wissen, wer ich bin und was ich mache. Das wird Ihnen sicher nicht gefallen, denn das geht gegen Ihre heile Welt.«
Argwöhnisch warf sie ihm einen kühlen Blick zu und fragte sich, warum müssen Männer immer solche Vorurteile haben. »Warum greifen Sie mich eigentlich an, Sie kennen mich doch nicht?« Sie wurde richtig wütend über diesen arroganten Kerl, nahm das Glas in die Hand und trank den Wein in einem Zug aus.
Nicholas war von Julia beeindruckt, sein Gesicht hellte sich mehr und mehr auf. »Wissen Sie eigentlich, wie bezaubernd Sie sind, wenn Sie wütend sind?«

Das war Julia zu viel, sie spürte, wie ihr die Hitze ins Gesicht stieg. Dieser Mann brachte sie total aus dem Häuschen.
»Um Ihre Frage zu beantworten,« seine Hände krampften sich etwas zusammen, »man sagt von mir, ich bin ein Lebemann, ein Spieler, ein Bastard, der zu Geld gekommen ist.« Er sagte das so einfach heraus, dass sie zu lachen anfing. Seine Augen wurden noch dunkler, aber ansonsten war seinem Gesicht keine Regung anzusehen.
»Was wollen Sie eigentlich von meinem Onkel?«
Er beugte seinen Oberkörper näher zu Julia. »Ich möchte ihm ein Geschäft vorschlagen.«
»Was meinen Sie damit?«
»Es soll eine erweiterte Bahnstrecke zwischen Liverpool und Manchester gebaut werden, darum suchen wir noch Geldgeber.«
»Was heißt das, eine erweiterte Bahnstrecke?«
Er lächelte, aber sie wusste nicht, ob er sich insgeheim über ihre Unwissenheit lustig machte.
»Das können Sie auch nicht wissen. 1814 baute George Stephenson seine erste Bergwerkslokomotive. Zehn Jahre später bekam er die Erlaubnis, eine Eisenbahnstrecke zwischen Stockton und Darlington zu bauen, die Einweihung war übrigens am 27. September 1825, also vergangenes Jahr. Da war ich schon einer der Geldgeber. Und jetzt wollen wir einen neuen Abschnitt von Liverpool nach Manchester in Angriff nehmen. Er soll 1830 fertig gestellt sein.«
»Sie meinen, Sie können meinen Onkel überzeugen? Sie müssen wissen, er lässt sich nicht leicht überreden.«
Flüchtig lächelte er. »Das habe ich auch schon gehört, darum brauche ich ja Ihre Hilfe.« Er schenkte ihr noch mehr Wein ein, und dieses Mal trank sie ihn mit genüsslichen Zügen.
Sie fing an, sich in der Gesellschaft dieses Emporkömmlings

wohlzufühlen.

Er nahm sein Glas, schwenkte den Wein etwas, drehte das Glas ins Licht, nahm einen Schluck. »Wie schmeckt Ihnen der Wein?«

Leicht irritiert lachte sie ihn an. »Sie können mich über Literatur und Musik alles fragen, aber ehrlich gesagt, über Wein weiß ich überhaupt nichts. Ich kann Ihnen sagen, welches Bier mir am besten schmeckt.«

»Entschuldigen Sie, eine dumme Frage von mir, eigentlich weiß ich ja, dass meine Landsleute hauptsächlich Bier trinken. Ich habe zwei Jahre in Paris gelebt, da habe ich mir angewöhnt, Wein zu trinken und zu genießen. Und seither kann ich es nicht mehr lassen, obwohl es ein recht teurer Luxus ist. Dazu kommt, dass die Importweine nicht immer die besten sind, sie sind oft sauer, fast wie Essig. Die Franzosen sagen stolz: den besten Wein trinken wir im eigenen Land. Haben Sie übrigens gewusst, dass es im 13. Jahrhundert in England und Wales eine beachtliche Anzahl an Weinbergen gab?«

Julias Blick hing an Nicholas' funkelnden Augen. Dieser Mann hatte eine Aura, die ihn einhüllte und ihn zu einem mysteriösen Wesen für sie machte. Sie konnte zwar nicht beschreiben, warum, aber er zog sie in seinen Bann. Zu seiner Frage schüttelte sie nur den Kopf.

»Es gibt wenige Engländer, die das wissen, aber unsere Vorfahren schätzten ihren eigenen Wein nicht besonders hoch ein, sodass die Weinberge nach und nach abstarben. Die verbliebenen verwaisten infolge der Pest im 14. Jahrhundert. Ich habe mir sogar schon überlegt, Weinreben zu importieren. Vielleicht mache ich das noch, wenn ich mehr Zeit habe.«

»Und wie ist dieser Wein?«, fragte Julia.

»Dieser Wein ist sehr gut. Er zeichnet sich aus durch seine kirschrote Farbe mit ziegelroten Reflexen. Sein Aroma ist sauber und kraftvoll mit Anlagen an dunkelroten Beerenfrüchten.« Er kostete wieder einen Schluck. »Im Mund hebt er sich durch seinen vollen Körper und die Nachhaltigkeit des Holzes hervor.«

Zaghaft nippte Julia an ihrem Glas. »Ich glaube, ich brauche mehr Erfahrung, um so einen feinen Gaumen wie Sie zu bekommen.«

Er lächelte sie mit seinem charmantesten Lächeln an, sodass um seine dunkelbraunen Augen kleine Lachfältchen zu sehen waren. »Wenn Sie über Wein sonst noch etwas wissen wollen, ich stehe Ihnen zu jeder Zeit zu Verfügung.«

Julia strahlte wie ein Honigkuchen. »Vielleicht komme ich demnächst auf Ihr Angebot zurück.«

»Nun, was meinen Sie zu meinem Vorschlag?«

Aus Nervosität leerte sie schnell noch ein Glas Burgunder. Sie konnte ihr Erstaunen kaum unterdrücken.

»Einverstanden. Wann geht mein Viehtransport weg?«

»Morgen früh.«

Jetzt starrte sie Nicholas ungläubig an. Das war ja wohl ein Witz, sie bemühte sich den ganzen Tag und konnte nichts erreichen. Ich glaube, ich werde mich erkundigen müssen, wer dieser Sir Dudley wirklich ist. »Was, morgen früh schon? Haben Sie denn schon alles in die Wege geleitet? Waren Sie sich so sicher, dass ich mich damit einverstanden erkläre?«

»Aber natürlich, Sie sind doch nicht nur hübsch, sondern auch gescheit.«

»Das haben Sie in den paar Minuten festgestellt, seit wir uns kennen?«

»Miss Julia.« Er nannte sie das erste Mal bei ihrem Vornamen. Es gefiel ihr, wie weich er ihren Namen aussprach. »Ich habe ein untrügliches Gespür für Menschen, die mich interessieren, und Sie fesseln mich, Sie sind außergewöhnlich.«

Julia hatte nicht viel Erfahrung mit Männern, die ihr gefielen und die ihr auch noch Komplimente machten. Dudley brachte sie aus dem Gleichgewicht, sie schwieg kurz und musste tatsächlich überlegen, was sie antworten sollte, Sie bekam dann nur »wie spannend« heraus. Ihr Blick hing an seinen Lippen, sie waren so sinnlich, und gebildet war er auch.

Der Wein und das flackernde Licht der Kerzen, die auf dem Tisch standen, verwandelten die Umgebung in eine unheimliche Atmosphäre.

»Ja, Miss Julia, Sie sind anders als all die jungen Damen, die man mir bis jetzt vorstellte, Sie sind so emanzipiert.«

»Irritiert Sie das?«

»Ich würde nicht sagen, dass es mich irritiert, es bringt mich eher aus der Balance.«

Belustigt blinzelte Julia Nicholas Dudley an.

»Sehen Sie zum Beispiel jetzt Ihren Blick, Miss Julia, Sie machen sich über mich lustig, das ist nicht sehr anständig von Ihnen.«

Jetzt machte Nicholas ein richtig jammervolles Gesicht, als wenn er Wunder was aushalten müsste. Julia fand das Gespräch belustigend, und sie musste sich zusammenreißen, um nicht laut hinauszulachen.

»Ach nein, fänden Sie es besser, wenn ich hier säße und beschämt die Augen niederschlagen würde, Mister Dudley?«

»Natürlich nicht, im Gegenteil, Sie sind schlagfertig in ihren Antworten und haben ein gesundes Selbstbewusstsein, das gefällt mir. Und nach dem, was Sie mir gestern erzählten, was Sie alles mit einer Reitpeitsche anstellen können, würde ich Ihnen sogar mein Wertvollstes, was ich habe, anvertrauen.«

Die ganze Unterhaltung nahm eine Richtung, die Julia nicht gefiel, denn dieser Mann erregte ihre Aufmerksamkeit, er gefiel ihr sogar sehr, wie er sie ansah mit seinen glänzenden, fast schwarzen Augen, umrahmt von langen Wimpern, was ihm einen edlen Touch gab, dazu seine ovale Gesichtsform mit den süßen, kleinen, anliegenden Ohren, die ihr besonders gefielen. Eine schmale gerade Nase. Ein etwas zu großer, aber dominanter Mund. Trotz allem, fand sie, hatte sein Gesicht einen rücksichtslosen Ausdruck. Aber gerade das gefiel ihr, und das bestürzte sie etwas.

»Wollen Sie nicht wissen, was das Wertvollste für mich ist?« Ohne ihre Reaktion abzuwarten, sagte er: »Mein Pferd ist mir das Liebste.«

Erstaunt starrte sie mit ihren grünen Augen Nicholas an: »Nehmen Sie mich auf den Arm, Nicholas?«

Jetzt nannte sie ihn auch beim Vornamen. Sie konnte ein Aufblitzen in seinen Augen erkennen, als sie seinen Namen nannte.

»Nein, bestimmt nicht.«

»Sind Sie ein Menschenfeind?«

Er verzog keine Miene; sie konnte nicht erkennen, was er dachte.

»Ja, vielleicht, so habe ich es noch nicht gesehen.«

»Das heißt, Sie wurden von Ihren Mitmenschen verletzt, belogen, vielleicht sogar hintergangen, betrogen?« Mit fragenden Augen blickte sie ihn an.

Als er nicht antwortete, fuhr sie fort, »oder sogar ...«

Er unterbrach sie: »Ich bin erstaunt, dass eine junge Frau so viel Menschenkenntnis besitzt.« Aus seinem Blick konnte sie erkennen, dass er ehrlich meinte, was er sagte.

»Lassen wir das, Miss Julia, das führt zu nichts.«

Instinktiv fühlte Julia, dass Nicholas etwas gesagt hatte, was er eigentlich nicht sagen wollte. Dieser Mann gab ihr Rätsel auf, sie würde ihn gerne besser kennenlernen. Sie erhob sich.

»Wollen Sie nicht noch etwas bleiben? Den Wein kann ich

nicht allein trinken.«
»Besser nicht, ich bin nicht gewohnt zu trinken, und Wein schon gar nicht.« Sie schwankte etwas, und es kostete sie eine große Anstrengung, nicht zu lallen. »Nicholas, mein Onkel ist zurzeit etwas unpässlich, ich werde Sie verständigen lassen, wenn er Sie empfangen kann.«
»Das ist sehr freundlich von Ihnen. Sehen wir uns morgen noch einmal, Miss Julia?«
»Nein, ich glaube nicht, ich möchte vor der Ankunft der Tiere auf dem Landgut sein.«
Er verabschiedete sich von ihr und nahm ihre Hand in die seine. »Es war mir ein Vergnügen, mit Ihnen zu verhandeln.«
Seine Schmeichelei betörte sie, sie schwankte unheimlich und riss sich gerade noch zusammen, als sie keine zehn Zentimeter von seinen betörenden Lippen zurückwich. Verlegen errötete sie und fasste sich ans Ohr. Sie riss weit die Augen auf, da sie dadurch das schwankende Zimmer besser unter Kontrolle zu bekommen schien, und schritt majestätisch davon.
Ihr war schwindlig, es drehte sich alles, sie lachte, das ist mein erster Schwips. Zum Schluss hatte sie doch noch Erfolg, ihr Onkel würde mit ihr zufrieden sein. Und was diesen Nicholas betraf, der war doch nicht ganz so übel, wie sie zuerst dachte. Sie schlief mit einem äußerst zufriedenen Lächeln ein.

Am nächsten Tag ließ sie sich zuerst zu Mr. Lampert bringen, und dieses Mal wurde sie sofort vorgelassen.
»Ich habe gehört, Miss Hardcastle, Sie haben ihre Probleme alle gelöst?«
»Ja, mit Hilfe von Mr. Dudley. Kennen Sie ihn näher? Das war wenigstens der Eindruck, den ich gestern hatte. Sie haben ihn wie einen guten alten Bekannten begrüßt.«
»Aber nehmen Sie doch bitte Platz. In der Tat, wir kennen uns

schon viele Jahre, wir haben auch schon einige gute Geschäfte miteinander gemacht.«

Julia setzte sich nicht auf den Stuhl vor dem Schreibtisch, sondern in einen grünen Ledersessel, der so an der Wand stand, dass sie das ganze Zimmer übersehen konnte. Sie schlug die Beine übereinander und beugte sich etwas nach vorn.

»Also, Sie meinen, er ist vertrauenswürdig?«

»Ja, das würde ich schon sagen.«

Julia verlagerte ihr Gesicht. »Was wissen Sie von ihm?«

Nachdenklich strich Lampert über sein glatt rasiertes Kinn. »Privat weiß ich eigentlich nur wenig von ihm. In der Gesellschaft sieht man ihn kaum, obwohl es ihm an Einladungen nicht mangelt. Die Mütter, die heranwachsende Töchter haben, reißen sich nur so um ihn. Wie Sie ja selbst gesehen haben, ist er ein interessanter Mann und hat auch einen gewissen Charme. Obwohl, da sollte man sich nicht täuschen lassen, er ist ein brillanter und gleichzeitig knallharter Geschäftsmann. Geld hat er auch genug. Ich weiß nur, er hat hier in der Stadt überall seine Finger drin, sein angeborener Sinn für Geschäfte und sein todsicheres Gespür öffnen ihm alle Türen. Sie dürfen mir glauben, es gab bis jetzt kein Geschäft, an dem er nichts verdiente. Auf seine Art ist er ein Genie, ich bewundere ihn aufrichtig, denn wenn er von etwas nicht hundert Prozent überzeugt ist, lässt er die Finger davon. Er hält immer sein Wort, aber wehe, sein Partner versucht, ihn zu hintergehen. Dann wartet er so lange, bis dieser sich in Sicherheit wiegt, und dann schlägt er erbarmungslos zu. Er hatte sich einen guten Namen gemacht. Wann immer von Mr. Dudley die Rede ist, fallen die Worte Ehrfurcht und Respekt.«

Julia wechselte nochmals ihre Haltung und faltete ihre Hände. Sie spürte immer noch den überwältigenden Eindruck, den Nicholas' Persönlichkeit bei ihrem ersten Gespräch auf sie gemacht hatte.

»Das hört sich alles sehr positiv an, Mr. Lampert. Sie haben sicher auch schon von dem Eisenbahnprojekt gehört?«

Mr. Lampert lief hinter dem Schreibtisch hin und her, ihre unvermittelte Frage ließ ihn kurz stutzen, dann blieb er stehen und musterte Julia noch intensiver. »Ja natürlich, ich bin auch mit ein paar Prozent beteiligt.«

»Also, wenn ich Sie dann richtig verstehe, sind Sie von dem Geschäft überzeugt?«

»Das will ich meinen, die Deutschen haben schon Interesse gezeigt, bei uns einige Dampflokomotiven zu kaufen, obwohl das eine andere Firma betrifft.«

»Mr. Lampert, das ist ja interessant. Können Sie mir nicht ein paar Unterlagen zur Verfügung stellen über dieses Projekt? Konstruktion, alles, was zur Eisenbahn dazugehört, ich möchte sie meinem Onkel mitnehmen.«

»Wenn Sie ein bisschen Zeit haben, kann ich für Sie etwas zusammenstellen lassen.«

Während sie auf die Dokumente wartete, betrachtete sie Michael Lampert. Klein, hellhäutig, das Haar noch nicht angegraut, von stämmiger Gestalt, kantiges Gesicht, zwischen den Schneidezähnen blitzte eine kleine Lücke, gut aussehend auf seine derbe Art, guter Schneider, er wirkte vertrauenswürdig, schätzungsweise noch keine vierzig Jahre alt. »Ach, übrigens, ich möchte mit Philip Dickens etwas besprechen. Können Sie mir sagen, wo er sich aufhält?«

Erstaunt blickte er Julia an. »Er befindet sich immer in einer Schenke, zwei Straßen von hier.«

Als Julia schon an der Tür stand, drehte sie sich noch einmal um. Zuerst wollte sie noch nicht mit dem Anwalt reden, aber dann überlegte sie es sich anders. »Sie kennen doch die ganze Prominenz in der Stadt. Wer ist der ehrenwerteste Juwelier?«

»Es kommt darauf an, was Sie von ihm wollen?«
Julia nahm nochmals Platz. »Mr. Lampert, seit Jahren genießen Sie das volle Vertrauen meines Onkels, und weil ich in Zukunft auch einen Anwalt brauche, wende ich mich an Sie.«
Er hörte ihr neugierig zu.
»Was können Sie mir von Philip Dickens erzählen?«
Bequem lehnte er sich in seinen Stuhl zurück und erzählte.
»Das ist eine sehr traurige Geschichte. Er war das einzige Kind. Mr. Dickens, sein Vater, war Postbeamter, seine Mutter ist im Kindbett gestorben, als er sechs Jahre alt war. Sein Vater hatte seine Frau wohl sehr geliebt, denn er konnte diesen Schlag nicht überwinden, er erschoss sich ein Jahr später. Der Junge wuchs im Hause seines Onkels auf, wo es ihm anscheinend sehr gut ging, aber den Tod seiner Eltern hat er wahrscheinlich nie überwunden. Er besuchte hier die öffentliche Schule, studiert hat er nicht, obwohl er das Zeug dazu gehabt hätte. Er ist sehr fleißig, zuverlässig, ehrlich und zäh. Ich meine damit, wenn er für mich etwas zu erledigen hatte, war es immer zu meiner vollsten Zufriedenheit. Er ist jetzt 32 Jahre alt, nicht verheiratet, und wenn er keine Arbeit hat, trinkt er bis zum Umfallen. Darum hat er bis jetzt keine feste Anstellung bekommen. Man kann ihn auch ab und zu in den Straßenrinnen liegen sehen.«
»Würden Sie ihm zutrauen, ein Geschäft zu führen?«
»Das ist schwer zu sagen. Die geistige Kapazität hätte er, aber wie ich bereits erwähnte, er ist Alkoholiker, und mit so einem Mann ist es immer ein Risiko.«
»Interessant, ich habe mir überlegt, dass Dover dringend noch ein Fuhrunternehmen benötigt. Was meinen Sie dazu?«
Jetzt konnte Mr. Lampert sein Grinsen nicht unterdrücken.
»Ja, ja, da haben Sie recht, das ist sicher keine schlechte Idee.«
»Wer sind denn meine zukünftigen Konkurrenten?«

»Mr. Stone, Mr. Miller und Mr. Dudley.«

»Aha, dachte ich mir schon, darum konnte Sir Dudley mir sofort behilflich sein, nicht wahr, Mr. Lampert? Und Sie haben ihm doch sicherlich den Tipp gegeben, dass ich unschuldiges Geschöpf Hilfe benötige.«

Der Anwalt sah sie nur verschmitzt an.

Julia erwartete keine Antwort, seine Gestik sagte ihr alles. »Was meinen Sie, wie viel Anfangskapital brauche ich, um das Geschäft zu gründen?«

»Es kommt darauf an, wie hoch Sie einsteigen wollen, mit einem, zwei oder drei Wagen?«

»Arbeiten Sie mir bitte für die nächste Woche einen Kostenvoranschlag aus, für einen Wagen, Kutscher, Büro, Möbel und was sonst noch bei einem Geschäftsbeginn anfällt.«

»Darf ich fragen, wie Sie das Geschäft finanzieren möchten, Miss Julia?«

»Ich habe den Familienschmuck von meiner Mutter geerbt, ich hoffe, dass der Wert ausreicht, um das Geschäft zu finanzieren.«

»Wollen Sie den Schmuck verkaufen?«

»Ja, das war die Idee, vielleicht können Sie mir auch damit behilflich sein?«

»Das dürfte kein Problem sein. Wegen Ihres Schmucks werde ich mich diskret erkundigen, wir werden sicher einige Interessenten finden.«

»Vielen Dank Mr. Lampert. Ich baue auf Ihre Verschwiegenheit, denn ich möchte bei dem Geschäft namentlich nicht genannt werden.«

»Ich verstehe.«

Als Julia ihm den Rücken zudrehte, schüttelte er den Kopf. Was für eine Lady, mit ihr würde er sicher in der Zukunft noch mehr Geschäfte machen.

Julia schickte Albert in die Schenke, er sollte Philip herausholen. Als der junge Mann vor ihr stand, dachte sie: Haare schneiden, rasieren, neue Kleider, und schon würde er aussehen wie ein Gentleman.

Philip Dickens starrte Julia unverwandt an. »Miss Hardcastle, was kann ich für Sie tun?«

»Steigen Sie in die Kutsche ein, damit wir ungestört reden können.«

Scheu blickte er zuerst nach rechts, dann nach links, und stieg schließlich umständlich in die Karosse ein.

Vorsichtshalber zog Julia die Vorhänge zu und musterte ihn eingehend. »Philip, sind Sie zufrieden mit dem, was Sie bisher aus Ihrem Leben gemacht haben?«

Verunsichert antwortete er: »Na ja, was soll ich sagen, vielleicht nicht so recht.«

»Würde es Sie interessieren, mit mir zusammen ein Geschäft zu eröffnen?«

Eingeschüchtert blickte er Julia skeptisch an. »Sie ein Geschäft mit mir, aber warum, wieso?«

Julia holte tief Luft, »Sie gefallen mir, und Sie haben ein organisatorisches Talent.«

»An was haben Sie denn gedacht?«

»Haben Sie sich noch nie Gedanken gemacht, dass hier dringend ein weiteres Fuhrgeschäft fehlt?«

»Doch, an das habe ich oft gedacht, aber Sie wissen ja, ohne Geld geht nichts.«

»Gut, ich bringe das Kapital bei, und Sie organisieren die Firma, und wir machen 50 : 50.«

Philip strahlte über beide Backen. »Das würden Sie tun? Aber warum, Sie kennen mich doch nicht?«

Liebenswürdig lächelte sie ihn an. »Ich kann mich auf meinen

Instinkt immer verlassen, und der sagt mir, dass Sie ab jetzt keinen Tropfen Alkohol mehr trinken werden. Sie halten sich von Kneipen und Ihren Trinkbrüdern fern. Ich warne Sie, wenn ich erfahre, dass Sie rückfällig geworden sind, dann nehme ich mein Angebot zurück, Sie wissen so gut wie ich, dass es Ihre einzige Möglichkeit ist, aus dieser Misere, in der Sie sich befinden, herauszukommen. Habe ich recht, Philip?«
Angespannt blickte er auf seine Finger, mit denen er nervös herumspielte.
»Was halten Sie davon, ich komme nächste Woche zurück, Sie können bis dahin einen Geschäftsplan erstellen, und vorweg nach ein oder zwei Kutschen schauen, die man gebraucht kaufen kann. Vielleicht gibt es in der Nähe des Hafens ein Büro mit einem Kutschenunterstellplatz zu mieten.« Julia nestelte in ihrem Stoffbeutel und holte Geldscheine hervor, die sie Philip mit gestrecktem Arm hinhielt. »Hier, ich gebe Ihnen vorweg etwas Geld, damit Sie sich wie ein Gentleman einkleiden können. Und noch etwas: kein Sterbenswort zu irgendjemand, haben Sie verstanden?«
»Selbstverständlich.« Philip grapschte danach, schaute zuerst das Geld, dann Julia ungläubig an. »Vielen Dank, diesen Entschluss werden Sie nie bereuen, Miss Hardcastle.«
»Ich bin sicher, dass ich mich in Ihnen nicht täusche, ich glaube an Sie, ich bin fest überzeugt, dass wir zwei ein tolles Gespann abgeben werden, und wir werden uns eine goldene Nase verdienen. Wir beide sind ein tolles Team, Sie und ich, wir stecken voller Tatendrang und haben wahnsinnig viel Energie, habe ich recht?«
Bestätigend nickte er mit dem Kopf.
Freundlich lächelte sie ihn an, reichte ihm ihre Hand mit dem weichen wildledernen Handschuh. »Geschäftspartner.«
Schnell schnappte Philip nach ihrer Hand, er hatte den untrüg-

lichen Instinkt, dass mit diesem Handschlag sein Leben für immer einen anderen Lauf nehmen würde. »Mit Freuden, Miss Hardcastle, Geschäftspartner.« Sie schüttelten sich kräftig die Hände und blickten sich gegenseitig fest in die Augen. Sie hatten beide ein sehr gutes Gefühl.

2. Kapitel

Als Julia spät in der Nacht auf den Gutshof zurückkehrte, herrschte dort helle Aufregung. Ihrem Onkel ging es gar nicht gut, aus der leichten Erkältung war eine schwere Grippe geworden. Als sie leise das Schlafzimmer betrat, saß Lady Isabel auf der Bettkante und hielt ihrem Sohn die Hand. Julia trat hinter ihre heiß geliebte Großmutter und legte ihren Arm zart auf ihre Schulter.

Ihre Großmutter war oft ihre einzige Stütze und Vertraute in diesem Haus. Wenn sie Probleme hatte, konnte sie sich bei ihr aussprechen. Sie war immer der ruhende Pol für sie, und immer wieder hatte sie ihr aus der Patsche geholfen, wenn sie in ihrem überschwänglichen Charakter etwas angestellt hatte.

Liebevoll blickte Julia ihre Großmutter an und dachte: sie hat Herzenswärme, Geduld, Bescheidenheit, Ausstrahlung und gleichzeitig war sie dominant, energisch, entschlossen und wenn es sein musste, hart wie Stein.

Ihr Onkel machte seine fiebrigen Augen auf, stöhnte, drehte sich auf die andere Seite und schlief wieder ein.

Mit intelligenten Augen lächelte ihre Großmutter sie von der Seite an. »Du siehst müde aus, mein Engel, stell dir vor, Francis hat geschrieben, er hat sich bei der Marine Urlaub genommen und wird die nächsten Tage hier auftauchen.«

Das Gesicht von Julia erhellte sich. »Herrlich, das wird aber auch Zeit, dass er uns mal wieder besucht. Am Anfang hat er

mir mindestens einmal im Monat geschrieben und seit einem halben Jahr nicht eine Zeile mehr.«
»Ach Kindchen, reg dich nicht auf, du weißt so gut wie ich, dass Briefe auch mal verloren gehen.«
»Ja, ja« – gedankenverloren ließ sie ihre Augen auf ihrem Onkel ruhen. »Grandma, meinst du, Onkel Richard wird bald wieder gesund?«
Mit einer unbeschreiblichen Sanftheit strich sie mit einem Spitzentaschentuch ihrem einzigen Sohn die Wasserperlen von der Stirn. »Aber ja, heute wird seine schlimmste Nacht werden, dann hoffe ich, es geht wieder bergauf. Ab jetzt ins Bett, wir reden morgen über alles.«
»Gute Nacht, Grandma.« Sacht schloss sie die Tür hinter sich und ging mit etwas besorgtem Herzen den Gang entlang.

Nach drei Tagen tiefen Schlafs wachte Onkel Richard munter auf und verlangte Eier und Speck.
Am selben Tag stand Francis vor der Tür, beladen mit riesigen Paketen.
Mit ausgestreckten Armen rannte ihm Julia entgegen. Francis schwenkte sie im Kreis, wie er es als kleiner Junge immer getan hatte.
»Francis, ich bin ja so froh, dass du wieder zurück bist.«
»Ach Liebes, ich auch, lass dich ansehen«, dabei nahm er sie an beiden Händen, ließ seinen Blick prüfend von Kopf bis zu den Füßen gleiten. »Du bist ja noch hübscher geworden.«
Der Schalk sprach aus ihren Augen, als sie sagte: »Du hast abgenommen, haben sie dir zu wenig zu essen gegeben, oder war das Meer zu stürmisch?« Sie drückte ihren Oberkörper zurück, ihr Blick blieb an seinen Augen haften. »Was beschäftigt dich, hast du Sorgen?«
»Habe ich dir schon einmal gesagt, dass du eine kleine Hexe

bist, die alles durchschaut?«

Neckisch erwiderte sie: »Hast du mir noch nie gesagt, aber ich dachte, du siehst mich mehr als Fee – Hexe klingt so böse.«

Gut gelaunt lachte Francis hinaus, nahm ihre Hand und küsste die Innenfläche. »Wo steckt denn die ganze Familie?«

»Großmutter hat sich gerade etwas hingelegt, die letzten Tage hatte sie kaum geschlafen, wegen deines Vaters, er liegt krank im Bett, aber heute geht es ihm schon bedeutend besser. Deine Mutter ist im Gewächshaus und geht ihrer Lieblingsbeschäftigung nach. Zurzeit ist sie etwas bekümmert, weil ihre Lilien eine Plage haben, die ihren Bestand fast zunichte gemacht hat, aber das wird sie dir bestimmt in allen Einzelheiten selbst erzählen.«

Besorgt fragte Francis: »Was fehlt denn meinem Vater?«

»Er hatte eine verschleppte Grippe, aber wie ich schon sagte, er hat das Schlimmste überstanden.«

»Dann gehe ich am besten gleich nach oben und begrüße ihn.«

»Ich begleite dich.« Sie hakte sich bei ihm unter und schlenderte mit ihm zum ersten Stock ins Schlafzimmer.

Sie betraten den großen, komfortablen aber ungewöhnlich dunklen Raum. Onkel Richard hatte vor Jahren für die Kapelle bleiverglaste Fenster machen lassen. Der Glaser brachte aber vier Fenster zu viel, und so riss Onkel Richard kurzerhand die alten Fenster im Schlafzimmer heraus und ließ die bleiverglasten Fenster einbauen. Zwar hatten sie wunderschöne religiöse Motive, das Problem war nur, dass kaum Licht hereinkam. Das bunte Glas schluckte viel von der Helligkeit.

»Hallo Vater.«

Sir Richard blickte erfreut von seiner Lektüre auf, als er die Stimme seines Sohnes vernahm. »Francis, das ist aber eine Überraschung. Keiner hat mir erzählt, dass du zurückkommst,« schmollte Sir Richard.

Entrüstet sah Julia ihren Onkel an und fuchtelte mit ihren Armen. »Wann hätten wir es dir denn sagen sollen, wir wissen es auch erst seit einigen Tagen.«

»Julia, lass gut sein, ich habe doch nur ein Späßchen gemacht. Wie lange wirst du bleiben, mein Sohn?«, fragte Sir Richard.

»Ich habe vorerst für einen Monat Urlaub beantragt.«

Neugierig beugte sich Sir Richard vor. »Das ist wundervoll, dann haben wir ja genug Zeit, um uns alle über deine Zukunft zu unterhalten. Mein Junge, du hast eine gute Gesichtsfarbe bekommen, schmaler bist du auch geworden, und außerdem siehst du deinem Großvater immer ähnlicher.« Um seine Worte zu bestätigen, nickte er mit seinem Kopf. »Die Abwesenheit von hier ist dir gut bekommen.«

»Danke Vater, das könnte ich von dir nicht gerade sagen.«

Beide lachten.

»Sehe ich denn so schlimm aus?«

»Na ja, etwas krank, würde ich sagen.«

Vom Fenster aus beobachtete Julia die Männer, es war eine Wonne für sie, beide so vereint zu sehen, und sie hoffte wirklich, dass diese Harmonie etwas anhielt. Normalerweise waren Vater und Sohn wie Katz und Maus. Sie sagte zu Francis: »Wie du weißt, zum Tee ist die ganze Familie versammelt, möchtest du nicht deine Mutter und Großmutter überraschen?«

»Ja, das ist eine gute Idee, ich wollte sowieso zu den Pferdeställen, nach Funny Clyde schauen, er ist doch in Ordnung?«

Unvermittelt neigte er seinen Kopf zu Julia und ließ einen fragenden Blick auf ihr ruhen.

Julia warf den Kopf zurück und lachte. »Aber ja, außer dass er uralt ist, Rheuma hat und ihm die Zähne schon ausfallen, geht es ihm sehr gut. Ich gab ihm jeden Tag einen dicken Kuss auf das Pferdemaul und sagte zu ihm, dieser Kuss, lieber Funny Clyde, ist von deinem Master.«

Er lachte schallend auf. »Du bist unverbesserlich.« Er umarmte sie beim Hinausgehen.

Punkt fünf Uhr wurde der Tee im Musikzimmer serviert. Großmutter saß in ihrem alten Ohrensessel, und auf ihrem Schoß schlief Luzifer, eine der Hauskatzen. Die alte Dame war eine Katzennärrin, alle Katzen liefen ihr nach und suchten ihre Nähe.

Tante Beatrice stand hinter ihr. Sie hatte die Teetasse in der Hand und rührte nervös darin herum, wie sie es in letzter Zeit oft tat. Sie wendete sich Julia zu.

»Wir haben beschlossen, zu deinem Geburtstag ein großes Fest zu veranstalten.«

»Aber Tante Beatrice, das ist doch nicht nötig.«

»Doch, Julia, du wirst jetzt 21 Jahre alt und außerdem,« sie druckste ein bisschen herum, »außerdem, alle jungen Mädchen von unseren Nachbarn sind schon verheiratet oder verlobt, nur dir ist keiner gut genug.«

Julia fuhr so energisch mit ihrem Kopf herum, dass ihr eine Haarnadel herausfiel.

»Was heißt keiner gut genug, ich habe gedacht, wenn man in den Bund der Ehe eingeht, dann mit dem Mann, den man liebt, oder hast du Onkel Richard nicht geliebt?«

Verlegen blickte Tante Beatrice zur Seite.

Großmutter ließ ihren Blick prüfend auf ihrer Schwiegertochter ruhen.

Da riss Francis schwungvoll die Tür auf, so wurde Beatrice einer Antwort enthoben.

»Wer soll hier ohne meine Zustimmung verkuppelt werden?« Francis nahm zuerst seine Großmutter in die Arme, dann seine Mutter. »Ist das schön, euch wieder in die Arme zu schließen, es geht einfach nichts über ein schönes Heim und die Familie.«

Lady Beatrice griff mit ihren spitzen Fingern nach einem

Schokoladenplätzchen aus einer silbernen Schale. »Wenn du so denkst, warum zieht es dich immer wieder in die weite Welt, mein Sohn?«

»Das weiß ich auch nicht, Mutter, wenn ich hier bin, zieht es mich hinaus, und wenn ich auf hoher See bin, zieht es mich zu meinen Lieben.«

»Du warst immer schon ein unsteter Charakter«, sagte Lady Isabel.

»Kann schon sein, aber ich habe vor, das zu ändern.«

»Das würde uns freuen, du musst uns nur sagen, wann?«

»Das soll eine Überraschung werden. Zu gegebener Zeit werde ich es euch mitteilen.«

»Jetzt sind wir aber neugierig«, erwiderte Julia.

Er lachte sie verschmitzt an und betrachtete den zerbrechlichen Leib seiner Großmutter. Sie war älter geworden, ihre dunklen Locken waren in den Jahren weiß geworden, und die Sommersprossen auf der Nase waren dunkler und intensiver zu sehen, auch waren ein paar Fältchen dazugekommen, aber ihre azurblauen Augen sprühten immer noch voller Lebenslust und Energie. Sie war eine bemerkenswerte Lady.

»Aber, was habe ich gehört, du sollst verheiratet werden? Wer ist denn der Glückliche?«

Ulkig verdrehte Julia ihre Augen. »Das weiß ich auch noch nicht. Frage besser deine verehrte Mutter, die hat bestimmt schon einige junge Männer im Visier.«

Mit Schalk in den Augen fragte er: »Nun, Mutter erzähl mal, wen hast du im Auge?«

Lady Beatrice blickte ihren Sohn unsicher an. »Da ist zum Beispiel Henry Durham, er kommt mindestens einmal in der Woche nur wegen Julia herübergeritten. Er ist der Älteste von den vier Jungs, und eines Tages wird er das Landgut erben. Er ist wirklich die beste Partie weit und breit, was will Julia mehr.«

Entrüstet stemmte Julia ihre Arme in die Hüfte, sie konnte das eben Gehörte einfach nicht fassen. »Du meinst wohl, Tante Beatrice, nachdem ich kaum Mitgift in die Ehe mitbringe, muss ich alles nehmen, was sich anbietet, um keine alte Jungfer zu werden und um euch nicht zur Last zu fallen.«

Augenzwinkernd erwiderte Francis: »Ach Julia, was sagst du denn da, meine Mutter hat das nicht so gemeint, und außerdem kann ich mir dich nicht als alte Jungfer vorstellen. Du hast mehr Verehrer als ich Finger habe, aber vielleicht muss ich dir einige junge Burschen von der Marine vorstellen, aber ich sage dir gleich, die sind nicht sehr treu.«

Francis war unmöglich, aber sie musste trotzdem über seine blühende Fantasie lachen.

Lady Beatrice schüttelte verächtlich ihr dunkelblondes Haar, das schon leicht graue Fäden zeigte, »Francis hat recht. Julia, so habe ich das nicht gemeint.«

Insgeheim stöhnte Julia. »Aber gedacht hast du es doch«, fuhr es ihr heraus, und dabei machte sie einen Schmollmund.

Unter den blitzenden Augen ihrer Großmutter konnte sie es nicht wagen, mehr zu sagen.

Lady Beatrice hüllte sich wütend in schockiertes Schweigen.

Lady Isabel nahm ihre Tasse und reichte sie Julia, die der Kanne am nächsten stand. »Schenk mir doch bitte noch Tee ein, Julia. Warum regst du dich auf, deine Tante meint es doch nur gut mit dir. Also, wenn ihr mich fragt, Henry würde mir auch nicht gefallen. Wie soll ich das sagen, der wirkt so fade, dem fehlt die Energie, die du, Julia, zu viel hast.«

Jetzt mischte sich Francis nochmals ein. »Hör mal, Mutter, da muss ich Grandma recht geben, der passt wirklich nicht zu Julia, er ist nicht viel größer als sie, und im Kopf hat er auch nichts. Er ist ein liebenswürdiger, aufgeblasener Hanswurst mit breiten Füßen, und seine Ohren sehen aus wie riesige Löffel.«

Außer ihrer Tante Beatrice brüllten alle los vor Lachen, während Lady Isabel beschämt die Hand vor den Mund schlug.

Beleidigt blickte Lady Beatrice zum Fenster. »Lacht mich ruhig aus. Julia ist nie einer gut genug, sie macht sich über alle lustig. Wenn ich nur an den armen Michael denke.«

»Das stimmt, Mutter, Julia mit ihrem Geist braucht einen ebenbürtigen Partner. Ich will, dass Julia glücklich wird, und weil du von Michael anfängst, es ist überhaupt eine Schande, dass du so ein schwindsüchtiges Männchen für Julia in Betracht ziehst.«

Würde Julia nicht unverkennbar beiden Eltern nachschlagen, sagte sich Beatrice stumm, würde es jetzt keine so sinnlose Diskussion geben, und sie würde den heiraten, den sie bestimmte, so wie es auch bei ihr war. Glücklich? Glücklich? Was für ein absurder Gedanke! Was hat denn heiraten mit Glück zu tun.

Jetzt blickten alle Francis an, denn die Diskussion nahm eine Wende, die Lady Isabel nicht gefiel. »Ich würde sagen, wir überlegen uns jetzt besser, wen wir zum Fest einladen, und du, Beatrice, kannst deine Schwester benachrichtigen, dass sie uns für einige Tage ihre Köchin borgt. Außerdem müssen wir über den Speiseplan nachdenken. Im Garten möchte ich auch einige Änderungen vornehmen lassen, dazu brauche ich blühende Blumen von deinem Gewächshaus, Beatrice. Francis wie fändest du die Idee, im Park Gaslaternen anbringen zu lassen?«

Francis nickte und zwinkerte dabei Julia zu. »Es sieht sicher romantisch aus, Grandma.«

»Mein Bester, vielleicht könntest du dich darum kümmern, wenn du nichts anderes vorhast. In einem Buch aus Frankreich habe ich eine Zeichnung gesehen, vom Schloss Versailles in Paris, da gab es einen wunderschönen Springbrunnen, eine

Skulptur hat mir auch gut gefallen, sie zeigt einen tanzenden Hund.«

Alle blickten Lady Isabel erstaunt an.

Spaßhaft erwiderte Francis: »Eine Katze war das wohl nicht?«

Lady Isabel musste auch schmunzeln und sprach leidenschaftlich weiter: »Ich habe es schon vor meinem geistigen Auge, das sieht bestimmt gut aus, den Brunnen hätte ich gerne am Haupteingang und die Skulptur im Rosengarten.« Sie kam ins Schwärmen. »Und überall stellen wir Kerzen auf und stülpen eine Tüte drüber, dass der Wind die Kerzen nicht ausbläst. Das wird ein unvergesslicher Ball werden, wie in Tausendundeiner Nacht.« Dann holte sie tief Luft: »Und Julia braucht für den Ball ein Abendkleid, außerdem noch ein paar neue Kleider, was sage ich, mindestens drei, einen Mantel und zwei Hüte. Außerdem möchte ich neue Gardinen im Speisesaal anbringen lassen. Ich könnte mir vorstellen, rosa Samt würde nicht schlecht aussehen, was meint ihr dazu?«

Vor Erstaunen gab Julia in ihren Tee die doppelte Menge Zucker, sie hatte ganz vergessen, was für eine erstaunlich befehlsbewusste englische Lady ihre Großmutter war.

»Grandma, ich muss die nächsten Tage sowieso nochmals nach Dover, dann kann ich gleich Stoff für meine Kleider und für Gardinen mitbringen.«

Lady Isabel deutete mit dem Finger auf Julia: »Aber nicht wieder grün, mir würde an dir sehr gut beige gefallen.«

»Ach, Grandma, ich werde sehen, was es gibt. Sollen wir die Kleider von der Putzmacherin hier im Dorf nähen lassen, oder soll ich die Modistin von Elsa nehmen?« Julia war nicht ganz bei der Sache, sie blickte zu ihrer Tante, die einen Gesichtsausdruck hatte, der Milch sauer werden ließe.

»Kindchen, ich glaube, es ist besser, du nimmst die Modistin in Dover, wenn sie überhaupt Zeit hat. Die hat mehr Stilgefühl,

Geschmack und Pfiff in ihren Modellen. Am französischen Hof arbeiten sie heute sehr viel mit Schleifen, Bändern, Federn, Borten, Spitzen und Rüschen oder Quasten, die an der Taille oder an den Ärmeln getragen und als Ausdrucksmittel benutzt werden. Auch ist ein tiefes Dekolletee groß in Mode, aber wir englischen Frauen sind zu konservativ, um den halben Busen zu zeigen. Ich gebe dir gerne die letzte Modezeitung mit, die habe ich erst vor ein paar Tagen geliefert bekommen.«
Beeindruckt sagte Julia: »Grandma, du bist ja wirklich gut informiert.« Dann wandte sie sich ihrer Tante Beatrice zu. »Ich kann die Einladungen mitnehmen, wenn ich nach Dover fahre.«
Francis schüttelte den Kopf und runzelte die Stirn. »Was sind denn hier für Sitten eingekehrt? Seit ich weg bin, willst du alleine nach Dover fahren, das kann ich nicht erlauben, ich werde dich natürlich begleiten.«
Julia verzog das Gesicht und hob die Augenbrauen. »Francis, mach dir wegen mir keine Sorgen, ich möchte gerne meine Freundin Elsa besuchen, und da störst du etwas. Sei mir nicht böse, wenn ich es so frei heraussage, aber du weißt ja, was ich meine.«
»Wie du willst, Julia, entschuldigt mich jetzt bitte, ich möchte nochmals nach Vater schauen.« Francis wurde das ganze Frauengerede zu viel. Er ärgerte sich, dass es Julia ablehnte, sie nach Dover zu begleiten. Er hätte gerne noch einige ungestörte Tage der Ausgelassenheit mit Julia verbracht, bevor Annabelle kam. Er stöhnte innerlich bei diesem Gedanken, aber vielleicht war es besser so.
Auch Julia verabschiedete sich mit der Ausrede, dass sie mit der Buchhaltung noch nicht auf dem Laufenden sei.
Lady Isabel räusperte sich, »Beatrice, hör auf, dir Sorgen zu machen, du musst keine gute Partie für Julia finden, sie wird

sich mühelos selbst einen Ehemann angeln. Dieser Henry Durham ist nicht der Einzige hier in der Umgebung, der es auf sie abgesehen hat, ich kenne mindestens noch drei junge Männer, die sie auf der Stelle wegheiraten würden.«
Ein schwaches Lächeln flog über ihre Züge. »Das weiß ich schon, Lady Isabel, aber Henry war von allen der Beste.«
»Kann schon sein, aber wenn sie ihn nicht liebt, hat es keinen Sinn, darüber weiter zu diskutieren.« Für Lady Isabel war das Thema beendet, sie erhob sich, durchquerte den Salon, setzte sich ans Klavier und spielte ihre Lieblingssonate in B-Dur, von Joseph Haydn mit einer Leichtigkeit, dass sicher jeder erstaunt gewesen wäre, hätte er das Alter dieser alten Dame gekannt.

Vor dem Abendessen klopfte Francis bei Julia an die Schlafzimmertür. »Julia, kann ich eintreten?«
Mit gespreizten Beinen saß Julia, nicht gerade wie eine feine Dame, auf einem Hocker und hatte ein Buch in der Hand. Ihre smaragdgrünen Augen strahlten Francis an.
»Komm nur herein, was führt den hohen Gast in mein bescheidenes Heim?« Dabei kicherte sie ihn an.
Mit einem großen Geschenk kam Francis zur Tür herein, legte es auf das säuberlich gemachte Bett und schlenderte zu Julia. »Was liest du denn Interessantes?«
Julia drehte Francis den Buchrücken zu und sagte: »"Hebrew Melodies", ein Gedichtszyklus (Hebräische Gesänge) von Georgee Byron, bekannt als Lord Byron. Das hat mir dein Vater als Geschenk von London mitgebracht.«
Verlegen zuckte Francis mit den Schultern. »Ich habe noch nie etwas davon gehört.«
»Solltest du aber, er ist einer der wichtigsten, vielseitigsten und einflussreichsten Vertreter der englischen Romantik. Leider ist er letztes Jahr gestorben.«

Interessiert fragte er: »Hast du noch mehr Bücher von ihm?«
Julia erhob sich und ging an eine schwere Truhe, in der hauptsächlich feine Spitzenunterwäsche aufbewahrt werden sollte. Sie öffnete den Deckel. Es kamen nur Werke großer Künstler zum Vorschein. Sie holte drei Bücher hervor und sagte stolz: »Ich habe außer „The Corsair" (Der Korsar) alle seine Bücher.« Sie reichte ihm die Bücher hoch. »Hier, was für eins möchtest du lesen?«
Wahllos griff er nach irgendeinem. Etwas entschuldigend meinte er: »Wenn man arbeitet, fehlt einem oft die Zeit, um sich mit der Romantik zu befassen oder gar zu lesen, aber warum ich gekommen bin, ich wollte dir mein Geschenk übergeben.« Francis holte das große Paket vom Bett und stellte es vor Julia hin. »Rate mal, was es ist.«
Es war ein altes Spiel ihrer Kindheit, sie mussten immer zuerst raten, was es für ein Geschenk sein könnte.
Julia dachte scharf darüber nach. »Ein Hut?«
»Du bist ein alter Spielverderber, woher hast du das gewusst?«
Plötzlich schlug der Wind das offene Fenster zu, sodass beide vor Schreck zusammenzuckten.
»Es kommt bestimmt ein Unwetter auf.« Julia überlegte verwirrt. »Was wollte ich sagen? Ach ja, gewusst habe ich es nicht, aber man muss nur die Logik einsetzen, was kann in so einem großen Paket sein, welches für eine Lady bestimmt ist und außerdem nicht viel wiegt, und von deiner letzten Reise brachtest du mir auch einen mit.«
Voller Spannung riss Julia den Karton auseinander, bis ein Traum von einem Damenhut zum Vorschein kam. Julia streckte die Arme über den Kopf und klatschte in die Hände. »Vielen, vielen Dank, der ist ja wunderschön. Wenn ich den Hut aufhabe, werden mich alle beneiden.«
Sie nahm Francis in den Arm und gab ihm auf die Wangen

einen saftigen Kuss und hauchte: »Ich habe dich so lieb.« Sie setzte den Strohhut auf, er war überwältigend, er war wie ein großes Sonnenschild gearbeitet. Mit fließenden Seidenbändern zum Zubinden.
»Ich habe ihn aus Frankreich mitgebracht, dort sind sie uns in der Mode um Jahre voraus. Außerdem habe ich dir noch ein kleines Geschenk mitgebracht. Dreh dich um und schließ die Augen.« Francis legte Julia eine Halskette um. »Jetzt kannst du die Augen öffnen.«
Gespannt blickte Julia in den großen Spiegel, der direkt ihr gegenüberstand, fasste an das ungewöhnliche Schmuckstück. »Francis, du bist verrückt, das ist ja fabelhaft, etwas ganz Besonderes, das werde ich immer tragen, es soll mir Glück bringen, du bist ein Schatz. Was hast du denn Großmutter mitgebracht?«
»Einen wunderschönen, aus Elfenbein geschnitzten Gehstock, den habe ich in Indien gefunden.«
»Darüber wird sie sich bestimmt sehr freuen. Verrate mir nichts mehr, ich möchte bei der großen Geschenkübergabe dabei sein.«
»Du hast dich aber auch kein bisschen verändert«, neckte Francis. Dabei nahm er sie in den Arm, etwas zu lange für Julias Geschmack.
Sie löste sich von ihm und sagte: »Nochmals vielen Dank für deine großartigen Geschenke.«

In den nächsten Tagen, als es Sir Richard besser ging, saß Julia mit ihrem Onkel gemütlich vor dem Kamin. Sie spielten Schach, und dabei besprachen sie, wie ein altes Ehepaar, was am nächsten Tag getan werden musste.
Von der Ecke aus beobachtete Francis die beiden und hörte ihnen zu. Er dachte bei sich, eigentlich müsste er, als Sohn, mit

seinem Vater spielen und über die Tagesgeschäfte sprechen. Nicht eine junge Frau wie Julia. Neidlos musste er sich eingestehen, dass sie Bescheid wusste. Sein Vater hatte sie sehr gut ausgebildet, sicher hätte er sich Julia gerne als Erben gewünscht, aber den Wunsch konnte er seinem Vater beim besten Willen nicht erfüllen. Alle liebten Julia, sie hatte ein charmantes und einnehmendes Wesen. Wenn sie jemanden um den kleinen Finger wickeln wollte, schaffte sie es auch; wenn er sie so betrachtete, war sie für ihn das Abbild einer Göttin, mit ihrer rotgoldenen Mähne, die ihr ovales Gesicht einrahmte, es hing ihr immer eine Locke ins Gesicht, die sie nie zu bändigen verstand. Ihre Haut war blass und schillernd. Für eine Frau war sie groß und schlank und hatte eine volle, melodische Stimme. Ihre Lieblingsfarbe war Grün. Heute hatte sie ein olivgrünes Musselinkleid an, das am Hals mit zarten Rüschen verziert war. In seiner Abwesenheit war sie zu einer attraktiven Frau gereift, sie hatte etwas an sich, das einen Mann zum Wahnsinn treiben konnte. Wenn er sie betrachtete, verblassten alle Frauen, die er bis jetzt gehabt hatte. Ja, heute, zum ersten Mal in seinem Leben, gestand er es sich ein. Ihn trieb es immer weit weg, weil ihre Gegenwart und ihre körperliche Nähe ihn erdrückten und verrückt machten, es war für ihn oft nicht zum Aushalten. Er hatte sich im letzten Jahr eingebildet, er könnte ihr beruhigt als Cousin gegenübertreten. Aber er hatte sich geirrt, sie war für ihn wie bei Adam und Eva der Apfel, der nicht gepflückt werden durfte.

Francis war innerlich so aufgewühlt. Sie war seine Cousine, es durfte und konnte nicht sein, es war verboten, aber was konnte er gegen seine Gefühle tun? Instinktiv wusste er, warum er sein Elternhaus verließ, er hatte damals den schlimmsten Streit mit seinem Vater, er wollte sie vergessen, er konnte nicht mit ihr unter einem Dach zusammenleben. Er wusste, irgendwann kam der Zeitpunkt, wo er sich nicht mehr kontrollieren konnte und sie berühren musste. Auf keinen Fall durfte es so weit kommen, und Annabelle, seine Frau, würde es sofort merken, so wie es die ganze Familie wusste, was für ein Hurrikan in ihm vorging. Die Einzige, die blind zu sein schien, war Julia. Sie nahm ihn in den Arm und küsste ihn wie einen Bruder. Was sollte er tun, sie zu Verwandten ihrer Mutter schicken? Nein, das würde er nie übers Herz bringen.

Er horchte auf, als Julia seinen Vater fragte: »Kennst du einen Nicholas Dudley?«

Er lachte. »Ich kenne aus der Geschichte nur den Namen Robert Dudley, der angebliche Geliebte von Königin Elisabeth, aber den meinst du sicher nicht, oder?«

Julia neigte den Kopf schief und lachte heraus. »Ach Onkel, was du auch immer so sagst. Also dieser Nicholas Dudley lebt zurzeit in Dover, ich habe ihn vor drei Wochen kennengelernt, als ich bei unserem Anwalt Michael Lampert war. Das war derselbe Gentleman, der mir den Transport für die Tiere besorgte, er scheint sehr vermögend zu sein, und er würde dir gern Aktien von der Eisenbahngesellschaft anbieten.«

Onkel Richard winkte ab. »Geschäfte mit Unbekannten mache ich nie.«

»Das dachte ich mir, darum habe ich mich bei Mr. Lampert nach diesem Dudley erkundigt. Er gab mir ein positives Bild von ihm, er schilderte ihn als vertrauenswürdig und geschäftstüchtig. Unter anderem hat er mir erzählt, dass auch er Aktien bei dieser Eisenbahngesellschaft gekauft hat. Er hat mir hier einige Unterlagen für dich gegeben, vielleicht kannst du sie studieren. Wenn du etwas Geld übrig hast, könntest du in das Projekt einsteigen, ich glaube, damit könntest du sehr viel Geld verdienen.«

»So, meinst du?« Er schlug sich auf den Schenkel und grinste

Julia spöttisch an.

»Ach Onkel, ich weiß, ich bin sehr jung, aber ich konnte mich immer auf meine Gefühle verlassen. Ich würde es sogar noch viel interessanter finden, Aktien von der Fabrik zu kaufen, die Dampflokomotiven herstellt. Ich habe nämlich erfahren, dass die Deutschen starkes Interesse an dieser Firma haben.«

Sir Richard drehte sich zu Francis, der so tat, als läse er ein Buch. »Francis, was meinst du dazu?«

Überrascht blickte er auf. Es war schon sonderbar, dass sein Vater ihn um seine Meinung fragte.

»Vater, eine Unterhaltung mit diesem Herrn wäre vielleicht sehr aufschlussreich.«

»Ich habe eine Idee«, sagte Julia. »Warum laden wir nicht diesen Mr. Dudley zu meinem Geburtstagfest ein? Er kann einige Tage vorher kommen, du kannst dich dann in aller Ruhe mit ihm unterhalten, und zwischenzeitlich erkundigst du dich über das Projekt.«

»Gute Idee, mein Kind.«

Jetzt kam das abendliche Ritual. Sir Richard verglich jeden Abend die Uhrzeit seiner Taschenuhr mit der Standuhr. Zuerst zog er seine Taschenuhr hervor, schaute nach der Uhrzeit und blickte dann auf die Standuhr, die in einer Ecke des Raumes stand.

Es war ein Wunderwerk der Feinmechanik, das nicht nur die Stunden und Minuten anzeigte, sondern auch den Tag, den Monat und das Jahr. Er hatte sie erst vor einem Jahr in London ersteigert. Angeblich stammte sie aus Frankreich. Dann ging er zu der Standuhr, öffnete sie und stellte den Zeiger fünf Minuten vor, weil die Uhr jeden Tag fünf Minuten nachging. Seit einem Jahr wurde Sir Richard nicht müde, diese Zeremonie jeden Abend zu wiederholen. »Es ist schon spät, ich ziehe mich zurück.«

»Vater, ich muss noch mit dir reden.«

Sir Richard blickte seinen Sohn fragend an. »Hat es nicht bis morgen Zeit?«

»Nein, Vater, es muss jetzt sein.«

Er ließ einen lauten Seufzer hören. »Also dann, heraus mit der Sprache.« Betreten blickte er zu Julia und strich sich sein Haar glatt.

Julia dachte: er will mich nicht dabei haben. Sie ging zu ihrem Onkel, blies ihm einen Kuss auf die Wange, wandte sich ab und wollte gehen, bis Francis sagte. »Bleib da, du erfährst es morgen sowieso.«

Verdutzt drehte sie sich zu ihm um.

Francis schenkte sich ein Glas Whisky ein, kam zu ihnen herüber, starrte in den Kamin und sagte: »Vater, ich habe vor einem Monat geheiratet.«

Vor Erstaunen blieb ihr der Atem weg. Sie starrte Francis entsetzt an. Er sah elend aus. Dann blickte sie zu Sir Richard, dessen Gesichtsausdruck sich umwölbte und von Fassungslosigkeit und Verblüffung zu Feindseligkeit und Hass wechselte. Sir Richard unterließ eine hitzige Erwiderung, die ihm sichtlich auf der Zunge lag. Er hatte etwas Abstoßendes an sich, sodass sie schnell wegschaute. Sie blickte zum Fenster, wohin sich eine Stubenfliege verirrt hatte.

»Sie heißt Annabelle, kommt aus einer sehr reichen, gutbürgerlichen Familie, ihrem Vater gehören einige Schiffe. In einer Woche wird sie hier ankommen.«

Er nahm einen Schluck Whisky, sah dann seinem Vater voll ins Gesicht. »Und außerdem ist sie schwanger.«

Es entstand eine lange Pause.

Mit Augen, starr wie ein Toter, blickte Sir Richard in die Weite. Francis trank sein Glas aus.

Mit gemischten Gefühlen betrachtete Julia ihren Cousin. Er

war schlank, sportlich, von mittelgroßer Statur, ungezwungen und angenehm im Umgang. Er hatte ein ovales Gesicht mit einer breiten Stirn unter dichtem dunkelbraunem Haar, er war bartlos.

Dazu eine gerade und gut geschnittene Nase, lebhafte, nussbraune Augen. Insgesamt eine freundliche Erscheinung. Sie konnte sich noch erinnern, er war der begehrteste Junggeselle in der ganzen Umgebung. Die jungen Damen hatten sich alle bei ihr eingeschmeichelt, weil sie dachten, sie könnte für sie ein gutes Wort bei Francis einlegen. Er war immer sehr zuvorkommend und charmant zu ihnen, aber er wimmelte alle ab, wollte von keiner etwas wissen.

Endlich räusperte sich Sir Richard laut und sagte mit seiner tiefen Stimme. »Also habe ich jetzt eine Schwiegertochter und werde sogar bald Großvater. Und du konntest uns nicht benachrichtigen, ganz zu schweigen, zu deiner Hochzeit einladen. Wie konntest du uns das nur antun? Du weißt doch, dass du deiner Mutter das Herz brichst. Für sie war es immer der große Traum, dich zum Altar zu führen.«

Geknickt schüttelte er den Kopf, er sah auf einmal zehn Jahre älter aus. Plötzlich war er ein gebrochener Mann, wie er da stand mit seinen hängenden Schultern. Er tat Julia leid.

Mit einem verächtlichen Ton fuhr er fort: »Was hätte ich von dir auch schon erwarten können…« Seine Stimme wurde leiser. »Mein einziger Sohn, was sind das für Zeiten, früher wäre das undenkbar gewesen, was erwartest du von mir, von uns?«

»Dass ihr Annabelle wie eine Tochter aufnehmt.«

»Ah, wie eine Tochter. Soll das heißen, dass du mir sagen willst, ich weiß mich nicht zu benehmen?«

»Nein, das wollte ich nicht sagen, sondern wenn dir jemand nicht passt, lässt du es diese Person spüren, und du kannst dann ganz schön gemein sein.«

Sir Richard wandte sich Julia zu. Sein Herz wurde weich, als er seine Nichte anblickte. Sie sollte eigentlich sein Kind sein und außerdem ein Mann, dann wäre die Welt wohl in Ordnung. Er seufzte schwer. »Was meinst du, Julia, stimmt es, was Francis von mir sagt?«

Es entstand eine unbehagliche Pause.

Betreten blickte sie auf ihre Schuhspitze, dann richtete sich ihr Blick auf ihren Onkel. »Um die Wahrheit zu sagen, du machst uns das Zusammenleben mit dir nicht immer einfach. Und oft trittst du die Gefühle der Menschen mit den Füßen. Mit einfachen Worten, du bist ein Tyrann und du willst, dass alle nach deiner Pfeife tanzen. Und wehe, dein Gegenüber will nicht so, wie du es dir einbildest, dann passiert das größte Donnerwetter, oder du machst es unterschwellig und piesackst den anderen, bis er aus deinem Umfeld verschwindet, oder er fügt sich und macht genau das, was du möchtest.«

Sprachlos blickte er Julia direkt in die Augen. »Von wem redest du, etwa von mir?«

Julia warf Francis einen kurzen, verschwörerischen Blick zu.

»Onkel, du kennst dich am besten, und du weißt, wovon ich rede. Ich glaube, Francis möchte dich nur bitten, seine Frau zu respektieren als das, was sie ist, nämlich als deine Schwiegertochter, die dein Enkelkind unter dem Herzen trägt.«

Mit ausdruckslosen Augen starrte Sir Richard in den Kamin. Die glühenden Holzscheite brachen prasselnd entzwei. Funken sprühten auf, flogen über die Esse auf den Parkettfußboden und brannten weitere schwarze Flecken in den Holzboden. Er schüttelte sich leicht, als wenn er eine schwere Last loswerden wollte, und lief langsam zum Kamin, um mit seinen Schuhen die Funken auszutreten. Dann wandte er sich wieder Francis zu. »Gut, ich werde mich von meiner besten Seite zeigen. Du musst mir doch wenigstens zugestehen, dass sogar ich eine

Sonnenseite besitze, oder? Aber was hast du für Zukunftspläne, wenn ich fragen darf?«
Aus seiner Stimme war triefender Sarkasmus zu hören. »Vater, ich möchte gerne hier mit meiner Familie leben, aber natürlich, nur, wenn du es mir erlaubst. Es würde mir gefallen, mit dir zusammenzuarbeiten«, fügte er hastig dazu.
Sir Richard winkte ab. »Früher war das immer mein Wunsch, aber ich weiß nicht, ob ich den heute noch habe. Aber wenn du es möchtest, werde ich mich fügen, du bist ja schließlich mein einziger Sohn und Erbe, aber über dieses leidige Thema will ich mich mit dir später nochmals ausführlich unterhalten.«
Francis hatte Julia die ganze Zeit nicht aus den Augen gelassen. Verdammt noch mal, Julia war wie aus Gold gemacht. Ohne mit der Wimper zu zucken, hatte sie zugehört und zu ihm gestanden. Noch nie hatte er sie so bewundert wie in diesem Augenblick.
»Noch eine Bitte, Vater: »Könntest du mit Mutter reden?«
Dabei blickte Francis betreten weg, denn er wusste, was sein Vater sagen würde. Er wusste auch, dass er recht hatte. Seine Mutter würde in Tränen ausbrechen und ihm stundenlange Vorhaltungen machen. Das konnte er in seinem deprimierten Zustand, den er zurzeit hatte, nicht ertragen.
Enttäuscht schüttelte Sir Richard den Kopf. »Feige bist du also auch noch. Gut, ich werde mit ihr reden. Sonst noch einen Wunsch?«
»Nein, Vater.«
»Gut, dann kann ich ja ins Bett gehen.« Sir Richard verließ die Bibliothek, ohne sich nochmals umzudrehen.
Stumm setzte sich Francis an den Kamin, zeigte Julia nur seinen Rücken.
Am liebsten hätte sich Julia zu Francis gesetzt, um mit ihm zu reden, aber gefühlsmäßig drehte sie sich um und entfernte sich

auf leisen Zehenspitzen.

Bis zum nächsten Morgen hatte sich Julia von ihrer Verblüffung ausreichend erholt. Das wird heute bestimmt ein anstrengender Tag, dachte sie gähnend, schwang die Beine aus dem Bett, schleppte sich mehr, als sie ging, ans Fenster und zog die schweren goldgelben Brokatvorhänge zurück. Sie wurde von Albträumen geplagt. Eine zusätzliche Stunde Schlaf wäre sicher nicht schlecht gewesen, aber sie wollte niemandem in diesem Haus begegnen. Es war wohl besser, erst auszureiten und dann zurückzukommen, wenn die erste dicke Luft sich etwas gelegt hatte. Schon alleine der Gedanke an die endlosen Diskussionen, die folgen würden, machten ihr Beklemmungen. Es war ein wundervoller Tag, ihre schlechte Laune besserte sich zunehmend, als Julia über den gepflasterten Hof zu den Pferdestallungen lief. Sie blickte einigen kleinen, bunten Sperlingen zu, wie sie aus den Pfützen tranken, erschreckt ihre Köpfchen hoben, zu Julia blickten, um dann in den noch etwas dunstigen Morgenhimmel aufzuflattern.
Der Stallknecht sah von weitem, dass Julia sich ihm näherte, so hielt er schon das fertig gesattelte Pferd an den Zügeln, als sie an den Stallungen ankam.
Freundlich lächelte sie ihn an, und schon hatte sie ein Bein über den Rücken des Hengstes geschwungen, den sie, rittlings Schenkeldruck gebend, steigen ließ. Der Junge sprang erschrocken zur Seite. Er zeigte keine Furcht, sondern grinste ihr nur nach.
Julia ritt in Richtung der Weizenfelder. Seit Jahren schon hatte sie angefangen, wie ein Mann zu reiten. Sie fühlte, dass sie so einen besseren Körperkontakt zum Pferd hatte. Ihre Tante fand das zwar unmöglich, aber zum Glück sah sie Julia nicht oft, wenn sie ausritt. Und ihr Onkel nahm es, wie alles, was

Julia tat, mit einem Lächeln hin. Die Stirn in Falten gelegt, dachte sie laut nach: »Hoffentlich nimmt mir der Onkel es nicht übel, was ich gestern über ihn gesagt habe, aber es war die Wahrheit.« Die einzigen Menschen, die er gut behandelte, waren Großmutter und sie selbst, dem Rest der Welt sprühte er Verachtung ins Gesicht. Francis litt wahnsinnig unter der Kälte seines Vaters. Ihm gegenüber war er immer ein verängstigter, schweigsamer, kleiner Junge gewesen. Julia stiftete ihn zu allen Ungezogenheiten an, sie riss ihn aus seiner inneren Vereinsamung und brachte ihn zum Lachen. Sie war das krasse Gegenteil von Francis, sie hatte vor nichts Angst, am wenigsten vor ihrem Onkel. Julia übernahm von klein auf die Führer- und Beschützerrolle, er versteckte sich immer hinter ihrem Rücken, obwohl er vier Jahre älter war als sie. Sie rannte immer vorneweg und Francis hinterher. Julia wusste, dass Francis an ihr hing und sie bewunderte wie keinen anderen Menschen. Sie lächelte. Er war für sie ein Bruder, für den sie immer stark sein musste.

Julia hörte hinter sich einen Reiter näher kommen, drehte sich aber nicht um, weil sie instinktiv fühlte, wer ihr nachritt. Es war Francis.

»Guten Morgen, Julia, du bist heute noch früher unterwegs als sonst.«

»Wie du auch, mein Lieber. Du wolltest wohl einem Streit mit deiner Mutter aus dem Weg gehen?«

»Na ja, du kennst sie ja, ich muss mir nachher noch genug anhören. Ich wollte, dass sie erst mal Dampf ablässt. Ich hatte dich zuerst nicht erkannt, ich dachte, du wärst ein Mann, mit dem Anzug, den du trägst. Reitest du jetzt immer im Herrensattel?«

Enthusiastisch nickte Julia. »Ja, immer, außer wenn wir zur Jagd eingeladen sind. Du weißt ja, da kann ich mich nicht so blicken lassen. Es ist für mich immer eine riesige Umstellung. Das letzte Mal verfing sich der Stoff meines Reitkleides im Steigbügel, da bin ich doch glatt vom Pferd gefallen. Kannst du dir das vorstellen?« Der Kopf von Julia flog hin und her. »Ich vom Pferd stürzen? Es muss so komisch ausgesehen haben, dass ein allgemeines Gelächter bei den Reitern losbrach. Das ist so, als wenn ich von dir jetzt verlangen würde, du solltest dir Damenkleider anziehen und auf dem Damensattel reiten, dann wollte ich dich mal sehen, wie du dich anstellst.« Dabei musste sie kichern, wenn sie sich bildhaft Francis in Frauenkleidern vorstellte. Sie fuhr fort: »Ich finde, das war die blödeste Erfindung des Jahrhunderts. Überhaupt, ihr Männer habt immer bequeme Anzüge an und wir Frauen müssen uns in enge Mieder zwängen, nur um eine schlanke Taille zu haben, weil das angeblich Mode ist und weil es den Männern an uns Frauen besonders gefällt.«

Konsterniert blickte Francis Julia von der Seite an. Was war sie doch für ein seltsames Wesen. »Von diesem Winkel habe ich es noch nie betrachtet, aber du siehst auch in Männerhosen interessant und anziehend aus.«

»Du Schelm, spare dir diese Komplimente besser für deine Frau.« Das hätte sie wohl nicht sagen sollen, denn das Gesicht von Francis versteinerte sich sofort.

Sie ritten ein Weilchen, ohne zu sprechen, nebeneinander her. Die Weichheit der Sonnenstrahlen, die auf den belaubten Wegen des Landgutes tanzten, das Pfeifen der Amseln, ließen Julias Herz höher schlagen. Aber als sie Francis' trauriges Gesicht anblickte, fühlte sie sich schuldig. Seit sie ein Kind war, hatte sie ihn beobachtet und auch irgendwie nachgeahmt. Wenn man das viele Jahre mit jemandem macht, dann braucht man ihn nur anzusehen, um zu wissen, was er denkt oder empfindet. Sie beobachtete Francis und spürte, dass sein Körper in

Übereinstimmung mit ihrem reagierte. Sie fühlte die Unsicherheit, die Nervosität in seiner Brust und die Mühe, mit der er seine Hände im Zaum hielt. Bis sie die Stille zerriss, die beide eingehüllt hatte.

»Francis, du siehst etwas zerknittert aus. Du hast wohl heute Nacht nicht viel geschlafen?«

»Das kannst du dir ja denken.«

»Willst du mir nicht erzählen, wie alles angefangen hat? Aus diesem Grund bist du mir doch nachgeritten, oder?« Sie kraulte zärtlich den Kopf ihres Hengstes.

Ja, er wollte mit ihr reden, erklären, wie es dazu kam, er wollte, dass sie ihn verstand und ihn nicht verurteilte, also fing er mit leisen Worten zu sprechen an.

»Vor zwei Jahren hat mich Annabelles Vater das erste Mal zu sich nach Hause eingeladen. Ich war auf einem seiner Schiffe der Zweite Offizier. Da lernte ich Annabelle kennen. Sie ist lustig, unterhaltsam, wir freundeten uns an. Und immer, wenn ich an Land war, haben wir uns gesehen. Vor sechs Monaten habe ich sie wieder getroffen, und am letzten Abend, bevor mein Schiff abfuhr, ist es dann passiert. Wir haben miteinander geschlafen. Nach vier Monaten, als ich zurückkehrte, war sie im vierten Monat schwanger. Was sollte ich tun, fortgehen? Ihr Vater hätte mich umgebracht, aber nicht nur darum, ich hätte ihr Leben ruiniert. Und das wollte ich nicht. Eine Woche später haben wir geheiratet.«

Grüblerisch fragte Julia: »Liebst du sie?«

Francis neigte seinen Kopf, richtete den Blick in die Ferne und überlegte lange. »Lieben, nein, aber sie kann witzig sein, wenn sie gute Laune hat, ich verstehe mich gut mit ihr, sie ist ein lieber Kumpel, sie hat Anmut, du wirst mit ihr auskommen.«

»Aber warum hast du dann mit ihr geschlafen?«

Die unvermittelte Frage brachte ihn einen Augenblick aus dem

Gleichgewicht. »Es war ihr Körper, sie hat mich gereizt, es war Sex, nichts weiter, und es war nicht einmal so gut.«

Mit liebenswürdiger Sanftheit, gemischt mit unverhülltem Sarkasmus, sagte Julia. »Dazu hättest du auch in ein Freudenhaus gehen können, das wäre für dich billiger gekommen.«

Die angespannten Kiefermuskeln von Francis zeigten Julia, dass sie ein heikles Thema angesprochen hatte.

»Francis, ist es dir unangenehm, über dieses Thema zu reden?«

Lange ließ er seinen Blick auf Julia ruhen. Wie stolz sie aussah, mit ihren grünen Augen, die Haare nachlässig zu einem Pferdeschwanz zusammengebunden. Sie trug eine braune Reithose, dazu eine weiße Rüschenbluse. Darüber eine enge, grüne Jacke. Ihre kleinen Sommersprossen um die Nase wirkten heute eine Spur blasser als sonst. Ein eigenartiger Anblick, sie war eine Spezies zwischen Orchidee und Gänseblümchen, aufreizend schön und ländlich einfach.

»Nein, es ist mir nicht unangenehm, du weißt, du bist wahrscheinlich der einzige Mensch auf Erden, vor dem ich keine Geheimnisse habe. Du hast natürlich recht, aber es gibt im Leben Momente, da setzt der Verstand aus, und man gibt seinem schwachen Körper nach.«

Julia machte ein langes Gesicht. »Einverstanden, ich kann über diese Gefühle nicht mitreden, aber meinst du, dass dieses Sexgefühl ausreicht für ein ganzes Leben?«

Seine Miene verdunkelte sich, er sagte mit zitternder Stimme, »Julia, glaube mir, ich habe diese dreißig Minuten in meinem Leben längst bereut. Aber es ist geschehen, nun muss ich die Konsequenzen tragen.« Dann fügte er zaghaft hinzu: »Ich habe sie gern.«

In diesem Moment tat ihr Francis sehr leid, darum sagte sie, um ihm etwas Mut zu geben, obwohl sie selbst nicht an ihre Worte glaubte: »Aber wenn du sie gern hast, das ist doch schon ein Anfang, irgendwann wirst du sie dann auch lieben. Es gibt doch Ehepaare, die sich erst als sie verheiratet waren, ineinander verliebten.«

Francis ließ sein Mundwinkel hängen. »Ich glaube, lieben kann man nur einmal im Leben.«

»Wie kannst du das wissen? Warst du denn schon jemals richtig verliebt, dass du dir gesagt hast, die oder keine?«

Nervös biss er sich auf die Lippen. »Ja, das war ich, es ist eine verbotene Liebe, und diese Frau ist unerreichbar für mich. Ich bin in diese Person immer noch verliebt, und ich werde sie ewig lieben.«

Die Hände von Julia wurden in ihren feinen Wildlederhandschuhen feucht. Sie dachte, er wird doch jetzt nicht anfangen, mir eine Liebeserklärung zu machen, jetzt, wo er verheiratet ist?

»Ich glaube, wir sollten zurückreiten. Deine Eltern werden schon mit dem Frühstück auf uns warten.«

Sie gab ihrem Hengst die Sporen, er machte einen Satz zur Seite, sie riss das Pferd herum und ritt im gestreckten Galopp davon. Nach einer Entfernung blieb sie stehen und blickte zurück, aber Francis stand schon neben ihr.

Francis dachte, sie weiß es, und ich Idiot habe mir immer eingebildet, sie würde es nicht merken. Sie möchte jetzt nicht darüber reden. Auch gut, es würde sowieso nichts ändern.

»Julia, was hast du denn die ganzen Jahre hier gemacht, war es dir nicht langweilig ohne mich?«

»Am Anfang schon, aber dann hat mich dein Vater unterrichtet, das Anwesen zu führen, das macht richtig Spaß.«

»Dann stört es wohl jetzt, dass ich zurückgekommen bin?«

Empört erwiderte sie: »Wie kannst du denn so etwas sagen, ich bin wirklich glücklich, dass du hier bist, ich muss dir nicht sagen, dass ich dich gern habe wie einen Bruder, du hast immer einen besonderen Platz in meinem Herzen.«

»Es ist schön, das von dir zu hören. Ich hoffe, dass du immer so denken wirst.«

Bei diesen Worten blickte er Julia sehr befremdend an.

»Julia, ich habe oft an unsere Abenteuer gedacht, zum Beispiel, als ich in Oxford studierte. Ich wohnte im Studentenwohnheim, Vater, Mutter und du wolltest mich besuchen, aber Frauen kamen da nicht rein. Ich saß in meinem Zimmer, als es an die Tür klopfte. Ein anderer Student sagte, du hast Gäste, unten in der Halle steht dein kleiner Bruder. Ich glaube, so dämlich wie in diesem Moment habe ich noch nie in meinem Leben aus der Wäsche geschaut. Du sahst mit deinen Hosen wirklich wie ein kleiner Junge aus. Wenn ich dich so auf der Straße gesehen hätte, hätte ich dich wahrscheinlich nicht erkannt.«

Beide lachten schallend hinaus. Der peinliche Moment von vorher war vorüber, und sie konnte ihm wieder in die Augen blicken.

Am Nachmittag, als Julia im Arbeitszimmer ihres Onkels saß, kam Lady Isabel zur ihr. »Was ist eigentlich los mit dir, Julia? Seit du von Dover zurück bist, habe ich den Eindruck, dass dich etwas bedrückt. Auf jeden Fall hast du deine Gedanken woanders und nicht hier, oder?«

»Wie gut du mich doch kennst, ich wollte sowieso mit dir reden, Grandma.«

Lady Isabel nahm auf dem Stuhl Platz, der vor dem Schreibtisch stand.

»Vor einigen Jahren hast du mir erzählt, dass meine Mutter mir ihren Familienschmuck vererbte und du ihn zur Aufbewahrung hast?«

Großmutter nickte Julia bestätigend zu, »das ist richtig, ich habe ihn in meinem Tresor im Schlafzimmer.«

»Ist er sehr wertvoll?«

»Das will ich meinen, deine Mutter kam aus einer sehr reichen und angesehenen Familie.«

»Warum haben wir keinen Kontakt zu meinen Verwandten?« Etwas in Großmutters Ton ließ Julia aufhorchen.

»Weil deine Familie in Schottland lebt.«

»Warum spricht in diesem Haus nie jemand über meine Eltern?« Julia lehnte sich bequem zurück und hörte ihrer Großmutter aufmerksam zu.

»Das ist eine tragisch-romantische Liebesgeschichte, du hast ein Recht darauf, die ganze Wahrheit zu erfahren.« Lady Isabel beugte sich etwas vor, nahm ein trockenes Anisgebäck aus einer Glasschale, die immer für sie bereitstand.

»Veronica, deine Mutter, stammt aus dem Geschlecht der Grafen Douglas. Du hast sicherlich schon mal den Namen hier im Hause gehört?«

»Ja, ich kann mich erinnern, aber bitte, erzähle weiter, ich bin sehr neugierig, mehr über meine Familie zu erfahren.«

Lady Isabel lächelte Julia mit ihrem faltendurchfurchten Gesicht an und fuhr fort.

»Nun, deine Mutter war einem Sohn der Grafen Edinburgh versprochen, aber einige Monate vor der Hochzeit hatte sie bei einem Ball deinen Vater kennengelernt. Es war Liebe auf den ersten Blick. Sie trafen sich täglich in einem Wäldchen in der Nähe von ihrem Herrensitz. Einige Wochen vor der Hochzeit flog die ganze Geschichte auf, sie wurden miteinander von ihren Brüdern ertappt. Dabei haben sie Paul, deinen Vater, fast totgeschlagen. Deine Mutter wurde unter Bewachung im Schloss eingesperrt. Dein Vater wurde zum Glück von Holzfällern gefunden, notdürftig behandelt und gesund gepflegt. Einen Tag vor der Hochzeit drang dein Vater mit

Gewalt in das Schloss ein und entführte deine Mutter. Dabei hat er einen Wachposten erschossen. Tagelang hausten sie in einer Höhle, bis die Luft einigermaßen sauber war. Als Bauern verkleidet, konnten sie dann unbehelligt entkommen. Zwei Wochen später ließen sie sich bei einem Dorfpfarrer trauen. Ich kann mich noch erinnern, als ob es gestern gewesen wäre. Sie kamen am 25. Juni, spät in der Nacht, hier an. Veronica war erst 17 Jahre alt, sie stand wie eine Puppe, zerbrechlich wie Porzellan, mit einem blauen Cape bekleidet, unten vor dem Portal. Sie war eine junge Frau mit seltener, geheimnisvoller Schönheit und großem Liebreiz; sie hatte dieselben Augen wie du. Die Kombination von grünen Augen und schwarzem Haar war so betörend und wunderbar, dass sie ihre Mitmenschen allein nur mit ihren leuchtenden Augen magisch in ihren Bann zog. Ihre Stimme war voll sanfter, düsterer Melancholie.«

Nervös faltete Julia die Hände im Schoß, ihr Blick hing gespannt an den Lippen ihrer Großmutter.

»Ich hatte wahnsinniges Mitleid mit ihr, du hättest sie sehen sollen. Dein Großvater war gleich in sie vernarrt. Vielleicht rief sie bei ihm den Beschützer-Instinkt hervor, oder er hatte denselben Geschmack wie dein Vater, ich weiß es nicht, wir haben uns nie darüber unterhalten. Auf jeden Fall hatte er sie sofort ins Herz geschlossen. Er machte deinem Vater die größten Vorwürfe, dass er deiner zarten Mutter so eine gefährliche Strapaze zumutete. Die Gefahr war damit nicht ausgestanden, dass sie hier auf dem Gut waren. Die Familie deiner Mutter wusste ja genau, wo dein Vater zu finden war. Es wäre für sie ein Leichtes gewesen, hier einzudringen. So stellten wir überall Wächter auf. Deine Mutter blieb wochenlang nur im Haus, nicht mal in den Garten traute sie sich. Nach einem Jahr warst du geboren, das Leben ging wieder den gewohnten Gang. Veronica hatte sich eingelebt und auch die Angst etwas verloren, obwohl sie immer sagte, eines Tages würden ihre Brüder bestimmt vor der Tür stehen. Zwei Jahre später fuhren deine Eltern für ein Wochenende nach London, dich ließen sie zurück. Und dann passierte das Unausweichliche, sie wurden nachts, nachdem sie von einem Theaterbesuch zurückkamen, vor ihrer Haustüre bestialisch erstochen. Man hat den oder die Mörder nie gefunden.«

Wie vom Donner erschreckt, ergriff Julia die Hände von Lady Isabel. »Das ist ja abscheulich, wie kann man jemanden umbringen, den man liebt. Und dann noch die eigene Schwester, das ist einfach unfassbar. Aber ich habe dich unterbrochen; wie geht die Geschichte weiter?«

»Einige Jahre später, ich glaube, du warst so fünf Jahre alt, kam dein Großvater. Ein großer, knorriger Schotte, eine ebenso hagere wie dominante Persönlichkeit, gewohnt zu befehlen und keinen Widerspruch hinzunehmen. Stolz und aufrecht, ganz in Schwarz gekleidet, kam er herangeritten. Als ich ihn so sah, fiel mir die Sage von dem schwarzen Ritter ein. Er stand vor dem Portal und forderte, dich zu sehen. Wir verweigerten es ihm natürlich, da kamst du zur Tür herausgestürmt, wie du es heute noch machst. Und du hast gefragt, wer ist dieser Mann, Grandma; er wusste natürlich sofort, wer du warst. Er stieg von seinem Pferd ab, kam auf dich zu, mit tränenerstickter Stimme sagte er. »Das gibt's doch nicht, sie sieht aus wie meine kleine Veronica.«

Es war rührend zu sehen, wie ein Baum von einem Mann sich so gehen lassen konnte. Er kniete sich zu dir herunter und fragte: »Wie heißt du, kleine Prinzessin?«

Du hast ihn angestrahlt. Und sagtest: »Ich bin Prinzessin Julia.«

Die Situation war so komisch, das kannst du mir glauben, dass ich mir mit aller Gewalt das Lachen unterdrücken musste. Dein anderer Großvater, Michael, blickte mich strafend an.

Mit tiefer, dunkler Stimme sagte er zu uns: »Ich bin gekommen, um meiner Enkelin ihr Erbe zu bringen, das von Generation zu Generation immer die älteste Tochter erbt.«

Vor Aufregung biss sich Julia auf ihre Lippen.

»In diesem Fall war Veronica nicht nur die älteste, sondern auch die einzige Tochter. Deine Mutter hatte mir erzählt, dass sie ein ganz besonders enges Verhältnis zu ihrem Vater hatte.«

Julia schüttelte den Kopf, richtete sich auf und ringelte mit ihrer rechten Hand ihre herabhängende Strähne auf. Sie blickte Lady Isabel mit fassungslosen Augen an und seufzte tief.

»Eine wahrhaft unglaubliche, romantische, schreckliche Geschichte. Jetzt verstehe ich auch, warum dieses Thema immer tabu war in diesem Hause.« Es kostete Julia sichtlich Anstrengung, die Fassung zu wahren.

»Ja, mein Kind, das ist eine Horror-Geschichte, aber leider wahr. Das war das Letzte, was wir von deiner Familie gehört haben.«

»Ich würde gerne meine Mörderfamilie kennenlernen. Meinst du, mein Großvater lebt noch?«

»Schon möglich, er dürfte in meinem Alter sein.«

Grüblerisch zog Julia eine Braue hoch. »Obwohl, wenn ich mir das so recht überlege, die Brüder haben ihre eigene Schwester umgebracht, oder die Mörder bezahlt, was ja genauso schlimm ist. Wahrscheinlich würde ich sie sogar hassen und sie mich auch.«

»Mein Kind, du musst die Vergangenheit zuerst mal verdauen, dann kannst du dir immer noch überlegen, ob du sie sehen möchtest oder nicht. Übrigens, du hast mir noch nicht gesagt, was du mit dem Schmuck vorhast?«

Tief Luft holend, fragte Julia: »Grandma, könntest du dir mich als Geschäftsfrau vorstellen?«

Lady Isabel neigte den Kopf zur Seite und lächelte Julia an.

»Also, wenn ich mir eine Frau vorstellen kann, die in der Geschäftswelt der Männer zurechtkommt, dann nur du, mein Herzchen.«

Julia strahlte und sprudelte heraus, »ich möchte in Dover ein Fuhrunternehmen mit Philip Dickens eröffnen, das heißt, ich bringe das Geld, und er organisiert das Unternehmen.«

»Bist du nicht etwas zu jung und unwissend in solchen Dingen, und wer ist Philip Dickens?«

Die Stimme von Julia war voller Elan und Begeisterung.

»Ja, das stimmt schon, ich bin unerfahren, aber ich habe ein untrügliches Gefühl für Menschen. Ich bin überzeugt, das wird ein gutes Geschäft, und diesen Philip habe ich das letzte Mal in Dover kennengelernt. Mein Instinkt sagt mir, auf den Mann kann ich bauen, er wird mir treu ergeben sein, sofort war er mir sympathisch, er hat ein dynamisches, bestimmendes Auftreten.« Nachdenklich rieb sie sich am Ohr. »Er hat nur ein Problem, und das ist der Alkohol.«

Es entstand eine Pause. »Aber ich hoffe, wenn er eine feste Arbeit hat und ihm das Geschäft sogar zu 50% gehört, dann wird er nicht mehr so viel Zeit und Lust zum Trinken haben. Das Einzige, was ich ihm vielleicht noch verschaffen müsste, wäre eine Frau, aber das kommt später. Jetzt weißt du, warum ich den Schmuck brauche.«

Lady Isabel lächelte vor sich hin und dachte, sie spricht mit so einem Enthusiasmus, der ansteckend ist, sie ist ein Bündel Energie.

»Warum willst du dir das Geld nicht von deinem Onkel leihen?«

Energisch schüttelte Julia den Kopf. »Nein, das möchte ich nicht, es soll mein Geschäft für die Zukunft werden.«

Laut stöhnte Lady Isabel und legte ihre Stirn in Falten. »Gut, wie du meinst. Komm mit mir, ich gebe dir dein Schmuckwerk, du bist jetzt alt genug.«

Eilig schritt Julia ihrer Großmutter hinterher und dachte, dass sie in letzter Zeit etwas wackeliger geworden war. Früher benutzte sie ihren herrlich geschnitzten Gehstock nur gelegentlich, aber in letzter Zeit ging sie keinen Schritt mehr ohne ihn. Im Schlafzimmer angekommen, lümmelte sich Julia auf das große Bett von Lady Isabel.

Ihre Großmutter trat an den Schrank, in dem sie ihre Mäntel und Pelze aufbewahrte. Sie öffnete eine Schublade, zog sie heraus, drückte auf eine für das ungeübte Auge kaum erkennbare Feder. Ein Geheimfach sprang heraus, in dem eine Schmuckschatulle verborgen war. Lady Isabel klappte den Deckel zurück, und zum Vorschein kamen Schmuckstücke, die in weiche Flanelltücher eingewickelt waren. Sie breitete sie neben Julia auf der tiefroten Tagesdecke aus.

»Deine Mutter konnte ihren Schmuck leider nicht zu ihrer Hochzeit tragen. Ich hoffe, dass du mehr Glück in deinem Leben haben wirst und nach dem richtigen Mann für dein Leben Ausschau hältst, der dich auf Händen trägt.«

»Grandma, was du auch immer so sagst, dann muss er natürlich reich sein und gut aussehen. Als ob man so einen Mann an der nächsten Ecke finden würde.«

Julia beugte sich über das Geschmeide, ein funkelndes Gewirr von Brillanten, Amethysten, Saphiren, Smaragden, Rubinen, weißen, schwarzen, rosé- und cremefarbenen Barockperlen leuchteten ihr entgegen. »Oh, das sind wunderbare Stücke. Hast du eine Idee, was zum Beispiel dieser Brillantring für einen Wert hat?«

»Ich weiß auch nicht, aber ich könnte mir vorstellen, dass du damit einige Kutschen kaufen kannst.«

»Oh, das wäre ja herrlich.«

Lady Isabel ging nochmals an den Tresor und holte einen

weiteren Beutel mit Schmuckstücken heraus. Sie entnahm dem Beutel eine schwere Goldkette.

»Julia, das ist der Familienschmuck der Familie Hardcastle, den bekommt immer die älteste Tochter, wie bei der Familie deiner Mutter, aber nachdem ich keine Tochter habe, bekommst du ihn von mir überreicht, und diese Kette möchte ich der Frau von Francis zum ersten Kind schenken, du bist doch damit einverstanden?«

»Natürlich, aber den Schmuck kann ich doch nicht annehmen.«

»Nimm ihn nur, er steht dir zu, vielleicht brauchst du ihn irgendwann dringend. Jetzt bringst du sogar ein Vermögen als Mitgift in deine zukünftige Ehe, und so wie die Sache hier im Hause steht, kann man nie wissen, was morgen ist. Ich würde dir raten, bei einer großen Bank einen Tresor zu mieten.«

»Ja, das ist eine gute Idee.« Julia sprang wie ein junges Reh auf, umarmte ihre Großmutter überschwänglich und küsste sie auf beide Wangen.

»Was würde ich nur tun, wenn ich dich nicht hätte.«

Lady Isabel lachte laut hinaus. »Dann hättest du eine andere Großmutter, die dich genauso gern hätte, wie ich dich.«

Julia konnte der Versuchung nicht widerstehen. Sie nahm ein Smaragdhalsband vom Bett, betrachtete es liebevoll, legte sich das Schmuckstück um den Hals.

»Grandma, kannst du mir behilflich sein, das Halsband zu schließen, ich möchte einen Blick auf mich selbst werfen.« Julia stellte sich vor den großen, silberumrahmten Spiegel neben dem antiken Mahagonischrank. Sie bewunderte sich von allen Seiten.

»Ich bin sehr eitel, nicht wahr, Grandma?« Dabei zog sie eine Grimasse.

»Na ja, ein bisschen schon, mein Kind, aber du bist ja auch

wunderschön.«
Julia schenkte ihrer Großmutter das schönste Lächeln, das sie besaß. Sie liebte es, bewundert zu werden. Sie begutachtete und bestaunte den ganzen Pomp, packte behutsam Stück für Stück wieder zusammen.
»Ich habe das untrügliche Gefühl, dass ich mit dem Schmuckwerk viele Geschäfte kaufen kann, meinst du nicht auch?«
Lady Isabel strich Julia liebevoll über ihr rotes Haar. »Das glaube ich auch, mein Kind.«
Beim Hinausgehen drehte sie sich noch einmal um und sagte: »Nochmals danke, du bist das Liebste, was ich habe, und das sage ich nicht nur wegen des Schmucks, Grandma.«

Die Tür zu Lady Beatrices Schlafzimmer stand weit offen. Die Tante saß auf dem Bett und trank eine Tasse Tee. Julia hatte das Gefühl, dass sie sich bei ihrer Tante entschuldigen musste. Sie hatte auch ihre positiven Seiten, aber es regte Julia wahnsinnig auf, wenn sie wegen Nichtigkeiten ein Drama heraufbeschwor. Sie verlangte von allen Mitgliedern ihres Heims immer tadellose Manieren. Auftreten und Verhalten spielten bei ihr eine äußerst wichtige Rolle, und Julia war ihr in dieser Hinsicht ständig ein Dorn im Auge.
»Tante, wie gut, dass ich dich finde, ich wollte mich bei dir entschuldigen. Es tut mir leid, ich hätte dich nicht so anfahren dürfen.«
Lady Beatrice rückte weiter ins Bett und klopfte auf die Matratze. »Komm Julia, setz dich zu mir aufs Bett.«
Dann nahm sie Julia in den Arm, was sehr selten vorkam, denn sie war eine reservierte und äußerst kühle Person. Wenn man ihr einen Witz erzählte, brachte sie nicht einmal ein Lächeln hervor.
»Vergessen wir, was war, du weißt ja, ich meine es nur gut mit

dir. Ich habe dich wie meine eigene Tochter erzogen, wollte immer Mutterersatz für dich sein.«

»Ja, ich weiß schon, Tante Beatrice, ich bin dir auch sehr dankbar dafür, das werde ich dir auch nie vergessen.«

Belehrend erwiderte Lady Beatrice: »Weißt du, Julia, du bist für eine junge Frau viel zu emanzipiert, das gefällt den Männern nicht immer, sie wollen ein Heimchen am Herd. Du bist bei uns sehr behütet aufgewachsen und weißt nicht so recht, was es in der heutigen Zeit heißt, ohne Mann durch die Welt zu gehen. Die Frauen werden diskriminiert. Eine soziale, ebenbürtige Heirat ist wichtig, hauptsächlich für dich, weil du, außer deinem Schmuck, nichts in die Ehe bringst, und da wissen wir nicht genau, ob er überhaupt einen großen Wert hat. Und du weißt auch, dass eine Verlobungszeit generell vier bis fünf Jahre währt. Du wirst jetzt einundzwanzig Jahre alt, wie stellst du dir das vor?«

Etwas betreten blickte Julia ihre Tante an. Dann stand sie auf, ging zum Fenster, schaute zu den dunklen Regenwolken, die tief am Himmel hingen. »Das weiß ich auch alles, aber ich kann mir einfach nicht vorstellen, mit einem Mannsbild ein Leben lang zusammen zu sein, ohne dass ich ihn liebe. Und bis jetzt ist mir das Gebilde von Mann noch nicht über den Weg gelaufen, für den ich meine Unabhängigkeit aufgeben würde.«

Ungerührt bemerkte ihre Tante: »Julia, was verstehst du von Unabhängigkeit? Hier bist du auch auf deine Familie angewiesen und später auf Francis, der dich sehr gern hat, aber weißt du, ob du mit seiner zukünftigen Frau, ach ich habe ja ganz vergessen, dass er schon verheiratet ist, also seiner Frau auskommen wirst?« Lady Beatrice krauste nachdenklich ihre Stirn. »Glaube mir, ich verstehe dich schon, aber dir laufen die Jahre davon. Jetzt bist du noch relativ jung, hübsch und attraktiv, und die Männer begehren dich. Aber glaube mir, die Zeit

vergeht schnell, dann bist du verblüht und keiner dreht sich mehr nach dir um. Zum Beispiel meine Freundin Edelgard, die in Guildford lebt, klagte mir bei meinem letzten Besuch ihr Leid. Sie verlor vor zwei Jahren ihren Mann. Leider hinterließ er ihr kaum ein Vermögen, weil sie die zweite Frau war und er mit seiner ersten sieben Kinder hatte, so erbten die Kinder den größten Teil des Besitzes. Das war sogar so schlimm, dass sie aus dem Herrenhaus verwiesen wurde. Leider, oder Gott sei Dank, hatten sie keine Kinder. Sie verdient sich ihren Lebensunterhalt, indem sie Klavierunterricht bei besser gestellten Familien gibt und den Rest, was sie sonst noch zum Leben braucht, bekommt sie von ihren Geschwistern. Die befreundeten Familien aus früheren Zeiten haben sie vergessen, sie wird gemieden. Die Frauen haben Angst, meine Freundin würde mit ihren Männern kokettieren. Einer Aussätzigen kann es nicht schlimmer gehen. Und die Männer sind nicht besser, die nähern sich ihr, um ihr unsittliche Anträge zu machen. Einer ging sogar so weit, dass er sie vergewaltigen wollte. Zum Glück kam die Hausmagd dazu, sodass er von ihr abließ. Ich weiß auch, Gefühle und persönliche Zuneigung werden immer wichtiger, Leidenschaft sollte die Partnerwahl bestimmen, nicht mehr rationale und soziale Erwägungen. Aber das sind alles romantische Ideen. Vielleicht können Frauen eines Tages ihren Ehepartner selbst wählen, aber so weit sind wir leider noch nicht, mein Kind.«
Gedankenversunken starrte Julia ihre Tante an und dachte, komisch, mit ihr kann man sich doch ganz vernünftig unterhalten. »Tante Beatrice, danke, dass du so offen mit mir redest, so habe ich das noch nicht gesehen und ehrlich gesagt, habe ich mir auch nie Gedanken darüber gemacht. Aber wenn ich die ganzen Ehen um mich herum ansehe, dann ist Ehe Knechtschaft, und so kann und will ich nicht leben.«

»Ach Julia, du bist ein Kindskopf. Auch wenn keine Liebe im Spiel ist, kann man eine Ehe aufrechterhalten, durch liebevolle und gegenseitige Achtung. Ich gehöre auch nicht zu den Menschen, für die die Ehe Seelenfrieden und Glück bedeutet. Viele Frauen meinen, sie werden durch die Ehe erst ein vollständiges Wesen. Aber trotzdem bin ich der Meinung, es ist besser, mit einem ungeliebten Mann zu leben als ohne Mann.«
Gedankenverloren beobachtete Julia einen gelben Schmetterling, der verirrt zum offenen Fenster hereinflatterte. Er ließ sich auf dem duftenden Rosenstrauß nieder, der auf dem Sekretär stand. Julia wandte sich wieder ihrer Tante zu.
»Ich werde über alles nachdenken, was du mir soeben gesagt hast, das verspreche ich dir. Ach übrigens, hast du die Einladungen schon fertig? Ich würde sie gerne mitnehmen.« Dabei setzte sich Julia wieder neben ihre Tante.
»Ja mein Kind, sie liegen da drüben auf dem Schreibtisch.«
Erst jetzt blickte Julia ihre Tante genau an. Sie hatte geweint, hatte feuchte, geschwollene und gerötete Augen, sie saß so klein, etwas zu mollig, vor ihr, ihre sonst unfehlbare Frisur war zerdrückt. Sie konnte ihr nachfühlen, was es für sie bedeutete, dass ihr einziges Kind ihr so eine Schande zufügen konnte.
Mit bekümmerter Miene fragte ihre Tante: »Du hast ja sicher schon mitbekommen, dass ich Großmutter werde? Ist das nicht schrecklich, was werden die Leute sagen, überhaupt keine Hochzeit, kein Fest, was für eine Blamage. So etwas ist in unserer Familie noch nie vorgekommen.«
Weich drückte Julia ihre Hand. »Du musst das von der besten Seite sehen, Tante Beatrice. Irgendwann musste Francis ja auch heiraten. Es wird hier bald ein kleines Kind herumkrabbeln, das dich sehr lieb haben wird.« Jetzt nahm Julia ihre Tante Beatrice in den Arm, und sie weinte sich an ihrer Schulter aus. Julia streichelte ihrer Tante zart über den Rücken und drückte

sie an sich. Um sie abzulenken, fragte Julia nach einem Weilchen: »Tante Beatrice, wir müssen uns noch über die Vorbereitungen für das Fest unterhalten. Vielleicht können wir sogar die Einladungen ändern und das Fest für die jungen Brautleute geben?«
Lady Beatrice schüttelte heftig den Kopf und runzelte die Stirn.
»Nein, das will ich nicht, es soll dein Fest sein.«
»Warum nicht, Tantchen, oder wir schreiben gar keinen Anlass drauf und verkünden am selben Abend, dass das Fest zu meinem Geburtstag, aber auch zur Eheschließung von Francis und seiner Frau veranstaltet wird.«
»Hört sich nicht schlecht an.« Ihre Augen bekamen wieder etwas Glanz. »Aber dann müssen wir die ganzen Einladungen neu schreiben, oder?«
»Tantchen, wenn wir gleich anfangen, werden wir bis heute Abend fertig, und ich kann sie morgen mitnehmen.«
»Wie du meinst.«
Julia hörte aus ihrer Stimme Mitgefühl heraus und ergriff ihre Chance. »Tantchen, ich möchte in Dover einige Tage länger bleiben. Du weißt ja, dass ich dringend neue Kleider brauche, die erste Anprobe möchte ich gerne abwarten und gleichzeitig meine Freundin Elsa besuchen, um ihr persönlich die Einladung zu überbringen. Ich habe Elsa schon ewig nicht mehr gesehen. Vielleicht kann ich auch mit ihr Ausflüge in die Umgebung machen.«
»Das wäre sicher schön für dich. Wie lange gedenkst du, in Dover zu bleiben?«
»Ich weiß nicht genau, vielleicht vier bis sechs Tage.«
»Du gehst aber ohne Albert nirgends hin und lässt dich auch nicht von fremden Männern einladen.« Da lachte sie schon wieder etwas fröhlicher und zeigte Julia ihren Zeigefinger.
»Ist schon in Ordnung, grüße mir herzlich die Familie

Eggleston.«

Julia drückte ihre Tante nochmals herzlich, küsste sie auf beide Wangen und ging leichtfüßig davon.

Ihre Tante starrte ihr nach und dachte, das Leben wird es sicher gut mit ihr meinen, sie war so voller Energie und hatte die Begabung, die anderen aufzuheitern und zu begeistern. Julia verkörperte in einer Person Schönheit, Eleganz, Intelligenz, Charme und Fleiß. Auch hatte sie einen unbeschreiblichen Geschmack und Instinkt für Kleider, die ihr standen, diese Kombination war im Leben sehr selten. Julia war zwar nach ihrem Geschmack nicht das typische Schönheitsideal, weil sie zu groß und etwas zu schlank war und bei den Männern nicht den Beschützer-Instinkt hervorrief. Aber diese Eigenschaften, die sie besaß, müssten eigentlich ausreichen, um den geeigneten Lebenspartner zu finden. Dabei schlürfte sie genüsslich ihren kalten Tee zu Ende.

Sehr früh stand Julia auf. Sie war allerbester Laune, das Wetter schien schön zu werden. Die Fahrt war wunderschön, selten nahm sie die Natur so in sich auf, wie an diesem Tag. Dover begrüßte sie schon von weitem mit den weißen Kreidefelsen, die steil in den Abgrund stürzten. Man nennt es das Land der weißen Klippen, die Landschaft ist unvergesslich und der Blick von den weltberühmten White Cliffs of Dover einfach atemberaubend.

Zu Albert gewandt, sagte sie: »Ist das nicht ein bestrickender Tag? Wir sollten in den nächsten Tagen einen Ausflug zu den Klippen machen, was meinst du?«

In seiner ergebenen Art strahlte er Julia an. »Das wäre eine tolle Idee, Miss Julia.«

Als sie in der Stadt angekommen waren, sagte Julia: »Edward und du Albert, ihr könnt zusammen die Einladungen austeilen und mich lasst ihr hier aussteigen. In zwei Stunden holt ihr mich im Park ab.«

Albert wollte protestieren, aber Julia winkte nur ab. Zuerst stattete sie ihrem Anwalt, Mr. Lampert, einen Besuch ab.

Sofort ließ er Julia hereinbitten. »Schön, Sie wieder zu sehen, Miss Hardcastle, ich habe Ihnen hier einen kompletten Geschäftsplan zusammengestellt.«

Er betrachtete Julia. Generell hatte er etwas gegen Frauen, die zu emanzipiert waren. Aber bei ihr störte es ihn nicht. Im Gegenteil, in ihrer Gegenwart vergaß er die Frau, obwohl ihm das sicher keiner seiner Freunde glauben würde, bei dem Aussehen.

»Und als Juwelier kommt nur Mr. Holborn in Frage, ein Experte in seinem Fach, zweifellos hat er die beste Kundschaft. Miss Julia, ich habe auch einen Kunden, von dem weiß ich, dass er Antiquitäten sammelt, den habe ich angesprochen, wegen Ihres Schmucks, ich habe ihm natürlich keinen Namen genannt. Er zeigte Interesse und würde den Schmuck gerne ansehen. Ich könnte mir vorstellen, dass er bereit wäre, etwas mehr als der Juwelier zu bezahlen.«

Mit Begeisterung blickte Julia Mr. Lampert an. Ihr Onkel hatte recht, das war der beste Winkeladvokat in Dover, er machte seine Hausaufgaben sehr gut.

»Wunderbar, wann können wir einen Termin mit diesem Gentleman machen?«

Er räusperte sich. »Da ist nur ein Problem. Dieser Herr möchte anonym bleiben.«

Verstehend nickte Julia mit dem Kopf. »Befindet sich dieser Gentleman zurzeit in Dover?«

»Ja, er besucht gerade einen Verwandten.«

»Gut, dann werde ich jetzt den Schmuckfachmann aufsuchen. In zwei Tagen bringe ich Ihnen den Schmuck vorbei, den ich veräußern möchte.«

Julia verließ Mr. Lamperts Büro und marschierte zwei Blocks weiter zu dem Goldschmied. Sie betrat einen etwas altmodisch eingerichteten Laden, in dem ein älterer Herr sie begrüßte, der einen etwas schusseligen Eindruck machte, aber seine hellen, wachen Augen belehrten sie eines Besseren.

»Mr. Holborn, darf ich mich vorstellen, Julia Hardcastle.«

»Freut mich, Mr. Lampert hatte Sie mir schon angekündigt, kommen Sie weiter in mein Arbeitszimmer, was kann ich für Sie tun?«

Julia zog den Beutel mit dem Schmuck aus ihrer Handtasche. »Ich möchte, dass Sie mir über jedes Schmuckstück ein Gutachten erstellen und mir einen Schätzwert geben.«

»Lassen Sie mal sehen.« Er holte eine große Lupe hervor. Dabei blickte er auf den Anhänger, den Julia um den Hals hängen hatte, das Geschenk von Francis. »Das ist aber ein interessantes Stück.«

»Wollen Sie es anschauen?«

»Gerne, wenn Sie es mir gestatten.«

Julia nahm die Kette ab und legte das Schmuckstück in seine Hand.

Der Juwelier betrachte es eingehend, bis er sagte: »Diesen Anhänger habe ich vor kurzem gesehen. Er lief kurz weg, kam mit einem Buch zurück, wo genau dieser Anhänger abgebildet war.

»Da steht, Löwin von Ur mit Adlerkörper. Dieser Schmuckanhänger aus Lapislazuli, Gold und Kupfer, Mitte 3. Jahrhundert vor Christus, wurde in der sumerischen Stadt Ur entdeckt.«

Seine Augen leuchteten, als er sie anlächelte. »Wissen Sie denn, dass dieses Halsband einen unschätzbaren Wert hat?«

»Nein, das wusste ich nicht, aber vielleicht ist es auch nur eine gute Imitation.«

Mr. Holborn tat etwas beleidigt. »Miss Hardcastle, ich irre mich nie, aber es kann natürlich sein, dass zu dieser Zeit mehrere gleiche Schmuckstücke hergestellt wurden.«

»Entschuldigung, ich wollte ihre Qualifikation nicht anzweifeln, aber ich habe dieses Schmuckstück erst vor ein paar Tagen von meinem Cousin geschenkt bekommen.« Dabei nahm Julia den Anhänger, streichelte ihn liebevoll mit dem Daumen.

»Ihr Verwandter muss Sie sehr gern haben.«

»Das nehme ich auch an, wir sind zusammen aufgewachsen.«

»Interessant«, er kniff ganz leicht die Augen zusammen. »Es gibt auch ein böses Omen, das dieses Schmuckstück betrifft. Die Sage berichtet, ein König ließ diesen Anhänger für seine zukünftige Frau fertigen, die Prinzessin liebte aber den Bruder des Königs. Der König wiederum erfuhr von der verbotenen Liebe, war sehr eifersüchtig und konnte es nicht verwinden, darum ließ er seinen Bruder ermorden. Die besagte Prinzessin hat sich dann aus Liebeskummer vergiftet. Miss Hardcastle, ich hoffe, Ihnen bringt der Schmuck mehr Glück.«

Jetzt war Julia peinlich berührt. Sie senkte den Blick. Ob Francis die Sage wohl kannte? Bestimmt nicht.

Der Juwelier widmete sich jetzt dem mitgebrachten Schmuck. »Was haben wir denn da?« Er fasste nach einer Halskette aus Smaragden und untersuchte sie genauer mit seiner Lupe.

»Schauen Sie sich diese wunderbaren Steine an, diese Smaragde sind zuweilen von Einschlüssen getrübt, sehen Sie, wie hier, dies gilt als Zeichen für Echtheit. Makellose Exemplare von guter Farbe und Größe sind äußerst selten und erzielen teilweise höhere Preise als gleichschwere Diamanten.« Es folgte eine Pause. »Und dieser Rubinanstecker, die wertvollsten Steine sind wie diese, die Farbe variiert bei den verschiedenen Exemplaren von Rosarot über Rubinrot und

Karminrot, bis hin zu einem tiefen Purpurrot bei den kostbarsten Steinen. Dieses geschliffene Exemplar zeigt Asterismus, das heißt, im Inneren des Steins ist ein sechsstrahliger Stern zu erkennen. Diese sogenannten Sternrubine sind sehr geschätzt.« Der Juwelier legte die Stücke wieder zurück und blickte Julia an. »Miss Hardcastle, Sie haben wirklich einen außergewöhnlich schönen Schmuck.«

Julia beugte sich näher zu dem Juwelier. »Ich sollte die Expertise bis morgen haben.«

»Unmöglich, das ist gänzlich unmöglich, ich brauche mindestens zwei bis drei Tage dazu.«

Julia zog ihre weichen Handschuhe wieder an. »Haben Sie auch Kunden, die eventuell an einem oder zwei Schmuckstücken interessiert wären?«

Mr. Holborn überlegte kurz. »Ganz sicher, Sie müssten mir nur mitteilen, welches dieser Schmuckstücke Sie verkaufen wollen.«

Julia streckte die behandschuhte Hand aus. »Vielen Dank, wir sehen uns dann in zwei Tagen wieder, Mr. Holborn.«

Erstaunt blickte er dieser eleganten Lady mit dem riesigen Hut nach.

Der zweite Weg galt Nicholas. Sie klopfte, die Tür öffnete eine junge Frau mit einem Kind auf dem Arm. »Sie wünschen?«

»Ich möchte gerne mit Mr. Dudley sprechen.«

»Mr. Dudley befindet sich in seinem Büro am Hafen.«

Julia musste in sich hineinlächeln. Diese Frau starrte sie genauso feindselig an, wie Albert alle männlichen Wesen anstarrte, die Interesse an ihr zeigten. »Könnten Sie mir bitte die Adresse geben?«

Die junge Frau blieb stehen und machte ein bekümmertes Gesicht. »Lady, ich kenne Sie nicht und ich weiß nicht, ob ich Ihnen die Adresse geben darf.«

Tief Luft holend, erwiderte Julia: »Glauben Sie mir, Mr.

Dudley ist es sicherlich nicht recht, wenn Sie mich hier einfach so stehen lassen, ohne mir die gewünschte Auskunft zu geben, und außerdem werde ich von ihm erwartet, also beeilen Sie sich und geben Sie mir die gewünschte Anschrift.«
Die junge Frau drehte sich hastig um. »Einen Moment, bitte.« Im Haus stellte sie das Kind auf seine eigenen Füße, was aber dem kleinen Jungen wohl nicht passte, er fing sofort zu brüllen an. Nach kurzer Zeit kam sie zurück, und brachte eine goldumrahmte Visitenkarte, die sie Julia mit langem Gesicht überreichte.
Aber zwischenzeitlich hatte Julia es sich anders überlegt, sie würde es diesem Nicholas dann doch nicht so leicht machen. Sie reichte der jungen Frau, die schätzungsweise nicht älter als 19 Jahre war, die Einladung. »Übergeben Sie bitte diese Einladung Mr. Dudley.«
Sie nahm die Karte widerwillig entgegen. Es war eindeutig, diese Frau mochte sie nicht, sie fühlte sich als Dame des Hauses, und Julia war der Eindringling.
Irgendwie gab es ihr einen Stich. Sie schüttelte den Kopf. Was ging sie dieser Nicholas an. Sie blickte auf ihre Taschenuhr, die Onkel Richard ihr zum achtzehnten Geburtstag geschenkt hatte, ein Kleinod der Kunst. Die zwei Stunden waren um. Sie ging zum Park. Da warteten schon ihre beiden Helfer. »Jetzt könnt ihr mich im Hotel absetzen.«
Als Julia an der Rezeption ein Zimmer bestellte, sagte der Angestellte: »Miss Hardcastle, da drüben sitzt ein Gentleman, der nach Ihnen gefragt hat.«
Julia blickte in Richtung der Sitzecke.
Da kam ihr schon Mr. Dudley entgegen. »Ich hoffe, Sie bringen dieses Mal mehr Zeit mit, Miss Julia, ich möchte Sie gerne zum Essen ausführen.«
Julia hatte Hunger, aber trotzdem überlegte sie sich, ob sie die

Einladung ablehnen sollte. »Warum nicht, lassen Sie mir einige Minuten Zeit, um mich ein bisschen frisch zu machen.«

Mit Schalk in den Augen bemerkte Nicholas: »Miss Julia, Sie sehen immer frisch aus, wie der Morgentau.«

Jetzt lief sie schon wieder rot an. Das darf nicht zur Gewohnheit werden, dachte sie und wandte sich dabei ab, damit er ihr Erröten nicht bemerkte. Aber sie wusste, seinen Adleraugen entging nichts.

Nicholas entführte Julia in ein kleines, gemütliches Restaurant. Der Besitzer und seine Frau begrüßten Nicholas wie alte Bekannte. In dieser Art von Restaurants gab es ausschließlich Bier, aber die Wirtin brachte, ohne Nicholas zu fragen, eine Flasche Wein. »Wenn ich gewusst hätte, dass Sie uns beehren, mit Ihrer bezaubernden Begleiterin, dann hätte ich natürlich die Flasche schon Stunden vorher entkorkt, damit der Wein atmen und sein Bouquet entfalten kann.«

Sie sprach Englisch mit einem Akzent wie dicker französischer Honig.

Freundlich lächelte er sie an und antwortete: »Wissen Sie, Nicole, darum habe ich mir Miss Julia mitgebracht. Wenn ich mich mit ihr unterhalte, merke ich nicht mal, was für einen Wein ich trinke.«

Die Wirtin lachte herzlich, beugte sich mit ihrem dicken Busen über den Tisch und stellte die Gläser hin. »Sie machen meinen charmanten französischen Landsleuten alle Ehre, Mr. Dudley.«

Julia lernte wieder eine neue Seite von Nicholas kennen. Er behandelte das Personal mit Respekt, und die Leute dankten es ihm mit Hochachtung und Zuneigung. Aber zu einer gewissen Oberschicht war er oft unwirsch und behandelte sie manchmal mit einer Arroganz, die schon unverschämt war.

Nicholas wandte sich Julia zu, suchte ihren Blick, um ihn festzuhalten. »Sie müssen wissen, Julia, der Koch ist ein

Künstler seines Faches, er zaubert eigenartige Variationen mit verschiedenen Kräutern, die es nur in seinem Garten gibt. Sein Soufflee, zum Beispiel, ist ein Gedicht, es zergeht auf der Zunge, köstlich wie ein Traum. Aber ich möchte ihn nicht zu sehr loben, lassen Sie sich selbst überzeugen.«

Jetzt kam Louis, der Koch, ein kleines, rundes Männchen mit einer roten Knollennase, strahlend auf sie zu. »Es wurde mir heute Morgen Wildente angeboten, dazu könnte ich Knödelchen mit Preiselbeeren machen.«

»Wir lassen uns gerne überraschen, nicht wahr, Miss Julia?« Dabei blickte er ihr tief in die Augen.

Neugierig betrachtete Julia die Menschen, die hier saßen. Künstler, Professoren, Wissenschaftler, alle wirkten sehr intellektuell. An den Wänden hingen Werke von unbekannten Malern.

»Gefällt es Ihnen hier?«

»Ja sehr, es ist, wie soll ich sagen, so untypisch Englisch.«

»Sie haben recht, die Wirtsleute haben hier in ihrer neuen Heimat etwas aus ihrer Alten einfließen lassen. Wenn wir Glück haben, kommt ein begabter Porträtmaler vorbei, der zeichnet Sie mit wenigen Strichen äußerst treffend. Dieser Mann hat eine unheimliche Menschenkenntnis.«

»Besitzen Sie von dem besagten Künstler auch eine Zeichnung?«

»Ja, sogar mehrere, ich unterstütze ihn etwas.«

Julia biss sich auf die Lippen, um sich zurückzuhalten, aber die Neugierde siegte. »Ist diese Frau in Ihrem Haus eine Angestellte von Ihnen?«

Überrascht blickte Nicholas Julia an. »Warum fragen Sie, hat sie Sie nicht höflich behandelt?«

»Nein, ich frage nicht deswegen, aber sie war schon etwas eigenartig für eine Angestellte.«

Offen lächelte er Julia an. »Dann werde ich wohl mit ihr ein Machtwort reden müssen.« Dabei ließ er es bewenden und ging nicht mehr auf das Thema ein. »Und Sie, was haben Sie die nächsten Tage vor?«

»Heute möchte ich mir noch einen Stoff für ein Abendkleid kaufen, morgen ist die Modistin dran, und dann besuche ich meine beste Freundin Elsa Eggleston, vielleicht kennen Sie sie sogar.«

Der Lichtstrahl, der durch das Fenster fiel, ließ die Haare von Julia rotgolden aufleuchten.

Wie gebannt blickte Mr. Dudley darauf. »Ich hatte die Ehre, dass ich zum Frühjahrsball eingeladen wurde.«

»Und wie gefällt Ihnen meine Freundin?«

Nachdenklich antwortete er: »Ach, Sie kennen Ihre Freundin doch viel besser. Mein Fall wäre sie nicht, sie hat zwar ein hübsches Gesicht, aber für meinen Geschmack ist sie zu klein und zu behäbig. Auch hatte ich das Gefühl, dass sie etwas oberflächlich ist, aber das kann täuschen. In den fünf Minuten, die ich mit ihr geredet habe, lernt man die Menschen nicht kennen. Ich glaube, jetzt können wir den Wein trinken. Zum Wohl, Miss Julia, und dann müssen Sie mir sagen, wie Ihnen der Wein schmeckt.«

Julia machte dieselbe Zeremonie wie Nicholas das letzte Mal mit dem Wein, schlürfte ihn ein bisschen. »Ich würde sagen, es ist ein vorzüglicher Wein.« Sie hielt das Glas an die Lampe: »Rubinrote Farbe mit ziegelroten Tönen.«

»Und was sagen Sie zum Aroma?«

Abschätzend starrte sie auf das Glas. »Lassen Sie mich überlegen, ich würde sagen, er hat ein Aroma von Gewürzen, mit Vanille und Lakritznoten.« Wieder nahm sie einen kleinen Schluck. »Im Mund ist er ausgewogen und zeigt eine ungewöhnliche Milde.«

Sprachlos vor Staunen, ließ er seine Augen auf Julia ruhen.
»Hat Ihnen schon mal jemand gesagt, dass Sie ein Genie sind?«
»Nein, aber ich höre so etwas sehr gerne, Nicholas.«
Das Essen wurde auf hochherrschaftlichen Tellern mit goldenem Wappen serviert.
»Meinen Sie nicht, Julia, dass Sie etwas Zeit für mich erübrigen können? Ich möchte Ihnen die Umgebung zeigen oder das Schloss von Dover?«
Julia fühlte sich wohl, als sie in seine dunklen Augen blickte, die ihr doch so vertraut erschienen. »Ich habe nicht vor, so lange zu bleiben. Es kommt ganz darauf an, wie schnell die Putzmacherin arbeitet, und außerdem habe ich meiner Freundin versprochen, mehr Zeit mit ihr zu verbringen.«
»Dann kann ich nur hoffen, dass der Schneider recht lange für die Arbeit benötigt«, sagte er mit neckischer Stimme.
Julia nahm einen Bissen. »Vorzüglich, Sie sind nicht nur ein Weinkenner, sondern auch ein Feinschmecker.«
»Ich meine, das gehört irgendwie alles zusammen. Zu einer guten Unterhaltung gehören ein guter Wein und ein gutes Essen.«
»Vielleicht, ich habe allerdings bis jetzt gute Unterhaltung nie mit Alkohol genossen.«
»Sie sind sehr jung und haben noch ein ganzes Leben vor sich, um viel zu lernen und zu erfahren. Ich genieße diese Kombination auch erst seit ein paar Jahren; man braucht ein gewisses Alter dazu.«
Hörbar lachte sie hinaus. »Das ist ja lustig, wenn Sie von einem gewissen Alter sprechen. Wenn mein Onkel so redet, verstehe ich das, aber Sie?«
Sein Gesicht nahm einen anzüglichen Ausdruck an. »Das ist sehr freundlich von Ihnen, dass Sie mich noch zur Jugend zählen. Was meinen Sie, wie viele Jahre trennen uns?«

»Ich schätze zehn Jahre.«

»Sie haben es fast erraten, es sind elf Jahre.«

Er machte eine kleine Pause, betrachtete den Wirt, der ihnen mit breitem, lachendem Mund Wein nachschenkte.

»Ich glaube, ich war nie so unbeschwert wie Sie, in Ihnen quirlt das Leben, das kann man fühlen und sehen. Wenn ich Sie so ansehe, kann ich mir nicht vorstellen, dass für Sie eine Welt existiert, die traurig, hässlich, schlecht oder gemein sein kann. Sie sind das blühende Leben, der Frühling, der Anfang aller Anfänge.«

Julia wurde es ganz warm ums Herz, sie fand Nicholas unheimlich anziehend und begehrenswert. Sie legte das Besteck neben ihren Teller und wischte mit einer feinen Serviette ihren roten Mund ab.

Zur Gasthaustür kam eine kleine Gestalt, mit krummen Beinen und einem grauen Schlapphut auf dem Kopf herein-spaziert. Unter dem Arm hatte er einen großen Block mit altem, vergilbtem Papier. Er blickte etwas ungeduldig im Raum umher und setzte sich an den einzigen leeren Tisch neben Julia und Nicholas.

Sich wundernd, stellte sie fest, dass keiner Anstoß an der heruntergekommenen Gestalt nahm. Dieser Mensch fixierte Julia gründlich, holte aus seiner Tasche ein Stück Kohle und fing an, Julia zu zeichnen.

»Ist das der Maler, von dem Sie mir erzählt haben?«

»Ja das ist er, er hat Sie jetzt als Opfer herausgesucht.«

»Was soll ich jetzt tun?«

»Nichts, wenn er fertig ist, wird er es Ihnen zeigen, und wenn es Ihnen gefällt, schenke ich es Ihnen.«

»Sie sind sehr charmant Nicholas, aber leider muss ich jetzt gehen, ich habe noch eine Verabredung.«

»Geben Sie ihm noch fünf Minuten, länger braucht er nicht.«

Nicholas hatte recht. Dieser Künstler arbeitete mit Windeseile. Als er näher kam, sah Julia, dass er noch gar nicht so alt war, wie sie zuerst dachte. Er war nicht älter als dreißig, höchstens fünfunddreißig Jahre alt.

Das wettergegerbte Gesicht passte eher zu einem Fischer als zu einem Künstler. Als er fertig war, legte er die Kohle auf den Tisch und reichte Julia das Bild.

Julia brachte ein helles, herausforderndes Lachen hervor. »Man könnte nicht sagen, dass es schön wäre.«

Es zeigte Julia mit ausgeprägten Augen im Vordergrund und hinter ihr, wie ein Schatten, aber doch deutlich sichtbar Nicholas, der sie verzweifelt umklammerte. Hinter Nicholas war ein Höllendrache, der versuchte, ihn von Julia wegzuziehen. Sie reichte Nicholas das Bild. »Das verstehe ich nicht. Können Sie mir sagen, was er damit ausdrücken möchte?«

»Nun, es sieht aus, als ob ich an Ihnen wie eine Klette hängen würde, und jemand ist dagegen, eigenartig, sehr eigenartig.« Nicholas winkte den Künstler heran, schob ihm einen großen Geldschein zu und sagte zu ihm: »Du gibst mir mit deinen Bildern immer mehr Rätsel auf, aber es gefällt uns.« Er schaute zu Julia hinüber: »Stimmt's, Miss Julia?«

»Ja, es ist, wie soll ich sagen…« Julia suchte verzweifelt nach dem richtigen Wort, »aufschlussreich«.

Nicholas stand auf, ging um den Tisch und war Julia behilflich mit ihrem Stuhl. »Darf ich Sie noch irgendwo hinbringen?«

»Das wäre nett, so verliere ich nicht so viel Zeit. Sie können mich bei dem Stoffgeschäft in der Court Road aussteigen lassen.«

»Wäre es Ihnen sehr unangenehm, wenn ich Sie begleite? Ich könnte Sie auch mit dem Stoff beraten, in solchen Dingen habe ich einen guten Geschmack«, feixte Nicholas augenzwinkernd, »das ist natürlich nur Spaß, ich will mir nicht anmaßen, auch nur annähernd einen so guten Geschmack wie Sie zu haben.«

»In Ordnung. Wenn der Stoff meiner Familie nicht gefällt, schiebe ich die ganze Schuld auf Sie. Denn meine Großmutter hält nicht viel von meinem Geschmack. Sie sagt immer, ich wähle oft zu auffallende und zu schrille Farben.«

»Das kann ich mir aber nicht vorstellen! Ihre Kleidung ist immer trefflich auf ihre Augenfarbe abgestimmt. Kommen Sie, gehen wir.« Mit ritterlicher Geste reichte er Julia seinen Arm, rief den Kutscher mit einem gebieterischen Wink herbei.

Julia ließ sich mit einem Seufzer in den Sitz fallen, lehnte den Kopf müde in das Polster und schloss die Augen. »Nach dem Essen werde ich immer so schön müde.« Als sie die Augen wieder öffnete, sah sie seinen starren Blick auf sich gerichtet. Verlegen spielte sie mit dem schweren Halsschmuck.

Ertappt legte er Daumen und Zeigefinger auf seine Nase, dann neigte er sich etwas vor. »Was ist das für ein Parfüm, das Sie tragen?«

»Ich glaube, eine Mischung aus Kirschblüte, Weihrauch und Mandelöl.«

»Es riecht gut.«

»Ein Geschenk meines Cousins, aus dem Orient.«

Nicholas nickte mit dem Kopf und blickte zum offenen Fenster hinaus. Die Straßen waren überfüllt, und man kam nur schwer voran. Der Kutscher versuchte, sein Zugpferd zu einer schnelleren Gangart anzutreiben, was ihm aber nicht gelang.

Der Laden war zweistöckig, die Auswahl war enorm, wunderbare Baumwolle, Taft, Satin, Leinen, Brokat mit Gold- oder Silberfäden, Ripp und Samt, Seidenstoffe mit blumigen Mustern in allen Farben. Es gab Moiré mit Seidenstickerei, Stoffe mit grauen Tupfen, graues Ratiné, kirschfarbenes Velours, aprikosenfarbene Stoffe, Tuch mit verschiedenen

Silberstickereien. Dicke Stoffe für den Winter oder dünne für den Sommer.

»Wer die Wahl hat, hat die Qual. Was für ein Stoff schwebt Ihnen vor, Miss Julia?«

Eine Verkäuferin kam auf Julia zu. »Das neueste, was wir hereinbekommen haben, sind diese weichen Stoffe im Rokoko-Blumenmuster, schauen Sie, sie sind mit technischem Verfahren sogar dreidimensional dargestellt worden. Die zierlichen Blüten und Ranken wurden auf die Stoffe aufgemalt.«

Entzückt griff Julia nach einem Stoff und befühlte ihn. »Prächtige Stoffe sind das, was meinen Sie, Nicholas?«

Zielsicher fasste er nach einer lindgrünen Seide mit silberdurchwobenen Fäden. »Das ist die Farbe, die Ihnen steht.«

Mit der Miene eines vergnügten Kindes hielt Julia den Stoff an sich hin, suchte einen Spiegel, nickte zufrieden mit dem Kopf. »Sie haben recht, das ist mein Stoff, Sie haben einen hervorragenden Geschmack.«

Julia wandte sich an die Verkäuferin. »Von dem Stoff können Sie mir fünf Meter abschneiden.« Vor Aufregung waren die Wangen von Julia erhitzt. »Nicholas, jetzt wird Ihre Geduld auf die Probe gestellt, hier habe ich noch eine lange Liste mit Wünschen, auch brauche ich noch ein Korsett.« Dabei fasste sie sich an den Mund, schlug beschämt die Augen nieder.

»Wie peinlich und beschämend, aber ich bin es nicht gewohnt, mit Männern einzukaufen. Wenn das Lady Beatrice gehört hätte, müsste ich mir wieder einen Vortrag anhören über gutes Benehmen.«

Mit offenem Mund blickte Nicholas zu Julia, beugte sich näher und flüsterte ihr leise ins Ohr. »Sie sind die außergewöhnlichste Frau, die mir in meinem Leben begegnet ist.«

Julia zwang sich, Nicholas nicht anzusehen, aber aus den

Augenwinkeln heraus konnte sie sehen, wie er sie beobachtete, und er sah sicherlich auch, dass sie bis zu den Haarwurzeln rot wurde.

Nachdem sie bezahlt hatte, schenkte sie Nicholas einen betörenden Augenaufschlag. »Jetzt möchte ich Sie nicht länger behelligen, denn ich muss noch zum Galanteriewarenhändler, um für Lady Isabel handgeklöppelte Spitze, bunte Bänder und Borten zu kaufen.«

Die Atmosphäre zwischen ihnen war wie elektrisch geladen.

»So leicht werden Sie mich nicht los, Miss Julia. Wer weiß, wann ich Sie wiedersehen werde?« Galant reichte er ihr seinen Arm. In der Kutsche saßen sie einander gegenüber. Julia war unfähig, die Augen von dem Mann zu wenden, der ihre ganze Aufmerksamkeit forderte; sie riss sich zusammen. »Was machen Sie sonst noch für Geschäfte, außer dass Sie meinem Onkel Aktien der Eisenbahn verkaufen wollen?«

Nicholas krauste nachdenklich die Stirn.

»Miss Julia, ich verkaufe keine Aktien, ich biete sie nur an. Mr. George Stephenson ist mein Freund, ich tue ihm nur einen Gefallen, und außerdem bin ich überzeugt, dass es eine gute Anlage ist.«

»Wenn es eine gute Anlage ist, warum kaufen Sie dann nicht mehr Aktien?«

Nun schmunzelte er vor sich hin. »Wissen Sie, Miss Julia, mein Rezept des Erfolges ist: Wirf nicht alles in einen Topf.«

Bestätigend nickte Julia mit dem Kopf. »Da ist etwas Wahres dran.«

Sie drängte sich mehr in ihre Ecke, denn es schien, als wolle er mit seinen dunklen Augen ihre Seele ergründen.

Auch im Galanteriewarenhaus zeigte Nicholas seinen treffsicheren Geschmack. Wenn Julia unentschlossen war, entschied er, welche die richtige Spitze für ihre Großmutter war.

Nach den ganzen Einkäufen brachte Nicholas Julia in ihr Hotel zurück.

Früh am Morgen herrschte noch nicht viel Verkehr, als sie zum Haus ihrer Freundin fuhr.
Elsa erwartete sie schon an der Haustür und umarmte sie überschwänglich. »Wie schön, dich nach so langer Zeit wiederzusehen, komm herein, meine Eltern erwarten dich schon.«
Die Mutter von Elsa streckte ihre Hand aus und küsste Julia auf die Wangen, dann kam ihr Mr. Eggleston entgegen und begrüßte sie sehr freundlich mit festem Händedruck. Er war nicht viel größer als Julia, hatte dichtes, schwarzes Haar mit einzelnen grauen Fäden. Seine dunklen Augen stachen aus dem kraftvollen Gesicht hervor.
»Julia, Sie müssen uns unbedingt von Ihrer Familie erzählen!«
»Aber Vater, das hat doch Zeit.« Dabei zog Elsa Julia hinter sich in ihr Schlafzimmer. »Ich habe für uns beide ein Picknick organisiert, und ich muss dir so viel erzählen. Du siehst übrigens großartig aus, irgendwie anders als sonst.« Dabei betrachtete Elsa ihre Freundin sehr intensiv. »Ich glaube, es sind deine Augen, die leuchten so irgendwie von innen. Bist du etwa verliebt?«
Verlegen blickte Julia zu Boden. »Aber nein, was du aber auch immer denkst.«
»Das glaube ich dir nicht, sag schon, wer ist der Glückliche, kenne ich ihn?« Vor dem Fenster hatte Elsa eine lange gepolsterte Bank, darauf lümmelten sie sich.
»Doch, du kennst ihn, er war sogar schon bei euch im Haus.«
»Jetzt machst du mich aber neugierig!«
»Es ist Nicholas Dudley.«
Elsa verdrehte drollig ihre Augen. »Nein, jetzt werde ich aber

verrückt, den wollte ich eigentlich für mich angeln, oder besser gesagt meine Mutter hatte ihn für mich ausgesucht. Nachdem dein Cousin nichts von mir möchte, der würde mir nämlich viel besser gefallen.«

Julia warf ihren Kopf nach hinten. »Meine Liebe, da muss ich dir leider eine schlechte Nachricht übermitteln. Francis hat geheiratet, und seine Frau kommt in einer Woche, dann werden sie mit uns im Herrenhaus wohnen.«

Fassungslos blickte Elsa Julia an. »Das ist ja unglaublich, keine Verlobung, keine Hochzeit, oder gab es so etwas und du hast mich nicht unterrichtet?«

Julia nahm die Hand von Elsa und tätschelte sie liebevoll. »Nein, es gab nichts, wir haben es auch erst vor zwei Tagen erfahren. Du kannst dir vorstellen, dass die ganze Familie total verstört ist.«

Konsterniert schüttelte Elsa den Kopf. »Aber warum tut er so etwas, ist seine Frau nicht von Stand?«

»Von Adel ist sie nicht, aber der Vater ist sehr reich, nein, das ist nicht das Problem.« Sie holte tief Luft. »Sie ist schwanger.«

Wie ein Blitz erhob sich Elsa, drehte sich zu Julia. »Das kann doch nicht sein, wie konnte Francis so etwas passieren, ich hätte es jedem zugetraut, aber Francis, der war, wie soll ich sagen, so unnahbar, die Einzige, die er bewunderte, warst du.«

Erschöpft stand Julia auf und setzte sich dann auf Elsas Rosenbett, blickte sich im Zimmer um. Es war lange her, dass sie hier in Elsas Zimmer saßen, es hatte sich nichts verändert. Das ganze Zimmer war in Rosé gehalten, überall kleine rosa Röschen. Röschentapeten, sogar die Vorhänge hatten Rosenmuster. Sie fand, dass Elsa mit ihrem Rosenwahn übertrieb.

Elsa fuhr fort: »Obwohl du als seine Cousine nicht in Frage kommst, habe ich mir aber trotzdem eingebildet, dass er dich begehrte. Darum war ich sogar ein bisschen eifersüchtig auf

dich. Ich habe dir nie erzählt, wie sehr ich für ihn schwärmte.«
Julia lehnte sich zurück und kicherte vor Vergnügen. »Jetzt versetzt du mich aber in Erstaunen. Warum hast du mit mir nie über deine Gefühle gesprochen?«
Elsa senkte verwirrt den Blick, und ihre Wangen röteten sich. »Wie gerne hätte ich dir meine Gefühle verraten, aber ich habe mich insgeheim geschämt.«
»Wir sind doch Freundinnen, und die haben doch keine Geheimnisse voreinander.«
»Schon, Julia, aber seitdem sind Jahre vergangen. Erzähle mir lieber, ist seine Frau hübsch?«
Julia streckte die Beine weit von sich. »Ich weiß es nicht, aber du wirst sie ja beim Ball kennenlernen.«
»Auf den Ball freue ich mich schon, da muss ich mir noch ein rosa Ballkleid machen lassen, ich kann doch nicht dasselbe vom letzten Ball anziehen. Wie lange bleibst du in Dover?«
»Ich schätze, einige Tage.«
Elsa machte einen Schmollmund. »Warum wohnst du nicht bei uns, du weißt doch, dass meine Eltern dich gern haben?«
»Das ist ganz lieb, Elsa, aber ich ziehe das Hotel vor, so bin ich unabhängig und kann kommen und gehen, wann ich möchte.«
»Du bist schon seltsam, Julia. Mir würde nie einfallen, ohne Gesellschaft zu verreisen, und schon gar nicht, allein in einem Hotel zu wohnen.«
Julia grinste ihre Freundin an und nahm ihre Hand. »Vielleicht sind wir aus diesem Grund so gute Freundinnen, weil wir so unterschiedlich sind?«
»Da hast du recht, ich dachte mir, vielleicht könntest du uns morgen zu einer musikalischen Soiree begleiten, aber ich kann mir schon denken, dass es für deine feinen Ohren jedes Mal eine Zumutung ist, das Geklimper anzuhören.«
Schallend lachte Julia hinaus. »Ich möchte ja nicht anmaßend

sein, aber es ist schon eine harte Prüfung für mich. Ich verstehe einfach nicht, dass alle Mütter, die erwachsene Töchter haben, denselben Fehler begehen. Viel Geld an den Musikmeister bezahlen, nur dass er ihre unbegabte Tochter unterrichtet. Und das Schlimmste dabei ist, es werden regelmäßig alle Freunde und Bekannte eingeladen, um dieses Geklimper anzuhören.«

»Du sprichst mir aus der Seele, aber was bleibt mir anderes übrig, meine Mutter hat bestimmt, dass ich mit muss. Was sagst du zu meinem neuen Kleid?« Sie stand auf und drehte sich vor Julia im Kreis. »Das Modell habe ich aus einer Modezeitung, ich habe nur nach meinem Geschmack einige Veränderungen machen lassen. Dazu habe ich einen passenden Hut.« Elsa ging an den Kleiderschrank, holte ein wuchtiges Exemplar hervor und setzte sich den Hut auf.

Julia neigte kritisch den Kopf. »Du siehst süß aus, er steht dir wunderbar.«

»Wirklich?« Elsa drehte sich um, blickte in den Spiegel, schwang die Hüften.

Nachdenklich betrachtete Julia das Kleid. Es stand ihr gut, aber ihr persönlich war es zu aufwendig, es hatte zu viele Schleifchen und war zu verspielt. Außerdem war es wieder rosa. Aber ihre Freundin war ein anderer Typ. Sie hatte eine schöne weiße Haut, schwarze glatte Haare, hellbraune Mandelaugen, ein breites Gesicht wie ihr Vater. Wenn sie lachte, hatte sie süße Wangengrübchen. Doch sie musste sich gestehen, sie hatte ein hübsches Gesicht. Leider jedoch neigte sie, wie ihre Mutter, zu Korpulenz. Sie musste jetzt schon aufpassen, was sie aß. Sie war zwar in ihrem Charakter, wie Nicholas schon erkannt hatte, oberflächlich, aber sie hatte ein gutes Herz.

Als sie kleine Mädchen waren, verbrachte Elsa oft ihre Ferien bei ihnen auf dem Landgut. Sie mochte Elsa sehr.

»An was denkst du denn, Julia?« Sie schubste Julia leicht an. »Ich hatte dich gefragt, ob sich Nicholas auch für dich interessiert und wo du ihn kennengelernt hast?«

»Das erzähle ich dir unterwegs. Können wir nicht schon losfahren, ich möchte dich gern Philip Dickens vorstellen, mit ihm habe ich eine geschäftliche Verabredung.«

Voller Elan erhob sich Elsa, blickte Julia von der Seite schelmisch an. »Dieser Philip sieht hoffentlich gut aus?«

»Nun ja, so wie ich deinen Geschmack kenne, glaube ich, dass er dir gefallen wird.« Sie nahm Elsa an die Hand, und sie rannten wie zwei ausgelassene Kinder die Treppe hinunter.

Die Köchin überreichte Elsa einen Korb mit dem kalten Imbiss.

Sie fuhren durch die engen Straßen, die breiten Krempen ihrer Hütte flatterten im Wind, es war ein warmer wolkenloser Junitag voller Überraschungen.

Die Begrüßung zwischen Elsa und Philip war, wie Julia es sich vorstellte. Beide blickten sich in die Augen, und es war um sie geschehen.

Philip hatte sich zur Verabredung hervorragend hergerichtet, er trug einen eleganten Nadelstreifenanzug, das Neueste in der Herrenmode. Er war breitschultrig, etwas untersetzt, auf seinem dicken Hals saß sein viereckiger Kopf. Sein dichtes, hellbraunes Haar hatte jetzt einen modischen Schnitt, seine fast zusammengewachsenen Augenbrauen passten irgendwie nicht zu seinen schönen glänzenden, hellblauen Augen, die einem Vertrauen einflößten, und das war gut für das Geschäft. Den ungepflegten Bart ließ er abrasieren. So kamen seine auffallend weißen Zähne zum Vorschein. Die Nase war leicht gebogen. Seine Hände fielen ihr ins Auge, sie waren sehr behaart. Doch er sah wie ein Geschäftsmann aus, der Erfolg hatte. Sie musste

Elsa ja nicht erzählen, dass er erst am Anfang seiner geschäftlichen Karriere stand. Philip machte ihr alle Ehre. Julia fragte Philip: »Wir würden Sie gerne zum Picknick vor die Stadt einladen, hätten Sie Lust?«

Und ob er Lust hatte. Emsig stieg er zu ihnen in die Kutsche und nahm noch einige Akten und Ordner mit. »Könnten wir vielleicht einen kleinen Umweg machen, ich sollte einige Papiere bei Mr. Dudley abgeben.«

Vor sich hingrinsend, dachte Julia, das Schicksal spielt manchmal schon komische Streiche.

Am Hafen machten sie Halt. Nicholas hatte sein Büro in dem zweistöckigen alten, roten Backsteinhaus. Gegenüber war der Ankerplatz eines großen Dampfers.

Philip wandte sich den Damen zu. »Es dauert nur ein paar Minuten, ich muss diese Papiere im Büro abgeben.«

Elsa blieb in der Kutsche sitzen, Julia wollte an der Mole ihre Füße etwas vertreten.

Im ersten Stock stand Nicholas am Fenster und diktierte seinem Sekretär einen Brief, als er mehr zufällig auf die Straße sah. Er konnte es kaum glauben. Julia stand neben der Kutsche. »Wir machen gleich weiter.« Er riss mit großen Schritten die Bürotür auf und eilte Philip entgegen. »Guten Tag, Philip, was bringen Sie mir von Mr. Lampert?«

»Diese Papiere hier. Er bittet Sie, dass er sie morgen unterschrieben zurückbekommt.«

Nicholas nahm die Mappe ohne Interesse in die Hand und legte sie sofort auf den nächsten Schreibtisch. »Wen haben Sie denn in Ihrer Kutsche?«

Philip wurde verlegen über diese direkte Frage. »Eine Freundin von mir.«

Innerlich kochte Nicholas vor Eifersucht. Das war also der Besuch bei ihrer Freundin. Er hätte ihr wirklich mehr Geschmack zugetraut. Aber jetzt war er auf ihr Gesicht gespannt, wenn er vor ihr stehen würde. »Wollen Sie mir Ihre Freundin nicht vorstellen?«

Dabei eilte er, ohne die Antwort von Philip abzuwarten, die Treppe hinunter. Er ging auf die Kutsche zu, riss die Türe auf, sodass der ganze Korb mit dem Proviant herausfiel. Zuerst starrte er entsetzt zu Elsa, dann auf die Bescherung, die er angerichtet hatte. Nicholas stand reichlich verdattert da.

Elsa und Philip blickten ihn erstaunt an.

Zerknirscht schüttelte er den Kopf und versuchte, sich mit einem Wortschwall zu entschuldigen.

Julia kam zurück, beobachtete mit zufriedener Miene die ganze Bescherung. Ihr Unterbewusstsein hatte sie nicht betrogen, sie wusste, dass irgendetwas passieren würde. Sie stellte sich hinter Nicholas und tippte ihm leicht auf seine Schulter.

»Kann ich Ihnen irgendwie behilflich sein, Nicholas?«

Er fuhr herum und funkelte Julia an, aber er hatte sich doch noch so weit unter der Kontrolle, dass er ein ungezwungenes Lächeln herausbrachte.

»Guten Tag, Miss Julia, ich bin wirklich untröstlich über mein Missgeschick, wie kann ich das Unglück wieder gutmachen?«

»Ganz einfach, indem sie uns wieder einen großen Korb mit Lebensmitteln und ein paar Flaschen Bier besorgen.«

Er wandte sich wieder Elsa zu, die bemüht war, das Essen zusammenzukratzen. »Lassen Sie das, bitte, ich lasse alles säubern, in einer halben Stunde haben Sie einen neuen Korb. Darf ich Sie in mein Büro bitten, um so lange zu warten.«

Seine geheuchelte Betrübnis war schlecht gespielt, und Julia amüsierte sich prächtig.

Nach einer halben Stunde wurde tatsächlich ein großer Korb mit wunderbaren Köstlichkeiten gebracht.

»Nun soll Ihrem Ausflug nichts mehr im Wege stehen. An so

einem wunderschönen Tag gibt es nichts Schöneres, als auf einer Wiese zu liegen und sich von der Sonne bescheinen zu lassen.«
»Wollen Sie uns nicht begleiten, Mr. Dudley«, fragte Elsa.
Das war das Stichwort, auf das er gewartet hatte. »Gerne, ich möchte natürlich nicht stören?« Dabei blickte er fragend zu Julia.
Sie machte sich einen Spaß daraus, Nicholas an der langen Leine zappeln zu lassen. Mit großen unschuldigen Augen sah sie ihn an, reagierte aber nicht auf seine Frage. Bis Elsa sie an ihren Arm stieß.
»Es wäre uns ein Vergnügen, nicht wahr, Julia?«
Graziös lächelte sie Nicholas an. »Aber selbstverständlich sind Sie eingeladen, nachdem Sie uns so schnell neue Marschverpflegung besorgt haben, sind wir Ihnen das schuldig. Also dann lasst uns gehen.«
Als alle im Wagen saßen, fragte der Kutscher. »Miss Julia, wo fahren wir hin? «
Sie drehte Elsa den Kopf zu. »Was meinst du?«
»Ich habe mir gedacht, wir fahren vor die Stadt, dort gibt es einen kleinen Weiher, du weißt schon, Julia, wir picknickten das letzte Mal auch dort.«
Nicholas runzelte die Stirn. »Das ist keine gute Idee, Miss Eggleston, entschuldigen Sie bitte, wenn ich mich einmische, aber durch die Stürme und den Regen der vergangenen Tage ist alles sumpfig. Ich würde vorschlagen, wir fahren zu den Kreidefelsen und besuchen das Dover Castle.«
Das Gesicht von Julia erhellte sich. »Das ist eine gute Idee, Nicholas, das stand sowieso auf meinem Programm. Die massive Burganlage auf den östlichen Klippen über der Stadt erinnert mich immer daran, dass Dover eine Schlüsselposition in der Verteidigung innehatte. Auch ist sie die älteste, kon-

zentrisch angelegte Burganlage Englands, die Aussicht von dort ist berauschend.«

»Das stimmt«, sagte Nicholas. »Nachdem William der Eroberer nach der folgenreichen Schlacht von Hastings eine Festung auf eisenzeitlichen, römischen und angelsächsischen Fundamenten errichtet hatte, gab 1168 Heinrich II. den Auftrag, die existierenden Wälle mit wuchtigen Ringmauern zu verstärken und im Zentrum einen mehrstöckigen Bergfried mit sechs Meter dicken Außenmauern zu errichten. Heute gehört die Anlage zu den modernsten Festungsanlagen Europas.«

Zuerst blickte Elsa zu Nicholas, dann zu Julia. »Kein Zweifel, ihr zwei habt dieselben Interessen.« Dabei zwinkerte sie Philip zu.

Hinter vorgehaltener Hand beobachtete Julia die beiden. Sie schmunzelte in sich hinein, als sie sah, wie sich die Ohren von Philip tiefrot färbten. Wie manche Männer sich doch verändern, wenn sie sich verlieben. Er verschlang Elsa regelrecht mit den Augen. Julia nahm an, dass Philip kein Wort von dem gehört hatte, was eben erzählt wurde. Das war der Grundstock für eine solide Ehe. Und das war es, was Philip brauchte, um ihre zukünftigen Geschäfte ordentlich zu führen, eine liebende Frau und Kinder. Ich denke schon wie Tante Beatrice. Sie musste lächeln. Ohne zu Nicholas zu blicken, spürte sie, wie er sie mit Kennerblick fixierte. Es würde sie nicht wundern, wenn er sich ihren Körper nackt ausmalte. Ihre eigenen Gedanken brachten sie so in Unsicherheit, dass sie verlegen auf ihre Schuhe blickte.

Nicholas betrachtete intensiv die Körperformen von Julia und hatte so seine intimen Vorstellungen. An ihrer Reaktion meinte er zu erkennen, dass sie ihn durchschaute. Jetzt war er es, der etwas verlegen dreinschaute. Dabei dachte er, wenn sie wirklich seine Gedanken erraten hatte, dann war sie eine Frau mit der unheimlichen Begabung, den anderen Menschen in die Seele zu schauen.

Julia hob ihren Blick zu Nicholas. »Man hat mir erzählt, dass man von der 34 km entfernten Küste Frankreichs die White Cliffs sehen kann. Sie waren doch schon in Frankreich, stimmt das?«

Er nickte ihr zu. »Von Calais aus habe ich sie schon bei schönem Wetter gesehen, aber das ist sehr selten.«

Der Wagen wurde kräftig durchgeschüttelt von dem schlechten Weg, der sich steil durch die Hügellandschaft schlängelte. Die Wiesen waren übersät mit Gänseblümchen, und einzeln blitzten goldene Butterblumen hervor.

Elsa rief: »Halt, halt, dort ist ein schönes Plätzchen, hier können wir Halt machen, mir tun schon alle meine Knochen weh.«

Gut gelaunt gab Julia den Befehl zu halten. Sie blickte auf das tiefblaue Meer hinaus und atmete tief durch. Der Westwind wehte den herben Duft von irgendwelchen Kräutern in ihre Nase. Sie breiteten die mitgebrachten Decken auf der Wiese aus. Schwärmend sagte Julia: »Die Landschaft ist unvergesslich schön, und der Blick von hier ist einfach berauschend.«

»Kommen Sie, Miss Julia«, rief Nicholas, »von hier ist der beste Blick auf den Hafen von Dover, da können Sie das geschäftige Treiben beobachten.«

Julia trat zu ihm. Er legte seinen Arm um ihre Schultern, sie ließ es geschehen, es war eine prickelnde Spannung zwischen ihnen spürbar, die zugleich aufregend und aufwühlend war. Lächelnd erwiderte sie: »Ja, Sie haben recht, der Blick von hier ist noch schöner. Und wie Shakespeare schon geschrieben hatte, Dover ist das Tor zur Welt und der bedeutendste Seehafen Englands. Aber jetzt habe ich Hunger.« Dabei wandte sie sich den andern zu.

»Ja, wir auch«, riefen alle wie im Chor.

Das Essen war ein Erlebnis, es fehlte nichts, angefangen vom kalten Braten, Leberpastete, Fischpastete, gebratener Fisch, Hühnersalat, Marmelade, Honig, Saft, kalter Tee und Bier. Nicholas hatte keine Kosten gescheut. Es war alles vorhanden, was gut und teuer war.

Das Lob blieb nicht aus, als Elsa zu Nicholas sagte: »Wir hatten das Glück, dass Ihnen das Missgeschick mit dem Korb passierte, denn dadurch haben wir viel bessere Leckerbissen bekommen.« Sie steckte sich genießerisch ein Stück Fisch in den Mund. »Es geht doch nichts über die gute englische Kost.«

Jetzt konnte sich Julia nicht mehr beherrschen und lachte laut hinaus. Alle Augenpaare richteten sich auf sie. Außer Nicholas wusste zwar niemand, was so lustig war, aber sie lachten alle mit.

Julia glaubte zu wissen, wer diese exotischen Leckerbissen zubereitet hatte, nämlich der französische Koch, den sie mit Nicholas kennengelernt hatte. Sie verriet das Geheimnis aber nicht.

Philip wandte sich ausschließlich an Elsa, als er fragte: »Wer macht mit mir einen Spaziergang?«

»Ich ganz sicher nicht«, erwiderte Julia, »ich bin so vortrefflich überfüttert, dass ich ein Mittagsschläfchen halten muss.«

»Und Sie, Miss Eggleston?« Er lächelte Elsa gewinnend an.

»Erklären Sie sich einverstanden, mich zu begleiten.«

Elsa schenkte ihm ein umwerfendes Lächeln.

»So ein liebenswürdiges Angebot kann ich schlecht ausschlagen.«

Philip reichte ihr die Hand zum Aufstehen.

»Ich bleibe hier und bewache Miss Julia«, sagte Nicolas, »damit sie uns nicht abhanden kommt.«

Lange starrte Julia, den beiden nach, bis sie aus ihrem Blickwinkel verschwunden waren. Sie freute sich für Elsa und Philip. Sie legte sich auf die mitgebrachte Decke und betrachtete die vorbeiziehenden Wolken.

Mit kühnem Blick musterte Nicholas Julia, als er neben ihr Platz nahm. In dem zitronengelben Satinkleid sah sie spektakulär aus. Er kannte niemanden, der so eine Farbe tragen konnte. Sie hatte so etwas Mondänes, Französisches an sich. Es stand ihr hervorragend. Ihre Brust hob und senkte sich gemäß ihren Atemzügen. Ihre Haare breiteten sich um ihren Kopf aus wie ein roter Teppich. Ihr Kirschenmund lud geradezu dazu ein, sie zu küssen. Er wusste nicht, ob er es wagen konnte, er war sich fast sicher, dass sie ihm eine Ohrfeige geben würde. Das Risiko wollte er nicht eingehen. Ungewöhnlich war sie, das musste er sich eingestehen. Sie fiel aus jedem Konzept, auf der einen Seite war sie feminin, aber auf der anderen war sie burschikos, sehr weltoffen, interessiert, aktiv, unternehmungslustig, keck, einfach eine berauschende Frau. Sie zeigte ihm nicht offen, ob er ihr gefiel, und genau das passte nicht in sein Weltbild, zu gut kannte er seine Anziehungskraft auf Frauen. Aber bei ihr hatte er das Gefühl, dass ihn seine Reize verließen. Es gab zwar eine gewisse Spannung zwischen ihnen. Für ihn war es neu, das innere Feuer, das er verspürte, das ihn fast verbrannte, wenn er sie berührte. Er begehrte sie und wollte sie besitzen, aber sein Innerstes warnte ihn vor Julia, und genau das provozierte, dass Julia für ihn ein besonderes Wild zum Jagen wurde. Er fragte sich trotzdem, ob es nicht besser wäre, sich von dieser Frau zurückziehen. Vor Jahren hatte er sich geschworen, dass er sich niemals verlieben wollte. Die ganzen Jahre hatte er sich meisterhaft gewehrt und sich tatsächlich nie verliebt. Es gab zwar manchmal Frauen, die ihn mehr reizten und die er anziehender fand als die anderen, aber irgendwie behielt er immer einen nüchternen und kühlen Kopf. Aber seit er Julia das erste Mal gesehen hatte, musste er immer wieder an sie denken. Wenn er nur an den heutigen Morgen dachte. Er hatte sich wie ein Trottel benommen. Und was war mit Julia los? So wie es aussah, hatte sie keinen Bräutigam, und das war eigenartig. Bei dem Aussehen mussten die jungen Männer Schlange stehen. Oder war sie einfach zu wählerisch? In ihrem Alter waren alle jungen Frauen von Adel verheiratet oder mindestens versprochen. Oder gab es ein Geheimnis? Das musste er herausfinden.

Julia brach die Stille und sagte: »Elsa und Philip haben sich verliebt. Wussten Sie, dass Sie sich erst heute kennengelernt haben?« Sie blinzelte in die Sonne.

»Nein, es hatte den Anschein, als ob sie sich schon lange kennen würden. Das nennt man Liebe auf den ersten Blick, so was soll es ja geben.«

»Ja, so was soll vorkommen, aber ich glaube, es ist sehr selten.«

Sie lagen ein Weilchen nebeneinander, und jeder ging seinen Gedanken nach.

»Nicholas, ich habe einen Artikel gelesen über die industrielle Revolution, die wir gerade durchmachen, was halten Sie davon?«

Er dachte nach und rieb sich dabei das Kinn mit seinen Daumen. Dann knickte er einige Grashalme ab und spielte damit.

»Ich denke, die industrielle Revolution brachte die bisher bedeutendste Umwälzung der Wirtschaft und der Gesellschaft in der Menschheitsgeschichte mit sich. England wandelt sich von einem Agrarstaat zu einem Industriestaat, und wir sind mittendrin. Die industrielle Revolution hat in England ihren Beginn und breitet sich allmählich über ganz Europa aus. Ich würde sogar sagen, auch Amerika wird nicht verschont bleiben.

Ich sehe die Zukunft für England sehr rosig. Wir sind im Zentrum der Reformen, und es herrscht eine konstitutionelle Monarchie.«

»Interessant, ich denke auch, dass wir besser dran sind als der Rest Europas, durch die vielen Kolonien, die wir besitzen.« Julia setzte sich jetzt so hin, dass sie bei der Diskussion Blickkontakt mit Nicholas hatte, und fuhr fort: »Für mich hat England auch den entscheidenden Vorteil gegenüber anderen Staaten, indem innere Auseinandersetzungen ohne Kriege gelöst werden konnten.«

Nicholas warf das Gras zurück, pflückte ein Gänseblümchen und steckte es Julia ins Haar.

»Das ist richtig, Miss Julia, die Wirtschaft wurde nicht unnötig belastet. England versucht, den Handel mit dem Rest der Welt so effektiv wie möglich zu gestalten, um die Wirtschaftslage aufzufrischen. Risikobereitschaft und der Entdeckungsdrang führten zu vielen neuen Erfindungen. Durch neue Erkenntnisse in den Naturwissenschaften, die Prinzipien von Isaac Newton erklären die Physik und die Mathematik besser.«

Zustimmend nickte Julia und hörte ihm aufmerksam zu.

»Und Adam Smith berichtete über die Idee der Wirtschaftsfreiheit. Und uns kommt auch zugute, dass wir die Rohstoffe nutzbar machten und neue Energiequellen suchten. Für neue Maschinen braucht man Rohstoffe, wie Holz und Kohle, um die Maschinen anzutreiben. Neue Erfindungen ermöglichen den Bau von besseren Transportmöglichkeiten.«

»Ich sehe, Nicholas, Sie haben sich auch Gedanken darüber gemacht. Ach, fast hätte ich es vergessen, ich habe mit meinem Onkel gesprochen, und er würde Sie gerne einige Tag vor unserem Fest einladen, damit er sich ausführlich mit Ihnen unterhalten kann. Ist Ihnen das möglich?«

»Aber selbstverständlich, Miss Julia, ich komme gerne, schon alleine, um Sie wiederzusehen. Darf man fragen, warum das Fest veranstaltet wird, aus der Einladung geht das nicht hervor.«

»Hauptsächlich zur Vermählung meines Cousins und wegen meiner Wenigkeit, ich habe Geburtstag.«

»Dann sind Sie Löwe. Den Löwe-Frauen sagt man nach, dass sie schillernde Persönlichkeiten sind.« Nicholas drehte den Kopf zum Himmel und überlegte kurz, dann fuhr er fort. »Die Löwe-Frau hat ein sonniges Gemüt, ein unheimliches Selbstvertrauen und ist fest davon überzeugt, dass die Welt sich nur um sie dreht. Eine geborene Königin ist sie und als solche ausgesprochen großmütig, herzlich, tapfer und ihren Nächsten gegenüber fürsorglich. Ihre Lebensfreude ist ansteckend, auch wenn sich ihre Freunde und Freundinnen in ihrer Gegenwart gelegentlich etwas kümmerlich vorkommen. Der leise Auftritt ist nicht ihre Natur, und sie kann auch sehr besitzergreifend sein. Es ist ein gutes Sternzeichen.«

Verlegen spielte Julia, mit den Fransen der Decke. »Haben Sie mich eben beschrieben, wie Sie meinen, mich zu sehen, oder kennen Sie sich tatsächlich in den Sternzeichen aus?«

Ein kleines Lächeln zuckte um seine Mundwinkel, als sein Blick sie liebevoll umfing. »Beides. Vor Jahren habe ich mich dafür interessiert, ich habe aber sehr viel wieder vergessen. Die Sterne sagen natürlich auch, welche männlichen Sternzeichen zu Ihnen passen. Wollen Sie es wissen?«

»Natürlich, ich muss doch wissen, wenn ich auf Bräutigamsuche gehe, wer für mich in Frage kommt und wer nicht. «

»Der Widder ist der ideale Partner, den die starke Löwe-Frau als Gegenpol braucht.«

»Sehr aufschlussreich. Sie sind nicht zufällig Widder?«

Nicholas lachte laut hinaus. »Nein, Julia, ich bin Jungfrau.«

»Und was sagen die Sterne über Ihr Sternzeichen?«

Er stöhnte laut. »Wollen Sie das wirklich wissen?«
»Ja, eigentlich schon, ich muss doch wissen, woran ich bei Ihnen bin.«
»Gut, wie Sie wünschen. Die Jungfrau ist ein Perfektionist, stellt hohe Forderungen an sich und auch an die anderen, ist nicht leicht zufriedenzustellen. Das Wichtigste ist die Intelligenz und die Ordnung. Die Jungfrau hat Angst davor, die Kontrolle über ihre Empfindungen zu verlieren, dabei schließt sie ihre wirklichen Gefühle in eine kleine Schatzkammer ein und lässt sie nicht heraus. Dabei ist sie auch hilfsbereit, fürsorglich und immer bemüht, die Welt, in der wir leben, zu verbessern, was ihr natürlich nicht gelingt. Was sie als richtig erkannt hat, zieht sie bis zur äußersten Konsequenz durch, und außerdem ist sie absolut diszipliniert. Und jetzt wollen Sie sicher wissen, wer zu mir passt?«
Begeistert nickte sie mit dem Kopf.
»Wenn ich Ihnen sage, dass es der Löwe ist, glauben Sie mir das?«
Julia zog die Augenbrauen hoch. »Das glaube ich Ihnen nicht.«
Er zwinkerte mit den Augen. »Die perfekte Frau für den Jungfrau-Mann ist die Stier-Frau. Sie ist gründlich, verlässlich und zärtlich. Eigenschaften, die auf den Jungfrau-Mann sehr beruhigend wirken.«
»Danke für den Unterricht, jetzt habe ich wieder etwas gelernt.«
Nicholas nahm die Hand von Julia, streichelte sie zärtlich und hielt sie gleichzeitig so fest, dass ihr Versuch, sie wegzuziehen, vergeblich war.
»Darf ich Sie etwas fragen, Miss Julia?«
»Aber natürlich. Was haben Sie auf dem Herzen?«
»Kennen Sie Philip schon lange?«
»Nein, warum fragen Sie?«

»Es ist eigenartig, dass Sie Philip kennen, der ist normalerweise nur in Kneipen zu finden.«

»Meinen Sie nicht, dass man jedem im Leben eine Chance geben sollte? Ich gebe ihm eine Gelegenheit, sich zu beweisen, und er wird mich nicht enttäuschen, da bin ich fest überzeugt. Haben Sie nicht bemerkt, dass er sich zu seinem Vorteil verändert hat? Er sieht doch wie ein richtiger Gentleman aus, und außerdem wird er bald eine ehrbare Familie gründen und dann kommen die Kinderchen.« Sie musste lachen. Eigentlich konnte sie sich Philip nicht mit einer Schar Kinder vorstellen.

»Sie haben viel Vertrauen zu Ihren Mitmenschen, aber ein neuer Anzug, geschnittenes Haar und ein glatt rasiertes Gesicht machen noch lange keinen neuen Menschen aus ihm. Ich will ja nicht schlecht über ihn reden, aber wissen Sie, dass er Alkoholiker ist?«

Julia scheuchte ein paar Fliegen von ihren Augen. »Das weiß ich, aber auch Sie können mich von dem Entschluss nicht abbringen, dass ich zukünftig mit Philip Geschäfte machen werde. Was er braucht, ist jemand, der an ihn glaubt, und ich glaube an ihn. Er wird für mich viel Geld verdienen, und außerdem habe ich ein Gespür, vielleicht sogar den siebten Sinn für gewisse Menschen.«

»Schon gut, Miss Julia, ich möchte mich nicht in Ihre Angelegenheiten mischen, es geht mich nichts an, ich wollte Sie nur warnen.«

Von weitem sahen sie, dass Elsa und Philip wieder zurückkamen. Sie winkten ihnen entgegen. »Sind sie nicht ein hübsches Paar, Nicholas? Ich bin überzeugt, es werden Hochzeitsglocken läuten.«

Auf einmal kam Nicholas der Gedanke, Julia hatte die beiden verkuppelt. Er starrte sie perplex an, ja er war sich ganz sicher. Er schüttelte den Kopf. Sie war rätselhaft, mysteriös und be-

rechnend, ihr war alles zuzutrauen.
Philip murmelte Elsa etwas ins Ohr, und Elsas Gesicht strahlte plötzlich auf. Sie sahen sich an, während Philip Gänseblümchen pflückte und begann, damit einen Kranz zu flechten und ihn dann auf ihren Kopf setzte. Sie vergaßen ganz, dass sie nicht alleine auf der Welt waren.
Verträumt blickte Julia auf das ruhige Meer, sie wünschte sich, dass eines Tages vielleicht sogar Nicholas sie so innig und verliebt anschaute wie Philip.
Verräterisch strahlend kamen sie zurück. Julia dachte, eigenartig, die Augen von Elsa glänzten, als wenn sie ein Aufputschmittel eingenommen hätte. Aber vielleicht ist Liebe so eine Droge, dass man so glücklich ist, dass jeder es einem ansieht.
Leichtfüßig setzte sich Elsa wieder neben Julia. »Der Spaziergang war großartig, schade, dass ihr nicht mitgekommen seid.« Dabei setzte sie ihren unschuldigen Mädchenblick auf.
Julia konnte sich ein lautes Gekicher nicht unterdrücken. »Das glaube ich dir aufs Wort.«
Elsa machte eine lustige Schnute und lachte mit.
Nicholas kniff die Augen zusammen und schaute zum Himmel. »Ich glaube, wir müssen umkehren, es fängt bestimmt bald an zu regnen.«
»Ja, die erste dicke Wolke hängt direkt über uns«, erwiderte Julia und zeigte zu der dunklen, schweren Wolke, die danach lechzte, den Regen über ihnen abzulassen. Sie seufzte laut.
»Unser englisches Wetter ist nicht sehr beständig.«
Die Rückfahrt war heiter, alle waren entspannt, gut gelaunt und etwas übermütig. Aber das kam von dem Bier, das sie getrunken hatten.
»Wenn meine Mutter meine Bierfahne riecht, gibt's Ärger. Außerdem kein Sterbenswort, dass wir in Begleitung von jungen Männern waren, hast du gehört, Julia?« Dabei kicherte sie

unaufhörlich.
Verunsichert beobachtete Julia ihre Freundin. Nicholas spürte, was in Julia vor sich ging, darum bot er an: »Es ist doch noch früh am Nachmittag, hätten Sie nicht Lust, auf eine Tasse Tee in mein Haus zu kommen?«
Elsa war die Erste, die rief: »Aber natürlich, wir nehmen Ihre Einladung herzlich gerne an.« Sie gluckste, beugte sich zu Julia und legte ihren Kopf auf deren Schulter. »Liebe kleine Freundin, du musst mich öfter besuchen. Wenn du hier bist, erlebe ich immer die tollsten Dinge«, stammelte Elsa und knickte mit dem Oberkörper vollends um. Ihr Kopf blieb auf Julias Schoß liegen.
Jetzt machte sich Julia wirklich Sorgen. Hatte Elsa etwa einen Sonnenstich? Sie fasste ihr an die Stirn. Der Kopf war etwas erhitzt, aber das war sicher die Aufregung und die Kombination mit Alkohol, aber so viel hatte sie doch gar nicht getrunken. Eins war ganz sicher, in dem Zustand konnte sie Elsa nicht zu Hause abliefern. Darum wandte sie sich an Nicholas: »Wir nehmen Ihr Angebot dankend an.«
Als sie das Haus von Nicholas betraten, kam ihnen die junge Frau entgegen. Nicholas nahm sie auf die Seite und flüsterte ihr etwas zu. Bevor sie die Tür hinter sich schloss, blickte sie sich nochmals böse um, und ihre Augen blieben an Julia hängen.
Statt ihrer erschien ein Butler und reichte Kanapees zum Tee.
Sie machten es sich an einem ovalen Rauchtisch bequem.
Nicholas war ein amüsanter Gastgeber. Er erzählte geistreiche und witzige Geschichten. Julia hörte aufmerksam zu und stimmte bereitwillig in das gelegentliche Lachen ein. Es fühlten sich alle sichtlich wohl, und keiner wollte gehen.
Philip fragte: »Mr. Dudley, haben Sie auch schon davon gehört, dass ein Österreicher, namens Joseph Ressel eine Schiffs-

schraube erfunden haben soll, welche das Schaufelrad ersetzt?«
»Ja, ich habe in der Times erst vor einigen Tagen darüber gelesen, aber erzählen Sie, vielleicht wissen Sie etwas Neues darüber.«
»Ich verfolge dieses Thema schon seit einiger Zeit. Bis jetzt weiß ich nur von einem Amerikaner, der schon Jahre damit herumexperimentiert, aber alle seine Versuche sind missglückt. Und wenn das wirklich stimmt, wäre es sensationell, denn damit könnten wir höhere Transportgeschwindigkeiten erzielen und viel Zeit und Geld sparen. Aber ich glaube, bis das umsetzbar ist, dauert es noch ein paar Jahre.«
»Kann schon sein, es wurden bis jetzt noch keine Versuche gemacht, ob es überhaupt funktioniert.«
Julia saß auf einer roten Couch, neben sich Elsa, die ihren Kopf an Julias Schulter gelehnt hatte und mehr schlief als wachte. Sie betrachtete die beiden Männer, wie sie sich unterhielten. Die beiden könnten nicht unterschiedlicher sein, wie Wasser und Öl, und trotzdem hatte sie das Gefühl, dass sie alle drei eines verband, und das war der Ehrgeiz. Sie gestand sich ein, dass sie ihr Leben nicht hinter verschlossenen Türen verbringen wollte. Sie wollte eine Rolle spielen, wollte Anerkennung und Ruhm, und sie würde alle Mittel, die sie besaß, einsetzen, um das zu erreichen. Schon allein der Gedanke, von ihrem Cousin abhängig zu sein, ließ sie wild werden. Julia war so in ihre Gedanken versunken, dass sie zuerst gar nicht bemerkte, dass Philip sie ansprach.
»Ich glaube, wir müssen gehen. Die Eltern von Miss Eggleston werden sich schon Sorgen machen.«
Julia nickte, erhob sich und blickte zu Nicholas. »Vielen Dank, es war ein sehr angenehmer Nachmittag.«
»Julia, kann ich Sie noch einmal sehen, bevor Sie abreisen?«
Sie machte ein betrübtes Gesicht.

»Nicholas, ich glaube nicht, ich habe ein volles Programm, aber ich lasse es Sie wissen, wenn ich etwas Zeit übrig habe.«

Am frühen Morgen saß Julia in der Kanzlei von Michael Lampert. Sie studierte in Ruhe den Vertrag, den er für sie aufgesetzt hatte, strich einige Dinge an, die sie geändert haben wollte, aber im Großen und Ganzen war sie mit der Ausfertigung zufrieden.
Michael Lampert diktierte im Nebenraum seinem Sekretär einige Fakten. Julia blickte sich um und sah vor ihrer Nase ein Schreiben von einem Lord Catterick liegen. Was ihr am meisten auffiel, war das große Wappen, welches auf dem Brief zu sehen war. Sie griff interessiert danach, schaute aber zuvor verstohlen zur offenen Tür. Sie wollte ja nicht beim Lesen fremder Post ertappt werden.

Sehr geehrter Mr. Lampert,

Ich habe die ausgearbeiteten Verträge und Urkunden dankend erhalten.
Mir wurde zum Kauf eine Weberei angeboten. Könnten Sie bitte ausfindig machen, in welchen Problemen die Firma steckt und was der wirkliche Wert des Unternehmens ist. Meinen Sie, dass es überhaupt sinnvoll ist, in eine Weberei zu investieren? Was für andere Projekte können Sie mir anbieten?

Bla, bla, bla, für Julia waren das nichtssagende, unwichtige Dinge, aber zum Schluss stutzte sie, als er den Anwalt bat, er solle sich nach einem Gutsverwalter umschauen.
Komisch, dachte Julia, wofür ein Anwalt alles gebraucht wird.
Sie schob den Brief wieder so hin, dass man nicht sehen konnte, dass ein Unbefugter ihn gelesen hatte.

Michael Lampert kam mit einem Aktenordner wieder zurück.
»Miss Hardcastle, ich konnte übrigens das Armband zum Schätzwert verkaufen, aber ich glaube, es ist ratsam, wenn sie noch mehr Schmuckstücke verkaufen wollen, dass wir in London nach einem Käufer suchen. Ihr Schmuck ist zu wertvoll, um hier in Dover große Kundschaft zu finden. Ich kenne hier zwar einen Pfandleiher, aber der ist ein Halsabschneider. Den kann man wirklich nur aufsuchen, wenn einem das Wasser bis zum Hals steht.«
Julia zog eine Braue hoch. »Kennen Sie denn Leute in London, die so viel Geld haben? «
»Nun, ich kenne genügend Leute mit Geld, aber ich muss natürlich ganz diskret nachfragen.« Mr. Lampert setzte sich wieder an seinen Schreibtisch, stützte seine Arme auf und schaute Julia intensiv an.
»Ich wusste nicht, dass Ihr Schmuck so wertvoll ist, und das ist ein Problem. Diese Art von Schmuck kaufen nur die ganz wenigen Reichen in England, und da muss ich gezielt die Leute anschreiben. Es ist nicht damit getan, Mund-zu-Mund-Werbung zu machen.«
Julia schoss es wie ein Blitz durch den Kopf. Sie war ganz aufgeregt und ihre Augen sprühten, weil ihr der richtige Gedanke gekommen war.
»Ich hab's, wir könnten den Schmuck „Christie's", dem Auktionshaus in London anbieten. Das sind Fachleute und die haben auch die Kundschaft, die so viel Geld ausgeben könnte.«
Mr. Lampert schüttelte den Kopf.
»Warum ist mir das nicht eingefallen. Wollen Sie nicht bei mir arbeiten? Wir würden sicher ein gutes Gespann abgeben, Sie sind ja genial.«
»Ach, eigentlich hätte ich längst drauf kommen müssen, denn

mein Onkel hat bei solchen Auktionen schon einiges gekauft.«
»Sagen Sie, Miss Hardcastle, was wissen Sie über den Schmuck? Es wäre nicht schlecht, wenn wir ihn mit einer guten Geschichte ausschmücken könnten, so steigt er vielleicht im Wert.« Dabei hob er seine buschigen Augenbrauen.
»Über den Schmuck weiß ich nicht viel, und unsere Familiengeschichte möchte ich nicht in der Öffentlichkeit verbreiten.«
»Ich verstehe. Geben Sie mir bitte die Schmuckstücke, die Sie veräußern wollen, ich werde dann alles für Sie veranlassen.«
Erwägend blickte Julia zum Fenster.
»Macht es Sie nicht nervös, wenn alle Leute, die auf der Straße vorbeikommen, zu Ihnen ins Büro schauen können?«
Er grinste breit. »Nach so vielen Jahren macht mir das nichts mehr aus. Miss Hardcastle, ich habe noch ein anderes Anliegen. Es geht um Mr. Dudley, er hat sich sehr interessiert über Sie erkundigt.«
Ihre Verblüffung war Julia nicht anzusehen.
»Ich weiß nicht, ob er seinen schrecklichen Ruf verdient, der in Dover über ihn verbreitet wird, Miss Julia, aber seien Sie vorsichtig.« Er nahm seinen Stift und spielte nachdenklich damit.
»Wie meinen Sie das?«
»Nun, seine Spezialität ist, junge und hübsche Frauen wie Sie zu verführen.«
Julia errötete.
»Miss Hardcastle, eigentlich darf ich nicht gegen einen meiner besten Klienten sprechen, aber ich kannte Sie schon als kleines Mädchen, und ich könnte es vor meinem Gewissen nicht verantworten, wenn er Sie, wie soll ich sagen, auch nur benützt, wie viele andere. Ich weiß, ich habe es schon selbst erlebt, er hat auf Frauen eine animalische Ausstrahlung, nur wenige können sich seinem Charme entziehen.«

»Wie gut kennen Sie ihn?«
Michael Lampert nahm sich viel Zeit zum Überlegen. »Ich glaube, keiner kennt ihn gut genug, um ein korrektes Urteil zu fällen. Aber eins weiß ich genau, er ist unberechenbar. Sie haben großen Eindruck bei ihm hinterlassen und so wie ich ihn einschätze, wird er alle Waffen, die er besitzt, einsetzen, um Sie zu erobern.«
Julia versuchte den Anschein der Gleichgültigkeit zu wahren, darum hielt sie die Hand vor den Mund, um ein gespieltes Gähnen zu unterdrücken, obwohl sie das Thema im Inneren ihres Herzens brennend interessierte.
»Oh, Miss Hardcastle, ich wollte Sie nicht langweilen.«
Höflich erwiderte Julia, »Sie langweilen mich nicht. Wenn wir schon beim Thema sind, dann möchte ich alles wissen.«
Mr. Lampert schwieg, während er seine Gedanken ordnete und seine Antwort überdachte. »Ich kann Ihnen eigentlich nicht viel mehr erzählen. Er ist ein Mann der Superlative, er spricht fließend französisch und spanisch und hat einen messerscharfen Verstand. Seine Persönlichkeit ist sehr zwiespältig, äußerlich ist er vornehm wie ein Edelmann, aber innerlich ist er hart und rau wie ein ungeschliffener Diamant. Und diese Eigenschaften haben ihm in der Geschäftswelt den Namen „Eiserner Prinz" eingebracht.«
Michael Lampert änderte seine Körperhaltung und lehnte sich zurück. »Ich hoffe, Sie nehmen mir meine offenen Worte nicht übel, ich wollte Sie nur warnen.«
Die Überraschung über diese Enthüllungen stand Julia ins Gesicht geschrieben. »In keiner Weise, ich bin Ihnen dankbar und hoffe, dass Sie es in der Zukunft weiterhin so mit mir halten. Ich möchte immer gern über alles im Bilde sein.« Julia erhob sich und reichte ihm ihre schmale Hand.
»Gut, wir sehen uns bald auf unserem Ball, vielleicht haben Sie dann schon Neuigkeiten für mich.«

3. Kapitel

Zwei Wochen später saß die ganze Familie einschließlich Annabelle, der Frau von Francis, gemütlich vereint im Musikzimmer. Sie hörten zuerst Lady Isabel beim Klavierspiel zu. An diesem Abend bevorzugte sie Wolfgang Amadeus Mozart, und Julia spielte das Klavierstück c-Moll op. 111 von Ludwig van Beethoven. Julia war nicht ganz bei der Sache, denn sie spürte eine Spannung im Haus, seit Annabelle hier verweilte. Sie wusste nicht, ob nur sie das Gefühl hatte oder die ganze Familie. Alle waren zu allen sehr nett, aber es war nicht ehrlich. Sie spürte nur den stechenden Blick von Annabelle. Eine Woche zu früh war Annabelle angekommen, mit einem großen Aufgebot von Kisten und Schachteln. Was für eine Person war Annabelle? Sie konnte sie in keine richtige Kategorie eingliedern. War sie nur herrschsüchtig oder hatte sie einen Minderwertigkeitskomplex, oder benahm sie sich so, weil sie sich so allein fühlte in einer fremden Umgebung, mit fremden Menschen. Von Anfang an scheuchte sie das Personal wie Leibeigene herum. Aber was hatte sie gegen Julia? Es war eindeutig, sie sah in ihr eine Rivalin, aber warum? Hatte Francis irgendetwas über sie erzählt, oder was war los? Sie hatte sich Annabelle etwas anders vorgestellt. Warum, wusste sie auch nicht, oder vielleicht doch? Sie stellte sich an der Seite von Francis einfach eine andere Person vor. Obwohl sie eindeutig Francis anhimmelte, und das war wohl das Wichtigste. Francis musste ja mit ihr leben und nicht sie. Sie war klein, schlank und zartgliedrig, mit einem hellen Teint, rundem Gesicht mit einer kleinen Stupsnase und einem schmalen Mund. Ihre Haut war schön und rein. Mit der Mode kannte sie sich aus, sie war immer modisch gekleidet, und in Schmuck war sie regelrecht verliebt. Das Schönste an ihr waren ihre ausdrucksvollen, braunen Augen, sie wirkte wie ein scheues Reh. Julia hätte nicht sagen können, dass ihr Annabelle unsympathisch war. Sie war höflich, nett und hatte ein gutes Benehmen.

Die ganze Familie gab sich die größte Mühe, Annabelle ein schönes Heim zu bieten. Julia stöhnte innerlich, aber vielleicht brauchen wir alle nur Zeit, um uns aneinander zu gewöhnen. Julia blickte zu ihrem Onkel, den sie in diesem Moment noch mehr als sonst bewunderte. Seit Annabelle im Haus war, nahm er sich unheimlich zusammen, und es war ihm nicht anzusehen, ob ihm Annabelle gefiel oder nicht.

Als Julia ihr Klavierspiel beendet hatte, stand Onkel Richard auf und wollte sich zurückziehen. Aber bevor er den Raum verließ, fragte er Julia: »wann hast du gesagt, kommt der besagte Mr. Dudley?«

»In einigen Tagen, Onkel.«

Dann ging er, irgendetwas in seinen Bart brummend, davon. Aber bevor er die Tür wieder schließen konnte, schlich Greeneye, der Kater, herein, kam natürlich direkt auf Annabelle zu und strich ihr um die Füße. Sie schrie auf und nahm ruckartig ihre Beine auf die Seite. Alle mussten lachen, denn die ganze Familie hatte zwischenzeitlich mitbekommen, dass Annabelle Tiere hasste. Und ausgerechnet sie wurde immer von ihnen aufgesucht, als ob sie Annabelle eines Besseren belehren wollten.

Lady Beatrice fragte Annabelle: »Hattet ihr zu Hause keine Tiere?«

»Nein, meine Mutter mag keine Tiere, und meinem Vater war es egal, er war sowieso selten zu Hause.«

Francis stand auf, trat hinter Annabelle, nahm ihre Hand und tätschelte sie. »Aber mein Darling, wenn du hier lebst, musst du dich zumindest mit den Katzen anfreunden. Die findest du hier im ganzen Haus. Du musst wissen, das sind Großmutters

Lieblinge.«

Annabelle starrte mit gemischten Gefühlen auf die Katze, die jetzt weiterging und bei Julia ihre Streicheleinheiten suchte.

»In der Stadt haben die Leute selten Haustiere, es wird überhaupt ein anderes Leben geführt als auf dem Land.«

Tante Beatrice, die neben Annabelle saß, blickte sie mit rätselhaften Augen an. »Vermisst du denn das Stadtleben sehr?«

Annabelle entzog ihre Hand Francis', um sich mit der anderen zu verkrampfen, und schaute verlegen auf ihre Schuhspitzen.

»Um ehrlich zu sein, ich vermisse es sehr. Es gibt hier keine Unterhaltung.« Jetzt schwieg sie einen kurzen Augenblick.

»Ich wollte damit nicht sagen, dass es hier langweilig ist, sondern … « Sie verhedderte sich und sagte gar nichts mehr.

Nun meldete sich Julia zu Wort. »Annabelle, du kannst in diesem Hause alles sagen. Wir sind Menschen, die sehr viel Verständnis füreinander aufbringen. Und wenn du uns sagen möchtest, dass es hier zu wenig Abwechslung gibt, hast du vielleicht sogar recht, darum musst du dir eben eine Beschäftigung suchen. Wenn du willst, bringe ich dir das Reiten bei, das wird dir sicher viel Spaß machen.«

Annabelle lächelte Julia verzagt an. »Das ist freundlich von dir. Francis hat es mir auch schon angeboten, aber die Pferde sind so groß, ich glaube, ich habe Angst davor.«

»Ich kann dir Klavierspielen beibringen«, bot sich Lady Isabel an.

Sie schüttelte den Kopf und runzelte die Stirn. »Ich hatte vor Jahren Klavierunterricht, aber ich habe überhaupt kein musikalisches Gehör.«

Julia umfing vorsichtig die Gestalt von Annabelle, sie tat ihr in diesem Augenblick wirklich leid, denn sie konnte beobachten, wie sie immer mehr in sich zusammenschrumpfte.

Großmutter wollte Annabelle etwas aufmuntern. »Nun, was

macht dir denn Spaß? Irgendetwas wirst du doch zu Hause auch gemacht haben?«

Ihr Blick senkte sich, und sie wandte sich halb ab. Sie starrte zu Greeneye, die sich in majestätischer Haltung vor Großmutter aufpflanzte und sie vorwurfsvoll anblickte. Das sollte so viel heißen wie „streichelt mich denn keiner"? Annabelle antwortete leise: »Ich hatte meine Freundinnen, und wir hatten jede Woche Einladungen zu Bällen, Abendessen, Musikkonzerten. Es war immer etwas los bei uns. Dann habe ich vier Schwestern, wir haben uns immer miteinander unterhalten.«

Lady Isabel stöhnte, rieb mit ihrer linken Hand nervös am Kinn und überlegte fieberhaft, was man diesem Menschenkind bieten könnte. »Ah, weil du gerade von Bällen redest, hat man dir schon erzählt, dass wir hier in knapp einer Woche einen Ball mit allem Drum und Dran veranstalten werden?«

Annabelle starrte Francis zuerst strafend an, aber dann fingen ihre Augen an zu leuchten. »Das ist das Erste, was ich davon höre. Wird er vielleicht meinetwegen veranstaltet?«

Bevor jemand anders antworten konnte, sagte Julia: »Ausschließlich für dich, und natürlich wegen eurer Eheschließung.«

Annabelle stand auf und drehte sich im Kreis. »Das ist aber wirklich ganz reizend von euch allen. Da muss ich ja schauen, ob ich überhaupt ein Ballkleid dabei habe.« Sie fuhr verlegen fort: »Meine Zofe hat gepackt, und ein Großteil der Koffer, die ich mitgebracht habe, stehen noch eingepackt oben im Ankleideraum.«

Julia musste sich unter das Kinn fassen und es hochdrücken, sonst wäre ihr Mund vor Erstaunen offen geblieben.

Francis saß wieder auf einem Stuhl und betrachtete gedankenverloren die vier Damen. Hatte ihn denn der Teufel ge-

ritten, Annabelle zu schwängern? Es gab doch auch hier auf dem Land attraktive Frauen, die es auf ihn abgesehen hatten. So ein Landmädchen hätte viel besser hierher gepasst. Aber war es nicht das, was ihm am meisten an ihr gefallen hatte, das Stadtmädchen? Aber das kam wahrscheinlich daher, dass er mit dem Land auch nicht so sehr verbunden war. Und jetzt waren sie beide, die eigentlich in der Stadt leben wollten, hier auf das Land verbannt.
Julia kam eine Idee. »Kannst du Schach spielen?«
Oh, hätte sie das ja nur nicht gefragt.
Denn jetzt warf Annabelle Julia einen zornigen Blick zu und lief weinend aus dem Raum.
Nun kam sich Julia wie eine Aussätzige vor. Sechs Augenpaare blickten sie strafend an. Sie stand auf und stellte sich vor die anderen hin.
»Ich habe doch nur gefragt, ob sie Schach spielen kann. Was ist denn daran so schlimm? « Dabei warf sie ihre Hand in die Höhe. »Vielleicht habt ihr recht, ich hätte meinen Mund halten sollen, aber gesagt ist gesagt. Was kann ich dafür, dass wir alle sooo gebildet sind.«
Das war der Auslöser. Gelächter ging los, und nach einem Weilchen löste sich die lustige Gesellschaft auf.

Julia stand mit einem Korb voller Rosen im Park, als sie in der Ferne einen einsamen Reiter näher kommen sah. War das nicht Nicholas? Natürlich! Sie drehte sich in Windeseile herum, nahm die sechs Stufen in schnellen Sprüngen, hämmerte an das Portal, dass man sie einlassen solle. Sie lief die geschwungene Freitreppe aus weißem Marmor empor. Noch im Laufen öffnete sie ihr einfaches Baumwollkleid, das sie heute extra angezogen hatte, um ihrer Tante im Gewächshaus zur Hand zu gehen. Ihre Tante ließ nämlich niemanden mehr ohne ihre

Erlaubnis in ihr Reich, nachdem vor einigen Monaten irgendein Bursche, der wahrscheinlich Tantchen einen Streich spielen wollte, allen Orchideen die Blüten abgeschnitten hatte. Lady Isabel war einem Kollaps nahe, sie hatte gejammert, geweint, getobt und geschrien, wenn sie den Bösewicht erwischte, würde sie ihn umbringen. Wochenlang war sie nicht ansprechbar. Das Ergebnis war, dass das Glashaus jedes Mal, wenn sie es verließ, mit einer dicken Kette verschlossen wurde. Aber jetzt war es nicht ihr Problem, sie wollte für Nicholas schön sein. Sie riss die Schranktür auf, holte einige Kleider heraus, hielt sie vor sich hin, betrachtete sich im Spiegel und warf sie unentschlossen auf ihr Bett. Was stand ihr am besten? Sie fasste jeden Bügel mit ihrer rechten Hand und glitt von einem Kleid zum anderen. Dieses moosgrüne war das Richtige. Schlicht, elegant und ein wunderbarer weicher Stoff. Er sollte nicht glauben, dass sie sich extra für ihn herausgeputzt hatte. Sie blickte zum Fenster. Keine fünf Minuten mehr, und er würde am großen geschnitzten Portal stehen und mit dem versilberten Klopfer kräftig an die Tür schlagen. Ihre Haare waren zerzaust. Sie überlegte nicht lange, zog die Haarnadeln heraus, und eine Welle gelockten Haares fiel ihr auf die Schultern herab. Sie schüttelte den Kopf, damit das Haar sich löste. Ein Lächeln flog über ihr Gesicht. Ja, so gefiel sie sich, einmal ganz anders. Seltsam, wie eine andere Frisur den Typ total verändern konnte.

Gebannt blickte sie nochmals zum Hof. Da kamen gerade Onkel Richard und Francis auf Nicholas zugelaufen und begrüßten ihn. Das würde noch ein bisschen dauern, und damit hatte sie noch etwas Zeit, ihr Gesicht zu reinigen. Nun hörte sie die Stimmen näher kommen. Jetzt war es Zeit zu gehen. Julia stand mitten in dem Streifen Sonnenlicht, der durch das offene Portal in die Halle fiel, als die drei Herren eintraten.

Alle drei starrten Julia wie ein Gespenst an. Bevor sie Nicholas begrüßte, blickte sie an sich herab und fragte: »Stimmt was nicht mit mir?«

Der Erste, der sich fasste, war Onkel Richard. »Nein, du siehst fabelhaft aus, mein Kind.« Dann warf er einen Blick zu Nicholas und sagte: »Mr. Dudley, meine Nichte kennen Sie ja schon, durch sie haben Sie erst den Weg zu uns gefunden.«

Nicholas kam mit riesengroßen Schritten auf Julia zu und verneigte sich betont korrekt vor ihr. Über sein Gesicht huschte ein verlegenes Lächeln, das Julia nicht deuten konnte.

»Ja, aber ich hatte Sie völlig anders in Erinnerung.«

Francis hatte sich nicht von der Stelle gerührt. Er stand mit hängenden Schultern scheinbar gleichgültig da und starrte immer noch Julia an, bis ihm sein Vater an die Schultern tippte.

»Francis und mich müssen Sie entschuldigen, wir waren gerade auf dem Weg zu den Feldern. Julia wird sich um Sie kümmern, wir sehen uns beim Abendessen.«

Die beiden verließen das Herrenhaus. Julia zitterte innerlich vor Spannung, aber nach außen wirkte sie gelassen und kühl. Ihre Augen begegneten sich stumm, Julia konnte sehen, dass seine rätselhaften Augen sich einen kurzen Augenblick verschleierten. Sie jubelte. Es geht ihm wie mir! Sie spürte, wie ihre Knie zitterten, bis sie fragte: »Zum Vorteil oder zum Nachteil?«

Nicholas blickte sie verwirrt an. »Wie bitte?«

»Sie sagten, Sie haben mich anders in Erinnerung?«

»Ach ja, entschuldigen Sie mich, aber ich glaube, Sie sind eine Person mit vielen Gesichtern. Sie wirken mit diesen Haaren wie ein romantischer, wunderschöner Engel.«

Ein amüsiertes Lächeln huschte über ihr Gesicht. Instinktiv hatte sie erreicht, was sie bezwecken wollte. Julia gab dem Butler einen Wink, der schon auf ihre Anweisungen wartete.

»Mr. Dudley, möchten Sie sich zuerst frisch machen?«
»Das wäre sehr freundlich, meine Kleider stehen vor Staub.«
Julia ging Nicholas vorneweg, buchstäblich konnte sie seinen Blick körperlich spüren. Sie stiegen die breite Treppe hoch, kamen an goldenen Kandelabern an den Pfeilern vorbei, eine riesige weiße Marmorbüste stand in einer Nische, den ganzen Gang entlang hingen die Urahnen in Reih und Glied nebeneinander.
Nicholas blieb vor einem Bild stehen. »Hier sind Generationen vereint.«
»Da haben Sie recht, aber das sind noch nicht alle, in der Bibliothek gibt es noch mehr. Wenn Sie wollen, zeige ich Ihnen nachher das Haus.«
»Gern. Mir fällt auf, dass Ihre Haarfarbe nicht von dieser Linie kommt?«
»Erraten, die Ahnen meiner Mutter kommen bei mir kräftig durch. Hier sind wir schon.« Julia öffnete eine schwere Eichentür und schaute sich im Raum um, ob alles in Ordnung war. Sie zog die dicken Samtvorhänge zur Seite und öffnete das Fenster, damit frische Luft hereinströmen konnte.
»Eine Erfrischung kommt gleich. Haben Sie sonst noch einen Wunsch?«
»Nein danke, ich bin in dreißig Minuten fertig«
»Gut, ich hole Sie dann ab.«
»Sie haben ein wunderschönes Zuhause hier in Nice Castle.«
»Ja, ich weiß, ich fühle mich hier auch sehr wohl.«
Bevor sie das Zimmer verließ, ließ sie nochmals einen langen Blick über seine Gestalt schweifen.

Als Julia ihren Platz an dem langen Eichentisch einnahm, war Nicholas gerade mitten in einer Geschichte.
»Ich muss sagen, die glücklichsten und unbeschwertesten

Augenblicke meines Lebens waren jene in Frankreich, als mich ein Franzose auf sein Landgut einlud.« Nicholas schwärmte. »Die Gastfreundschaft ist einmalig, sie sind ganz anders als wir steifen Engländer. Dort wurde mir auch alles Nötige beigebracht, was man als Weintrinker wissen sollte. Es wurde viel getrunken, gesungen und getanzt.« Er zwinkerte lustig mit den Augen. »Aber um ehrlich zu sein, wenn wir auch so viel trinken würden, wie die Franzosen, vielleicht wären wir dann etwas fröhlicher.«

Am Tisch erhob sich lautes Gelächter.

Dann berichtete Francis von seinen Reisen und den miserablen Verhältnissen, die auf gewissen Schiffen herrschten.

Nicholas hatte ein breites, freundliches Lächeln, mit dem er seine Zuhörer umgarnte. Für Lady Beatrice brachte er ein großes Lob hervor. »Lady Hardcastle, Sie haben ein wunderbares Gefühl für die Harmonie und die Zusammenstellung der Blumen. Es ist mir zuvor noch nie aufgefallen, dass jemand so ein außerordentliches Talent hat, die verschiedensten Farben miteinander zu kombinieren.«

Tante Beatrice wurde ganz verlegen und lief vom Gesicht bis zu den Haarwurzeln rot an. An diesem Abend hatte sich Julias Tante auch wirklich selbst übertroffen. Das Esszimmer war mit zarten Buschröschen wunderbar dekoriert. Auf einmal wirkte ihre Tante zehn Jahre jünger. Julia grübelte über ihre Tante nach. War sie einsam, fehlte ihr ab und zu ein Kompliment von der Familie? Sie musste sich eingestehen, alle nahmen die Blumen nur einfach so hin, als wäre alles selbstverständlich. Julia nahm sich vor, sich zu bessern. Nicholas brachte Bewegung und Leben in das sonst so leise Gebäude. Innerhalb von wenigen Stunden nahm Nicholas mit seinem unbeschreiblichen Charme das ganze Haus für sich ein. Männlein wie Weiblein fanden ihn entweder galant, inter-

essant, scharfsinnig, intelligent, amüsant, belustigend oder einfach komisch. Julia lernte ihn damit von einer ganz anderen Seite kennen. So gefiel ihr Nicholas noch viel mehr als zuvor.
Ihr Onkel nahm sie zur Seite und flüsterte Julia ins Ohr.
»Der ist der Richtige für dich, den musst du dir fangen, der hat Stil, kommt aus gutem Hause, das sieht man auf Anhieb. Und Geist hat er auch, der passt ausgezeichnet zu dir.«
Verlegen blickte Julia auf den Teppich.
»Kindchen, du musst dich nicht schämen, du kennst mich doch, ich sage immer frei heraus, was ich denke.« Dann kniff er ihr zart in ihre Wange. »Er gefällt dir doch, stimmt's?«
Mit ihren langen Wimpern blinzelte sie ihren Onkel an und flüsterte ihm ins Ohr.
»Du hast recht, wie immer, er gefällt mir sogar sehr gut.«
Sir Richard drückte verschwörerisch die Hand von Julia. »Jetzt müssen wir nur noch herausfinden, ob du ihm auch so gut gefällst.«
Julia hob den Zeigefinger und legte ihn ihrem Onkel auf die Lippen. »Das bleibt unser Geheimnis.«
Er nickte ihr bestätigend zu.
Julia beobachtete die Gesellschaft, die gemütlich wie immer nach dem Abendessen im Rauchzimmer Platz nahm.
Ausnahmsweise durften dieses Mal sogar die Damen teilnehmen, denn Nicholas bestand darauf, dass die Ladys zur allgemeinen Auflockerung dabei sein müssten. Ihr Onkel schaute zwar im ersten Moment etwas schief, aber er akzeptierte sofort den Wunsch von Nicholas.
Etwas angewidert zog Julia ihren Kopf zurück. Sie roch die Whiskyfahne ihres Onkels. Wenn Besuch da war, trank er immer ein Glas zu viel, war dann sehr ausgelassen, sprach zu laut und zu viel. Sie fasste abermals an seinen Mund und hielt ihn zu. »Pst!«

Ihr Onkel zwinkerte sie mit einem Auge an und lief wieder zu der lustigen Runde.

Julia blieb abseits stehen und musterte Nicholas, wie er einen Witz nach dem anderen erzählte. Er suchte an diesem Abend nicht ihre Nähe, sondern schenkte der ganzen Familie die größte Aufmerksamkeit, nur ihr nicht. Hatte sie etwas falsch gemacht? Er war schon zwei Tage hier und hatte sie noch nicht einmal zum Reiten eingeladen. Morgen war das Fest. Sie hatte von dem Besuch mehr Aufmerksamkeit für sich erwartet. Aber vielleicht gefiel sie ihm doch nicht so gut, wie sie zuerst gedacht hatte. Nun ja, sie würde ihm auf jeden Fall nicht nachlaufen, sagte sie sich trotzig.

Es war inzwischen fast hell geworden. Julia liebte es, wenn die ersten Sonnenstrahlen sie am Morgen weckten. Das helle Licht ließ ihr Zimmer warm und gemütlich erscheinen. Ohne groß Toilette zu machen, zog sich Julia schnell an, steckte ihre Haare nachlässig auf und verließ schnell das Haus über den Hintereingang, als ihr jemand zurief: »Nicht so schnell, bitte.«

Erstaunt drehte sie sich um. Sie musste sich zusammennehmen, dass Nicholas ihr nicht die freudige Regung über sein plötzliches Auftauchen ansah.

»Guten Morgen. Was tun Sie denn schon so früh auf den Beinen?«

»Wissen Sie, Miss Julia, eigentlich habe ich auf Sie gewartet. Außerdem glaube ich, haben wir dieselben Gewohnheiten. Mir gefällt es, wie Ihnen, mich in aller Frühe davonzustehlen, und dann noch durch den Hintereingang.«

Verschwörerisch blinzelte er ihr zu und fuhr fort: »Damit mich ja niemand sieht. Wollten Sie mir nicht begegnen? Ich habe nämlich das Gefühl, dass Sie mir aus dem Weg gehen, oder spielt mir mein Gefühl einen Streich?«

Spitzbübisch grinste Julia: »Na, ganz so ist es auch nicht, aber Sie hätten mich ja bitten können, mich beim Ausreiten begleiten zu dürfen. Aber das haben Sie nicht getan. Warum nicht?«
»Wenn ich Sie gefragt hätte, dann hätte sich sicher Francis angeschlossen, und das wollte ich nicht.«
»Sehr aufschlussreich.« Julia nickte. »So lauern Sie mir lieber in aller Frühe am Hintereingang auf. Woher wussten Sie überhaupt, dass Sie mich hier treffen würden?.«
»Miss Julia, Sie sollten mich nicht unterschätzen.«
Mit ihren unglaublichen, grünen Augen fixierte sie Nicholas. Sie sah einen ebenbürtigen Mann vor sich. Diese Erkenntnis berührte sie seltsam, denn hatte nicht Francis gesagt, sie bräuchte einen ebenbürtigen Mann? Sie erwiderte: »Ich unterschätze Sie nicht, aber wollen Sie nun mit mir ausreiten oder hier stehen bleiben?«
Er stand stramm, legte seine Hand an die Schläfe und sagte: »Wie Sie befehlen, Milady.«
Sie ritten über die feuchten Weiden aufwärts und bogen in einen Birkenhain ein.
Julia zog die Zügel, streckte ihren Arm aus und sagte leise: »Sehen Sie dort.« Keine sechs Meter von ihnen entfernt stand ein goldbrauner Fuchs, der sie vorsichtig anstarrte und sich dann aber schnell ins Gebüsch verzog.
»Soll ich Ihnen meinen Lieblingsplatz zeigen?« Ohne auf seine Antwort zu warten, gab sie ihrem schwarzen Hengst die Sporen, dass er davonflog und erst Halt machte an einem paradiesischen Flüsschen mit Hunderten von Forellen. »Um zum Holzsteg zu kommen, müssen wir zu Fuß gehen.«
Sie stiegen ab und banden die Pferde an einen Holzpfahl. Auf dem Lehmboden sah man noch die Spuren des Rotwilds, das hierher zur Tränke kam.
Als Nicholas den morschen Holzsteg sah, fragte er Julia: »Sie

waren auch schon lange nicht mehr hier?«

»Nein schon lange nicht mehr.« Sie tastete sich vorsichtig auf den Steg und stampfte kräftig mit ihren Stiefeln auf. »Ich glaube, wir können es wagen. Wenn nicht, nehme ich an, Sie können schwimmen?«

Auf dem Wasser tanzten Schwärme von Mücken.

»Hier hatte mein Onkel immer gefischt. Seltsam, seit vielen Jahren kommt er nicht mehr hierher.«

Sie setzte sich, zog ihre Stiefel aus und hängte ihre Füße ins Wasser. »Oh, das ist ganz schön kalt.«

Nicholas tat es Julia nach. »Es ist so friedlich hier.« Er schloss die Augen und hielt sein Gesicht in die Sonne.

Gebannt starrte Julia auf eine Fliege, die sich auf Nicholas niederließ und sich gemütlich die Flügel putzte.

Noch das Antlitz in die Sonne gestreckt, fragte Nicholas: »Warum hat so eine reizende Frau wie Sie noch keinen Verlobten?«

Julia stöhnte laut: »Ob Sie es mir glauben oder nicht, ich weiß es auch nicht.«

Jetzt lachte Nicholas lauthals hinaus: »Soll ich Ihnen sagen, warum Sie noch keinen Bräutigam haben?«

Julia schöpfte mit der Hand Wasser und bewarf Nicholas damit. »Warum?«

Er wich dem Schwall aus, aber seine Kleider wurden doch etwas nass. »Weil Sie auf mich gewartet haben.«

»Sie sind ganz schön anmaßend.«

»Warum sonst, Mangel an Bewerbern gab es sicherlich nicht.«

Julia starrte auf ihre Hände. »Reden wir lieber von Ihnen. Sie sind ja schließlich um einiges älter und haben auch noch keine Frau zum Traualtar geführt.«

»Wenn ich Ihnen jetzt meine schwarze Seele ausschütte, sprechen Sie bestimmt kein Wort mehr mit mir.«

»Halten Sie mich für so kleinlich?«

»Nein, Sie sind nicht kleinlich, aber Sie sind hier in dieser großartigen, heilen Welt aufgewachsen, ohne Probleme, nur von Liebe umgeben, darum wissen Sie noch nicht, wie hart das wahre Geschäftsleben ist und wie man sich dadurch auch zum Nachteil verändern kann. Ich bin nicht so glücklich wie Sie aufgewachsen, und somit fehlt mir etwas, was Sie besitzen.«

»Und was ist das?«

»Herz. Ich habe kein Herz.« Es glitt ein Lächeln auf sein Antlitz. »Oder ich habe ein Herz aus Stein, und wie Sie wissen, Stein ist hart und es gibt nichts, was einen Stein weich machen könnte.«

»Wollen Sie damit sagen, dass Sie nicht lieben können?«

Nicholas ließ sich mit seiner Antwort Zeit. »Ja, so könnte man es ausdrücken, ich kann nicht lieben.«

»Schade für Sie, dann wissen Sie wahrscheinlich nicht, was Sie im Leben verpassen.«

»Oh, hier redet die Expertin. Haben Sie schon einmal richtig geliebt?«

Julia machte ein leicht zerknittertes Gesicht. »Ich liebe über alles meine Familie.«

»Das ist die falsche Antwort. Ich meine, ob Sie sich schon einmal richtig in einen Mann verliebt haben.«

Es folgte eine lange Pause. »Nein, aber im Gegensatz zu Ihnen, der sich in sein Schneckenhaus verkrochen hat und nicht heraus will, bin ich offen für alles, auch für die Liebe. Wenn sie kommen sollte, wehre ich mich nicht.«

Julia öffnete die Spange, die ihre Haare zusammengehalten hatte, schüttelte ihre Mähne, legte sich mit dem Rücken auf den Steg und schloss die Augen.

Lange Zeit betrachtete Nicholas ihr Gesicht. »Sie sind wunderschön, ich könnte Sie den ganzen Tag nur so anschauen.«

»Nicholas, Sie sind ein merkwürdiger Mensch, mit vielen Geheimnissen.«

Er rückte näher zu Julia, sodass er sie leicht am Arm berührte. Mit diesem Berührungspunkt lehnte er sich auch mit seinem Oberkörper zurück.

Julia fühlte sich angenehm geborgen und leicht in Trance.

»Julia, wissen Sie, dass ich jetzt gerade glücklich bin. Ich habe mich Jahre nicht mehr so gefühlt.«

Gelöst lächelte Julia. »Ich bin auch glücklich, aber ich glaube, wir müssen zurück, es ist schon fast Mittag.«

Stöhnend setzte sich Nicholas auf und holte seine silberne Taschenuhr heraus. »Tatsächlich, wir sind schon vier Stunden unterwegs.«

Beim Aufstehen reichte er Julia seine feste Hand. Für Sekunden kamen sie sich mit dem Mund gefährlich nahe, aber er nützte die Gelegenheit nicht, oder er wollte sie nicht nützen, dachte Julia etwas gekränkt.

Ungeduldig wartete ihr Onkel auf sie. Er wollte sich mit Nicholas über das Eisenbahnprojekt unterhalten. Er ließ über das Personal ausrichten, dass sie sich bei ihm im Büro melden sollten. Die Tür zu den geheiligten Räumen ihres Onkel stand offen. »Kommt nur herein.«

Als sie den Raum betraten, hatte ihr Onkel schon drei Gläser mit Whisky vorbereitet und blickte ihnen neugierig entgegen. »Und wie war der Ausritt?«

Sie antworteten gleichzeitig: »Herrlich!« Julia und Nicholas kreuzten verlegen ihre Blicke.

»Das sieht man euch beiden an. Ich kann nicht sagen, wer mehr strahlt, aber nehmt doch Platz.« Dabei zeigte er auf die Sessel. »Julia, ich möchte, dass du auch bei dem Gespräch dabei bist, erstens, weil du mir Mr. Dudley wärmstens empfohlen hast und zweitens, weil mich deine Meinung hinterher interessiert.«

»Onkel, sollten wir nicht auch Francis dazuholen?«

Sir Richard winkte unwirsch ab. »Das ist nicht nötig. Wenn du dabei bist, das genügt.«

Er reichte Julia und Nicholas die Whiskygläser. »Nehmen wir doch zuerst einen Schluck.«

Sie nahmen ihre Gläser und stießen an.

»Zum Wohl.«

Sir Hardcastle holte eine Kiste Zigarren aus seinem Schreibtisch, öffnete den geschnitzten Deckel aus dunklem Mahagoniholz und bot die Schachtel Nicholas an, der jedoch kopfschüttelnd ablehnte.

»Ich habe viele Laster, aber das Rauchen gehört nicht dazu.«

Sir Richard nahm sich selbst eine dicke Zigarre. »Für mich gibt es nichts Besseres, als zu einem Glas Whisky eine gute Zigarre zu rauchen.« Dabei blickte er interessiert auf Nicholas.

»Nun, Mr. Dudley, was haben Sie uns anzubieten? Ich bin ganz Ohr.«

Nicholas räusperte sich. »Ich habe zwei Geschäfte, die sehr interessant sind. Ich möchte damit sagen, man muss in beiden Geschäften langfristig denken. Die Eisenbahn ist das Geschäft der Zukunft. In ein paar Jahren werden wir unsere gesamten Güter mit der Bahn preiswert transportieren können. Die Menschen können in wenigen Tagen die ganze Insel durchqueren, ohne großen Aufenthalt, ohne Angst vor Überfällen, ganz zu schweigen von der Zeit, die wir zukünftig sparen werden. Aber dazu müssen wir mehr Schienenwege und Dampflokomotiven bauen.«

»Das klingt sehr interessant.« Sir Richard schnitt die Spitze seiner Zigarre ab. »Ich habe mir die Papiere angeschaut, die mir meine Nichte mitgebracht hat.«

Mit durchdringenden Augen blickte Nicholas zu Julia.

Sir Richard musste lachen, als er Nicholas' Blick sah. »Haben sie gedacht, dass Julia mich nicht richtig informiert? Sie müssen wissen, sie hat einen schärferen Verstand als mancher Mann! Habe ich recht, mein Kind?«

Nicholas schmunzelte vor sich hin. »Sie sind wohl sehr stolz auf Ihre Nichte?«

Sir Richard zündete jetzt seine Zigarre an, setzte sich tief in seinen Sessel und nickte bestätigend. »Julia ist mein Augenstern, sie ist mir wie ein Sohn.«

Julia lachte hell hinaus: »Du wolltest wohl sagen, wie deine Tochter.«

»Was habe ich denn gesagt, wie mein Sohn.«

Jetzt lachten alle schallend hinaus.

»Nun, Mr. Dudley, wie ich gelesen habe, hat Richard Trevithick 1804 die erste Dampflokomotive gebaut. Sie war für den Einsatz in Bergwerken gedacht. Aber leider zerbrachen die gusseisernen Schienen sehr oft, sodass der Einsatz nur begrenzt möglich war.«

»Das ist richtig, aber das Projekt scheiterte nicht an der Lokomotivtechnologie, sondern, wie Sie richtig erkannt haben, an den gusseisernen Schienen. Die Lokomotive war einfach zu schwer.«

»Und aus was für einem Material werden die Schienen jetzt gemacht, Mr. Dudley?«

»Aus Stahl. Sie haben sich bis jetzt hervorragend bewährt, die Entwicklung und Produktion der gewalzten Stahlschiene ist daher eine ungeheure Innovation, die zur Verbreitung der Eisenbahn unbedingt erforderlich ist.«

Sir Richard krauste die Stirn. »Sehr aufschlussreich.«

»Genauso ist es, jetzt sind wir an dem Punkt, wo der Fortschritt und die Weiterentwicklung nicht mehr aufzuhalten sind. Und die ersten, die dabei einsteigen, machen den Gewinn.«

»Das klingt alles zu schön, Mr. Dudley. Erzählen Sie mir, wie lange ist die Strecke von Stockton nach Darlington?«

»Sie ist 18 Kilometer lang, und ich muss betonen, sie ist die erste öffentliche Eisenbahn der Welt. Schade, dass Sie bei der Einweihung nicht dabei waren, es war ein großartiges Schauspiel. Die Lokomotiven wurden vor 38 Wagen gespannt, die teilweise mit Kohlen und Weizen beladen waren. Die meisten Wagen waren jedoch mit Sitzplätzen für circa 600 Festteilnehmer versehen. Tags darauf begann der regelmäßige Betrieb mit den Personenwagen. Auf dieser Strecke fahren drei Lokomotiven, die Stephenson konstruiert hat.«

»Und wie sind die Waggons besetzt? Ich meine, fahren die Leute damit?«

»Aber natürlich, die Bevölkerung hat die Bahn mit Begeisterung aufgenommen, darum sind wir schon am Bau der Strecke von Liverpool nach Manchester. Wenn die Finanzierung rechtzeitig zustande kommt, soll die Strecke 1830 eröffnet werden.«

Julia stand auf und holte die Silberschale mit den Anisbrötchen, die immer für ihre Großmutter bereitstand, und stellte sie vor Nicholas. Sie nahm auch eins und steckte es sich in den Mund. Nun fragte Julia: »Können Sie uns etwas über Georgee Stephenson erzählen? Wie es scheint, ist er die treibende Kraft des ganzen Projekts. Sehe ich das richtig?«

»Sie haben recht, Miss Julia. Georgee Stephenson ist, wie soll ich sagen, ein Eisenbahnpionier, er wurde als Sohn armer Eltern geboren. Seine erste Tätigkeit bestand in der Bedienung einer Dampfmaschine in einer Kohlengrube, aber bald erkannte man seine ungeheuren Fähigkeiten. So wurde er zum Aufseher befördert, und kurze Zeit darauf wurde er der Leiter der Kohlenwerke von Lord Ravensworth bei Darlington. Ich nehme an, dass Sie ihn persönlich kennen, Sir Hardcastle.«

Bestätigend nickte er mit dem Kopf. »Ja, Sie haben recht, wir waren schon zusammen zur Jagd.« Nicholas fuhr fort: »1814 baute er für die dort angelegte Eisenbahn eine Dampflokomotive, die heute noch als brauchbar angesehen wird.«

Nachdenklich drehte Julia ihre Hand, sodass sie ihren Ring betrachten konnte, dann blickte sie zu Nicholas und sagte: »Ich habe gehört, dass Georgee Stephenson einen Sohn hat, der bei seinem Vater arbeiten soll.«

»Das ist richtig. Robert ist ein intelligenter junger Mann. Er ist der einzige Sohn, und Georgee hat ihm die Erziehung zukommen lassen, an der es ihm selbst gemangelt hatte. Er studierte in Edinburgh. Zuerst assistierte er seinem Vater bei der Stockton- und Darlington-Railroad, und jetzt sind sie Partner. Ein tolles Team, das können Sie mir glauben. Derzeit sind sie bei der Konstruktion einer neuen Lokomotive.«

»Onkel Richard, würde es dich nicht interessieren, Vater und Sohn kennenzulernen?« Julia nippte an ihrem Glas, hielt den Kopf schief und sah ihn fragend an.

»Aber natürlich, mich würde auch die Fabrik brennend interessieren, in der die Lokomotiven gebaut werden.«

Entspannt lehnte sich Nicholas in den Sessel zurück. »Sir Hardcastle und Miss Julia, ich stelle mich gern zur Verfügung. Sagen Sie mir, wann Sie Zeit haben, dann werde ich gerne mit Ihnen zu den Herren Stephenson fahren.«

Vertieft blickte Sir Hardcastle zu Julia, dann wandte er sich wieder Nicholas zu. »Sir Dudley, ich denke, wir sollten es schnell in Angriff nehmen. Würde es Ihnen in zwei Wochen passen?«

Nicholas stützte sich auf die Ellbogen, rollte das Glas zwischen den Handflächen und schaute dabei ausschließlich Julia an.

»Wie Sie wünschen, ich stehe Ihnen jederzeit zur Verfügung.«
Sir Richard erhob sich. »Das freut mich, wir können nach dem Fest noch den genauen Tag festlegen. Aber jetzt müssen Sie mich entschuldigen, ich möchte mich noch eine Stunde hinlegen, sonst werden mir die Strapazen heute Abend zu viel.«
Er verneigte sich höflich und verließ den Raum. Julia erhob sich und wollte sich auch verabschieden, als Nicholas seine Hand ausstreckte und sie am Arm fasste.
»Bleiben Sie noch ein bisschen, Miss Julia, wir können uns doch noch etwas unterhalten.«
Julia ließ sich mit einem Seufzer in den Sessel zurücksinken.
»Wissen Sie, Nicholas, ich habe mir überlegt, ob ich mich nicht auch an dem Geschäft beteiligen könnte. Geht das über Sie oder über Mr. Lampert?«
Angestrengt strich Nicholas mit dem Handrücken über seine Augen. »Miss Julia, ich verdiene an dem Geschäft nichts. Ich bin natürlich daran interessiert, das Projekt so schnell wie möglich über die Bühne zu bringen, deshalb können Sie auch direkt mit Mr. Stephenson sprechen.« Nicholas rückte mit dem Oberkörper näher zu Julia. »Darf ich Sie etwas Persönliches fragen?«
»Wenn es nicht zu persönlich ist, bitte.«
»Was läuft schief zwischen Sir Hardcastle und seinem Sohn?«
Julia stöhnte laut. »Nicholas, das kann man nicht in zwei Sätzen erklären, aber ich glaube, das größte Problem ist, dass sie so unterschiedlich sind und keiner von beiden tolerant dem anderen gegenüber ist.« Sie machte eine kurze Pause und überlegte. »Egoisten sind sie beide und ihnen fehlt das Fingerspitzengefühl für andere Menschen. Ich befinde mich oft in einer Zwickmühle, weil ich beide gleich gern habe.«
»Die Familie hat großes Glück mit Ihnen, Julia.«
»Meinen Sie?«

»Davon bin ich überzeugt, denn Sie können Eis sehr schnell zum Schmelzen bringen.« Nicholas lehnte sich, die Hände im Nacken verschränkt, zurück und lockerte seine Schultermuskulatur. Er blickte sie kurz unentschlossen an, dann fuhr er fort.

»Ich hoffe, Sie nehmen es mir nicht übel, wenn ich so offen rede, aber seit ich hier bin, hatte ich genug Zeit, Sie und die Familie etwas zu studieren.«

Ihre fein geschwungenen Brauen zogen sich fragend nach oben. »Und zu welchem Ergebnis sind Sie gekommen?«

Er schwieg kurze Zeit, bis er antwortete: »Die Beziehungen, die Sie alle untereinander haben, sind nicht gesund.«

Belustigt lächelte Julia. »Was meinen Sie denn damit?«

»Ohne Ihnen näher treten zu wollen, meine ich, jeder hier hat Probleme. Francis hat eine Frau geheiratet, die er nicht liebt, aber sein größeres Problem ist, dass er in seine Cousine verliebt ist. Zusätzlich hat er einen Vater, der ihn verachtet und für ihn nichts übrig hat, und das Schlimmste ist, dass dieser Vater ausgerechnet in seine Cousine vernarrt ist und diese junge Frau als Sohn betrachtet und auch so behandelt. Schauen Sie mich nicht so erstaunt an, wahrscheinlich fällt Ihnen das überhaupt nicht auf, weil Sie nichts anderes kennen. Ihr Onkel behandelt Sie als Mann und bevorzugt Sie in jeder Hinsicht, Ihre Tante hat das Spiel schon lange durchschaut und leidet unter dieser Situation sehr. Die einzige Gesunde, die alles mit Humor nimmt, weil sie weiß, dass sie es sowieso nicht ändern kann, ist Ihre Großmutter.«

Zwei große Augen funkelten ihn gefährlich an. »Alle Achtung, das haben Sie aber schnell herausbekommen. Wir sind eine sehr komplizierte, exzentrische Familie, aber von mir haben Sie noch nicht gesprochen.«

Nicholas stand auf, holte die Flasche mit dem Whisky und

schenkte sich etwas in sein Glas. »Julia, Sie sind in einer scheußlichen Lage. Um die Harmonie zu wahren, schließen Sie Augen und Ohren, aber das heißt nicht, dass Sie es nicht angenehm finden, von ihrem Onkel als gleichrangig behandelt zu werden. Ich würde sogar so weit gehen zu behaupten, er behandelt Sie wie einen Partner.«

Er musste lachen. »Wissen Sie, ich habe noch keinen Geschäftspartner gehabt, der seine Frau oder, ganz zu schweigen, seine Tochter zu geschäftlichen Gesprächen eingeladen hätte.«

»Und, finden Sie das schlecht von meinem Onkel?«

Nicholas kratzte sich nachdenklich am Kopf und räusperte sich laut. »Das ist eine schwierige Frage. Sagen wir mal so: Ich müsste mich mit dieser Situation zuerst anfreunden.«

Sichtlich amüsiert meinte Julia: »Sie gehören also auch zu dem Typ Mann, der eine Frau nur zur Dekoration und zur Kindererziehung braucht? Ich sehe schon, ich muss mir einen Mann wie meinen Onkel suchen, um respektiert zu werden.«

Schallend lachte Nicholas hinaus. »Da muss ich Ihnen sogar zustimmen, aber wahrscheinlich werden Sie lange suchen müssen, wenn es auch sicher nicht ganz unmöglich ist.«

Julia machte ein spöttisches Gesicht. »Sie machen mir aber wenig Hoffnung!«

Dann stand sie mit entschlossener Miene auf und sagte: »Es ist schon spät, ich brauche meinen Schönheitsschlaf und danke Ihnen, dass Sie so offen zu mir waren. Sie haben mir etwas die Augen geöffnet. Jetzt weiß ich wenigstens, nach was für einem Typ Mann ich suchen muss.« Sie grinste ihn schelmisch an. »Wir sehen uns heute Abend.«

Die Gäste waren alle versammelt. Sir Richard kam zu Julia und blickte sie fragend an. Sie nickte ihm zu. Dann nahm er ihren Arm und führte sie in die Mitte des Ballsaals. Er hob beide

Hände hoch, die Musik verstummte. »Meine Damen und Herren«, seine Stimme dröhnte bis in den letzten Winkel des großen Ballsaals. »Zuerst möchte ich meinem Mündel alles Gute zum Geburtstag wünschen. Gleichzeitig ist es für Lady Beatrice und mich eine große Ehre, Ihnen unsere Schwiegertochter Annabelle vorzustellen. Es geschieht nicht jeden Tag, dass unser Sohn eine Ehefrau findet, noch dazu ein so zauberhaftes und entzückendes Wesen.«

Es gab ein anerkennendes Gemurmel, danach einen großen Applaus im Saal.

»Annabelle und Francis, kommt bitte hierher auf die Tanzfläche, damit die Leute euch besser sehen können.«

Francis brachte ein gekünsteltes Lächeln hervor, und Annabelle war errötet, als sie neben ihren Schwiegervater trat. Sir Richard umarmte beide.

Als Antwort ertönte donnernder Beifall der Gäste. Die Kapelle spielte einen bekannten Marsch. Damit war der Ballabend eröffnet.

Sofort stand Henry neben Julia: »Schönes Wesen, ich habe Sie schon überall gesucht, schenken Sie mir diesen Tanz?«

Gut gelaunt gab Julia Henry die Hand und ließ sich auf die Tanzfläche führen.

»Sie sehen bezaubernd aus. Sie sind das schönste Mädchen weit und breit.«

Julia lächelte ihn kokett an. »Henry, warum haben Sie Lady Durham nicht mitgebracht?«

Mit betrübter Miene antwortete er: »Meine Mutter lässt Sie sehr grüßen, sie hält sich gerade in London auf und besucht meine Schwester, die ein Baby erwartet.«

Henry war kein guter Tänzer, er wirbelte sie wie eine Puppe herum. Der Tanz ließ sie schwer atmen, und Hitze wallte in ihr auf, es war eine Tortur. Als die Kapelle das Lied beendete,

blickte Julia sich Hilfe suchend um. Da kam Danny, ausgerechnet der beste Freund von Henry, auf Julia zu.
»Diesen Tanz hat mir Miss Julia versprochen.«
So ging es den ganzen Abend. Es war eine berauschende Ballnacht. Julia flirtete mit allen und hoffte dabei, dass Nicholas sah, wie begehrt sie war.
Als die Musik eine Pause machte, stahl sie sich auf die Terrasse, blickte verträumt zum Sternenhimmel und zählte die Sterne, als sie jemand leicht an der Schulter berührte. »So allein, Miss Julia?«, fragte eine bekannte Stimme hinter ihr.
Sie drehte sich zu Nicholas um.
Er hatte sie schon den ganzen Abend beobachtet, hatte aber bis jetzt keine Gelegenheit gefunden, sich ihr zu nähern. »Ich werde Sie jetzt für den nächsten Tanz vereinnahmen, bevor ein weiterer Gentleman Sie raubt. Ich warne Sie schon jetzt, dass ich Sie so schnell aus meinen Armen nicht mehr freigeben werde.«
Ihr stieg die Röte in das Gesicht. Sie freute sich, ihn zu sehen. Ihr Herz schlug verdächtig schnell, und sie wünschte sich, in seinen Armen zu schweben. Das Leben muss man genießen, wenn es etwas zu genießen gibt, das sagte doch ihr Onkel immer zu ihr.
Die Musik setzte zu einem Walzer an, und Nicholas führte sie in den Ballsaal. Mit geübtem Griff legte er seine Hand um ihre Taille, und in weiten, anmutigen Bögen führte er sie übers Parkett. Seine Bewegungen waren die eines Mannes, der immer genau wusste, was er wollte – er war selbstsicher, energisch, kühn.
Julia glitt scheinbar schwerelos über die Tanzfläche. Sie wusste, sie bildeten ein außergewöhnliches, schönes Paar. Es war nicht zu überhören, das Geflüster, das von den Zuschauern kam. Sie konnte sich gut vorstellen, wie sie Fragen und Vermutungen

austauschten, sie war selig. Nicholas tanzte mit ihr so leicht und beschwingt, und einen Augenblick dachte sie, das ist nicht die Wirklichkeit, ich träume. Sie tanzte in den Armen ihres Wunschbildes.

»Miss Julia, Sie tanzen unvergleichlich. Darf ich fragen, wer Sie in die Magie des Tanzes eingeführt hat? Vielleicht einer von den vielen gut aussehenden Freiern, die ihr Auge auf Sie geworfen haben?«

Julias Lider senkten sich, als sie ihn von der Seite ansah. »So viele gut aussehende junge Männer gibt es leider nicht hier auf dem Lande; viel weniger noch solche, die auch gut tanzen können. Das Tanzen hat mir meine Großmutter beigebracht.«

»Ohne Zweifel eine große Dame, und man kann heute noch sehen, dass sie einmal eine Schönheit war. Das haben Sie sicher auch von ihr geerbt.«

Wie eine klare Fontäne lachte Julia. »Nein, das Aussehen habe ich von der Seite meiner Mutter, so sagte man mir wenigstens.«

Er zog die Mundwinkel zu einem spitzbübischen Lächeln nach oben. »Das muss gewiss eine attraktive Frau gewesen sein.«

Die Umgebung hatte sie total vergessen, es gab für sie nur noch Nicholas. Ihr strömte sein herbes Parfüm entgegen, der Duft sollte sie ein Leben lang an ihn erinnern. Mit geschlossenen Augen ließ sie sich dahingleiten, in eine andere Welt, die sie noch nicht kannte. Zwischen ihnen herrschte nun eine fast feierliche Stille, und sie war sich des ungleichmäßigen Schlagens ihres Herzens allzu sehr bewusst.

Eine sanfte Stimme flüsterte ihr ins Ohr. »Julia, Sie sind die wunderbarste Frau, die mir je begegnet ist.«

Sie behielt die Lider geschlossen und ließ ihren Körper reagieren. Sie war so unsagbar glücklich in diesem Moment. Ihr Onkel hatte recht, er war der Richtige für sie, nur wusste er es

noch nicht. Auf ihrem Rücken spürte sie seine Hand, wie er sie liebevoll streichelte. Diese einfache Berührung brachte sie aus dem Gleichgewicht. Sie spürte Schmetterlinge im Bauch. Es war ein aufregendes Gefühl, es war neu, aber herrlich.
Auch Nicholas ging es ähnlich. Er konnte seinen Blick nicht von ihr wenden, und er wünschte sich, dass dieser Tanz nie zu Ende ging.
Als urplötzlich jemand Julia am Arm zur Seite riss, öffnete sie ihre Augen und drehte sich um. Sie starrte Francis erschrocken an.
Nicholas erkannte sofort an dem schwankenden Gang und dem roten, aufgedunsenen Gesicht den Zustand von Francis, darum stellte er sich schützend vor Julia. »Sehen Sie nicht, dass Miss Julia schon vergeben ist?«
»Gehen Sie auf die Seite, Sie aufgeblasener Lackaffe.«
Die Leute sahen schon zu ihnen herüber.
Julia gab Nicholas einen Wink. Gottlob verstand er sofort und zog sich zurück.
Francis nahm die Hand von Julia in die seine. »Schau ihn dir nur an«, lachte Francis spöttisch. »Er steht da wie ein Hengst, der an seinem Zaumzeug zerrt, wenn eine Stute in der Nähe ist.«
Francis drehte sich absichtlich an Nicholas vorbei, um dann seine Tänzerin wieder schwungvoll hinwegzuschwenken. Es bereitete ihm augenscheinlich das größte Vergnügen, das begehrteste Wesen des Abends vor der Nase des anderen hin und her zu schwingen. Mit Genugtuung beobachtete Francis, dass er erreicht hatte, was er erreichen wollte. Nicholas stand mit stechendem Blick und verschränkten Armen an die Wand gelehnt, während er das tanzende Paar nicht aus den Augen ließ. Er zog missbilligend seine Augenbrauen zusammen.
Sie tanzten mehr schlecht als recht eine Runde.

Angewidert drehte sich Julia von Francis weg, denn er hatte einen schlechten Atem und war betrunken, so hatte sie ihn noch nie gesehen.

»Julia«, er sprach sehr laut, »wir müssen miteinander reden.«

»Ja, ich weiß, Francis, aber nicht heute Abend, wir können morgen zusammen ausreiten, dabei können wir uns unterhalten.«

Wie ein zorniger kleiner Junge sagte er: »Nein, ich will jetzt.« Er zerrte sie am Arm von der Tanzfläche in den Garten.

Mit flüchtigem Blick konnte Julia im Spiegel Annabelle sehen. Sie stand etwas verdeckt neben einer Säule und beobachtete sie. »Lass mich los, die Leute schauen uns nach.«

Ironisch sagte Francis: »Seit wann kümmerst du dich um die Leute? Ist das eine neue Masche von dir, seit du diesen Dudley kennengelernt hast?«

»Du tust mir weh.« Sie wollte sich losreißen, aber er hielt sie mit eisernem Griff fest.

Er zerrte sie bis zu ihrem Lieblingsbaum, einer dicken, alten Eiche, unter der sie oft als Kinder gesessen und sich gegenseitig Geschichten erzählt hatten. Mit Gewalt drückte er sie mit seinem schweren Körper an den Baum und stöhnte: »Julia, ich liebe dich, ich habe dich immer geliebt, und du liebst mich, ich weiß, dass du mich liebst, sag, dass du mich liebst! Bitte, bitte, wir können fortgehen von hier, nur wir beide, du wirst sehen, das wird wunderschön. Nur wir zwei, sonst niemand.« Er ächzte verzweifelt: »Warum komme ich nicht los von dir? Du hast mich behext.« Er umarmte sie, presste seinen Leib fest an ihren und wollte sie küssen, aber sie drehte ihren Kopf weg. Dann fasste er sie am Hals, hielt ihn fest und presste seinen Mund auf den ihren.

Julia riss sich los, schlug nach ihm und wollte weglaufen, aber er hielt sie fest. Ihr Widerstand reizte ihn noch viel mehr, er war wie in einem Delirium.

Er riss und zerrte an ihrem Kleid, er wusste nicht mehr, was er tat, er umklammerte sie wie ein Unzurechnungsfähiger.

Jetzt flehte sie: »Bitte, bitte lass mich los.« Das Kleid begann zu reißen. Jetzt geriet Julia in Panik. In ihrem Inneren setzten sich ungeahnte Kräfte frei, und ihre Angst verwandelte sich in Wut. »Schluss!«, schrie Julia mit blassem, empörtem Gesicht. Sie schlug auf ihn ein, aber es schien ihm nichts auszumachen. Sie krallte ihre Fingernägel tief in die Gesichtshaut von Francis, bis das Blut spritzte. Unerwartet wurde sie von Nicholas weggezerrt, sie war frei. Keuchend und wie von Sinnen entfloh sie durch den Garten, ohne stehen zu bleiben. Schluchzend und stolpernd rannte sie zum kleinen See, warf sich ins feuchte Gras, hieb mit den Fäusten auf den Boden und schrie: »Nein, nein, das kann alles nicht wahr sein!« Sie bedeckte ihr Gesicht mit den Händen und weinte vor sich hin. Julia hatte in ihrem jungen Leben schon aus vielen Gründen geweint, aber noch nie aus Erniedrigung, Furcht und Hass. Ja, in diesem Augenblick hasste sie Francis und hatte Angst vor der Zukunft. Wie konnte er ihr das antun.

»Julia.«

Sie hörte eine Stimme, weit weg, aber sie wollte ihre Ruhe haben, sie wollte mit niemandem reden. Die Stimme kam näher.

»Julia, da sind Sie ja.« Nicholas setzte sich neben sie, legte ihr sanft den Arm um Kopf und Schultern und wiegte sie wie ein Kind. Seine andere Hand, die auf der ihren lag, umfasste ihre Finger mit sanfter Zuneigung. Der Mond versteckte sich hinter einer Wolke, so konnte er Julia im Mondlicht nicht sehen, doch er hörte ihr Weinen. Er streichelte mitfühlend über ihren Arm und Rücken. Sie bebte immer noch am ganzen Körper, während ihr unaufhörlich Tränen über die Wangen liefen und krampfartige Schluchzer sie schüttelten.

Sobald sie sich etwas beruhigt hatte, kamen ihr die Konsequenzen des heutigen Abends zum Bewusstsein. Am liebsten hätte sie sich verkrochen. Sollte sie davonlaufen? Aber wohin? Julia wusste nicht, wie viel Zeit vergangen war, bis Nicholas die Stille brach.

»Es war nicht Ihre Schuld.«

»Nein, es war nicht meine Schuld, aber alle werden denken, dass es mein Benehmen war, welches ihn so aus der Fassung brachte. Annabelle hat uns beobachtet. Einige Gäste haben uns gesehen, es gibt bestimmt einen Skandal.« Sie sprach stockend weiter: »Ich kann unter diesen Umständen nicht mehr in diesem Hause bleiben.«

Nicholas nickte bestätigend. »Vielleicht haben Sie recht.«

Er strich ihre zerwühlte Frisur ein bisschen zurecht, beugte sich über sie und küsste ihre Tränen weg, liebkoste mit seinen Lippen ihren Hals. Er nahm ihr Kinn in seine Hand, suchte ihren Mund und bedeckte ihn mit Küssen.

Julia erwiderte seine Zärtlichkeiten. In ihr stieg eine Hitze auf, die von ihren Lenden kam. Keuchender Atem drang an ihr Ohr. Sie reagierte sofort heftig, durch ihren Körper rieselte ein Schauer. In gieriger Erwartung drängte sie sich an Nicolas. Ihre Lippen pressten sich aufeinander, sie umarmten sich wie zwei Ertrinkende. Ihre Herzen pochten im Gleichschritt, ihre Körper wanden sich in ihren Armen, als kämpften sie gegen grausame Dämonen, die sie verfolgten.

Nicholas zerrte an ihrem Abendkleid, die Knöpfe sprangen auf, er kämpfte gegen das Korsett, Mieder und Unterrock, er kämpfte sich durch den wilden Dschungel von Kleidern, dann erforschten seine weichen Hände jeden Zentimeter ihres Leibes, bis sie zwischen ihre Schenkel glitten. Julia erzitterte bei jeder Berührung. Etwas langsamer und einfühlsamer fuhr

Nicholas fort, mit seinen Händen das bis jetzt Unerforschte zu betasten und zu befühlen. Seine Hände waren gleichzeitig überall. Ihr junger Körper wurde zum Leben erweckt. Es war eine explodierende Leidenschaft, die wie ein Vulkan ausbrach, der viel zu lange untätig gewesen war. Die Finger glitten, streichelten, forderten und zuletzt riss er den Rest, den sie noch an Kleidung trug, von ihrem Leib. Sein unersättlicher Mund vergrub sich in jede Falte ihres Körpers, seine heiße und feuchte Zunge suchte ihre Brust und liebkoste die hoch aufgerichteten Brustwarzen. Julia zerrte an seinen Kleidern, bis er nackt zwischen ihren Schenkeln lag. Er atmete schwer und hielt sich für einen kurzen Augenblick zurück. Er bekam Angst vor sich selbst, vor dem, was kommen würde, aber Julia gab den Anstoß, sie wimmerte. Ihre Beine umklammerten ihn, sie stammelte seinen Namen. Jetzt gab es kein Zurück mehr. Ihre Münder waren fest miteinander vereint. Sie sehnte sich nach ihm, nach dem Mann, der ihr diese Wollust bereitete, sie schrie auf. Sie war in Trance, nicht mehr Herr ihres eigenen Körpers. Ihre Empfindungen waren eine Mischung wie aus Himmel und Hölle. Sie krallte ihre Fingernägel in seine Haut, sie kratzte und verletzte ihn, ihre Hände gehörten ihr nicht mehr. Ihr Gesicht war an seinen Hals gepresst, sie biss zu, aber er schien nichts zu spüren, sein Glied bewegte sich in ihr, in gleichmäßigem Rhythmus waren sie miteinander verschmolzen und vereint. Sie spürte keinen Schmerz mehr, es gab keine Vergangenheit, kein Morgen, es gab nur jetzt, nur sie beide, diesen Augenblick. Er war fordernd und besitzergreifend, und sie war unersättlich bis zur Ekstase.

Jetzt kam der Vollmond wieder zum Vorschein und strahlte auf ihre heißen Körper.

Julia fasste an seine behaarte Brust, tastete sich weiter immer tiefer, zog dann schnell ihre Hand zurück.

Nicholas nahm ihre Hand und legte sie wieder dorthin, wo sie zuletzt war. Dort blieb sie liegen.

Soeben hatten sie sich gegenseitig einen Stempel aufgedrückt, der keinen von ihnen in der Zukunft in Frieden leben lassen würde. Jetzt kam die Ruhe nach dem Sturm, kein Wort wurde gesprochen, sie lagen harmonisch ineinander verschlungen da, die Dunkelheit hüllte sie ein und schwebte über ihnen wie ein Raubvogel, der jeden Augenblick auf sie stürzen würde. Keiner wollte das Schweigen brechen. Sie hatten Angst davor, etwas Wertvolles, das sie gerade aufgebaut hatten, zu zerbrechen. Kein Blatt bewegte sich, Totenstille.

Nicholas zog sie noch näher zu sich heran, umfasste sie fest mit seinen sehnigen Armen und wollte sie mit seinem heißen Körper wärmen, aber der Augenblick war vorbei, es kam die Ernüchterung, sie wich von ihm ab.

Julia machte sich von ihm los und stand auf, zog an, was noch übrig war von ihrem eleganten Seidenkleid.

Nicholas blieb noch liegen und beobachtete sie in dieser seltsamen Vollmondnacht. »Du bist eine wunderschöne Wildkatze.«

»Soll das ein Kompliment sein?«

»Nimm es, wie du willst, Julia. Ich hoffe, du wirst nie bereuen, was eben passiert ist.«

Sie strich sich das zerrissene Kleid, so gut es ging, zurecht.

Anstatt ihm zu antworten, sagte sie: »Ich muss zurück, ich werde bestimmt schon gesucht. Ich hoffe nur, dass keine Gäste mehr da sind. Wenn du hier am See ein bisschen weitergehst, kommst du zu einem Weg, der führt direkt zum Haupteingang und zu deiner Kutsche. Es ist besser, du fährst heute Nacht noch zurück.«

Sie drehte sich nicht mehr nach ihm um und ging weg.

Nicholas hatte das Gefühl, dass Julia davonschwebte wie eine

Fee, die er versuchte zu greifen, aber es war nicht möglich, er griff in eine Nebelwand. Soeben hatte er etwas erlebt, das er nicht kannte. Er, der Don Juan, hatte soeben etwas bekommen, was nach seiner Meinung nicht existierte. Er fasste sich an den Kopf. Wenn es eine Steigerung im Sex gab, so war das, was er gerade erlebt hatte, für ihn der Höhepunkt. Er konnte noch ihre zarte Haut fühlen, die sich anfasste wie weiche Gänsefedern. Er musste selbst lachen über seine albernen Beispiele. Julia war wohl die Erfüllung aller Männerherzen, aber war es Liebe? Er war sich immer noch nicht sicher. Sie war sehr dominant, aber auch er war besitzergreifend. In den paar Tagen, in denen er sie kennengelernt hatte, hatte sie ihn überrascht. Sie war keine einfältige junge Frau, sie war selbstbewusst und kannte ihren Wert im Leben. Er wusste nicht, ob die Erziehung, die sie genossen hatte, gut für ihr weiteres Leben war. Generell haben Männer Angst vor Emanzen, und das war sie ja wohl. Er hatte sie entjungfert, und sie hatte sich wie eine Frau mit viel Erfahrung benommen. Er war sich sicher, dass es nicht gespielt war wie bei den Freudenmädchen, mit denen er die meisten Nächte verbrachte. Er musste sich eingestehen, dass sie seine Gefühlen durcheinandergebracht hatte. Im Allgemeinen nahm er sich den Sex, wo er ihn bekam, machte sich keine Gedanken, bezahlte, fertig, beide waren zufrieden. Aber kamen da nicht die Gefühle zu kurz? Er stand auf und zog sich an, befühlte seinen Oberkörper, der übersät war mit tiefen Kratzwunden. Er schüttelte seinen Kopf. Er musste mit sich zuerst ins Reine kommen, aber in einem war er sich sicher, diese Nacht würde er wohl nie vergessen können.

Was war geschehen? Es kam die Ernüchterung: War sie denn total verrückt, das konnte doch nicht sie gewesen sein, nein, unmöglich, sie hatte sich weggeworfen, hingegeben wie eine

Hure, aber schämte sie sich? Nein, es war herrlich, es war animalisch. Aber wenn sie nun schwanger würde, das wäre nicht auszudenken, lieber nicht dran denken. Sie musste eine Entscheidung treffen für ihr weiteres Leben. Hier konnte sie ohnehin nicht bleiben, aber wohin sollte sie als alleinstehende Frau gehen. Geld hatte sie durch den Schmuck vorerst hoffentlich genug. Ach, was sollte sie sich jetzt Sorgen machen, sie würde sehen, was der morgige Tag bringen würde. Das Prickeln war nicht verschwunden, sie spürte noch seine Hände auf ihrer Haut, die sie zärtlich liebkosten, seinen Atem, den herben Geruch, den er ausströmte, die begierigen Küsse. Ihr Leib brannte wie Feuer, schon allein bei dem Gedanken an seinen wunderschönen, durchtrainierten Körper wurde sie feucht zwischen ihren Schenkeln. Soeben hatte sie etwas Neues erlebt, etwas Himmlisches. Sie hätte sich nie träumen lassen, dass körperliche Liebe so schön sein würde. Ob es wohl mit jedem Mann so war? Sie konnte es sich nicht vorstellen. Mit ihren Lippen formte sie den Satz: »Nicholas, ich glaube, du hast aus mir soeben ein anderes Wesen gemacht.« Sie stapfte schnell durch das nasse Gras, geleitet durch den hellen Schein des Mondes. Sie bemerkte nicht, dass sie ihre Schuhe zurückgelassen hatte.

Die Sonne drang durch die hohen Fenster in das Gemach und weckte Julia auf. Sie seufzte tief, stand auf und setzte sich an den Schreibtisch, der vor dem Fenster stand. Sie stützte das Kinn auf die verschränkten Arme, betrachtete das satte Grün des Rasens, das sich vom Haus bis ins nächste Tal erstreckte. Der Rasen glich einem weichen samtenen Teppich, der sie zum Laufen einlud. Es war ein alter Herrensitz mit einem wunderschönen, verwunschenen Park, der teilweise erhalten wurde, wie Gott ihn schuf. Die Gestaltung des anderen Teils des Gartens übernahm vor vielen Jahren ein italienischer Gartenbauer der Renaissance, und durch die fürsorgliche Hand von Großmutter war seither nichts verändert worden. Julia konnte sich nicht entscheiden, wem sie mehr Zuneigung schenken sollte, der zauberhaften Naturlandschaft, die selbst bei Regenwetter nichts von ihrem Reiz verlor, oder den verwitterten weißen Marmorstatuen, die überall im Park herumstanden wie Gespenster. Sie hatte nie etwas Lieblicheres gesehen. Sie wusste, dass ihr in Zukunft dieser Blick sicher sehr fehlen würde. Den Park liebte sie und fühlte sich so unsagbar wohl in dieser wunderbaren Umgebung.

Das Haus war noch still. Die gewohnten Schritte des Personals waren noch nicht zu hören. Auf dem Boden vor ihr lag das einst schöne Abendkleid in Fetzen. Sie stand auf und betrachtete sich im Spiegel. Bei ihrem Anblick erschrak sie. Vor ihr stand eine fremde junge Frau mit dunklen Augenringen, zerzausten Haaren und endlos traurigen Augen. Nein, ihre Verfassung war nicht gut, darum musste sie etwas unternehmen, sonst würde sie verrückt werden. Reiten war wohl die beste Lösung. Sie schlich im Personaltrakt nach unten und verschwand zum Pferdestall. Die unverfälschte, reine Luft, das war es, was sie brauchte, es sollte ja bekanntlich gut zum Denken sein. Schon allein der Gedanke an die kommende Aussprache besserte nicht gerade ihre Laune. Julia konnte zwar nicht für die Gefühle ihres Cousins verantwortlich gemacht werden, aber was geschehen war, konnte man nicht mehr rückgängig machen. Um die Ehe von Francis zu retten, musste sie gehen, und jetzt kam die große Frage, wohin? Hier war ihre Familie, und sie liebte sie, so wie sie waren. Sie konnte zwar einige Monate zu Elsa ziehen, aber was sollte danach werden? Allein in der Stadt wohnen? Undenkbar! Es gab eine Rettung: Sie konnte Henry Durham heiraten, der würde sie mit

Kusshand nehmen. Aber wollte sie ihn? Nein, sie wollte ihn nicht. Streng dein Gehirn an, du hast doch sonst immer die besten Ideen.

Sie blickte zum Himmel. Das schöne Wetter würde anhalten, obwohl man das in England nie wusste.

An den Stallungen angekommen, war ihr Pferd, wie immer, für sie gesattelt. Es begrüßte Julia freudig, indem es sein Maul an ihrem Körper rieb. Liebevoll streichelte sie dem Hengst die Nase. Elegant schwang sie sich auf das Pferd und galoppierte wie der Teufel davon. In diesem Moment konnte sie verstehen, warum Nicholas zu ihr sagte, die Pferde wären das Wichtigste für ihn. Sie musste lächeln. Ja, Nicholas war das andere Problem. Ihr Schwarzer raste mit ihr über Stock und Stein, er nahm mit Leichtigkeit alle Hürden. Julia spürte, wie langsam ihre Geister erwachten. Nach einer gewissen Zeit zügelte sie den Hengst. »Komm, mein Guter, ruhen wir uns ein wenig aus.« Dabei beugte sie sich nach vorne und kraulte seinen weichen Pferdehals.

An einem ihrer Lieblingsplätze, einer kleinen Lichtung im Wald, stieg sie ab. Es war hier so angenehm friedlich. Sie legte sich ins Gras und schaute zu den Baumgipfeln, die sich im leichten Wind hin und her bewegten. Ein Eichhörnchen war über ihr zu sehen. Die braunen Augen, wie kleine runde Knöpfe, beobachteten sie interessiert. Es hatte keine Angst, und nebenbei begann es an einer Nuss herumzunagen, die es zwischen seinen Pfoten versteckt hielt. Nach geraumer Zeit war es ihm zu langweilig, und es widmete sich wieder seinem gewohnten Leben, hüpfte auf einen anderen Ast und verschwand.

Julia pflückte einen Grashalm, nahm ihn in den Mund und schloss die Augen, um vor sich hinzuträumen. Plötzlich spürte sie einen Schatten über sich und riss mit einem Ruck ihre

Augenlider auf.
»Habe ich dich gestört?«
»Musst du mich denn immer erschrecken?«, sagte sie etwas zu heftig.
Nicholas setzte sich neben sie und strich ihr eine unzähmbare Strähne aus der Stirn. »Tut es dir leid, wegen gestern Nacht?«
»Dir etwa?«
»Nein.«
Julia richtete sich auf und blickte Nicholas voll ins Gesicht. Sie wollte ihn besser kennenlernen, musste ihn studieren, sie wollte wissen, was er dachte, ohne dass er es aussprach. Was, zum Beispiel, dachte er jetzt? Sie wusste es nicht. Seine Augen blickten sie unsicher an. Was hatte das zu bedeuten? Als Herzensbrecher war er bekannt, die Frauen rissen sich darum, seine Bekanntschaft zu machen, was sie verstehen konnte. Er gefiel ihr ja auch, er gefiel ihr sogar unheimlich gut, allein seine Gegenwart ließ ihren Körper erzittern. Sie fühlte sich von ihm angezogen. Obwohl er sie nicht berührte, fühlte sie seine sanfte Hand, wie sie über ihren Körper glitt. Auf einmal horchte sie auf – was hatte er gesagt?
»Julia, könntest du dir ein Leben mit mir vorstellen?«
Fragend blickte sie ihn an. »Ich verstehe nicht, was du mich fragen möchtest.«
»Möchtest du meine Frau werden?«
Auf alles war sie vorbereitet, aber nicht auf „möchtest du meine Frau werden", so etwas Unromantisches! Und seine Augen, er hatte Angst, dass ich ja sagen würde. Bitter dachte sie, unter normalen Umständen wäre sie der glücklichste Mensch auf Erden, denn sie wollte ihn haben, und sie glaubte, dass sie ihn auch liebte, nein, sie war sich sicher. Bei ihrem ersten Schwips hatte sie sich in ihn verliebt. Julia entgegnete mit hochgezogenen Augenbrauen.

»Liebst du mich?«
Nicholas sagte nichts, er überlegte zwischen Wahrheit und Lüge.
»Kannst du mir nicht antworten oder willst du mir nicht antworten? Liebst du mich?«
»Ich glaube ja.«
Ein langes Schweigen trat ein, bevor sie sagte: »Du glaubst nur, mich zu lieben. Das ist mir zu wenig.« Julia spürte, es zerriss ihr förmlich das Herz, aber sie war eine sehr, sehr stolze Frau. »Wenn du meinst, du wärst verpflichtet, mich wegen der vergangenen Nacht zu heiraten, dann täuschst du dich. Schau nach oben, du bist so frei wie die Vögel über dir. Und außerdem habe ich mir geschworen, ich heirate nur aus Liebe, und diese Liebe muss auf beiden Seiten sehr tief und ehrlich sein. Und wenn ich diesen Mann, der mir das geben kann, nicht treffe, werde ich nie heiraten. Also du kannst unbesorgt deiner Wege gehen, und außerdem war es meine Schuld genauso wie deine, wenn wir überhaupt von Schuld reden wollen.«
Ungläubig starrte er Julia an. War das zu glauben? Sie lehnte ihn, Nicholas, den Frauenliebling, ab. Was hatte er sich eigentlich eingebildet? Sollte sie sich ihm in die Arme werfen und überglücklich ein „Ja" hauchen? War er denn noch zu retten? Eigentlich hätte er es besser wissen müssen. Sie hatte sich ihm bis jetzt in einem Bild gezeigt, das nicht in die üblichen Frauenklischees passte.
Langsam erhob sich Julia, strich sich über ihre Stirn, nahm den Kopf ihres Pferdes in den Arm, liebkoste ihn und schwang sich auf seinen Rücken. Sie drehte sich ruckartig Nicolas zu.
»Versprich mir nur eins, verschwinde aus meinem Leben.«
Nachdenklich meinte Nicholas: »Willst du das wirklich?«
»Ja, ich möchte zukünftig in Ruhe leben.«
Er lächelte sie spöttisch an. »Das wird nicht so leicht sein, mein

Engel.« Er stand auf und starrte skeptisch ihrem entschwebendem Rücken nach. Sie war wie eine Schneeflocke, die ihm auf der Hand zerschmolz und dann nicht mehr vorhanden war. War es denn wirklich, was zwischen ihnen vorgefallen war, oder war es auch nur ein süßer Traum. Er schaute sich um, er wollte noch nicht zurück, in dieser Lichtung war eine beruhigende Aura. Die Sonnenstrahlen umarmten und streichelten ihn liebevoll. Was war los mit ihm? War er jetzt froh, dass sie ihn zurückwies, oder war er traurig? Im Grunde genommen war sie nicht viel anders als er, sie hatte dieselbe Lebensphilosophie. Heirat aus Liebe oder gar nicht. Eigentlich war er nicht unzufrieden mit seinem Leben, er hatte sich arrangiert. Zu Hause saß Kathy, jung, hübsch, leidenschaftlich. Sie war immer für ihn da, wenn keine andere Frau griffbereit war. Er mochte sie, aber Liebe war das nicht. Oft verletzte er sie in seiner, wie er wusste, impertinenten Art. Kathy nahm alles lächelnd hin, und das störte ihn wohl am meisten. Warum wehrte sie sich nicht? Das würde Julia sich nicht gefallen lassen. Sie hätte ihm längst die Augen ausgekratzt. Dabei musste er lächeln. Sie war keine Hauskatze sondern eine Wildkatze. Das hatte sie ihm überdeutlich vergangene Nacht gezeigt. Zu Julia fühlte er sich auf eine wunderbare Weise hingezogen. Sie gab ihm Kontra, hatte ihre eigene Meinung und war für ihr Alter unheimlich selbstsicher und dominant. In gewissen Dingen fühlte er sich ihr gegenüber manchmal unterlegen. Es gab Situationen, da machte sie ihn nervös wie einen kleinen Jungen. Er dachte viel an sie, suchte ihre Nähe. Aber er war sich nicht sicher, ob er sie glücklich machen konnte, und davor hatte er am meisten Angst. So, wie sie sich im Charakter bis jetzt gezeigt hatte, würde sie ihn dann bald verlassen, da war er sich sicher. Konnte er sich ändern? Er gestand sich ein, dass er nicht sehr häuslich war. Wenn er vom

Familienleben zu viel hatte, nahm er Abschied, verschwand für Tage oder Wochen, und vergnügte sich außerhalb der gewohnten vier Wände. Aber im Grunde war er wie sein Vater. Er wünschte sich, dass er sich für Julia ändern könnte.
Dabei musste er an seine Mutter denken. Er hatte vor seinen Augen die hässlichsten Beschimpfungen, die deprimierenden Stimmungen, die vielen Tränen. Seine Eltern hatten eine sehr unglückliche Ehe geführt. Seine Mutter starb an gebrochenem Herzen. Wenn seine Mutter seinen Vater nicht so geliebt hätte, würde sie vielleicht heute noch leben.
Das musste er Julia ersparen. Zuerst musste er sich freimachen von den unangenehmen Kindheitserinnerungen, die ihn unfähig machten, eine normale Verbindung einzugehen. Aber wie?
Nachts wachte er von Albträumen geplagt auf. Solange er das wilde Tier, das in ihm wütete, nicht abschütteln konnte, war der Weg zu Julia für ihn versperrt, das wusste er genau. Er hatte das untrügliche Gefühl, dass er mit ihr nicht leben konnte, und ohne sie auch nicht.

Auf dem Korridor, der zu ihrem Zimmer führte, hörte Julia Stimmen. Durch die halb geöffnete Tür konnte sie einen Blick in das Schlafzimmer werfen. Annabelle saß auf dem zerwühlten Bett, Francis stand hilflos vor ihr. Annabelle schluchzte, und Francis murmelte besänftigte Worte.
»Annabelle, bitte nimm dich doch zusammen, es wird nie wieder vorkommen.«
Sie nahm ein Taschentuch und schnäuzte sich geräuschvoll die Nase. »Du hast mich hintergangen, ich hasse dich, ich fahre morgen zu meinen Eltern zurück.«
Francis erwiderte aufgebracht. »Das kannst du doch nicht tun! Gib mir bitte eine Chance, wenigstens unserem Kind zuliebe.«
Francis setzte sich zu ihr. Er wollte seine Hand um ihre

Schulter legen, aber Annabelle schüttelte ihn ab.
»Gut, dann entscheide dich. Sie oder ich, das heißt eine von uns geht.«
»Das ist doch nicht dein Ernst?«
»Und ob das mein Ernst ist! Ich hasse sie, und ich kann ihren Anblick nicht mehr ertragen.«
Erregt stand Francis auf, lief vor dem Bett auf und ab, ging zum Fenster, starrte in den Park, drehte sich wieder zu Annabelle um. Er hatte sich wieder gefasst, als er sagte. »Du kannst alles verlangen, aber nicht, dass ich Julia fortschicke.«
»Willst du mir damit sagen, dass du dich für Julia entscheidest?«
»Nein, das will ich nicht sagen«, antwortete er zu heftig. »Hier ist ihr Zuhause, sie hat außer uns niemanden, wir sind ihre Familie. Mach mir einen Vorschlag, wo ich sie hinschicken kann.« Francis raufte sich aus Verzweiflung die Haare. Man spürte, er war am Ende.
»Das kann ich dir sagen. Ihr seid doch alle so begeistert, dass sie so toll Klavier spielt und in allem, was sie macht, so sehr begabt ist, dann wird sie doch sicher eine Anstellung als Erzieherin für irgend so ein ungezogenes Kind finden.«

Leise ging Julia weiter. Ihre Entscheidung war gefallen. Morgen würde sie das traute Heim verlassen. Plötzlich hatte sie es eilig, sie musste noch viel erledigen. Sie rannte in ihr Zimmer und schlug die schwere Tür hinter sich zu, blieb mit dem Rücken angelehnt an der Tür stehen. Fieberhaft überlegte sie, wie ging noch der Spruch … „Der, der horcht an der Wand, hört seine eigene Schand." So oder ähnlich ging doch der Spruch. Was blieb noch zu tun? Sie riss die Schränke und die Schubladen auf, raffte ihre Habseligkeiten zusammen, Dinge, die ihr kostbar waren durch die Erinnerungen, die sie damit verband, sie wusste, sie konnte nicht alles mitnehmen. Auf einmal warf sie sich auf ihr Bett und weinte in ihr weiches Kissen. In diesem Moment tat sie sich unsäglich leid.

Zum Abendessen waren alle anwesend. Julia kam absichtlich etwas zu spät, sie setzte sich, hatte aber keinen Hunger und stocherte in ihrem Essen herum. Annabelle beobachtete sie gehässig, sagte aber nichts. Ihre Großmutter war wie immer, Tante Beatrice und Onkel Richard verhielten sich auch ganz normal, also hatten sie nichts mitbekommen. Francis saß mit niedergeschlagenen Augen am Tisch, und ihr Onkel war heute so gesprächig und ausgelassen wie selten. Julias Züge verrieten eine bedingungslose Entschlossenheit, als sie sagte: »Ich verlasse „Nice Castle".«
Alle Köpfe schnellten nach oben. Julia beobachtete jetzt intensiv ein Gesicht nach dem anderen. Diese Erinnerung würde sie von jedem Einzelnen mitnehmen.
Großmutter war sichtlich bestürzt, Tante Beatrice erschüttert, Onkel Richard ratlos, hilflos. Francis lockerte seinen Hemdkragen und verlor jegliche Farbe in seinem Gesicht. Annabelles Gesichtsausdruck war einmalig, sogar faszinierend, es zeigte Sieg, Freude, Misstrauen und Hass zugleich. Es war beeindruckend, wie die Menschen doch ihre Seele in gewissen Momenten freisetzen können. Und an dieser Reaktion wurde ihr auch bestätigt, dass der Entschluss richtig war, das Haus zu verlassen.
Lady Isabel fand zuerst wieder die Sprache. »Soll das heißen, du willst uns verlassen?«
»Ja, das würde ich auch gern wissen«, sagte daraufhin Onkel Richard.
Jetzt wurde Julia unsicher. Was sollte sie ihnen erzählen? Die Wahrheit? Das konnte sie nicht, sie würde die Taktik ändern.

»Ich habe mir gedacht, ich verbringe einige Monate bei Elsa und ihrer Familie, dort werde ich vielleicht eher einen Mann zum Heiraten finden.«

Ihre Tante ließ einen erleichterten Seufzer hören. »Ach, hast du uns einen Schreck eingejagt. Das soll also nur vorübergehend sein, vielleicht ist das gar keine schlechte Idee.«

Julia biss die Zähne zusammen, sie war nicht gewohnt zu lügen. »Die Eltern von Elsa haben mich eingeladen und haben mir angeboten, dass ich bei ihnen bleiben kann, solange ich möchte. Sie wollen für mich auch einen Ball veranstalten, und darauf freue ich mich jetzt schon.«

Onkel Richard sagte fürsorglich: »Ich habe ja schon immer gewusst, dass die Egglestons eine wunderbare Familie sind, habe ich nicht recht, Mutter?«

Lady Isabel blickte darauf ihren Sohn an und zog die Stirn in Falten.

Wie immer hatte Julia das Gefühl, dass Großmutter alles wusste und sie durchschaute, ihren stahlblauen Augen entging nichts.

Annabelle fragte ganz vorsichtig: »Wann hast du gedacht, zu gehen?«

Julia wandte sich der Frau ihres Cousins zu. »Morgen in aller Frühe.«

4. Kapitel

Der große braune Schiffskoffer stand gepackt in der Diele und wartete darauf, mitgenommen zu werden, aber Julia ging nochmals zurück in ihr Zimmer. Dort lagen ihre Kindheitserinnerungen, eine alte Stoffpuppe, die Cecilia, ihr Kindermädchen, ihr zum zweiten Geburtstag geschenkt hatte. Sie dachte wehmütig an die gute Seele, die leider auch schon auf

dem Friedhof die ewige Ruhe gefunden hatte. Ihre ersten roten Schühchen, eine geschnitzte Holzkutsche, ein Geschenk von Daniel, eine feine Ledermappe mit ihren ersten Zeichnungen und Briefe. Sie wickelte alles sorgfältig in rosa Seidenpapier und stellte die Kiste wieder in den Schrank. Dabei seufzte sie tief, ein Abschnitt in ihrem Leben war beendet.
Sie trug ein hochgeschlossenes blaugrünes Baumwollkleid mit einer großen runden Gemme, ein Schmuckstück, das von der Familie ihrer Mutter stammte. Es war überhaupt das erste Mal, dass sie ein Schmuckstück von ihrer Mutter trug. Ja, ab heute würde alles „das erste Mal" für sie sein. Sie blickte sich ein letztes Mal um und schloss mit Nachdruck die Tür hinter sich zu. Mit hoch erhobenem Kopf schritt sie die breite Freitreppe zum Hof hinunter.
»Bleib doch bitte stehen.« Francis rannte Julia hinterher, außer Atem fasste er sie an der Schulter. »Ich möchte mich von dir verabschieden.«
Sie blieb stehen und drehte sich Francis zu.
Er blickte sie mit traurigen Augen an. »Julia, wir hatten leider keine Gelegenheit mehr, miteinander zu reden, es tut mir alles so wahnsinnig leid, wenn ich könnte, würde ich das Geschehene rückgängig machen. Du musst mir glauben, ich wollte dir nie ein Leid zufügen, und jetzt verlässt du uns wegen meiner Dummheit. Kannst du mir jemals verzeihen?«
Versöhnlich streckte Julia ihre Arme aus, schenkte ihm ein warmes Lächeln. Mit Tränen in den Augen umarmte sie ihn ein letztes Mal zum Abschied.
Mit stockender Stimme fragte Francis: »Du kommst nie wieder zurück, habe ich recht?«
Bestätigend nickte Julia mit dem Kopf. »Ja, du hast recht.«
»Das ist alles meine Schuld, ich bin so untröstlich.«
Zart streichelte sie ihm über seine Wange.

»Francis, du weißt, dass ich dir längst vergeben habe. Du bist meine Familie, du wirst von mir hören, und ich hoffe, dass du die Probleme mit deiner Frau in den Griff bekommst.« Julia stieg in die Kutsche und öffnete das Fenster. Sie drückte ihm zum Abschied nochmals die Hand. »Grüß mir nochmals Großmutter und deinen Vater und sag ihnen, dass ich sie alle sehr lieb habe.« Sie winkten sich so lange zu, bis sie voneinander nur noch einen Punkt sahen.

Julia war traurig, aber sie wusste, das Leben ging weiter. Genau so, wie sie sich fühlte, war das Wetter: grau, kalt, und ein leichter Regen trommelte sanft auf die Kutsche. Sie seufzte laut, schlug die Hände vors Gesicht und heulte wie ein Schlosshund, denn es war ja niemand da, der sie hören konnte. Nach einem Weilchen setzte sie sich aufrecht hin und sagte laut: »Das ganze Selbstmitleid hilft nichts.«

Während des ganzen Weges nach Dover überlegte Julia angestrengt, was sie Positives aus der miserablen Lage machen konnte. Eine kleine Wohnung zu mieten war undenkbar. Dafür war sie zu jung, deshalb verwarf sie diesen Gedanken. Auch die Idee, bei Elsa eine Zeit lang zu wohnen, legte sie zur Seite. Eine Möglichkeit war, eine größere Schiffsreise zu machen, aber wohin? Vielleicht Indien, sie hatte schon so viel Interessantes und Zwiespältiges über dieses Land gehört. Zwischen Scharlatanerie und Faszination sollte es ein Märchenland sein, die Frauen saßen in Harems und pflegten sich den ganzen Tag, um für ihren Herrn und Meister am Abend wunderschön zu sein, sogar die Kinder wurden vom Personal erzogen. Aber was sollte sie denn dort tun, ohne Empfehlung, ohne Adresse. Dann lachte sie laut hinaus, als ihr der Gedanke kam, dass sie vielleicht ein Fürst kaufen wollte. Sie, mit ihrem Engagement, würde den ganzen Harem umkrempeln, dann würde der Herrscher sie verstoßen und vertreiben. Sie schüttelte über sich selbst den Kopf, was dachte sie nur für dummes Zeug.

Es war kalt, sie holte eine Wolldecke hervor und legte sie über ihre Knie. Nur zu gut wusste sie, dass sie sich manchmal selbst mit ihrer ungestümen Art im Wege stand. Von den Männern wurde ihre burschikose Art belächelt, und die Frauen rümpften hinter ihrem Rücken die Nase. Julia nahm die Halskette, die ihr um den Hals hing, in die Hand und betrachtete sie kritisch. Sie rieb das Silber blank, das sich leicht dunkel verfärbt hatte, und sagte laut: »Francis, was hast du mir nur angetan?« Dann schüttelte sie sich. Jetzt nur keine Trübsal blasen, sie würde ab jetzt jede Minute im Leben genießen, das schwor sie sich. Das Schaukeln der Kutsche machte sie schläfrig, und nach einem Weilchen nickte sie ein. Sie hatte einen merkwürdigen Traum.

Sie saß auf einem großen, schwarzen, wilden Hengst, stand auf einem Hügel und blickte in eine wunderschöne Landschaft. Auf einmal tauchte ein anderer, unbekannter Reiter auf und grüßte sie. Er war nicht mehr jung, seine Gesichtszüge konnte sie nicht erkennen. Es umgab sie ein Gefühl des Friedens und der Geborgenheit mit diesem Fremden. Dann wurde sie wachgerüttelt, als die Kutsche durch ein tiefes Loch fuhr. Julia strich sich mit ihrer Hand über die Augen, der Traum war so real, was war das für ein Mann? Nicholas war es nicht.

Vielleicht war der Traum ein Wink des Schicksals. Sie würde sich bei Lord Catterick um die Stelle als Verwalter bemühen. Das Einzige, was sie brauchte, war ein Empfehlungsschreiben von Michael Lampert. Der Gedanke hatte für Julia etwas Erhebendes, etwas, das über das Kribbeln zu einem unstatthaften Abenteuer hinausging. Genau das war es, was sie in ihrer Verfassung brauchte. Je mehr Gedanken sie sich darüber machte, desto mehr konnte sie sich mit dem Gedanken anfreunden, für einige Zeit als Mann verkleidet durch die Welt

zu laufen. Aber das konnte sie nicht allein verwirklichen.
Albert war wohl der Richtige, den konnte sie in ihr Geheimnis einweihen, und er hätte sicher nichts dagegen, mit ihr das große Abenteuer zu erleben.
Schritt für Schritt legte sie sich einen Plan zurecht, wie sie vorgehen würde. In Dover angekommen, quartierte sie sich dann doch einige Zeit bei Elsa ein. Elsas Eltern waren hocherfreut, sie liebten Julia wie ihr eigenes Kind.

Am nächsten Tag ließ sie Albert benachrichtigen, dass sie ihn brauchte, und gleichzeitig sollte er ihr Pferd mitbringen. Der zweite Verbündete musste Michael Lampert sein, ihn würde sie auch einweihen. Ihr Onkel war so großzügig und lieh ihr den Kutscher, sie durfte über ihn so lange verfügen, wie sie wollte.
Am späten Morgen machte sie sich auf den Weg zum Büro von Mr. Lampert. Als sie am Park vorbeifuhr, glaubte Julia ihren Augen nicht zu trauen, saß da nicht auf einer Bank Nicholas mit dem kleinen Jungen und der angeblichen Hausangestellten? Julia klopfte energisch an die Wagentür.
»Daniel, stopp, warte hier, ich möchte einige Schritte zu Fuß gehen.«
Sie musste genau wissen, was es mit diesem trauten Beisammensein auf sich hatte, obwohl es sie eigentlich nichts anging. Hastig lief sie in die Mitte des Parks. Dort gab es einen kleinen Wasserfall, der aus einem Felsen heraussprudelte. Sie beugte sich über das Wasser, trank einen Schluck aus der hohlen Hand und benetzte ihr Gesicht. Was machte sie denn hier? War sie jetzt völlig übergeschnappt? Sie hatte keine Rechte, denn war es nicht sie, die gesagt hatte, er soll aus ihrem Leben verschwinden?
Von einem entfernten Kirchturm schlug es elf Uhr. Die dumpfen Schläge schwangen in ihrem Kopf: eins, zwei, drei,

vier ... sie musste es einfach wissen. Auf dem Kiesweg entlang schritt sie durch einen großen Torbogen, der mit zarten rosa Röschen eingerahmt war. Normalerweise wäre sie staunend stehen geblieben und hätte die duftenden Buschröschen bewundert. Aber heute ging sie entschlossen weiter, betrat den Rasen und schlich sich von hinten an die drei heran. Hinter einem Busch blieb sie stehen. Sie zitterte am ganzen Körper, Hitzewallungen jagten durch ihre Glieder. Sie konnte die Frau sprechen hören.
»Mach dir wegen uns keine Sorgen, es ist nicht das erste Mal, dass du uns für einige Wochen alleine lässt, du weißt doch, dass wir immer auf dich warten werden.«
Sie schmiegte sich eng an ihn heran und küsste ihn auf die Wange.
Julias Augen verwandelten sich zu Stein.
Nicht genug, dass ihm die Liebkosungen gefielen, er hob seine feingliedrige Hand und strich ihr liebevoll eine Strähne aus dem Gesicht. »Ich komme bald wieder zurück, und pass gut auf unseren Sohn auf.«
Julia ballte die Hände zu Fäusten und murmelte verächtlich: »Bastard.« Bittere Gedanken bewegten sie. Eine Stimme befahl ihr: Geh deinen Weg, er ist der falsche Mann für dich, er ist deiner nicht wert. Die angespannten Kiefermuskeln bewiesen, dass sie auf eine gefährliche Probe gestellt wurde. Wenn sie nicht sofort hier verschwand, würde sie wie eine Verrückte losbrüllen. Sie spürte Tropfen auf ihren Wangen, wischte die Tränen verzweifelt weg, drehte sich langsam um und verließ dieses Schauspiel mit einem bitteren Geschmack im Mund. Sie würde ein neues Leben anfangen, und in dem Leben hatte Nicholas keinen Platz. Wie hieß es doch so schön: „Zeit heilt Wunden".
Der bewölkte Himmel öffnete schon wieder seine Schleusen.

War das jetzt ein gutes oder ein schlechtes Omen? Sie fühlte sich erschöpft und müde. Mühsam stieg sie in die Kutsche. Wenn sie bisher noch in ihrem Entschluss wankelmütig war, so war sie sich jetzt sicher: Ihr Leben musste eine andere Richtung nehmen.

Michael Lampert lachte dröhnend hinaus, als er hörte, was Julia vorhatte. »Wissen Sie, Miss Hardcastle, ich hatte mir eingebildet, ich hätte Menschenkenntnis, aber seit Sie mein Büro vor einigen Monaten das erste Mal betraten, zweifle ich an mir selbst. Denn bei Ihnen weiß ich nie, was Ihr nächster Schritt ist. Ich werde Ihr Geheimnis, wenn es sein muss, in mein Grab mitnehmen, darauf können Sie sich verlassen. Aber eins müssen Sie mir versprechen: Wenn Sie Lord Catterick tatsächlich hintergehen können, dann müssen Sie mir erzählen, wie Sie das geschafft haben.«
Julia war immer noch blass, brachte jedoch ein Lächeln hervor. Sie hatte sich erstaunlich gut im Griff. »Was können Sie mir über Lord Catterick sagen?«
Mr. Lampert machte eine Schnute und schnalzte mit der Zunge. »Mir wurde berichtet, er lebt streng diszipliniert, steht um fünf Uhr morgens auf. Er wird nie laut. Ich habe ihn einmal in einer Sitzung erlebt, in der er von einem Gentleman ungerechterweise angegriffen wurde, da wurden seine Augen schmal, er sprach langsam und leise, seine Stimme nahm einen eisigen Ton an. Mir lief ein Schauer über den Rücken. Das Wichtigste, was für ihn zählt, ist die Macht, nach diesem Prinzip lebt und handelt er. Nun, ich glaube, er ist kein einfacher Mann, man muss ihn zu nehmen wissen, ich schätze ihn sehr, aber er ist ein harter Brocken. Ich würde mich mit ihm nie anlegen, denn ich glaube, ich würde den Kürzeren ziehen. Er ist seinem Personal gegenüber sehr gerecht. In den

letzten Jahren hat er sich von der Gesellschaft etwas zurückgezogen. Aber er ist immer noch ein angesehener Mann, und wie er wirklich als Mensch ist, kann ich Ihnen nicht sagen, dazu hatte ich mit ihm zu wenig Kontakt. Ich bin nur sein Anwalt, weiter nichts.«

Er nickte Julia zu. »Sie können das Büro als Kontaktadresse für Ihre Briefe angeben, und wenn Sie Sorgen haben sollten«, sagte er mit Nachdruck, »ich bin immer für Sie da, Miss Hardcastle.«

»Das ist schön, dass Sie das sagen. Freunde gibt es so wenige im Leben.«

Er reichte ihr das gewünschte Empfehlungsschreiben für Lord Catterick.

Julia griff danach, blickte es kurz und gedankenverloren an. »Noch etwas. Mit Philip habe ich vereinbart, dass er sich jede Woche bei Ihnen zu melden hat. Er wird zumindest am Anfang alles mit Ihnen besprechen.«

»Das dürfte kein Problem sein, aber wie kann ich mich mit Ihnen in Verbindung setzen?«

»Am besten gar nicht, ich werde Albert alle zwei Monate zu Ihnen schicken.«

Überrascht fragte er: »Wollen Sie Albert denn mitnehmen?«

»Natürlich, ich habe mich die ganzen Jahre über an ihn gewöhnt, er ist treu, zuverlässig, hat einen guten Charakter, und ich fühle mich mit ihm sicherer. Außerdem ist er ein Freund.«

Mr. Lampert bemerkte Julias glanzlose Augen und dachte bei sich: Wie traurig sie heute ist, es gab sicher schwerwiegende Probleme in der Familie, wenn eine junge Frau so einen Schritt tut. Er konnte es einfach nicht glauben, als sie ihm weismachen wollte, dass sie so etwas aus Abenteuerlust unternehmen wollte. Hatte sie vielleicht eine Liaison mit Albert? »Sie haben recht, das ist eine gute Entscheidung.«

Albert ließ nicht lange auf sich warten, er musste wie der Teufel hinter Julia hergeritten sein.

Julia weihte ihn in ihr Vorhaben ein. Sie war überrascht, dass er sofort mit Begeisterung zustimmte, sie in ihrem neuen Lebensabschnitt zu begleiten.

Ab sofort war er, wie immer, ihr Schatten. Albert musterte Julia von oben bis unten. »Und wie wollen Sie es mit der Männerkleidung anstellen?«

»Gute Frage. Kannst du mir nicht vorübergehend eine Hose, Jacke und Hemd leihen, bis ich eigene Kleidung habe? Ich möchte sehen, ob mich jemand erkennt und wie ich auf die Menschen wirke.«

»Das ist kein Problem. Ich habe zwischenzeitlich einen Schneider ausfindig gemacht, der gut und schnell arbeiten soll.«

»Das ist fein, am besten gibst du mir gleich die Kleider, dann können wir es zunächst beim Schneider ausprobieren, ob er sieht, dass ich eine Frau bin.«

Als sie die Schneiderstube betraten, saß der Meister alleine hinter einem Tisch und machte einige Skizzen. Er stand auf und kam ihnen entgegen. »Was kann ich für Sie tun?«

Interessiert blickte sich Julia in dem Laden um. Er war gut bestückt mit Ware, also musste sein Geschäft gut gehen. Julia antwortete: »Ich benötige wieder eine komplette Ausstattung, angefangen von Hosen, Jacken, Hemden und was man sonst noch so braucht.«

Der Schneider musterte Julia von Kopf bis Fuß, rieb sich mit seiner Hand nachdenklich sein stoppeliges Kinn, drehte sich um und schlurfte an einen Wandschrank. Dort holte er einen Ballen Stoff hervor und legte ihn auf einen großen Tisch. Dann drehte er sich wieder Julia zu und sagte unverblümt: »Sie sind eine Frau.«

Enttäuscht stöhnte Julia auf und wandte sich ab. Der

Schneider hatte nur Sekunden gebraucht, um ihre Verkleidung zu durchschauen. Das war kein gutes Omen. »Wie kommen Sie denn darauf?«

Er lachte sie mit einer Zahnlücke im Mund schief an. »Sicher lassen sich eine Menge Leute von Ihnen täuschen, aber ich nicht, ich erkenne das sofort.«

»Aber woran denn?«

Der Schneider zuckte die Achseln. »Die Proportionen stimmen nicht, Ihre Schultern sind zu schmal, Ihre Hüfte zu breit, Ihre Beine zu lang, Ihre Hände zu schmal und zu zart. Für einen Experten wie mich ist das völlig eindeutig.«

Gereizt erklärte Julia: »Ich muss unbedingt als Mann auftreten können.«

»Nun, dann versuche ich mein Bestes. Ich würde Ihnen einen dunklen, dezenten Stoff vorschlagen, der in keiner Weise aufdringlich wirkt.«

Die Zuversicht von Julia war nur gespielt, als sie erwiderte: »Ich begebe mich ganz in Ihre Hände, machen Sie aus mir einen dezenten Jüngling.«

Der Schneider nickte, nahm sein Maßband und begann, an Julia Maß zu nehmen. »Hätten Sie nicht Interesse an einem Ledermantel? Ich habe das Leder erst gestern hereinbekommen, ich kann Ihnen versichern, beste Qualität.«

Julia überlegte nicht lange. »Das ist eine gute Idee. Ich habe aber nicht viel Zeit, in drei Tagen brauche ich alles.«

Der Schneider überlegte kurz. »Dann muss ich auch nachts arbeiten lassen, da muss ich Ihnen einen kleinen Aufschlag auf den Preis berechnen.«

»Gut, aber ich brauche noch zwei Hemden, am besten weiß, das passt zu allem.«

Stöhnend willigte der Schneider ein: »Gut drei Tage, aber Sie können die Kleider erst abends abholen.«

»Das passt mir, dann können wir am folgenden Morgen gleich los.«

5. Kapitel

Die Pferde gingen im Gleichschritt nebeneinander her.
Julia schaute an sich hinunter und grinste. Hatte sie sich nicht immer gewünscht, ein Mann zu sein? Um zu sehen, was der Unterschied war und ob sie so nicht mehr respektiert wurde. Es waren erst Stunden seit ihrer Verwandlung vergangen, aber sie musste sich eingestehen, dass sie sich wohlfühlte. Die Kleider hatten einen guten, modischen Schnitt, nicht zu eng, sie saßen gut. Sie fühlte sich viel wohler als in Frauenkleidung. Man konnte sich viel freier bewegen. Auch die Männerstiefel waren ein reines Vergnügen, nun konnte sie endlich große Schritte tun, ohne dass das Kleid sie behinderte oder das Mieder sie zwickte. Seit Tagen beobachtete sie viel gründlicher Albert und im Allgemeinen das Verhalten der Männer, ahmte vor dem Spiegel ihre Gestik und die Mimik nach, versuchte, wie ein Mann zu laufen und tiefer zu sprechen. Ihre Haare hatte sie kürzer geschnitten und dann streng nach hinten zu einem kleinen Pferdeschwanz zusammengebunden. Mit dem Resultat war sie zufrieden, sie musste jetzt noch lachen, als sie an das Gesicht von Mr. Lampert dachte, der sie zuerst nicht erkannte, als sie ihn in seinem Büro aufsuchte, nur um zu testen, wie er reagieren würde. Nur zu gut war ihr bewusst, dass sie sich nicht erwischen lassen durfte, sonst war sie in der Gesellschaft unten durch, und man würde sie wie eine Aussätzige behandeln. Im Laufe der Zeit verlagerte ihre zweite, männliche Persönlichkeit vollkommen ihre eigentliche Natur. Ganz England stand ihr offen, und wenn sie wollte, hatte sie Zugriff auf die große Welt.
Sie kamen an Royal Harbour in Ramsgate vorbei, wo die

Fischer ihren Fang an Land brachten. Deutlich konnte sie sich noch an das Jahr 1820 erinnern. Ihre Familie war Ehrengast, als König George IV. der Stadt den Status „Königlicher Hafen" in Anerkennung der Gastfreundschaft verlieh, die ihm die Stadt entgegenbrachte. Die Fischer blickten kurz auf, nickten ihnen zu und arbeiteten weiter. Dann ritten sie an dem ältesten hochseetüchtigen Boot der Welt vorbei, auf das die Stadtbevölkerung besonders stolz war. Ein einzigartiger archäologischer Fund aus der Bronzezeit. Sie spürte in den Gassen die jahrhundertealte Seefahrertradition. Noch einen tiefen Atemzug von der letzten Meeresbrise, und mit schrillen Schreien verabschiedeten sich die Möwen, die über Sand, Stein und zerklüfteten Klippen kreisten. Wehmütig blickte sie nochmals zurück und überlegte zum tausendsten Mal, ob die Entscheidung richtig war, alles hinter sich zu lassen.

Albert sah sie mit seinem verwegenen Gesicht voller Erwartung an. »Seien Sie nicht unglücklich, Miss Julia, das wird sicher eine tolle Episode, der wir entgegenreiten. Ich freue mich jedenfalls schon riesig darauf, endlich die große weite Welt zu sehen.«

Julia schüttelte den Kopf. »Albert, ich bin höchstens ein bisschen traurig. Auch diese Stadt ist mir ans Herz gewachsen mit ihrer Tradition und den freundlichen Menschen.«

Ihr Blick umfing vorsichtig die Gestalt von Albert. Er war zu einem großen, muskulösen jungen Mann herangewachsen. Sie vergaß immer, dass er nur ein Jahr jünger war als sie. Er hatte breite Schultern, an die man sich lehnen konnte. Ja sie konnte sich auf ihn verlassen, er würde sie bis zu seinem Tod verteidigen, da war sie sicher. Mit seinem goldblonden Haar, das zu einem Schwanz zusammengebunden war, sah er gut aus. Die graublauen Augen leuchteten neugierig und verschmitzt in die Welt. Er hatte ein ebenmäßiges quadratisches Gesicht, aus dem die Pickel der vergangenen Jahre verschwunden waren. Auffallend waren seine lustvollen Lippen, und wenn er sein spitzbübisches Lächeln aufsetzte, war sie jedes Mal erstaunt, was für einen Charme er doch besaß. Ihr blieben in letzter Zeit auch nicht die heimlichen Blicke verborgen, die er jungen Frauen nachwarf. Je mehr sie ihn betrachtete, musste sie sich eingestehen, dass aus dem Jungen ein Mann geworden war. Nachdem Francis die letzten Jahre nicht mehr für sie da war, hatte sie Albert als Vertrauten und Freund erkoren. Er war ein stiller, introvertierter Mensch, der nur das Wichtigste redete. Er konnte gut zuhören und ging immer auf sie ein. Obwohl er ihr schon oft Vorhaltungen über ihr kokettes Verhalten gemacht hatte, war sie ihm nicht böse, sondern nahm es lachend hin. Im Gegenteil, sie war ihm sogar dankbar dafür, weil sie wusste, dass sie manchmal mit ihrem überschäumenden Charakter über das Ziel hinausschoss. Ihr gefiel es, wie er sie als Heiligtum betrachtete und eifersüchtig über sie wachte. Er war ihr dankbar, dass sie ihn vor Jahren verteidigte, als er in Not war, obwohl er über seine Empfindungen nie mit ihr sprach. Oder war es so, dass sie sich nie für ihn und seine Gefühle interessierte? Jetzt würden sie Zeit haben, viel miteinander zu reden. Vielleicht würde sie ihn dann besser kennenlernen. Je weiter sie sich von der Stadt entfernten, desto lockerer wurde Julia, und die Steifheit, die sie beim Aufstehen befallen hatte, fiel von ihr ab.

Sie ritten an wilden Felsklippen entlang, durchstreiften sanfte, wellige Täler mit kleinen, verschlafenen Weilern, durchquerten alte, romantische, mediterrane Fischerdörfer, deren steile Kopfsteinpflasterstraßen in den Hafen zu fallen schienen.

Der Pfad stieg jetzt leicht an, und sie erreichten ein Hochplateau. Weideland mit hellen, vom Seewind gebleichten Grasnarben. In der Ferne, wo die zerklüftete Küste zum Meer hin abfiel, tauchte das graue Gemäuer einer Ruine auf.

»Albert hast du gewusst, dass seit Hunderten von Jahren die Burg zu einer Ruine verfällt? Die Leute machen einen großen Bogen um sie herum. Es wird geflüstert, es gehen noch Geister um, und in manchen Nächten hört man das Wimmern einer Frau.«

Albert lachte. »Das habe ich auch schon gehört, aber die Geschichte kenne ich nicht, ich gehöre nicht zu denen, die deswegen einen Umweg machen. Wir nehmen den direkten Weg, und der führt an den Ruinen vorbei, oder wollen Sie eine andere Route nehmen?«

»Nein, Albert, ich gehöre auch nicht zur ängstlichen Sorte. Soll ich dir die Geschichte erzählen, von der Frau, die hier jede Nacht mit einem weißen Gewand herumläuft und weint?«

»Doch, so etwas interessiert mich immer.«

»Also, vor vielen Jahren hat hier der Herzog mit seiner Schwester gewohnt. Ihr Bruder wollte sie mit dem reichsten, aber hässlichsten und fettesten Freier verheiraten. Ingeborg, so hieß nämlich das junge Mädchen, erschrak heftig, als sie das Scheusal sah, und weigerte sich, ihn zu heiraten. Sie war sehr hübsch, darum verliebte sich der gute Mann in Ingeborg, und er wollte sie mit aller Gewalt haben. Aber der Herzog hatte seine Schwester doch sehr gerne und bekam Mitleid mit ihr, darum verweigerte er ihm ihre Hand. Der Freier ging voller Ärger davon, kehrte aber nach kurzer Zeit mit einer Armee von Soldaten zurück, um Ingeborg zu entführen. Der Herzog bekam jetzt wirklich Angst um seine Schwester, und so ließ er sie in einem Turmzimmer einmauern. Nur er wusste, wo das Gemäuer war. Leider kam der Herzog bei dem Gemetzel um, und niemand fand den Eingang. So kam die junge Prinzessin elendig in ihrer Kerkerzelle um. Aber angeblich kommt sie jede Nacht als Geist hervor und weint.«

»Oh, da bekomme ich ja direkt Angst«, feixte Albert, und sie lachten beide.
Die Landschaft färbte sich zu einem sanften Orangerot, wie in einer Theaterkulisse. Die Sonne stand vor Minuten noch auf den Baumwipfeln, bis sie langsam in den Büschen und zum Schluss im Gras versank und einen unwirklichen, violetten Himmel zurückließ. Sie kamen an einer großen Lichtung vorüber, links ließen sie einen Bach liegen. Es war noch nicht sehr spät, als sie vor sich eine heruntergekommene Herberge sahen.
»Was meinen Sie, Miss Julia, sollen wir schon hier übernachten oder bis zur nächsten Herberge weiterreiten?«
»Albert, ich erinnere mich dunkel, dass hier irgendwo in der Nähe ein recht gepflegter Gasthof sein muss. Vor einigen Jahren habe ich mit meiner Familie dort übernachtet, aber den jetzt zu finden, ist wohl etwas schwierig. Wir sind durch Folkestone gekommen, und wenn wir auf dem richtigen Weg sind, müssten wir kurz vor Stanford sein. Aber ich glaube, es ist besser, hier zu bleiben, nachts könnten wir die Orientierung verlieren.«
Sie ritten in den Hof, als ihnen ein kleiner Junge entgegengerannt kam und ihnen die dampfenden Pferde absattelte. Danach rieb er sie kräftig mit Stroh trocken. Er füllte die steinerne Tränke mit frischem Wasser, das er vom Ziehbrunnen herüberschleppte. Julia beobachtete den Jungen, er war nicht älter als acht, vielleicht neun Jahre. Er tat ihr leid. Statt etwas Vernünftiges zu lernen, musste er in diesem zarten Alter schuften wie ein Erwachsener.
»Wie heißt du denn, mein Junge?«
Er reagierte nicht.
Julia fragte ein zweites Mal: »Hast du keinen Namen?«
Erst jetzt wandte er sich erstaunt Julia zu und blickte sie mit seinen dunklen Kulleraugen neugierig an.

»Meinen Sie mich, Milord?«

»Ja, natürlich, warum soll ich dich nicht meinen, es ist doch sonst keiner hier.«

Er lächelte sie etwas beschämt an. »Ich heiße Neil.«

Julia nickte, »Neil, ein schöner Name. Kannst du uns sagen, ob wir hier auch etwas zu essen bekommen können?«

Der Junge blickte sich furchtsam um, und seine Augen blieben ängstlich an einem Schatten hängen, der aus einer dunklen Ecke hervortrat. Eine nicht gerade vertrauenswürdige Gestalt kam zum Vorschein.

Diese erwiderte: »Der Junge ist hier zum Arbeiten und nicht zum Reden.«

Julia stieg die Röte in den Kopf, und am liebsten hätte sie diesen Menschen geohrfeigt, aber sie zählte langsam auf zehn und fragte: »Sind Sie der Wirt?«

»Nein, ich bin sein Schwager. Heute gibt's Kohl, Wild und Birnen.« Die finstere Gestalt starrte von Julia zu Albert und spuckte dann verächtlich in eine Ecke. »Es ist nur ein Zimmer frei.«

Magisch wurde Julia von dem Blick des kleinen Buben angezogen. Sie hatte das untrügliche Gefühl, dass er ihr etwas sagen wollte, vielleicht: Reitet weiter? Aber sie sträubte sich innerlich, denn eine Gehirnhälfte wollte herausfinden, was hier vor sich ging.

»Gut, wir bleiben.«

Sie traten in eine dunkle Stube. Der Wirt mit seinem pockennarbigen Gesicht und hervorstehenden Bauch, darüber eine schmuddelige Schürze gebunden, wackelte ihnen mit seinen krummen Säbelbeinen entgegen und beäugte sie argwöhnisch. »Was führt euch hierher?«

Albert antwortete statt Julia: »Wir wollen nach Guildford. Sind wir da immer noch auf dem richtigen Weg?«

»Die Richtung stimmt, ich nehme an, ihr wollt über Ashford reiten?«

»Ja, das war die Idee.«

Er brummte und kratzte sich am Auge. »Da habt ihr aber noch ein großes Stück Weg vor euch. Hierher verirrt sich sonst keiner. Die Postkutschenrute wurde umgeleitet, weil es hier angeblich zu unsicher ist. Leider sind nun die goldenen Zeiten vorbei, dass wir unser Haus voller Gäste hatten. Ich werde eine Gans schlachten, wenn's euch recht ist?«

Julia und Albert blickten sich verwirrt an, bis Julia antwortete: »Uns ist alles recht, kocht, was Ihr auftreiben könnt. Was kostet ein Zimmer?«

»Fünf Schilling, das Essen und Trinken natürlich extra.«

Das war für diese Absteige ein horrend hoher Preis, aber sie waren beide in Not, der Wirt benötigte Geld, und sie brauchten etwas im Magen und eine Liege zum Schlafen.

»Ist Neil Ihr Sohn?«

Der Wirt war schon am Davonschlurfen, als er sich erstaunt wieder umdrehte. »Nein, der Kleine ist uns zugelaufen, und wir geben ihm großzügigerweise ein Zuhause.«

Ein Zuhause, dachte Julia zynisch, er wird nur als billige Arbeitskraft ausgenutzt. »Könnten Sie uns das Zimmer zeigen, bevor Sie das Essen zubereiten?«

»Wollen Sie ein oder zwei Zimmer?« Dabei glotzte er dumm lachend beide an.

»Sagen Sie mal, der Mann, der uns begrüßte, ist das Ihr Schwager?«

»Wieso Schwager?« Jetzt erhellte sich sein Gesicht. »Ja, ja, mein Schwager.«

»Der hat uns nämlich gesagt, dass nur ein Zimmer frei ist, und dass es heute Wild zum Abendessen gibt.«

»Wenn er das gesagt hat, dann muss er sich geirrt haben. Die

Stuben sind nur ein bisschen staubig, aber ich lasse sie für Sie herrichten. Ich sag Ihnen Bescheid, wenn Sie in die Zimmer können.« Dann verließ er achselzuckend den Raum.

Julia und Albert setzten sich an einen langen Tisch. Auf einmal spürten sie, dass sie in dem Raum nicht allein waren, sie wurden von interessierten und neugierigen Augen fixiert.

Auf Julia kam eine junge Frau zugesteuert, die vor ihr stehen blieb. »Junger Herr, Ihr gefallt mir, für Sie mache ich es um den halben Preis.«

Verwirrt und nicht verstehend, starrte Julia zu Albert und flüsterte ihm zu: »Was meint sie, mit halbem Preis?«

Albert war in diesen Dingen auch nicht so erfahren, aber immerhin wusste er, was die Prostituierte wollte.

»Sagen Sie ihr nur, dass Sie im Moment kein Interesse haben.«

Die Dirne stand unentschlossen da und starrte auf Julias Hose. »Ich kann's auch beiden Herren gleichzeitig machen.« Dabei zeigte sie ihre dunklen Zähne. Julia bekam kein Wort heraus, bis ihr langsam aufging, was die Nutte wollte. Sie fühlte sich sichtlich unwohl, und sie spürte, wie das Blut in ihren Lippen zu zirkulieren begann. Nachdem Julia keine Reaktion zeigte, ging das Mädchen zu Albert, beugte sich mit ihrem weit ausgeschnittenen Kleid so zu ihm herab, dass er die ganzen Früchte vor sich hatte und er sie nur pflücken musste.

Albert konnte sich nicht verkneifen, ihr in den Hintern zu zwicken, und zwinkerte ihr zu. »Mein Freund hier hat eine Braut, und in die ist er zu sehr verliebt, aber in mein Zimmer kannst du später kommen. Und jetzt frag den Wirt, wo unser Bier bleibt.«

Verärgert zischte ihn Julia an: »Bist du total verrückt?«

Albert zwinkerte Julia zu. »Schließlich bin ich auch nur ein Mann und habe meine sexuellen Bedürfnisse.«

Julia blieb die Luft weg bei dieser dreisten Antwort, aber sie beruhigte sich dann wieder und dachte: Eigentlich hat er ja recht, er ist mit ihr freiwillig unterwegs, und sie war ihm sehr dankbar dafür, also durfte er auch ab und zu ein wenig Liebe bekommen.

Die Dirne stand immer noch unschlüssig vor ihnen, bis Albert fragte: »Willst du noch etwas?«

»Ja, edler Herr, könnt Ihr mir nicht im Voraus einen Krug Bier und das Essen spendieren?«

Julia fing an, das Spiel zu gefallen. An sich war das Mädchen nicht hässlich. Sie war zwar ungepflegt, zu dünn, und ihr braunes Haar müsste mal wieder gewaschen werden. Aber die Kleine hatte etwas Edles an sich, sie war noch nicht so verdorben wie das andere Gesindel, das hier herumlief. Julia stöhnte innerlich, was man alles aus Hunger machen musste. In diesem Augenblick war sie dem Schicksal dankbar, dass sie aus einer sehr begüterten Familie stammte und es ihr nie an etwas gefehlt hatte. Sie hatte die beste Ausbildung bekommen, und wenn es sein musste, konnte sie sich mit ihrem Wissen schon durch die Welt schlagen, ohne dass sie ihren Körper verkaufen musste. Irgendwie tat ihr die Kleine leid. Sie musste jünger sein als sie selbst. Wahrscheinlich wurde sie sogar von irgendeinem Zuhälter dazu gezwungen. Schon allein der Gedanke, dass sie mit so einem dahergelaufenen Schmutzfinken ins Bett sollte, ließen ihr die Haare zu Berg stehen. Julia rief dem Wirt, der gerade wieder erschien. »Noch einen Krug Bier und ein Abendessen für diese Lady.«

Der Wirt stellte einen Krug und zwei Becher auf den Tisch und blickte dabei die Kleine verächtlich an.

Die Augen der Dirne strahlten. »Junger Herr, mir wird eine Beweglichkeit nachgesagt, die wenige Frauen haben, wollen Sie es nicht doch mit mir versuchen?«

Weltmännisch winkte Julia ab. »Das nächste Mal, wenn wir

hier wieder vorbeikommen, habe ich vielleicht mehr Lust auf dich. Wie heißt du eigentlich?«

»Amelia, junger Herr.«

Es war eindeutig: Julia gefiel ihr mehr als Albert.

»So, jetzt lass uns allein, mein Freund und ich haben einiges zu besprechen.«

Die Dirne vertrollte sich wieder in die hinterste Ecke.

Langsam füllte sich das Gasthaus.

Albert stupste Julia am Arm. »Ist es nicht eigenartig, dass uns der Wirt erzählte, er mache kein Geschäft, und auf einmal ist die ganze Gaststube voll?«

»Ja, das ist schon ein seltsamer Ort.«

Bevor das Essen kam, suchte Julia nochmals den kleinen Jungen auf. Sie wusste nicht warum, aber dieser kleine Bengel hatte es ihr angetan. Sie entdeckte ihn im Stall hinter einem Strohballen versteckt. Sie fand ihn nur, weil eine Gaslaterne, die er neben sich stehen hatte, ihr den Weg leuchtete. »Hallo Neil.«

Der Kleine erschrak heftig und wollte wegrennen, aber als er sah, dass es der freundliche Gentleman war, der vor kurzem hier ankam, blieb er stehen.

Julia reichte ihm eine Silbermünze. »Dein Lohn.«

Der Junge grapschte blitzschnell nach der Gabe, er hatte Angst, dass Julia es sich nochmals anders überlegen konnte. Dann biss er in die Münze hinein, um die Echtheit des Silbers zu prüfen.

»Neil, hast du schon zu Abend gegessen?«

Er fasste jetzt mehr Vertrauen zu Julia und lief zur ihr hin. »Ich darf die Abfälle in der Küche essen, wenn alle Gäste im Bett sind.«

»Hast du denn keine Eltern mehr?«

»Meine Mama ist tot, mein Dad ist im Gefängnis, mein Bruder

weiß ich nicht, wo er ist.«
»Gefällt es dir hier?«
Jetzt kam für ein paar Minuten keine Antwort. Er schob zwei Finger in den Mund und tat so, als wenn er überlegen müsste. Er stand vor ihr, mit viel zu kurzen Hosen, aus denen er schon vor langer Zeit herausgewachsen war. Seine Schuhe waren an der Spitze ausgeschnitten, sodass seine Zehen herausschauten, und seine Jacke hatte auch schon bessere Zeiten erlebt. Mit klugen Augen blickte er Julia an. Seine braunen Locken gaben seinem blassen Gesicht in dem Dämmerlicht eine Art Heiligenschein.
»Ich kann hier schlafen, und bei den Tieren ist es immer warm.«
Freundlich lächelte Julia ihn an. »Neil, kannst du mir sagen, was das für Leute sind, die hier wohnen?«
Jetzt kam der Kleine ganz nahe an Julia heran und flüsterte. »Es ist besser, Sie bleiben nicht hier.«
Zärtlich strich ihm Julia über die Haare. »Wie alt bist du?«
Der Junge bohrte in seiner Nase. »Weiß ich nicht, vielleicht zehn oder zwölf.«
»Warum meinst du denn, dass wir weiterreiten sollten?« Im Flüsterton erwiderte er. »Ich glaube, das sind Banditen.«
»Steckt der Wirt mit denen unter einer Decke?«
»Weiß ich nicht, ich weiß nur, dass er nachts mit denen nicht ausreitet, aber er hat Angst, wahnsinnige Angst, hauptsächlich vor dem Anführer, das ist der, der behauptete, er wäre der Schwager.«
Es raschelte im Stroh, und erschrocken blickte sich Julia um.
»Sie brauchen keine Angst zu haben, das sind nur Mäuse.«
Erleichtert nickte Julia mit dem Kopf und wandte sich wieder Neil zu. »Sag mal, möchtest du uns auf unserer Reise begleiten?«

Es wurde Julia ganz warm ums Herz, als die Kinderaugen aufleuchteten. Mit seinen kleinen Händchen klatschte er erfreut. »Ja, ja das würde ich gerne, Sie sind ein guter Mensch, und Sie werden mich bestimmt nicht schlagen, oder?«

»Nein natürlich nicht, aber jetzt pass gut auf, was ich dir sage. Wir können jetzt nicht wegreiten, die Ganoven würden das sofort merken und uns verfolgen. Wir bleiben vorerst hier, gehen ins Bett und versuchen, ein wenig zu schlafen. Wenn alles ruhig ist, reiten wir von hier weg. Du darfst den Stall nicht verriegeln, hast du verstanden?«

»Ja, ich habe verstanden, ich verschließe den Stall nicht.«

Julia beugte sich zu dem Jungen hinunter, fasste unter sein Kinn und hob sein Gesichtchen nach oben. »Du bist ein feiner Junge. Geh jetzt schlafen, wir werden dich wecken, wenn wir die Pferde holen.«

»Ich tu alles, was Sie sagen, um hier wegzukommen, aber lasst mich bitte, bitte nicht hier.«

Im Gasthof setzte sie sich wieder gelassen neben Albert, der sich mit dem Straßenmädchen bestens unterhielt.

Das Essen war nicht erstklassig, aber es war genießbar. Sie erzählten sich gegenseitig Witze, als sie sich von einem schiefen Typ, der neben dem riesigen Kamin stand, beobachtet fühlten.

Julia stieß Albert mit dem Ellbogen in die Rippen, beugte sich näher zu ihm hinüber und flüsterte ihm ins Ohr: »Kennen wir den Typ da drüben?«

»Ich glaube nicht, aber wir müssen aufpassen, der hat es auf uns abgesehen.«

»Die haben es alle auf uns abgesehen, nur bei dem Wirt weiß ich nicht so genau. Was meinst du?«

»Kann schon sein, keine Ahnung, sehr vertrauenswürdig sieht er auch nicht aus, aber er wirkt irgendwie bedrückt.«

»Ich habe mir gedacht, wenn alle schlafen, hauen wir hier ab.«

Albert schaute scheinbar gelangweilt im Raum herum und hielt die Hand vor den Mund, um ein gespieltes Gähnen zu unterdrücken. »Miss Julia, ich glaube nicht, dass sie versuchen, uns hier zu überfallen, die warten bestimmt ab, bis wir auf dem freien Feld sind.«
»Schon möglich, wir versuchen drei Stunden zu schlafen, dann schleichen wir uns davon.«
»Gut, dann gehen wir nach oben.«
Als Julia das schäbige Zimmer betrat, untersuchte sie die Wände zuerst nach einem geheimen Eingang. Sie klopfte die Mauern ab, aber es schien alles normal zu sein. Sie setzte sich aufs Bett, zog ihre Stiefel aus und überlegte, dass es eigentlich dumm war, in verschiedenen Räumen zu schlafen. Wenn die Lumpen etwas im Schilde führten, war es für sie ein Leichtes, in die Zimmer einzudringen. Sie musste sofort zu Albert. Noch bevor sie anklopfte, hörte sie ein Gepolter. Sie bekam es mit der Angst zu tun und dachte, dass Albert um sein Leben kämpfte. Darum riss sie die Türe auf, ohne noch lange zu überlegen, doch was sie sah, ließ ihr die Röte in den Kopf steigen. Sie stieß die Tür wieder zu und rannte in ihr Zimmer zurück.
Keine zehn Minuten später kam Albert leise ins Zimmer von Julia geschlichen. »Wollten Sie etwas von mir?« Dabei starrte er verlegen auf den Boden.
»Ich wollte dich nur fragen, ob wir nicht besser im selben Zimmer bleiben? Ich habe in diesem Haus kein gutes Gefühl. Zu zweit können wir uns besser wehren.«
»Kein Problem, dasselbe habe ich auch gedacht, aber ich wollte den Vorschlag nicht machen.« Er stockte. »Ich wollte Sie nicht in Verlegenheit bringen.« Dann stopfte er das noch heraushängende Hemd in seine Hose. »Ich hole meine Sachen.« Als Albert zurückkam, warf er sein Gepäck in eine Ecke

und wusste nicht so recht, wie er sich verhalten sollte. Miss Julia war immerhin seine Herrin und außerdem ein Frauenzimmer.

Julia blickte Albert von unten an und konnte ein Lachen nicht unterdrücken. »Hast du etwa Angst, hier zu schlafen? Du darfst versichert sein, dass ich nicht über dich herfalle. Wir haben uns auf eine außergewöhnliche Reise begeben, so gibt es natürlich auch außergewöhnliche Zustände. Du musst zumindest auf dieser Reise vergessen, dass ich eine Frau bin. Wir sind zwei Freunde, fertig. Aber jetzt müssen wir versuchen, etwas zu ruhen.«

Albert legte seinen Janker auf den Boden und wollte sich darauf legen.

Müde zog Julia ihre Jacke aus und legte sich auf eine Seite der Strohmatratze, in der es verdächtig raschelte. »Albert, sei nicht albern, leg dich aufs Bett.«

Albert machte eine Schnute, blickte unsicher zu Julia hinunter, dann legte er sich vorsichtig neben sie.

Das Lager war sehr schmal. Auch wenn beide aufpassten, so war es doch nicht zu vermeiden, dass sie sich berührten. Albert löschte die Laterne. Mit offenen Augen starrte er ins Dunkle. Es war etwas anderes, eine Dirne neben sich zu haben als eine richtige Lady. Im Kopf konnte er seinen Herzschlag hören: bum, bum, bum. Julia schien seine Gegenwart nichts auszumachen. Er hörte ihr ebenmäßiges Atmen, aber ihm war es unmöglich einzuschlafen. Nach vielleicht einer Stunde, hörte er ein Geräusch, ein leises Kratzen an der Tür. Albert rüttelte Julia: »Aufwachen.«

Aber Julia war im Tiefschlaf, drehte sich nur auf die andere Seite und schnurrte wie eine Katze.

Liebevoll befühlte Albert sein Messer, das er unter dem Kissen versteckt hatte. Dann griff er wieder zu Julia und gab ihr einen kräftigen Schubs, sodass sie vom Bett auf den staubigen Boden fiel. Das half wenigstens. Julia war sofort hellwach, sie erfasste schnell die Situation und griff blitzartig nach ihrer Pistole, die sie vorsichtshalber mit auf die Reise genommen hatte.

Die Tür wurde mit einem Ruck aufgerissen, und im Türrahmen standen zwei Kerle. Der eine war der Anführer und der andere war der Bursche am Kamin.

Julia und Albert hatten das Glück, dass sie sich nicht an die Dunkelheit gewöhnen mussten, im Gegensatz zu den beiden, die vom hellen in den dunklen Raum traten. Sie hatten Prügel in den Händen.

Blitzschnell reagierte Albert, hechtete auf den Anführer zu und stieß ihm mit aller Wucht das Messer in den Bauch.

Genauso flink hielt Julia die Pistole auf den anderen gerichtet, überlegte nicht lange und drückte ab.

Beide Einbrecher hatten wohl keinen Widerstand erwartet, sie lagen röchelnd und blutend auf dem Boden.

Mit zitternden Händen versuchte Julia, die Öllaterne anzuzünden. Albert stand wie ein Racheengel über den beiden. Der Schuss hatte das ganze Wirtshaus geweckt. Julia leuchtete mit der Laterne den beiden Gaunern ins Gesicht.

Nun kam der Wirt mit seiner Frau, notdürftig bekleidet, angewatschelt. »Was ist denn hier geschehen?«

Bevor jemand antworten konnte, sah das Paar mit Entsetzen und weit aufgerissenen Augen die zwei Verbrecher vor ihnen liegen. Die Frau schrie vor Entsetzen auf und flüsterte: »Gleich kommen die anderen und bringen uns alle um.«

Genervt blickten sich Julia und Albert an, zerrten die beiden Körper vollends ins Zimmer und zogen von außen die Tür zu. Auf ihren Rücken versteckten sie ihre Waffen. Unvermutet sah Julia eine Gestalt, die um die Ecke huschte. Der Gastwirt stand ihr im Weg. Instinktiv gab sie ihm einen stummen Wink. Der

Wirt verstand und reagierte sofort, indem er sich auf die Seite warf. Julia schoss treffsicher dem Ganoven direkt ins Herz. Der hatte nicht mal Zeit nachzudenken, was eigentlich los war. Er fiel um wie ein schwerer alter Baum. Alle hörten einen dumpfen Fall, dann war es ruhig.

Nicht nur den Wirtsleuten schlotterten vor Aufregung und Angst die Knie. Albert zischte die Wirtsleute an: »Wie viele sind es noch?«

Das Weib reagierte als Erste. »Vier.«

Julia warf der Frau einen hektischen Blick zu. »Wenn das einer von denen ist, schreit „jetzt".«

Sie nickte heftig und schrie „jetzt".

Im selben Augenblick schoss Julia in Richtung auf den Schatten, den sie am Treppenaufgang gesehen hatte, aber sie traf nur die Wand.

Albert machte dem Alten ein Zeichen, die Laterne auszumachen.

Jetzt standen sie im Dunkeln.

Die Frau wisperte: »Was machen wir jetzt?«

Langsam tastete sich Albert an der holzgetäfelten Wand entlang in die Richtung, wo er die Gestalt gesehen hatte. Er war so aufgeregt, dass er vergaß zu atmen.

Julia hörte darauf nur noch ein Getöse, Schläge, Stöhnen und einen kurzen Schrei, dann war es still. Jeder hatte Angst, sich zu bewegen, bis Julia ihren ganzen Mut zusammennahm und mit zitternder Stimme rief: »Albert.«

Als Antwort kam zurück: »Macht wieder Licht.«

Der Wirt beeilte sich, die Petroleumlampe anzuzünden und leuchtete auf die zwei Männer, die miteinander gekämpft hatten. Der Bandit, der bestimmt das Doppelte wog wie Albert, lag wie ein schlapper Sack auf Albert. Zu dritt zogen sie den Leichnam von Albert weg.

Entsetzt wandte Julia den Kopf zur Seite, Albert hatte dem Verbrecher den ganzen Bauch aufgeschlitzt.
Plötzlich hörten sie Lärm. Der Wirt murmelte: »Das kommt aus der Küche.«
Auf leisen Sohlen tapsten sie den Korridor entlang und stiegen die schmale Treppe hinunter, die zur Küche führte. Als sie näher kamen, hörten sie Stimmen. Durch eine halb geöffnete Tür konnten sie einen Blick auf zwei Gestalten werfen, die sich in dem spärlich erleuchteten Raum lautstark stritten. Aus diesem Grund hatten sie wahrscheinlich von den Schüssen nichts gehört.
Albert war der Gruppe vorausgegangen und drehte sich nun um. »Wir müssen sie überrumpeln. Wir rennen hinein und stürzen uns auf die Schufte.«
Sie rasten los wie vier Furien, die auf ihr Opfer losgelassen wurden. Der schnelle Angriff brachte die zwei aus der Fassung, aber nach dem ersten Schreck wehrten sie sich meisterlich. Sie wälzten sich auf dem Boden hin und her. Die Wirtsfrau konnte sich freimachen und ging an den großen Herd, nahm eine Holzkeule und schlug wild um sich. Dabei traf sie einen der beiden Räuber mit voller Wucht am Kopf. Der riss erstaunt und fassungslos seine Augen auf und fiel dann wie ein nasser Sack um. Mit dem Letzten war es dann etwas einfacher, fertig zu werden. Aber um ganz sicher zu sein, schlug die Frau auch diesem nochmals mit dem Holz auf den Kopf. Der Schlag war anscheinend nicht gut platziert, denn er konnte noch mit seiner großen Pranke die Frau an ihrem Fuß fassen. Doch bevor er sie zum Stürzen brachte, holte sie nochmals aus und versetzte ihm den endgültig tödlichen Schlag.
Das Weib richtete den Stuhl, der auf der Seite lag, wieder auf und setzte sich mit ihrem dicken Hintern darauf. Die anderen drei lagen noch auf dem Boden und starrten erschöpft von

einem zum anderen. »Diese elendigen Räuber«, zischte die Frau voller Verachtung und spuckte auf den einen. »Die haben uns tyrannisiert und wie Leibeigene gehalten, in unserem eigenen Gasthaus.«
Die Wirtin war voller Abscheu und Hass. Sie stand auf, nahm ihre Keule und ging zu dem, der sich immer noch etwas bewegte. Sie versetzte ihm einen letzten Hieb, der ihn nun endgültig ins Jenseits beförderte.
Drei Augenpaare sahen der Tat entsetzt zu, bis ihr Mann sagte: »Lass gut sein, Anne, die beiden sind jetzt tot, wir müssen nach den anderen sehen und uns versichern, dass sie wirklich erledigt sind und nicht doch noch einer lebt.«
Sie erhoben sich wortlos und gingen zu den anderen zurück. Albert fühlte den Puls am Hals des Ganoven, auf den Julia geschossen und mit dem er um sein Leben gekämpft hatte. »Tot.«
Die Frau sah ihren Mann mit triumphierenden Augen an. »Ich habe es dir immer gesagt, irgendwann wird ihnen alles heimgezahlt, was sie uns angetan haben, diese verdammte Schurken.«
Julia schlich hinter Albert her. Sie fühlte sich jetzt gar nicht mehr so stark wie am Anfang. Ihr Körper zitterte vor Anstrengung, ihre Nerven waren angespannt, und sie sagte sich immer wieder: Beruhige dich, wir haben alles im Griff.
Vorsichtig öffnete Albert die Tür und beleuchtete die beiden, die in ihrer eigenen Blutlache lagen, befühlte ihren Puls. Er wandte sich ausschließlich an die Wirtsleute: »Sie leben noch.«
Hysterisch schrie das Weib: »Bringt das Pack um!«
Albert stand auf, starrte den Mann an und sagte: »Ich bin kein Mörder. Wenn ihr es tun wollt, dann bitte.«
Der Mann nahm der Frau die Keule aus der Hand, ging in das Zimmer und drosch auf die beiden ein, bis sie keinen Mucks

mehr von sich gaben.
Plötzlich schrie die Hausherrin auf: »Joan.« Sie machte kehrt, raste den Korridor entlang zum letzten Zimmer und hämmerte mit den Fäusten an die Tür.
Julia kam hinter ihr hergehastet, schob das Weib auf die Seite, nahm den Türgriff in die Hand und drückte hinunter. Die Tür sprang sofort auf. In der hinteren Ecke des Raums kauerte auf dem Boden eine zusammengekrümmte Person. Die Frau stürzte zu dem Mädchen hin und nahm es in den Arm.
»Mein armes Kind, mein armes Kind«, und beide fingen an zu weinen.
Albert stand hinter Julia, die sich heimlich die Tränen abwischte, und legte seinen Arm auf ihre Schultern. »Wir haben es überstanden, vielleicht sollten wir sofort gehen.«
Aber Julia war es nicht möglich, sich von der Stelle zu bewegen.
Der Wirt streifte den Arm von Julia, als er zu seiner Frau und Tochter lief. »Sie hatten Joan als Geisel genommen, damit hatten sie uns in der Hand und wussten, dass wir sie nicht verraten würden.«
Das Mädchen war nicht älter als vierzehn Jahre und hatte ein eingefallenes, aschfahles Gesicht. Die Eltern schleppten das Mädchen aus dem Zimmer, an Julia und Albert vorbei. Dabei blickte die Kleine sie mit schwarz umränderten Augen ausdruckslos an.
Dieser Blick schnitt Julia ins Herz. Was gab es doch für scheußliche Menschen! Sie war innerhalb weniger Stunden all ihrer Illusionen beraubt worden. War sie nicht ein behütetes Kind gewesen, aufgewachsen in einer scheinbar heilen Welt, ohne Gewalt. Julia steckte ihre schmale Hand in die grobe Pranke von Albert. »Du hast recht, wir haben hier nichts mehr zu suchen.«

Als sie zum Stall kamen, stand Neil ganz eingeschüchtert an dem großen Scheunentor und wartete. »Ich dachte schon, sie hätten euch umgebracht.«

Julia brachte ein verzagtes Lächeln hervor. »Neil, wir hatten einen Schutzengel, hast du vielleicht für uns gebetet?«

»Der Junge starrte sie mit seinen dunklen Augen groß an. »Woher wissen Sie das?«

Freundschaftlich gab sie ihm einen leichten Klaps. »Kannst du schon allein auf dem Pferd sitzen?«

Mit Stolz in der Stimme sagte er: »Aber Sir, ich bin mit Pferden aufgewachsen.« Dann zeigte er ihnen, wie ein kleiner Junge flink auf ein Pferd aufsitzen kann.

Julia und Albert staunten nicht schlecht und lachten sich verschmitzt an.

»Was meinst du, Albert, von Neil können wir auch noch etwas lernen, oder?«

Sie trabten in aller Ruhe in die Nacht hinein. Es hatte angefangen, leicht zu regnen. Julia nestelte eine Decke aus der Satteltasche und reichte sie Neil.

Er nahm sie stillschweigend und hängte sie um seinen Rücken.

Ein Nachtvogel stieß einen leisen Schrei aus und flog auf seiner Suche nach Nahrung zickzack vor ihnen her, alle drei erschraken. Der Schrei zerriss die Stille für einen kurzen Moment, und so ritten sie, ohne ein Wort zu sprechen, eine lange Zeit weiter. Langsam wurde es hell, und ein Sonnenstrahl brach durch den Nebel. Die Beklemmung wich von den dreien, es war Tag. Die aufgehende Sonne überzog die hohen Bäume mit goldenem Schimmer, und bald breitete sich ein sanfter Glanz über den Himmel aus.

Neil brach das Schweigen zuerst: »Ich habe Hunger, ich war gestern Abend nicht mehr in der Küche.«

Sie ritten auf einer engen Landstraße, als sie in der Ferne ein

einsames Anwesen sahen. Sie bogen vom Weg ab, und keine zehn Minuten weiter erreichten sie ein aus Stein und Holz gebautes Gehöft. Zu dem Besitztum gehörten Ställe, ein Schuppen für Futtermittel und ein mit Liebe angelegter Gemüsegarten. Neben dem Haus gab es einen steinernen Brunnen. Es waren freundliche Leute, die ihnen entgegenkamen und ihnen gern warme Milch und Brot verkauften. Die Sonne zeigte sich leider nur kurze Zeit, um dann wieder einem trüben, nieseligen Regen Platz zu machen, wo der Horizont in graue Eintönigkeit überging. Sie übersahen aber trotzdem nicht die prachtvollen normannischen Burgen, die trotzend neben ihrem Weg lagen, sowie die herrlichen Gärten und die alten historischen Herrenhäuser, die sich wunderbar in die Landschaft einfügten. Der Regen nahm zu, und sie waren froh, als sie am Abend in ein kleines Dorf einritten, das inmitten einer sanften Hügellandschaft wunderbar eingebettet vor ihnen lag. Es war ein verschlafenes Nest mit alten Gehöften; es flößte ihnen Vertrauen ein.
Interessiert blickte sich Julia um. »Hier bleiben wir, was meint Ihr?«
Ihre Begleiter stimmten ihr einmütig zu.
Es kam ihnen ein bellender Hund entgegen, der sie bis zum Ende der Straße begleitete. Dort stand ein stattlicher Gasthof, der auf einem großen Schild freie Zimmer anbot, und da machten sie Halt.
Der Anblick des Wohlstands der Einwohner dieses Tals war erfreulich. Albert nahm seinen Hut ab und kratzte sich am Kopf. »Wir müssen kurz vor Ashford sein, wahrscheinlich keine zwei oder drei Meilen, wollen wir nicht noch weiterreiten?«
Julia und Albert blickten Neil an, aber der meinte nur: »Wenn ihr mich fragt, ich möchte hier bleiben, ich habe solchen

Hunger, ich könnte einen ganzen Stier vertilgen.«
Schallend lachten sie hinaus. Ein gutes Gefühl durchströmte die drei, als sie die warme Gaststube betraten und das knisternde Feuer hörten, das sie einlud, vor dem Kamin Platz zu nehmen. Ihre Kleider waren klamm und steif vor Kälte und Nässe. Sie zogen drei Stühle an den Kamin und setzten sich davor.
Julia lehnte sich auf ihrem Stuhl nach vorn und nahm die Hände von Neil in die ihren, rieb sie kräftig und blies sie mit ihrem warmen Atem an. Ihr fiel auf, wie hübsch sich sein Haar kräuselte, wenn es nass war. »Du bist ein hübscher Junge.«
Voller Vertrauen strahlte Neil Julia an.
Der Wirt brachte auf einem großen Holztablett eine frisch gebackene Leberpastete mit duftendem Brot.
Genussvoll seufzte Albert: »Es geht nichts über einen warmen Platz und ein gutes Essen.«
Hungrig langte Neil sofort zu, schob sich ein Stück Brot hastig in den Mund, und schmatzend sagte er: »Das letzte Mal, dass ich so gut gegessen habe, war bei meiner Mama, und das ist lange, lange her.« Er mampfte fix weiter und grinste breit.
Albert musterte Neil. »Was machen wir mit dem Jungen? Wir können ihn doch nicht zu Lord Catterick mitnehmen!«
Julia schüttelte über diese tölpelhafte Frage den Kopf und zog ihre Stirn in Falten. »Im Moment bleibt er bei uns, mir wird schon etwas einfallen.«
Neil wurde hellwach und blickte von einem zum andern, sagte aber nichts. Julia konnte sehen, dass er meisterlich gegen die Tränen ankämpfte. Sie rief den Wirt. »Könnten Sie mir sagen, wo wir für unseren kleinen Bruder Kleider und Schuhe kaufen können?«
Der Wirt musterte kurz den Jungen. »Es ist das Beste, Ihr reitet morgen weiter nach Ashford, hier im Dorf werdet ihr nichts

Passendes finden. Wollt Ihr ein oder zwei Zimmer? Ich frage, weil die Zimmer nur ein Bett haben, und das ist nicht sehr breit.«

Nachdenklich betrachtete Julia den Wirt. »Ich denke, wir brauchen zwei Zimmer.«

Neil nahm die Hand von Julia und bestimmte: »Ich schlafe mit dir in einem Zimmer.«

Sie legte ihren Arm um den Jungen. »Nein, du schläfst bei Albert.«

Er machte einen Schmollmund. »Warum? Ich möchte bei dir bleiben.«

»Du hast doch Vertrauen zu mir?«

»Ja, natürlich.«

»Dann wirst du immer das machen, was ich dir sage, wenn es dir auch seltsam vorkommen mag. Ich versichere dir, dass ich dich nicht enttäuschen werde.«

Neil rückte näher zu Julia. »Wenn du mir das versprichst, glaube ich es dir.«

Julia drückte ihm auf die zersausten Locken einen Kuss.

Neil stieß einen herzzerreißenden Seufzer hervor, sodass alle drei in ein Gekicher ausbrachen.

Albert lehnte sich lahm in seinem Stuhl zurück. Das Bild, das er sah, rührte ihn. Julia war eine gute Seele in ihrer manchmal rauen Schale. Aber ihm war klar, dass sie den Jungen nicht mitnehmen konnten. Dennoch würde sie schon wissen, was sie tat. Eigentlich, überlegte er, fand sie immer einen Ausweg aus jeder misslichen Lage. Miss Julia war ein hübscher junger Mann, der ihm die Schau stahl. Er grinste innerlich, als er an die Dirne dachte, die hatte doch tatsächlich mehr Interesse an Julia als an ihm. Er betrachtete sie, mit ihrer streng nach hinten gekämmten Haarpracht wirkte sie für ihn sehr merkwürdig und befremdend. Natürlich, bisher hatte er sie immer nur mit

Locken und in Damenkleidern gesehen. Der Schneider hatte gute Arbeit geleistet, der Anzug stand ihr gut, sie war fast so groß wie er selbst. Er bewunderte sie aufrichtig. Sie verkörperte für ihn Energie, die man anfassen konnte. Ja, sie war ein Kumpel, ein wahrer Freund. Wenn er mehr für sie fühlte, so hatte er seine Gefühle gut unter Kontrolle. Zu genau wusste er, wenn er sich ihr nähern würde, wäre es wohl das Ende der Freundschaft.

»Albert, Albert, wo hast du deine Gedanken, ich habe dich gefragt, was glaubst du, was die Wirtsleute wohl mit den Leichen gemacht haben?«

»Zur Polizei sind sie sicher nicht gegangen. Ich nehme an, sie haben die Kadaver hinter dem Haus eingescharrt. Sie werden versuchen, weiterzuleben, als ob nichts geschehen wäre, und die schlimme Tragödie vergessen.«

Julia wandte sich um und blickte über den vollen Raum. Sie hatten überhaupt nicht bemerkt, wie sich das Wirtshaus zwischenzeitlich mit Gästen gefüllt hatte.

Sie wurde von einer hellen Männerstimme angesprochen. »Ihr schaut aus wie ein Jüngling mit Geld. Wie wäre es mit einem Würfelspiel?«

Übermütig blitzte Julia Albert an. »Was meinst du zu einem Spielchen?«

»Der sieht nicht gerade vertrauenswürdig aus, sicher spielt er falsch und die Würfel sind gezinkt.«

Grinsend fixierte sie den Fremden. Der lachte Julia dreist an und entblößte dabei seine schiefen Zähne. Er sah aus wie einer, der schon bessere Zeiten erlebt hatte und jetzt versucht, mit allen Tricks zu überleben. Nur mit richtiger Arbeit hatte er es wohl noch nicht versucht. Er war ungefähr Ende dreißig, klein und dünn. Seine hellgrauen Augen hatten einen hinterhältigen Ausdruck. Das Seltsamste an ihm war seine karierte

Hose.

»Um was wollen Sie spielen?«

»Um Ihren feurigen Hengst, mit dem Sie hergeritten kamen.«

Julia lachte laut hinaus. »Können Sie überhaupt reiten?«

Stolz reckte der Fremde seinen Hals. »Ich habe viele Jahre bei unserer Königin als Zureiter für ihre Pferde gedient.«

»Wirklich?« Das Interesse von Julia war vollends geweckt. »Sie sind zu allem bereit, um mein Pferd zu bekommen, sehe ich das richtig? Geben Sie mir bitte mal die Würfel.«

Er schob sie ihr mit einem hinterlistigen Blick über den Tisch. Neugierig betrachtete und untersuchte Julia die Würfel von allen Seiten, konnte aber nichts Außergewöhnliches feststellen.

»Ich habe es mir überlegt, ich werde nicht mit Ihnen spielen, aber ich mache Ihnen einen Vorschlag. Ihr Ring gefällt mir. Sie können mit meinem Pferd eine Runde reiten, und wenn Sie es schaffen, zehn Minuten auf dem Pferd sitzen zu bleiben, gehört mein Schwarzer Ihnen.« Sie sprach jetzt sichtlich langsamer und streckte ihre Worte. »Wenn nicht, bekomme ich Ihren Ring.«

Er starrte auf das Schmuckstück und drehte es nachdenklich mit den Fingern seiner rechten Hand hin und her. Nach reiflicher Überlegung zog er den Ring ab und legte ihn auf den Tisch.

»Abgemacht.«

Die restlichen Gäste waren inzwischen auf die beiden aufmerksam geworden.

Julia wandte sich an die Zuschauer und sagte laut: »Sie sind alle Zeugen.«

Die Männer um sie herum nickten alle zustimmend.

Beim Hinausgehen sagte Julia zu dem Fremden: »Sie haben Glück, dass wir den ganzen Tag geritten sind, das Pferd ist müde.«

Der andere rieb sich hocherfreut die Hände und drehte sich zu den anderen Gästen um, die sie auf den Hof begleitet hatten. Er machte einen Diener wie ein Zirkusdirektor zu seinem Publikum: »Gleich werden Sie eine Darbietung meines Könnens erleben.«

Das Pferd stand noch gesattelt vor dem Stall. Der Mann schwang sich gekonnt auf den Hengst und ritt ein paar Runden ohne Probleme. Er fühlte sich mit jeder Runde sicherer, und außerdem wollte er den Zuschauern sein Können zeigen. So schlug er mit seinen Sporen in die Flanken des Pferdes, das sich sofort wehrte und anfing zu tänzeln. Der Reiter machte seinen zweiten Fehler, er schlug nochmals in die Flanken des Pferdes. Nun wurde der Hengst richtig wild und wollte den Gegenstand, der auf ihm saß, abwerfen. Der Fremde war ein guter Reiter. Jetzt fing der Kampf an, denn er wollte zeigen, wer der Stärkere war.

Ruhig stand Julia da und beobachtete lächelnd und gelassen das Spektakel. Die Zuschauer brüllten und feuerten den Unbekannten an.

»Los, zeig ihm, wer der Herr ist.«

Aber, je mehr das Publikum schrie, desto wilder wurde das Pferd. Es gebärdete sich wie ein Teufel, es bäumte sich gereizt auf und schlug mit seinen blitzenden Hufen in die Luft, wieherte, riss den Kopf hin und her. Das war dem Reiter dann doch eine Nummer zu groß, und er fiel rücklings im hohen Bogen von dem Hengst. Zur großen Belustigung der Versammelten landete er mitten auf einem Misthaufen.

Es wurde kräftig Beifall geklatscht.

Julia ging zu ihrem Schwarzen, sprach in ruhigen Worten auf ihn ein, und er beruhigte sich auch sofort. Sie nahm ihm den Sattel ab, rieb ihn kräftig mit Stroh trocken und führte ihn anschließend in den Stall.

Der Fremde stand mühsam auf und hielt sich seinen schmerzenden Rücken.

Julia verbiss sich das Lachen, als sie aus den Augenwinkeln heraus sah, wie seine Brust sich im Zorn hob und senkte, bis er mit wutentbrannter Stimme schrie: »Das war Betrug!«

Mit ihrer Reitpeitsche in der Hand stand Julia vor dem Fremden, wippte mit dem Fuß und sagte mit scharfer Zunge: »Meinen Sie? Wenn Sie wollen, können Sie es ja nochmals versuchen, dann wollen wir mal sehen, was das Pferd mit Ihnen macht, aber es wäre besser, Sie probieren es nicht noch einmal, denn jetzt kennt er Sie und wird Sie nicht mehr aufsteigen lassen.«

Albert konnte sehen, wie die Augen des Fremden bösartig funkelten. Er konnte nur noch denken: Der führt was im Schilde, und schon stürzte der Kerl sich auf Julia. Das Folgende, was er sah und hörte, war ein schriller Schmerzensschrei. Julia hatte ihm mit ihrer Reitgerte blitzschnell ins Gesicht geschlagen. Das machte ihn noch wilder, doch bevor Albert eingreifen konnte, stand ein großer Hüne hinter dem Fremden und riss ihn von Julia weg. Er schlug ihm mit der rechten Faust gewaltig ans Kinn, sodass er zu Boden stürzte. Der Spieler stand mühsam auf, wandte sich ab, fluchte vor sich hin und ging wieder mit den anderen Gästen ins Gasthaus.

Neugierig blickte Julia sich nach ihrem Helfer um, aber er war nicht mehr zu sehen. Sie klopfte Albert auf den Rücken. »Und, hast du dich amüsiert?«

»Na, es geht, ein bisschen Angst hatte ich schon.«

Mit gespielt gekränkter Miene erwiderte Julia: »Hast du denn kein Vertrauen zu mir?«

»Doch, schon, aber nicht zu dem Schwarzen, der ist so unberechenbar.«

Schallend lachte sie hinaus: »Komm, jetzt habe ich auch Hunger.«

Der Ring lag noch da, wo ihn der Spieler hingelegt hatte. Julia blickte sich um und sah, dass der Verlierer mit seinen Kumpanen einen heftigen Wortwechsel hatte. Daraufhin blickten alle zu ihr herüber. Sie setzte sich gelassen, griff nach dem Ring und streifte ihn über ihren Mittelfinger, aber er war ihr zu groß. Sie richtete ihre Augen auf Neil und drückte ihm den Ring in die Hand. »Der gehört jetzt dir. Morgen kaufen wir dir eine Kette, damit du ihn um den Hals hängen kannst. Er soll dein Amulett werden, und du musst dir immer sagen, alles ist möglich, wenn du es nur willst.«

Neil ergriff ihn hurtig und steckte ihn in seine Hosentasche.

Julia nahm den Krug in die Hand. »Darauf trinken wir.«

Sie trank hastig und verzog sofort das Gesicht. »Der Wein ist sauer wie Essig. Wirt, bringt mir ein Bier!«

Sie wandte sich dem Publikum zu, das immer noch interessiert zu ihr herüberschaute. Lachend sagte sie: »Es scheint, das Bier schmeckt hier besser.«

Die Gäste lachten lauthals und prosteten ihr zu.

Der gut aussehende Retter in der Not kam auf Julia zu und verbeugte sich höflich. »Darf ich mich zu Ihnen setzen?«

Was für ein Gentleman, dachte Julia bewundernd, streckte ihre Hand aus und zeigte auf den Sitz neben sich.

»Aber natürlich, setzen Sie sich bitte. Ich möchte mich bei Ihnen noch bedanken, dass sie mich so hilfreich unterstützt haben.«

Er schenkte ihr ein einnehmendes und äußerst charmantes Lächeln und schob den Stuhl neben sie.

»Keine Ursache, ich war der, der Ihnen am nächsten stand, sonst hätte sicher ein anderer eingegriffen.«

Neil legte seinen Kopf auf den Tisch und sagte: »Ich bin

müde.«

Albert betrachtete den lahmen Krieger, dann stand er auf und griff nach ihm. »Ich bin auch erledigt. Komm wir gehen ins Bett.« Zu Julia schauend sagte er: »Wir sehen uns dann morgen in aller Frühe zum Frühstück.«

»Ja, gute Nacht und schlaft gut.«

Der Fremde stellte sich vor. »Ich heiße übrigens Christopher Mornington.« Dabei blitzten seine azurblauen Augen auf.

Julia überlegte kurz und erwiderte dann: »Sehr angenehm, Jules Miller.«

Ihr gefiel dieser Mensch, er flößte ihr Vertrauen ein, er hatte ein offenes, aristokratisches Gesicht, eingerahmt in blondes, weiches Haar.

»Ich muss Sie beglückwünschen, Sie haben ein wunderbares Pferd.«

Julia strahlte. »Ja, mein Schwarzer ist eine Wucht, den würde ich um nichts in der Welt hergeben.«

Er lachte spitzbübisch. »Das würde ich auch nicht, wenn ich so ein Pferd hätte, aber haben Sie nicht etwas mit dem Feuer gespielt?«

Nachdenklich bewegte Julia ihren Kopf hin und her.

»Doch, schon, es war ein Risiko, aber manchmal muss man ein Risiko eingehen, wenn es auch ab und zu danebengeht. Wer nichts wagt, gewinnt nichts.« Sie beugte sich etwas mit dem Kopf zu ihm hinüber, als ob sie ihm etwas Vertrauliches zu sagen hätte.

»Aber um Ihnen die Wahrheit zu sagen, ich war mir sogar hundert Prozent sicher, dass mein Schwarzer ihn abwerfen würde. Soll ich Ihnen den Trick verraten?« Julia konnte beobachten, wie seine Wangenmuskeln sich spannten, als er sagte: »Aber natürlich, vielleicht kann ich bei Ihnen auch noch etwas lernen.«

Gedehnt sprach sie weiter: »An erster Stelle war er gar kein so guter Reiter, wie er geprahlt hatte, sonst hätte er ein fremdes Pferd mit mehr Zartgefühl behandelt. Aber wenn er tatsächlich mein Pferd beherrscht hätte, dann hätte ich nur mit meiner Zunge schnalzen müssen. Das kann mein bestes Stück auf den Tod nicht leiden, und das hätte genügt, um ihn abzuwerfen.«
Christopher Mornington straffte seinen Rücken. »Tatsächlich, haben Sie ihm das antrainiert?«
Mit Stolz in der Stimme erwiderte sie: »Natürlich, was haben Sie gedacht, mein Pferd kann noch ganz andere Kunststücke.«
Mr. Mornington warf Julia einen bewundernden Blick zu. »Also sind Sie ein Pferdekenner?«
»Ich möchte nicht prahlen wie dieser Fremde, aber ich kann schon mit Pferden umgehen. Das soll aber nicht heißen, dass ich nicht auch herunterfallen kann.«
Christopher Mornington nahm seinen Humpen und stieß mit Julia an. »Was führt Sie denn in diese Gegend, wenn ich fragen darf?«
»Wir sind nur auf der Durchreise.« Mehr wollte sie nicht sagen. »Und Sie und Ihre Freunde, was machen Sie hier?« Dabei blickte Julia interessiert zu dem anderen Tisch hinüber.
»Wir reisen zurück nach London.« Mechanisch folgte er ihrem Blick, streckte seine Hand aus und zeigte auf die Gruppe von Männern, die kräftig becherten. »Wir waren hier in der Nähe und haben einem sehr guten Freund das letzte Geleit gegeben.«
»Oh, das tut mir aber leid.«
Mr. Mornington machte ein recht bekümmertes Gesicht. »Ein wirklich tragischer Reitunfall, eine entsetzliche Beerdigung. Es ist etwas anderes, wenn ein alter oder kranker Mensch von uns geht. Unser Freund stand in der Blüte seines Lebens, er hinterlässt zwei kleine Kinder. Wir waren sehr gut miteinander befreundet, haben auf derselben Universität zusammen stu-

diert. Ich bin noch ganz niedergeschlagen. Entschuldigen Sie, ich wollte Sie nicht mit der Geschichte belästigen, eigentlich wollten meine Freunde und ich Sie nur fragen, ob Sie nicht morgen mit uns weiterreiten wollen? Diese Gegend hier ist nicht sicher, es gibt zurzeit fast jeden Tag Überfälle.«
Julia schüttelte den Kopf. »Das ist sehr freundlich von Ihnen, aber es wird nicht möglich sein. Wir wollen Einkäufe für meinen kleinen Bruder in Ashford tätigen.«
»Der Kleine ist Ihr Bruder?« Er blickte Julia ungläubig an.
»Na ja, nicht direkt, aber ich habe ihn ins Herz geschlossen. Er ist ein Waisenknabe. Aber trotzdem vielen Dank für Ihr freundliches Angebot.« Sie reichte ihm ihre schmale Hand. »Ich wünsche Ihnen eine gute Reise und nochmals vielen Dank.«
Er kramte aus seiner Jackentasche eine Visitenkarte hervor und reichte sie Julia. »Wenn Sie mal in London sind, besuchen Sie mich doch mit ihren Freunden, ich würde mich sehr freuen.«
Julia erhob sich. Beim Gehen spürte sie, wie Christopher Mornington ihr nachschaute. Als Julia war sie wohl interessierte Blicke gewohnt, aber nicht als Jules.

Am nächsten Morgen schien nur hin und wieder die Sonne, und ein scharfer Wind rüttelte an den Fensterläden.
Julia war froh, dass der Regen vom vorigen Abend aufgehört hatte. Sie ließen das Dorf hinter sich, und nach kurzer Zeit ritten sie in Ashford ein. Es gab einige passable Geschäfte, und zuerst fanden sie einen alten Trödelladen. Es schien, dass man dort mit Glück auch eine Kette kaufen konnte.
Albert ergriff einen mit Grünspan angesetzten Messinggriff und drückte ihn hinunter. Die Tür öffnete sich, und eine Glocke schlug an, die man schrill durch den ganzen Laden hörte. Es war niemand im Geschäft, und so schauten sie sich

in Ruhe um. Sie hatten jedoch immer das Gefühl, beobachtet zu werden.

Unerwartet stand ein junger Mann hinter Julia, den sie vorher nicht bemerkt hatte, und sie erschrak heftig. »Wo kommen Sie denn her?«

Er lächelte sie nur eigenartig an, beantwortete aber ihre Frage nicht. »Was kann ich für Sie tun?«

»Wir suchen eine Goldkette für meinen kleinen Bruder.« Sie sah das begehrliche Aufleuchten seiner Augen.

»Da kann ich Ihnen sicherlich dienen.« Aus der Tasche seiner grünen Jacke zog er einen Schlüssel, ging zu einem alten Sekretär, schloss eine Schublade auf und holte einige Ketten heraus. Er breitete sie vor ihnen auf einem roten Samtstoff aus. »Was sagen Sie zu den auserwählten Stücken?«

Neil trat näher, seine Augen wurden immer größer, und dann drehte er sich zu Julia um.

»Nun, Neil, welche Halskette gefällt dir am besten?«

Treffsicher nahm er die Hand von Julia und führte sie zu einer kleinen, massiven Goldkette, die stabil aussah.

Mit Schalk in den Augen lachte sie den Jungen an: »Du hast einen guten Geschmack, genau die hätte ich auch ausgesucht.« Sie blickte den Händler an. »Was wollen Sie dafür?«

Er kratzte sich am Hinterkopf. »Fünfzig Schillinge.«

Missbilligend starrte Julia den Mann an und lachte hell hinaus. »Fünfzig Schillinge!? Ich möchte nicht Ihren ganzen Laden kaufen, sondern nur diese Kette.«

Er seufzte schwer und machte eine ungeduldige Handbewegung. »Was wollt Ihr mir anbieten?«

»Nun, Sie wissen genau wie ich, was eine Unze Gold wert ist, dann rechnen wir noch den Verarbeitungswert dazu...« Sie legte die Kette auf ihre Handfläche. »Ich schätze, sie wiegt 2 Unzen.« Sie rechnete kurz nach. »Ich bezahle Ihnen sechs

Schillinge dafür.«

Der junge Mann stand mit offenem Mund vor Julia und starrte sie verblüfft an. Er sah, dass ihm jemand gegenüberstand, der sich genau mit den Preisen auskannte. »Das ist genau der Preis, den ich bezahlt habe. Ihr müsst mich auch noch etwas verdienen lassen.«

»Sie sind vielleicht ein Schelm! Wenn Sie wirklich so viel bezahlt haben, dann wurden Sie angeschmiert.« Uninteressiert blickte Julia weg. Sie spürte, dass sie ihn ertappt hatte. Zu den anderen gewandt, sagte sie: »Kommt, wir gehen, wir können hier kein Geschäft tätigen.«

Sie standen schon an der Tür, als der Verkäufer widerwillig rief: »Ist in Ordnung, sechs Schillinge.«

Erfreut drehte sie sich herum, legte das Geld auf den Tresen, nahm den Schmuck und fädelte den Ring auf die Kette. Dann legte sie die Kette Neil um den Hals.

Neil strahlte und hüpfte herum wie ein kleines Fohlen. »Bin ich jetzt reich, wenn ich so ein Schmuckstück besitze?«

»Nun, reich ist ein großes Wort, aber auf jeden Fall bist du jetzt reicher als vor der Kette.«

Am späten Nachmittag kamen sie nach Royal Tunbridge Well, die letzte Station vor Guildford. Das Dorf lag malerisch inmitten einer prachtvollen Hügellandschaft. Diese Grafschaft gefiel ihnen. Sie ritten an unzähligen schönen Gärten vorbei. Es war eine atemberaubende Landschaft von außergewöhnlicher Schönheit. Sie übernachteten im Gasthof „Limetree."

Lange hatte Julia in der Nacht wach gelegen. Sie machte sich Gewissensbisse. Mit Neil waren sie jetzt vier Tage zusammen, und sie hatten sich gegenseitig schätzen gelernt. Albert und sie waren für Neil jetzt seine Familie. Ihr war bange, wenn sie daran dachte, wie sie Neil klarmachen musste, dass er nicht bei ihnen bleiben konnte. Er würde es sicher nicht verstehen.

Albert hatte recht. Auf den Gutshof von Lord Catterick konnten sie ihn nicht mitnehmen. Sie wollte mit ihm reden, er musste sich an den Gedanken gewöhnen, dann würden sie gemeinsam eine Familie für ihn suchen, die ihn wenigstens vorübergehend für Geld bei sich aufnahm. Julia kämpfte innerlich mit sich, ob sie jetzt beim Abendessen mit Neil reden sollte. Sie gab sich einen Ruck. Jetzt oder nie.

»Neil, wie wir dir schon erzählten, sind wir auf dem Weg zu einem Landgut. Dort bekommen wir vielleicht Arbeit.«

Neil nahm gerade ein Stück Wurst in den Mund und nickte Julia mit dicken Backen zu.

»Dahin können wir dich nicht mitnehmen. Du brauchst einen Ort, wo du Spielkameraden hast, eine Schule. Das heißt, dass wir dir eine Familie suchen müssen, bei der du wenigstens vorübergehend leben kannst.« Es tat Julia in der Seele weh, als seine Augen jetzt anfingen zu flimmern. Sie wusste, es fehlte nicht mehr viel, dann war seine Beherrschung am Ende. »Hast du verstanden?«

Neil atmete tief durch, es klang wie ein unterdrückter Schluchzer.

Albert strich ihm über den Kopf.

Abweisend schüttelte er den Kopf. »Es ist schon gut, du brauchst mich nicht zu trösten, so war mein Leben immer. Wenn es mir mal einen Tag lang gut ging, kam hinterher immer der große Hammer. Warum habt ihr mich nicht dort gelassen, wo ich war?«

Julia bewunderte den Jungen, er hatte wirklich eine unheimliche Selbstbeherrschung, es kam keine Träne. »Es ist nur vorübergehend.«

Neil winkte ab. »Ich möchte jetzt schlafen gehen.« Er erhob sich und wandte sich an Albert: »Du kannst noch hier bleiben, ich kenne den Weg.« Er senkte seinen Blick, ließ seine Schultern traurig hängen, und schon war er hinter einer Säule verschwunden.

Julia starrte ins Feuer und drehte gedankenverloren an dem Siegelring mit dem Wappen ihrer Familie. »Was meinst du, Albert, wo sollen wir anfangen zu ermitteln?«

»Wie wäre es, wenn wir den Wirt fragen, er kennt doch sicher hier viele Leute und weiß über alle Bescheid. Wenn er uns zum Beispiel erzählt, dass der Lehrer die Kinder schlägt, dann brauchen wir den erst gar nicht aufzusuchen.«

Der Gastwirt stellte gerade eine frische Kerze in eine schmale Fensternische.

»Wirt, hätten Sie nicht ein wenig Zeit? Wir wollen Sie zu einem Bier einladen.«

Erstaunt schaute er mit seinen Glotzaugen Julia an, ging zur Theke, nahm einen Krug, hielt ihn unter den Hahn des großen Holzfasses, nahm seinen ersten Schluck, wischte sich den Schaum um seinen Mund mit seiner Schürze weg und ließ sich dann Julia gegenüber auf einen Stuhl fallen. »So, was kann ich für Sie tun?«

Julia holte aus: »Sie haben doch sicher meinen kleinen Bruder gesehen, oder?«

Er nickte bestätigend. Julia fuhr mit ihrer Erklärung fort. »Unsere Eltern sind beide tot und wir sollen bei Lord Catterick Arbeit bekommen, aber leider können wir Neil, unseren kleinen Bruder, nicht mit auf das Besitztum nehmen, darum suchen wir so schnell wie möglich eine Bleibe für ihn.«

Das Feuer im Kamin war zu einem glimmenden Aschenberg zusammengefallen.

Der Wirt überlegte nicht lange, dann sagte er: »Es gibt den Schmied am Ende der Straße, der hat zwar schon acht Kinder, aber ich könnte mir vorstellen, wenn ihr ihm ein paar Schillinge gebt, nimmt er noch einen anderen Schreier auf.«

Entrüstet entgegnete Julia: »Ich bin bereit, ein gutes Kostgeld zu bezahlen, und darum habe ich mir etwas anderes vorgestellt.«
Der Wirt kratzte sich am Ohr. »Ich verstehe. Dann geht zum Pastor, der ist ein guter Mann. Er hat selbst drei Kinder, vielleicht tut er euch den Gefallen und nimmt euren Bruder in seiner Familie auf.«
Der Wirt erhob sich und drehte sich nochmals zu Julia und Albert um. »Wie lange wollen Sie hier bleiben, ich meine hier im Gasthof?«
Julia antwortete: »Ein paar Tage, bis wir eine Unterkunft für unseren Bruder gefunden haben.«
Als Albert das Zimmer betrat, saß Neil zusammengekauert in einer Ecke und schlief. Er nahm ihn auf den Arm, trug ihn zum Bett, zog ihm Schuhe und Jacke aus und deckte ihn sorgfältig mit einer flauschigen Decke zu. Nachdenklich betrachtete er den Buben, und leise sagte er zu sich: »Armer Junge, was ist das doch für eine grausame Welt, in der wir leben.«

Der Magendruck hatte sich gelegt, Julia war wieder guter Dinge. Ihr tat Neil ja schrecklich leid, aber so war es das Beste, er war jetzt bei dem Pastor und seiner netten Familie untergebracht. In kürzester Zeit würde er sich anpassen und auch glücklich sein.
Sie setzte ein Lächeln auf, als sie auf ihren Pferden die Grafschaft Surrey durchquerten. Die Landschaft war in herrliches, sommerliches Grün getaucht.
Ihre innere Beklemmung löste sich bei dieser wunderbaren Umgebung. Sie fühlte sich so frei wie ein Vogel. Sie blickte zu Albert, und der schien dasselbe zu fühlen. Über ihnen zeigte sich der Himmel wolkenlos. Sie ritten auf dem blühenden

Farbenmeer in das ruhige, über 400 Hektar große Gebiet, mit vielen Seen und seiner einzigartigen Fauna und Flora.

Schwärmend sagte Julia zu Albert: »Es muss hier im Frühling ein Paradies sein, wenn die Rhododendren und Azaleen blühen, und erst die Großwildjagd im Herbst.« Sie seufzte tief. »Übrigens war es in Surrey, wo die Adeligen dem König Johann von England im Jahr 1215 die Magna Charta abtrotzten und dann Rechtssicherheit für jeden Bürger schufen.«

Mit erstaunten Augen blickte er Julia groß an. »Ich verstehe kein Wort von dem, was Sie sagen.«

Schmunzelnd erklärte sie ihm: »Die Magna Charta enthält die erste detaillierte Definition der Beziehung zwischen König und Baronen, das garantierte Lehnsrecht und das Rechtssystem. Weißt du, Johanns militärische Fehlschläge in Frankreich belasteten die Staatskasse sehr, er forderte immer mehr Steuern, und natürlich auch der Missbrauch der königlichen und feudalen Privilegien provozierte eine Rebellion der Barone. So verfasste eine Gruppe von Baronen nach eingehender Besprechung die Charta und übersandte sie dem König, damit er sie mit dem königlichen Siegel bestätigte.«

Neugierig schweiften die Augen von Julia in die Ferne, sie konnte sich nicht sattsehen an der wunderbaren Flora.

Wissensdurstig hing Albert an Julias Lippen, er wollte mehr wissen. »Und was ist dann passiert?«

»Schade, dass man dich nie zur Schule geschickt hat, du wärst sicher ein fleißiger Schüler geworden«, sagte Julia anerkennend. »Also, die Geschichte geht weiter. Johann verweigerte natürlich die Zustimmung, dann kündigten ihm die Barone die Treue. Sie zogen nach London und besetzten die Stadt. Johann sah sich gezwungen, nachzugeben und traf sich darauf im Juni in Runnymede bei Windsor mit den Baronen.«

Albert grinste breit. »Wo er die Charta mit seinem Siegel bestätigte.«

»Richtig, du hast es erfasst, jetzt hast du gratis Geschichtsunterricht bekommen.«

Geräuschvoll lachte er hinaus: »Mich interessiert die englische Geschichte. Sagen Sie mal Miss Julia, reiten wir jetzt direkt zu Lord Catterick, oder was haben Sie geplant?«

»Nein, Albert, ich möchte nicht, dass du sofort mit mir nach White Castle kommst. Meine Idee ist, wenn ich die Stelle habe, bitte ich Lord Catterick um einen neuen Mitarbeiter, und das wirst du sein. Dann werde ich dich abholen. Deine Aufgabe wird sein, den Spion für mich zu spielen. Ich nehme an, das wird in zwei bis drei Tagen sein.«

Albert zeigte seine schön gewachsenen Zähne. Das Abenteuer mit Julia gefiel ihm jeden Tag besser. »Wie Sie wünschen, Mister Jules Miller.« Er grinste breit. »Ihr neuer Name klingt gut.«

Beide lachten schallend hinaus. Julia war gut gelaunt. Bis jetzt lief alles wie am Schnürchen, es fehlte nur noch die letzte Hürde. Auch die, da war sie sicher, würde sie gut überwinden. Sie war überzeugt, mit dem Geist konnte man wunderbare Dinge vollbringen, man musste nur wollen.

6. Kapitel

Ein großes, prächtiges Tor stand weit einladend offen. Daneben gab es zwei Nebengebäude, die Wohnung des Türwärters. Nach dem Tor durchquerte sie einen Triumphbogen, auf dem eine große Marmorplatte angebracht war, die jeden Besucher darauf aufmerksam machte, wem dieses Anwesen gehörte. Von der Ferne konnte sie das Herrenhaus sehen, das auf einer sanften Anhöhe lag. Alle Bäume waren aus der nächsten Nähe verbannt, damit Licht, Luft und Sonne ohne

Hindernis in die Gemächer eindringen konnte. Wenn jetzt jemand am Fenster stand, konnte er Julia beobachten, wie sie durch den Besitz ritt. Das Anwesen übte auf sie einen besonderen, befriedigenden Zauber und Harmonie aus. Julia träumte vor sich hin, denn fast genau so wie auf „Nice Castle" stand der Wintergarten rechts neben dem Herrenhaus, in dem man bei winterlichem Sonnenschein lustwandeln und, von dem Grün getäuscht, in den Frühling hineinträumen konnte.

Das geschmackvolle Gebäude zeigte beeindruckend den Reichtum des Erbauers. Es bestand aus einem zwei Stockwerke hohen Hauptgebäude und zwei seitlichen Flügeln in derselben Höhe. Das Hauptportal wurde von vier dicken Marmorsäulen getragen. Um sie herum standen große Blumentöpfe mit seltenen, blühenden Pflanzen. Noch bevor sie den Klingelzug betätigen konnte, wurde ihr die Tür von einem vornehm aussehenden Butler geöffnet, der Julia direkt in das Arbeitszimmer von Lord Catterick führte. Sie war überwältigt; dieses Zimmer war abgestimmt in lauter Dunkelbeigetönen, es gab Skulpturen von Mitgliedern des englischen Königshauses in allen Größen. Das Licht, das durch die bleiverglasten Fenster hereinströmte, reflektierte das zarte Beige. Drei riesige Ölgemälde waren zu sehen. Königin Elisabeth als Kind, als junge Frau und im fortgeschrittenen Alter. Es umströmte sie ein seltsamer Frieden in diesem friedlichen Raum. Hinter seinem antiken Schreibtisch saß Lord Catterick. Er stand auf und reichte Julia eine lange schmale Hand. Man konnte deutlich sehen, dass er überrascht war, und sie wusste nur zu gut, was er dachte. »Willkommen auf White Castle, nehmen Sie doch bitte Platz.«

Sie setzte sich auf einen breiten Stuhl, der mit schwarzem Leder überzogen war. Ihre Hände wurden feucht, sie erkannte Lord Catterick sofort. Warum war ihr das nicht in den Sinn gekommen, als sie das erste Mal den Namen las? Sie konnte nur hoffen, dass er ihr damals keine besondere Beachtung geschenkt hatte. Dann lächelte sie in sich hinein. Seltsamerweise machte es ihr Spaß, mit dem Feuer zu spielen.

»Was finden Sie denn so amüsant, junger Mann?«

»Entschuldigung, ich habe gedacht, dass Sie mich gleich fragen werden, ob ich nicht zu jung für diese verantwortungsvolle Stelle sei?«

Er konnte ein Grinsen nicht unterdrücken. »Ja, das wollte ich in der Tat fragen: Sind Sie nicht zu jung?«

»Lord Catterick, ich mache Ihnen einen Vorschlag: Ich arbeite bei Ihnen drei Monate kostenlos, und wenn Ihnen meine Arbeit nicht gefällt, müssen Sie mir nichts bezahlen. Wenn Sie aber mit mir zufrieden sind, bezahlen Sie mir die drei Monate rückwirkend.«

Überrascht musterte er Julia. Ihm gefiel diese Art, der junge Mann schien von sich überzeugt zu sein, er hatte ein gehöriges Selbstbewusstsein. Aber trotzdem, er wusste nicht so recht, wie er ihn einschätzen sollte. Er hatte normalerweise ein scharfes Auge für seine Mitmenschen, aber dieser Jules Miller brachte ihn etwas aus der Fassung. Er war schlank, eigentlich zu schlank für seine Begriffe, mittelgroß, rote Haare interessante große, grüne Augen, ein hübsches, ovales Gesicht mit ein paar niedlichen Sommersprossen. Und die Stimme, für einen Mann zu hoch, für eine Frau zu tief, in allem feminin. Er wird doch nicht, ach was ging ihn das an. Hauptsache, er versteht etwas von seiner Arbeit, nicht so wie sein Vorgänger. Aber würden ihn die Arbeiter wegen seines Alters akzeptieren? Na, wir werden sehen, ich verliere ja nichts dabei.

Julia holte ihre Papiere aus ihrem weichen Wildlederbeutel heraus, die fein säuberlich in Pergamentpapier eingerollt waren, und legte sie auf den Schreibtisch.

»Hier ist mein Zeugnis von Sir Richard. Auf dem Gut hat mein Vater 20 Jahre als Verwalter gearbeitet, bis er starb, darauf übernahm ich seine Stelle.« Sie deutete mit der Hand auf das andere Schreiben. »Und hier ist das Empfehlungsschreiben von Mr. Michael Lampert, dem Anwalt von Sir Richard.« Und, wie sie wusste, auch der Anwalt von Lord Catterick, aber das sagte sie ihm nicht.
Fest blickte er ihr in die Augen.
Sie hielt dem Blick stand und dachte: Alter Adel, vornehm, elegant, energisch, bestimmend, bestimmt eigenbrötlerisch, verschlossen, um in herum war ein Hauch von Nostalgie, groß, mindestens 180, von schlanker Gestalt. Die weißen gewellten Haare waren nach hinten gekämmt, ein schmales, ovales Gesicht, hohe Stirn, dunkle bauschige Augenbrauen, intelligente blaugraue Augen, die Julia freundlich anfunkelten. Eine Adlernase, ein schmaler Mund, er hatte Klasse. Die Zeichen des Alters konnte man nicht übersehen: Sie schätzte ihn auf sechzig Jahre; er war durch und durch ein Grandseigneur.
»Mr. Jules, ich darf Sie doch beim Vornamen nennen?«
»Aber selbstverständlich, Lord Catterick.«
»Sagen Sie, hat Sir Richard nicht eine Nichte?«
Bis zu den Haarwurzeln errötete Julia. »Doch ja, Miss Julia, sie ist so ungefähr in meinem Alter.«
Lord Catterick setzte sich bequem in seinen Sessel zurück und lächelte vor sich hin. »Ich kann mich gut an die Kleine erinnern, sie fiel mir sofort mit ihrem roten Lockenschopf auf. Ein hübsches, aufgewecktes Ding. Ich glaube, vor zwei Jahren zwischen roten und schwarzen Reiterjacken und der kribbeligen Meute plauderten wir beim Portwein und dem Geruch von Pferden über die Tradition der Fuchsjagd.« Wie zu sich selbst sprach er: »Wo war denn das noch mal? Ach, ich glaube,

es war bei Lord Winston.« Er schüttelte den Kopf. »Eigenartig, Sie haben fast dieselbe Haarfarbe.«
»Ja, wir wurden öfter als Geschwister angesehen.«
»Das glaube ich, Sie sehen sich ähnlich. Wir ritten auch eine kurze Zeit nebeneinander her; sie war sehr witzig und lustig und brachte mich sogar zum Lachen. Eine hervorragende Reiterin, und doch beim Aufsteigen verfing sie sich mit ihren Stiefeln an ihrem Rock und fiel vom Pferd. Ich muss heute noch über ihren zornigen Gesichtsausdruck lachen. Ihren Onkel hatte sie mit Charme und Anmut um den Finger gewickelt, sie ist eine außergewöhnliche dominante Persönlichkeit. Habe ich recht, Mr. Jules?«
Julia machte einen leicht zerknitterten Eindruck nach so einer sicheren Charakterbeschreibung. »Sie haben sie trefflich beschrieben, Lord Catterick.«
»Das freut mich, denn ich bin sehr stolz auf meine Menschenkenntnis, ich liege selten daneben. Nun, Jules, zu Ihnen. Ihr Angebot zeigt, dass Sie von sich selbst überzeugt sind. Das gefällt mir, aber bevor ich auf Ihr Angebot eingehe, möchte ich, dass Sie mit mir zu den Pferdeställen gehen.«
»Aber selbstverständlich, wann immer Sie wollen.«
»Wunderbar, ich gehe vor.« Auf dem Weg fragte Lord Catterick: »Warum haben Sie ihre Arbeit bei Sir Richard aufgegeben?«
Julia presste die Zähne zusammen und versuchte, ihre Stimme so gelassen wie möglich klingen zu lassen, denn lügen war nicht ihre Stärke. »Sein Sohn war viele Jahre auf See, er verheiratete sich und übernahm die Verwaltung des Guts, und ich war dann überflüssig.«
Lord Catterick zog erstaunt seine buschigen Augenbrauen hoch.
Inzwischen waren sie bei den Stallungen angekommen. Im Hof

stand eine helle, trächtige Stute. Julia tätschelte sie am Bauch. »Ein schönes Pferd.«

Sie traten in den riesigen Pferdestall mit mindestens 30 Pferdeboxen. Lord Catterick ging bis zur letzten und größten Box und blieb dann in sicherem Abstand stehen.

Leicht streifte Julia Lord Catterick, als sie an ihm vorbeiging, und blieb dann hingerissen stehen. In der Box stand ein pechschwarzer Rappen. Eine majestätische Erscheinung mit einem stolzen Blick, wie ihn nur wenige Pferde haben.

Nachdem er sie entdeckt hatte, warf er in nervöser Erregung seinen glänzenden Kopf zurück und tänzelte im Inneren der Box hin und her. Mit feurigen Augen starrte er sie wild an, schnaubte mit den Nüstern und peitschte heftig mit seinem Schweif. Als er für einen Augenblick innehielt, blieben seine Ohren aufgerichtet, und die Nüstern blähten sich auf, während seine wachen Augen in ihre Richtung spähten. Mit einem heftigen Schnauben begann er dann wieder hin und her zu traben. Sein langer Schwanz fegte durch die Luft, dann schlug er unerwartet aus, sodass der Stallbursche sich bekreuzigte und schleunigst verschwand.

Auch Lord Catterick trat einige Schritte zurück.

Nur Julia wich nicht zurück, sie spazierte ganz langsam auf Silberpfeil zu und sagte ganz ruhig: Wir kennen uns doch. Das Tier stellte seine Ohren, schien aufmerksam zuzuhören, dann wieherte es und scharrte mit den Vorderhufen. Sie trat immer näher, streckte die Hand aus und kraulte ganz sanft das Ohr des Pferdes, bis es ganz stillstand. Julia zog seinen Kopf herunter und flüsterte ihm in Ohr: »Habe ich dir nicht gesagt, dass du eines Tages mir gehören wirst?«

Das Pferd wieherte noch einmal, riss den Kopf auf und ab, als ob es bestätigen würde, was sie eben gesagt hatte.

Lord Catterick war sprachlos. Er dachte, das ist ein Teufelskerl! Wenn er in allem so ein Händchen hat, ist er mit Gold nicht aufzuwiegen. »Mr. Jules, es hat den Eindruck, als wenn dieses Pferd Sie kennen würde.«

Julia lachte kurz so hell hinaus, dass Lord Catterick sie erstaunt anstarrte. »Das stimmt auch, ich war vor einigen Jahren mit Sir Richard bei einer Pferdeauktion. Er wollte eigentlich das Pferd für seine Nichte kaufen, aber er wurde kräftig überboten. Das waren wohl Sie, der diesen wahnsinnigen Preis für dieses Prachtpferd bezahlte.«

Er lachte. »Ich dachte, der Hengst ist das Geld wert.«

Julia erwiderte: »In der Tat. Er ist sogar noch viel mehr wert. Bei jener Gelegenheit habe ich mich mit ihm etwas angefreundet.«

»Das ist ja interessant.« Seine graublauen Augen hafteten an ihrem Antlitz, sein Staunen fand kein Ende. »Dann überlasse ich Ihnen Silberpfeil zum Reiten. Wenn er etwas ruhiger geworden ist, teilen Sie es mir mit, damit ich ihn übernehmen kann.«

Julia strahlte ihn an, und das brachte Lord Catterick etwas aus der Fassung. Er fühlte sich irgendwie eigenartig, er konnte nicht beschreiben, was mit ihm los war, aber dieses schöne, unschuldige Gesicht brachte ihn aus dem Gleichgewicht. Dieser junge Mann hat bestimmt schon viele Frauenherzen schmachten lassen. Dabei musste er grinsen. Da musste er an seine eigene Jugend denken, er war ja auch ein Teufelskerl gewesen und hatte so manch junges Mädchen herumbekommen.

»Wann können Sie anfangen, Mr. Jules?«

Zustimmend nickte Julia mit ihrem Kopf: »Sofort.«

»Wunderbar, der Stallbursche wird Ihnen Ihre Unterkunft zeigen. Heute ist es schon spät, aber morgen früh um sieben Uhr erwarte ich Sie hier vor den Stallungen. Ich werde Ihnen das Landgut zeigen und Sie mit Ihren Leuten bekannt machen.« Lord Catterick blieb noch kurz stehen und blickte Julia kopfschüttelnd nach. Der Junge gefiel ihm.

Julia machte große Adleraugen, als sie vor einem wunderschönen Häuschen standen. Es war ringsum mit Efeu bewachsen, der Eingang war einladend freundlich, es sah fast aus wie ein verstecktes Liebesnest. Sie betraten das Haus. Die Türen standen alle offen, die Küche war etwas dunkel, aber in gutem Zustand, und wie es auf den ersten Blick aussah, fehlte es an nichts. Das Wohnzimmer war sehr groß, mit eleganten Teppichen ausgelegt, Polstergarnitur, Tisch, Klavier, der Kamin war weiß und wunderbar verziert mit Stuck, sie kam aus dem Staunen nicht heraus. Das Esszimmer hatte dunkle Mahagonimöbel. Das Haus war eigentlich viel zu groß für sie. Da sagte der Bursche, als ob er geahnt hätte, was sie dachte: »Es ist ziemlich groß, aber normalerweise, hat ein Verwalter ja auch eine Familie und ist älter.«
Sollte sie ihm einen Fußtritt für diese Äußerung geben? Was würde ein Mann in diesem Fall tun? Sie musste anfangen, wie ein Mann zu denken und fühlen, sonst würde sie sich in dieser Männerwelt nie durchsetzen können. Also gab sie ihm einen Fußtritt für seine freche Äußerung. Er fiel nach vorn, schielte sie von unten an, raffte sich auf.
»Möchten Sie, dass ich Ihnen den Kamin anmache?«
»Das wäre schön, aber zünde mir den Kamin oben im Schlafzimmer an, es hat hier wohl schon lange keiner mehr gelebt, oder?«
»Der Letzte zog vor einigen Monaten aus. Seit zwei Jahren haben wir einen dauernden Wechsel, Lord Catterick ist nie mit einem zufrieden.«
»Was für Probleme gab es denn zum Beispiel mit dem Letzten?«

Der Junge rieb sich seinen Hintern, um ihr zu zeigen, dass er den Tritt gespürt hatte.

Julia musste in sich hineinlächeln.

»Ich weiß es nicht so genau, aber wenn Sie wollen, werde ich mich bei den anderen erkundigen.«

»Nein, nein, lass nur.«

Er schritt leichtfüßig vor ihr die Treppe empor.

»Wenn das Feuer brennt, kannst du gehen.«

Im ersten Zimmer standen zwei kleine Betten mit blauer Tagesdecke und großen Nachttischen. Die Wände waren mit blauer Seide bespannt, es gab noch einen dunklen Eichenschrank, im gleichen Holz einen Schreibtisch und unifarbene Teppiche. Auf der linken Seite war dasselbe Zimmer spiegelverkehrt, nur in Rosa gehalten. Das große Schlafzimmer war gemütlich ausgestattet. Es gab einen großen Standspiegel, bequeme Sessel, hübsche Lampen, einen reich verzierten Kamin und ein riesiges Bett. Der Bettüberwurf war das Schönste, was sie je gesehen hatte. Er war aus feinster Seide, die Ornamente waren asiatisch, orientalisch angehaucht, sie zeigten Schlangenlinien, Ornamente, Schnörkel und Blumen. Es war für sie wie ein Traum. Sie konnte sich beim besten Willen nicht vorstellen, dass dieses Haus für einen Verwalter bestimmt war. Mit ihren Fingern streifte sie über den Schreibtisch, 14. Jahrhundert, eine Antiquität. Auch der Kleiderschrank war ein handwerkliches Meisterwerk. Zufrieden setzte sie sich aufs Bett, strich zart über die Bettdecke und dachte: das muss alles ein schöner Irrtum sein. Es hatte den ganzen Tag genieselt, und ihre Kleider fühlten sich klamm an. Sie ging wieder hinunter, holte ihren Beutel mit den wenigen Habseligkeiten, die sie mitgebracht hatte, setzte sich an den warmen, knisternden Kamin und dachte an den Grafen. Würde sie mit ihm auskommen? Und vor allem, würde er mit ihrer Arbeit zufrieden sein? Das Landgut zu verwalten, traute sie sich schon zu, seit Jahren arbeitete sie mit ihrem Onkel eng zusammen, und er hatte ihr im letzten Jahr fast alle Entscheidungen überlassen, um sich seinem literarischen Arbeiten zu widmen. Das andere Problem waren die Arbeiter. Würden sie sich von ihr, einem jungen Mann, sie musste grinsen, oder jungen Frau, etwas sagen lassen? Auf dem Gut ihres Onkels hatte sie keine Probleme, weil sie zur Familie gehörte, aber hier? Aus ihrem Beutel zog sie ein Nachthemd hervor, das sie von Francis ausgeborgt hatte. Es war etwas zu groß, aber hier sah sie ja niemand. Sie breitete es vor dem Kamin aus, legte noch einige Brocken Kohle nach, setzte sich mit verschränkten Beinen davor und dachte über Lord Catterick nach. Ein interessanter Mann. Er war ihr sympathisch, sie hatte ein gutes Gefühl, und sie wusste, dass sie sich darauf verlassen konnte. Als das Nachthemd warm war, zog sie es an, streckte sich genüsslich und zufrieden, legte sich ins Bett und war sofort eingeschlafen.

Mitten in der Nacht wachte sie schweißgebadet auf. Zusammengekuschelt lag sie unter ihrem Federbett und suchte mit den Augen die Zimmerdecke nach einem Lichtflackern ab. Doch im Kamin glühte keine Kohle mehr. Das Feuer war ausgegangen, und ihr war es eiskalt. Wo war sie? Kein Hahn krähte, keine Schuhe klapperten über das Kopfsteinpflaster. Kein Geräusch drang zu ihr.

Das Mondlicht fiel in breiten Streifen schräg in das Zimmer. Sie setzte sich in ihrem Bett auf und sah im seitlichen Fenster den runden strahlenden Ball. Es war Vollmond wie in jener verhängnisvollen Nacht. Seit Wochen versuchte sie, nicht mehr an Nicholas zu denken. Aber je mehr sie es sich vornahm, desto weniger gelang es. Mit aller Gewalt musste sie ihn vergessen, musste ihr Leben ohne ihn meistern. Er war für sie nicht zu haben. Aber er ließ sie nicht in Ruhe, er schlich sich wie ein böses Gespenst in ihr Herz, ihr Geist war zu schwach, um ihn zu verdrängen. Er stand wie ein Genie vor ihr, sie musste nur die Hand ausstrecken, so konnte sie ihn befühlen. Sie hatte keine Linie in seinem Gesicht vergessen. Sie schüttelte sich, um das Phantasma loszuwerden. Sie tastete nach ihren Schuhen und ging zum Kamin. Dort schaufelte sie die Asche zur Seite und sah zu ihrem Erstaunen, dass plötzlich zwei große Brocken wieder lebendig wurden und im kalten Luftzug aufflackerten. Vier große Kohlestücke waren noch da, die legte sie auf. Es war noch sehr früh, sie musste versuchen, noch etwas zu schlafen.

Am frühen Morgen, als sie wieder aufwachte, fühlte sie sich matt, und ihre Haut juckte nach der ruhelosen Nacht auf der Matratze, in der es ständig geraschelt hatte. Es war erst fünf Uhr. Sie wälzte sich noch einige Male hin und her, konnte aber nicht mehr einschlafen. So stand sie auf und suchte in der Küche nach etwas Essbarem. Auf dem Tisch stand eine große Schale mit Obst. Sie griff nach einem Apfel und biss herzhaft hinein.

Nun kundschaftete sie nochmals ihr neues Reich aus, machte ein Fenster auf und atmete die frische Luft mit tiefen Zügen ein. Es war ihr erster Tag, und es würde ein schöner Tag werden, ein gutes Omen. In aller Ruhe zog sie sich an und versuchte, die Umgebung zu erforschen.

Ihr bot sich ein Bild wie aus einem Märchenbuch: die Tautropfen hingen noch an den Blättern, die ersten Sonnenstrahlen fielen durch die Äste der Bäume, die Stare, Sperlinge und Amseln erwachten und sangen im Chor ihr Morgenlied. Keine 20 Meter hinter dem Haus lag ein verträumter See, eingesäumt mit Birken, die eine reizende Promenade bildeten. In der Mitte des Sees schliefen noch friedlich die Seelilien. Es bot sich an, ab und zu ins Wasser einzutauchen. Darauf freute sie sich schon. Sie blickte sich zu ihrem Häuschen um, es lag in einem Park mit herrlichen Wiesen und ehrwürdigen Bäumen mit pittoresker Schönheit. In der Ferne sah sie zwei Hirsche weiden. Sie wusste, diese Gegend war bekannt für ihren hohen Wildbestand.

Als sie zum Pferdestall kam, wurden die Tiere gerade gefüttert, eine schöne braune Stute stand gesattelt in der Box. Sie ging zu Silberpfeil und liebkoste ihn. Er hielt ihr nur einfach den Kopf hin.
Es hatte sich gestern schon herumgesprochen, dass der neue Verwalter ein Händchen für Tiere und speziell für dieses Pferd hatte. So hatten sich alle Burschen versammelt, um mit eigenen Augen zu sehen, ob das alles so stimmte. Sie tuschelten und schüttelten die Köpfe.
Julia wandte sich an den Pferdejungen: »Kannst du mir bitte den Sattel von Silberpfeil bringen?«
Da rannten alle auf einmal los.
Als Lord Catterick punkt sieben Uhr ankam, standen die Pferde gesattelt vor dem Stall.
Lord Catterick fragte einen Stallburschen: »Ist Edward schon da?«
Der verneinte kopfschüttelnd.
»Mr. Jules, sind Sie bereit?« Ohne ihre Antwort abzuwarten, schwang er sich auf sein Pferd, wie ein junger Mann, sehr beachtlich, dachte Julia und machte es ihm nach.
»Haben Sie die erste Nacht gut geschlafen?«
»Eigentlich müsste ich gut schlafen in so einem Palast, aber ich hatte schreckliche Albträume.«
Mit seinem stechenden Blick musterte Lord Catterick Julia genau, als ob er genau wüsste, warum sie solche Träume

gehabt hatte. Dann lächelte er sie belustigt an. »Und gebissen wurden Sie auch, nicht wahr?«

»Warum gebissen?« Julia blickte Lord Catterick verständnislos an.

»Haben Sie sich noch nicht im Spiegel angeschaut, Sie sind im Gesicht übersät mit roten Flecken.«

Sie lachte laut hinaus: »Ach, darum hat es mich so gejuckt, das waren wohl die Wanzen.«

Lord Catterick dachte, gleich wird er um eine neue Matratze bitten, aber nein, mit keinem Ton. Stolz ist dieser junge Mann also auch. Es wird für mich eine größere Hausarbeit sein, diesen Jules zu studieren.

»Lord Catterick, der Palast, den Sie mir zugewiesen haben, war doch nicht für einen Verwalter bestimmt, oder?«

»Nein, natürlich nicht, das Gebäude wurde vor vielen Jahren extra für die Geliebte einer meiner Vorfahren gebaut. Heute steht es meistens leer, nur wenn ich mehr Besuch bekomme, was in letzter Zeit nicht mehr so häufig vorkommt, wird es benützt. Das Haus des Verwalters brannte vor einem Jahr mit dem damaligen Verwalter ab.«

»Das ist ja furchtbar.«

»Ja, eine furchtbare Geschichte, die Polizei vermutet Brandstiftung, aber die konnten niemandem etwas nachweisen. Wir lassen das Gebäude wieder neu aufbauen, aber es wird mindestens noch ein halbes Jahr dauern, bis es fertig ist.«

Vom Morgenstrahl gerötet, lag vor ihnen ein großes, fruchtbares Land. Julia atmete tief durch. Obwohl sie auf dem Land aufgewachsen war, konnte sie sich jeden Tag aufs Neue für die Tageszeiten begeistern.

»Jules, sind Sie verheiratet?«

»Nein!«

»Normalerweise ist es so, dass die Arbeiter von ihren Familien

versorgt werden. Haben Sie sich schon überlegt, wie Sie es mit Ihrer Verpflegung halten wollen?«
Julia zog ihre Stirn in Falten. »Darüber habe ich mir wirklich noch keine Gedanken gemacht.«
»Nun gut, ich werde bei Ihnen eine Ausnahme machen und anordnen, dass Sie im Herrenhaus mit dem Hauspersonal essen können. Ist Ihnen das recht?«
»Zu gütig von Ihnen.«
Zuerst ritten sie zu den Schweineställen, vorbei an den Hopfenfeldern. »Sie müssen wissen, alles, was wir hier anpflanzen, wird hier auch verarbeitet. Ich habe vor einigen Jahren eine Bierfabrik gebaut, darin liegt nämlich der Gewinn, nicht im Anbau des Hopfens. Ich habe schon Zeiten erlebt, da haben sie mir nicht mal meine Unkosten bezahlt. Den Gewinn machen immer die Händler oder die Fabriken, so verdiene ich viermal, als Bauer, Händler, Fabrikant und Einzelhändler. Ich habe einen großen Laden in Guildford und einen in London, wo ich meine ganzen Produkte anbiete, außerdem bin ich Hoflieferant für die Königin. Sehen Sie die Weizenfelder, dasselbe Konzept.«
Julia hörte aufmerksam zu. »Wie viel Hektar an Hopfen haben Sie angepflanzt?«
»Circa 40. Da drüben sehen Sie die Rübenfelder, die sind ausschließlich für unseren eigenen Bedarf, ebenso Futterklee, Hirse, Bohnen, Erbsen und Gerste.«
Sie durchquerten ein kleines Wäldchen und kamen an zwei Seen vorbei.
»Schauen Sie nach rechts, diese Erde ist wunderbar ausgeruht, es ist geplant, hier im nächsten Jahr Weizen anzubauen. Und jetzt reiten wir durch ein ehemaliges Sumpfgebiet. Wir haben die alten Sümpfe mit einer Dampfmaschine trockengelegt und das Wasser in den See gepumpt, den sie in der Ferne sehen

können. Vor zwanzig Jahren war dieses Land eine öde, sumpfige Heide.«

Aus seiner Stimme konnte sie deutlich den Stolz heraushören. Bei den Sauen angelangt, wusste sie auf einmal, warum sie so weit weg untergebracht waren: der Gestank war ungeheuerlich. Sie stiegen von ihren Pferden. Ein Großteil der Tiere war in Pferchen untergebracht, aber durch den Urin und Kot war alles glitschig und morastig, sodass sie bei jedem Schritt einsanken. Julia ließ sich nicht anmerken, wie eklig ihr diese Schweine waren. Sie dachte bei sich: da muss ich dringend etwas daran ändern.

Lord Catterick schüttelte seinen Kopf. »Ich war auch schon einige Zeit nicht mehr hier.« Erklärend fügte er hinzu: »Im Sommer sind die Vierfüßer Tag und Nacht im Freiem, den Rest des Jahres sind sie tagsüber draußen und nachts in dem Backsteinhaus, das Sie hier sehen.«

Sie traten ein.

»Die Schweine, die sie hier sehen, sind krank oder bekommen gerade ihre Jungen.«

Julia musste sich zusammennehmen, um nicht sofort wieder hinauszulaufen.

Irgendwie musste Lord Catterick ihr es angesehen haben, weil er fragte: »Mr. Jules, Sie sehen ja ganz grün aus, fühlen Sie sich nicht wohl?«

Mit Anstrengung brachte sie heraus: »Nein, mir geht es sehr gut.«

Von der Seite sah sie das zynische Lächeln von Lord Catterick. Bei sich dachte sie: Wenn ich hier nicht sofort rauskomme, muss ich mich übergeben. Sie drehte ihm den Rücken zu und rannte aus dem Stall, rutschte aus und fiel in vollem Bogen in den Schweinemorast. Das war ein schlechtes Omen. Ihr war so elend zumute, dass sie am liebsten geweint hätte. Mit ihrer

letzten Selbstbeherrschung stand sie auf und lief mit aufrechtem Gang weiter. In ihrem Gehirn arbeitete es. Wenn ich mich jetzt umdrehe und in das spöttische Gesicht von Lord Catterick schauen muss, versinke ich im Erdboden. Sie blickte zu den Stallburschen, und das reichte, was sie sah.
Die hielten die Hände vor den Mund, um nicht laut loszubrüllen.
Aus dem Unvermeidlichen muss man eine Tugend machen. Julia sagte laut: »Ihr könnt ruhig laut lachen, ich an eurer Stelle könnte mir das Lachen auch nicht verkneifen.«
Das war der Auslöser, dass alle einschließlich Lord Catterick anfingen, lauthals loszubrüllen. Das Gelächter hörte nicht auf, bis sie sich endlich zu Lord Catterick umdrehte, ihn anblickte und auch loslachte. Die Situation war gerettet. Lord Catterick rief das ganze Personal zusammen und teilte ihm mit: »Das ist Mr. Jules Miller, er ist ab heute der neue Verwalter auf diesem Landgut. Ich erwarte von euch allen, dass ihr unter ihm eure Pflichten genauso erfüllt wie unter meiner Regie.«
Sie nickten ergeben.
So ritten sie zu den Milchkühen weiter. Hier war das krasse Gegenteil, es herrschte peinlichste Sauberkeit. Lord Catterick ging mit keinem Wort darauf ein. Wenn sie nicht so gestunken hätte, wäre das Schauspiel fast vergessen gewesen, denn sie genoss den Ausritt mit Lord Catterick unwahrscheinlich. »Ich habe noch gar nicht gefragt: Wie viele Schweine gibt es denn hier?«
»Ach, ich glaube, so 1000 Stück.«
»Werden sie nicht regelmäßig gezählt?«
Er antwortete mit einem kühlen Lächeln. »Wissen Sie, wenn hier alles so perfekt wäre, bräuchte ich Sie nicht.«
Jetzt wurde Julia verlegen. Sie blickte auf die andere Seite, damit er ihre Schamröte nicht sehen konnte.

Aber Lord Catterick ließ keinen Blick von ihr. »Mr. Jules, dass wir uns richtig verstehen: Sie können schalten und walten, wie Sie wollen, ich erwarte nur, dass Sie mir gelegentlich Bericht erstatten. Nur bei An- und Umbauten will ich gefragt werden. Ich möchte auch nicht belästigt werden, wenn Sie Probleme mit den Leuten haben, das müssen Sie schon selbst bewerkstelligen.«

Er griff in seine Westentasche, holte seine Taschenuhr heraus, öffnete den Deckel und blickte darauf. »Ich habe jetzt leider keine Zeit mehr, ich muss heute noch nach London und werde einige Tage dort bleiben. Es gefällt mir zwar nicht, Sie am Anfang ganz allein zu lassen, aber Sie werden es schon meistern.«

Zurück bei den Stallungen wartete schon Edward Stone auf sie.

Als Julia diesen Edward sah, zitterten ihre Knie, und sie wollte im Erdboden versinken. Das Schicksal konnte ihr doch keinen so bösen Streich spielen. Das war Edward, dem sie mit der Peitsche ins Gesicht geschlagen hatte. Es war jetzt die Feuerprobe. Wenn dieser Typ sie nicht erkannte, war sie gerettet. Die Welt ist doch verdammt klein, ausgerechnet der musste hier arbeiten. Sie spürte deutlich, wie sich auf ihrer Stirn Schweißperlen bildeten.

»Edward, darf ich Ihnen, Mr. Jules Miller vorstellen, er wird ab heute der Verwalter dieses Besitztums sein.« Er wandte sich Julia zu, »Mr. Jules, Edward ist der zweite Mann nach Ihnen, er wird Sie mit dem Rest der Mannschaft bekannt machen. Ich muss jetzt leider gehen.«

Es war schon fast widerlich, wie dieser Edward vor Julia dienerte, so ergeben und scheinheilig, aber sie wusste nur zu genau, was er für eine Ratte war. In seinen Augen suchte sie einen Funken des Wiedererkennens. Nein, da war nichts zu sehen, aber was sie sah, war Hass und Feindseligkeit dem neuen Vorgesetzten gegenüber.

Er war untersetzt, mit einem viereckigen Schädel, hatte struppiges dunkelblondes Haar, kalte graue Augen, eine Trinkernase und einen stoppeligen, ungepflegten Bart. Von diesem Mann kam Gefahr, mit ihm würde sie sicher noch Probleme bekommen, sie durfte ihm gegenüber niemals Schwäche zeigen, sonst war sie erledigt. Julia nickte Edward zu: »Ich werde mich zuerst umziehen, in zwei Stunden bin ich wieder zurück.« Als sie ihr Pferd bestieg, konnte sie den Pfeil im Rücken spüren, den er nach ihr abschoss. Sie fühlte sich verunsichert. Gut, er hatte sie nicht erkannt, aber Albert, was sollte sie mit Albert machen, konnte sie ihn dieser Gefahr aussetzen? Sie musste sehr gut überlegen, wie sie ihn einführen konnte, ohne dass jemand einen Zusammenhang zwischen ihr und Albert erkennen würde. Auf jeden Fall musste sie noch etwas warten, bis sie ihn hierher bringen konnte.

Julia war noch nicht ganz fertig im Bad, als sie laute Schritte auf dem Steinboden hörte. Sie zog schnell die Tür zu. Es durfte nie etwas Frauliches herumliegen, das musste sie sich immer wieder sagen. Jederzeit musste sie damit rechnen, dass jemand in das Haus kam. Sie stellte sich vor den Spiegel. Sie hatte sich immer noch nicht daran gewöhnt, dass ihre Brust den ganzen Tag eingebunden war, das störte sie am meisten. Ihr Busen war zwar nicht so groß, aber ohne einzubinden, würde es den Leuten todsicher auffallen. Das Risiko durfte und konnte sie nicht eingehen. Lakonisch dachte sie, auch an das musste sie sich gewöhnen. Also band sie sich mit äußerster Sorgfalt wieder den Stoff um ihre Busen. Als sie aus dem Bad trat, war sie wieder allein. Man hatte ihr eine neue Matratze gebracht. Das war sehr rücksichtsvoll von Lord Catterick.

Über Edward konnte sich Julia vorerst nicht beklagen. Er erledigte alle ihre Anordnungen ohne Probleme, zeigte ihr das ganze Land und erklärte ihr alles zu ihrer vollsten Zufriedenheit. Trotzdem rückversicherte sie sich nochmals beim Personal. Ein hinterhältiger Duckmäuser war er und so aalglatt, dass er ihr nichts in die Hand gab, um ihn zu entlassen. Nur zu genau wusste sie, er wartete nur seine Gelegenheit ab, um ihr eins auszuwischen.

Lord Catterick blieb zwei Wochen weg, so hatte sie Zeit, sich einzuarbeiten. Für die Schweine stellte sie eine neue Futterformel auf, weil sie fand, dass die Tiere nicht ausreichend zunahmen. Die Hygiene bei den Schweinen war das Erste, was sie in Angriff nahm. Sie überlegte: Es mussten neue Stallungen gebaut werden, die Sauen sollten umquartiert werden, denn auf dem Land, wo sie jetzt waren, war es zu sumpfig.

Über den Hopfenanbau wusste sie selbst noch nicht viel, da wollte sie Lord Catterick bitten, ihr einige Bücher auszuleihen und ihr eventuell einige Dinge zu erklären. Im Großen und Ganzen lief es mit den Arbeitern besser, als sie gedacht hatte. Sie nahm an, die Arbeiter hatten erkannt, dass sie zwar wie ein Grünhorn aussah, aber in ihrer Arbeit ein Profi war.

Am Abend darauf, es war Sonntag, ließ Lord Catterick nach ihr rufen. Als sie sein Arbeitszimmer betrat, kam er ihr mit ausgestreckter Hand entgegen. »Na, Mr. Jules, wie haben Sie sich eingearbeitet?«

In der Hand hielt Julia ein paar Dutzend Notizblätter, vollgeschrieben in ihrer feinen und sauberen Handschrift. »Sehr gut, danke. Ich habe hier einige Verbesserungsvorschläge, die ich Ihnen gerne zeigen möchte.« Sie wollte es ihm vorlesen.

Aber er winkte nur ab: »Jetzt nicht, lassen Sie mir alles auf dem Schreibtisch liegen, ich schaue es mir morgen in aller Ruhe an, ich hatte heute einen sehr anstrengenden Tag.«

Sehnsüchtig starrte Julia zum Schachspiel, das direkt in ihrem Blickfeld stand.

Lord Catterick folgte ihrem Blick: »Spielen Sie Schach?«

Schamrot senkte Julia ihren Kopf und zögerte etwas mit ihrer Antwort, weil sie genau wusste, dass er sie ausfragen würde, und dann musste sie ihn anlügen.

»Spielen Sie, ja oder nein?«

Jetzt sah sie ihm offen in die Augen. »Ja, ich spiele Schach.«

»Gut oder schlecht?«

Jetzt mussten beide lachen.

»Kommen Sie, Mr. Jules, spielen wir eine Runde.« Sollte sie ihn, weil er Lord Catterick war, gewinnen lassen oder nicht, das war hier die Frage. Ihren Onkel ließ sie ab und zu gewinnen, damit das Spiel nicht so eintönig wurde. Aber ihr Ego ging mit ihr durch. Das erste Mal würde sie gewinnen. So konnte sie sehen, ob er wirklich ein Gentleman war.

Sie spielten Zug um Zug, und so hatte er Gelegenheit, Julia zu betrachten. »Sie spielen gut.«

Jetzt kam die Frage, die sie am meisten fürchtete. »Wo haben Sie Schachspielen gelernt?«

Verzweifelt suchte sie nach passenden Worten. »Wie ich Ihnen ja schon berichtet habe, war der Sohn des Hauses einige Jahre auf See, und Sir Richard war es abends langweilig, und so hat er sich die Mühe gemacht, mir das Spiel beizubringen.«

Lord Catterick stand auf, schenkte zwei Gläser mit Gin ein, ohne Julia zu fragen, und stellte ihr ein Glas neben das Schachbrett.

»Sie wurden sehr gut im Hause Hardcastle behandelt, ich würde sogar sagen familiär. Warum hat man Sie denn gehen lassen, das verstehe ich nicht, verschweigen Sie mir auch nichts?«

Julia räusperte sich. »Nun ja, ich hatte so meine Differenzen mit Sir Francis, dem Sohn des Hauses, als er zurückkam.«

Hinter seinem Kopf verschränkte Lord Catterick seine Arme und lachte sie artig an. »Dachte ich es mir doch.« Nach einem langen Weilchen sagte er: »Ich spielte manchmal mit meinem Sohn. Er ist ein guter Spieler, so gut wie Sie, bei ihm habe ich auch nur gelegentlich gewonnen. Ich hatte immer den Verdacht, dass er mich gewinnen ließ, damit ich die Lust am Spiel nicht verlöre.«

Jetzt konnte sich Julia nicht mehr beherrschen. Sie prustete nur so los und konnte nicht mehr aufhören zu lachen. Das war so ansteckend, dass Lord Catterick lauthals mitlachte. Julia gewann das Spiel. Er war in keiner Weise eingeschnappt, sondern nahm es mit Humor, außerdem hatte er ja Übung im Verlieren. Es war schon spät, als Julia sich zum Gehen erhob. »Ich habe Jahre nicht mehr so gelacht. Vielen Dank, Mr. Jules, es war für mich ein sehr angenehmer Abend, schlafen Sie gut.«

Mitternacht war schon vorüber, aber Julia war noch nicht müde, sie setzte sich noch an den warmen Herd in der Küche und bereitete sich einen Pfefferminztee zu. Dabei dachte sie an den Abend. Lord Catterick war immer noch ein attraktiver und reizvoller Mann. Die Zeichen des Alters konnte man zwar nicht übersehen, doch seine Wangen, seine blitzenden Augen und sein breites Lächeln schufen ein Bild ewiger Jugend. Er war nicht so, wie Michael Lampert ihn ihr geschildert hatte. Sie hatte sich ihn ganz anders vorgestellt. Sie mochte ihn. Ein Gefühl sagte ihr, dass er sie auch sympathisch fand, irgendwie zogen sie sich gegenseitig an, vielleicht weil sie beide einsam waren. Aus dem Schrank holte sie ein Glas Bienenhonig, griff mit einem langen Löffel in das Glas und zählte laut, eins, zwei, drei, sie liebte den Tee süß. Auch sie hatte den Abend genossen. Es war für sie nicht leicht, ihre Abende allein in dem voluminösen Haus zu verbringen. Sie war mit viel Personal aufgewachsen, eigentlich war sie nie allein. Zu ihrer Überraschung begann Julia, ihre Familie zu vermissen. Sie dachte an Onkel Richard, wenn er seinen strengen Blick aufsetzte, und an ihre pingelige Tante Beatrice. Verträumt hatte sie den roten Klatschmohn vor Augen, die Äcker waren golden und rot, wo er in Mengen zwischen dem Getreide wuchs. Die Hügel und Schluchten waren feuerfarben, Francis und sie lagen mittendrin in der duftenden, für sie heilen Welt, und hielten sich an den Händen. Über ihnen waren die reifen Weizenhalme, die sich im Wind sanft bewegten. Wie glücklich sie an jenem Augusttag waren. Es war ein schöner Sommer gewesen, sie konnte sich noch deutlich erinnern, sie sprachen darüber, dass sie sich nie trennen würden. Seltsam, alles kam anders, als sie beide es sich erträumt hatten. Sie waren unzertrennlich, sie konnten sich gegenseitig alles anvertrauen. Über sich selbst verwundert, wischte sie sich eine Träne, die ihr über die Wange lief, mit ihrem Handrücken ab. Wenn er nicht ihr Cousin wäre, könnte sie sich vorstellen, ihn auch wie eine Frau zu lieben, aber es war nun mal ihr Verwandter. Sie hoffte nur, dass er sich mit seiner Frau eine harmonische Ehe aufbauen konnte. Laut seufzte sie, und dann ihre geliebte Grandma, die vermisste sie am meisten. Genüsslich schlürfte sie das heiße Getränk. Plötzlich fuhr sie erschreckt hoch. Sie hörte Schritte vor dem Haus. Wer konnte sich um diese Zeit hier noch herumtreiben? Ihre Augen suchten fieberhaft nach einem Gegenstand, mit dem sie sich in der Not verteidigen konnte. Auf der Spüle lag eine Schere, nach der griff sie flink, lief an die Haustür, riss sie auf und blickte vorsichtig nach allen Seiten. Aber außer der Dunkelheit war nichts zu sehen. Sie beruhigte sich mit dem Gedanken, dass es vielleicht nur ein wilder Hund war.

Es vergingen Tage, bis Julia wieder von Lord Catterick gerufen wurde. Wie beim ersten Mal war es sehr gemütlich, und so fragte sie ihn geradeheraus: »Würden Sie mir erlauben, einen neuen Mitarbeiter einzustellen?«

Mit seinen dunklen, manchmal etwas misstrauischen Augen blickte er sie an. »Was ist das für ein Mann, und woher kennen Sie ihn?«

»Er ist genau wie ich auf Nice Castle aufgewachsen, seit Jahren sind wir unzertrennlich, und als ich das Landgut verlassen habe, ist er mir gefolgt.«

»Außer, dass Sie gute Freunde sind, ist er denn auch ein guter Arbeiter?« Mit Nachdruck betonte Julia: »Er ist ein ausgezeichneter Arbeiter.«

»Nun, wenn Sie meinen, Sie brauchen einen Vertrauten, dann bitte, stellen Sie ihn ein.«

Vor Aufregung hatte Julia trockene Lippen. »Lord Catterick, ich habe noch ein paar Fragen. Ich habe festgestellt, dass die Sauen überdurchschnittlich hohe Pilzkrankheiten haben, die ich auf die Feuchtigkeit zurückführe. Darum meine Bitte: könnten wir die Schweine nicht in ein trockenes Gebiet verlegen? Das Land, auf dem sie jetzt sind, könnten wir mit einer Dampfmaschine trockenlegen, wie Sie es schon in anderen Teilen auf Ihrem Anwesen getan haben.«

Lord Catterick überlegte nicht lange. »Das ist eine gute Idee. Haben Sie sich schon Gedanken gemacht, wie der Stall aussehen soll und auf welchem Teil des Landes Sie ihn bauen wollen?«

Julia setzte sich mit dem Rücken aufrecht in den Stuhl und blickte Lord Catterick fest in die Augen. »Eigentlich sollten wir mehrere Ställe bauen, einen für die kranken Tiere, zwei oder drei Ställe für die gesunden Tiere, die nur nachts eingesperrt werden. Dabei ist zu beachten, dass die neuen Stallungen genügend belüftet werden, es ist wichtig, dass die giftigen Gase ins Freie strömen können. Von Bedeutung ist auch, dass die Muttertiere mit ihren Kleinen ein eigenes Reich bekommen. Unsere Tiere bekommen zwischen vier und fünf Junge, aber normal sind zwischen sieben und acht. Sir Richard erreichte im Durchschnitt neun Ferkel pro Muttersau. Das können wir auch erreichen, wenn die Hygienebedingungen stimmen, sie brauchen einen Platz, wo sie nicht gestört werden. Dann brauchen sie Scheuerpfähle, Ruhekisten und Wühlboxen.«

Julias Augen sprühten vor Begeisterung und Energie, als sie sprach. »Sie sind zwar nur Tiere, aber warum sollen sie nicht auch Empfindungen haben. Ach, und außerdem habe ich gehört, dass ein Nachbar von Ihnen sogar schon Schweine nach Deutschland exportierte. Das könnten wir doch auch schaffen.«

Es tanzten spöttische Lichter in Lord Cattericks grauen Augen. »Sie legen sich ja ganz schön ins Zeug! Gut, ich habe einen Baumeister, den werde ich zu Ihnen schicken, damit Sie mit ihm das Nötigste besprechen können.« Lord Catterick holte aus der Zigarrenschachtel eine dicke Zigarre und nahm sie in den Mund, ohne sie anzuzünden. Mit einem Blick auf Julia erklärte er: »Ich versuche, das Rauchen etwas zu reduzieren, mein Arzt liegt mir schon seit Jahren in den Ohren, dass es mit mir noch ein schlimmes Ende nehmen würde.« Er zuckte spielerisch mit den Schultern. »Nun, irgendwann müssen wir alle einmal sterben, habe ich recht, Mr. Jules?«

Julia warf Lord Catterick einen nicht definierbaren Blick zu. »Sterben ja, aber nicht so früh, und dann möglichst ohne Krankheiten alt werden, ja das ist der Traum von uns allen. Aber eins ist sicher, durch eine gesunde Lebensweise können

wir das Leben sicher verlängern, und gewisse Krankheiten kommen durch richtige Ernährung nicht zum Vorschein.«
Julia sah Lord Catterick an, der einen Augenblick nachdachte und vor sich hinlächelte. »Wie viel Lebensweisheit aus Ihnen spricht, Mr. Jules«, erklärte er seltsam liebenswürdig.«
Es folgte eine unbehagliche Pause, bis Julia erwiderte: »Noch etwas: Um das Blut der Schweine aufzufrischen, brauchen wir einen neuen Zuchteber. Edward hat mir erzählt, dass wir uns die letzten Jahre bei unseren Nachbarn eingedeckt haben, aber ich glaube, das ist nicht ratsam, es könnte sein, dass unsere Eber schon zu oft untereinander verkauft wurden.«
»In Ordnung, suchen Sie einen Zuchteber dort, wo Sie denken, dass das richtige Blut für uns ist. Und wie kommen Sie mit den Leuten klar?«
Julia streckte ihre langen Beine weit von sich und setzte sich etwas bequemer. »Besser, als ich gedacht habe. Ich glaube, sie akzeptieren mich.«
»Das freut mich zu hören. Wenn Sie Lust haben, können wir eine Runde Schach spielen, so kann ich prüfen, ob es das letzte Mal nur Anfängerglück bei Ihnen war.«
Der Butler brachte eine frisch gefüllte Gaslampe und kleine Brotschnitten mit der guten Leberpastete der Köchin.

Durch einen Boten ließ Julia Albert benachrichtigen, dass es an der Zeit war, zu kommen. Er fand eine Unterkunft in dem nahen Dorf, ein Bauer vermietete ihm ein Zimmer neben der Scheune. Die Wochen verliefen normal, obwohl Julia das ungute Gefühl nicht verließ. Sie konnte körperlich die Blicke spüren, die ihr das Narbengesicht nachwarf. Dann kam der Gipfel der Frechheit. Gegen zehn Uhr morgens, das Vesper war gerade vorüber, gab Julia Edward den Befehl, er solle die Arbeiter anweisen, eine Ladung Kartoffeln zu den Schweinen zu bringen.

Mürrisch sagte er: »Ich bin mit meinem Frühstück noch nicht fertig.« Dabei fixierte er Julia mit einem unverschämten Blick, setzte sich direkt vor ihr auf eine Holzbank und kaute an seinem Schinkenbrot. Und während er kaute, ließ er seinen Blick an Julia hinabgleiten. Seine Augen hefteten sich an ihren Filzhut und die braune Feder, die seitlich befestigt war, und weiter zu ihrem Gesicht und hinunter zu ihrer grünen Jacke, der Hose und zu ihren langen braunen Stiefeln. Er kaute mit offenem Mund, sodass das zermanschte Brot zu sehen war.

Julia wandte ihr Gesicht ab. Sie ekelte sich und wusste, dass er das absichtlich tat. Dann konnte sie den Anblick nicht länger ertragen. Sie zischte, wie eine Schlange, die angegriffen wird: »Ich erwarte um Punkt fünf Uhr einen Rapport und Vorschläge von Ihnen, wie die Hygiene bei den Schweinen verbessert werden kann.«

Zum ersten Mal begann Julia zu begreifen, dass diese bösartige Kreatur wusste, wer sie war. Sie steckte ihre Hand in die Hosentasche, und sofort fühlte sie sich sicherer, als sie das kalte Metall befühlte. Edwards Stunden auf dem Landgut waren gezählt, aber sie war nicht so naiv, zu glauben, dass dann die Gefahr für sie vorüber war.

Tage später, es war Ende Oktober, saß Julia auf den Stufen vor ihrem Haus. Es war ein unbeschreiblich schöner Tag. Sie genoss die Abendluft und das Gezwitscher der letzten Vögel, die noch nicht in den Süden geflogen waren, als Albert mit schweren Schritten angestampft kam. Sie lächelte ihn freundlich an.

»Was hast du mir zu berichten?«

»Der Edward hört nicht auf, über Sie zu hetzen. Wäre es nicht das Beste, Sie werfen ihn hinaus?«

Julia zog ihre Augenbrauen zusammen. »Ach, weißt du, Albert, das wäre sicher das Beste, aber ich muss einen Anlass haben. Er hat sich bis jetzt nichts zuschulden kommen lassen. Er stiert mich oft so eigenartig an, dass ich denke, er weiß, wer ich bin.«
»Haben Sie nichts zu trinken? «
»In der Küche gibt's Bier, bring mir auch eins mit.«
In einer Hand das Bier und in der anderen ein dickes Stück Brot kam er zurück und überreichte Julia eine Flasche. Sie hatte sich angewöhnt, das Bier wie das gemeine Volk aus der Flasche zu trinken.
»Hast du gewusst, dass das Bier erstmals im Jahr 1568 in Flaschen abgefüllt wurde, um eine längere Haltbarkeit zu erreichen?« Albert setzte sich neben Julia und blickte sie von der Seite an, dabei grinste er etwas unverschämt.
»Chef, das wusste ich nicht, darüber habe ich mir nie Gedanken gemacht, aber ich habe mir überlegt, wenn das Bier gut und nahrhaft für uns Menschen ist, dann müsste es doch auch gut für die Schweine sein, meinen Sie nicht auch?«
Julia gab Albert freundschaftlich einen Klaps auf den Rücken. »Sollen wir den Schweinen Bier zum Saufen geben?«
Beide lachten laut los.
»So habe ich das nicht gemeint. Ich dachte eher an den Abfall. Vor einigen Tagen, als wir eine Ladung Gerste in der Bierfabrik abgeliefert haben, schaute ich mich etwas um. Sie können sich ja vorstellen, was dort an Abfall entsteht, den müssen sie teuer abtransportieren. So habe ich mir überlegt, da ja die Schweine alles fressen, können wir versuchen, es ihnen zu füttern, vorausgesetzt, sie fressen es und vertragen es auch.«
Nachdenklich nahm Julia ihren Kopf zwischen die Hände und überlegte. »Weißt du, ich glaube, das ist gar nicht so dumm, was du sagst. Die Nebenprodukte, die beim Brauen anfallen, enthalten sicher viele Nährstoffe, und die Bierhefe, die

während der Gärung entsteht, ist bestimmt reich an Vitaminen. Du holst mir morgen eine Wagenladung von dem Abfall, dann probieren wir es zuerst bei fünf Schweinen aus, und du wirst sie die ganze Zeit beobachten.«
»In Ordnung, aber müssen Sie nicht zuerst Lord Catterick fragen?«
Nachdem Julia einen tiefen Schluck von dem Bier genommen hatte, blickte sie kurz die Flasche an, als sie antwortete: »Nein, das muss ich nicht. Ich werde ihn zwar unterrichten, wenn ich ihn das nächste Mal sehe, aber fragen muss ich nicht. Er ist mit mir zufrieden, er hat mir rückwirkend meine Monate bezahlt und sofort eine Gehaltserhöhung gegeben. Was will ich mehr verlangen.« Julia starrte in die Ferne. »Ich weiß gar nicht, warum mir alle erzählen, dass Lord Catterick ein so schwieriger Mensch sein soll? Das finde ich überhaupt nicht, ich mag ihn.«
Albert öffnete seine Flasche und trank sie in einem Zug leer. Dann rülpste er und strahlte sie an. »Mir scheint, er mag Sie auch. Wahrscheinlich spürt er, dass Sie aus demselben Stall kommen.«
»Was du aber auch für Gedanken hast.«
»Miss Julia, Sie wissen besser als ich, dass uns in Bezug auf Erziehung und Ausbildung Welten trennen. Ich bin ein armer Bauernlümmel und Sie sind eine Lady mit Klasse und Stil, und das, was Sie seit Ihrer Geburt an Bildung mitbekommen haben, das könnte ich nie erreichen, nicht bis an mein Lebensende, wenn ich auch sofort anfangen würde zu studieren. Also eins ist sicher, mich mag Lord Catterick nicht. Wenn er mich mit seinem kalten Blick mustert, erfrieren mir meine Knochen.«
Energisch schüttelte Julia ihren Kopf. »Das bildest du dir nur ein, er ist ein gerechter und gütiger Herr.«
»Mir scheint, Sie sind die Einzige, die so denkt, Sie müssen mal seine Mitarbeiter fragen, was sie denken.«

Julia winkte mit ihrer Hand ab: »Weißt du, ich glaube, es gibt wenige Mitarbeiter, die nichts an ihrem Arbeitgeber auszusetzen haben. Mit meinem Onkel Richard warst du und die anderen Arbeiter doch auch nicht zufrieden, oder?«
»Da haben Sie schon recht, aber vielleicht ist das, weil beide Männer dieselben Charaktereigenschaften haben.«
Die Stimme von Julia wurde etwas lauter: »Was wollt ihr eigentlich immer? Wenn es den Leuten nicht gefällt, warum suchen sie nicht einen anderen Brötchengeber? Ich sag dir warum, weil sie auch bei dem anderen immer etwas zu nörgeln haben und niemals zufrieden sind. Hier herrscht Wohlstand, ich kenne keinen, der in Lumpen rumläuft, die Leute sind gut genährt und müssen nicht frieren. Ach, lassen wir das, sonst rege ich mich nur auf.«
Albert fixierte Julia von der Seite. »Genau so, wie Sie jetzt reagieren, das unterscheidet uns. Sie sind zwar vorübergehend zur Arbeiterklasse herabgestiegen, und ich gestehe Ihnen sogar zu, dass Sie sich die größte Mühe geben, uns zu verstehen, aber Sie haben zwei Herzen in der Brust, und meistens siegt das der Oberklasse. Aber verstehen Sie mich recht, ich möchte Sie nicht verurteilen, denn seit ich mit Ihnen öfters diskutiere, verstehe ich die andere Klasse Mensch etwas besser. Auch Sie, Miss Julia, denn Sie waren für mich wie ein geschlossenes Buch. Und um ganz ehrlich zu sein, ich bewundere Sie wie keinen anderen Menschen. Sie haben sich so gut in diese Männerrolle eingelebt, dass sogar ich manchmal vergesse, dass Sie eine Lady sind.«
Julia gab ihm einen Schubs, dass er zur Seite fiel. »Sei nicht so frech.«
»Nein, ich meine es ernst, eigentlich müsste eine Lady wie Sie längst verheiratet sein und Babys haben.«
Plötzlich hörten sie ein Rascheln hinter dem Haus.

Albert rannte sofort los, um nachzuschauen, aber er sah nur noch, wie das Narbengesicht sich auf sein Pferd schwang und wie der Teufel davonjagte.
Mit langsamen Schritten kam Julia auf Albert zu. »Edward hat alles gehört, da bin ich ganz sicher.«
Seine Stimme war heiser vor Erregung: »Das glaube ich auch. Was machen wir jetzt?«
»Abwarten, Albert, abwarten. Übrigens du musst Neil besuchen und das Pensionsgeld überbringen, ich kann von hier noch nicht weg.«

Seit Edward sie bespitzelt hatte, war er nicht mehr auffindbar. So vergingen die Wochen. Die Tage wurden immer kürzer, der erste Frost hatte sie schon heimgesucht, und sie hatten das Narbengesicht fast vergessen. In gewissen Abständen schickte sie Albert nach Dover und zu ihrer Familie, um sich nach allen zu erkundigen, ihnen ihre Briefe zu überbringen und sie zu beruhigen, denn sie dachten, sie wäre immer noch auf einer großen Reise. Julia rieb sich die Hände aneinander und holte aus der Seitentasche ihre Handschuhe heraus. Ihr war kalt, sie spürte, dass eine Grippe im Anmarsch war. Die Erde war hart gefroren. Sie zog den roten Wollschal enger um den Hals. Silberpfeil trottelte gemütlich seines Wegs, sie dachte noch, er war jetzt soweit, dass sie ihn Lord Catterick zum Reiten übergeben konnte, als sie einen dumpfen Schmerz an der linken Schulter spürte. Sie blickte erstaunt an ihrem Arm hinab und sah, dass das Hemd sich rot färbte. Gleichzeitig stieg Silberpfeil mit den Vorderfüßen in die Höhe und schlug nach etwas. Bevor sie überhaupt die Möglichkeit hatte, nachzudenken, lag sie auf dem Boden und schlug mit dem Kopf auf einen Stein. Sofort rann ihr Blut über Gesicht und Augen, sodass sie nichts mehr sehen konnte. Für eine kurze Zeit verlor

sie das Bewusstsein. Sie erwachte, als sie jemand am Arm packte und über den Boden zerrte. Blind und wütend stieß sie mit den Beinen nach ihrem Gegner, er fing aber geschickt ihre Schläge ab.
»Du kleines Ungeheuer!« Dann brach er in brüllendes Gelächter aus. »Meinst du vielleicht, du hast gegen mich eine Chance?« Dabei trat er sie mit seinen Stiefeln in den Unterleib.
Vor Schmerz krümmte sich Julia. Sie hatte Edward an der Stimme erkannt. Nachdem sie wusste, wer ihr Gegner war, machte sie sich keine Illusionen mehr. Sie wusste nur, sie musste schlauer sein als ihr Gegenüber. Er ließ sie eine Minute los, und das nützte sie, um sich das Blut aus den Augen zu wischen. Er hatte ein Seil in der Hand. Julia stieß einen Protestschrei aus, aber schon warf er sie hart auf den Boden, drückte ihr Gesicht brutal in die Erde, umklammerte ihre Handgelenke und schnürte sie mit dem Seil zusammen. Er prüfte nochmals fachmännisch die Knoten, nickte zufrieden, zog dann einen blauen Schal hervor. Damit band er Julia die Augen zu, fasste sie am Handgelenk und zerrte sie hoch.
Julia stöhnte vor Schmerz. »Die sind zu stramm, sie schneiden mir ins Fleisch.«
»Genau das sollen sie auch, du wirst mir nicht entkommen.«
»Aber sie unterbrechen die Zirkulation vom Blut, meine Hände können absterben, willst du mich denn umbringen?«
»Umbringen, weiß ich noch nicht, muss ich mir noch überlegen.« Das Narbengesicht packte sie am Arm, riss sie hinter sich her, aber sie stolperte und fiel der Länge nach hin.
Es war ihr nicht möglich, sich mit den Händen vor dem steinigen Boden zu schützen. Ihre Knie waren aufgeschlagen und bluteten, der Marsch wurde zu einem quälenden Albtraum. Julia hatte kein Zeitgefühl mehr, waren es fünf Minuten, dreißig Minuten oder gar eine oder zwei Stunden. Wenn

sie wieder einmal hinfiel, überschüttete sie Edward mit einem wütenden Wortschwall, von dem sie kein Wort mehr verstand. Es fiel ihr jedes Mal schwerer, wieder aufzustehen, da sie nicht ihre Hände und Arme benutzen konnte, um das Gleichgewicht zu finden. Sie war durstig, mit dem bisschen Speichel, den sie noch im Mund hatte, befeuchtete sie ihre trockenen Lippen. Ihre Beine schmerzten, in den Armen und Händen hatte sie kein Gefühl mehr. Julia überlegte fieberhaft, wo er sie wohl hinbringen würde, denn sie hatte vollkommen die Orientierung verloren.
Plötzlich war der Marsch zu Ende. Er nahm Julia die Augenbinde wieder ab und grinste sie mit seiner kriminellen Maske an. »Nun, wie fühlt sich die Prinzessin?«
»Das wirst du büßen! Irgendwann musst du für alles bezahlen, was du Böses in deinem Leben getan hast«, krächzte Julia mit müder Stimme.
»Dass ich nicht lache! Wie du siehst, bist du zuerst dran am Büßen. Was du mir angetan hast, von dem redest du nicht. Mein Leben hast du mir versaut, ich bin verunstaltet, ich bekomme keine Frau mehr, jede rennt vor mir davon.«
»Die laufen dir davon, weil du einen miesen Charakter hast und nicht, weil du eine Narbe im Gesicht hast.«
Er traktierte Julias Beine mit Fußtritten. »Halt dein Mundwerk, du hast ja keine Ahnung, wie ich dich hasse und deine ganze Sippe!«
Sie waren im Wald, an einem Unterstand, der extra für sie hergerichtet worden war, denn es lag eine alte Decke auf dem Boden, auf die er Julia stieß. Die festgetretene Erde und Decke waren voller Ungeziefer, die er für sie aus allen möglichen Gewächshäusern besorgt hatte.
Edward funkelte Julia böse an. »So, meine Süße, jetzt bist du im besten Hotel von ganz England.«

»Ich habe Durst, bitte gib mir etwas zu trinken.«

»So siehst du aus!« Er holte aus seiner Jackentasche ein schmutziges Taschentuch und knebelte Julia damit.

Weder das Ungeziefer noch die Unbequemlichkeit oder die Insekten, die ihr über die Haut krabbelten, machten Julia etwas aus, aber dieses schmutzige Tuch in ihrem Mund brachte sie fast zum Wahnsinn.

Jetzt band er ihr auch noch die Beine zusammen. Das Narbengesicht betrachtete sein Opfer mit Wohlgefallen. »Gute Arbeit habe ich geleistet, meinst du nicht auch, Julia Hardcastle? Du hast wohl gedacht, ich hätte dich nicht erkannt. Ich muss zugestehen, deine Verkleidung war fast perfekt, nur hast du einen Fehler gemacht, indem du Albert hier eingeschleust hast. Als ich euch beide zusammen sah, war mir alles klar.«

Julia musterte Edward mit Abscheu. Sie registrierte jede seiner Bewegungen. Er hatte blutige Flecken auf seinem Ärmel. Sie nahm an, dass es ihr eigenes Blut war. Knie und Ellbogen waren voller Erde. Er war ein hässlicher, schrecklicher und zugleich kranker Mensch, der vor Hass nicht mehr klar denken konnte. Das Ungeheuer starrte zum dunklen Himmel.

»Ich muss mich beeilen, dass ich noch trocken in mein warmes Heim komme, der Regen wird nicht mehr lange auf sich warten lassen. Was meinst du, vielleicht fängt es auch an zu schneien, Miss Julia?« Sein Ausdruck war kalt und böse, als er weitersprach: »Jetzt einen heißen Tee mit Gin.« Er rieb sich genüsslich seine Hände ineinander. »Nun, ich glaube nicht, dass ich mir an dir die Hände schmutzig machen muss. Wenn du nicht an einer Lungenentzündung stirbst, so könnte sich ja auch ein hungriger Wolf verirren.« Er lachte über seinen Witz, schallend hinaus und ging davon.

Nun war Julia allein. Sie traute dem Frieden noch nicht. Würde er zurückkommen? Und was hatte er mit ihr vor? Sie konzentrierte sich auf ihren Körper. Was fehlte ihr überhaupt? Sie war überall mit Blut verschmiert, die Schulter tat ihr höllisch weh, er musste mit einem Gewehr nach ihr geschossen haben. Das Ungeheuer hatte recht, es fing auch schon an zu regnen. Sie drehte den Kopf vor dem niederprasselnden Eisregen zur Seite. Heute Nacht würde die Temperatur weiterhin fallen. Ihre Glieder zitterten, die Kleider waren nass und klamm. Hatte sie überhaupt eine Chance, rechtzeitig gefunden zu werden? Gleich würde es dunkel werden. Zum Glück hörte der Regen nach kurzer Zeit wieder auf. Keinen Meter vor ihr starrte sie eine Ratte mit großem Interesse an. Wahrscheinlich hatte sie das Blut hergelockt. Sie wusste, wenn es kein Wolf war, der sich an sie heranmachen würde, dann ganz sicher ein Fuchs. Die Ratte verschwand, als im Tiefflug ein Habicht sie umkreiste. Sie hatte auf einmal panische Angst vor dem Sterben, sie wollte doch leben, hatte Pläne, und sie war doch noch so jung. Sie spürte, dass sie schwächer wurde. Sie verlor immer noch Blut, wenn auch nicht mehr so viel wie am Anfang. Trotz der Kälte fielen Julia immer wieder die Augen zu. Nur zu gut wusste sie, dass sie sich wachhalten musste. Aus Verzweiflung fing sie an, Kinderlieder zu singen. Nach längerer Zeit fiel Julia trotz aller Versuche, wach zu bleiben, in den Schlaf.

Die Erde zitterte unter Julias schwachem Körper, die Hunde beschnupperten sie aufgeregt winselnd und rannten ruhelos hin und her, schleckten ihr das Blut von Gesicht, dann Männerstimmen, die die Hunde zurückriefen, dann hörte sie jemanden sagen: »Kommt hierher, die Hunde haben etwas gefunden!« Es näherten sich große Männerstiefel, mit einer Lampe wurde ihr ins Gesicht geleuchtet. »Mein Gott, was

haben sie denn mit unserem Boss gemacht, der sieht ja furchtbar aus!«
»Meinst du, der lebt noch?«
»Was fragst du mich denn so blöd, fühl mal seinen Puls.«
Julia spürte eine Hand an ihrem Hals und fing an zu stöhnen.
»Mensch, klar, der lebt noch, wir müssen ihn losbinden und ihn hier wegbringen.«
An Julia wurde gezogen und gezerrt.
»Was meint ihr, wie lange liegt er schon hier?«
»Keine Ahnung, aber für mich schon zu lange.«
»Helft mir mal, oder hast du nicht ein Messer bei dir.«
Das war alles, was Julia noch mitbekam. Einen Tag später wachte sie in ihrem Bett auf. Neben ihr auf einem Stuhl saß Lord Catterick und betrachtete sie mit einem merkwürdigen Blick.

Julia hatte wahnsinniges Glück im Unglück. Als sie vom Pferd stürzte, rannte Silberpfeil zuerst verstört weg, dann trottete er gemütlich in den Stall zurück. Das war ihre Rettung, denn sofort wusste der Stalljunge, dass mit Mr. Jules etwas passiert war, und benachrichtigte Lord Catterick.
Der trommelte sofort die ganzen Leute mit den Hunden zusammen, um Julia zu suchen. Als spätabends die Leute schon die Suche abbrechen wollten, fanden die Hunde ihre Spur, nachdem Kleidung von ihr gebracht wurde und die Hunde daran schnuppern konnten. Sie wurde in ihr Schlafzimmer gebracht, und man rief einen Arzt herbei.

Bleich wie ein Geist und vollkommen angezogen lag sie auf einer braunen Wolldecke, die man unter sie gelegt hatte. Ihre Haare lagen offen und nass um den Kopf ausgebreitet, die Kleidung war mit Lehm und Blut verschmiert.

Der Arzt hob zuerst die weiße, kalte Hand und prüfte den Puls, dann beugte er sich mit seinem rechten Ohr über ihre Lippen. Er konnte sie kaum atmen hören, öffnete behutsam das Hemd, das in Blut getränkt war, und zog es ihr umständlich aus. Dann drehte er sich zu Lord Catterick um, der mit weit aufgerissenen Augen Julia betrachtete. »Lord Catterick, Sie sehen nicht viel besser aus als unsere Patientin.«
Verblüfft, fassungslos und entsetzt wirkte Lord Catterick, er konnte seine Augen nicht von diesem Frauenkörper lösen.
»Sie wirken überrascht. Haben Sie nicht gewusst, dass der Jüngling eine Frau ist?« Mit einem leichten Seufzer holte er aus seinem abgewetzten braunen Koffer zwei Flaschen hervor und stellte sie auf den mit Intarsienarbeiten verzierten Nachttisch.
»Lord Catterick, Sie sollten mir sagen, ob das Ganze hier unser Geheimnis bleiben soll? Dann müssen Sie mir nämlich mit der jungen Dame behilflich sein.« Der Arzt grinste in sich hinein, als er sah, dass Lord Catterick errötete. »Nun, die Frauen waren und werden wohl immer Wesen bleiben, die wir nie richtig verstehen werden.«
Mühsam fasste sich Lord Catterick, trotzdem hatte er immer noch Mühe, seinen Blick abzuwenden. »Was soll ich tun?«
»Zuerst schüren Sie den Kamin, dann brauche ich heißes Wasser, frische Decken und ein Nachthemd.«
Schnell eilte er, wie es der Doktor ihm angewiesen hatte, zum Kamin, legte neue Kohlestücke auf, stocherte in der Glut. Dann ging er zum Personal, das neugierig vor der Tür wartete, und gab Anweisungen. Nur mit Mühe konnte er seine Panik unterdrücken. Was war denn mit ihm los? Es konnte ihm doch egal sein, ob Frau oder Mann, wieso brachte ihn diese Situation so aus der Fassung? Dieses Frauenzimmer war doch nur eine Angestellte! Er war in einer eigenartigen Verfassung. Eigentlich müsste er mit ihr böse sein, sie hatte ihn schließlich

auf das Niederträchtigste belogen. Aber nein, er war froh, dass Jules eine Frau war, und dann hatte er große Angst, sie zu verlieren. Aber wie kann man Angst haben, etwas zu verlieren, was man noch nie besessen hat. Als er das Zimmer wieder betrat, hatte der Doktor Julia nackt ausgezogen und tupfte mit einem weißen Tuch die Verletzungen etwas sauber, nahm eine von den beiden Flaschen und schüttete etwas auf die Wunden. Julia ließ ein leises Stöhnen hören.
Es wurde geklopft. Der Arzt zog hastig die Decke über Julia, dann befahl er: »Stellt bitte alles neben das Bett und geht dann wieder hinaus.« Er wandte sich an Lord Catterick: »Können Sie bitte ihren Körper waschen und danach trockenreiben und ihr die Glieder massieren.«
Er nahm wortlos ein weißes Leinentuch und tat, wie es ihm gesagt wurde. Er fing mit den Füßen an und arbeitete sich langsam den geschundenen Körper hinauf. Sie war eine wunderschöne Frau mit weicher, zarter Haut. Ihre Brüste stellten sich ihm provozierend entgegen. Ein vollendeter Körper! Er hatte fast vergessen, wie eine Frau aussah. Seit langem hatte er sich nicht mehr um Frauen gekümmert, und ganz zu schweigen mit einer geschlafen. Als er das dachte, reifte in ihm der Entschluss, dass er diese Frau besitzen musste, koste es, was es wolle.
Der Doktor wandte sie ärgerlich knurrend an Lord Catterick: »Diese junge Frau muss einen Feind haben, der sie sehr hasst, sehen Sie, hier können sie deutlich die Fußtritte sehen, die er ihr verpasst hat. Sie ist jetzt schon grün und blau, morgen wird ihr Körper noch bunter aussehen. So etwas habe ich in meinen ganzen Jahren, seit ich Arzt bin, noch nicht gesehen.« Während er sprach, nähte er die Wunde routiniert mit flinken Fingern zusammen. Dann legte er ihr fachgerecht einen Verband um. »Gleich haben wir es geschafft.«

Zusammen zogen sie Julia ein weiches Nachthemd an. Beide standen nun vor dem Bett und betrachteten ihre Arbeit, dann schüttelte der Arzt den Kopf. Das Grinsen des kleinen Mannes lief quer über das ganze Gesicht. »Das gibt's doch nicht, wenn ich das jemand erzähle, das glaubt mir bestimmt keiner.«

Lord Catterick blickte den Doktor zuerst ernst an, dann schüttelte auch er seinen weißen Kopf und fing schallend an zu lachen. »Da habe ich mich aber ganz schön an der Nase herumführen lassen.«

»Das glaube ich auch, Lord Catterick!« Er schlug in das Gelächter ein. »Aber, wie geht es ihm oder ihr?«

»Sie hatte einen Schutzengel. Derjenige, der auf sie geschossen hatte, hat nicht gut genug gezielt, er wollte sicher das Herz treffen. Es ist ein glatter Durchschuss an der linken Schulter. Wie es aussieht, wird außer einer dicken Narbe keinerlei Schaden zurückbleiben. Die Kopfwunde sieht auch schlimmer aus, als sie ist. Na ja, der Rest sind teilweise große Schürfwunden, aber die heilen. Was mir größere Sorgen macht, ist der hohe Blutverlust und die Kälte, der sie ausgesetzt war. Wenn eine Lungenentzündung dazukommt, weiß ich nicht, ob wir sie retten können. Sie ist jung und war bis jetzt ein gesunder Mensch, wie es aussieht. Ich nehme an, wenn keine Komplikationen dazukommen, ist sie in vier Wochen wieder so weit hergestellt, dass sie ihr normales Leben führen kann.« Er holte ein bösartig aussehendes, grünes Pulver aus seiner Tasche und vermischte es mit dem Inhalt der zweiten Flasche. Dann schüttelte er sie kräftig und reichte sie Lord Catterick.

»Davon müssen Sie ihr unbedingt alle zwei Stunden einen Löffel einflößen.« Der Arzt schloss sein Köfferchen und blickte zu Lord Catterick.

»Ich überlasse Ihnen jetzt die Patientin. Heute Nacht werden sich Schüttelfrost und Fieber einstellen, man sollte sie deshalb nicht allein lassen.«

Lord Catterick reichte dem Arzt die Hand. »Ich bin Ihnen sehr dankbar, und ich vertraue auf Ihre Verschwiegenheit, dass Sie über die Personalität des Patienten nichts verlauten lassen. Sie soll vorerst Jules, mein Verwalter, bleiben.«

»Kein Problem, von mir wird niemand etwas erfahren, ich kann schweigen wie ein Stummer.«

»Wenn Sie wollen, kann ich Ihnen eine Vertraute vorbeischicken, die Ihnen bei der Pflege behilflich ist.«

»Das muss ich mir noch überlegen.« Er hielt kurz inne. »Vielleicht nehme ich das Angebot doch an, ich kann mich nicht Tag und Nacht um sie kümmern. Sagen Sie bitte der Person, ich erwarte sie morgen früh um neun Uhr.«

Lord Catterick ging wieder zu den Leuten, beruhigte sie und schickte sie alle nach Hause zum Schlafen, denn inzwischen hatte die Standuhr zwei Uhr geschlagen. Er ließ sich dann bei Julia häuslich nieder und stellte sich zwei Sessel gegenüber, sodass er sich bequem hinlegen konnte. Vor Aufregung war er hellwach und machte kein Auge zu. Bei der kleinsten Bewegung stand er auf und strich ihr über die feuchte Stirn. Er blickte auf seine Taschenuhr: zwei Stunden waren schon vorbei. Es war Zeit für die Medizin. Er schraubte den Deckel auf, ließ die dickliche Flüssigkeit auf einen Löffel tropfen, fasste sie leicht an der Schulter.

Kurz schlug Julia die Augen auf und schüttelte stumm den Kopf. Er wusste nicht, ob sie ihn verstand, als er sagte: »Sie müssen den Saft nehmen, sonst werden Sie nicht gesund. Lassen Sie mich Ihren Kopf anheben.« Das tat er dann auch mit höchster Vorsicht und legte den Löffel an ihre Lippen.

Julia gehorchte und öffnete leicht den Mund, sodass ihr Lord Catterick die Medizin einflößen konnte. Ihre Augenlider flatterten nervös, als sie versuchte, ihn dabei anzuschauen.

Er wusste nicht, ob sie ihn erkannte. Ihm war kalt. Er blickte zum Feuer, stand auf, rüttelte am Rost, legte ein paar Holzscheite nach, und sofort sprangen die Flammen hoch. Dann setzte er sich wieder neben das Bett, zündete eine neue Kerze an und betrachtete in dem weichen Licht Julias glasiges Gesicht.

Nach einiger Zeit schlug Julia ihre Augen auf und blickte in die graublauen Augen von Lord Catterick.

»Versuchen Sie auf der rechten Seite zu liegen, damit die Wunde nicht wieder zu bluten anfängt.« Er zog behutsam die Decke über Julia. »Schlafen Sie noch etwas.«

Julia nickte schwach. Sie war zu müde, um zu antworten oder ihm zu danken, sie hatte noch teuflische Schmerzen. Lahm schloss sie die Augenlider und dämmerte im Fieber dahin, das sich inzwischen eingestellt hatte.

Dieser Zustand hielt eine Woche lang an. Lord Catterick überließ die Krankenpflege der Haushälterin des guten Doktors. Die erste Zeit schaute er täglich nach seinem Schützling, aber nachdem es ihr besser ging, blieb er weg.

Julia war sich sicher, dass Lord Catterick ihr Geheimnis kannte. Nach sechs Wochen ging sie wieder ihrem gewohnten Leben nach, stand morgens um sechs Uhr auf und arbeitete bis in die Nacht. Von der Wunde blieb eine hässliche Narbe zurück.

Seit dem Anschlag auf Julia ließ Albert sie nicht mehr aus den Augen. Er war jetzt, wie früher, ihr Schatten. Wo sie war, war auch er. Oft streifte er nachts um ihr Haus herum, um es zu beobachten. Das blieb natürlich nicht unbemerkt. Es wurde getuschelt unter vorgehaltener Hand.

Julia bemerkte, dass die Arbeiter heimlich über sie sprachen, bis Albert ein Gespräch zwischen zwei Stallburschen belauschte. »Dieser Albert hängt an unserem Verwalter wie eine

Klette, das ist ja schon unanständig, er soll sogar nachts sein Haus bewachen, das ist doch nicht normal, oder?«
»Solange er nicht bei ihm im Haus schläft«, lästerte der andere und fing unanständig an zu lachen.
»Kann es sein, dass die beiden schwul sind?«
»Das glaube ich auch. Mr. Jules gibt sich manchmal schon etwas weiblich, und dann hat er ja nicht mal einen Bart. Eigenartig, nicht wahr?«
Es kam ein Dritter hinzu, der die Hufe eines Pferdes säuberte.
»Ist euch Dummköpfen nie der Gedanke gekommen, dass Albert unseren Verwalter nur beschützt? Immerhin wurde er angeschossen, und wenn der Schütze besser geschossen hatte, wäre er heute tot.«
»Ja, das ist schon eine eigenartige Geschichte. Der vorletzte Verwalter verbrannte sogar in seinem Haus. Vielleicht war es einer von hier, der für sich selbst die Stelle will?«
Die anderen nickten zustimmend mit den Köpfen.
Das Stroh raschelte etwas, und sie sprangen auseinander. Albert kam zum Vorschein und stand breitbeinig vor ihnen.
»Jetzt habt ihr Gesindel genug gehetzt. Los, an die Arbeit, sonst gibt's was!«
Sie rannten verstört aus dem Stall.
Nachdenklich kratzte Albert sich an seinem stoppeligen Kinn. Das gefiel ihm überhaupt nicht, was er eben gehört hatte. Am meisten war er über sich ärgerlich, weil er nicht hier war, als sie ihn gebraucht hätte. Und jetzt wollte ihn Miss Julia schon wieder auf die Reise schicken. Schon allein der Gedanke, dass ihr wieder etwas passieren konnte, machte ihn verrückt. Sie war für ihn das Einzige, was er hatte. Sie war seine Familie. Er hatte schon als kleiner Junge für sie geschwärmt, aber weil er wusste, dass sie einem anderen Stand angehörte, hatte er sich schon lange damit abgefunden, eine Nebenrolle in ihrem

Leben zu spielen, aber die Rolle würde er verteidigen bis zum Tod. Seine Gefühle hatte er gut unter Kontrolle. In letzter Zeit gefiel ihm sogar eine Hausangestellte von Lord Catterick. Sie hieß Betty und arbeitete als Stubenmädchen. Er überlegte, ob er Miss Julia von dem Gehörten unterrichten sollte, aber er entschloss sich, es nicht zu tun, weil er sie nicht noch mehr beunruhigen wollte. Sie war anders wie früher, irgendwie verschlossener und ernster. Er wusste, sie hatte Angst vor dem, was kommen würde und was nicht aufzuhalten war.
Darum kostete es Julia alle Überredungskraft, Albert nach Dover und Nice House zu schicken. Sie musste unbedingt wissen, ob mit ihrer Familie alles in Ordnung war. Es fehlten die letzten Berichte von Philip Dickens, aber wie es aussah, hatte sie einen guten Riecher gehabt. Dieser Philip hatte vom ersten Tag an so viel Arbeit, dass sie gleich nochmals fünf Kutschen kauften. Ihr größter Konkurrent war Nicholas, mit dem konnte sie nicht mithalten. Albert hatte man zugeflüstert, dass ihm auch zwei Schiffe gehörten. Es war klar, dass dann die Fracht automatisch an sein eigenes Fuhrunternehmen ging. Sie hatte inzwischen auch erfahren, dass er das meiste Geld mit dem Handel verdiente, hauptsächlich mit Indien. Aber vorerst wollte sie das ignorieren.

Gut drei Monate waren seit dem Mordanschlag vergangen. Julia räumte in der Küche die Essensreste weg, als es an der Haustüre klopfte. So spät am Abend bekam sie normalerweise keinen Besuch, außer Albert, aber den hatte sie nach Dover geschickt.
»Hallo, Mr. Jules.«
»Einen Moment, Lord Catterick, ich komme.« Sie strich sich hastig die Haare aus dem Gesicht. Ich muss unbedingt meine Haare schneiden lassen. »Ist etwas passiert?«

»Nein, nein beruhigen Sie sich, ich wollte nur sehen, wie es Ihnen geht.« Er überreichte ihr eine Flasche Wein. »Ich habe mir gedacht, wir sollten uns unterhalten.«
Verzweifelt blickte Julia die Flasche an. »Ich habe keinen Flaschenöffner.«
Er zog einen Korkenzieher aus seiner Jackentasche und lächelte sie freundlich an. »Ich habe an alles gedacht, außer an Gläser, aber die haben Sie doch sicherlich?«
Schnell huschte Julia davon und brachte nach längerer Suche zwei geschliffene Kristallgläser zum Vorschein.
»Es ist kalt bei Ihnen.«
»Ach, wissen Sie, ich mache den Kamin hier selten an. Ich ziehe mich immer sehr früh in das Schlafzimmer zurück.«
Daraufhin versuchte er, etwas umständlich ein Feuer zu machen, was ihm sogar gelang, zum Schluss züngelte es wunderbar.
Julia ließ Lord Catterick nicht aus den Augen. Dieser Mann schien auch zwei Gesichter zu haben.
»Jules, ich dachte, Sie haben mir etwas zu erzählen.« Er schenkte den Wein ein, reichte Julia ein Glas, schaute sie dabei etwas befremdend an. Diese Geste brachte ihr Nicholas in Erinnerung, schon wieder dachte sie an Nicholas.
»Zum Wohl, Lord Catterick.« Julia fuhr sich fahrig mit dem Handrücken über die Augen, aber jetzt nahm sie ihren ganzen Mut zusammen. »Sie wissen, dass ich eine Frau bin?«
Es entstand ein kurzes Schweigen.
»Ja, wie soll ich Sie zukünftig nennen.«
»Mein Name ist Julia Hardcastle, ich bin die Nichte, die Sie schon kennengelernt hatten.«
Er nickte vor sich hin und dachte, passt ja, Jules und Julia.
Nervös rutschte Julia auf ihrem Sessel hin und her, dabei betrachtete sie intensiv ihre Fingernägel.

Lord Catterick lehnte sich weiter in seinen Sessel, starrte Julia gespannt an und ließ sie reden.

»Ich habe meine Eltern verloren, als ich ein Jahr alt war.« Julia stockte, sie musste an das Gespräch mit Grandma denken.

»Wurden Sie nicht gut behandelt?«, verlangte er erregt zu wissen.

»Im Gegenteil, sie haben mich wie ihre eigene Tochter aufgezogen.«

»Wollen Sie mir nicht die ganze Geschichte erzählen?«

Julia holte tief Luft. »Es ist jetzt etwa neun Monate her, als mein Cousin nach zweijähriger Abwesenheit bei der Marine nach Hause kam. Wir haben uns immer sehr gut verstanden, er war für mich wie mein geliebter Bruder, aber für Francis war es mehr, er liebte mich, wie man eine Frau liebt.« Bei diesen Worten senkte sie den Blick.

»Darum ging er auch zwei Jahre zur Marine, um mir aus dem Weg zu gehen. Er wusste ja genau, dass diese Liebe zwecklos war und zu nichts führen konnte. In dieser Zeit freundete er sich mit Annabelle an, sie wurde schwanger, und er heiratete sie, ohne sie zu lieben. Es kam dann, wie es kommen musste. Nachdem beide einen Monat auf dem Landgut waren, wurde ein großes Fest zu Ehren ihrer Eheschließung und meines einundzwanzigsten Geburtstags gegeben. An diesem Abend war Francis außer Kontrolle, er hatte sich total betrunken. Er zog mich lautstark von der Tanzfläche in den Garten, belästigte mich unsittlich und sagte, ich wäre die einzige Frau, die er liebte und die er je lieben würde. Das alles beobachtete natürlich seine Frau.«

Julia lächelte verlegen und zuckte die Schultern. »Ich konnte unter diesen Voraussetzungen doch nicht auf dem Gutshof bleiben. Annabelle erwartete ein Baby, sie drohte Francis, dass sie ihn verlassen würde, wenn ich weiterhin bliebe. Sie dürfen mir glauben, dass mir die Entscheidung nicht leicht gefallen ist, meine Familie zu verlassen.«

Sein ganzer Körper war angespannt, seine beiden Daumen waren ständig in Bewegung. »Das war keine schöne Situation für Sie, aber es hätte doch sicher einen anderen Weg gegeben?«

»Nur wenn ich meinen Onkel eingeschaltet hätte, und das wollte ich nicht, denn Vater und Sohn hatten schon genug Konflikte miteinander. Ich wollte keine Tragödie hervorrufen.«

»Das ehrt Sie, aber im Grunde genommen sind Sie nun die Einzige, die leidet.«

Julias Züge erhellten sich. »Nein, was denken Sie, ich habe bis jetzt keine Sekunde bereut, dass ich das Haus meiner Verwandten verlassen habe. Es ist für mich ein erregendes Abenteuer, in die Haut des anderen Geschlechts zu schlüpfen.«

Der sonst ernst blickende Lord Catterick lachte fröhlich hinaus. »Sie sind eine außergewöhnliche Persönlichkeit, es freut mich wirklich, dass Ihre Wege Sie ausgerechnet zu mir geführt haben.« Gedankenverloren ließ Lord Catterick seinen Blick durch den Raum schweifen. Er blieb bei dem Klavier stehen. »Sie spielen doch sicher Klavier, wollen Sie mir nicht ihr Lieblingsstück vorspielen?«

»Gern.« Mit federnden Schritten eilte Julia zum Klavier, hob den braunen Deckel in die Höhe, lockerte ihre langen Finger, dann setzte sie sich. Sie überlegte kurz, dann spielte sie mit geschlossenen Augen „Für Elise."

Mit entspannter Miene hörte Lord Catterick der Musik zu und wurde dabei um vierzig Jahre seines Lebens zurückversetzt. Er sah seine Frau vor sich, wie sie ihm am Anfang ihrer Ehe, als sie sich noch verstanden, jeden Abend etwas vorspielte.

»Meine Frau liebte auch Beethoven, sie spielte gut Klavier, aber Sie spielen besser. Wer hat Sie unterrichtet?«

Sie streckte sich und neigte ihren Kopf etwas zur Seite. »Lady Isabel, meine Grandma. Ich nenne sie so, weil ich, als ich noch ganz klein war und nicht Großmutter sagen konnte, sie Grandma nannte, und das blieb so bis zum heutigen Tag.« Julia begann zu schwärmen: »Sie ist eine wunderbare Person. Sie müssten sie spielen hören, mit ihren 72 Jahren. Als junge Frau gab sie Klavierkonzerte. Zu ihren Lieblingskomponisten, neben Wolfgang Amadeus Mozart und Ludwig van Beethoven, zählt Joseph Haydn. Er wurde, ich glaube es war 1791/92, von Sir Johann Peter Salomon für eine Konzertsaison nach London eingeladen. Er dirigierte seine Sinfonien in Salomons Abonnementskonzerten. Der gute Ruf von Lady Isabel drang bis zu ihm vor. So lud er sie ein, bei seinen Konzerten mitzuspielen. Ich glaube, er bewunderte meine Großmutter sehr, er hat ihr noch Briefe geschrieben bis kurz vor seinem Tod. Sie verbrachten privat auch viel Zeit miteinander. Dabei erzählte er ihr seine Lebensgeschichte. Er stammte aus einfachen Verhältnissen, als Achtjähriger wurde er in der Chorschule aufgenommen, die er 17-jährig mit einsetzendem Stimmbruch wieder verlassen musste. Autodidaktisch studierte er Musiktheorie und Kontrapunkt und erhielt gelegentlich Unterricht bei dem berühmten italienischen Sänger und Komponisten Nicola Porpora. Er bekam sogar von der Universität Oxford die Ehrendoktorwürde verliehen.«

Julia ging zum Kamin, stellte sich davor, hielt ihre kalten Hände über die Flamme und rieb sie aneinander, dann fuhr sie fort: »Als ich drei Jahre alt wurde, nahm sie mich unter ihre Fittiche. Jeden Tag eine Stunde Unterricht, hinterher üben, was ich gelernt hatte. Es hat mir nicht immer gefallen, manchmal wollte ich davonlaufen, denn sie war eine sehr strenge Lehrerin.«

Als auch das dritte Glas langsam leer war, legt er seine Hand auf die ihre und hielt sie fest.

Wie selbstverständlich ließ es Julia geschehen.

Lord Catterick zog seine Uhr hervor. »Ich genieße unsere Unterhaltung, aber leider ist es schon sehr spät. Ich hoffe, Sie geben mir Gelegenheit, Sie besser kennenzulernen, und vielleicht spielen Sie mir das nächste Mal wieder etwas vor.«

Er nahm beide Hände von Julia, hauchte auf beide eine leichte Berührung, blickte sie belustigt an. »Und vorerst bleiben Sie Mr. Jules, ich spiele das Spiel mit. Solange sonst niemand hinter ihr Geheimnis kommt, können wir alles beim Alten lassen. Gute Nacht.«

Die Nebelschwaden waren so dicht, dass Julia nicht die Hand vor den Augen sehen konnte. Das waren einige der wenigen Tage, wo sie ihre Arbeit hasste. Sie wünschte sich, gemütlich vor ihrem wärmenden Kamin zu sitzen und zu lesen, oder sich in ihr warmes Bett zu kuscheln, aber sie durfte sich nicht bemitleiden, das war destruktiv, sie hatte es sich ja so ausgesucht. Julia blickte zu Albert, der neben ihr im Gleichschritt ritt.

»Jetzt erzähl mir, was hat denn Mr. Riley, der Detektiv, über Nicholas Dudley herausgefunden.«

»Miss Julia, das werden Sie mir nicht glauben.«

»Jetzt spann mich nicht so auf die Folter.«

Luft holend berichtete er: »Nicholas Dudley ist der Sohn von unserem Brötchengeber.«

»Waaas?« Julia stockte vor Überraschung der Atem, ihre Augen weiteten sich, und sie sah Albert verwirrt und bestürzt an. »Das kann doch nicht sein! Nicholas Dudley ist der Sohn von Lord Catterick, aber wieso, das verstehe ich nicht! Erklär mir das bitte ganz genau.«

»Ganz einfach, Sir Nicholas hat den Namen seiner Mutter

angenommen, die hieß Estella Dudley.«
Julia überlegte laut: »Wieso sagt er dann, er wäre ein Bastard? Vielleicht hatte er es nur symbolisch gemeint, und wenn es so ist, hat er ja auch irgendwie Recht, er benahm sich wie ein Bastard.« Dabei verzog sie ihr Gesicht zu einer Grimasse. »Das klingt gewaltig.« Sie seufzte tief: »Das ist wirklich ein harter Schlag für mich.«
Eine Zeit lang schwiegen sie. »Aber wenn Lord Catterick sein Vater ist, so müsste er ihn doch auch ab und zu besuchen, oder was meinen Sie, Miss Julia?«
Bestätigend nickte sie mit dem Kopf. »Ja, das meine ich auch, aber so, wie es aussieht, besucht er seinen Vater selten oder gar nicht.«
»Kann es nicht sein, dass Sie es nur nicht mitbekamen, als er seinen Vater besuchte?«
Julias Gedanken überschlugen sich. »Vielleicht, ich gehe nur ins Herrenhaus, wenn Lord Catterick mich ruft. Eigentlich weiß ich reichlich wenig von ihm, er erzählt nicht viel über seine Familie.« Spitzbübisch blickte Julia zu Albert. »Es würde mich aber doch interessieren, was im Herrenhaus vor sich geht, ich habe an sich einen recht guten Kontakt zur Köchin, die ist sehr gesprächig, vielleicht sollte ich sie mal ausfragen, obwohl ich das nicht mag.«
»Nein das ist nicht Ihr Stil«, entgegnete Albert.
»Nein, das ist es nicht, aber ich muss trotzdem herausfinden, was hier gespielt wird. Albert, könntest du nicht?« Julia hielt inne, fast getraute sie sich nicht, Albert um diese Gefälligkeit zu bitten, aber die Neugierde siegte über den Stolz.
»Albert, du hast zwischenzeitlich viel Erfahrung beim Spionieren, könntest du nicht herausfinden, was im Herrenhaus vor sich geht? Was Lord Catterick macht, wenn er nicht gerade auf Reisen ist, wer ihn besucht und so weiter, du weißt schon, das

Übliche.« Dabei neigte sie schelmisch den Kopf und sagte: »Das Stubenmädchen, diese Betty, dreht sie dir noch immer schöne Augen hin?«

Albert nickte, mit einem breiten Grinsen im Gesicht.

»Wenn du ihr mehr Zeit widmen würdest, könnten wir einiges erfahren.« Herausfordernd blickte Julia Albert an. »Betty gefällt dir doch auch, oder nicht?«

»Sie gefällt mir schon, aber so richtig verliebt bin ich noch nicht in sie.«

»Was nicht ist, kann ja noch werden. Du bist jetzt einundzwanzig Jahre alt, meinst du nicht, dass es Zeit wird, dass du ein bisschen nach dem anderen Geschlecht Ausschau hältst? Du bist immer nur mit mir zusammen, und das ist nicht gut.«

Trotz des Nebels konnte Julia die aufsteigende Röte in Alberts Gesicht erkennen.

»Du brauchst dich nicht zu schämen, das ist doch alles ganz normal. Was bist du doch für ein komischer Kauz! Wir sind so viel Zeit zusammen, und außerdem habe ich dich in dem besagten Gasthaus mit dem Strichmädchen im Zimmer erwischt, ich habe schon eine Ahnung, um was es geht. Albert, du bist verschlossen wie am ersten Tag, mach dir Luft, erzähle mir von deinen Gefühlen, Wünschen, Träumen, lass mich etwas teilhaben an deiner Seele. Ich erzähle dir doch auch alles. Habe ich mich nicht als wirkliche Freundin gezeigt?«

Albert zog sich seine Mütze tiefer in die Stirn. »Sicher, ich bin Ihnen auch ewig dankbar, aber …« Albert starrte auf den Pferderücken und blieb stumm.

Julia war es kalt, sie zog ihr Cape enger um ihren schmalen Rücken. »Albert, lass es gut sein, du weißt ja, ich bin immer für dich da.«

7. Kapitel

Wie selbstverständlich trat Julia in die Bibliothek. Es war ein langer, schmaler Raum mit tausenden von wertvollen Schriften. Lord Catterick war auf Reisen, so nützte Julia die Abwesenheit, ihrer Lieblingsbeschäftigung nachzugehen. Lesen war ihre Leidenschaft. Sie suchte keine Fachliteratur, sondern etwas Heiteres. Sie entnahm dem Regal ein schmales Buch: *The Comedy of Errors*. Die Lektüre legte sie auf den Schreibtisch, dann ging sie wieder ans Regal und zog das Werk *A Winter's Tale* heraus. Beide Bücher waren von William Shakespeare. Für sie war er der größte englische Dichter und Dramatiker. Aber sie wusste immer noch nicht, welches sie lesen wollte, Romanze oder Komödie. Sie setzte sich an den sauber aufgeräumten Schreibtisch und blätterte in den Büchern, als eine ihr bekannte Stimme sie von hinten ansprach.
»Dringen Sie immer in fremde Räume ein, ohne anzuklopfen?«
Dieser Augenblick war wohl einer der finstersten in ihrem Leben. Überraschung und Bestürzung legten sich auf ihre anmutigen Züge. Auf alles war sie vorbereitet, aber nicht auf die Stimme von Nicholas. Mit dem Handrücken strich sie sich nervös über ihre Stirn. Zu sich selbst sagte sie, du musst dich fassen, dieser Edward hatte dich zuerst auch nicht erkannt, warum sollte dich Nicholas erkennen? Sie hatte ihre Zweifel. Langsam stand sie auf, atmete einmal tief durch und drehte sich um. Nicholas saß im Schatten am anderen Ende des Zimmers. Ihr Gehirn arbeitete glasklar. Der Raum war schwach beleuchtet. Wieso sollte er sie erkennen? Sie versuchte, mit dunkler Stimme zu sprechen: »Mir wurde erlaubt, hier ein und aus zu gehen, wie es mir beliebt.«
Verblüfft und überrascht zog Nicholas eine Augenbraue hoch.
Julia rief sich zur Ruhe und blickte auf ihre bebenden Hände.

»Ich bin hier der Verwalter.« Innerlich sagte sie sich wieder: Er weiß nicht, wer du bist.
Dann fragte Nicholas mit seiner ihm angeborenen Arroganz: »Kenne ich Sie?«
Mit kraftloser Stimme antwortete sie: »Das könnte ich mir nicht vorstellen. In den Kreisen, in denen Sie verkehren, halte ich mich gewöhnlich nicht auf.« Julia raffte die Bücher zusammen und dachte sich: Ich bin hier nur eine Angestellte, das darf ich nie vergessen. »Ich bin Jules Miller.«
Es entstand eine eisige Stille.
»Ah, Sie sind der Verwalter auf dem Gut?«
In seiner lässigen Art stand er nicht einmal auf, um sie zu begrüßen. Das hätte sein Vater nie getan.
Aber ihr kam es im Moment entgegen. Julia blickte in die andere Ecke, als sie sagte: »Entschuldigen Sie mich bitte, ich möchte nicht länger stören.« Ihre Knie zitterten wie Espenlaub. »Gute Nacht, Mr. Catterick.« Schon war sie verschwunden. Sie hörte nicht einmal, ob er noch etwas sagte. Hektisch lief sie aus dem Haus, als wenn ein Geist hinter ihr her wäre. Bin ich denn verrückt, wegzulaufen? Langsam ganz langsam, beruhige dich, zähle bis hundert, eins zwei, drei, vier … Nachdem Albert ihr erzählt hatte, wer Nicholas war, war es nur eine Frage der Zeit, dass sie sich hier einmal über den Weg laufen würden. Er hatte sie bestimmt nicht erkannt, aber ganz sicher war sie sich nicht mehr. Sie wiederum hätte seine Stimme unter Millionen erkannt. Hoffentlich bleibt er nicht zu lange. Was war nur mit ihr los? Sie dachte, sie hätte diese Geschichte überwunden. In letzter Zeit hatte sie kaum mehr an ihn gedacht. Ihr Herz schlug wie verrückt. Warum störte er ihre perfekte Welt? Vorübergehend hatte sie sich wenigstens eine heile Welt aufgebaut, ihr gefiel es hier, Lord Catterick war in Ordnung, was wollte sie im Augenblick mehr. Er soll doch

bei seiner Geliebten mit Kind bleiben, da gehörte er hin. An diesem Abend stand Julia noch lange am Fenster und lauschte dem Rufen der Eulen.

Nicholas saß da, als ob man ihm mit dem Hammer auf den Kopf geschlagen hätte. Diese Stimme, das konnte doch nicht sein. Aber er wusste tief in seinem Inneren, es war so. Was spielte sie für ein Spiel? Das musste er herausbekommen! Sagte sie nicht Catterick, also weiß sie über mich Bescheid. Aber wie kann das sein, der Einzige, der seine wirkliche Identität kannte, war Michael Lampert. Er konnte sich beim besten Willen nicht vorstellen, dass er mit Julia darüber geredet hatte. Wie hat sie es herausbekommen? Sie war schon eine sehr gerissene Frau. Je länger er sie kannte, desto mehr Hochachtung bekam er vor ihr. Er schüttelte verwirrt den Kopf. Julia, hier bei seinem Vater, als Mann verkleidet, wusste das sein Vater? Er rieb sich nachdenklich die Nase und lachte schallend hinaus.
Das glaubt mir ja keiner! Ich habe immer gewusst, diese Frau ist unberechenbar, sie ist ein Monster. In ganz England hatte er sie gesucht, nun war sie hier vor seiner Nase, und er hatte sie bis jetzt nicht bemerkt. Er konnte es nicht fassen. Wie sollte er sich verhalten, sollte er sich dumm stellen?
Gebannt starrte er in das prasselnde Feuer und dachte nach. Dieses Frauenzimmer war für ihn die größte Versuchung seines Lebens. Er war sich sicher, Julia oder keine. Er musste sie besitzen, auch wenn er daran zugrunde ging. Was war mit ihm los, was reizte ihn so an Julia? Zugegeben sie ist bildhübsch, intelligent, charmant, hat Charisma, ist leidenschaftlich. Aber diese Eigenschaften hatten viele, mit denen er zusammen war. Nun, er musste mit sich ehrlich eingestehen, so viele Frauen gab's auch wieder nicht. Besser gesagt, in dieser Kombination gab es überhaupt keine.

Jetzt die negativen Eigenschaften: kratzbürstig, aufmüpfig, arrogant und rechthaberisch.
Oder war es bei ihm nur der Jagdinstinkt, der mit aller Gewalt die Beute bekommen musste? Einmal schon hatte sie ihm einen Heiratsantrag ausgeschlagen. Und diesmal war das Wild wieder nicht gewillt, sich einfangen zu lassen. Die andere Möglichkeit war Liebe. Liebte er sie? Ja er liebte sie, er war sich jetzt ganz sicher. Die letzten Monate waren für ihn die Hölle gewesen, er fühlte sich unlustig und angespannt zugleich, war launisch, dachte immer in ungeeigneten Momenten an sie. Er träumte immer mehr von ihr, und der Wunsch, mit ihr zu schlafen, war zu einer fixen Idee geworden. Selbst wenn er das Bett anderer Frauen aufsuchte, hatte er Julia im Geist vor sich. Er schüttelte abermals den Kopf. Er hatte sie durch einen Detektiv in ganz England suchen lassen, aber sie war verschwunden wie ein Staubkorn in einer Ritze. Ihr Onkel hatte ihm erzählt, sie hätte eine Schiffsreise unternommen, aber er konnte in den Passagierlisten keine Miss Hardcastle finden. Jetzt war ihm auch klar, warum. Sie hatte alle an der Nase herumgeführt, ihre Familie, ihn und vielleicht sogar seinen Vater. Eine unglaubliche Geschichte. Aber dieses Mal konnte sie ihm nicht entwischen, dafür würde er sorgen. Nicholas trank sein Glas leer. Er würde sich arrangieren, das Spiel konnte beginnen. Zuerst würde er mit ihr morgen früh ausreiten. Je mehr er die Sache betrachtete, desto besser gefiel sie ihm. Die Komödie konnte beginnen.

So wie der Tag anfing, so war die Stimmung von Julia: die Nebelschwaden hingen tief, fast zum Fühlen.
Als sie in den Stall kam, stand ein zweites Pferd schon gesattelt neben ihrem. Sie blickte sich nach Albert um: »Für wen ist dieses Pferd?« Sie wusste es, bevor er ihr antworten konnte.

»Für Mr. Nicholas.« Dabei blickte er Julia etwas bedenklich und unsicher an. »Mr. Nicholas hat bestimmt, dass er mit Ihnen allein ausreiten möchte.«

Verdammt, also hatte er sie erkannt! Er würde bestimmt mit ihr spielen wollen. Warum nicht? So konnte sie sehen, ob er schauspielerisches Talent besaß. Solange Nicholas nicht da war, machte sie eine Runde im Pferdestall, gab Anweisungen und untersuchte das Futter, predigte den Burschen, wie jeden Tag, wie wichtig es ist, dass das Futter innen nicht feucht, warm oder schimmlig ist, denn die Pferde bekamen meistens Koliken davon. In der Tat hatten die Pferde kaum mehr Koliken, seit Julia dahinter her war.

Nicholas stand mit verschränkten Armen an die Tür gelehnt und beobachtete Julia mit einer gewissen Neugier.

Plötzlich glaubte Julia in ihrem Rücken seinen Blick zu spüren. Sie drehte sich langsam um und ging gelassen auf Nicholas zu. Sie reichte ihm ungeniert die Hand, wie es Männer untereinander tun.

Er ergriff sie und hielt sie zu lange fest.

Julia wurde es ganz flau im Magen. »Die Pferde stehen bereit, haben Sie einen bestimmten Wunsch, wohin Sie reiten möchten?«

»Nein, eigentlich nicht, nehmen wir doch Ihren üblichen Weg.«

Julia nickte und schwang sich schnell auf ihren Hengst, der erwartungsvoll seine Ohren stellte.

Nebeneinander ritten sie los. Nach belanglosen Höflichkeitsfloskeln fuhr Nicholas fort: »Kennen Sie eigentlich The Nice House?«

Sie blickte ihm in seine blitzenden, dunklen Augen. »Ich kenne das Gut sehr gut, dort bin ich aufgewachsen. Ich bin der Sohn des Gutsverwalters.«

Jetzt lachte Nicholas lauthals los, er konnte sich nicht mehr beruhigen. »Julia, du bist das komischste Wesen, das mir je über den Weg gelaufen ist. Ich liebe dich schon aus diesem Grund, weil du so wahnsinnig spaßig sein kannst.«

Nun sagte Julia gar nichts mehr. Was sollte sie auch sagen, er hatte das Spiel beendet, bevor es angefangen hatte.

Nicholas schielte immer wieder zu Julia, es war eine Wonne zu sehen, wie leicht und elegant sie auf dem Pferd saß, es sah fast so aus, als ob Reiter und Pferd eins wären.

Julia setzte eine hochmütige Miene auf. »Nicholas, ich glaube, es ist besser, wir kehren um.«

»Nein, Julia, wir kehren nicht um, ich will jetzt und sofort eine Aussprache.«

Ihre Augen waren plötzlich wie zwei schwarze Flammen. »Nicholas, du redest mit mir, als ob du ein Recht über mich hättest. Bin ich nicht ein freier Mensch, der tun und lassen kann, was er will?«

»Nein, das kannst du nicht, meine Liebe, ich habe dich überall gesucht.«

Mit einem spöttischen Blick lächelte sie ihn an: »Was bildest du dir eigentlich ein? Ich habe dir nie Versprechungen gemacht, oder?«

»Nein, aber…«

Julia ließ ihn nicht ausreden. »Ich kann dich nicht bitten, deine Heimat zu verlassen, aber ich kann von dir verlangen, dass du mich zufrieden lässt.« Sie gab dem Pferd einen leichten Schenkeldruck, und der Hengst hetzte wie der Teufel los.

Aber Nicholas war ihr ebenbürtig, er ließ sich nicht so leicht abschütteln. »Julia, ich wollte dir doch nur sagen, dass ich jetzt weiß, dass ich dich liebe.«

In diesem Moment kam ihnen ein Arbeiter entgegengeritten. Sein Wallach stieß den Atem schnaubend in die kalte Morgenluft. Der Knecht wedelte mit den Armen und rief schon

von weitem: »Mr. Jules, Mr. Jules, wir haben Probleme mit den Schweinen, die haben furchtbaren Durchfall!«
Julia erbleichte und sagte laut: »Hoffentlich haben wir nicht die Schweinepest!« Sie gab Silberpfeil die Sporen, und im gestreckten Galopp erreichten sie die Schweineställe. Trotz der innerlichen Erregung blieb sie nach außen sehr ruhig. »Gabriel, wie viele von den Schweinen sind befallen?«
Er neigte schräg den Kopf. »Ich schätze, etwa fünfzig.«
Julia starrte ihn geringschätzig an und maßregelte ihn, indem sie sagte: »Mein lieber Gabriel, du sollst nicht schätzen, sondern wissen! Wir müssen zuerst die Schweine trennen. Die befallenen Tiere kommen in die alten Ställe. Zeige mir mal das Futter, das sie bekommen haben.« Sie griff in den Trog und schnupperte an der Masse. »Haben die Tiere etwas anderes zu fressen bekommen?«
»Nein, wir haben uns an Ihre Anweisungen und Formeln gehalten.«
»Eigenartig. Besorgt mir so schnell wie möglich einen ausgehungerten Straßenköter, und schafft das ganze Futter hinaus, das in den Trögen ist. Wer hat das Futter zubereitet?«
Von hinten rief eine Stimme: »Das war Rudolf.«
Julia hoffte, dass sie nicht Recht hatte, denn Rudolf war der dicke Kumpel von Edward, dem Narbengesicht, ihrem speziellen Freund, der ihr nach dem Leben trachtete. »Ist nur diese Berkshire-Rasse befallen?« Dabei streichelte sie das schwarze Schwein mit den weißen Punkten.
Der Vorarbeiter trat zu Julia. »Das haben wir noch nicht festgestellt, ob die Yorkshire-Schweine auch befallen sind. Soll ich hinüberreiten und danach schauen?«
»Nein, lass nur, ich reite selbst. Tu mir einen Gefallen und ruf Albert, ich brauche ihn.«
Tatenlos stand Nicholas herum, er kam sich vollkommen

überflüssig vor. Das war nicht sein Element, er wusste nicht einmal, was der Unterschied zwischen Yorkshire- und Berkshireschweinen war. Vielleicht sollte er sich zukünftig mehr dafür interessieren. Er betrachtete den schmalen Rücken von Julia und fragte: »Mr. Jules, kann ich irgendetwas tun, kann ich behilflich sein?«
Wie verwandelt drehte sie sich zu ihm um und antwortete: »Ja, Sie können einen Tierarzt rufen lassen.« Schon wandte sie sich wieder den Tieren zu und gab erneut Anweisungen, dann fiel ihr ein: »Mr. Nicholas, in der Bibliothek Ihres Vaters habe ich ein neues Buch über Schweinehaltung gesehen. Können Sie mir bitte das Buch heraussuchen, vielen Dank.« Schon war sie mit ihren Gedanken wieder woanders.

Auf dem Weg zu ihrem trauten Heim malte sich Julia im Geiste aus, ein warmes Bad zu nehmen. Sie wandte sich Albert zu, der neben ihr ritt. »Das war ein hektischer Tag. Bis jetzt hatten wir Glück, es starben nur drei Schweine, aber ich bin überzeugt, dass es dabei nicht bleibt. Leider weiß ich auch nicht viel von Schweinekrankheiten. Ich habe mich zwar die letzten Monate generell etwas schlauer gemacht, aber leider gibt es nicht viel Lektüre über Schweinezucht. Ich weiß nur, dass sie Allesfresser sind. Ich glaube sogar, der Schweineorganismus ist dem menschlichen sehr ähnlich, darum können sie mit vielfältigem Futter gemästet werden.«
Albert holte sich einen Apfel aus seiner Tasche und biss herzhaft hinein. Kauend sagte er, »Sie konnten aber das Futter erfolgreich umstellen lassen.«
»Ja, Albert, ich fand, dass sie zu viel Rüben und Getreide bekamen, so stellte ich sie mehr auf Erbsen, Bohnen und Hirse um, und mit den neuen Ställen haben wir wahre Wunder vollbracht. Bei den Muttertieren sind wir jetzt im Durchschnitt

bei acht Ferkeln pro Mutterschwein. Eigentlich bin ich vollauf zufrieden, aber jetzt der Durchfall, das ist mir wirklich ein Rätsel.«

»Miss Julia, was hat nach Ihrer Meinung den Durchfall hervorgerufen?«

Die Stirn in Falten gelegt, überlegte sie kurz. »Es gibt für mich drei Möglichkeiten: Sie wurden vergiftet, aber das werden wir bald sehen. Fatal wäre es, wenn sie wirklich die Schweinepest hätten, dann müssten wir alle Tiere töten. Und wenn wir Glück haben, war nur das Futter etwas verdorben und der Rest der Tiere wird sich schnell erholen.«

»Die Arbeiter sagen, es käme von dem Abfallprodukt der Bierproduktion.«

Julia zog sich den Hut tiefer ins Gesicht, »Albert, das ist Blödsinn, was die sagen, meinst du nicht auch? Wenn es dieses Präparat war, warum erkranken die Tiere dann erst nach Monaten? Nein, ich bin nach wie vor überzeugt, dass es der beste Einfall deines Lebens war, dieses Nebenprodukt in kleinen Mengen dem anderen Futter unterzumischen. Das Resultat ist, wie du weißt, positiv. Die Tiere nahmen durch die vielen Nährstoffe schneller zu, der Gewinn, den wir machen, oder besser gesagt, den Lord Catterick macht, ist enorm. Erstens ist das Futter ein Abfallprodukt, wir haben keine Kosten, und zweitens muss die Brauerei keine aufwendige Vernichtung betreiben. Also ist uns beiden gedient. Ich gehe sogar so weit, dass ich die Mischung an den Mastochsen ausprobieren möchte.«

Selbstgefällig grinste Albert. »Das könnte funktionieren, Miss Julia. Können Sie nicht mit Lord Catterick reden, ob nicht eine Extra-Prämie für uns herausspringt?«

Gackernd lachte Julia hinaus: »Eigentlich hast du recht, ich werde ihn mal dezent fragen.«

Albert holte noch einen Apfel hervor und reichte ihn Julia. Sie schüttelte den Kopf. »Ich habe keinen Hunger, mir ist die ganze Geschichte etwas auf den Magen geschlagen.«
»Mir auch, aber wie Sie wissen, kann ich immer essen.« Er blickte Julia neugierig an. »Mir geht das nicht aus dem Kopf, wenn die Sauen wirklich vergiftet wurden, wer sollte denn so etwas tun?«
Entrüstet erwiderte Julia: »Also Albert, bist du eigentlich so naiv oder tust du nur so? Wer hasst mich so, um mich umzubringen?«
»Na, das Narbengesicht.«
»Richtig, du hast es erfasst.«
»Aber er ist doch nicht mehr auffindbar.«
Die Stimme von Julia nahm einen energischen Ton an: »Glaub mir, er ist ganz in der Nähe, ich spüre es. Hast du herausgefunden, ob er sich hier in eine Familie eingeschlichen hat?«
Albert nickte. »Doch, ich habe ganz vergessen, Ihnen das zu erzählen. Es gibt eine Frau, die lebt zwei Dörfer weiter von hier, mit der lebt er angeblich zusammen. Ich habe mir vorgenommen, an einem der nächsten Tage vorbeizureiten, vielleicht hält er sich dort versteckt. Ich möchte mir die Frau mal unter die Lupe nehmen.«
»Tu das, ich weiß genau, dass er auf seine Gelegenheit wartet.«
An ihrer Bleibe angekommen, seufzte Julia tief. »Ich freue mich jetzt auf einen warmen Tee.« Sie stieg ab und überreichte Albert die Zügel ihres Pferdes.

Schon als Julia das Haus betrat, fühlte sie eine unheimliche Atmosphäre. Jemand war hier eingedrungen. Sie überlegte. Es war abgeschlossen, sie durchquerte alle Zimmer, die Fenster waren zu, es war alles, wie immer. Litt sie schon unter Verfolgungswahn?

In der Küche war es gemütlich warm. Sie stellte einen großen Kessel mit Wasser auf eine Ofenplatte, daneben stand ihr Essen. Sie schob den Deckel auf die Seite, nahm einen Löffel und probierte den Eintopf. Ah, das schmeckte lecker. Wunderbar hatte sie sich mit der Köchin arrangiert. Ihr Frühstück machte sie sich selbst, obwohl die Köchin fast Kopf stand. Für sie war es unfassbar, dass ein junger, adretter und wohlerzogener Mann sein Frühstück selbst machte. Ja, die gute Frau mochte Jules gut leiden. Das Mittagessen nahm sie gewöhnlich mit dem Personal im Herrenhaus ein, aber das klappte selten, weil sie zu allen unmöglichen Zeiten zur Mahlzeit erschien. Aber die Köchin hielt das Essen für Jules warm. Julia grinste vor sich hin. Sie war auf sich selbst stolz, dass außer ihrem Erzfeind Edward, Lord Catterick und natürlich der Arzt keiner mitbekommen hatte, dass sie eine Frau war.

Das Wasser kochte. Sie schleppte es in den Nebenraum und füllte es in die Badewanne. Ihre Gedanken ließen sie nicht ruhen, ihr gingen so viele Ereignisse durch den Kopf. Da war einmal das Problem mit den Schweinen. Und dann hatte Nicholas ihren Seelenfrieden gestört. Sie konnte ihn nicht verdrängen. Was sollte sie mit ihm machen? Dieser Mann war ihr Schicksal. Ihr Herz schlug schon wieder einen Takt zu schnell. Auch wenn sie sich noch so bemühte, ihn zu vergessen, es ging einfach nicht. Ihr stand in den nächsten Tagen eine Aussprache bevor, auch das musste ausgestanden werden.

Julia vergewisserte sich nochmals, dass die Vorhänge zugezogen waren, zog sich aus, zündete einige Kerzen an und betrachtete sich in dem langen Spiegel, der im großen Bad stand. Für einen Mann war sie wirklich gut gebaut. Genießerisch seufzte sie, als sie sich in die Badewanne legte. Ach, war das schön. Seit Tagen kam schon keine Sonne mehr heraus, es war neblig und kalt. Das Wetter ging ihr in die Knochen, und sie freute sich schon auf die köstliche Mahlzeit. Entspannt schloss sie die Augen und träumte vor sich hin. Plötzlich zuckte sie zusammen, setzte sich hin und horchte auf. Was war das für ein Geräusch? Wachsam tastete sie nach ihren Kleidern, umfasste den Griff eines Messers und spitzte die Ohren. Es war nichts mehr zu hören. Entspannte lehnte sie sich wieder zurück. Würde sie denn keine Ruhe finden? In letzter Zeit war sie reichlich nervös. Wenn das stimmte, was Albert erzählte, dass Edward hier in der Nähe in einem kleinen Dorf wirklich eine Geliebte hatte, dann musste sie auf der Hut sein. Es war unbedingt wichtig, herauszufinden, was er vorhatte. Der kleine Stallbursche, wie hieß er noch, Rudolf, die zwei tuschelten immer zusammen. Sie musste sich ihn vorknöpfen, vielleicht konnte sie durch ihn etwas erfahren. Oder sie konnte Rudolf auf ihre Seite ziehen. Jeder war käuflich, sie würde ihm Geld anbieten, das er nicht zurückweisen konnte. Es war keine schlechte Idee. Das Narbengesicht trachtete nach ihrem Leben, und er würde nicht ruhen, bis er sie in seinem Netz hatte, darum musste sie ihm eine Falle stellen. Sie würde ihn umkreisen wie eine Spinne ihr Opfer. Befreiend atmete sie durch, sie genoss die abendlichen Bäder, da konnte sie träumen und ihren Gedanken nachgehen. Julia stieg aus der Badewanne, ihre Haut glänzte rosig nach dem heißen Bad. Sie umwickelte ihren Körper mit einem Badetuch, lief barfuß die Treppe hinauf zum Schlafzimmer. Sie suchte in ihrem Schrank ein Nachthemd, als hinter ihr eine Stimme ertönte.

»Ich hatte fast vergessen, wie schön du bist.«

Vor Schreck ließ Julia das Handtuch fallen und schrie hysterisch auf: »Was fällt dir ein, mich so zu erschrecken! Wie kommst du eigentlich hier in mein Zimmer herein?« Rasch bückte sie sich wieder, um sich notdürftig zu bedecken.

Nicholas, der am anderen Ende des Zimmers in einem Ohrensessel saß, musterte sie eingehend. Dann stand er auf und ging langsam auf Julia zu.

Ihre Haltung hatte etwas von einer Wildkatze, die augenblicklich ihre Krallen herauszieht.

»Komm mir nicht zu nahe.« Ihre Hände suchten hinter sich nach einem Gegenstand, mit dem sie sich wehren konnte, aber außer Kleinkram war nichts zum Fassen da. Sie taumelte zurück, denn sie wusste genau, wenn er sie nur berührte, würde sie wie Schnee dahinschmelzen.

Nicholas sagte mit sanfter Stimme: »Julia ich verspreche dir, ich werde nie etwas tun, was du nicht selbst möchtest.«

Mit geballten Fäusten hämmerte sie auf seine Brust. »Ich verabscheue dich!«

Er fasste sie an beiden Handgelenken und hielt sie fest.

Julia zog zweifelnd ihre Augenbrauen hoch, plötzlich sank sie an seine Brust: »Du gemeiner Schuft.«

Nicholas umarmte Julia und nahm sanft Besitz von ihrem Körper. Sein Mund senkte sich auf den ihren, er küsste sie sehnsuchtsvoll und flüsterte: »Geliebte Wildkatze, du hast mir so gefehlt. Ich liebe dich, ich habe dich immer geliebt, das glaubst du mir doch, Julia?«

Lange blickte sie ihm in die Augen, dann nickte sie. Ihr Herz pochte vor Freude in ihrer Brust, es nahm ihr beinahe den Atem. »Und ich habe dich immer geliebt, Nicholas, von dem Augenblick an, als ich dich zum ersten Mal sah.«

Sie hielten sich fest, und die Erinnerung durchströmte sie und ihn, lebendig und frisch. Für einen Augenblick hatte Julia das Gefühl, als stünde die Zeit still. Er drängte sie zu dem breiten Bett und ließ sie langsam auf die weiche Decke gleiten. Sie lag an seiner Brust und fühlte, wie seine Lippen zärtlich über ihre Brauen fuhren und ihr Ohr liebkosten. Nicholas erforschte weiter ihre weiche Haut, als sie nach seiner Hand griff und sie festhielt: »Nein.«

Seine Stimme war heiser vor Erregung: »Ich kann ohne dich nicht mehr leben.«

Jetzt machte sie sich energisch von ihm los und rollte auf die andere Seite des Bettes. »Ich habe nein gesagt.«

Bestürzt blickte Nicholas sie an. »Habe ich was falsch gemacht?«

Leise antwortete Julia: »Das geht mir zu schnell, ich bin nicht ein Objekt, das man rasch mal nimmt.«

Seine Mundwinkel zuckten. »Tut mir leid.«

Julia griff hinter ihren Rücken, holte ein Buch hervor und blickte es an. »Schön, dass du daran gedacht hast!«

»Julia, dein Wunsch ist für mich Befehl.«

Sie richtete sich auf. »Wo bist du überhaupt hereingekommen?«

»Wenn ich dir das sage, drehst du mir den Hals um.«

»Jetzt bin ich aber gespannt!«

Nicholas stand auf und zeigte auf das wunderschön geschnitzte Wandregal. »Hier bin ich hergekommen.«

Empört blickte sie Nicholas an und kniff die Augen zusammen. »Diese verflixten alten Geheimgänge, da kann ich ja keine Nacht mehr ruhig schlafen! Wer weiß denn noch von dem Schlupfloch?«

Spöttisch lachte er Julia an. »Die ganze Familie natürlich, und der Eingang geht durch das Schlafzimmer meines Vaters.«

»Da habe ich ja nur Glück, dass dein Vater ein Gentleman ist.«

»Julia, hast du nichts zum Trinken da?«

Sie erhob sich vom Bett und holte sich einen Morgenmantel aus dem Schrank. »Lass mich mal überlegen, dein Vater hatte mir einige Flaschen Rotwein geschenkt.«

»Was?« Nicholas drehte sich schnell wie eine Giftschlange zu Julia. »Wieso mein Vater?«

Julia erschrak, als sie den gereizten Ausdruck in seinen Zügen sah.

Er griff sie an beiden Schultern und schüttelte sie. »Sag schon!« Seine dichten, schwarzen Haare fielen ihm in dem wirren Durcheinander ins Gesicht. Die schmalen, aufeinandergepressten Lippen verrieten einen Anflug von Rücksichtslosigkeit.

»Bist du denn total übergeschnappt? Lass mich gefälligst los!« Nicholas nahm seine Hände von Julia, hob sie vor seine Augen und starrte sie entsetzt an. Mit zerknirschtem Ausdruck sagte er flehend: »Entschuldige, Julia, das wollte ich nicht, bitte sei mir nicht böse, dass ich ausgerastet bin, es gibt so viele Dinge, die du nicht weißt.«

Verunsichert wich Julia von Nicholas zurück. Er ging einen Schritt auf sie zu und nahm sie wieder in die Arme, küsste sie auf die Stirn. »Verzeih mir, bitte.«

Sie lächelte ihn zuerst bedenklich an, dann blinzelte sie mit ihren Augen ein Verzeihen, und die Angelegenheit war bereinigt.

»Weiß mein Vater über dich Bescheid?«

Einen Augenblick dachte Julia scharf nach, warf die Lippen etwas auf, bis sie antwortete: »Zuerst wusste er nichts, aber vor einigen Monaten wurde ich überfallen und angeschossen. Ich war bewusstlos, so dass man einen Arzt holen musste, und dieser hat dann festgestellt, was mit mir los ist. Er benachrichtigte sofort deinen Vater, der anfangs die Sache einfach ignorierte. Als ich wieder gesund war, besuchte er mich eines Abends und fragte, ob ich ihm nichts zu sagen hätte. Da habe ich ihm dann alles erzählt.«

Schlagartig versteinerte sich sein Gesicht. »Und seither besucht er dich regelmäßig?«

Herausfordernd blickte sie ihn an. »Ja, seither besucht er mich ab und zu. Hast du etwas dagegen? Ich bin doch ein freier Mensch!«

»Nein, natürlich nicht, es tut mir auch furchtbar leid, was dir zugestoßen ist. Die Narbe an deiner Schulter, ist die von dem Schuss?«

Julia nickte: »Du kannst dich doch an die Geschichte erinnern, die ich dir erzählt habe, als wir uns kennenlernten.«

Nicholas nickte. »Selbstverständlich, das war der, dem du die Peitsche ins Gesicht geschlagen hattest.«

»Richtig.«

Besorgt fragte Nicholas: »Wurde der Kerl gefasst?«

»Nein, er wartet auf die nächste Gelegenheit.«

»Ich verstehe dich nicht. Warum bleibst du überhaupt hier, es könnte doch sein, dass er das nächste Mal nicht danebenschießt.«

»Das Risiko muss ich eingehen? Warum soll ich weglaufen? Edward würde mich überall finden.«

Nachdenklich blickte er Julia an, »und was macht ihr zusammen, wenn mein Vater dich besucht?«

Nervös lief Julia auf und ab. »Es ist nicht so, wie du denkst. Als er noch nicht wusste, dass ich eine Frau bin, hat er mich regelmäßig eingeladen, mit ihm Schach zu spielen. Von Anfang an hat er mich sehr gut behandelt, fast wie ein Vater. Er hat mir auch erzählt, dass er oft mit dir Schach spielte und du meistens gewonnen hast. Da wusste ich allerdings noch nicht, dass es sich um dich handelte. Was ist dabei, wenn dein Vater Bescheid weiß?«

»Eigentlich nichts, aber ich kenne meinen Vater. Wenn er eine attraktive Frau sieht, verliert er den Verstand.« Dabei fuhr er

sich durchs Haar und sah plötzlich sehr müde aus.
»Wie kannst du nur so etwas von deinem Vater sagen! Er hat sich bis jetzt mir gegenüber absolut korrekt verhalten.«
Mit leiser Stimme sagte er: »Julia, du kennst ihn nicht.«
»Ich weiß nicht, ob ich ihn kenne, aber ich glaube, du hast unheimliche Vorurteile deinem Vater gegenüber. Aber lassen wir das. Mir ist kalt, kannst du noch etwas Holz auflegen?«
Nicholas legte ein großes Holzscheit und einen Brocken Kohle auf das Feuer. Er verschwand, um den Wein zu holen.
Julia zündete die Kerzen an, die neben ihrem Bett auf dem Nachttisch standen, machte es sich auf dem Bett bequem und überlegte, warum es denn so lange dauerte, eine Flasche zu öffnen. Sie legte sich auf den Bauch und stützte den Kopf auf die Ellenbogen.
Nicholas erschien mit einem Tablett, auf dem nicht nur der Wein stand, sondern auch ein Teller Birneneintopf mit Lammfleisch.
Strahlend blickte er Julia an. »Ich habe gesehen, dass du überhaupt noch nichts gegessen hast.«
»Ich habe keinen Hunger.«
»Das akzeptiere ich nicht. Wer arbeitet, muss essen.« Er stellte das Tablett auf einen Stuhl, nahm den Teller und einen Löffel und setzte sich zu Julia. »So, jetzt Mund auf.«
Julia setzte sich hin und sperrte den Mund weit auf.
Nicholas schob ihr den vollen Löffel mit dem Fleisch in den Mund.
Sie alberten und lachten zusammen.
Nicholas flößte ihr Wein in den Mund.
Julia lachte laut hinaus und schnitt eine drollige Grimasse. Sie ließ sich alles vergnüglich gefallen, dann meinte sie: »Den Rest kann ich allein essen.«
»Oh, mein geliebtes Wesen«, flüsterte Nicholas und rückte

näher. Ihre Augen forderten seine ganze Aufmerksamkeit. Er nahm ihr den Teller aus der Hand und stellte ihn auf den Boden. Nicholas liebkoste wieder und wieder ihren Hals mit seinen Lippen, zog mit seinen Zähnen den weichen Stoff von ihrer Schulter, strich zart über ihre rote Narbe.
Leicht zuckte Julia zusammen.
In seinen Schläfen pochte heftig das Blut, als er mit einfühlsamer Stimme fragte: »Ist die Narbe noch so empfindlich?«
»Nur noch ein klein wenig.«
»Schon allein der Gedanke an den Typ macht mich rasend. Ein Glück, dass die Leute dich rechtzeitig gefunden haben.«
Julia legte ihre Finger auf seinen Mund. »Das ist alles vergessen, was zählt ist, dass du hier bei mir bist, das ist das schönste Geschenk für mich.«
»Für mich auch.« Nicholas zog an dem Gürtel des Morgenmantels, der ihren Körper verhüllte, so dass er langsam von ihrer Schulter glitt. »Deine Haut ist so weich wie Samt.«
Julia lächelte ihn verführerisch an.
Nicholas drehte sich von ihr weg, füllte beide Gläser und reichte Julia eines. »Auf uns und auf unsere Zukunft, mein geliebter Engel.«
Sie stießen mit ihren Gläsern an.
»Auf uns, Nicholas.«
Er blickte zu Julia, die es sich inzwischen auf dem Bett gemütlich gemacht hatte. Der Schein des Feuers hüllte ihren Körper in sanftes Gelb, das Lichtspiel verlieh ihrer Haut einen zauberhaften Reiz. Sie hatte einen schlanken, durchtrainierten Körper. Wie ein stolzes Reh wirkte sie auf ihn. »Ich kann mir dich überhaupt nicht als kleines Mädchen vorstellen, das mit Puppen spielte.«
»Nun ja«, antwortete Julia langsam, »du liegst richtig, als Kind

mochte ich keine Puppen. Natürlich hatte ich welche, ich habe aber nie wirklich mit ihnen gespielt.« Sie lachte hell hinaus: »Mit meinen Puppen spielte Francis. So verdreht ist die Welt, nicht wahr?«

»Ja, bei euch ging schon einiges verkehrt zu.« Nicholas stand vor Julia, blickte tief in ihre Augen und zog sich langsam Kleidungsstück für Kleidungsstück aus, bis er nackt, wie Gott ihn schuf, vor Julia stand.

Heimlich betrachtete sie Nicholas. Dieser Mann besaß eine Ausstrahlung, die auch nicht geschwächt wurde, wenn er keine Kleidung trug. Ganz im Gegenteil, er hatte einen wunderschönen, athletischen Körperbau. »Du bist schön, Nicholas.«

Beschämt blickte er etwas auf die Seite, was eigentlich zu ihm überhaupt nicht passte.

»Weißt du, ich habe noch nie richtig einen nackten Mann gesehen.«

Er lachte und ließ sich aufs Bett fallen. »Das will ich auch schwer hoffen.« Er schmiegte sich an Julias Körper. Mit der Hand streichelte er zärtlich ihre Wangen, hielt seine Nase an ihren Hals, atmete ihren warmen Geruch ein, und dann wanderte seine Hand die Schulter entlang zu ihren kleinen, festen Brüsten. Er stöhnte: »Wie konnte ich bis jetzt ohne dich leben.«

Julia erwachte von dem ersten fahlen Licht des Morgens, das durch die halb geöffneten Vorhänge fiel. Sie lag in den Armen des Mannes, den sie liebte. Reglos blieb sie neben ihm liegen und lauschte seinem gleichmäßigen und tiefen Atem. Sie genoss die Wärme seines Körpers, berührte seinen Hals und fühlte seinen Puls. Sie strich über seine Haare, schmiegte sich enger an ihn. Jede Sekunde dieser Nacht hatte sie genossen, alle Augenblicke der hemmungslosen Hingabe und seiner rührenden Zärtlichkeiten. Es tat weh, nur daran zu denken,

dass er sie wieder verließ, aber was machte sie sich Gedanken, er lag jetzt hautnah neben ihr, und es gab für sie nichts Schöneres, als diesen Mann zu liebkosen. Er war für sie wie ein kostbares Juwel. Sie musste jetzt taktischer vorgehen und versuchen, ihn zu halten, denn sie konnte sich ein Leben ohne ihn nicht mehr vorstellen.
Es war Zeit zum Aufstehen, gleich würde Albert sie abholen. Sie hatte noch nicht ihr Hemd zugeknöpft, als es heftig an der Eingangstür klopfte. Besorgt blickte sie zu Nicholas, sie wollte ihn nicht wecken. Er rührte sich noch nicht. Flink schlüpfte sie in ihre Stiefel und verschwand.
Albert war ganz aufgeregt, als Julia die Tür öffnete. Ohne den Morgengruß abzuwarten, sagte er sehr laut: »Es sind nochmals zehn Schweine verendet, und stellen Sie sich vor, die Straßenköter, denen wir das Futter zum Fressen gaben, sind alle eingegangen, also war Ihr Verdacht richtig, sie wurden vergiftet.«
Julia lächelte befreit. »Ach, bin ich froh, dann bekommen wir sicher alles schnell in den Griff.« Sie nahm Albert an der Hand und zog ihn mit sich fort.

Am Abend, als Julia gerade anfing sich auszuziehen, klopfte es an der Haustür. Sie eilte in die Eingangshalle und blickte durch das kleine Glasfenster. Ihr Herz fing wild an zu schlagen, dann öffnete sie lachend die Tür. Julia fühlte sich wie eine Wüstenblume, die fast am Verdursten war und sehnsuchtsvoll auf den lang ersehnten Regen wartete. Und ist der Regen dann endlich da, erwacht sie zum Leben und zeigt der Welt ihre wunderschöne Blütenpracht.
»Ich dachte, du besuchst mich über deinen Geheimgang?«
»Das kann ich jetzt nicht mehr, mein Vater ist von seiner Reise zurückgekommen.« Dabei konnte er ein freches Grinsen nicht

unterdrücken.

»Du Schelm.« Julia ging ihm entgegen und gab ihm spielerisch einen Schubs.

Da lagen sie sich schon in den Armen. Er küsste sie, zuerst ganz zärtlich, dann immer leidenschaftlicher und inniger. »Du hast mir gefehlt«, sagte er heiser.

»Wir haben uns doch nur ein paar Stunden nicht gesehen.«

Sie lachten beide verlegen. Julia fühlte eine angenehme Wärme und Sehnsucht in sich aufsteigen. Mit ihrem Finger strich sie sanft über seine Stirn und Nase entlang. »Du hast mir auch gefehlt«, sagte sie leise. »Schön, dass du da bist.« Dabei rieb sie ihre Lippen an den seinen.

Plötzlich klopfte es laut an der Haustür.

Erstaunt blickte Nicholas sie an. »Wer kann das sein um diese Uhrzeit?«

Erregt zeigte Julia mit ihrem Arm auf die Treppe. »Nicholas, versteck dich bitte oben in meinem Schlafzimmer.«

Sie hörten eine Stimme, die sagte: »Miss Julia, ich bin es, Catterick.«

Julia lief an die Haustür und öffnete einen Spalt. »Entschuldigen Sie, Lord Catterick, ich wusste nicht, dass Sie zurück sind. Ich wollte gerade ins Bett gehen.«

»Fühlen Sie sich denn nicht wohl?«

»Um ehrlich zu sein, nicht besonders, es war ein sehr anstrengender Tag, und ich habe schreckliches Kopfweh.«

»Dann möchte ich nicht länger stören. Vielleicht darf ich Sie morgen besuchen?«

»Das wäre schön, Lord Catterick.«

»Ich wünsche Ihnen gute Besserung und schlafen Sie gut. Gute Nacht, Miss Julia.«

Mit finsterer Miene saß Nicholas in dem Ohrensessel und wartete auf sie. Er verbrannte innerlich, er wusste, dass er sich zusammennehmen musste. Als Julia das Zimmer betrat, sagte Nicholas in bissigem Ton: »Was soll denn das? Keine zwei Stunden ist mein Vater zurück, und schon steht er vor deiner Tür.« Seine Stimme war sehr erregt. »Kannst du mir das erklären?«

Julia stellte sich ans Fenster und blickte hinaus. Es war dunkel, sie konnte nichts mehr sehen. Sorgfältig zog sie die Vorhänge zu. »Wenn du dir einbildest, du könntest dich wie ein alter, eifersüchtiger Ehemann benehmen, dann hast du dich getäuscht. Ich habe allen Respekt vor deinem Vater, den kannst du mir nicht nehmen«, fauchte sie zurück, »und außerdem will ich wissen, was hier gespielt wird. Ich habe fast den Eindruck, als ob du deinen Vater hassen würdest, aber das kann doch nicht sein, oder?«

Mit unglücklicher Stimme erwiderte Nicholas: »Er ist an dir interessiert, habe ich recht? Du als Frau musst das doch spüren.«

Verunsichert stand Julia vor ihm. Irgendetwas war zwischen den beiden Männern vorgefallen, sie musste es wissen. Sie kam zu ihm, setzte sich auf seine Knie, strich ihm liebevoll über sein weiches Haar. »Ich liebe dich, nur dich, das musst du wissen. Dein Vater ist oft allein, es ist doch nur verständlich, dass er sich ab und zu unterhalten möchte.«

Sie küsste ihm auf seine Augen und Wangen. »Er hat dich sehr verletzt, nicht wahr?« Sie stand auf und griff nach seiner Hand, zog ihn ins Bett, kuschelte sich an ihn und legte ihren Kopf an seine Brust. »Warum erzählst du mir nicht einfach die ganze Geschichte? Wir haben die ganze Nacht Zeit, mein Liebling.«

Es dauerte lange, bis er sich endlich durchgerungen hatte zu sprechen. »Du weißt ja, vor Jahren war es noch schlimmer als heute, Adel wurde mit Adel verheiratet. Meine Mutter wurde als junges Mädchen meinem Vater versprochen. Sie kannten sich nicht einmal. Als Siebzehnjährige wurde sie getraut. Mein Vater war immerhin schon sechsundzwanzig Jahre alt und brachte viel Erfahrung in die Ehe. Aber irgendwie hatte mein Vater so viel Charme, dass meine Mutter sich mit der Zeit in ihn verliebte. Ob mein Vater meine Mutter jemals geliebt hatte, konnte ich nie herausfinden. Aber mich liebte meine Mutter abgöttisch, sie war immer für mich da. Ich bin der Jüngste, es gibt noch eine Schwester, die ist fünf Jahre älter als ich, aber mir gab sie die Liebe, die sie bei ihrem Mann nicht loswurde. Ich war ihr Vertrauter, sie erzählte mir ihren ganzen Kummer. Was mir oft nicht recht war, weil es mich belastete und ich mir hinterher so große Sorgen machte, dass ich nächtelang nicht schlafen konnte. Sie war depressiv und weinte viel, sie war total unglücklich. Der Grund war dieser Mann, mein Vater. Er war der Untergang und das Verhängnis meiner Mutter. Er war viel unterwegs und kam nach Hause, wann er gerade Lust hatte. Besser wäre es allerdings gewesen, er wäre fortgeblieben, denn sie stritten nur. Es war furchtbar, ich hatte schreckliche Angst vor ihm, habe aber versucht, es ihm nicht zu zeigen. Wir Kinder gingen ihm, so gut es ging, aus dem Weg, er war für uns ein Teufel. Eines Tages, nach einem großen Streit, drohte er ihr, sie zu verlassen, wenn sie sich in Zukunft nicht anders benehmen würde. Das war zu viel für meine Mutter. Ich war gerade neun Jahre alt geworden, als sie zu mir in mein Kinderzimmer kam. An diesem Tag weinte sie nicht wie sonst. Ich kann mich noch genau erinnern, wie fahl sie aussah. Ich kann dir genau das Kleid beschreiben, das sie anhatte. Sie war zwar im Zimmer zu sehen, aber ich hatte das Gefühl, zu mir spräche ein Geist.« Seine Miene verfinstert sich, und in seinen Augen glänzten Tränen.

Julia legte bedauernd die Hand auf seinen Arm, aber er wich zurück.

»Meine Mutter küsste mich auf den Mund und sagte: »Du musst mir versprechen, nie so zu werden wie dein Vater. Versprich mir das, mein Liebling. Und wenn du groß bist und irgendwann eine Frau findest, die du liebst, musst du sie glücklich machen und lieben, aber nicht wie dein Vater. Und vergiss nie, wie sehr ich dich liebe.« Sie drehte sich um, öffnete das große Fenster und stürzte sich in den Tod.
Tränen strömten ihm über seine Wangen. Er ergriff Julia und klammerte sich wie ein Ertrinkender an sie.
Julia hörte seinen angestrengten Atem, und die unterdrückten Laute sandten einen stechenden Schmerz durch ihr Herz. Noch nie hatte sie ein Gefühl so überwältigt.
Sie sprachen kein Wort und tranken nur den Wein, dann hob Nicholas den Kopf und sah sich um, als hätte er den Raum nie gesehen. Als er sich wieder gefasst hatte, sprach er weiter.
»Ich glaube, meine Mutter hat sich nur so an mich gehängt, weil sie befürchtete, dass ich wie mein Vater sein könnte. Das Schlimmste an der ganzen Geschichte ist, ich bin mir selbst nicht sicher über mich. Ich konnte viele Jahre danach nicht Vater sagen, verstehst du, das lässt mich nicht los. Ach, Julia, hilf mir, diesen Albtraum zu vergessen, sonst werde ich noch verrückt. Ich liebe dich so sehr und habe Angst, dich zu verletzen. Ich möchte dich glücklich machen, aber ich habe Bedenken, dass ich es nicht kann.« Er redete sich die ganze Bürde der vergangenen Jahre von der Seele.
Zärtlich tupfte Julia mit einem Spitzentuch seine Wangen trocken. »Deine Seele hat zu viele Narben.«
Sie blieben fast eine Ewigkeit liegen und sprachen kein Wort.
Julia liebkoste ihn mit ihrem Mund strich ihm weich und gefühlvoll über die Brust, entkleidete ihn sanft.
Es folgte ein liebevolles Gehenlassen. Nur ein Geben, nicht ein Nehmen. Ein langsames Dahingleiten in die Ekstase, ein Akt

zwischen zwei Liebenden.

Mitten in der Nacht wachte Nicholas erschreckt auf, streckte die Hand aus und fuhr ihr durch die feinen Locken.

Sie schmiegte sich im Schlaf gegen seine Hand.

Er lächelte gelöst. »Geliebter Engel, ich wünsche mir so sehr, dich glücklich zu machen.«

Am anderen Morgen wachte Julia auf, griff neben sich und fasste nur in das weiche Kopfkissen. Wieder einmal war sie allein. Sie lag noch ein Weilchen in ihrem Bett und war einfach glücklich. Nicholas war zwar nicht mehr hier, aber sie wusste, er würde immer wieder zu ihr zurückkommen. Er liebte sie. Was sollte da noch schiefgehen? In ihrem Leben war er der Anker, den sie brauchte.

8. Kapitel

Ihr erster Gedanke am Morgen war Nicholas, ihr letzter Gedanke am Abend galt auch ihrem Geliebten. Sie wünschte sich von Herzen, er möge wieder zurückkommen. Sie ließ abends alle Türen offen, um ja nicht das Klopfen zu überhören. Sie blickte oft und lang durch das große Fenster, obwohl es stockdunkel war. Er beherrschte ihr Dasein, egal ob er da war oder nicht. Sie wartete vergebens. Nicholas erschien weder am nächsten noch am übernächsten Tag. Julia stand vor dem Abgrund, ihre Zweifel wuchsen. Sie war wütend, litt Ängste und hatte die schlimmsten Befürchtungen, es könnte ihm etwas passiert sein. Das Schlimmste war, sie konnte niemanden nach ihm fragen, und so war, wie immer, Albert ihre Rettung. Er musste sich im Herrenhaus nach Nicholas erkundigen. Warum ließ er ihr keine Nachricht zukommen? Das war wohl das Wenigste, was sie von ihm verlangen konnte. Zwei Wochen später, Albert brachte Julia gerade nach Hause, da stand auf dem großen Küchentisch eine Schachtel. Sie öffnete sie und fand eine wunderschöne kleine, aber majestätische Perserkatze darin. Julia nahm behutsam das Wollknäuel aus der Kiste. Um den Hals hing ein viel zu großes Halsband, daran war eine Karte befestigt.

Geliebte Julia,
ein kleines Geschenk, damit du dich abends nicht so allein fühlst. Ich musste leider dringend nach London. Komme so schnell wie möglich zurück.
Ich umarme und liebe dich.
Dein Nicholas

Ihre schlechte Laune war wie weggeblasen. Sie herzte das Kätzchen. »Wie kann ich dich denn nennen? Vielleicht Lieschen oder Mizzi? Nein, das passt alles nicht zu dir.«
Das Kätzchen schaute sie liebevoll mit seinen großen Bernsteinaugen an und sagte: »Mä.«
»Was bist du denn für eine komische Katze, du musst „miauen" und nicht „mä" sagen.« Sie nahm die Katze und drückte sie an ihre Wange, dann stellte sie, das kleine Federgewicht auf den Boden und lockte sie.
Das kleine Kätzchen trottete ihr tatsächlich hinterher.
Keine zehn Minuten später klopfte es, und Lord Catterick stand vor der Türe.
»Darf ich hereinkommen, Miss Julia?«
»Aber natürlich, fühlen Sie sich wie zu Hause. Ich hole eine Flasche Wein.«
Während er den Wein entkorkte, blickte er Julia an. »Was ist mit Ihnen heute los? Sie sehen so glücklich aus. Ich habe mir die letzten Wochen wirklich Sorgen um Sie gemacht.«
Auf einmal erklang ein vorwurfsvolles „mää".

Lord Catterick blickte sich neugierig um und sah das kleine honigfarbene Knäuel. »Das ist aber eine wundervolle Katze! Wo haben Sie denn das Prachtexemplar her? Ich wusste gar nicht, dass es Perserkatzen in England gibt.«
Mit strahlenden Augen und einem hinreißenden Lächeln erwiderte Julia: »Und ich wusste nicht, dass so eine Art von Katzen überhaupt existiert. Vielleicht können Sie mir behilflich sein, ich will ihr einen Namen geben.«
Er setzte sich und streckte die Hand nach ihr aus, aber sie ließ sich nicht locken, sie war ein ängstliches Baby. Lord Catterick überlegte: »Nachdem die Katze persischer Abstammung ist, sollte sie auch einen außergewöhnlichen Namen bekommen, meinen Sie nicht auch?«
»Ja, sicher, aber über diese Kultur weiß ich so viel wie gar nichts.«
Er lachte. »Ich weiß auch nicht so viel. Könnte es nicht auch ein griechischer Name sein?«
»Vielleicht, warum nicht?«
»Wie gefällt Ihnen „Cosme"?«
»Es kommt darauf an, was der Name bedeutet.«
»Schmuckkästchen.«
Julia zog ihre Augenbrauen hoch und überlegte. »Einverstanden, nennen wir sie Cosme, das gefällt mir, es klingt fremdländisch, aber so sollte es auch klingen.« Julia setzte sich in den Sessel und beobachtete Lord Catterick. Er übernahm, wenn er sie besuchte, sämtliche Arbeiten, schaute, dass das Feuer nicht ausging und die Gläser immer gefüllt waren. Er behandelte sie wie eine Vertraute, fragte sie um Rat, sie diskutierten, er erklärte ihr seine Argumente, erzählte von seinen Geschäften. Er übermittelte ihr die neuesten Nachrichten aus London, wobei er hin und wieder bekräftigend mit den Armen durch die Luft fuchtelte. Sie war bestens informiert. Nur über

Nicholas sprach er nie. Julia wollte nicht die fabelhafte Harmonie stören, die zwischen ihnen herrschte, auch hatte sie Angst, sie könnte sich verraten. Im Inneren wünschte sie sich zwar Nicholas an seiner Stelle, aber sie war pragmatisch; nun, wenn der eine schon nicht vorhanden war, dann besser der Vater, als allein die Abende zu verbringen.

»Morgen muss ich leider wieder nach London. Es gefällt mir nicht so sehr, denn in letzter Zeit macht mir das Reisen doch etwas Mühe.« Er lachte laut. »Das Alter ist eben nicht zu verleugnen.«

Julia stützte ihren Kopf auf ihre Ellenbogen und umfing mit ihrem Blick die Gestalt von Lord Catterick. »Aber wenn ich Sie so anschaue, zeigen Sie keine Alterserscheinung.«

Er schenkte ihr ein unwiderstehliches, jungenhaftes Lächeln. In diesem Moment fühlte er sich dreißig Jahre zurückversetzt, als er noch der große Herzensbrecher war. Er räusperte sich. »Danke für das Kompliment.« Dann hielt er kurz inne, bevor er weitersprach. »Ist es Ihnen nicht leid, immer in Hosen herumzulaufen und Männerarbeit zu verrichten? Sie könnten doch ein schöneres und bequemeres Leben führen!«

Nachdenklich fuhr sie sich mit der Hand durch die Haare. »Das könnte sein, aber mir gefällt mein Leben. Ich bin noch nicht so weit, es ändern zu wollen.«

»Julia, wenn Sie aufhören wollen und Unterstützung, Hilfe oder Beistand brauchen, sollten Sie wissen, dass Sie immer mit mir rechnen können.«

»Das ist ganz lieb, dass Sie mir Ihre Hilfe anbieten, vielleicht komme ich irgendwann darauf zurück.«

»Es ist zwar schon spät, aber ich bin noch nicht müde. Hätten Sie nicht Lust, mit mir eine Runde Schach zu spielen?«

Julia strahlte Lord Catterick wie einen Honigkuchen an: »Das Spiel steht schon da«.

Aus unerklärlichen Gründen wachte Julia mitten in der Nacht auf. Sie drehte sich nicht um. Wie ein Raubtier hatte sie seine Anwesenheit gewittert. Vielleicht lag es auch nur daran, dass sie ihn nicht ansehen musste, um zu wissen, dass er, wie immer, wenn er sie besuchte, in dem Ohrensessel neben dem Fenster saß.

Mit einem vorwurfsvollen Ton sagte sie: »Du hast mich aus dem Tiefschlaf gerissen.«

»Du bist wie eine Eule, dir entgeht wohl nichts. Darf ich mich zu dir legen?«

Sie rekelte sich genüsslich. »Untersteh dich, zuerst musst du eine Strafe bezahlen, für unentschuldigtes Fortgehen und zu späte Benachrichtigung. Und außerdem, was bildest du dir eigentlich ein? Du glaubst, du kannst kommen und gehen, wann du willst. Stell dir mal vor, mein Liebhaber wäre noch bei mir im Bett.«

Aus der Ecke kam eine kalte Stimme: »Dann würde ich euch beide umbringen.«

Voller Ablehnung rümpfte Julia die Nase. »So einfach kommst du nicht davon. Früher gab es die Prügelstrafe.«

»Wie sieht diese Prügelstrafe aus?«

»Lebenslange Haft.«

Nicholas lachte kurz hinaus. »Dein Gefangener zu sein, ist mir ein Vergnügen.«

Julia holte tief Luft: »Ich hoffe, du hast eine gute Ausrede, sonst kannst du gleich wieder verschwinden.«

Ihre Kehle wurde trocken. »Reich mir bitte das Glas Wasser und komm ins Bett, wie lange soll ich denn noch auf dich warten?«

»Du hattest lange Besuch.«

»Nicholas, wenn du bei mir wärst, müsste ich nicht auf fremde

Gesellschaft zurückgreifen, und außerdem bist du krankhaft eifersüchtig.« Julia konnte Nicholas' Gesicht nicht sehen, obwohl der Mond voll ins Zimmer schien. »Warum nimmst du mich nicht einfach mit auf deine Reisen? Ich gehe mit dir, wohin du möchtest, und wenn es sein muss, bis ans Ende der Welt.«

Sie schwiegen, dann stand Nicholas von seinem Sessel auf.

Die Ohren angespannt, konnte Julia hören, wie er sich auszog und sich neben sie auf das Bett legte.

Den Kopf gesenkt, fuhr Julia mit den Fingerspitzen sachte über seinen Rücken, was Nicholas innerlich in heftigen Aufruhr versetzte.

Er nahm Julia fest in seine starken Arme und stöhnte: »Jedes Mal ist es, als berührte ich dich zum ersten Mal, ich liebe dich so sehr und doch weiß ich nicht, ob ich der richtige Mann für dich bin. Wie du weißt, bin ich ein schwieriger Mensch. Manchmal bin ich auch gewalttätig und komme mit mir selbst nicht zurecht. Wie soll ich mich dir gegenüber verhalten, ohne dich zu verletzen? Es gibt für mich nichts Wichtigeres, als dich glücklich zu sehen. Du musst viel Geduld für mich aufbringen. Meinst du, das bringst du fertig?«

Julia schmiegte sich an seine behaarte Brust und hörte das regelmäßige Schlagen seines Herzens. »Ich bin aus Liebe zu dir bereit, alles zu dulden, nur keine Lügen.«

»Was willst du damit sagen? Ich habe dich noch nie angelogen.«

»Ich weiß, und ich hoffe, du wirst mich jetzt nicht anlügen, wenn ich dich frage, was es mit der Frau auf sich hat, die bei dir im Haus wohnt.«

Nicholas streichelte Julia sanft über ihren Busen, so dass ihre Brustwarzen steif wurden.

Sie nahm seine Hand weg. »Jetzt nicht, ich möchte zuerst die

Wahrheit wissen.«

Es kam ihr wie eine Ewigkeit vor, bis er sprach.

»Kathy wohnt nicht mehr bei mir und der Junge, mein Kind, auch nicht. Ich habe beide weggeschickt.«

»Warum, was ist passiert?«

»Sie war nur eine Straßendirne, die ich zuerst aus Mitleid aufgenommen hatte. Sie war sehr darauf bedacht, meine Wünsche zu befriedigen und hat sehr wenig dafür verlangt. Sie war biegsam, fügsam und duldsam.«

»Du meinst, deine fleischlichen Gelüste?« Sie wollte es eigentlich nicht unbedingt wissen, aber trotzdem musste sie die Frage stellen.

Nicholas beugte seinen Kopf auf die Seite und fing dröhnend an zu lachen. »Du bist komisch, ja wenn du es so willst, aus fleischlichen Gelüsten. Aber später war es mehr Gewohnheit und Bequemlichkeit, dass ich mein Lager mit ihr teilte. Gut, ich gebe zu, ich habe sie benützt, dafür bezahlte ich sie gut. Jetzt brauche ich sie nicht mehr, ich habe dich.«

Julia fasste ihn scharf ins Auge, aber was sie da sah, gefiel ihr nicht im Geringsten, darum stemmte sie sich von ihm weg.

»Soll das heißen, dass ich jetzt deine Hure bin?«

»Du weißt, dass ich das nicht so gemeint habe. Mit dir ist es etwas anderes. Dich liebe ich, mit dir möchte ich mein Leben verbringen, und von dir möchte ich Kinder haben.«

Er blinzelte sie beschwörend an. »Und außerdem begehre ich keine Frau mehr als dich, und es gibt keine, die mich mehr befriedigt als du, verstehst du das denn nicht? Kathy bedeutet mir nichts. Das mit dem Jungen ist passiert, wie es jeden Tag passiert, und wenn sie von mir kein Kind bekommen hätte, dann von einem anderen.« Er wollte sie erneut umarmen, aber sie entzog sich seinem Griff und erhob verzweifelt die Arme.

»Allmächtiger, wie kannst du nur so reden.«

»Du wolltest die Wahrheit und nichts als die Wahrheit. Was meinst du, warum es Hurenhäuser gibt? Ich hatte eben mein privates, in meinem Haus. Ich habe mir sagen lassen, die meisten Frauen tun es oft nur aus Abenteuerlust und Sex. Ich hatte nicht nur Prostituierte, sondern auch ehrenwerte, verheiratete Frauen, und da frage ich dich, warum vergnügt sich eine angebliche Lady mit mir, wenn sie zu Hause ihren geliebten Ehemann hat?

Schau mich nicht so entsetzt an, du willst mich kennenlernen, ich gebe dir mein Innerstes preis, ich lege mich dir nackt zu Füßen. Sex ist Sex und hat mit Liebe überhaupt nichts zu tun. Und der, der etwas anderes behauptet, ist ein Narr. Ich gehe sogar so weit zu behaupten, dass du zu den Frauen gehörst, die sehr starke sexuelle Empfindungen haben. Du kannst mit einem Mann schlafen und es genießen, ohne dass du ihn liebst.«

Julia sprang auf, in ihr stieg die kalte Wut hoch. »Was ist los mit dir? Bist du betrunken? Wie kannst du mir so eine Geschmacklosigkeit vorwerfen?«

Vor Ärger verließ sie den Raum und durchquerte mit großen Schritten zornig das ganze Haus, um sich abzureagieren. Innerlich bebte sie vor Groll. Was war er doch für ein Monster! Sie lief ins Schlafzimmer zurück, da lag er immer noch, in derselben Stellung im Bett, wie sie ihn verlassen hatte, und grinste sie unverschämt an.

»Wenn du diese Meinung von mir und den Frauen hast, kannst du abhauen, und zwar sofort.«

Zynisch lachte Nicholas auf. »Was hast du vor fünfzehn Minuten zu mir gesagt? Du bist aus Liebe zu mir zu allem bereit. Alles nur eine Phrase? Jetzt zeigt die Wölfin ihr wahres Gesicht.«

Das war zu viel. Julia rannte wie ein tollwütiger Hund auf ihn

los. Nicholas musste seine ganzen Kräfte einsetzen, um sich zu wehren. Er lachte sie nur aus, und das machte sie noch rasender. Jetzt fiel er über sie her und küsste sie leidenschaftlich. Ihm gefiel die Situation, er genoss es, er brauchte sie, auch Julia spürte das, es war ein Akt des Wahnsinns. Sie kannte sich nicht mehr, sie dachte nicht mehr, sie fühlte nur noch ihren Körper, genauso wie Nicholas.
Als alles vorbei war, fragte er sie: »Weißt du jetzt, was ich meine? Du bist genauso wie ich. Wir sind wie Fisch und Wasser.«
»Wie meinst du das?«
»Ganz einfach, der Fisch kann ohne das Wasser nicht leben, und darum werden wir nie voneinander loskommen.« Er fuhr liebevoll durch ihr Haar und blinzelte sie lüstern an. »Habe ich dir schon mal gesagt, dass ich dich in Männerkleidung wahnsinnig sexy finde?«
Julia liebkoste mit ihrem Mund seine Brustwarzen, die, wie bei ihr, steinhart waren.
»Du willst mir doch nicht andeuten, dass du auf kleine Jungs stehst.«
Besitzergreifend legte Nicholas seinen Arm um Julia. »Du verkörperst für mich alles, was mich erregt. Wenn du wirklich ein Mann wärst und so aussehen würdest wie jetzt, vielleicht würde ich mich dann wirklich an dich heranmachen. Du hast so etwas Animalisches an dir.« Dabei knabberte er an ihrem Ohr.
Vor dem Einschlafen sagte Julia ernst: »Wenn du dir einbildest, wieder im Morgengrauen wegzugehen, dann brauchst du nicht wiederzukommen.«
Aber Julia konnte nicht sofort einschlafen, sie machte sich Gedanken über sich und Nicholas. War sie ihm sexuell verfallen? Sie hatte nie für möglich gehalten, dass sie so tief sinken

würde. Auch schämte sie sich über das, was vorgefallen war. Sie war töricht, dass sie überhaupt nach dem Flittchen gefragt hatte, aber diese Frage brannte ihr wie Feuer auf der Zunge, seit sie Kathy das erste Mal im Hause von Nicholas gesehen hatte. Was sie noch mehr beunruhigte, war ihr Körper. Es gefiel ihr nicht, wie er auf Nicholas reagierte. War sie von ihm verhext? So etwas sollte es ja geben. Sie sehnte sich nach ihm, träumte von ihm, sie dachte nur an ihn. Wie konnte es passieren, dass er sie so zur Raserei bringen konnte? Das war das erste Mal in ihrem Leben, dass sie so sehr wütend war, dass sie nicht mehr wusste, was sie tat. Beängstigend war es, dass jemand über ihren Körper bestimmen konnte, und sie war wehrlos. Es war, als ob sich ein fürchterliches Gewitter mit Blitz und Donner aufbaute und in ihrem Körper die Energie abließ, bis sie zum Höhepunkt kam. Sie war immer stolz auf sich, dass sie die anderen Menschen manipulieren konnte. Aber dieses Mal wurde sie von jemand anderem beherrscht. Ja, sie liebte ihn, aber es konnte nicht so weit gehen, dass sie sich selbst aufgab. Sie hatte sich nicht mehr in der Gewalt. Vielleicht hatte er doch recht, dass sie mit Männern schlafen konnte, die sie nicht liebte. Nein das kann nicht sein, so war sie nicht, oder doch?

Nicholas schlich sich nach zwei leidenschaftlichen Nächten wieder davon, und sie wusste nicht, wo er war. Sie lechzte nach ihm wie eine Kranke nach ihrer Droge, wie nach der täglichen Ration Opium. Unsagbar litt sie. Der erste Gedanke morgens galt ihm, den letzten Gedanken vor dem Einschlafen widmete sie ihm. Er hatte nicht das Recht, sie so zu demütigen, so zu erniedrigen. Wenn er gerade Lust auf sie hatte, tauchte er auf, sprach von Liebe, und schon war er wieder verschwunden, ohne ein Wort der Entschuldigung. Das konnte er mit seinen Huren machen, aber nicht mit ihr. Sicher hatte er wieder eine andere Geliebte, die sich in seinem Haus einnistete. Ohne die jämmerlich kurzen Momente, die er ihr schenkte, konnte sie nicht mehr leben. Er lockte und quälte sie, sie konnte nicht mehr klar denken. Sie war eine Romantikerin, die an die Liebe glaubte. Wie konnte sie ihm glauben? Und was ist, wenn er wieder hier auftauchte, was würde sie machen, würde sie ihn empfangen? Ja, sie würde ihm, wie immer, in die Arme laufen und verzeihen und die wenigen Augenblicke lang glücklich sein. Dafür verachtete sie sich, denn sie war stolz, und es war unter ihrer Würde, jemandem nachzurennen wie ein läufiger Hund. Wie eine Gefangene fühlte sie sich; seine Treulosigkeit verletzte sie, erregte ihre Eifersucht. Die berauschende, wilde Fahrt ging rapide talwärts, und ihr blieb keine andere Wahl als abzuspringen, wenn sie könnte, bevor sie vollends in den Abgrund des Unglücks strudeln sollte. Und jetzt trug sie von diesem Weiberhelden auch noch ein Kind unter ihrem Herzen. Es war noch Zeit, das Kind abzutreiben, sie würde sicher jemanden finden. Aber es war auch ihr Kind, von seinem Samen gezeugt, sie konnte es nicht vernichten. Sie musste einen Entschluss fassen, und zwar schnell.

Albert wollte, wie immer, Julia am frühen Morgen abholen, aber Julia stand nicht vor der Tür. Das beunruhigte ihn etwas. Er trat ins Haus und rief nach ihr. Nach einiger Zeit kam sie leichenblass aus der Toilette geschlichen. Albert erschrak heftig. »Fühlen Sie sich nicht wohl, sind Sie krank?«
Er konnte nicht ausreden, weil Julia sich umdrehte und wieder zurückrannte. Durch die halb geöffnete Tür hörte er sie würgen. Er machte sich wirklich Sorgen um sie.
Als sie wieder zum Vorschein kam, nahm sie ihre Jacke. »Es tut mir schrecklich leid, aber ich fürchte, es geht mir nicht allzu gut. Aber komm, wir können gehen.« Sie trat ins Freie,

blinzelte in die Morgensonne und atmete ein paar Mal tief durch.

»Haben Sie etwas Schlechtes gegessen?«

Schwer atmend stieg sie auf das Pferd, das Albert für sie hielt. »Es ist nicht das Essen.«

»Was dann?« , fragte er überrascht.

Mit den Fersen versetzte Julia dem Pferd einen leichten Tritt, so dass es davontrottete. »Ich glaube, ich bin schwanger.«

Hinter ihr hörte sie Albert laut »Nein« sagen. Sie wandte sich ihm wieder zu. Er betrachtete sie mit einem Ausdruck tiefsten Bedauerns und Bestürzung. »Wie geht denn so was?«

Gequält lachte sie hinaus. »Albert, für einen Mann bist du reichlich einfältig.«

Er machte ein zerknittertes Gesicht. »Aber Sie können das Baby doch nicht bekommen.«

»Aber warum nicht, soll ich etwa abtreiben?«

»Nein, oder vielleicht doch.« Er schüttelt verwirrt den Kopf. »Natürlich nicht.« Albert schwieg, während er seine Gedanken ordnete. »Ich verstehe trotzdem nicht. Ich möchte Sie ja nicht ausfragen, aber wer ist denn der Vater? Sie waren doch immer unter meiner Beaufsichtigung.« Auf einmal erhellte sich sein Gesicht. »Es ist Lord Catterick, habe ich recht?«

»Nein, du hast nicht recht.« Julias Augen verengten sich und sie schnappte deutlich hörbar nach Luft, sie wurde noch eine Note blasser.

»Ich wusste gar nicht, dass man sich so krank fühlen kann.« Sie seufzte verdrießlich, strich sich nervös die Haare aus dem Gesicht. Es wurde ihr schon wieder übel.

Mit unverhohlener Neugier beugte sich Albert auf seinem Pferd nach vorn. »Dann war es einer der Burschen, die hier arbeiten?«

»Hör auf zu raten, ich sage es dir. Der Vater ist Nicholas

Dudley, der Sohn von Lord Catterick.«

Albert war sprachlos und brauchte einige Zeit, um die Zusammenhänge zu verarbeiten. »Werden Sie ihn heiraten?«

Julia zuckte mit den Schultern.

»Aber was wird dann aus dem Kind, das Sie unter dem Herzen tragen?«

Der stechende Blick von Julia zwang ihn, zu schweigen.

»Albert, ich werde das Kind bekommen, ich will es.« Sie ließ die Arme hängen. »Ich wünsche es mir sogar, kannst du dir das vorstellen? Und irgendwie schaffe ich es, das Kind großzuziehen.« Julia hielt das Pferd an und stieg ungestüm ab. Sie übergab sich an einer Hecke und setzte sich völlig erledigt ins feuchte Gras.

»Ich glaube, ich kann heute nicht arbeiten. Würdest du bitte zu Lord Catterick reiten und mich entschuldigen? Übernimm bitte heute meine Arbeit.« Sie stieg wieder auf, wendete das Pferd und ritt langsam und erschöpft zurück.

Albert stand da und blickte Julia nach, wie vom Donner gerührt. Wahrscheinlich bin ich ein Esel oder ein Narr, aber ich verstehe überhaupt nichts. Aber er tat, was sie ihm aufgetragen hatte.

Am Abend stand Julia, leicht bekleidet mit ihrem Morgenmantel, in der Küche und füllte ihre Tasse mit dampfendem Tee, als sie ein leichtes Klopfen hörte. Erschreckt fuhr sie herum und ließ die Tasse auf den Boden fallen, wo sie in tausend Scherben zersprang.

»Entschuldigen Sie, Miss Julia, ich wollte sie nicht erschrecken.« Lord Catterick sprang flink herbei und half ihr, die Scherben wegzuräumen. Er musterte sie mit ehrlicher Anteilnahme.

Plötzlich wurde sie noch blasser, sie sah elend aus. Sie bekam wieder einen Schwächeanfall und ließ sich auf den nächsten Stuhl sinken. »Ich glaube, ich brauche frische Luft.« Mit letzter Kraft erhob sie sich und lief mit schleppendem Schritt vor die Tür.

Lord Catterick folgte ihr unbeholfen zur schwach beleuchteten Veranda.

Julia lehnte sich an die Balustrade, atmete tief die frische Abendluft ein, dann ging es ihr wieder etwas besser.

»Miss Julia, wenn ich Ihnen bei irgendetwas behilflich sein kann, sagen Sie es mir, ich bin gerne bereit, für Sie alles zu tun, was in meiner Macht steht.« Lord Catterick bemerkte sofort, wie sich ein Schatten über ihr Gesicht legte.

»Vielen Dank, das ist wirklich sehr freundlich von Ihnen, aber in der miserablen Lage, in der ich stecke, können Sie mir leider nicht helfen.«

Er ging zu Julia, nahm ihre Hand in die seine und blickte sie mitfühlend an. »Vielleicht doch, wenn Sie mir erzählen, was mit Ihnen los ist?«

Erschöpft blickte sie in seine Augen. »Ich muss es Ihnen sowieso sagen, bald kann ich es nicht mehr verheimlichen: Ich erwarte ein Kind.« Sie verstummte.

Entsetzen und Überraschung standen Lord Catterick ins Gesicht geschrieben.

Herausfordernd blickte sie ihn an. »Ich weiß, was Sie mir sagen wollen«, erklärte Julia seelenruhig. »Ich packe morgen meine Sachen und verlasse das Landgut.«

Lord Catterick betrachtete ihr müdes und mitgenommenes Gesicht. Trotz dieser schockierenden Mitteilung fand er sie anziehend in ihrer Hilflosigkeit, und am liebsten hätte er sie in den Arm genommen. »Geht es Ihnen etwas besser?«

Dann wankte sie leicht und griff nach Lord Cattericks Hand.
Er ergriff sie, legte beschützend den Arm um ihre Schultern.

Dankbar blickte sie in seine Augen und legte wie ein zahmes Reh ihren Kopf an seine Schulter. Lange schauten sie so in die kühle, schwarze Nacht. Es waren lange Rufe von Nachtvögeln zu hören. Julia fand in den Armen von Lord Catterick eine seltsame Ruhe. Ihr Blick war in eine unbestimmte Ferne gerichtet, so dass sie zusammenzuckte, als er sie ansprach.

»Ihnen ist kalt, kommen Sie, wir setzen uns vor den warmen Kamin, wo wir uns ein bisschen unterhalten können.« Lord Catterick holte in der Küche eine frische Tasse Tee und reichte sie Julia, die sie dankend in ihre kalten Hände nahm, um sich etwas daran zu wärmen. Sanft drückte er Julia in den Sessel und holte sich selbst einen Whisky. Er lief vor ihr etwas unruhig hin und her.

»Werden Sie heiraten? Ich meine, wird der Vater des Kindes Sie heiraten?«

Unsicher blickte sie in sein glatt rasiertes Gesicht. »Er weiß von seinem Glück noch nichts, und ob er mich heiraten wird, das weiß ich nicht.«

Er räusperte sich laut. »Im wie vielten Monat sind Sie schwanger?«

»Anfang des dritten Monats.«

»Haben Sie sich reiflich überlegt, ob Sie das Kind austragen wollen?«

Julia dachte scharf darüber nach, warf die Lippen etwas auf und rückte noch tiefer in den Sessel. »Ja, ich möchte es haben.«

Auch Lord Catterick war es kalt. Er fühlte sich unbehaglich. Eigentlich war alles, was diese junge Frau betraf, eigenartig, und wenn die Situation nicht so ernst wäre, könnte man fast lachen. Er hatte das Gefühl, sie suchte sich die Probleme in ihrem Leben. Eigentlich hätte er ihr das nie zugetraut. Eine Frau, die sich so weit herablässt und mit irgend so einem hergelaufenen Vagabunden ein Verhältnis anfängt. »Julia, wenn

Sie wollen, können Sie das Kind aber auch zur Adoption freigeben, ich könnte Ihnen dabei behilflich sein.«

Mit beiden Händen strich sie sich über die Augen. Dann betrachtete sie Cosme, die auf dem anderen Sessel eingerollt schlief, und mit ruhiger Stimme sagte sie: »Ich habe mir alles reiflich überlegt. Wenn es auch den Anschein hat, weil ich bei Ihnen arbeite, ich bin nicht arm, ich kann mir das Kind erlauben und kann ihm auch die besten Schulen finanzieren.«

Er erhob seine Hand, fuchtelte nervös mit ihr herum. »Das glaube ich Ihnen schon, aber vielleicht machen Sie sich keine Vorstellungen, was es heißt, ein uneheliches Kind in der Gesellschaftsschicht zu bekommen, in der wir leben. Sie werden ihr Leben lang geächtet sein, und nicht nur Sie, sondern auch das Kind hätte darunter zu leiden.«

Mit leichter Ironie in der Stimme erwiderte sie: »Meinen Sie, das weiß ich nicht?«

Lord Catterick fixierte Julia ein Weilchen. Sie erinnerte ihn an eine Porzellanfigur, zart, zerbrechlich, durchscheinend und wunderschön. Diese junge Frau tat ihm schrecklich leid. Aber nicht nur das, er fühlte sich schon seit langem zu diesem seltsamen Wesen hingezogen. Er suchte in jeder freien Minute, die er hatte, ihre Nähe.

»Ja, das könnten Sie sicherlich, aber ich sage Ihnen aus Erfahrung, in der Londoner Gesellschaft kennt jeder jeden, und so unbekannt ist Ihre Familie auch nicht. Sie könnten natürlich einen anderen Namen annehmen … Aber ich sehe, Sie haben sich schon reichlich Gedanken darüber gemacht.«

Lord Catterick nahm einen Schluck Whisky. Bei sich dachte er: jetzt oder nie.

»Miss Julia, ich könnte Ihnen eine andere Lösung anbieten.« Während er nach den passenden Worten suchte, stellte sich Lord Catterick hinter Julia, legte seine Hände auf ihre

Schultern und sagte mit heißer Stimme: »Heiraten Sie mich, und Sie sind alle Ihre Probleme mit einem Schlag los. Sie wissen, dass ich Sie schon lange verehre.«
Julia zuckte zusammen, drehte ihren Kopf in seine Richtung und starrte ihn mit weit aufgerissenen Augen an.
Auf einmal bekam Lord Catterick Angst, dass sie nein sagen würde, darum fügte er hastig hinzu: »Miss Julia, antworten Sie mir bitte jetzt noch nicht. Überlegen Sie sich die Sache, und wenn Sie wissen, was Sie wollen, geben Sie mir Bescheid. Aber eines möchte ich Ihnen sagen: Wenn Sie mein Angebot annehmen, werde ich das Kind als mein Kind anerkennen und so lieben, als wenn es mein eigenes wäre.«
Normalerweise hätte er sich nie getraut, sich ihr zu nähern. Er war sich sehr gut des Altersunterschiedes bewusst. Ihm war klar, dass sie ihn nicht liebte und wahrscheinlich nie lieben würde, aber wenn er jetzt die Chance nützte, könnte es sein Glück sein. Natürlich würde es für ihn nicht leicht sein, ein fremdes Kind aufzuziehen, aber ihn reizte dieses Weib, er begehrte sie. Sie war ein unbeugsames Wesen, aber jetzt war sie schwach, verletzt, jetzt hatte er eine Chance. Er legte noch ein paar Holzscheite in das lodernde Feuer und schritt dann langsam auf Julia zu.
Verwirrt berührte sie den Ring.
»Haben Sie den Ring vom Vater ihres Kindes bekommen?«
Julia lächelte ihn schwach an und schüttelte den Kopf. »Sie wissen, dass ich Sie nicht liebe.«
Er ließ sie los, fasste nach dem Glas und drehte es nachdenklich in seiner Hand. Dann trank er seinen letzten Schluck und stellte das leere Glas auf den Tisch. Dabei trafen sich ihre Blicke. »Miss Julia, ich weiß, dass Sie mich nicht lieben, ich biete Ihnen aber trotzdem meine Hand, und ich bitte Sie, dass Sie mich zukünftig George nennen, wenn wir allein sind. Ich

hoffe, dass es Ihnen bald besser geht. Man sagt, das Unwohlsein hört nach Ende des dritten Monats auf.« Schwach lächelte er sie an. »Wie Sie wissen, habe ich etwas Erfahrung in solchen Dingen. Schonen Sie sich, Sie können jederzeit von der Arbeit fern bleiben. Er verbeugte sich höflich vor Julia und öffnete die Tür. »Noch etwas, was für Sie vielleicht sehr wichtig ist und Ihnen die Entscheidung erleichtern wird. Ich würde von Ihnen nichts, rein gar nichts fordern, was Sie nicht von selbst bereit sind zu geben. Sie wissen schon, wovon ich rede. Im Gegenzug erwarte ich von Ihnen, dass Sie sich wie eine Lady Catterick geben, aber das dürfte ihnen nicht schwerfallen. Gute Nacht, Miss Julia.«
Noch Minuten später hörte Julia den Hall seiner Schritte auf dem Steinboden.
Das Feuer im Kamin hatte inzwischen für Wärme gesorgt. Das war eine Überraschung, sie konnte es nicht fassen. Ein Heiratsantrag von Lord Catterick! Dieser Mann wäre wirklich ihre Rettung, aber nein, sie liebte ihn nicht. Er hatte sie nicht einmal gefragt, wer der Vater des Kindes ist, ein komischer Kauz. Genauso wenig hatte er ihr Vorhaltungen gemacht. Ein Glück für sie, denn sie glaubte, dass er es nicht so gelassen hingenommen hätte, wenn er wüsste, dass sein Sohn der Vater war. Julia beschloss für sich, dass sie es ihm nur sagen würde, wenn er sie ausdrücklich danach fragen würde. Sie wollte ihn nicht belügen. Wenn das alles ernst gemeint war, was er ihr sagte, dann war er wohl einer der edelsten Menschen, die sie kannte. Aber was für einen Grund hatte er überhaupt, ihr zu helfen? Hatte er etwa doch andere Hintergedanken? Sie war verwirrt. Bestand die Möglichkeit, dass er sich tatsächlich in sie verliebt hatte? Sie schüttelte den Kopf und dachte an die Abende, an denen sie ihm am Klavier vorspielte. Wie war da sein Verhalten? Zugestanden, für einen Lord einem Unter-

gebenen gegenüber hatten sie ein sehr inniges Verhältnis, fast wie Vater und Tochter. Aber vielleicht hatte er in ihr immer die Frau gesehen. Wer weiß, es wird sich herausstellen. Das war jetzt alles zu neu, zu frisch, ein bisschen hatte sie noch Schonzeit. Vielleicht geschah auch ein Wunder und Nicholas tauchte wieder auf, obwohl ihr sechster Sinn ihr sagte, dass er nicht kommen würde.

9. Kapitel

Julia war schon im vierten Monat schwanger, und Nicholas war noch nicht aufgetaucht. Jeder Tag, der weiter voranschritt, machte sie nervöser und launischer. Es kostete sie übernatürliche Anstrengungen, ruhig und gelassen dem Personal gegenüber zu sein. Am Freitagmorgen, als Julia wie immer zum Stall kam, standen zwei Pferde zum Aufbruch bereit, daneben wartete Lord Catterick geduldig auf Julia.
»Guten Morgen, Jules, ich möchte Sie heute gern begleiten.«
Sie musterte ihn mit einem kurzen Blick. »Gern, Lord Catterick.« Sie warf Albert einen verstohlenen Blick zu und gab ihm einen Wink. Das hieß, er sollte beim Stall bleiben.
Lord Catterick sprach mit leiser, rauer Stimme: »Ist das nicht ein herrlicher Morgen?«
Julia tippte sich nervös an die Stirn, nickte und stieg auf das Pferd.
Als sie etwas weiter weg waren und sie keiner mehr hören konnte, fragte Lord Catterick: »Wie geht es Ihnen, Miss Julia?«
Sie senkte den Blick, und ihre Wangen röteten sich. »Es geht schon etwas besser, danke der Nachfrage.«
»Meinen Sie nicht, dass Sie das Reiten einstellen sollten, um dem ungeborenen Kind nicht zu schaden?«
Es entstand eine kurze Pause, dann sagte Julia zerknirscht:

»Um ganz ehrlich zu sein, darüber habe ich mir noch gar keine Gedanken gemacht.«

Das Blut pochte in seinen Schläfen. »Haben Sie über meinen Vorschlag nachgedacht? Die Wochen rennen dahin, und es wäre nicht sehr erfreulich, wenn Sie mit dickem Bauch vor den Traualtar treten würden. Entschuldigen Sie bitte, wenn ich es so krass ausdrücke, aber bald können Sie Ihren Zustand nicht mehr verbergen.« Lord Catterick betrachtete ihre Gestalt von der Seite. Man konnte noch nichts sehen, sie hatte immer noch die Jungenfigur. Er konnte verstehen, warum das weibliche Hauspersonal von Jules begeistert war, John hatte es ihm im Vertrauen erzählt, die Damen fänden ihn so anziehend und sympathisch. Er musste grinsen. Wenn die wüssten! John war für ihn Butler, Spion und Vertrauter, so wie Albert für Julia, nur dass er anscheinend auch noch ihr Geliebter war. Das wurmte, ja bedrückte ihn und machte ihn neidisch. Noch mehr ärgerte ihn seine Eifersucht auf so einen hergelaufenen Burschen, der so eine Frau, die ihm überhaupt nicht zustand, schwängert und dann noch den Nerv hat, sie nicht zu heiraten. Auf einmal kam ihm in den Sinn, dass es ja wahrscheinlich Julia war, die nicht wollte. Ja, so muss es sein, sie ist seiner überdrüssig.

»George, Sie sagten mir doch, dass Sie mir so viel Zeit geben, wie ich will, oder?«

Richtig, das habe ich gesagt. Ich möchte nicht drängen, Sie sind zwar noch fabelhaft schlank und keiner sieht es ihnen an, dass Sie schon im vierten Monat schwanger sind. Aber Sie werden bald schlagartig zunehmen.«

Julia lachte laut hinaus: »Wissen Sie, ich glaube, ich weiß über die Tierwelt besser Bescheid als über das weibliche Wesen.«

Er lachte und schüttelte den Kopf. »Sie sind die einzige Frau, die ich kenne, die noch in so einer Situation über sich Witze machen kann.«

»Ist das schlecht?«

»Nein, im Gegenteil, es ist anerkennenswert. Sie sind eine wunderbare Frau.« Einen Augenblick verzog er den Mund, als müsste er eine bittere Medizin schlucken. »Noch eine andere Sache. Albert ist doch der junge Mann, den Sie von Ihrem Gut mitgebracht haben, ist es nicht so?«

Sie schaut ihn verständnislos an. »Natürlich, das habe ich Ihnen doch erzählt.«

»Ja, Sie haben es mir erzählt, ich wollte es nur nochmals bestätigt haben. Miss Julia, ich möchte, dass Sie diesen Albert entlassen.« Lord Catterick spürte, dass Sie unwillkürlich zusammenzuckte.

»Aber warum? Albert macht seine Arbeit redlich, und wenn er für mich unterwegs ist, bekommt er auch keinen Lohn von Ihnen. Aber ich kann ihn auch ganz von meinem Geld bezahlen, das spielt keine Rolle. Er ist, wie soll ich sagen, wie mein Vertrauter und mein Aufpasser, ein Freund.«

Lord Catterick strich sich die Stirnhaare nach hinten und sah sie mit einem leicht befremdeten Blick an. »Zu Ihrer Sicherheit würde ich Ihnen sowieso anbieten, im Herrenhaus zu wohnen.«

»Nein, das möchte ich auf gar keinen Fall. Was meinen Sie, wie dann geredet würde?«

Langsam zügelte Lord Catterick sein Pferd. »Ich bestehe darauf, dass dieser Albert mein Anwesen verlässt.« Mit seinen Augen hielt er den Blick von Julia fest. »Und wie lange brauchen Sie noch, um es sich zu überlegen?«

Julia räusperte sich und wandte sich verlegen ab.

»Ich muss morgen für ein paar Tage nach London, ich bitte Sie, wie immer Sie sich auch entscheiden werden, gehen Sie nicht weg, bevor ich zurückkomme.«

»George«, sie stockte, sein Name ging ihr noch nicht sehr flüssig von der Zunge, »machen Sie sich keine Sorgen, das würde ich ganz sicher nicht tun.«

»Miss Julia.«

Sie drehte sich ihm erneut zu und war unfähig, ihren Blick von dem Mann zu wenden, der sie mit seinen Augen in seinen Bann zog. Es schien, als wolle er ihre Seele ergründen.

»Ich muss jetzt leider schon zurückkehren, denn ich habe noch einige wichtige Dinge zu erledigen, bevor ich abreise. Leben Sie wohl, Miss Julia. Ich wünsche mir wirklich, dass Sie sich für mich entscheiden. Sie würden es sicher nie bereuen, ich würde Sie auf Händen tragen.«

Lord Catterick wendete sein Pferd und ritt davon.

Lange noch blieb Julia stehen und blickte dem beachtenswerten Reiter nach, wie er hinter dem nächsten Gebüsch verschwand. Der Ausdruck in seinem Gesicht zeigte, er wollte sie mit aller Gewalt und machte ihr das Leben mit ihm schmackhaft. Es gab keinen Zweifel, an seiner Seite würde es ihr wirklich an nichts fehlen.

An diesem Tag ritt Julia früher als normal zurück. Das Gespräch beschäftigte sie. Lord Catterick hatte ja so recht, die Zeit rannte ihr davon. Es war ein ausgesprochen milder Tag, und sie stand unentschlossen vor ihrer dunklen Haustür, als sie kehrt machte und zum Weiher hinter dem Haus lief. Sie setzte sich ins Gras und beobachtete die Frösche, die sich auf den Blättern der Seelilien gütlich taten und sich gegenseitig anquakten. Sie musste auch nicht lange warten, dann kam der Enterich auf sie zugewackelt und schubste sie leicht an. Das bedeutete, er wollte gestreichelt werden. Das schöne Tier war schon da, als sie auf das Anwesen kam. Die Arbeiter erzählten ihr, dass er im Frühjahr mit seiner Entendame angeflogen kam,

leider bekam seine Gefährtin eine Kugel in den Leib und verendete hier am See. Die Kinder fingen an, ihn zu füttern, und seither machte er keine Anstalten mehr, dieses Gebiet wieder zu verlassen. Das Tier war so anhänglich geworden wie ein Hund. Sie streichelte im über den weichen Flaum.
Plötzlich hörte sie hinter sich ein Rascheln. Sie drehte sich um, und da stand das Narbengesicht mit einem hässlichen Lachen.
»Was willst du von mir?«
»Was will ich wohl von so einer feinen Dame, die eigentlich keine Dame ist? Sie ist ein Mann, oder ist sie ein Tier, ja ich weiß, sie ist eine verfluchte Hure, die nachts Besuch bekommt von feinen Herren, ist es nicht so?«
Julia dachte, ein Raubtier hat dieselben Bewegungen wie dieser Mann. »Edward, es tut mir leid, dass ich dir diese Narbe zugefügt habe, aber es war auch von dir unanständig, Albert fast totzuschlagen.«
»Soll das Gestammel etwa so eine Art Entschuldigung sein?« Er lachte gellend hinaus mit seiner giftigen Stimme. »Aber so einfach kommst du mir nicht davon, ich hasse dich mit jeder Faser meines Körpers, und dieser Leib lechzt nach Rache.«
Der Ausdruck in seinem Gesicht ließ Julia frösteln.
»Ich verfluche dich und deine ganze Sippe!« Mit einem spöttischen Lächeln fragte er: »Wunderst du dich nicht, dass Albert nicht hier in der Nähe ist und dich bewacht? Er wird dich nie wieder bewachen können.«
Voller Ablehnung rümpfte Julia ihre Nase.
Seine Stimme war nur noch grausamer Spott: »Du hast dich zu sicher gefühlt, hast wohl gedacht, ich hätte aufgegeben, aber seit einer Ewigkeit habe ich euch beide auf Schritt und Tritt beobachtet. Ich wusste immer, wo ihr wart, wer dich besuchte, wie viele Stunden ihr in eurem Liebesnest verbracht habt. Weiß Lord Catterick eigentlich, dass sein hochgeborener Sohn sein

Rivale ist?«

Er spuckte verächtlich direkt neben Julia. »Und so ein Pack wie euch nennt man die feine Gesellschaft. Ich kann vor euch nur ausspucken.« Er kam ihr langsam näher.

»Das letzte Mal bist du leider nicht krepiert, aber heute entkommst du mir nicht.«

Ihr Puls raste unglaublich schnell. Sie suchte neben sich nach einem Stein oder einem Gegenstand, den sie gegen ihn benützen konnte, aber sie ertastete nur Gras. Sie stand langsam auf. Der Angstschweiß stand ihr auf der Stirn.

Der Teufel blieb nicht stehen. »Du hast mein Leben zerstört, genauso werde ich dein Leben zerstören. Ich werde dir dein hübsches Gesicht zerschneiden, verunglimpfen, dass nur noch eine Fratze übrig bleibt.«

Julia atmete schwer. Sie wollte weglaufen, aber wohin? Hinter sich hatte sie die Lagune, und vor ihr stand das Monster, das ihr bedrohlich näher kam. Darum blieb sie wie angewurzelt stehen und ließ ihn nicht aus den Augen.

Als wenn plötzlich eine Falle zuschlägt, verwandelte er sich in eine hässliche, gemeine Bestie.

Ihr Messer, wie konnte sie nur ihr Messer vergessen! Sie griff nach hinten unter ihre Jacke, fasste nach dem Griff und zog das Messer aus der Scheide. Mit schriller Stimme rief sie: »Bleib stehen!«

Er wirkte auf sie wie ein bedrohliches und grauenhaftes Ungeheuer. Sie wünschte, dass sie sich in Luft auflösen könnte. Er hob eine Hand, um Julia anzugreifen, aber im selben Augenblick zuckte das Messer vor seinen Augen auf. Er wich zurück, sein Gesicht verzerrte sich, und er schrie: »Das wird dir nichts nützen!« Er bückte sich nach seinem Gewehr und versetzte Julia damit einen Stoß.

Sie verlor das Gleichgewicht und fiel rücklings in den See.

Dann stürzte er sich auf sie, fasste sie am Hals und drückte ihren Kopf unter Wasser. Julia hielt immer noch fest ihr Messer in der Hand. Mit äußerster Kraftanstrengung hob sie ihren Arm und stach auf ihn ein. Sie traf seinen Arm. Er schüttelte sich wie ein rasendes Raubtier. Julia sah noch die weit aufgerissenen Augen ihres Gegners, dann haute er ihr mit seiner Faust voll ins Gesicht, so dass sie ohnmächtig wurde. Er wollte sie nicht töten. Seine Absicht war, sie ihr Leben lang leiden zu lassen und zu zeichnen. Darum zog er sie aus dem Wasser und ließ sie auf den Boden fallen. Als er ihren leblosen Körper betrachtete, kam er auf den Gedanken, dass er noch nie eine feine Dame besessen hatte. Aber dazu musste sie wach sein, sie musste ihn spüren und ihm in sein vernarbtes Gesicht schauen, wenn er in sie eindrang. Danach würde er ihren Körper und ihr Gesicht verstümmeln. Darum legte er das Messer in Reichweite, setzte sich auf ihren Unterleib und gab ihr eine schallende Ohrfeige. Das half. Julia wachte sofort auf. Er weidete sich an ihren angsterfüllten Augen und fing an, ihr Hemd aufzureißen. Dabei sah er ihre zugebundenen Brüste, und er lachte schallend hinaus.

»Du Miststück!« Er ergriff das Messer und schnitt ihr die Binden auf. Er machte sich an Julias Brüsten zu schaffen. Dazu ließ er kurz ihre Arme los, und das war ihre Gelegenheit. Mit letzter Kraft stemmte sie sich gegen ihn, sodass er von ihr herunterrollte. Verzweifelt ergriff sie das Messer und stieß es in seinen Rücken. Sie hatte das Gefühl, es war nicht tief genug. Sie zog es wieder heraus, setzte sich auf ihn, wie er es mit ihr gemacht hatte, nahm den Dolch mit beiden Händen und stieß mit aller Wucht ein zweites Mal und ein drittes Mal zu. Sie entwickelte in diesem Augenblick übermenschliche Kräfte. Dann warf sie das Messer weg und bearbeitete ihren Todfeind mit den Fäusten. Sie schlug wie eine Irre auf ihn ein, bis er sich nicht mehr bewegte. Leblos lag er unter ihr. Ungläubig starrte sie ihn an, ohne einen klaren Gedanken fassen zu können. Sie wusste nicht mehr, wo sie war und was sie getan hatte. Eine Schwerelosigkeit überkam sie. Sie glaubte zu schweben und betrachtete aus der Ferne, wie durch einen Nebel, das ganze Geschehen. Für einen kurzen Augenblick war sie sogar glücklich. Sie spürte überhaupt nichts mehr. War er tot oder war sie tot? Sie nahm ihre beiden Hände und streckte sie vor ihren Augen aus. War das schmutzige blutverschmierte Etwas ihre Hände? Mit einer Hand schlug sie sich auf ihre rechte Wange. Das schmerzte, also war er tot und sie lebte. War er überhaupt tot? Sie blickte wieder auf ihn hinab. Immer noch starrte er sie mit weit aufgerissenen, angstverzerrten Augen an. Sie wich zurück und ließ sich von ihm herabgleiten. Langsam kam ihr Bewusstsein zurück, und sie begriff, dass sie ihn ermordet hatte. Man würde sie steinigen, erschießen, oder würde man sie gar hängen oder köpfen? Sie wusste es nicht. Diese Schlussfolgerung traf sie wie ein Hieb in den Magen, der ihr den Atem raubte. Sie konnte doch so schlecht Schmerz ertragen, aber es war Notwehr, würde ihr das einer glauben? Niemals, schon die ganzen Umstände waren gegen sie. Eine Frau, die als Mann verkleidet herumläuft, einfach undenkbar und unnatürlich.

Das wird von den Männern, die die Welt regieren, nie akzeptiert. Die Frau war automatisch schuldig. Was sollte sie tun, was sollte sie mit der Leiche anstellen, wem konnte sie vertrauen? Wer war ihr Freund, wer war ihr Feind? Sie sagte zu sich: Julia, zuerst atmest du ganz ruhig durch, einmal, zweimal, dreimal. Du bist intelligent, du weißt, was auf dem Spiel steht. Überlege, was würdest du einem Freund raten, wenn er an deiner Stelle wäre. Richtig, die Leiche musste verschwinden, weit weg. Es durfte keinen Zusammenhang mit ihr geben. Aber das konnte sie nicht allein, sie brauchte Hilfe, Albert war die Rettung, aber wo war er? Sie hatte ihn seit heute Morgen nicht mehr gesehen. Hatte dieses Monster ihn umgebracht? Ihre Verzweiflung wuchs. Sie musste Albert finden, ihm konnte sie vertrauen. Es dämmerte schon, in einer halben Stunde war es dunkel. An den Weiher kam normalerweise niemand, aber falls doch? Wo konnte sie die Leiche verstecken? Vorerst hinter einem dicken Baum. Sie schaute sich um. Keine zehn Meter von ihr stand eine stattliche Ulme. Widerwillig fasste sie ihn unter den Armen und zog ihn ein paar Meter weiter. Sie spürte, wie ihr Herz vor Anstrengung raste wie eine Dampfmaschine.

»Ich schaffe es!« Sie reagierte wie ein berechnender Mörder. Am Baum setzte sie ihn so hin, dass er zum Wasser schaute, drückte ihm die Augen zu, ordnete seine Kleider und lief zurück zum Tatort. Hatte sie etwas vergessen? Man durfte nichts von ihr finden. Am Ufer lag seine Mütze. Sie hob sie auf, aber ihre Adleraugen wanderten weiter. Dann schaute sie an sich hinunter: Blut, überall Blut. Sie lief nochmals zum Wasser und wusch sich notdürftig Gesicht und Hände. Sie starrte auf die ruhige Lagune und schüttelte den Kopf. Sie durfte nichts übersehen, Mörder wurden schon wegen Kleinigkeiten überführt. Was dachte sie denn nur für ein dummes Zeug, sie war doch keine Mörderin.

Es war Notwehr, das musste sie sich vor Augen halten. Nur ruhig Blut, keine Aufregung. Sie konnte nichts mehr finden. Jetzt strich sie mit ihren Füßen die Schleifspuren glatt. Krampfhaft überlegte sie. Ach ja, sie musste sich umziehen, dann würde sie Lord Catterick um Hilfe bitten. Sie rannte ins Haus und schlug die Tür hinter sich zu. Für einen Moment schloss sie die Augen, lehnte sich an die kalte Wand und holte tief Luft. Dann durchquerte sie den dunklen Flur und betrat die immer warme Küche. Die Perserkatze, die neben dem

Herd geschlafen hatte, stand auf, streckte ihre Hinterläufe aus, gähnte, kam zu Julia gelaufen und wollte ihre Streicheleinheiten bekommen. Sie strich ihr fordernd um die Füße. Stumm starrte sie die Katze an. Was will ich eigentlich in der Küche, ich muss mich doch umziehen! Eiligst stieg sie die Treppe hoch, riss aus den Schubladen neue Kleider, zog sich an kämmte sich mit äußerster Sorgfalt. Wozu kämmte sie sich eigentlich, sie würde doch eine Mütze aufziehen. Nun schaute sie sich nochmals ihre verwüsteten Kleider an. An der Jacke fehlte ein ganzes Stück Stoff.

Ihr Blick schweifte über den Boden. Sie musste nochmals zu der Leiche zurück. Die Kleider, was sollte sie mit den Kleidern machen? Langsam stieg sie die Treppe hinunter. Die schmutzige Wäsche in den Händen, ließ sie ihren Blick über den Korridor gleiten und betrachtete die schweren bunten Leinenbehänge, welche die Wände bedeckten. Wie bunt sie waren! Die Farbe hatte sie noch nie so intensiv gesehen.

Dann kam ihr der Einfall, am besten verbrennen, ja, das war die Idee.

Am Herd nahm sie den Eisenstab, der an der Seite hing, und öffnete die Ofenplatte. Sie blickte in das lodernde Feuer und stopfte ihre Kleider hinein. Zuerst wollte das Feuer die zusätzliche Nahrung nicht annehmen, weil sie zu nass war und außerdem stank, aber dann überlegte es sich doch anders, züngelte zuerst nach einem kleinen Stück, befand es gut, fasste dann mit seiner Gier nach dem ganzen Kleidungsstück und fraß es auf.

Julia beobachtete alles mit unbeweglicher Miene und warf noch eine Schaufel Kohle nach.

Sie überlegte. Jetzt musste sie noch das Stück Stoff finden. Die Zeit rann, im Laufschritt lief sie zu dem Kadaver zurück und starrte ihn hasserfüllt an.

Was schaute denn aus seiner Faust hervor? Mit Anstrengung öffnete sie seine Hand, entriss ihm das Beweismittel, das sonst ganz sicher gegen sie verwendet würde, falls man ihn finden sollte, was sie zwar nicht hoffte, aber man konnte ja nie wissen. Nun rannte sie los, quer über den Hof, Richtung Herrenhaus. Sie ermahnte sich, langsamer zu gehen. Auf keinen Fall durfte sie auffallen! Nicht zu schnell und nicht zu langsam, sie musste sich geben wie immer, falls sie jemand beobachten sollte.
Sie wollte lächeln, aber es gelang ihr nicht. Das Einzige, was sie zustande brachte, war eine Grimasse. Sie sagte sich: »Zeig dein freundliches Gesicht, es ist nichts passiert.« Hoffentlich war Lord Catterick da.
Er war da. Julia trat ins Arbeitszimmer, und ihre Blicke kreuzten sich.
Er kam ihr entgegen, ergriff schweigend ihre Hand und schloss die Tür hinter ihr. Lord Catterick trug eine hüftlange, rote Seidenjacke, die an der Taille mit einer dünnen Kordel zusammengehalten wurde, darunter eine schwarze Hose.
Julia stand vor Lord Catterick wie ein wandelnder Leichnam und brachte keinen Ton heraus.
Sichtlich erschrak er, als er Julia so sah. Er fasste sie an beiden Armen und führte sie zu einem Sessel. »Setzen Sie sich und erzählen Sie mir, was vorgefallen ist.«
Nervös stammelte sie: »Ich habe Edward umgebracht.«
Mit Entsetzen starrte Lord Catterick Julia an, zog einen Stuhl ganz nahe an sie heran und nahm ihre Hände in die seinen. »Jetzt noch einmal, von Anfang an.«
Julia wischte sich mit fahriger Hand immer wieder über ihre Stirn. »Ich brauche Ihre Hilfe, ich habe Edward umgebracht, er liegt hinter dem Haus am See.«
Die Stirn von Lord Catterick krauste sich nachdenklich. Dann begriff er endlich, um was es ging, und er erhob sich.

»Warten Sie einen Moment, ich hole mir nur meinen Umhang.« Als er zurückkam, nahm er Julia bei den Händen und zog sie hinter sich her. »Kommen Sie, wir verlassen das Haus über die Terrasse.«

Willenlos ließ sich Julia mitziehen.

»Julia, hören Sie mir gut zu, Sie gehen jetzt zurück und warten im Haus auf mich. Ich hole mir eine Kutsche, und in spätestens einer Stunde bin ich bei Ihnen.«

Diese Stunde war wohl die längste Stunde in ihrem Leben. Sie saß in der Küche und ließ nachdenklich ihren Blick umherschweifen. An den niedrigen Deckenbalken hingen frische Kräuterbündel zum Trocknen, im Raum duftete es nach Rosmarin, Salbei und Basilikum, die Kräuter sollten die bösen Geister vertreiben. Kurz lachte sie hinaus. das hat wohl nichts geholfen.

Nach einer dreiviertel Stunde klopfte Lord Catterick energisch an das schwere Eichentor. Es war inzwischen neun Uhr abends, und es war stockdunkel. So konnte man sie nicht erkennen, wenn sie mit der Kutsche losfuhren.

»Julia, ziehen Sie bitte einen Mantel an, es hat angefangen zu nieseln.«

Als sie vor das Haus trat, nahm er sie wie selbstverständlich in den Arm. »Julia, es wird alles gut, Sie müssen mir vertrauen.«

Sie griff nervös in ihre Haare und blickte ihm dabei direkt in die Augen. In diesem Moment kam in ihr das Gefühl auf, dass er sie nie enttäuschen würde.

»Wo ist die Leiche, können wir mit der Kutsche hinfahren?«

Sie nickte: »Wir können es versuchen, dann müssen wir den Leichnam nicht so weit tragen.« Julia nahm eine Petroleumlampe und leuchtete den Weg.

Lord Catterick folgte ihr mit dem Wagen, stieg ab und blickte den Toten kurz an. Dann griff er ihm von hinten unter die

Arme und zog ihn zur Kutsche. Er schaute sich um und flüsterte: »Julia, steigen Sie ein, Sie müssen ihn festhalten, wenn ich ihn hochhebe.«

Sie stieg ein, ergriff den Leichnam und hielt ihn fest, bis Lord Catterick bei ihr war. Sie legten Edward auf den Boden.

Lord Catterick berührte Julia leicht am Ärmel. »Julia, kommen Sie zu mir auf den Kutschbock.« Zögernd setzte sie sich neben ihn, die Hände hatte sie auf die Knie gelegt.

Ein undurchdringliches Schweigen umgab sie. Es graute ihr, wenn sie daran zurückdachte, was erst vor ein paar Stunden geschehen war. Sie war wie erlöst, als die Stimme von Lord Catterick die Ruhe unterbrach.

»Es ist gut, dass es regnet, so wird jede Spur verwischt. Wir müssen nur aufpassen, dass wir nicht vom Weg abkommen. Die Laterne dürfen wir noch nicht anzünden, sonst könnten wir gesehen werden.«

»Wo bringen wir Edward hin?«

»Ich dachte mir, es muss außerhalb vom Gutshof sein. Wir müssen zwar einige Stunden fahren, aber so kommen wir nicht so schnell in Verdacht.« Nachdenklich fuhr er fort: »Ich kenne einen Steinbruch einige Meilen von hier, das dürfte weit genug weg sein, da kennt ihn keiner.«

»Werden wir uns im Dunkeln nicht verirren?«, fragte Julia ängstlich.

Lord Catterick blickte in ihre Richtung. Er konnte gerade ihre Umrisse erkennen, aber er meinte zu sehen, wie sie schluchzte und ihre Tränen sich unsichtbar mit den Regentropfen in ihrem Gesicht vermischten. »Ich bin in dieser Gegend aufgewachsen, ich kenne hier jeden Stein.« George war sich zwar nicht sehr sicher mit dem, was er sagte, aber er wollte sie beruhigen.

Stoßweise ging Julias Atem. Sie war einer Panik nahe, und es kostete sie übermenschliche Kräfte, nicht zu schreien wie eine Irre.

Der Regen verdichtete sich, und der Nebel nahm zu. Am Steinbruch angekommen, durchsuchten sie zuerst die Leiche nach irgendwelchen Gegenständen.

»Wir müssen ihm alles abnehmen, was ihn identifizieren könnte. Es muss wie ein Raubüberfall aussehen.«

Plötzlich hörten sie Stimmen in der Nähe.

Julias Herz setzte einen Schlag aus.

Blitzschnell blies Lord Catterick das Licht der Laterne aus.

»Hast du das Licht auch gesehen?«

»Doch ja, ich habe mir auch eingebildet, einen ganz schwachen Schein zu sehen, aber vielleicht ist es nur ein Schäfer.«

»Ja, vielleicht.«

Vor Angst zitterte sie am ganzen Leib. Plötzlich bemerkte sie, dass sie beide auf das vertraute Du übergegangen waren. Sie setzte sich auf den Kutschbock.

George zog Julia fest an sich.

Sie schmiegte sich an ihn wie ein verlorenes, hilfloses Kind. Selbstquälerisch dachte Julia: Auf ewig musste sie ihm dankbar sein.

Eine lange Zeit verhielten sie sich mäuschenstill, bis George sich räusperte. »Ich glaube, die sind weg, wir können ihn jetzt hier hinauswerfen.«

Mit gemeinsamen Kräften zogen sie die Leiche aus der Kutsche.

»Julia, warte, hier in der Nähe muss eine tiefe Schlucht sein, die ist bekannt, weil sich hier schon einige Schafe zu Tode gestürzt haben.« George lief einige Meter, bis er sagte: »Mein Gott, hatten wir ein Glück, keine fünf Meter vor den Pferden ist eine Felsspalte.« Nachdenklich fuhr er fort: »Vielleicht fressen ihn die wilden Tiere, bevor er gefunden wird?«

»Hoffentlich.« Julia kam trotz der Kälte ins Schwitzen. Sie spürte, wie ihr der Schweiß von der Stirn tropfte. Das mussten die Nerven sein, dachte sie bei sich.

Den Toten zogen sie weiter zu dem Abgrund hin.

George schüttelte ungläubig den Kopf. »Wie schwer der Kerl doch ist!«

An der Klippe angelangt, gaben sie dem Toten mit ihren Stiefeln gleichzeitig den letzten Fußtritt, so dass er in der tiefen Schlucht verschwand. Einige Minuten standen sie noch da, um zu hören, wann der Körper aufschlug.

Nun war Julia endgültig am Ende ihrer Kräfte. Ihre Knie zitterten, aber sie schleppte sich bis zur Kutsche zurück.

George streckte seinen Arm aus und konnte sie gerade noch auffangen.

»Julia, setz dich in die Kutsche, bei diesem Wetter holst du dir auf dem Kutschbock noch den Tod.« Dabei öffnete er die Holztür.

Aber Julia lehnte ab. »Ich habe Angst in der Kutsche, ich bleibe bei dir.«

»Gut, wie du möchtest.« George stieg etwas kompliziert in den Wagen, zog aus dem Seitenfach der Kutsche einen Lederumhang und reichte ihn ihr. »Leg dir wenigstens das über, es hält den Regen besser ab.«

Dankbar nahm sie den Umhang und zog das Leder über ihre kalten Schultern.

Der Regen verstärkte sich, der Wind peitschte ihnen die Tropfen hart ins Gesicht, vor Erschöpfung schloss Julia ihre Augen. Der Rest des Weges erschien ihr wie ein Spuk; halb betäubt, hörte sie das Holpern der Räder auf der schlechten Straße. Die Pferde kannten ihren Weg in den warmen Stall, so mussten sie nicht mehr auf den Weg achten.

George legte seine Hand beschützend auf ihren Arm, er

empfand ihre Nähe und fühlte ihre Beklemmung. Er konnte sich in sie hineinversetzen, wusste, was sie durchmachte und was in ihr vorging. »Wir sind bald zurück, das schlimmste Stück haben wir hinter uns.«
Der Rückweg kam ihnen nicht mehr so weit vor.
Es war eiskalt. Julia rieb sich mit den Händen kräftig die Oberarme.
Vor dem Haus angekommen, stieg George von der Kutsche ab, half Julia und ging mit ihr wie selbstverständlich ins Haus.
Julia ging vorweg zur Küche. Vorsehend blickte Julia zu George, er hatte den Kopf gesenkt. Ihr erster Gedanke war, wenn er sie verachtete, so ließ er es sich nicht anmerken. Sie nahm den Krug mit dem Wein, schenkte einen Becher voll und reichte ihn George.
Er griff nach dem Becher und nahm einen Schluck, setzte sich auf die Bank und schob ihn zu Julia zurück.
Sie betrachtete den rubinroten Trank, der aussah wie Blut, dann trank sie den Rest, holte noch einen Becher und füllte nochmals beide nach. »Das werde ich dir nie vergessen.«
George streichelte sanft über ihren Handrücken, der auf dem Tisch lag.
»Du bist mir nichts schuldig, rein gar nichts.« Dann zog er seine Hand wieder zurück. Nach dem zweiten Becher sagte George: »Es ist Zeit für mich zu gehen.«
Blitzartig schlug Julia ihre Hand vor den Mund und blickte George verzweifelt an.
»Ich habe Albert vergessen, Edward hat ihn bestimmt umgebracht, oder er liegt verletzt in einer Schlucht.«
Entgeistert starrte George Julia an. Er bemühte sich krampfhaft, die Ruhe zu bewahren. »Mein Gott, auch das noch.« Er seufzte laut. »Ich verspreche dir, Albert in aller Frühe, wenn die ersten Leute da sind, suchen zu lassen.« Mühsam erhob

sich George und ging leicht gebückt zur Tür. Er drehte sich noch einmal um.

»Meine Reise verschiebe ich. Gute Nacht, Julia. Morgen bleibst du bitte im Haus, denk an dein ungeborenes Kind, ruh dich aus.« Mit Nachdruck fügte er hinzu: »Es wird nichts herauskommen, das musst du mir glauben, und Albert werden wir auch finden.«

Julia saß da und starrte auf seinen Rücken, bis er verschwunden war. Jetzt war es mit ihrer Beherrschung zu Ende. Sie heulte wie ein Schlosshund, die Tränen liefen über ihre Wangen. Sie kämpfte nicht mehr dagegen an, sie spürte, dass sie am Ende ihrer Kräfte war. Sie schlug ein paar Mal ihren Kopf auf den langen Holztisch und jammerte laut. Sie war eine Mörderin, genauso wie ihr Vater, darum mussten er und ihre Mutter sterben. Schmutzig und unrein fühlte sie sich. Wenn George nicht gewesen wäre, was hätte sie getan? Sie war ihm jetzt irgendwie verpflichtet, aber wollte er sie nach dieser Nacht überhaupt noch?

Und Albert? Sie fühlte sich schrecklich schuldig. Hoffentlich lebte er noch! Sie starrte auf ihre zitternden Hände.

Wie hatte einmal ihre Großmutter gesagt? »Julia, du hast die Begabung, dich immer in den dicksten Schlamassel zu setzen, den man sich vorstellen kann.«

Eine feinfühlige alte Dame, sie fehlte ihr so sehr! Und Nicholas, wo war er? Wenn sie ihn brauchte, war er nie da. Sie stand auf, holte sich eine Tasse mit heißem Wasser und legte einige Pfefferminzblätter hinein.

Am liebsten würde sie wieder einmal davonlaufen. Wie naiv war sie doch! Nicholas war ein erfahrener Mann, sie hatte sich auf ihn verlassen. Er hat schon ein Kind, er musste wissen, wie man verhütet. Sie wurde nie aufgeklärt, kein Mensch hatte sich jemals mit ihr darüber unterhalten, es war tabu, darüber zu

sprechen. Sie schwor sich, mit ihren Kindern, die sie irgendwann einmal haben würde, darüber zu reden. Welche Erniedrigung! Zuerst war es Francis passiert und jetzt ihr. Der Unterschied war nur, dass Francis ein Mann war. Sie hatte einen bitteren Geschmack im Mund, als sie an Nicholas dachte. Was war er für ein Draufgänger, der die Frauen wechselte wie andere ihre Schuhe, und auf ihn war sie hereingefallen, sie, Julia Hardcastle, die Kluge, Intelligente, Erhabene, die auf alle herabschaute, die dümmer waren als sie.
Drei Monate war er schon verschwunden. Sollte sie das Angebot von George annehmen? Er war ihre Rettung, das wusste sie. Er gab ihrem Kind einen klingenden Namen, ein Heim, aber im Geheimen hatte sie immer noch Hoffnung, dass Nicholas zurückkehrte. Aber mit jedem Tag, der vorüberging, wusste sie, dass es sinnlos war, länger zu warten. Sie seufzte schwer: sie musste das Angebot annehmen. George hatte ja so recht, sie hatte schon eine kleine Wölbung am Bauch, und bald würde es jeder sehen. Es gab nur zwei Möglichkeiten: sie musste hier weg oder George heiraten. Ein Feigling war sie, das wusste sie, ein verdammter Feigling, morgen würde sie mit ihm reden. Sie konnte sich nicht mehr konzentrieren, was sie brauchte, war Schlaf, sie musste sich ausschlafen, dann sah die Welt hoffentlich wieder etwas freundlicher für sie aus.

Es begann schon das Morgengrauen, als sie sich aufs Bett legte und einschlief. Sie hatte einen tiefen Schlaf, aus dem sie erst am nächsten Tag am späten Vormittag erwachte. Das Mittagessen stand fertig in der Küche, aber sie hatte keinen Hunger. Was sollte sie tun? George war noch nicht erschienen. Hieß das, dass sie Albert noch nicht gefunden hatten? Ihr war übel. Ein warmes Bad war jetzt das Richtige, danach würde es ihr bestimmt besser gehen. Sie schleifte Eimer für Eimer mit heißem Wasser heran, setzte sich in die Badewanne und versuchte sich zu entspannen. Aber ihr Geist ließ sie nicht ruhen, wie ein Film liefen die letzten Monate vor ihren geschlossenen Augen ab. Das Wasser war schon kalt, als jemand ihren Namen rief. Sie machte die Augen auf, und George stand vor ihr.

Er konnte den Blick nur schwer von ihr wenden.

Julia fühlte sich so träge, dass es ihr gleichgültig und egal war, dass George sie nackt in der Badewanne sah. In anderen Momenten hätte sie sicher einen lauten Aufschrei ausgestoßen.

George starrte für einen kurzen Augenblick auf ihren unbedeckten Körper und fragte sich, ob er jemals wieder die Gelegenheit haben würde, so ein makelloses Wesen zu sehen. Dann schien er seine Fassung wiederzufinden, trat einen Schritt zurück, bis er sich umdrehte und eine Entschuldigung stammelte.

Noch einige Minuten blieb sie im Wasser liegen, dann erhob sie sich und trocknete sich mit einem Tuch ab. Als sie im Morgenmantel und mit nassen Haaren aus dem Bad trat, stand George betreten da und wartete auf sie.

Er stotterte verlegen vor sich hin: »Es tut mir furchtbar leid, aber ich hatte im ganzen Haus nach dir gerufen, und nachdem ich keine Antwort erhielt, habe ich mir Sorgen gemacht und dich in allen Räumen gesucht.«

Gelassen winkte Julia ab und erwiderte ironisch: »Das ist schon in Ordnung, wir sind erwachsene Menschen, und es ist ja wohl nicht das erste Mal, dass du eine nackte Frau in der Badewanne siehst, oder?« Julia zog den Mantel enger um ihre Brust. »Gibt es etwas Neues von Albert?«

Ihre Blicke trafen sich: »Leider nichts, aber wir werden die Suche fortsetzen.«

»George, ich bin in ein paar Minuten fertig. Ich fühle mich

wieder so gut, dass ich mich an der Suche beteiligen möchte«, sagte Julia sehr bestimmend.

Es verursachte George ein angenehmes Bauchkribbeln, als er das erste Mal bewusst seinen Namen aus ihrem Mund hörte. Sie sprach seinen Namen so sanft aus, oder bildete er es sich nur ein?

Julia sah noch blass und fahl aus. In ihrem Zustand müsste sie sich schonen, aber inzwischen kannte George Julia so gut, dass er wusste, wenn sie sich etwas in den Kopf gesetzt hatte, würde sie es auch durchführen. Darum sagte er nur: »Ich werde ein Pferd für dich holen.«

Nach zwanzig Minuten kam George angeritten, hinter sich an einem langen Lasso den schwarzen Hengst.

Fix und fertig stand Julia an der Türe und wartete auf ihn. Was für eine Frau, dachte George bewundernd, die sich in Minuten von einer bezaubernden Lady zu einem Jüngling verwandeln kann! Außer den dunklen Augenringen und ihrer blassen Haut konnte man ihr nichts anmerken, sie war beachtlich ruhig. Jeden Tag zeigte sie ihm ein neues Gesicht und andere Charaktereigenschaften. Mit ihr würde es einem Mann sicher nicht langweilig werden.

Julia bemerkte, wie George sie eigenartig anstarrte.

Dann sagte er: »Unsere Leute sind etwas müde, denn sie sind schon seit dem Morgengrauen unterwegs. Sie wissen nicht mehr, wo sie noch nach Albert suchen sollen. Hast du vielleicht noch eine Idee?«

Verzweifelt schüttelte Julia den Kopf.

George zuckte verlegen die Schultern. »Es ist einfach verflixt, er ist wie vom Erdboden verschwunden.«

Panik flackerte in Julias Augen auf. »Wurde in der Hütte hinten im kleinen Wäldchen oder im Wildhüterhaus schon gesucht?«

»Da haben wir zuerst nachgesehen.«

George griff sich mit beiden Händen am Hals und kreiste seinen Kopf.

Heute sah man ihm deutlich sein Alter an, dachte Julia mit schlechtem Gewissen. »George, hier ist doch dein Zuhause, du musst doch wissen, wo man jemanden verstecken kann. Gibt es hier in der Nähe eine Höhle, einen Graben oder eine Schlucht? Das gibt's doch nicht, dass jemand spurlos verschwindet!«

»Moment mal, an die habe ich noch gar nicht gedacht, eigentlich ist sie nicht bekannt. Es gibt eine Höhle, die so eine Art Familiengeheimnis ist, denn sie verbindet sich über einen unterirdischen Gang mit dem Haupthaus. Der Eingang zum Haus wurde schon vor Jahren zugemauert, aber der Tunnel existiert noch, da haben wir uns als Kinder immer versteckt. Sie ist so gut getarnt, dass man die Öffnung normalerweise nicht findet.«

Elegant und leicht schwang sie sich auf das Pferd. Das war es, was sie hören wollte, sie brauchte wieder Hoffnung. Ihr Innerstes sagte ihr, dass sie ihn dort finden würden. »Warum suchen wir nicht zuerst dort?«

»Natürlich, zu den Männern habe ich gesagt, sie sollen sich teilen und nochmals auf der Südweide suchen, dort gibt es einige unübersichtliche Hügel, vielleicht wurde er dort heute Morgen übersehen.«

»Wann warst du das letzte Mal in der Höhle?«

George lachte. »Das ist schon so lange her, dass ich es nicht mehr genau weiß, aber das dürfte vor fünfunddreißig Jahren gewesen sein. Ich hoffe nur, dass ich sie wiederfinde.«

Als sie im Wald waren, blieb George blitzartig stehen. »Wir müssen nach links, bis wir zu einem Pfad kommen, den müssen wir ungefähr dreißig Meter entlangreiten, und dort muss eine dicke Eiche stehen. Auf der müssen noch unsere

Geheimzeichen zu sehen sein.«

Die Pferde peitschten nervös mit ihren Schwänzen hin und her und waren genauso unruhig wie ihre Reiter.

»Julia, warte, hier muss der Baum sein.«

Sie stiegen ab und zogen die Pferde hinter sich her. Auf der Baumrinde war nichts zu sehen.

»Nein, doch nicht, vielleicht ist es noch ein Stück weiter. Ich glaube, hier ist es.« Er lief um den Baum herum und glitt mit seinen Händen an der Rinde entlang, um Spuren zu finden, dann schüttelte er den Kopf. »Ich hätte schwören können, dass es dieser Baum ist.«

Sie liefen ein Stück weiter und lauschten den Geräuschen im Wald.

Julia zeigte auf eine dicke Buche. »Ist das nicht dein Baum? Da kann man irgendwelche Zeichen sehen.«

George trat näher und schlug sich mit der Hand an die Stirn. »Natürlich, an dem Baum müssen wir vorbei, hier muss es dann ganz in der Nähe sein.«

»Meinst du nicht, dass nach all den Jahren der Eingang zugewachsen ist?«

»Das kann schon sein, aber wenn er noch zugewachsen ist, dann kann Albert auch nicht in der Höhle sein.«

»Da hast du natürlich recht.«

Zielsicher ging George auf ein großes Gebüsch zu, zog die Zweige mit den Händen auseinander, lief weiter und verschwand für Sekunden. Dann rief er: »Julia, hier ist der Durchlass.«

Der Stimme folgend, sah sie einen schmalen Eingang, wo gerade eine Person durchschlüpfen konnte. Auf einmal befand sie sich im Dunkeln. In der Ferne blinkte der schwache Schein einer Laterne, dann konnte sie George sehen und folgte seinem Schatten.

»Keine Angst, folge mir, es wird dir hier gefallen.« George hatte kaum ausgesprochen, als sie in einer runden Höhle standen, wo schwaches Sonnenlicht von einem Erdloch hereinschien.

»Oh, hier ist es aber schön, das ist ja eine richtige Tropfsteinhöhle mit Stalaktiten, die wie Eiszapfen vom Dach der Höhle hängen.«

Sie gingen weiter, mussten aber über Stalagmiten steigen, die ihnen vom Boden aus nach oben entgegenwuchsen. Es gab sogar einen kleinen dunklen See, um den man herumgehen konnte. Auf der anderen Seite kreuzten sich zwei Wege, einer ging nach rechts und einer nach links.

»Julia, du darfst wählen. Welchen Weg nehmen wir zuerst?«

»Ist doch egal, dann nehmen wir zuerst den rechten. Wenn Albert hier ist, müsste er uns doch hören, oder? Julia rief: »Albert, Albert, bist du hier?«

Der Schall wiederholte ihren Ruf. Sie gingen vorsichtig weiter.

Julia schrie auf, als sie etwas am Kopf streifte.

Beruhigend erklärte George: »Das ist nur eine Fledermaus, die macht nichts, die hat mindestens genauso viel Angst wie du.«

»Was stinkt es denn hier so schlimm?«

»Hier müssen die Schlafplätze der Fledermäuse sein. Nach dem Gestank zu urteilen, leben hier Tausende von ihnen.«

»Bück dich etwas, über uns hängen sie.«

Verängstigt blickte Julia nach oben, und ihr kam das Grauen. Sie spürte, wie ihre Haare zu Berge standen. Über ihr war es schwarz von Tieren. Einige wurden durch den Lichtstrahl geweckt, sie flatterten nervös auf.

George nahm ihre Hand und zog sie weiter.

Julia rief weiter »Albert, Albert!«, aber außer dem Hall war nichts zu hören. Der Weg wurde breiter und hörte auf einmal auf. Sie standen vor einem Berg von Geröll.

»Wenn man die Steine wegräumt, geht der Weg weiter und wir kommen ins Herrenhaus. Gut, das hilft uns natürlich nicht weiter, gehen wir zurück.«
Julia verkrampfte sich in der Hand von George. Allein schon der Gedanke, nochmals an den Biestern vorbeizugehen, brachte sie fast um den Verstand. Der andere Weg war am Anfang etwas schmäler, aber nach zwei Metern wurde er doppelt so breit, und man konnte bequem weitergehen. Ungefähr nach weiteren zehn Metern machte er eine Biegung. Da standen sie wieder in einer kleinen Höhle. Julia schaute angestrengt nach rechts, sie hatte das Gefühl, dass da etwas lag. Sie riss George mit sich und rief laut: »Leuchte mir hierher auf den Boden, ich glaube, da liegt er.« Nur eine Sekunde blieb sie stehen, schauderte vor ihrem eigenen Gedanken und hatte Angst vor dem, was sie zu sehen bekam. Es half nichts, sie musste der Gewissheit ins Auge sehen. Sie kniete neben dem Menschen, der wie ein Embryo zusammengerollt da lag. Sie beugte sich über ihn. Hände und Füße waren mit einem Seil gefesselt. Er bewegte sich nicht. Sie öffnete das Wams über der Brust und horchte. Das Herz schlug noch, ganz schwach und unregelmäßig. »Albert – ich bin es.«
»Lebt er noch?«
»Ja, er lebt noch, wir müssen ihn schnell hier herausbekommen. Gib mir dein Messer.« Als sie das Seil durchschnitt, gab er ein leises Stöhnen von sich, das erste Zeichen des zurückkehrenden Atems.
Albert bewegte die Lippen und murmelte etwas, was sie nicht verstehen konnte.
»Julia, lass mich das machen. Der Weg ist zu schmal wir können ihn nicht zu zweit tragen.«
Sie ging zur Seite, und George zog Albert hinter sich her. Am unterirdischen See angelangt, legte George ihn kurz hin, holte

in seinen Handflächen etwas Wasser und träufelte es ihm über den Mund. Aber Albert reagierte nicht mehr, er war schon wieder ohnmächtig geworden.

Julia schob George zur Seite. Sie war von dem Schock immer noch wie betäubt. Sie handelte mechanisch, als sie zuerst ihre Jacke, dann ihr Hemd auszog und es in Streifen riss. Sie tauchte den Stoff ins Wasser und versuchte die Wunden zu säubern.

»Es ist überall Blut, so viel Blut, wie ich seit ewigen Zeiten nicht mehr gesehen habe.« Dabei schnitt sie eine Grimasse über ihren eigenen Witz.

»Julia, wir müssen ihn hier wegbringen.« George nahm Albert wieder an den Schultern und zog ihn mit sich fort. Es war für ihn eine übermenschliche Anstrengung. Er war zwar in guter physischer Verfassung, aber er war kein junger Mann mehr, und Albert wog mindestens zehn Kilo mehr als George. Er wusste nicht wie, aber er schaffte es, ihn aus der Höhle zu ziehen.

Mit Julias Hilfe zogen sie Albert auf Georges Pferd. Beide atmeten schwer von der Kraftanstrengung, die sie bewältigt hatten. Zurück ritten sie gemeinsam auf dem Schwarzen. Julia hatte in der einen Hand das Lasso des Pferdes, auf dem Albert lag, und mit der anderen umklammerte sie George, legte ihren Kopf auf seinen Rücken und schloss die Augen.

Sie betete leise: »Lieber Gott, lass Albert bitte nicht sterben.«

George tastete nach der Hand, die ihn umfasste, nahm sie an den Mund und küsste sie. »Julia, du bist eine wunderbare Frau.«

Er unterbrach sich, um tief Luft zu holen.

»Wir bringen ihn ins Herrenhaus, dort hat er Tag und Nacht Pflege.«

Der Arzt blickte besorgt auf. »Er hat einen Messerstich an der

Leber und hat somit schwere innere Blutungen. Dadurch, dass er nicht gleich behandelt wurde, ist seine Situation besonders kritisch.«

»Wird er überleben?«, fragte Julia mit tonloser Stimme.

»Ich weiß es nicht. Er ist stark und jung, er hat durchaus eine Chance. Was er braucht, ist Tag und Nacht eine gute Betreuung.«

Julia nahm einen Stuhl stellte ihn direkt neben das Bett von Albert, setzte sich darauf und starrte Albert an.

»Ich übernehme die erste Schicht.«

George stand am anderen Ende des Zimmers und beobachtete sie. Es war wie eine Szene aus einem Theaterstück. Er hatte irgendwie gemischte Gefühle, für die er sich schämte. Auf der einen Seite wünschte er diesem jungen Mann, der so hilflos in dem blütenweißen Federbett lag, den Tod, weil er glaubte, dass er der Geliebte von Julia war. Er musste sich innerlich zur Ordnung rufen. Natürlich würde er alles tun, damit er überlebte. Aber in dem Moment, wenn es ihm besser ging, musste er darauf bestehen, dass Julia ihn wegschickte. Er musste verschwinden aus ihrem Leben und auch aus dem seinen.

Der Arzt packte seine Instrumente wieder in die schwarze Ledertasche und blickte zu Lord Catterick.

»Ich muss mich mit Ihnen noch unterhalten.«

»Kommen Sie, Doktor, gehen wir in mein Arbeitszimmer.«

Es war schon spät in der Nacht, als George nochmals nach Albert schaute. Er fand Julia genau so vor wie am Abend, als er das Zimmer verlassen hatte.

»Hat er sich schon bewegt?«

»Nein, er liegt noch genauso da, wie wir ihn ins Bett gelegt haben. Sein Atem geht stoßweise.«

»Julia, soll ich dich nicht ablösen, damit du etwas schlafen kannst?«

Sie schüttelte den Kopf, wandte sich ab und legte die Hände in den Schoß.

George stellte sich hinter sie, berührte sie sanft an ihrer Schulter, beugte seinen Kopf auf ihre Haare und wollte sie darauf küssen, aber kurz davor besann er sich eines Besseren und wich von ihr zurück.

»Julia, du hast Übermenschliches in letzter Zeit geleistet, es ist ein Wunder, dass du das Kind noch nicht verloren hast. Wenn du das Kind wirklich behalten möchtest, musst du dich ab jetzt schonen.«

Geistesabwesend drehte sie sich zu George, strich ihm mit ihrem Handrücken über seine Wange.

»Vielen Dank, du bist so lieb, aber ich möchte bei ihm bleiben, bis er aufwacht. Dann verspreche ich dir, ganz brav ins Bett zu gehen.«

George setzte sich an den Bettrand und nahm Julia ernst ins Visier.

»Ich nehme an, Edward hat bestimmt gedacht, dass Albert tot ist, sonst hätte er ihn nicht so liegen lassen, er hätte sicher nochmals zugestoßen.«

»Ja, das glaube ich auch.«

George nahm Julias Hände, zog sie an seinen Mund und küsste zuerst die eine, dann die andere. »Es wird alles wieder gut, er wird überleben.«

Höflich lächelte sie ihn an. »George, du bist so gut zu mir, wie habe ich das nur verdient?«

Er stand auf und gähnte. Er war müde, seine Glieder fühlten sich an wie neunzig und nicht wie zweiundsechzig Jahre. Diese Anstrengungen der letzten Tage waren zu viel für ihn. »Julia, du hast noch viel mehr verdient. Gute Nacht.« Er zog leise die Tür hinter sich zu.

Es graute schon der Morgen, als ein dumpfer, leiser Laut zu

hören war. Julia war leicht eingenickt, richtete sich aber mit einem Ruck auf. Sie griff mit beiden Händen zur Kerze, die neben ihr stand, und leuchtete Albert ins Gesicht.
Der hatte seine Augen weit aufgerissen und starrte Julia mit Entsetzen an.
»Albert, ich bin es.«
Ein Aufschrei, der Julia bis ins Mark erschütterte.
»Julia!«
Mit einer beinahe mütterlichen Geste fuhr Julia ihm über sein Haar. Es war einer der wenigen Augenblicke, wo alle äußerlichen Unterschiede von Personen abfallen, es zählte nur der Mensch.
Albert lag in seinem weichen Lager, in seinen fiebrigen Augen lag das Staunen eines Menschen, der verwundert ist, dass er noch am Leben ist.
Julia nahm ein weiches Tuch, tauchte es in kaltes Wasser und legte es auf Alberts heiße Stirn.
Nach drei Tagen war Alberts Zustand immer noch nicht besser.
In der Küche holte sich Julia ein Stück Brot, als die Köchin nahe an sie herantrat und sich verschwörerisch umschaute.
»Mit Albert geht's wohl nicht bergauf?«
Herzhaft biss Julia in das frisch gebackene Brot. »Ah, ist das gut! Nein leider nicht, sein Zustand hat sich zwar nicht verschlechtert, aber er wird auch nicht besser.«
Die Köchin nahm Julia an der Hand und flüsterte ihr ins Ohr:
»Ich will mich ja nicht einmischen, aber ich kenne eine Kräuterfrau und Hebamme, die hat schon einige Kranke mit ihren Kräutern geheilt. Ich habe mir gedacht, nachdem der Arzt nicht helfen kann, wird es nicht schaden, den Rat einer weisen Frau zur Kenntnis zu nehmen.«
Erstaunt blickte sie die Köchin an, ging an den Schrank, holte

sich eine Tasse hervor und reichte sie ihr. »Bekomme ich eine Tasse Tee?«

Irene, die Köchin, nahm Julia eilfertig die Tasse aus der Hand und füllte sie mit frisch zubereitetem Kamillentee.

»Lord Catterick hält doch so große Stücke auf Sie, so könnten Sie ihn bitten, dass er den Kutscher zu der Frau schickt.«

Julia streichelte die dicken roten Backen der Köchin.

»Sie sind eine gute Seele. Ich werde ihn gleich darum bitten.«

Vor sich hinträumend saß Julia neben Albert, als die Türe leise aufging, und ein altes hutzliges Weiblein auf leisen Sohlen hereingeschlichen kam. Sie schaute sich neugierig im Raum um, ihr Blick blieb bei Julia stehen, und sie setzte ein undeutbares Lächeln auf. Ihre Vogelaugen blieben am Bauch von Julia hängen. Dann erst beachtete sie Albert und schaute ihn kurz an.

Julia wollte sich dem Bett nähern, aber die Alte, die mindestens zwei Köpfe kleiner war als Julia, winkte nur mit den Armen, was bedeuten sollte, bleib, wo du bist. Automatisch bewegte sich Julia zurück Richtung Wand. Das Kräuterweiblein legte beide Hände übereinander auf die Wunde. Sie schloss die Augen und murmelte etwas vor sich hin. So stand sie nahezu fünf Minuten, bis sie sich zu Julia umdrehte. Der alten Frau standen die Strapazen ins Gesicht geschrieben. Sie war in Schweiß gebadet.

»Könnt Ihr mir die Küche zeigen?«

Eilig ging Julia dem Weibchen voran und beobachtete ihr Tun. Sie holte aus einem Beutel, den sie um den Hals trug, verschiedene Kräuter und bereitete einen Sud.

Irene stand dicht hinter ihr, um ja nichts zu verpassen.

Die Alte drehte sich um. »Haben Sie aufgepasst, Sie müssen diesen Tee alle zwei Stunden frisch zubereiten. Die Hälfte davon muss der Kranke trinken, und mit dem Rest wird die Wunde gewaschen. Es ist jetzt wichtig, dass er keine anderen Medikamente oder anderen Tees bekommt. Der Kutscher kann mich morgen um dieselbe Zeit wieder abholen, damit ich ihn mir anschauen kann.«

Als am darauffolgenden Tag die Kräuterfrau wiederkam, hatte Julia den Eindruck, dass das Fieber langsam zurückging.

Dieses Mal watschelte sie direkt zu Albert, legte ihm wieder die Hände auf, und als sie sich wieder nach fünf Minuten zu Julia umdrehte, erschrak Julia über den Zustand der Frau. Eilfertig stellte sie einen Stuhl hinter die Alte.

»Geht es Ihnen nicht gut?«

»Es ist gleich vorbei, ich bin halt nicht mehr die Jüngste. Wie heißen Sie?«

»Ich bin Jules.«

Das Weib wackelte mit dem Kopf, holte ein Taschentuch aus ihrer Tasche, tupfte sich die nasse Stirn trocken. »Sie brauchen sich vor mir nicht zu verstellen, ich weiß, dass Sie ein Frauenzimmer sind, auch sind sie schon gute vier Monate schwanger.«

Dabei zeigte sie ein breites Lächeln mit all ihren Zahnlücken. »Kindchen, Sie müssen sich schonen, die Geburt wird nicht leicht werden, aber wenn Sie wollen, werde ich bei der Entbindung dabei sein.« Wieder zog sie aus ihrer Wundertasche ein Kraut, das reichte sie Julia.

»Lassen Sie sich von diesem Kraut jeden Tag zwei Tassen zubereiten. Ich gebe dem Kutscher mehr Kräuter für Sie mit.«

Mit ihrer alten Hand, die übersät war mit Hunderten von braunen Altersflecken, strich sie Julia an ihrem Haar entlang. »Wenn Sie Ihre schönen Haare und alle Ihre Zähne behalten wollen, müssen Sie zusätzlich einen Saft zu sich nehmen. Den muss ich aber erst zubereiten. Sie können mich in einer Woche besuchen, dann hab ich ihn für Sie fertig. Noch ein guter Rat: Man soll nichts verstecken, wenn man was zu zeigen hat, und Sie haben einiges zu zeigen, meinen Sie nicht auch?« Sie fing an, laut zu gackern und verließ mit leisen Schritten den Raum.

Julia drehte sich zu Albert um. Er stöhnte, sein Blick war schmerzerfüllt, aber es schien ihm viel besser zu gehen. Vor allem aber war er bei vollem Bewusstsein. Sie jubelte, umarmte und drückte ihn fest an sich. Er stöhnte laut auf.

Sofort ließ sie ihn los.

Er lächelte sie schwach an und murmelte ihr ins Ohr: »Mir tut jeder Zentimeter an meinem ganzen Körper weh.« Die Erinnerung kam, er hatte Edward mit Schrecken vor seinen Augen. »Wie lange liege ich schon hier?« Seine Stimme war schwach und heiser.

»Seit fünf Tagen, da haben wir dich in der Höhle im Wald gefunden. Wenn sich George«, sie berichtigte sich, »wenn sich Lord Catterick nicht in letzter Minute an seine Spielstätte erinnert hätte, wärst du heute tot. Es ist wirklich ein Wunder, dass du überhaupt noch lebst. Du hattest einen Messerstich in der Leber.«

Es klopfte, und herein trat Irene, die Küchenfee. Sie brachte eine heiße Fleischbrühe, die sie Julia reichte.

»Irene, was sagst du dazu, unser Patient ist aufgewacht.«

Irene blickte Albert erfreut an und sagte: »Das war aber auch Zeit.«

Julia füllte den Löffel mit der Suppe und sagte im Befehlston: »Mund auf.«

Albert wollte zuerst weitere Fragen stellen, aber Julia winkte ab. »Zuerst musst du wieder zu Kräften kommen, du bist ja nur noch ein Strich in der Landschaft.«

Nun aß er brav seine Suppe.

Irene, die neben dem Bett stand und Albert freudestrahlend

betrachtete, sagte: »Mein Jungchen, du hast es geschafft, du bist über den Berg. Du hast uns vielleicht Kummer bereitet, frag mal Mr. Jules, wie wir uns alle um dich gesorgt haben. Und was Mr. Jules und Lord Catterick alles angestellt haben, um dich am Leben zu erhalten.«

Dankbar blickte er Irene an und nickte mit vollem Mund. »So gut hat es mir lange nicht mehr geschmeckt.« Er mampfte hungrig weiter, und versuchte ein krampfhaftes Grinsen.

Irene wandte sich an Julia: »Soll ich eine zweite Portion für Albert bringen?«

»Ich glaube nicht, er muss langsam anfangen zu essen, sonst sträubt sich sein Magen und er spuckt uns das ganze Bett voll.«

»Ja, ja, Sie haben wie immer recht, Mr. Jules, ich zieh mich wieder in meine Küche zurück.«

Albert blickte Irene hinterher, wie sie den Raum verließ, dann fragte er Julia: »Was ist mit Edward?«

Julia rückte näher an Albert und erwiderte mit gedämpfter Stimme: »Edward wird uns nicht mehr belästigen.«

Verständnislos starrte er Julia an. »Was sagen Sie da?«

»Er ist tot.«

Ungläubig schüttelte er den Kopf. »Wer hat ihn umgebracht?«

Julia beobachtete ihn und registrierte aufmerksam den Wechsel seines Gesichtsausdrucks. »Ich habe ihn umgebracht.«

Die Augen von Albert weiteten sich noch mehr. »Das kann doch nicht sein?«

Julia erzählte ihm die ganze Geschichte ausführlich.

Albert lebte von Minute zu Minute mehr auf, seine Wangen hatte wieder mehr Farbe bekommen, seine Augen fingen an zu leuchten, und sein Gesicht nahm einen zufriedenen Ausdruck an.

Sie strich ihm die Haare aus dem Gesicht. »Ich hoffe nur nicht, dass irgendwelche Nachforschungen über den Halunken geführt werden. Es könnte ja sein, dass er von irgendjemand vermisst wird, was meinst du?«

»Kann schon sein, aber was soll ich denn erzählen, wenn ich gefragt werde, wer mir den Messerstich zugefügt hat?«

»Das ist wirklich eine gute Frage. Wenn du erzählst, dass es Edward war, wird man natürlich vermuten, dass du mit seinem Verschwinden etwas zu tun hast.«

Nachdenklich nahm Julia ihre Hände und legte sie vor ihre Augen. »Lass mich mit Lord Catterick reden, aber vorerst mimst du den Vergesslichen, verstanden?«

Er lachte. »Yes, Sir!«

Seit es sich herumgesprochen hatte, dass es Albert besser ging, kam alle fünf Minuten ein anderer Besucher, um sich nach seinem Befinden zu erkundigen.

Das nahm Julia zum Anlass, sich davonzuschleichen. Es war ein grauer, kalter Regentag. Die Wolken hingen dunkel und schwer über dem Tal. Julia fröstelte. Tagelang hatte sie kaum geschlafen. Sie trat vor das Portal und atmete die frische Luft ein. Das Einzige, was sie sich jetzt wünschte, war ein warmes Bett. Als George ihr entgegenkam, leuchteten ihre Augen auf. Er legte seinen Arm um ihre Schultern. »Du siehst müde aus.«

»Ich bin in Ordnung. Es ist schön, dass ich dich sehe. Wir müssen uns noch unterhalten, was wir den Leuten und der Polizei erzählen können. Es könnte doch sein, dass irgendwann wegen Edward nachgeforscht wird.«

»Wo willst du hin, Julia?«

Julia lächelte verlegen. »Ich wollte mich ein bisschen ausruhen.«

»Das ist eine gute Idee, ich begleite dich nach Hause, dann können wir uns unterhalten. Wie geht es Albert?«

Mit ihren großen Augen schaute sie George freudig an. Das wiederum gab George einen Stich ins Herz. Schon wieder diese

Gefühle, es beunruhigte und beschämte ihn zugleich. Es war lächerlich, aber George zwang sich, die demütigende Wahrheit einzugestehen: Er war wahnsinnig eifersüchtig.

»Er ist über den Berg, reißt schon wieder Witze, es geht ihm den Umständen entsprechend gut.«

»Das freut mich, ich habe mir auch schon Gedanken darüber gemacht. Vielleicht ist es das Beste, wir erzählen, dass wir ihn auf der Südweide in einem ausgetrockneten Brunnen gefunden haben. Albert war auf der Suche nach einem kleinen Rind, er dachte, dass es in den noch offenen Brunnen gefallen war. Und irgendwo beim Hinabsteigen riss er sich seine Brust an einem Eisenstück auf, das er in der Dunkelheit übersah. Mit dem Arzt habe ich schon geredet, der wird bestätigen, dass die Wunde so entstand.«

Julia zog sich ihre Jacke enger um ihren Körper. »Brillant,« murmelte sie in aufrichtiger Bewunderung, »du bist brillant, es gibt nichts, was du dem Zufall überlässt.« Sie drückte ihm die Hand und mit dem Klang einer Stimme, die herzzerreißend verletzlich war, sagte sie: »George, wenn du mich nach alldem, was passiert ist, noch willst, nehme ich deinen Heiratsantrag an.«

Nun war es die Stimme von George, die zu brechen drohte.

»Oh Julia, du machst mich zum glücklichsten Menschen auf dieser Welt.«

»George, langsam, nicht so schnell! Bevor auch du ja sagst, habe ich eine Bedingung, und ich denke, es wird für dich nicht so einfach sein, mir den Wunsch zu erfüllen. Und außerdem«, sagte sie mit Nachdruck »habe ich auch vollstes Verständnis dafür.«

Sein Körper erstarrte. »Gut, ich höre.«

»Ich wünsche«, sie räusperte sich und holte tief Luft, bevor sie fortfuhr, »dass du einen kleinen Jungen adoptierst.«

George schnappte angesichts dieser Forderung überrascht nach Luft und wollte etwas erwidern.
Aber Julia hob die Hand mit der Handfläche nach oben, so dass George verstummte, ehe er etwas sagen konnte. »Ich werde dir die ganze Geschichte erzählen, dann kannst du dich in aller Ruhe entscheiden.« Langsam und bedächtig erzählte sie alles, ohne etwas wegzulassen, vom Anfang ihrer Reise bis zu dem Tag, an dem sie sich bei ihm vorstellte. Als sie zu Ende gesprochen hatte, blickten sie sich eine Zeit lang ernst an und schwiegen.
Julia konnte deutlich sehen, wie er bemüht war, seine Selbstbeherrschung nicht zu verlieren.
»Ich weiß, dass dieser Wunsch für dich nicht erfüllbar ist, und wie ich schon sagte, habe ich vollstes Verständnis dafür, aber du verstehst sicher auch mich, dass ich nicht länger auf deinem Anwesen bleiben kann.« Julia kümmerte in diesem Moment nicht der Sturm der Gefühle, den sie in seinem Herz entfesselte. Sie wollte wissen, ob er die große Persönlichkeit war, für die sie ihn hielt.
»Julia, das kann ich nicht. Ich habe zwei Erben, was meinst du, was die dazu sagen? Ist es nicht genug, dass ich das Kind, das du unter deinem Herzen trägst, akzeptiere, als ob es mein eigenes wäre?« Er schüttelte den Kopf so heftig, dass ihm seine weißen Locken in die Stirn fielen.
»Das ist eine Zumutung. Ich war nie ein guter Vater, und ich kann schon gar nicht für ein fremdes Kind den Vater spielen.« Er hatte einen flehenden Gesichtsausdruck.
»Julia, versteh doch, bitte, ich bin kein junger Mann mehr. Verlange alles, was du willst, aber nicht so eine Verantwortung. Wir könnten dem Jungen ja die Ausbildung bezahlen, dazu muss man ihn doch nicht adoptieren!«
Stumm schüttelte Julia den Kopf.

»Ich verstehe nicht, warum du so um einen Jungen kämpfst, den du in deinem Leben nur ein paar Tage lang gesehen hast! Das ist doch irgendwie unlogisch. Steckt da nicht mehr dahinter?«

Julia funkelte George bei dieser Unterstellung böse an. »Wenn du schon so anfängst und mir nicht glaubst, was ich sage, dann brauchen wir über Heirat gar nicht erst nachzudenken. Ich habe nicht gesagt, dass du ihm was vererben sollst, ich möchte nur, dass er deinen Namen bekommt. Du weißt genau wie ich, dass du ihn in deinem Testament ausschließen kannst, genauso wie mich. Wir brauchen dein Geld nicht. Ich habe genug, um gut zu leben, aber wie ich schon sagte, ich verstehe dich gut, und es gibt wohl wenige Männer, die mich mit zwei Kindern akzeptieren würden. Ich verlange nicht, dass du mich verstehst. Neil hat mein Herz im Flug erobert. Ich möchte ihm eine Familie geben, und dazu gehört eben auch der Name.« Sie drehte sich abrupt um, ihr standen die Tränen in den Augen.

Vor dem Tor angelangt, zog George sie leicht an sich heran, streichelte ihr mit den Fingern zart über den Hals. »Julia, lass uns keine voreiligen Entschlüsse treffen. Wir sind beide erregt, lass uns in Ruhe nochmals über alles reden.«

»In Ordnung, George, aber nicht jetzt, ich fühle mich müde und erschöpft, ich muss mich ausruhen.«

»Natürlich, natürlich«, murmelte George und trat einen Schritt zurück. »Wir können uns ja morgen unterhalten. Kann ich sonst noch irgendetwas für dich tun?«

»Nein danke, das Einzige, was ich jetzt möchte, ist schlafen.«

Ihr Blick war in eine unbestimmte Ferne gerichtet. Eine große, dunkle Gestalt trat in den Mittelpunkt ihres Denkens, George war für sie nicht mehr vorhanden.

George blickte ihr nach, als sie hinter der Tür verschwand. Er presste die Zähne zusammen und versuchte gegen das Chaos,

das sie in ihm angerichtet hatte, anzukämpfen, doch keine noch so große Anstrengung konnte ihn beruhigen. Er war auf Julia und auf sich gleichzeitig wütend, blickte noch einmal zu der verschlossenen Tür, drehte sich um und schlenderte mit müden Schritten zur Seepromenade. Als er zweimal den See umrundet hatte, war er so weit, dass er wieder klar denken konnte. Was war es, was er sich am meisten wünschte? Julia, sein Denken drehte sich nur noch um sie, er verlangte nach ihr, es gab keine Nacht, wo er nicht von ihr träumte. Er wusste genau, dass der Einzige, den er bestrafte, wenn er sie gehen ließ, er selbst war. Er schrie hinaus: »Ich liebe dich, Julia, und werde dich nicht gehen lassen.«
Mit fest entschlossenen Schritten eilte er auf das Gebäude zu, in dem Julia am Fenster stand und ihn beobachtete.
Er trat in das Haus, ohne anzuklopfen, eilte zu ihrem Schlafzimmer, riss die Tür auf und rief: »Ich akzeptiere Neil, dein ungeborenes Kind, und alles. Julia, ich liebe dich, ich kann und will ohne dich nicht mehr leben.«
Er riss sie an sich und küsste sie begehrlich auf den Mund.
»Ich liebe dich so, bleib bei mir, heirate mich, du wirst es nicht bereuen, das verspreche ich dir.«
Julia lächelte ihn an. »Ich danke dir für dein Vertrauen, auch du wirst deinen Entschluss nicht bereuen.«

10. Kapitel

George nahm alles in die Hände. Bis zum Fest wusste Julia nicht, wer eingeladen wurde, denn George brachte Julia nach London.
Es war spät in der Nacht, der Kutscher hatte Windlichter auf dem Bock angezündet. Gespenstisch huschten Sträucher und Bäume an ihnen vorbei. Mit geschlossenen Augen saß Julia in

die Ecke der Kutsche gedrückt. Sie spürte, wie George ihr eine Decke auf die Knie legte. Sie reagierte nicht, sie war unsäglich müde nach den ganzen Aufregungen der vergangenen Wochen, sie sehnte sich nach Ruhe und nochmals Ruhe. Sie hörte auf das eintönige Rütteln des Wagens, zog den kleinen Vorhang zur Seite und sah, dass die kopfsteingepflasterte Straße immer enger wurde. Im selben Augenblick spürte sie, wie Daniel die Zügel zog.
George besaß ein äußerst elegantes, dreigeschossiges Stadthaus in der Nähe von Bloomsbury. Das Gebäude war höher und gepflegter als die anderen und stand etwas zurückgesetzt hinter einem breiten offenen Vorgarten. Vier schlanke Säulen und ein Giebelfries bildeten das Portal. Sie war beeindruckt. Das Haus war hell erleuchtet, das Personal stand am Eingang, um seinen Herrn zu empfangen. George hatte für Julia ein Kleid besorgt. Es war ihr zwar etwas zu weit, aber nachts bemerkte es sicher keiner, sie hatte sich unterwegs in einem Wäldchen umgezogen.
Julia hatte immer noch das Gesicht von George vor sich, als er sie das erste Mal in seinem Leben bewusst in Frauenkleidern sah. Als Jüngling war sie eingestiegen und als junge Frau zurückgekehrt. George hatte sie angestarrt wie eine Fata Morgana.
Sie fragte: »Stimmt etwas nicht?«
Sein Gesicht färbte sich tiefrot. »Entschuldige mein schlechtes Benehmen, aber ich hätte nicht gedacht, dass du so eine anziehende und hübsche Frau bist.«
Sie sah ihn an wie aus der Ferne. Ihr war plötzlich klar wie nie zuvor, was das Geheimnis eines Wesens ausmacht: die Kraft, die Dinge zu verwandeln und Düsteres zum Strahlen zu bringen. »George, du bist ein wundervoller Mann. Ich danke Gott dafür, dass du so bist, wie du bist.«

Sie legte ihre Hand auf sein Knie. »Ich verspreche dir, du wirst es nie bereuen, dass du mich heiratest.«
»Ich weiß, mein Engel. Wir sind da in deinem neuen Heim.«
George stieg zuerst aus, eilte um die Kutsche, öffnete die Tür und reichte ihr galant den Arm.
Im Rücken hörte Julia das leise Knistern ihres Kleides, das über den Boden streifte, als sie mit George auf das Haus zuschritt.
Strahlend stellte George Julia dem Personal als Miss Hardcastle, seine zukünftige Frau, vor. Er zog Julia regelrecht hinter sich her, um ihr stolz das Haus zu zeigen. Durch die Eingangshalle hindurch gelangten sie zuerst in den geräumigen Speisesaal, der sehr stimmungsvoll wirkte mit seinen mahagonifarbenen Stilmöbeln, den schweren silbernen Kerzenleuchtern und dem schönen Blick auf einen kleinen Park, der großzügig mit vielen Gaslaternen beleuchtet war. Weiter gab es einen zauberhaften Rokokosaal, ganz in Gelb gehalten, der war gleichzeitig das Musikzimmer. Aber am gemütlichsten war das holzgetäfelte Studierzimmer. Von dort führte eine Tür direkt auf eine komfortabel eingerichtete Terrasse, die zur Hälfte überdacht war und so im Sommer angenehmen Schatten bot. Sie konnte es sich bildlich vorstellen, bei schönem Wetter gemütlich auf der Terrasse zu sitzen. Im ersten Stock lag das hochherrschaftliche Schlafgemach mit einem großen Himmelbett. George stand dicht hinter Julia, sie konnte seinen Atem spüren. »Du schläfst hier, ich schlafe in irgendeinem anderen Schlafzimmer.« Julia drehte sich um und wollte protestieren, aber George nahm seinen Zeigefinger und legte ihn Julia auf den Mund.
»Es gibt noch vier weitere Schlafzimmer.« George kam auf Julia zu und ergriff ihre Hand. »Julia, wegen der Hochzeitsvorbereitungen muss ich leider morgen wieder zurück. Die

Zeit kannst du nutzen, um dich neu einzukleiden.« Jetzt wurde er verlegen.

»Ich möchte sagen, dass du alles kaufen kannst, was eine Frau eben so braucht. Du kannst schalten und walten in diesem Haus, wie du möchtest, ich habe Order gegeben, dass du ab heute die Herrin bist.«

Verwirrt hielt sie ihn an seinem Mantel fest. »Du willst mich hier doch nicht die ganze Zeit allein lassen?«

»Seit wann bist du ein ängstliches Wesen? Ich werde dich zwei Tage vor der Hochzeit abholen lassen. Aber sei beruhigt, ich überlasse dich nicht allein deinem Schicksal. Ich habe hier eine vertraute Freundin, auf die kannst du dich verlassen, sie wird dich in die Gesellschaft einführen, dir die wichtigsten Geschäfte zeigen. Ich hoffe, es macht dir nichts aus, wenn wir morgen nicht miteinander frühstücken können, denn ich werde sehr früh aus dem Haus gehen, um noch einige Geschäftspartner zu besuchen, und anschließend fahre ich nach White Castle zurück.«

Als Julia erwachte, flutete der Sonnenschein in voller Kraft in ihr Zimmer. Sie sprang aus dem Bett, öffnete das Fenster und zog in tiefen Zügen die herbe Morgenluft ein. Sie zog an der Klingelschnur, damit ihr der Butler Kaffee, Buttertoast, Marmelade und Porridge bringen konnte. Sie war bester Laune, als der Butler in starrer Vornehmheit mit einem großen Tablett erschien, welches er auf ein kleines Tischchen neben dem Fenster stellte. Dann überreichte er Julia mit spitzen Fingern eine elegante Visitenkarte.

»Das wurde von Lady Burton abgegeben.«

»Sind Sie sicher, dass das nicht für Lord Catterick gedacht war?«

»Ganz sicher. Die Dame bittet darum, Miss Hardcastle ihre Aufwartung machen zu dürfen. Ich habe mir erlaubt, sie in den

gelben Salon zu führen.«
»Haben Sie ihr gesagt, dass ich erst frühstücken möchte?«
»Nein, ich habe nur gesagt, dass Sie noch nicht bereit sind.« Dabei spitzte der Butler seinen Mund. Das sah so ulkig aus, dass Julia das Lachen unterdrücken musste.
»Dann werde ich mich wohl schnell fertig machen, ich frühstücke später.« Als Julia dem wartenden Gast entgegeneilte, konnte sie ihr Erstaunen nicht verbergen. Vor ihr saß eine wahre Schönheit.
Lady Burton stand auf und reichte Julia eine zarte kleine Hand.
»Wie schön Sie sind«, entfuhr es Julia.
Lady Burton senkte verwirrt den Blick. Eine zarte Röte überzog ihr Dekolletee.
»Entschuldigung, ich wollte Sie nicht in Verlegenheit bringen.«
Julia wurde mit himmelblauen, warmen Augen angestrahlt. »Sie müssen sich nicht entschuldigen, aber das ist das erste Mal, dass eine Frau zu mir sagt, ich sei schön. Ich habe nicht viele Freundinnen.«
Julia lachte zurück: »Das liegt sicher nicht an Ihnen, die anderen sind nur eifersüchtig, weil sie nicht so entzückend sind.«
Sie hielten sich immer noch die Hände, schauten erstaunt darauf, ließen sich los.
»Darf ich mich vorstellen, ich bin Sarah Burton. Mein Mann und ich sind sehr gute Freunde Ihres zukünftigen Mannes. Lord Catterick hat mich gebeten, ich soll mich etwas um seine Braut kümmern.«
»Nun, wer ich bin, wissen Sie ja schon, Julia Hardcastle. Es freut mich sehr, Sie kennenzulernen. Ich glaube, wir werden gute Freundinnen.«
Julia nahm sie kurzerhand am Arm. »Heute ist so ein schöner Tag! Ich habe gestern ein geschütztes Plätzchen auf der Veran-

da entdeckt, wollen wir uns nicht hinaussetzen?«
»Meinetwegen gern, ich bin nicht sonderlich verfroren.«
»Ich auch nicht. Darf ich Sie zum Frühstück einladen?«
»Miss Hardcastle, nennen Sie mich einfach Sarah.«
»Ich heiße Julia.«
»Frühstücken möchte ich nicht, aber eine Tasse Kaffee nehme ich gern an.«
Julia zog am Klingelzug, bestellte bei dem Butler das Gewünschte, bog den Kopf in den Nacken und suchte den Himmel ab. Die Sonne schien für die Jahreszeit kräftig, sie spürte die Wärme auf Gesicht und Hals. Dann streckte sie den Arm zum Himmel. »Sarah, sehen Sie dort die Wolkenformation?«
»Ja, die Wolken sehen aus wie eine Herde Schafe mit dem Hirten voran.« In Sarahs Augen spiegelte sich das Blau des Himmels. »Julia, ich hatte Sie mir anders vorgestellt.«
»Ach ja, wollen Sie mir nicht erzählen, wie Sie sich die zukünftige Frau von Lord Catterick vorgestellt hatten?«
Sarah blinzelte in die Sonne. »Zum einen nicht so hübsch und zum anderen nicht so jung. In seinem Brief hat er eine Frau geschildert, die mit beiden Beinen auf dem Boden steht, gewandt, weltoffen, kontaktfreudig, unternehmungslustig, intelligent.«
Julia konnte sich das Lachen nicht verkneifen. »Mein reizender George! Meinen Sie, dass diese Beschreibung auf mich passt?«
Sarah lachte hell hinaus.
Der ungekünstelte Charme von Sarah war ansteckend. Julia spürte, wie ihre Spannung der letzten Zeit immer mehr von ihr wich.
»Diese Beschreibung passt auf eine etwas reifere Frau, sagen wir mal von mindestens fünfunddreißig Jahren. Nun, es ist schwer zu glauben, dass eine so junge Frau schon so viel Erfahrung im Leben hat.«

»Vielleicht hat er etwas übertrieben. Ich bleibe einige Wochen in London. Wenn Sie wollen, gebe ich Ihnen die Gelegenheit, mich besser kennenzulernen.«

Mit warmer Stimme sagte Sarah: »Mit Freuden, dann können wir auch einiges unternehmen.«

»Sarah, kennen Sie George schon lange?«

Sie hob ihre schmale weiße Hand und strich eine Locke ihres schwarzen Haares, die in die Stirn gefallen war, zurück. »Oh ja, er ist der beste Freund meines Mannes, ich kenne ihn seit fast zehn Jahren.« Sarah neigte den Kopf auf die Seite und überlegte: »Bei unserer Hochzeit hat mir Benjamin Lord Catterick vorgestellt.«

»Dann können Sie mir doch sicherlich einiges von ihm erzählen. Er hat doch nicht immer so zurückgezogen gelebt?«

»Nein, natürlich nicht. Wir haben an seiner Seite viele schöne Stunden erlebt.«

Verlegen blickte Julia Sarah an. »Und Frauen gab es sicherlich doch auch in seinem Leben?«

Schelmisch leuchteten Sarahs Augen auf. »Natürlich, jede Menge, er hat seinem Ruf als Don Juan alle Ehre gemacht. Die schönsten Frauen von ganz England hat er uns vorgestellt, und einige Male dachte ich schon, die Hochzeitsglocken zu hören. Aber wenn ich George darauf ansprach, lachte er mich nur aus. Dann sagte er: »Sarah, der Zug ist für mich abgefahren. Die Frau, die zu mir passt, existiert nicht." Darum waren wir natürlich sehr erstaunt, als er uns schrieb, dass er den Bund der Ehe eingehen wolle. Natürlich wuchs bei uns die Neugier auf die Frau, die unserem George das geben kann, was bis jetzt keine andere Frau geschafft hat.«

Ein zartes Rot überzog Julias helle Gesichtshaut, und ihre roten Lippen färbten sich noch einen Ton dunkler.

»George hat mir geschrieben, dass er Sie liebt. Lieben Sie ihn auch?«

Skeptisch blickte Julia Sarah lange in die Augen und fragte sich, ob sie ihr wohl vertrauen könnte. Wie immer, wollte sie sich auf ihr Gefühl verlassen. »Er weiß, dass ich ihn nicht liebe.«

Julia wunderte sich, dass Sarah nicht entsetzt war über ihre offenen Worte. Sie zeigte keinerlei Regung.

»Aber warum heiraten Sie ihn dann? Ich kann Sie mit Hunderten von jungen Heiratskandidaten aus gutem Hause bekannt machen. Ich könnte mir vorstellen, dass viele von ihnen liebend gern um ihre Hand anhalten würden.«

Nachdenklich blickte Julia in den sehr kunstvoll angelegten Garten mit seinem Wasserfall, den Skulpturen und einer weiß getünchten Bank. »Sie sind reizend, aber ich will keinen anderen. Ich liebe George nicht, aber uns verbindet weit mehr, wir verstehen uns ohne viele Worte. Er weiß, was ich fühle, denke, und außer bei meinem Onkel habe ich mich noch nie bei einem Mann so gut verstanden gefühlt. Ich bin von meiner Einstellung her eine Außenseiterin, meine Ideen und Lebenseinstellung sind zu modern, ich stoße überall auf Widerstand. Obwohl George so viel älter ist, unterstützt er meine Emanzipation. Er gibt mir Halt, ist mein Fels, an den ich mich anlehnen kann. Er gibt mir Ruhe und das ist, was ich brauche, um mich zu entfalten. Was nützt mir ein Mann, den ich eigentlich nicht besitze? George besitze ich, wir werden uns beide behüten wie ein Schatz, damit wir die Harmonie, die uns umgibt, nicht zerstören.«

»Jetzt glaube ich langsam doch, was uns George geschrieben hat. Sie haben für ihr jugendliches Alter sehr viel Lebensweisheit, die viele ältere Menschen nicht besitzen.« Ihr Gesicht wurde plötzlich ernst. »Ich gebe Ihnen recht, so eine Beziehung ist wichtiger als ein heißes Liebesabenteuer, an dem man seine Finger verbrennt. Es ist wie ein Stück Kohle, sie fängt schnell an zu glühen, aber genauso schnell ist sie verglüht.«

Der Blick von Julia fiel auf den Ring, den Sarah am Mittelfinger der rechten Hand trug. Dieser Perlenring sah genau so aus wie der, den sie über Mr. Lampert verkauft hatte. Ob das wohl ihr Ring war? »Sarah, aus Ihnen spricht Weltklugheit.«

»Bei mir ist es die Erfahrung.«

Julia musste Sarah einfach fragen: »Lieben Sie Ihren Mann?«

Sarah dachte lange nach, dann erwiderte sie: »Ich werde so ehrlich sein, wie Sie es zu mir waren. Ich werde in der Gesellschaft nur akzeptiert, weil ich heute Lady Burton bin. Ich komme aus sehr kleinen Verhältnissen. Ich tingelte als Schauspielerin durch England. Bei einer Vorstellung in London hat mich Benjamin gesehen und sich sofort unsterblich in mich verliebt. Gerade hatte ich eine unglückliche Liebe hinter mir, und eigentlich hatte ich die Nase gestrichen voll von Männern. Aber Benjamin war so hartnäckig, dass ich auf ihn aufmerksam wurde. Wir verabredeten uns einmal, zweimal, mir gefiel seine Gesellschaft, er war ein Gentleman, und das Eigenartigste war, er wollte mich und nicht nur meinen Körper, können Sie sich das vorstellen?«

Julia konnte ihren Blick nicht lösen von dem feinen, makellosen, weißen Gesicht. Der Kontrast zu den modisch geschnittenen, schwarzen Haaren, den glänzenden blauen Augen war für Julia faszinierend. Sarah war eine zierliche, warmherzige Person, von der Julia sich angezogen fühlte. »Natürlich kann ich mir das vorstellen. Wenn ich ein Mann wäre, hätte ich mich auch in Sie verliebt.«

»Sie sind sehr charmant«, sagte sie und senkte ihre Augenlider.

»Nun, das Finale war, dass er bei der letzten Theatervorstellung um meine Hand angehalten hat und ich seinen Antrag mit feuchten Augen angenommen habe.«

»Toll! Aber Sie haben mir immer noch nicht gesagt, ob Sie ihn lieben.«

Sarah legte ihren Kopf zurück, schloss die Augen und antwortete: »Ich vergöttere ihn, und ich habe mich nach und nach in ihn verliebt.«

In ihrem Innersten dachte Julia, dass dies für ihr erstes Zusammentreffen ein sehr offenes Gespräch war, wie unter alten Freundinnen. »Sagen Sie, Sarah, kennen Sie Nicholas, den Sohn von George?«

»Nicht sehr gut. Er hat sich schon seit Jahren aus London zurückgezogen. Es wird gemunkelt, dass er seinem Vater nicht begegnen möchte.«

»Aber warum denn?«

»Das ist eine alte Geschichte. Da war mal eine Geliebte, die sie gemeinsam hatten, und sie wussten beide nichts davon, also haben sich beide Hörner aufsetzen lassen. Wie es so schön heißt: "Die Sonne bringt es an den Tag." Es gab einen großen Streit, und seither sieht man Nicholas nur noch gelegentlich, was aber nicht heißen soll, dass er nicht geschickt versteht, seine Fäden zu spinnen. Er hat nach wie vor großen Einfluss in der Londoner Geschäftswelt. Und ich glaube, in der Familie gibt es noch mehr Probleme, über die nur hinter vorgehaltener Hand getuschelt wird. Von der ersten Ehe haben nicht nur die Kinder einen Schaden davongetragen, sondern auch George.«

Sarah schlug sich auf den Mund. »Habe ich etwas gesagt, was ich nicht hätte sagen sollen?«

Beruhigend legte Julia ihre Hand auf die von Sarahs. »Machen Sie sich keine Sorgen, ich weiß alles, außer dass er ein Don Juan war, das hat er mir nicht erzählt.«

Erleichtert atmete Sarah auf. »Dann bin ich aber beruhigt. Wissen Sie, Julia, ich möchte natürlich nicht zu viel über

George erzählen, sonst bekomme ich mit ihm Ärger.« Sarah erhob sich. »Leider müssen wir unser interessantes Gespräch auf ein anderes Mal vertagen, denn ich bin in einer halben Stunde mit meinem Schneider verabredet. Wenn Sie Lust haben, können Sie gleich mitkommen, dann zeige ich Ihnen London.«

»Das ist lieb, Sarah, ein anderes Mal gern, aber ich bin erst gestern Abend angekommen und habe mir noch nicht mal das Haus richtig angeschaut.«

Nebeneinander schritten sie den Weg zum Tor hinüber. Ein aufkommender Ostwind blies ihnen einige trockene Blätter ins Gesicht.

Das Gespräch mit Sarah machte Julia etwas nachdenklich. Sie hatte wieder Dinge erfahren, die das Puzzle besser zusammenfügten. Sie verstand nun immer mehr die Probleme, die Vater und Sohn hatten.

Die Wochen vergingen wie im Flug. Täglich unternahmen die beiden Freundinnen Ausflüge in die Stadt, kauften eine Unmenge an Kleidern, Kostümen, Unterwäsche, Bettwäsche, Hüte, Schuhe, und die meiste Zeit verbrachten sie beim Anprobieren des Hochzeitskleides. Sara hatte einen trefflichen Geschmack und hatte den Kopf voller verrückter Ideen. Sie verriet Julia, dass sie schon einundvierzig Jahre alt war, was Julia sehr verblüffte, denn sie wirkte nicht älter als dreißig.

Drei Tage vor dem großen Fest wurde Julia mit einem Vierspänner abgeholt.

11. Kapitel

Das Schiff nahm Kurs auf Dover, und die weißen Segel blähten sich im Wind, während es im blauen Wasser seine Schaumspur zog. Der Tag versprach schön zu werden. Nicholas fühlte sich stark, gewappnet für ein neues Leben mit einer Familie und vielen Kindern, die genauso aussahen wie Julia. Er strahlte. In drei Tagen würde er sie wieder in die Arme schließen können. Er hatte überschwänglich gute Laune, er fühlte sich gut, war reif für eine Ehe. Jetzt war der richtige Moment, um einen Kompromiss fürs Leben einzugehen. Auf der ganzen Reise hatte er über sein Leben und seine Gefühle nachgedacht. Das Ergebnis war, dass er in ein paar Tagen Julia um ihre Hand bitten würde. Das Einzige, was ihn etwas nachdenklich stimmte, war die Frage, ob Julia ihn überhaupt wollte. Sie konnte unheimlich exzentrisch sein, und aus einer Laune heraus würde sie ihn ablehnen. Er liebte sie mit jeder Faser seines Körpers. Er konnte kaum abwarten, an Land zu kommen.

Nicholas' Kutsche kam um die Ecke gebogen, der Einfahrt entgegen. Der lange Kiesweg machte ein knirschendes Geräusch. Am großen, verzierten Eisentor wartete schon die riesige Dogge, die dem Wagen argwöhnisch folgte. Sie kannte zwar Nicholas, aber nicht die Kutsche. Als Nicholas ausstieg, kam sie schweifwedelnd und um Zärtlichkeit bettelnd herbeigerannt. Er kraulte sie am Kopf, ehe sie ihn ansprang, um ihn willkommen zu heißen.
An der Haustür stand der Butler und erwartete Nicholas. »Willkommen zu Hause, Mr. Nicholas.«
»Ich danke dir, James, es war auch für mich Zeit zurückzukommen.« Dabei nickte er dem Butler freundlich zu.

»Darf ich Ihnen eine Tasse Tee zubereiten?«
»Das wäre nett von dir.«
Nicholas ging zuerst in sein Arbeitszimmer. Die Dogge folgte ihm treu und ließ ihn nicht aus den Augen.
Wenige Minuten später brachte James den Tee und stellte das Tablett auf den Tisch neben dem Fenster. Von da aus hatte man eine herrliche Aussicht auf den großen, gepflegten Garten.
»Ich habe die Briefe und die letzten Ausgaben der Zeitung auf Ihren Schreibtisch gelegt. Haben Sie noch einen Wunsch, Mr. Nicholas?«, fragte er, wie schon Tausende Male zuvor.
Nicholas lächelte dem Butler zu. »Ich glaube nicht, James.«
»Danke, Sir«, sagte er mit ausdruckslosem Gesicht und wandte sich zum Gehen.
Nicholas goss sich im Stehen eine Tasse Tee ein, führte die Tasse an die Lippen und schlug gleichzeitig die Londoner Times auf, um den Finanzteil zu lesen. Sein geübtes Auge überflog die Zeilen. Zufrieden lächelte er über das, was er las. Dann legte er die Zeitung wieder auf den Tisch, ging mit der Teetasse zum Fenster und schaute hinaus. Ob Julia der Garten gefallen würde? Er war sich fast sicher. Er hatte den besten Gartenbauer Englands beauftragt, den Garten anzulegen. Keine Kosten hatte er gescheut, um dem Haus das Flair zu geben, das es jetzt besaß.
Er ging an den Schreibtisch und machte sich an dem großen Stapel von Briefen zu schaffen, die vor ihm lagen. Zuerst sortierte er sie, bis ihm ein Brief seines Vaters ins Auge fiel; was war denn das? Er schrieb ihm doch sonst nie. Nicholas nahm den silbernen Brieföffner, schlitzte das Kuvert auf und holte eine goldumrahmte Einladung hervor. Nicholas stutzte. Sein Vater wollte heiraten? Wer war denn die Glückliche? Julia Hardcastle. Verstört und stöhnend ließ er sich auf seinen antiken Stuhl fallen. Er war zu keiner Regung mehr fähig. Sein

Kopf war leer, er funktionierte in diesem Moment nicht mehr. Er saß nur da und starrte ins Leere. Waren Sekunden, Minuten, Stunden vergangen? Er wusste es nicht. Was war geschehen? Wo war er? Benommen holte er eine Flasche Whisky und ein Glas hervor, stellte alles vor sich hin, trank aber nichts. Er ging wieder zum Fenster, schaute hinaus, die Gaslaternen brannten, wie spät war es? Er setzte sich auf den Stuhl. Die Dogge kam zu ihm und legte ihren Kopf auf seine Knie. Krampfhaft überlegte er. Was war geschehen? Ach ja, die Einladung! Wie im Schock wusste er nicht mehr, was mit ihm geschehen war. Gab es denn so etwas, dass man für Stunden weggetreten sein konnte, ohne zu wissen, was man tat? Alles war so undeutlich, wie im Nebel, ihm wurde kalt, und schließlich schob er den Kopf des Hundes von seinem Schoß und trat an seinen Schreibtisch. Er schaute auf seine Taschenuhr, es war halb vier Uhr morgens. Unschlüssig überlegte er, was er tun konnte. Zu Bett gehen, aber von Schlaf konnte keine Rede sein. Er goss sich einen großen Whisky ein und setzte sich wieder. Er nahm die Einladung nochmals zur Hand und las laut.

»Wir haben die Ehre, Sie zu unserer Vermählung am fünfzehnten Mai einzuladen.«

Das war ein Albtraum. Er konnte es einfach nicht fassen, dass das Leben sich so gegen ihn verschworen hatte.
Vor nicht einmal sechs Stunden war er noch ein glücklicher Mann mit Zukunftsträumen gewesen. Nur für Julia hatte er das große Haus gekauft und für seine zukünftige Frau renovieren lassen. Was hatte er falsch gemacht? Mit seinem Leben hätte er geschworen, dass sie ihn liebte. Nicholas griff sich an den Kopf. Er war der größte Idiot auf Gottes Erden, wie konnte er sich so täuschen lassen.

Wie ein Tiger im Käfig fühlte er sich, eingeschlossen, der aus Angst und Verzweiflung anfängt zu brüllen. Ja, er wollte sein Leid herausschreien, aber wer würde ihn hören?
Müde strich er über seine geröteten Augen. Schließlich nahm er seinen Drink. Ich muss mit ihr reden, vielleicht ist alles nur ein Irrtum.
»Julia, warum tust du mir das an? Weißt du nicht, dass ich dich liebe?« Er schrie es jetzt hinaus: »Julia, ich liebe dich!!«
Nicholas ritt den ganzen Tag und gönnte sich und seinem Pferd keine Pause. Das Einzige, was er vor sich sah, war Julia im Brautkleid. Diese Wahnvorstellung versuchte er von seinen Augen wegzuwischen, aber es war nicht möglich.
Es schlug Mitternacht, und es waren nur noch einige Stunden bis zur Hochzeit, als Nicholas Julias Haus betrat. Seine Hände zitterten, er musste sich vorher beruhigen. Ihm war es heiß, obwohl es eine kühle Nacht war. Jetzt stand er vor dem großen Tor und hatte Angst einzutreten. War er denn verrückt? Zuerst ritt er den weiten Weg wie ein Wahnsinniger, jetzt war er am Ziel und brachte es nicht fertig, die Tür zu seiner Geliebten zu öffnen. Er nahm die letzte Kraft, die in seinem Körper saß, und öffnete mit einem Ruck die Haustür. Das Haus war dunkel und stumm. So stand er vor der Treppe, die unweigerlich zu ihr führen musste. Aber er machte kehrt und ging ins Musikzimmer, stand sinnlos herum, starrte ins Dunkel. Der Kamin war kalt. Es war, als ob alles Leben aus ihm gewichen wäre. Ganz schwach erinnerte er sich, es gab für seinen Vater immer eine Flasche Wein in diesem Raum. Welche Ironie des Lebens, er lachte zynisch. Er zündete eine Kerze an und suchte umständlich den Korkenzieher. Wo war denn seine Logik? Ach ja, vielleicht gab es in der Küche einen. Da war er auch in einer Schublade; natürlich in einer Schublade, wo denn sonst? Er musste sich zusammenreißen, irgendetwas stimmte mit ihm

nicht, vielleicht fehlte ihm ja auch nur Schlaf. Das große Glas schenkte er voll, nahm einen tiefen Schluck, durchquerte den langen Raum und stieg mit langsamen Schritten in den ersten Stock. Nicholas spürte deutlich die quälende Vertrautheit, das friedliche Zimmer, ihre warme schlafende Gestalt, ihr rhythmisches Atmen, wie das ferne Geräusch des Meeres. Er setzte sich auf seinen Lieblingsplatz, den Ohrensessel neben dem Fenster. Von dort aus konnte er Julia am besten betrachten. Sein Herz schlug wild, tiefer Schmerz erfüllte seine Seele, er hatte sich genau zurechtgeräumt, was er ihr an den Kopf werfen würde. Und jetzt saß er da, wie ein jämmerlicher Waschlappen und weinte. Er schaute sich um. Neben ihrem Bett auf dem Boden stand ein Glas und eine umgeworfene Flasche. Nach einem Weilchen stand er auf, nahm die Flasche in die Hand roch daran. Nein, Whisky. Er schüttelte den Kopf. Diese Frau war voller Geheimnisse. Er ging um das Bett herum und legte sich neben Julia. Er starrte an die Decke, der Mond drang mit kaltem Licht in das Schlafzimmer und warf eine Spur Helligkeit auf den Körper von Julia, die auf dem Rücken lag. Sogar der Mond war ihm nicht freundlich gestimmt.

Julia wendete sich im Schlaf auf seine Seite, fühlte seine Nähe und drängte sich an ihn.

Nicholas berührte mit seinen Lippen sanft ihre Schultern, streichelte ihren Nacken. Der Atem stockte Nicholas, als ihr dünnes Hemd in verführerischer Weise ihren Körper preisgab. Seine Hände fuhren dem weichen Schwung ihrer Hüften nach, er beobachtete das Spiel von Licht und Schatten zwischen ihren Schenkeln und begann sie zu küssen. Sie erwiderte die Küsse, bis sie die Augen aufschlug und ihn anlächelte, um die Augenlider dann wieder zu schließen.

Nicholas küsste sie immer noch, hatte aber seine Augen offen

und beobachtete sie. Seine Finger glitten an ihrem Körper entlang. Sie ließ alles willig geschehen, wie eine Schlafwandlerin. Sie stöhnte und wälzte sich wie ein Aal.
Am nächsten Morgen, als Julia aufwachte, war sie wieder allein. Sie strich mit ihrer Hand über das Bett, um eine Spur der vergangenen Nacht zu entdecken. Es war nichts zu entdecken, keine Einbuchtung, im Bett nichts. Sie war zuletzt so weit, dass sie wirklich dachte, sie hätte alles nur geträumt, wie öfter in letzter Zeit. Sie griff an ihre Schläfe. Ihr brummte schrecklich der Kopf. Sie schwor sich, dass es das letzte Mal war, dass sie Alkohol trank.
Heute war ihr großer Tag. Sie lächelte spöttisch und schämte sich, dass sie nachts von einem anderen Mann träumte. Sie zog ihr feines weißes Seidennachthemd aus und betrachtete sich im Spiegel. Sie war jetzt Anfang des sechsten Monats schwanger und hatte noch nicht viel zugenommen. Das kleine Bäuchlein war zwar vorhanden, aber sie konnte es mit ihren Kleidern kaschieren. Generell war sie runder und fraulicher geworden, ihre Wangen waren jetzt immer gut durchblutet. Ihr ging es jetzt wieder besser, das Unwohlsein war vorbei. Sie schnitt eine Grimasse im Spiegel. Gleich würde das Personal kommen, um sie anzukleiden. So wie sie früher ihre Brust einband, so würde sie heute ihren Bauch einbinden. Hoffentlich war es das letzte Mal in ihrem Leben, dass sie an ihrem Körper etwas verstecken musste, auf was sie eigentlich stolz sein sollte, wie ihr das Kräuterfrauchen versichert hatte. Es war noch nicht zu spät, um nein zu sagen, sie hatte noch die Möglichkeit wegzulaufen. Aber sie wandte sich ab und ergab sich ihrem Schicksal.

12. Kapitel

George gab sich die größte Mühe, für Julia eine wunderschöne Hochzeit auszurichten. Es war ihm nichts zu teuer oder zu viel. Die Kapelle, die neben dem Herrenhaus stand, wurde mit weißen Lilienblüten ausgestreut – Julia sollte auf Blumen in den Bund der Ehe gehen. Er ließ ein großes Zelt für die Dorfbevölkerung und die Gutsarbeiter aufstellen. Alle sollten ihr zujubeln, sie sollte sich wie eine Königin fühlen. Seit Tagen waren Köche am Werken, die er sich von allen seinen Freunden ausgeliehen hatte. George ließ das Herrenhaus auf Hochglanz polieren, das gesamte Silber wurde geputzt, die Fenster spiegelten, man hatte den Eindruck, das ganze Dorf war gekommen, um alles auf Vordermann zu bringen. George strahlte den ganzen Tag und gab Anweisungen.

Unter Glockengeläut und Hörnerklängen wurden Julia und George durch ein Spalier der vielen Besucher zur Kirche geleitet. Nur die jubelnde Bevölkerung hielt Julia davon ab, der trübseligen Stimmung nachzugeben, die sie schon vor Tagen überkam. Sie blickte auf George, der neben ihr wie ein guter Geist daherschritt. Er sah stattlich aus und war entsprechend gekleidet mit einem schwarzen Cut, das Revers eingefasst mit glänzendem Satin, und mit einer schmalen dunkelgrauen Wollhose. Dazu trug er ein strahlend weißes Leinenhemd, als Schmuck blitzte am Krawattentuch eine Anstecknadel mit seinem Familienwappen.

Julia straffte ihren Oberkörper und zog in raschen Zügen die Luft ein, dann trat sie mit George in die Kirche, die mit einer Unmenge von brennenden Kerzen erhellt wurde. Es hing dichter Weihrauchduft in der Luft. Der Chor begann zu singen. Julia wurde von Panik erfasst, ihre Hände wurden feucht, Wasserperlen standen auf ihrer Stirn. Sie hatte Zweifel.

Konnte sie ihr Schicksal demütig auf sich nehmen und George eine liebende Frau sein, wie er es ganz sicher verdient hatte? Sie liebte ihn nicht. Hatte ihre Tante recht? Konnte man eine Ehe führen auch ohne Liebe, nur mit gegenseitiger Achtung? Sie sehnte sich nach Ruhe und Geborgenheit, und da war George wohl der richtige Mann. Julia seufzte verdrießlich. Sie hatte das Gefühl, als läge das Gewicht der gesamten Welt auf ihren Schultern. Sie riss sich zusammen, reckte ihren Oberkörper und trat nun mit entschlossenen Schritten vor den Traualtar; in einem weißen Kleid, ein Gebilde aus Organdy, Tüll, Georgette und Spitze. Der Schleier bedeckte ihr blasses Gesicht und ihre müden, geröteten Augen. Als Blumen hatte sie die Orchideen in der Hand, die ihre Tante aus ihrem Gewächshaus mitgebracht hatte. Julia sah gediegen und elegant aus. George schenkte ihr ein überglückliches Lächeln und flüsterte ihr ins Ohr: »Du bist die schönste Braut auf dieser Welt.«

Sie kniete nieder und sprach mit zitternder Stimme das Treuegelübde.

Wie im Traum nahm Nicholas wahr, wie sein Vater an seiner Stelle vor dem Traualtar stand und Julia den Ehering über den Finger streifte, den Schleier von Julias Gesicht nahm, sie auf den Mund küsste. Was er nicht sah, waren die verzweifelten Augen von Julia. Mit der Zunge schmeckte er seine salzigen Tränen, die ihm über die Wangen liefen. Jetzt war es zu spät, endgültig zu spät. Man konnte eine Frau wie Julia nicht Monate warten lassen. Kathy hätte auf ihn gewartet, sie hätte auf ihn ein Leben lang gewartet, aber er liebte nicht Kathy, sondern Julia.

Es war vollbracht, jetzt musste sie das Beste daraus machen. Beim Hinausschreiten aus der Kirche erblickte sie Nicholas. Sie spürte, wie ihr Kälte und Hass entgegenströmten, seine Augen

glühten so rot wie Feuer. Der Schreck war zu groß, als dass Julia ihn hätte verbergen können. Ihre Knie zitterten. George spürte ihre Unsicherheit und nahm sie fester in den Arm. Wie konnte Nicholas es wagen, nach so vielen Monaten der Abwesenheit zu ihrer Hochzeit zu kommen? Hatte er denn überhaupt kein Feingefühl? In ihr stieg eine unkontrollierte Wut auf. Am liebsten würde sie zu ihm hinlaufen und ihm eine saftige Ohrfeige verpassen. Und wie er sie anschaute, als ob sie schuld wäre an der ganzen Situation. Er war doch der Schuldige! In diesem Moment verabscheute sie ihn für das, was sie jetzt getan hatte und tun musste. Sie funkelte ihn böse mit ihren Katzenaugen an, das bedeutete: „Lass mich in Frieden, du Bastard, du hast mir mein Leben zugrunde gerichtet!"
Beim Vorbeigehen suchte Julia nochmals die Augen von Nicholas, aber er hatte seine schweren Lider gesenkt. Er verbarg, was in ihm vorging, und wandte sich von ihr ab. Julia weinte und alle dachten, es seien Tränen der Freude.
Die großen Eichentische quollen über von den vielen verschiedenen Gerichten: Lamm, Wildgänse, Hirsch, Schwein, verschiedene Chutneys, Pudding, Kuchen und Scones, das Lieblingsdessert von George, alles sehr kunstvoll und appetitanregend zubereitet.
Dem Brauch zufolge musste der Bräutigam Wein aus demselben Becher trinken wie die Braut. George trank, dann reichte er den silbernen Becher an Julia weiter. Dabei verschüttete er etwas Wein auf ihr weißes Kleid. George schaute erschrocken auf das Gewand und sah, wie die tiefroten Weintropfen auf dem Stoff wie Blutstropfen aussahen. Er wusste, das war ein schlechtes Omen.
Julia tat, als ob sie es nicht bemerkt hätte. Sie nahm den Becher mit zitternden Händen entgegen und trank.
George legte seinen Arm um ihre Hüfte, zog sie ganz dicht an

sich und küsste sie so leidenschaftlich, dass die ganze Hochzeitsgesellschaft jubelte.

Nicholas stand etwas versteckt im Ballsaal und ließ Julia nicht aus den Augen. Als sie einige Augenblicke lang allein war, pirschte er sich von seinem Versteck an Julia heran. »Darf ich um den nächsten Tanz bitten?« Er wartete ihre Antwort nicht ab, sondern nahm sie in den Arm. Ein erschrockener Ausdruck trat in ihre Augen, und plötzlich spürte sie wieder das Zittern in ihren Beinen. Sie stützte sich mit einer Hand auf seine Arme. Er hatte sie fest im Griff.

»Nicholas, was fällt dir ein, zu meiner Hochzeit zu kommen?«

»Das passt dir wohl nicht, aber ich habe eine Einladung bekommen.«

Es entstand eine eisige Stille.

Zart ließ Nicholas seine Hand über den Rücken von Julia gleiten und beobachtete neugierig ihre Reaktion.

Sie fauchte ihn an: »Lass das!«

Nicholas reagierte nicht darauf, sondern streichelte sie weiter. Mit spöttischer Miene erwiderte er: »Das hat dir doch immer sehr gut gefallen!« Er seufzte laut und schüttelte sein Haupt. »Julia, warum? Ich möchte, nur wissen, warum?« Ihre Miene verschloss sich, und ihr Kinn wurde hart.

»Du bist ein Hurensohn, du weißt gar nicht, wie ich dich verachte!«

Er kniff die Augen zusammen. »Aha, so machst du das, du drehst den Spieß um.« Sein Griff wurde hart.

»Nicholas, weißt du überhaupt, wie viele Monate du abwesend warst, ohne eine Nachricht, ohne dass ich wusste, wo du warst? Verschwinde aus meinem Leben, das ist das Beste für uns beide!«

»So leicht kommst du nicht davon. Ich möchte wissen, warum?«

Sie antwortete nicht, denn sie wusste, es würde zu einer endlosen Diskussion ausarten, und das war sicher weder der richtige Ort noch der geeignete Moment. Sie wurden von Hunderten von Augen beobachtet. Sie ärgerte sich über sich selbst, denn ihr Körper reagierte in den Armen von Nicholas anders als ihr Gehirn. Für einen Moment schloss sie die Augen und genoss es, in den Armen ihrer großen Liebe den Hochzeitswalzer zu tanzen. Ihr Herz klopfte drei Takte schneller als üblich. Dann riss sie sich mit Gewalt in die Gegenwart zurück. Sie erinnerte sich, dass er sie im Stich gelassen hatte, und jetzt war sie mit einem anderen Mann verheiratet. »Nicholas«, sagte sie mit zitternder Stimme, »ich bitte dich, morgen White Castle zu verlassen.«
»Möchtest du mich so schnell loswerden, mein Engel?«
»Siehst du nicht, in was für eine Situation du mich bringst?«
Er lachte kurz auf und holte tief Luft, um das zu fragen, was ihn am meisten beschäftigte.
»Liebst du meinen Vater?«
Zu schnell antwortete Julia. »Ja, ich liebe ihn. Tanz nicht so eng mit mir, die Leute starren schon auf uns.«
»Mein Engel, die Leute schauen, weil sie meinen, dass wir zwei ein wunderbares Paar abgeben würden. Du sagst also, du liebst ihn. Das ist wirklich interessant, dann hast du mich also angelogen, als du mir in unseren wildromantischen Nächten Liebe und Treue geschworen hast.« Dabei drückte er sich unverschämt nahe an ihren Körper. »Oder hast du etwa unsere unübertrefflichen Liebesnächte vergessen?«
Mit scharfer Stimme entgegnete sie: »Nicholas, wenn einer dem anderen einen Vorwurf machen kann, dann bin ich es und nicht du. Ich glaube, du hast immer noch nicht verstanden, dass du mich nicht mit deinen vielen Flittchen vergleichen kannst, die jedes Mal, wenn du dich an sie erinnerst und sie

eine Stunde besuchst, dir freudig in die Arme fallen. Und wie du siehst, gibt es noch andere Männer, und dabei meine ich Ehrenmänner, die sich für mich interessiert haben und es mit mir ernst gemeint haben.«

»Willst du damit sagen, dass ich es mit dir nicht ernst gemeint habe?«

Spöttisch lachte ihm Julia ins Gesicht.

»Ich will damit sagen, dass du für mich ein Spieler bist, der sein Spiel verloren hat.«

»Ja, ich glaube, du hast recht, es gibt nichts mehr zu sagen. Du hast einen anderen Weg genommen als ich. Ich hoffe nur, du wirst es nie bereuen, denn wenn mein Vater mit dir dasselbe macht wie mit meiner Mutter, dann wirst du das unglücklichste Geschöpf auf Erden sein. Aber ich biete dir trotzdem an, wenn du irgendwelche Probleme haben solltest, kannst du dich jederzeit an mich wenden. Aber in einem bin ich gehässig, indem ich dir wünsche, dass jedes Mal, wenn du mit deinem Ehemann schläfst, du mich vor Augen haben wirst und es Nacht für Nacht bereuen wirst, diesen Schritt getan tu haben.«

Dann beugte er seinen Kopf nieder, küsste Julia hart auf ihren Mund und sagte: »Herzlichen Glückwunsch zur Hochzeit, Stiefmutter.«

Wer es nicht wusste, hätte Nicholas tatsächlich für den frisch vermählten Ehemann halten können, und nicht seinen Vater.

George beobachtete die beiden auf der Tanzfläche. Was er sah, war entschieden zu viel. Er ging zielstrebig auf das Paar zu.

»Darf ich um den nächsten Tanz bitten?« Nicholas verbeugte sich wohlerzogen und überließ Julia ihrem Mann. Er machte kehrt und verließ den Raum.

George lächelte, in seinem Gesicht lag etwas Jugendliches. Die Kapelle spielte einen Walzer. Er streckte den Arm aus, und Julia glitt hinein. »Hast du dich gut mit Nicholas unterhalten?«

»Er ist charmant und ein guter Tänzer, genauso wie du, George. Er ist dir sehr ähnlich, nicht nur im Aussehen, sondern auch im Charakter, meinst du nicht auch?«

George gab es einen Stich, als er seinen Sohn so vertraut mit Julia tanzen sah, und der Kuss grenzte schon an einen Verstoß gegen die guten Sitten. Es hatte den Anschein, dass Julia und Nicholas sich näher kannten, aber woher? Er spürte in sich eine wilde Eifersucht auflodern. Aber er erwähnte Julia gegenüber nichts von alldem, was er fühlte.

»Ja, er ist der Einzige, der mir wirklich nachschlägt, aber ich kann nicht sagen, dass es mich freut.«

Lady Isabel beobachtete das Paar, und ihre Augen füllten sich mit Tränen. Er sah so jung aus, so stark, so vital, aber man durfte sich nichts vormachen. George war schon zweiundsechzig Jahre alt. Julia könnte seine Enkelin sein. Von Herzen wünschte sie sich, dass die beiden glücklich würden, obwohl sie ihre Zweifel hatte. Sie hatte auch gesehen, wie Nicholas mit Julia tanzte, und wenn einer nicht ganz blind war, konnte man das elektrische Feld, das beide umspannte, fühlen. Ihre Augen schweiften zu Francis. Sie erschrak, als sie den Blick sah, mit dem er Julia verschlang. Nur zu gut kannte sie die Gefühle, die ihr Enkel Julia gegenüber hatte. Um die Ehe von Francis stand es nicht zum Besten. Sie hatte sich so gewünscht, dass er mit Annabelle sein Glück finden würde. Lady Isabel ließ ihre Blicke suchend umherschweifen. Wo war Annabelle eigentlich? Hoffentlich hatten sie sich nicht schon wieder gestritten. Den ganzen Abend hatte sie Annabelle noch nicht gesehen. Sie ging los, um sie zu suchen. Ihr war aufgefallen, dass sie sich prächtig mit Nicholas unterhalten hatte, also müsste mit Sicherheit Annabelle dort zu finden sein, wo Nicholas sich gerade aufhielt. Genau genommen konnte sie es ihr nicht verübeln, dass sie außerhalb der Ehe Anerkennung suchte.

Nach kurzer Suche fand sie Annabelle auf der Terrasse, hinter einem großen Blumentopf versteckt, in einem anregenden Gespräch mit einem anderen männlichen Gast. Lady Isabel blieb ein Weilchen stehen und beobachtete die beiden. Sie hatte das Gefühl, dass Annabelle zu viel getrunken hatte. Sie sprach zu laut, und ihr Gesprächspartner kam ihr gefährlich nahe. Man konnte deutlich spüren, wie sie die Aufmerksamkeit dieses Gentleman genoss. Lady Isabel drehte sich wieder um und suchte Francis, der immer noch dort stand, wo sie ihn das letzte Mal gesehen hatte. Sie tippte ihm mit dem Zeigefinger leicht an die Schulter.
Er wandte sich seiner Großmutter zu.
»Möchtest du nicht eine alte Frau zum Tanzen auffordern?«
Francis lachte Lady Isabel schelmisch an, nahm sie in den Arm, und sie traten in den Kreis der Tanzenden.
»Hast du deine Frau noch nicht vermisst, Francis?«
»Warum fragst du?«
»Weil ich denke, du solltest dich mehr um deine Frau kümmern. Sie ist jung, hübsch, und wenn du nicht aufpasst, zerstörst du deine Familie. Annabelle liebt dich noch immer, aber nichts währt ewig. Du musst dich von Julia frei machen, mein Junge, du kannst doch nicht immer etwas nachtrauern, was du nie bekommen kannst.«
Konsterniert starrte er seine Großmutter an.
»Woher weißt du das alles?«
»Du verlierst den Takt, pass besser auf, wo du hintrittst.«
»Entschuldige, Großmutter, aber ich glaube, Frauen werden für mich immer ein Rätsel bleiben.«
»Komm, mein Junge, gehen wir etwas im Park spazieren, da können wir uns besser unterhalten. Reich mir deinen Arm.«
Der Garten war märchenhaft beleuchtet. Francis zog seine Brauen hoch. »Lord Catterick hat sich die Hochzeit eine Un-

summe kosten lassen. Ich hoffe nur, er wird Julia auch weiterhin so verwöhnen.«

»Francis, da musst du dir keine Sorgen machen. Julia hat das große Los mit Lord Catterick gezogen. Er wird sie auf Händen tragen, er liebt sie leidenschaftlich.«

»Aber liebt Julia ihn auch?«

»Auch darüber solltest du dir keine Sorgen machen. Julia hat ihr Leben fest im Griff, du jedoch nicht, und genau aus diesem Grund muss ich mit dir reden.«

Der Kies knirschte unter ihren Schritten.

»Was steht dir im Weg, dass du Annabelle nicht lieben kannst?«

»Nichts, das ist ja das Problem, aber ich vergleiche sie immer mit Julia, und dann schneidet sie immer schlechter ab.«

»Warum fahrt ihr nicht ein paar Wochen in ein Seebad, macht Urlaub, nur ihr zwei ohne Kind? Ihr habt bis jetzt auch noch keine Flitterwochen gemacht.«

»Was soll sich da schon ändern?«

»Vielleicht, dass ihr euch näher kommt. Ich finde, du hast dir bis jetzt nicht die geringste Mühe gegeben, um deine Ehe zum Funktionieren zu bringen. Du hast eine Tochter, das bedeutet Verantwortung. Fange an, deine Ehe zu retten. Da oben auf der Terrasse findest du deine Gattin mit einem Verehrer, der deine Frau sehr attraktiv findet. Fordere sie zum nächsten Tanz auf. Noch hast du eine Chance. Wer weiß, wie lange noch?«

Francis nahm den Kopf seiner Großmutter in seine großen Hände küsste sie auf die Stirn. »Habe ich dir schon einmal gesagt, was für eine fabelhafte Lady du bist?«

»Lauf, mein Junge, nehme deine letzte Gelegenheit wahr, wirb um Annabelle.«

Francis warf Lady Isabelle noch einen Handkuss zu und eilte

zu seiner Frau, die er tatsächlich auf der Terrasse mit einem Anbeter fand. Er verbeugte sich vor ihr und fragte. »Annabelle, darf ich dich um einen Tanz bitten?«

Mit ungläubigen Augen betrachtete sie Francis, nahm den Zipfel ihres langen Kleides in die Hand und wandte sich an ihren Verehrer. »Entschuldigen Sie mich, bitte.« Dann rauschte sie mit Francis in den Ballsaal. Es sollte der schönste Abend für sie werden und vielleicht der Anfang für ein neues, gemeinsames Leben.

Die letzten Gäste waren gegangen. George klappte die dicke Golduhr zu, steckte sie wieder ein, verließ langsam die Bibliothek wanderte durch das Haus zum Ballsaal. Es schien nun, da alle Leute fort waren, seltsam still und leer. Nur ein paar Diener räumten hier und da noch etwas auf. Er ging zur Glastür, die in den Garten führte. Auf der Terrasse stand Julia. Im weißen Mondlicht wirkte sie groß, schlank und schön wie eine Göttin. Er legte seinen Arm um ihre Hüfte und schaute mit ihr in die Dunkelheit. »Bist du noch nicht müde?«

Sie reichte ihm ihre Hand. »Ein wenig. Komm, lass uns schlafen gehen.«

»Julia, ich habe dir angeboten, du kannst dein eigenes Schlafzimmer haben.«

Sie schmiegte ihren Kopf an seinen Körper.

»Willst du mich denn nicht bei dir haben?«

Laut lachte er hinaus: »Natürlich will ich dich haben.«

»Dann weise mich doch bitte nicht zurück.«

»Abweisen, ich dich, wo denkst du hin, du würdest mich zum glücklichsten Menschen auf Erden machen, aber ich möchte dich zu nichts drängen, was du nicht selbst willst.«

»Das freut mich zu hören. Dann kann ich dir ja sagen, dass du mir als Mann immer gefallen hast. Du bist groß, breit, männlich und du strotzt vor Lebenskraft.«

George ließ seine Lippen auf ihren Nacken nieder und strich sanft darüber. »Du machst mich richtig verlegen mit deinen Komplimenten.« George zog Julia hinter sich her. Vor der Tür nahm er sie auf die Arme und trug sie in das große Schlafzimmer, das übersät war mit roten Rosenblättern. Es brannten Hunderte von Kerzen.
»Oh wie schön.« Sie umarmte ihn und küsste ihn auf den Mund. »George, ich danke dir, es war eine wunderschöne Hochzeit, und dies ist der Höhepunkt. Ich wusste gar nicht, dass du so romantisch veranlagt bist.«
Liebevoll lächelte er sie an. »Du weißt noch viel nicht von mir.«
»Dann muss ich ab sofort anfangen, dich zu studieren.«
»Tu das, mein Engel. Ich studiere dich schon, seit ich dich kenne. Ich lasse dich einen Augenblick allein, damit du dich zurechtmachen kannst.« Als George aus dem Ankleidezimmer kam, lag Julia nackt unter der Bettdecke. Sie hatte einige brennende Kerzen so hingestellt, dass ihre Körperformen unter dem dünnen Tuch voll zur Geltung kamen. Er trat ans Bett und blickte mit erstaunten Augen auf das Geschenk hinunter, das ihm angeboten wurde. Sie schlug einladend die Decke zurück.
Mit belegter Stimme flüsterte George. »Julia, ich liebe dich.«
»Ich weiß, George.«
Er kniete neben dem Bett nieder, er hatte Angst, sie zu berühren.
»Du bist so schön, ich kann es immer noch nicht fassen, dass so ein bezauberndes Wesen sich für einen alten Mann entschieden hat.«
Sie wandte sich ihm zu und legte ihren Arm um seinen Hals.
Er küsste sie sanft. »Du musst das nicht tun.«
»Ich weiß, aber ich möchte.« Dann legte sie ihren Finger auf

seine Lippen, drehte seinen Kopf an ihre Brust, ließ ihn ihre nackte Haut spüren.
Er atmete heftig, und sein Mund umschloss die Brustwarze.
Julia schloss die Augen. Sie fühlte, wie die Wärme in ihren Körper floss. Jetzt konnte und wollte sie ausprobieren, ob Nicholas recht hatte damit, dass sie es mit jedem Mann genießen konnte. Vor dem inneren Bild hinter ihren Lidern tauchte ein athletischer Mann auf, der sein schwarzes Haar wirr in seine Stirn hängen ließ. Nicholas war über ihr, sie fühlte seinen heißen Körper, seinen Atem und sah seine dunklen Augen, wie er sie lustvoll ansah. Noch ehe ihr Mann in sie eingedrungen war, hatte sie einen Orgasmus. In diesem Augenblick wusste sie, dass Nicholas für immer Besitz von ihr ergriffen hatte und er nicht recht hatte. Sie liebte nur einen, und nur mit diesem einen wollte sie schlafen.
Sie betastete ihren Bauch, das ungeborenen Kind. Das tu ich alles nur für dich. Mit einem Seufzer legte sie sich in die schützenden Arme des Schlafes, der sie umfing.
George wachte schon früh auf und betrachtete Julia in ihrem Schlummer. Er würde jetzt immer in den Genuss kommen, ihre Gestalt zu betrachten. Er war glücklich, nie hatte er geahnt, wie groß die Macht einer Frau sein konnte, die einen Mann durch ihre Sinne beherrsche.

An den ersten Tagen nach der Hochzeit durchstöberte Julia zuerst das große Gebäude und bewunderte die vielen Möbel. Die neueste Errungenschaft war eine Empire-Sitzbank, erst 1810 hergestellt. George hatte ihr erklärt, dass der Möbelschreiner sich von den Möbeln der griechischen und romanischen Antike inspirieren ließ. Die Sitzbank war mit Einlegearbeit aus Lapislazuli und floralen Medaillons geschmückt. In vielen Zimmern hingen Porträts von herausragenden Gestalten der Familie und von Personen, die in Südengland gewirkt hatten.

In dem Turm, der zum Anwesen gehörte, gab es ein kleines Zimmer. Man konnte es über den dritten Stock durch eine enge Wendeltreppe erreichen. Seit Generationen war es verlassen. Niemand wusste mehr, warum es überhaupt gebaut wurde. Es war nicht besonders groß, dafür sehr hell und sonnendurchflutet, und es hatte etwas Beruhigendes. Hier konnte sie nachdenken, planen und ihre Gedanken fern von neugierigen Blicken ordnen. Sie ließ es umbauen und stattete es mit vielen Fenstern aus, so dass sie einen Rundblick auf das ganze Land hatte. In die Mitte stellte sie einen Schreibtisch mit einem Stuhl, ringsherum, unter den Fenstern, ließ sie eine Bank anbringen mit einigen weichen Kissen darauf. Julia stand am Fenster und verfolgte, wie das zarte Licht der untergehenden Sonne in ein paar niedrig hängenden Wolken verschwand. Sie war zufrieden. Das war jetzt ihr kleines Reich, wo sie, wenn sie nicht wollte, nie gestört wurde.

Plötzlich stand George hinter ihr, und legte seinen Arm auf ihre Schultern. »Mein Liebling, du hast dir den schönsten Platz ausgesucht.«

»Ja, das finde ich auch.«

George zog Julia zu sich herum. »Julia, ich habe ein Geschenk für dich.«

»Ach, George, du machst mich verlegen. Ich möchte nicht, dass du mich mit so vielen Geschenken überhäufst.«

»Dieses Geschenk wird dir gefallen.«

George legte Julia ein großes braunes Kuvert in ihre weißen Hände.

Ein schwaches Lächeln überzog ihr schmales Gesicht. Sie öffnete neugierig den Umschlag, und zum Vorschein kam die amtliche Urkunde zur Adoption von Neil. Julia jauchzte, sprang in die Höhe wie ein übermütiges Reh, umarmte George und küsste ihn. »George, das ist das schönste Geschenk, das du mir machen konntest. Du bist so lieb, das habe ich überhaupt nicht verdient.«

»Oh doch, Julia, das hast du verdient und noch viel mehr.« Er ließ sie nicht mehr aus seiner Umarmung. »Weißt du, dass du mir alles geraubt hast, was ich besaß?«

Mit Unverständnis in den Augen wiederholte sie: »Ich habe dir alles geraubt?«

George fuhr liebevoll über ihre Stirn. »Ja, mein Engel, früher war ich ein freier Mensch, war Herr meiner Entscheidungen. Aber du hast mich meiner Freiheit beraubt, sie bedeutet mir nichts mehr. Ich begebe mich freiwillig in dein Gefängnis.« Seine Augen waren sanft und sehnsuchtsvoll auf sie gerichtet. »Julia, ich liebe dich, und ich bin bereit, mein Leben für dich zu geben.«

Ein stechender Schmerz fuhr Julia mitten durch ihr Herz. Mit dem Handrücken fuhr sie sich über ihre Wangen, um die Tränen fortzuwischen.

13. Kapitel

»Mutter und Kind sind wohlauf. Ich gratuliere Ihnen, Lord Catterick.«

George stand am Fenster und blickte durch die bleigefasste Fensterscheibe. Er beobachtete, wie langsam die Sonne unterging. Einen Augenblick lang hatte er das Gefühl, der Boden gebe unter ihm nach. Es war so weit. Er hatte innerlich Angst, Julia gegenüberzutreten. Langsam drehte er sich um und blickte in das freundliche Gesicht der Hebamme.

»Es ist ein Junge, und er sieht Ihnen wie aus dem Gesicht geschnitten ähnlich.«

Er nickte ihr kraftlos zu. »Ich komme.« Mit schleppendem Schritt ging er zur Tür und öffnete sie.

Julia lag noch geschwächt im Bett, als George zu ihr trat. Sie streckte die Hand nach ihm aus und sagte mit erschöpfter Stimme: »Wir haben einen Sohn.«

Ganz nahe kam George ans Bett, nahm ihre Hand und küsste ihre Fingerspitzen. Mit ihren hohlen Wangen und den dumpfen Augen wirkte sie auf ihn wie eine leblose Puppe. Mit dem Handrücken fuhr er über ihre Wangen, setzte sich zu ihr aufs Bett, streichelte ihr verlegen den Hals und flüsterte: »Meine Liebe, ich bin so stolz auf dich! Du machst mich zum glücklichsten Menschen.«

Julia fasste wieder nach seiner Hand. Sie hatte Tränen in den Augen. »Ich bin auch glücklich, schau dir unseren Stammhalter an, wie hübsch er ist. Nimm ihn ruhig auf den Arm.«

Die Muskeln seiner Wangen zuckten und zeigten deutlich, wie es in ihm arbeitete. Sein Gehirn sagte: ein fremdes Kind. Konnte er sich so weit überwinden zu vergessen, wer der Vater war? George neigte seine Lippen zu Julia und küsste sie schwach auf ihre Wangen, dann erhob er sich schwerfällig.

Die Hebamme rief: »Ich muss ihn zuerst noch anziehen.«

George lief mit bedächtigen Schritten zu dem großen Tisch, der extra im Schlafzimmer aufgestellt worden war, und schaute mit unschlüssigen Augen den kleinen Erdenbürger an. Auf einmal verfinsterte sich seine Miene. Er hielt inne und wagte nicht zu atmen, beugte sich tiefer und näher an das Kind, um es besser betrachten zu können. Er wandte sich ruckartig Julia zu, blickte sie einige Minuten äußerst erstaunt an, schluckte schwer, und sein Herz fing an, wild zu rasen. Panik flackerte in seinen Augen auf. »Julia, ich lasse dich jetzt allein, ich komme bald wieder. Ich liebe dich! Was auch kommen mag, ich liebe dich.«

Erstaunt blickte Julia auf. Sie wusste nicht, was er meinte, sie lächelte ihn an. »Ja, komm bald wieder, ich werde hier auf dich warten.«

George stürzte in den Gang, blieb stehen, schüttelte seine weißen Locken und fragte laut: „Ein Muttermal?" Das konnte doch nicht sein, dasselbe Mal wie Laura, seine erste Frau. Unterhalb ihres Bauchnabels hatte sie ein Mal, das auch Nicholas geerbt hatte. Er griff sich mit der Hand ans Herz, ihm wurde plötzlich schwindlig. Er musste an die frische Luft. Sein Atem ging schwer, und er hatte das Gefühl, keine Luft mehr zu bekommen. Dieser 14. August war kein guter Tag für ihn. Die Anspannung stand George ins Gesicht geschrieben, als er aus dem Hinterausgang in den sommerlich duftenden Rosengarten schritt. Er stand da, mit hängenden Schultern. Das musste alles ein Irrtum sein. War er denn blind? Dass er angenommen hatte, Julia hätte ein Verhältnis zu einem Arbeiter? Sie war von Adel, hatte Rasse. Sie würde sich nie mit dem gemeinen Volk einlassen, das wusste er. Wie konnte er denn so naiv sein und die ganzen Anzeichen übersehen! Er konnte sich noch genau erinnern, als ob es gestern gewesen wäre, wie eigenartig Julia ihn angeschaut hatte, als er sagte, er würde den Vater des Kindes kennen. Und wie er darauf bestand, diesen Albert wegzuschicken. Es war schon unglaublich, wie ihm in seinem Alter so ein Irrtum unterlaufen konnte. Sein Herz pochte immer noch nervös in seiner Brust, und die angstvolle Spannung gab nicht nach. Er zog kräftig die Luft durch die Nase ein. Er schleppte sich zum Pavillon und setzte sich auf eine weiße Bank. Der Schweiß stand ihm auf der Stirn. Konnte er ertragen, das Kind seines Sohnes aufzuziehen? Liebte er Julia genug, um das alles zu ignorieren? Sie hatte keine Schuld. Wenn jemand eine Schuld hatte, dann war er es. In diesen zehn Minuten fühlte er sich mindestens um

zehn Jahre gealtert. Heiße Tränen liefen ihm über die Wangen; er weinte, und er schämte sich, dass er weinte. Sein Leben hatte sich verändert, seit er Julia kannte. Wahrscheinlich hatte er sich vom ersten Augenblick an in sie verliebt, als sie noch ein junger Mann war. Auf jeden Fall war er sehr beeindruckt, dass er einen Moment lang dachte, er spüre Sympathie für das gleiche Geschlecht, wie manche seiner Freunde. Das war ein Thema, über das niemand sprach und das doch alle kannten.
Wie konnte er mit diesem Kind leben? Wusste es Nicholas? Er glaubte nicht. Wenn sie sich sahen, war er sehr reserviert und beachtete Julia kaum. Plötzlich hatte er wieder das Bild vor Augen, wie Julia und Nicholas so vertraut zusammen tanzten und er sie auf den Mund küsste. Ein ohnmächtiger Zorn erfüllte ihn. Eigentlich hätte er damals schon misstrauisch werden müssen. Was war vorgefallen? Warum hatte er Julia nicht geheiratet? Wollte sie nicht oder wollte er nicht? So viele Fragen. Liebte sie Nicholas oder, besser gesagt, liebt sie ihn noch? Er konnte sich keine bessere Partnerin im Bett wünschen, aber war sie glücklich mit ihm? War er nicht zu egoistisch oder spielte sie mit ihm? Gab er ihr, was sie brauchte oder wollte? Er vergrub das Gesicht in den Händen. Es war das erste Mal, dass er sich diese Frage stellte. Klarheit musste er haben! Er würde noch etwas warten, denn er musste sich zuerst selbst prüfen, ob er im Stande war, für diese Liebe zu kämpfen und alles zu ertragen.

Einige Wochen später betrat George das Arbeitszimmer von Julia. Gedankenverloren saß sie an ihrem Rokoko-Schreibtisch, erhob den Kopf und blickte George fragend an. »Julia, heute ist ein wunderschöner Tag. Hast du keine Lust, mit mir im Garten spazieren zu gehen?«
Ein schwaches Lächeln flog auf ihre Züge. »Du hast recht, es

tut mir sicher gut, mir die Füße zu vertreten.«
Sie legte ihre vergoldete Schreibfeder auf das beschriebene Blatt, stand auf und hakte sich bei ihrem Mann unter. Der Saum ihres gelben Musselinkleides streifte über den frisch geschnittenen grünen Rasen.
George zog Julias Arm näher zu sich heran. »Julia, ich habe dich nie gefragt, ob du hier an meiner Seite glücklich bist.«
Julia sah ihn offen an. »Aber natürlich bin ich glücklich. Ich habe einen Sohn und einen guten Mann, der mich doch hoffentlich liebt, oder?«
Dabei blinzelte sie schelmisch und drückte seine Hand.
»Ach Julia, jetzt fällt mir ein Gedicht ein, das mir sehr gut gefällt, hör zu.«

»„An diesem warmen Augusttag, zu einer Zeit, wenn dem Südwind nach Lachen ist, wenn der Südwind im Korn ist, wenn er singt, jenes flache Land, das mein ist …"«

»George, ich wusste gar nicht, dass du auch ein Poet bist?«
Er legte seinen Arm um ihre Schulter und lächelte sie an. »Julia, ich weiß nicht so recht, wie ich anfangen soll, um nicht so dumm vor dir da zu stehen. Aber ich muss wissen, wer der Vater von Roger ist.«
Julias Körper erstarrte einen kurzen Augenblick, dann blickte sie George erstaunt an. »Aber das weißt du doch: Nicholas.«
George atmete laut und heftig. »Julia, ich habe jetzt zwei Wochen über meine Dummheit nachgedacht.«
»George, ich verstehe nicht, was du mir sagen möchtest.«
In Georges Augen lag eine Kälte, die ihr bis ins Knochenmark drang.
»Ich dachte, dass Albert der Vater von Roger ist.«
Jetzt geriet Julia aus der Fassung. »Was, du wolltest ja nie etwas

wissen. Im Gegenteil, du sagtest, du wüsstest, wer der Vater von Roger ist, und so habe ich auch geschwiegen. Ich war zwar erstaunt, woher du es wissen solltest, aber ich dachte mir, du willst es einfach nicht wissen, dir wäre es so am liebsten.«

Resigniert schüttelte George sein weißes Haupt. »Wie ich schon sagte, mir ist ein fataler Irrtum unterlaufen.«

»Willst du damit sagen, dass du mich dann nicht geheiratet hättest?«

Mit tiefster Überzeugung erwiderte er: »Meine über alles geliebte Julia, ich hätte dich genommen, auch wenn du zwanzig Kinder von zwanzig verschiedenen Männern gehabt hättest. Ich liebe dich jeden Tag mehr, wenn es überhaupt so etwas wie eine Steigerung gibt, weißt du das?«

Julia hörte sich mit ruhiger Stimme sagen: »Natürlich weiß ich das.« Als sie lächelte, funkelten ihre Zähne wie Edelsteine im Sonnenlicht.

Sie nahmen sich in die Arme und küssten sich wie ein frisch vermähltes Paar.

»Aber nun musst du mir schon sagen, wieso du es gerade jetzt herausgefunden hast?«

»Das Muttermal. Das ist ein Erbstück von meiner ersten Frau. Wie du ja auch weißt, hat Nicholas das gleiche braune Muttermal unter dem Nabel, du kennst ja seinen Körper besser als ich.« Dabei blickte er Julia mit seinen dunklen, stechenden Augen direkt ins Herz. »Julia, liebst du Nicholas?«

Sie zog ihn mit sich: »Komm, setzen wir uns auf die Bank.«

Es dauerte lange, bis Julia seine Frage beantwortete. »George, ich war dir gegenüber immer ehrlich und das möchte ich beibehalten, obwohl ich weiß, dass meine Antwort dich tief verletzen wird.«

Plötzlich sah sie sehr traurig aus, strich dabei über die zarte Musterung ihres Kleides. »Ja, ich habe ihn geliebt, und ich liebe

ihn irgendwie immer noch. Aber ich habe schon lange erkannt, dass es für uns keine Zukunft gibt. Nicholas hat mit sich selbst große Probleme. Er hat bis zum heutigen Tag den Tod seiner Mutter nicht verkraftet. Der Verstand möchte diese Tragödie vergessen, aber seine Seele lässt es nicht zu. Es ist fast so, als ob Teufel und Engel miteinander kämpfen würden. Ja, ich liebte ihn, und ich hätte ihm so gern geholfen.« Sie blickte vor sich hin; es sah ganz so aus, als ob sie mit sich selbst spräche und nicht mit George.
»Wirst du ihn je vergessen können?«
Julia hörte seine Frage nicht, aber sie hörte sich selbst mit einer fremden Stimme mechanisch wie eine Marionette sagen:
»Er war damals erst neun Jahre alt.«
George sah sie durchringend an. In diesem Moment hasste er seinen Sohn für die Liebe, die ihm Julia entgegenbrachte, und die er, wie er jetzt wusste, nie bekommen würde. Aber man musste es nüchtern betrachten: Sie war mit ihm verheiratet und nicht mit Nicholas. Und das war sein Trumpf, den er zu jeder Zeit, wenn es sein musste, ausspielen würde. »Weiß Nicholas, dass er einen Sohn hat?«
»Nein, George, er weiß es nicht, und ich möchte auch nicht, dass er es je erfährt. Roger ist unser Sohn, und so wird es immer sein.«
George nahm die kalte Hand von Julia in die seine und führte sie an seinen Mund. »Weißt du, ob Nicholas dich liebt?«
»Das ist schwer zu beantworten, aber ich glaube, ja.«
»Hättest du ihn geheiratet, wenn er dir einen Antrag gemacht hätte?« George hatte die Hand von Julia immer noch in der seinen und drückte sie so sehr, dass es ihr wehtat. Sie entzog sie ihm langsam.
»George, du tust mir weh. Warum bist du denn eifersüchtig? Das ist doch lange vorbei!«

Seine Augen flammten auf. »Ich warte auf deine Antwort.«
»Ja, George, ich hätte ihn geheiratet.«
»Das heißt also, wäre Nicholas früher zurückgekommen und hätte dir einen Heiratsantrag gemacht, dann wärst du heute mit ihm verheiratet?«
»Warum quälst du mich, ich habe doch ja gesagt.«
Georges Augen wurden zu Stein. »Du musst mir verzeihen, dass ich heute viele Dinge aus einem anderen Blickwinkel sehe. Ich gebe zu, ich bin eifersüchtig, sogar rasend eifersüchtig, in mir lodert etwas, von dessen Existenz ich nie zuvor etwas ahnte. Julia, versprichst du mir, dass du mich nie verlassen wirst? Ich würde es nicht überleben!«
»Was redest du denn für dummes Zeug?«
»Versprich es mir, bitte.«
»Aber ja doch, ich verspreche es dir.«
Er blickte ihr tief in die Augen. Er wusste, dass sie ihr Versprechen einhalten würde. »Julia, mit dir an meiner Seite scheint die Sonne, und die Tage sind für mich wärmer.« Warm sah er sie an und fuhr mit einem Finger an ihrem zart geschwungenen Ohr entlang, weil er genau wusste, wie diese einfache, zarte Berührung sie sexuell erregte. Er hoffte nur, dass diese Umstände ihre Ehe nicht belasten würden, aber er kannte sich gut genug, um zu ahnen, dass dieses Wissen für ihn fast unerträglich war.
Julia reichte ihm die Hand, und er nahm sie in die seine. Er würde diese Hand mit seinem Tod verteidigen. Sie schlenderten weiter, jeder in seine Gedanken versunken.

Zu Julias großer Freude hatte die Kräuterfrau ihr das Reiten wieder erlaubt. Das Gefühl der Freiheit erfasste sie wie ein Taumel, als sie mit Black Thunder durch die Felder galoppierte. Sie fühlte die geballte Energie in ihrem Körper, die nach monatelanger Untätigkeit herausmusste. Sie war nicht zum Nichtstun geboren. In der Ferne hörte sie ein Geschrei. Sie wandte ihren Blick in Richtung Pferdekoppel. Da rannte eine braune Stute mit zwei kleinen Fohlen um die Wette. Julia ritt näher, um das Spiel besser beobachten zu können. Die Mutter animierte die Jungen zum Rennen, indem sie eins mit der Nase antippte, wieherte und davonrannte. Und die zwei Jungen rannten ihr hinterher. Das wiederholte sie immer wieder, ohne müde zu werden. Es war zu schön anzuschauen. Offenbar gefiel es auch ihrem Hengst, denn er wurde unruhig und schwang seinen Kopf hin und her. Julia tätschelte ihn liebevoll am Hals. »Komm, mein Süßer, wir reiten weiter.«

Sie bogen in einen Weg ein, der sie zur anderen Seite des Hügels brachte. Dort hatte sie einen Blick über das ganze Tal, und mit Stolz dachte sie, dass das ganze Land ihrem Mann gehörte. In letzter Zeit hatte sie eine innere Ruhe gefunden, die ihr gefiel. Sie war zufrieden und ausgeglichen. Ihr Gefühl hatte sie auch bei George richtig beraten: Sie konnte sich keinen fürsorglicheren Ehemann und Vater als George vorstellen. Er trug sie auf Händen, erfüllte ihr jeden Wunsch und betete sie an. Es fiel ihr nicht schwer, George ein paar Krumen ihrer Liebe hinzuwerfen. Er nahm alles, was von ihr kam, dankbar an, er lechzte nach ihrer Liebe.

An Nicholas dachte sie immer seltener, obwohl sie ihn nicht aus ihrem Gedächtnis verbannen konnte. Jedes Mal, wenn sie Roger in den Händen hatte, drängte sich ihr Nicholas auf. Sie blickte an sich hinunter und musste grinsen. George hatte ihr auf den Weg gegeben, wie eine Lady zu reiten. Nun, viele Wünsche konnte sie ihm erfüllen, aber diesen nicht. Sie gab dem Pferd einen leichten Druck, und es galoppierte mit ihr über Berg und Tal, an Schluchten vorbei, durchritt grüne Weiden, überquerte Hügel, galoppierte durch den kleinen

Wald. Julia wusste nicht, ob es ihr oder ihrem Pferd mehr Spaß machte. Mit rot durchbluteten Wangen kam Julia vom Ausreiten zurück, klopfte an die geschnitzte Tür des Arbeitszimmers ihres Mannes und öffnete sie gleichzeitig, zog aber sofort ihren Kopf wieder zurück.

»Oh, Entschuldigung, ich wollte nicht stören, ich wusste nicht, dass du Besuch hast.«

»Komm nur herein, mein Engel, ich möchte dir ...« Dann stockte er beim Weitersprechen, starrte mit finsterem Blick auf ihre Kleidung, fasste sich aber schnell wieder und beendete seinen Satz, »ein paar liebe Gäste vorstellen.«

Julia getraute sich nicht, George anzublicken, denn sie wusste auch so, dass die Muskeln seiner Wangen zuckten, was ein Zeichen dafür war, dass er seinen Zorn unterdrückte. Auch den beiden Gentlemen verschlug es die Sprache, als Lady Catterick in ihrer burschikosen Kleidung erschien.

»Julia, darf ich dir Kapitän Roffe und Lord Mornington vorstellen? Lord Mornington ist Direktor der Britisch-Ostindischen Kompanie. Gentlemen, Lady Catterick.«

Die Männer erhoben sich und begrüßten Julia. Als Lord Mornington Julia die Hand reichte, zuckte er leicht zusammen, als er in ihr Gesicht schaute. Auch Julia wich zurück. Das Blut schoss ihr ins Gesicht, und mit Mühe befreite sie sich von seinem durchdringenden, hypnotisierenden Blick.

George zeigte sich wieder gelassen. »Möchtest du dich nicht zu uns setzen, mein Engel?«

»Ich wollte mich eigentlich zuerst umziehen.«

»Setz dich in meinen Sessel, du siehst auch in deinen Hosen bezaubernd aus.« Er zeigte auf den bequemen Ohrensessel, in dem er zuvor gesessen hatte, und holte für sich einen Stuhl aus der hinteren Ecke des Zimmers. »Meine Herren, nehmen Sie doch bitte wieder Platz! Fahren Sie bitte fort, Kapitän.«

Die zwei Herren waren sichtlich verunsichert, dass nun eine Frau bei dem Gespräch anwesend war, aber nachdem sie Gäste von Lord Catterick waren, mussten sie wohl seine Frau akzeptieren.

»Nun, wie ich schon sagte, der Preis, den wir für den Tee erzielen konnten, liegt weit unter dem, was wir gerechnet hatten.«

Etwas unwohl rutschte George auf seinem ungewohnten Sitzplatz hin und her. »Wo liegt denn dieses Mal das Problem?«

»Wie Sie wissen, Lord Catterick, dauert die Reise von China nach England zwischen sechs und neun Monaten, kann sich aber durchaus auf ein Jahr ausdehnen, wie es dieses Mal der Fall war. Das wird verursacht durch verspätetes Auslaufen, durch widrige Monsunwinde, und dadurch leidet natürlich die Qualität des Tees.«

George blieb im Hintergrund und beobachtete Julia. Sie mischte sich ein und sagte: »Darum mussten sie die Ladung billiger verkaufen?«

Der Kapitän wandte sich höflich an Julia. »In der Tat, so ist es. Der Tee kreuzt auf dem Schiff zweimal den Äquator. Hitze und Feuchtigkeit zusammen fügen dem Aroma des Tees großen Schaden zu.«

»Gibt es denn keine andere Möglichkeit des Transports? Können wir den Tee nicht auf dem Landweg transportieren?«

»Wir Engländer leider nicht. Die Russen haben den Landweg fest in ihrer Hand. Sie bringen den Tee mit Karawanen von Peking durch die Wüste Gobi, quer durch Sibirien bis an den Baikalsee und weiter zur Wolga. Der Tee hat natürlich eine weit bessere Qualität als der auf dem Seeweg beförderte Tee, der in feuchten, geteerten und dumpf riechenden Laderäumen gelagert wird und entsprechend muffig schmeckt.« Er lachte schelmisch, gab demonstrativ einen weiteren Löffel Zucker in seinen Tee und rührte ihn bedächtig mit einem kleinen Silberlöffel um.

»Darum nehmen wir wohl alle Zucker zum Tee und verfälschen natürlich das wunderbare zarte Aroma, um den unangenehmen Beigeschmack zu vertreiben.«

Julia lachte und erwiderte: »Ich habe immer gedacht, der Tee müsste so eigenartig schmecken.«

Die Herren konnten ein amüsiertes Lächeln nicht unterdrücken. Lord Mornington meldete sich zu Wort. Er hatte eine sehr angenehme Stimme. Sein Haar war blond, das Gesicht energisch und scharf geschnitten. Die intelligenten, ausdrucksstarken Augen leuchteten tiefblau und zogen seine Gesprächspartner in den Bann. Er war über einen Meter achtzig groß, hatte breite Schultern, und unter seinem Anzug konnte sich Julia einen gut durchtrainierten und muskulösen Körper vorstellen. Er hatte ein heiteres Gemüt mit einer sympathischen Ausstrahlung. Julia hatte ihn sofort erkannt. Sie stellte sich ihn im Geiste vor, als er sie in dem Gasthof verteidigte. Den Namen hatte sie zwar vergessen, aber wie es schien, kam sie ihm auch bekannt vor. Aber wie sollte er sie erkennen? Damals war sie ein junger Bursche, heute war sie Lady Catterick. Sie lachte in sich hinein. Nun ja, auch wieder mit Hosen.

»Leider haben wir noch mehr Probleme. Es treten immer mehr Schwierigkeiten auf, vor allem mit den chinesischen Behörden. Hier kollidieren die Interessen von zwei Staaten, die kaum unterschiedlicher hätten sein können: der eine uralt und nach innen gerichtet und wir, die andere Seite, jung und auf Expansionskurs. Das muss schiefgehen. In einfachen Worten, die Zusammenarbeit ist katastrophal, es treffen zwei Kulturen aufeinander, die nichts, aber wirklich gar nichts gemeinsam haben. Sie verstehen uns Engländer nicht, und wir haben genauso wenig Verständnis für die eigenartigen Gewohnheiten der Chinesen. Sie nennen uns Europäer zum Beispiel Langnasen. Und sie dürfen mir glauben, das ist nicht freundlich gemeint. Sie schotten sich immer mehr uns Ausländern gegenüber ab. Man sollte meinen, dass sie uns dankbar sein müssten, dass wir ihnen ihre Ware abkaufen, aber nein, stattdessen legen sie uns lauter Stolpersteine in den Weg. Auf jeden Fall sehe ich die geschäftliche Entwicklung für die Zukunft äußerst kritisch.«

George musterte Julia. Er liebte sie und wollte ihr den Gefallen erweisen, sie in die harte Geschäftswelt, die gleichzeitig die Männerwelt war, einzuführen. Er wusste nur zu gut, dass das nicht leicht sein würde. In der Wirtschaft hatte eine Frau nichts zu suchen, aber sie würde sich durchbeißen. Bei dem Gedanken musste er grinsen. Er konnte sich einen Saal voller Geschäftsleute vorstellen, und das Sagen hatte seine reizende Julia. Er fühlte, sie war mit der Erziehung der Kinder nicht ausgelastet, und er überließ ihr weitgehend die Kontrolle der Buchführung. Sie war spitzfindig und übersah keinen Fehler. Er beobachtete sie oft und konnte ihre sehnsüchtigen Augen kaum mehr ertragen, die etwas wollten und suchten. Er wusste bis heute noch nicht, ob sie glücklich war. Er war über seinen Schatten gesprungen, und weil er diese Frau anbetete, wollte er sie ausgeglichen und zufrieden sehen. Wer hätte jemals gedacht, dass der stolze Lord Catterick seine Frau in die Geschäfte einführen und unterrichten würde? Er war sich sicher, sie würde in ein paar Jahren in der Finanzwelt eine große Rolle spielen.

Aufmerksam hörte Julia zu. »Ich habe gehört, dass seit 1818 in Nordostindien, in Assam, Tee angepflanzt wird. Ist das richtig?«

Lord Mornington blickte Julia erstaunt an. »Ja, da haben Sie recht, nur bis jetzt ist das zu wenig, und es bestehen erhebliche Anfangsschwierigkeiten, aber ich glaube auch, dass Indien in Kürze unser Hauptlieferant sein wird. Ich weiß aus zuverlässiger Quelle, dass auch Java aus Japan Samen importierte, um Tee anzubauen. Auf Ceylon wird ebenso experimentiert, aber das werden wohl Länder für die spätere Zukunft sein, vielleicht für unsere Enkel. So lange müssen wir mit den Chinesen noch vorlieb nehmen.«

Vorsichtig fragte Julia: »Kann es nicht sein, dass das englische Personal in China zu wenig auf die Chinesen eingeht? Wir Engländer können doch auch sehr stur und arrogant sein.«

»Eigenartig, dass Sie das sagen, dasselbe habe ich auch schon gedacht, aber glauben Sie mir, Lady Catterick, es ist nicht sehr leicht, fähiges Personal zu bekommen, das auch noch bereit ist, wenigstens befristet in so einem Land zu leben, wo sie keiner versteht und auch nicht verstehen will und es den Ausländern ausdrücklich verboten ist, Chinesisch zu lernen.«

Lord Mornington beugte sich auf seinem Stuhl näher zu Julia. »Aber vielleicht muss ich etwas ausholen. Der ganze Außenhandel wird in Kanton mit einem Konsortium von chinesischen Händlern, die das Monopol besitzen, abgewickelt. Um zu demonstrieren, dass die dortige Ausländersiedlung nur ein Provisorium ist, müssen die europäischen Kaufleute ihre Familien in Macao zurücklassen. Und nicht nur das, von Oktober bis Mai müssen sie selbst die Enklave räumen und im Winterhalbjahr isoliert leben. Es ist ihnen verboten, nach Sonnenaufgang auszugehen, die Stadt zu verlassen, die Stadt in Gruppen zu betreten oder Feuerwaffen zu besitzen.«

Julia schüttelte den Kopf. »Finden Sie bei diesen Bedingungen überhaupt noch Personal, das für Sie dort arbeiten will?«

»Ja, wie ich schon sagte, mit Schwierigkeiten und mit viel Geld.

Es lohnt sich für uns nur, weil wir seit einigen Jahren mit den Chinesen ein Gegengeschäft mit Opium machen können.«
»Ist das nicht eine Droge?«
»Ja, es ist ein Rauschgift. Ich persönlich bin nicht sehr glücklich über diese Art von Gegengeschäft. Sie müssen sich vorstellen, dass bis heute das Reich der Mitte nur Silber als Zahlungsmittel akzeptiert. Das ist so ein arrogantes Volk! Als im Jahre 1793 Lord McCarthy nach Peking reiste, um über die Öffnung der chinesischen Häfen für Produkte unseres Landes zu verhandeln, gewährte ihm der Kaiser eine Audienz, betonte aber bestimmt, dass China alle Waren in Hülle und Fülle besäße und keine Erzeugnisse der Barbaren benötigt würden. Keine 20 Jahre später versuchte unser Gesandter, Lord Amherst, abermals sein Glück, aber dieses Mal bekam er den Kaiser nicht zu Gesicht, sondern wurde nur von Hofbeamten schikaniert.«
Julia stand auf und goss Tee in die Tassen nach. Sie sah, dass der Teller mit den Aniskeksen leer war, und läutete dem Butler, um neuen Tee und mehr Gebäck zu bestellen.
Dabei wurde sie nicht nur von ihrem Mann betrachtet, sondern auch von Lord Mornington, der seinen Blick über ihren schlanken, wohl geformten Körper gleiten ließ. Er dachte bei sich: lange schlanke Beine, wie er es liebte, die kamen in diesen Männerhosen erst richtig zur Geltung. Wenn er es richtig betrachtete, hatte er noch nie eine Frau in Männerhosen gesehen. Diese Frau gefiel ihm. Wie konnte eine so betörende Frau einen alten Mann heiraten? Sie hätte sicher jeden jungen bekommen können, aber wahrscheinlich war es eine Frage von Geld, Ansehen und Titel. Diese Frau hatte eine unheimliche Ausstrahlung, die er sich nicht erklären konnte. Das Gesicht kannte er und diese Augen, die glänzten wie ein Dickicht im Wald, dunkel und undurchdringlich. Es ließ ihm keine Ruhe.

Aber woher? Obwohl er sich sicher war, dass ihm diese Frau noch nie begegnet war, es würde ihm schon noch einfallen. Er konnte sich rühmen für sein Gedächtnis. Wenn er einmal eine Person gesehen hatte, vergaß er sie nie wieder.

Ihre Blicke kreuzten sich, als sie mit ihren, ausdrucksvollen Händen einer Künstlerin den Tee einschenkte.

Er konnte sich von ihrem Blick nicht lösen und zwang sich wegzusehen, denn er spürte die stechenden Augen von Lord Catterick. Wenn er sich ertappt fühlte, so hatte er so viel Selbstvertrauen, dass es ihm keiner anmerkte. Lord Mornington konnte es nicht unterlassen zu fragen: »Lady Catterick, Sie kommen mir so bekannt vor, haben wir uns nicht schon einmal gesehen?«

Julia wusste, dass er sie das fragen würde, darum gab sie sich locker und gelassen. »Ich glaube es nicht, auf jeden Fall kann ich mich nicht an Sie erinnern.«

»Eigenartig, normalerweise vergesse ich nie ein Gesicht, und auch Ihre Stimme kommt mir bekannt vor.«

Der Kapitän stand auf. »Lord Catterick, ich glaube, wir müssen uns verabschieden, es ist schon spät.«

George erhob seinen Kopf und sah Julia in die Augen. »Wollen die Herren diese Nacht nicht bei uns verbringen? Meine Frau und ich freuen uns immer, wenn wir in unserem öden Landleben etwas Abwechslung haben.«

Sofort reagierte Julia und lächelte: »Aber natürlich, das wäre ja auch sonst viel zu gefährlich, man hört in letzter Zeit von gelegentlichen Überfällen hier in der Nähe.«

Ein Lächeln flog Lord Mornington über seine Züge, als er Julia anblickte. »Also, wenn Sie uns so freundlich bitten, Lady Catterick, können wir diese Einladung natürlich nicht ablehnen.«

»Das freut uns. Ich werde veranlassen, dass Ihre Zimmer

hergerichtet werden.« Bevor sie die schwere Tür hinter sich zuzog, drehte sich Julia noch einmal um. Instinktiv spürte sie sechs Pfeile im Rücken. Sie fühlte, wie ihr die Röte ins Gesicht stieg, als sich ihr Gefühl bestätigte.
»Das Abendessen wird um sieben Uhr angerichtet sein.«

Nach dem Mahl wollte Julia die Männer allein ihren Whisky in der Bibliothek trinken lassen, aber George bestand darauf, dass sie mit ihnen zusammen einen Drink nehmen sollte. »Meine Liebe, so wie ich dich kenne, hast du sicher noch einige Fragen an unseren guten Kapitän Roffe und an Lord Mornington.«
Ihre Mundwinkel hoben sich zu einem sanften Lächeln: »Du hast natürlich recht, wie immer, mich würde brennend interessieren, was es mit dem Opium auf sich hat!«
George reichte jedem einen Whisky, und mit Stolz in der Stimme meinte er: »Lady Catterick hat sehr viele Qualitäten. Angefangen, damit, dass sie die beste Pianistin ist, die ich kenne, interessiert sie sich für die Geschäfte und kennt sich schon so gut aus, dass ich sie das nächste Mal als Vertretung für mich zur Sitzung schicken werde.«
Die beiden Männer stutzten und blickten Lord Catterick mit einem langen Blick an.
George wiederum zog eine Braue hoch. »Ich hoffe doch, dass ich mit Ihrer Unterstützung rechnen kann? Meine Knie machen bei so einer langen und beschwerlichen Reise nicht mehr mit.«
Lord Mornington blickte zu Julia, die mit dem Rücken am brennenden Kamin stand. Auf einmal verstand er, dass dieser alte Mann seine Frau abgöttisch liebte. Die zwei ergänzten sich, der Graf leicht introvertiert und steif, und sie bestand von Kopf bis Fuß aus sprühendem Temperament, Lebenslust und Humor. Wahrscheinlich lehrte sie ihn überhaupt erst das

Lachen und erweckte ihn zum Leben. Er kannte George seit seiner Kindheit. Er war unnahbar, und kein Witz konnte ihn zum Lachen bringen, wenn er nicht wollte. Es war für ihn unbegreiflich, dass eine Frau einen Mann so verändern konnte. Dieses Wesen machte ihn neugierig.
Lord Mornington verbeugte sich kurz und richtete seine Augen auf George. »Sie können natürlich mit meiner absoluten Ergebenheit rechnen, ich werde Lady Catterick bedingungslos in jeder Hinsicht unterstützen.«
George wandte sich Kapitän Roffe zu. Der stammelte dann nur ergeben: »Natürlich kann Lady Catterick auch mit meiner vollen Unterstützung rechnen.«
Julia betrachtete dieses Schauspiel und dachte bei sich: Ob sich diese Herren, wenn der Tag X kommt, wirklich noch an ihr Versprechen erinnern können?
Lord Mornington wandte sich wieder an Julia. »Also, Lady Catterick, wo soll ich anfangen?«
»Am besten am Anfang.«
»Unser Problem war, dass wir immer ohne Schiffsladung nach China fuhren. Vor einigen Jahren nun entdeckten findige britische Händler die verbotene Ware, mit der sie den Fluss der Silberbarren wieder umkehren konnten. Sie beförderten Opium aus der von uns, der East Trade Company, beherrschten indischen Provinz Bengalen nach Kanton, wo korrupte Mandarine sich am illegalen Handel bereicherten und immer noch bereichern, genau so wie wir.«
Julias Augen hafteten auf Christopher Mornington, als sie fragte: »Aber ist das nicht gesundheitsschädlich?«
Er lachte Julia breit an und nickte mit dem Kopf. »Es ist fatal. Wenn Sie mal damit anfangen, kommen Sie nicht mehr los davon. Die Zahl der süchtigen Chinesen steigt dramatisch an. Aus geheimen Quellen wissen wir, dass das ganze Land

geschwächt ist, es leiden nicht nur die Armen, die dem Drogenelend verfallen sind, sondern, wie wir wissen, auch der Vizekönig von Kanton und seine hohen Beamten sind dem Opium verfallen. Es besteht sogar seit kurzem ein Verbot, aber leider muss ich sagen, dass meine Landsleute das nicht schert, für die sind die Schlitzaugen sowieso Menschen zweiter Klasse und was meinen Sie, was sie mit diesen machen?«

Julia antwortete: »Also, wenn Sie mich so fragen, dann erhöhen Sie die Lieferung.«

Der Butler trat an den Tisch, balancierte eine große Zigarrenkiste, öffnete den Deckel und bot jedem eine Zigarre an.

Kapitän Roffe griff sofort nach einer, prüfte die Banderole, pfiff anerkennend durch die Zähne: »Erste Klasse!« Schließlich zündete er sich eine an.

Lord Mornington lehnte dankend ab und fuhr mit seinen Erklärungen fort. »Sie haben es erraten, Lady Catterick. Wenn ich richtig unterrichtet bin, liefern wir zurzeit im Jahr ca. 30.000 Kisten Opium, und das Volumen ist steigend.«

»Das ist ja furchtbar!«

»Ich finde es zwar auch nicht schön, aber würden die hochfahrenden Chinesen uns andere Ware abkaufen, könnten wir auf das Opium verzichten. Sie müssen das so sehen: Nicht nur die englischen Händler machen exorbitante Gewinne mit der illegalen Droge, sondern nach dem Schmiersystem der Verwaltungshierarchie profitiert genauso der Kaiser.«

Julia schweifte kurz mit ihren Gedanken ab. Sie dachte bei sich, dass sie sich Lord Mornington gut als Jäger vorstellen konnte. Sie sah, dass seine Stärke das Warten war. In seinem Warten lag die Geduld einer Katze, die stundenlang ihr Wild beobachten konnte, ohne zuzuschlagen, bis ihr Opfer sich zu sicher fühlte, dann schlug sie ihr Wild. Er war sicher so auch in seinen Geschäften. Es fröstelte sie. Ihr Instinkt sagte ihr, dass er immer bekam, was er wollte. Julia sah auf die große Standuhr, stand auf, blickte zu den Gentlemen und sagte: »Sie müssen mich entschuldigen, ich lasse Sie jetzt allein, damit Sie noch in aller Ruhe einen zweiten Whisky trinken können. Mein Sohn wartet auf mich.«

Mit einem Augenaufschlag sagte sie: »Es ist seine Zeit, er hat Hunger.«

Im gemeinsamen Schlafzimmer wartete Julia auf George. Es war schon spät, aber sie war noch nicht müde. Sie saß im Sessel und las bei schwachem Lampenschein.

George kam zu ihr, legte seine Hände voller Zartgefühl an ihre beiden Schultern und küsste ihren Nacken. »Du solltest doch schon schlafen, mein Engel! Habe ich dir heute schon gesagt, was für eine wunderbare Frau du bist?«

»George, du machst mich verlegen.«

»Das sollst du nicht sein. Du hast mir beigebracht, dass man seine Gefühle nicht verstecken sollte, sonst erstickt man daran.«

»Ja, manchmal vergesse ich meine eigenen Worte.« Julia erhob sich, wandte sich George voll zu. »Ich habe auf dich gewartet, weil ich dich fragen wollte, ob du mich wirklich allen Ernstes allein zur Hauptversammlung nach London schicken willst?«

»Aber mein Engel, ich baue fest auf dich. Wenn ich in ein paar Jahren nicht mehr sein sollte, wirst du die Familiengeschäfte führen.«

»Aber George, das meinst du doch nicht wirklich?« George rollte die Augen und deutete mit dem Zeigefinger auf sie.

»Eine Lady, die mit einem Dolch umgehen kann, steckt die ganze Männerwelt in die Tasche, und außerdem hast du ein angeborenes Gespür für Geschäfte. Glaube mir, so was kann man nicht lernen, dazu muss man geboren sein, darum kann ich mir keinen Besseren vorstellen als dich. Hast du überhaupt bemerkt, wie du die beiden Gentlemen um den Finger gewickelt hast? Besonders Lord Mornington, der würde alles tun, um dich zu bekommen.«

Die Wangen von Julia wurden noch einen Ton röter.

»Mein Schatz, du musst nicht verlegen werden. Im Gegenteil, nutze deine weiblichen Reize und dein Aussehen. Solange ich weiß, dass du mir allein gehörst, macht es mich stolz, eine so begehrenswerte Frau zu haben.« George streichelte über ihren Nacken.

»Aber George, ich kann mir trotzdem nicht vorstellen, dass deine Kinder damit einverstanden sein werden, am allerwenigsten Nicholas.«

»Sie werden wohl oder übel damit einverstanden sein müssen, wenn ich es bestimme.«

Julia schmiegte sich an George und flüsterte ihm ins Ohr: »George, ich werde nie vergessen, was du für mich alles getan hast.«

»Ich will keinen Dank.« Bei sich dachte er, ohne es auszusprechen: Ich möchte nur dein Herz. »Du darfst dich schon vorbereiten, die nächste Sitzung ist in London.«

»Kennst du schon das Datum?«

»Nein, sie ist aber immer im November.«

»Mit wem werde ich dann zukünftig zu tun haben?«

»Mit Lord Mornington. Du musst wissen, er kommt aus bester Familie, ist zugleich intelligent, kultiviert und weltgewandt und hat dazu einen überwältigenden Charme. Aber das hast du ja schon bemerkt. Die Frauen umschwärmen ihn. Leider hat er sich noch für keine entschieden, oder vielleicht Gott sei Dank, denn der würde jede Frau unglücklich machen. Leider ist er besessen von einem unglaublichen Ehrgeiz. Er versucht das Unmögliche möglich zu machen, und dabei vergreift er sich ab und zu in den Mitteln. Also, Julia, lass Vorsicht walten, wenn du in der Zukunft mit ihm zu tun hast.«

Seine Hände tasteten sich weiter. Julia duldete, dass er ihre Brust berührte, ihre Bluse öffnete und die Hand unter den Stoff schob. Dabei sprach er weiter: »Der würde seine eigene Großmutter verkaufen.«

George fing an, seine Frau zu küssen. »Komm, meine Liebe, wir wollen schlafen gehen. Reden wir morgen darüber, ich ertrage diese langen Nächte nicht mehr so gut, mein Engel.«

Neugierig betrachtete Julia den Briefumschlag, den ihr der Butler auf dem silbernen Tablett überreichte. Julia öffnete das Kuvert und holte eine elfenbeinfarbene Karte aus feinstem Papier hervor. Mit einer eleganten, gut lesbaren Schrift wurden sie zu einem Herbstball eingeladen. Normalerweise lehnte sie diese Art von Einladungen ab, da der Weg nach London für George sehr beschwerlich geworden war. Außerdem hatte sie es nicht gern, wenn hinter ihrem Rücken getuschelt wurde. Aber dieses Mal konnte sie Vergnügen mit Geschäft verbinden. Die Hauptversammlung stand bevor. Sie konnte Sarah und Benjamin besuchen. Sie mochte die beiden gern, sie waren in aufrichtiger Liebe miteinander verbunden. Die wenigen Gelegenheiten, bei denen sie sich sahen, hatten sie immer Spaß zusammen. Beide waren freundlich und ungekünstelt. Sie hatten Herz und Charme, das fand man nicht oft. Außerdem machte es ihnen nichts aus, dass sie die Enkelin von George hätte sein können. Nur zu gut wusste sie, dass man sie in der Gesellschaft als Abenteurerin betrachtete, die George nur wegen seines Titels und seines Geldes geheiratet hatte. Julia zuckte mit den Schultern. Nun, das konnte man nicht ändern.

Bei schlechtem Wetter und anhaltendem Regen fuhr Julia am frühen Morgen los, aber vorher ging sie noch einmal an die

Tür von Roger, öffnete sie einen Spalt und spähte auf das im Dämmerlicht liegende Kind. Es lag in seinen Kissen, die Augen geschlossen mit einem friedlichen Lächeln in seinem feinen Gesicht. Es sah aus wie ein Engel. Sie fragte sich, ob Nicholas als Kind auch so ausgesehen hatte. Leise schloss sie wieder die Tür, dieses Bild würde sie in ihren Gedanken mitnehmen. Neil ließ es sich nicht nehmen, so früh aufzustehen, um Julia zu verabschieden. Er wartete mit George am Portal, um ihr noch lange nachzuwinken.

Für Julia war es eine Erleichterung, wieder einmal in London zu sein, hier pulsierte das Leben. Sie fühlte sich geborgen in dieser Stadt, obwohl sie immer dachte, dass sie eine Landpflanze wäre. Aber wahrscheinlich hatte sie zwei Herzen in ihrer Brust.

Zum Abendessen hatte sie eine Einladung bei Sarah und ihrem Mann. Julia wollte auch unbedingt noch vor der Hauptversammlung mit Lord Mornington sprechen, wie George es ihr aufgetragen hatte. Am nächsten Morgen machte sie sich auf den Weg, um ihn zu treffen. Aber leider befand er sich nicht in seinem Haus. Man teilte ihr mit, dass er sich im Club aufhielte. Sie schaute auf ihre Uhr. Es war noch früh am Tag, darum wollte sie ihn zuerst im Club aufsuchen. Sie betrat das große Portal, blickte sich neugierig um und gab das Schreiben von George an der Rezeption ab.

Der Bellboy nahm geflissentlich den Brief entgegen.

Keine zwei Minuten später stand Lord Mornington vor Julia und nahm überschwänglich ihre Hand. »Welche Überraschung, Lady Catterick, Sie hier in unseren heiligen Räumen zu sehen. Leider darf ich Sie nicht hereinbitten. Wie Sie wissen, ist der Zutritt für Damen verboten.«

»Das weiß ich schon, ich wollte mich bei Ihnen nur melden.

Vielleicht können Sie mir erklären, wo die Hauptversammlung stattfinden wird.«

Nachdenklich strich er mit seiner Hand die Haare zurück. »Wenn ich das wüsste! Normalerweise findet die Sitzung hier im Club statt. Wenn Sie sich etwas gedulden, werde ich mich mit den Herren besprechen.« Er eilte in den angrenzenden Raum. Lord Mornington musste sehr leise sprechen, denn Julia konnte nicht hören, was er den Herren mitteilte.

Dann hörte man eine heftige Stimme sagen: »Das ist ein Skandal! Wie kann uns Lord Catterick nur seine Frau schicken, er kennt doch unsere Richtlinien. In unserem Club sind Frauen nicht zugelassen, und wie können Sie nur zustimmen, dass die Hauptversammlung an einem anderen Ort stattfindet!«

Neugierig trat Julia an die Tür. Der Sprecher war ein kleines Männchen, trat steifbeinig von einem Bein auf das andere und starrte Lord Mornington giftig an.

Dieser antwortete: »Was ist denn so schlimm dabei, die alten verrotteten Regeln zu lockern? Lady Catterick ist eine äußerst interessierte und intelligente Frau.«

Das Männchen sagte mit eisigem Sarkasmus: »Ich habe schon von der besagten Dame gehört.« Er lachte anzüglich. »Und was ist das für eine Frau, die ohne ihren Ehemann verreist und seine Geschäfte wahrnehmen möchte?«

Geduldig antwortete Lord Mornington: »Aber ich habe Ihnen doch erklärt, dass Lord Catterick gesundheitlich angegriffen ist.«

»Gut, in Ordnung, das habe ich schon kapiert, dann hätte er doch seinen Sohn als Vertretung schicken können. Was sind das nur für sonderbare und verzwickte Familienverhältnisse!« Bissig fügte er noch hinzu: »Das ist ein Angriff auf die feinen Regeln unserer Gesellschaft!«

Lord Mornington erhob sich. »Meine Herren, ob es Ihnen nun

passt oder nicht, Lord Catterick schickt uns seine Frau als offizielle Vertreterin für seine Aktien, und nachdem er Hauptaktionär ist, müssen wir seinen Wünschen nachkommen. Ich schlage darum vor, wir verlegen dieses Jahr den Ort der Sitzung in mein Haus. So stört Lady Catterick nicht unsere geheiligten Räume, und wir können den Pflichten, die wir Lord Catterick gegenüber haben, nachkommen.«
Es kam ein zustimmendes Gemurmel auf.
Lord Mornington musste den Blick von Julia gespürt haben, denn er drehte sich um und richtete seine Augen auf sie. Er erschrak sichtlich und wandte seinen Kopf weg.
Daraufhin verließ Julia die Nische, drängte sich schnell an dem Personal vorbei, trat vor das Haus und atmete erleichtert auf. Sie hätte es anders anstellen müssen. Sie wusste doch genau, dass sie hier nichts zu suchen hatte. George hätte sie das erste Mal begleiten müssen, dann wäre alles viel einfacher gewesen. Ihre Kutsche stand etwas abseits neben einer Gaslaterne. Julia wollte gerade nach dem Kutscher rufen, als sie Schritte hinter sich hörte. Sie drehte sich um, sah wie ihr, mit schnellen Schritten Lord Mornington entgegenkam. Außer Atem blieb er vor Julia stehen.
»Lady Catterick, laufen Sie doch bitte nicht weg, ich möchte mich nur mit Ihnen unterhalten.«
Julia drehte sich um. »Lord Mornington, ich glaube, ich habe alles gehört, was für mich wichtig war.«
»Haben Sie nicht noch ein paar Minuten Zeit? Es ist sehr wichtig!« Lord Mornington reichte Julia seinen Arm. »Kommen Sie, seien Sie keine Spielverderberin.«
Zögernd hakte Julia ein. Sie entfernten sich von den Lichtern.
»Könnten Sie sich vielleicht durchringen, mich Christopher zu nennen?«
Julia lachte und drückte ihm den Arm. »Abgemacht, ich bin

Julia.«

»Lady Julia, ich finde, Sie sollten sich nicht zurückziehen, Sie bekommen diese harten alten Knochen sicher weich.«

»Ich weiß nicht, aber ich werde meine Rechte wahrnehmen.«

»Das höre ich gern. Also morgen um zehn Uhr in meinem Haus. Jetzt muss ich mich leider verabschieden, denn ich habe gleich eine Einladung zum Abendessen.«

»Ich auch, vielen Dank, dass Sie sich für mich eingesetzt haben.«

Er nahm ihre Hand an seinen Mund. »Ich liege Ihnen zu Füßen Lady Julia. Ihr Wunsch ist mir ein Befehl.«

Julia blickte auf ihre Taschenuhr, als sie vor dem großen, einladenden Gebäude stand. Es herrschte rege Betriebsamkeit auf der Straße, als sie die Kutsche verließ. Sie eilte die weißen Marmortreppen empor, und die Türe wurde für sie von einem Butler weit aufgemacht. Er war weißhaarig, von schlanker Gestalt und ging etwas nach vorne gebeugt. Er zeigte Julia ein breites Lächeln.

»Darf ich bitten, Lady Catterick!« Er nahm ihr den mit Fuchspelz besetzten Umhang ab und führte sie in das hell erleuchtete Musikzimmer.

Hinter sich hörte Julia, dass es wieder läutete, also kamen langsam die Gäste. Ihr wurde gerade ein süßer Likör gereicht, als Sarah mit Benjamin und Christopher auf sie zusteuerte.

Sarah nahm Julia sofort in die Arme. »Wie schön, Julia, dass Sie sich frei machen konnten! Darf ich Ihnen Lord Mornington vorstellen?«

Dieser lachte entflammt auf. »Es ist mir ein Vergnügen, Lady Catterick, Sie so schnell wiederzusehen.«

Sarah erhob etwas erstaunt ihre schlanke Nase, sagte aber nichts dazu.

»Vielen Dank für Ihre liebenswürdige Einladung.«
Es kamen die nächsten Gäste. Sarah zwinkerte Julia zu. »Sie müssen uns jetzt entschuldigen, ich überlasse Ihnen Christopher, er wird Sie blendend unterhalten.«
Julia und Christopher blickten sich an und mussten lachen.
Christopher ergriff die Hand von Julia und hauchte einen weichen Kuss darauf. »Ich hoffe, Sie sind derselben Meinung.«
Irritiert zog sie ihre Hand weg. »Christopher, ich habe keine Zweifel.«
»Wie geht es Lord Catterick?«
»Danke der Nachfrage, es geht ihm sehr gut, außer seinen Knien, die peinigen ihn doch sehr.«
Christopher zog seine Brauen hoch und stöhnte: »Ach ja, das Alter kann schon ein Elend sein.«
Die Mundwinkel von Julia zuckten, als sie Christopher ansah, aber er blickte sie nur mit unschuldigen Augen an.
Bei einem nicht abreißenden Strom munteren Geplauders gab es kaum Gelegenheit für ernsthafte Fragen.
Nach einiger Zeit konnte sich Sarah von den übrigen Gästen frei machen, steuerte wieder auf Julia zu und hängte sich bei ihr ein. »So, Julia, jetzt werde ich Ihnen die wichtigen Leute von London vorstellen, mit denen Sie sich anfreunden sollten.«
Dann führte sie Julia von Paar zu Paar, und sie sprachen mit allen ein paar Worte.
Julia konnte sehen, wie Christopher ins Esszimmer eilte und die Tischkarten austauschte.
»Lord Mornington, würden Sie bitte Lady Catterick zu Tisch begleiten?«, bat Sarah mit süßer und freundlicher Stimme.
»Aber gewiss, Lady Sarah.« Christopher bot Julia ritterlich den Arm an.
Zaghaft schob Julia ihren Arm unter seinem Ellenbogen hindurch.

Behutsam beugte er sich etwas zu Julia herab und flüsterte ihr ins Ohr: »Hat Ihnen heute schon jemand gesagt, wie schön Sie sind?«

Sie hob ihre gerade geschnittene Nase etwas höher und vermied jede Antwort.

Am Tisch hielt er ihren Stuhl. Als sie sich setzte, nahm Christopher neben ihr Platz.

Mit einem Seitenblick bemerkte Julia, wie er einen spitzbübischen Blick mit Sarah austauschte.

Sarah wandte sich Julia zu: »Lady Catterick, Sie sind doch sicher auch zu dem morgigen Ball eingeladen?«

Julia nickte: »Ja, ich habe eine Einladung bekommen, aber ...«

»Verzeihung«, unterbrach Christopher Julia, »dann darf ich mich als Anstandsperson anbieten, das ist sicher schicklicher als allein auf einem Ball aufzutauchen.«

Freundlich blickte sie Christopher an. »Danke für Ihr Angebot, aber Sie haben mich nicht ausreden lassen, denn ich wollte sagen, dass ich nicht vorhabe, den Ball zu besuchen.«

Es war für alle Beteiligten eindeutig. Nach den Blicken zu urteilen, die Christopher Julia zuwarf, hatte er sich ein neues Opfer ausgesucht.

Er schwieg kurz nachdenklich, dann strahlte sein Gesicht wieder vor Vergnügen. »Ihr verehrter Gemahl hat sicher nichts dagegen, wenn ich Sie zum Ball begleite. Er kennt mich als Ehrenmann.«

»Nun, dann kennen Sie ihn zu wenig. George hätte ganz sicher etwas dagegen, wenn ich mit Ihnen auf diesen Ball ginge.«

Er schaute sie für einen kurzen Moment betreten an, dann strahlte er schon wieder. »Dann vielleicht ein anderes Mal. Ich wollte Sie nicht kränken und noch weniger Ihren Gemahl, aber wie ich ihn kenne, möchte er seine Ehefrau glücklich und zufrieden sehen, und ein bisschen Spaß bei einem Ball schadet sicher nicht, meinen Sie nicht auch?«

Innerlich grinste Julia. Dieser Mann war unglaublich gerissen. Jeder andere hätte das Thema jetzt fallen lassen. Etwas leiser sagte sie zu ihm: »Dann muss ich wohl etwas deutlicher werden. Es ist nicht schicklich in der Gesellschaft, in der wir leben, als verheiratete Frau mit einem leicht kränklichen Mann, der sie nicht begleiten kann, sich zu vergnügen. Muss ich Sie an Ihren ehrenwerten Männerklub erinnern, und was die Mitglieder heute für einen Aufstand machten?«

»Ich verstehe, aber vielleicht darf ich Sie zu einem Ausritt in der näheren Umgebung einladen. Ihr Gemahl hat mir erzählt, dass Sie jedem Mann beim Reiten etwas vormachen.«

Vor Überraschung vergaß Julia zu kauen. Von seiner Unverfrorenheit verblüfft, musterte sie sein schönes, ebenmäßiges Gesicht. Er war unglaublich frech und gab nicht auf. Das gefiel ihr an ihm. Er war zäh wie Schuhleder, aber an ihr würde er sich die Zähne ausbeißen, dachte sie süffisant. Sie beugte sich etwas mit dem Kopf zu ihm hinüber und sagte leise: »Sie scheinen alles auf das Beste geplant zu haben, bis auf eine Sache. Ich habe nicht die Absicht, mit Ihnen irgendwohin zu gehen.«

Die Abfuhr störte ihn nicht im Geringsten. »Ich habe geglaubt, nachdem Sie eine fanatische Reiterin sind, würde Ihnen ein Ausritt mit mir Spaß machen, aber vielleicht kann ich Sie animieren, mit mir ins Theater zu gehen. Es wird gerade die Komödie „Ein Sommernachtstraum" von William Shakespeare gespielt.«

Bevor Julia ihren Kommentar dazu geben konnte, sagte eine dicke Dame mit einer silberblonden Perücke, die den ganzen Abend auf Julias Schmuck gestarrt hatte: »Lady Catterick, ich habe mir das Stück letzte Woche angesehen, Sie müssen es unbedingt gesehen haben!.«

Julia trug ein smaragdgrünes Samtjäckchen. Es war als kurze Weste geschnitten, mit langen anliegenden Armen. Dazu hatte sie ihr Smaragdhalsband mit den passenden Ohrringen gewählt. Sie wusste, dass sie ein Vermögen wert waren, und die anderen wussten es auch. Sie hatte diese Zusammensetzung gewählt, weil dadurch ihre Augen noch mehr zur Geltung kamen, und nach den Blicken der Gäste zu urteilen, hatte sie ihr Ziel erreicht.

Nun sagte der Gastgeber: »Sie können mich als Ignoranten hinstellen, aber um was geht es denn in dem Stück? Kann mir das jemand sagen?«

Eine andere Dame sprach Julia direkt an: »Sie können uns doch sicher den Inhalt des Stückes beschreiben, Sie sind doch eine sehr belesene junge Frau.«

Aufmerksam erhoben nun alle Gäste ihre Köpfe und blickten auf Julia.

Sie lächelte freundlich in die Runde und ließ sich in keiner Weise irritieren. »Ich war zwar noch nicht in dem Theaterstück, aber wenn Sie wollen, kann ich Ihnen selbstverständlich mit Vergnügen den Inhalt erzählen.«

Der ganze Tisch murmelte begeisterte Zustimmung.

Julia wusste, das war ihre Chance, ihnen zu zeigen, was Bildung heißt. »Die Handlung spielt in Theben.

Theseus, Herzog von Athen, ist im Begriff, Hippolyta zu heiraten, die Königin der Amazonen.

Noch vier Tage sind es bis zur Hochzeit. Diese Frist setzt er auch Hermia, die sich entscheiden muss, ob sie, dem Willen ihres Vaters folgend, den ungeliebten Demetrius oder – unter Androhung des Todes – den geliebten Lysander zum Mann nehmen soll. Sie entschließt sich zur Flucht mit Lysander.

Ihre Freundin Helena erfährt davon und verspricht sich in ihrer Liebe zu Demetrius einen Vorteil, ihm das Geheimnis zu verraten und Demetrius, der Hermia und Lysander folgt, in den Wald nachzugehen. Dort liegen Oberon und Titania, das Elfenkönigspaar, in eifersüchtigem Streit. Mit Hilfe seines Elfen Puck stürzt Oberon die vier Liebenden aus Athen in tiefe Verwirrung. Er treibt auch mit sechs biederen Handwerkern sein Spiel, die sich in den Wald zurückgezogen haben, um ihr Hochzeitsgeschenk für den Herzog zu proben, das Schauspiel von Pyramus und Thisbe.«

Julia spürte, dass die glutvollen Augen von Christopher auf sie gerichtet waren. Sie blickte zu ihm, und in dem Moment hob er an zu sprechen:

»Lysander sagt: „Das will ich! Lebet wohl nun, Helena. Der Liebe Lohn bei eurer Liebe nah.«

Julia antworte: »Und Helena sagte: „Wie kann das Glück so wunderlich doch schalten! Ich werde für so schön als sie gehalten. Was hilft es mir, solange Demetrius nicht wissen will, was jeder wissen muss?"«

Es war mucksmäuschenstill, bis Benjamin Beifall klatschte und sämtliche Gäste einstimmten.

»Das ist ja eine verzwickte Liebesgeschichte!«, meinte ein Herr am Ende des Tisches, »aber wir würden gerne hören, wie das Stück endet.«

Julia setzte sich in ihrem Stuhl aufrecht und schaute von einem zum andern. »Aber gerne.

In eben diesem Wald streiten sich am Abend Oberon, König der Elfen, und Titania, Königin der Elfen. Oberon gibt seinem vertrauten Elfen Puck den Auftrag, eine bestimmte Blume zu holen. Wenn der Nektar dieser Blume in die Augen eines Schlafenden gerät, verliebt er sich in die für ihn nächste Kreatur. Oberon will Titania einen Streich spielen. Während Puck unterwegs ist, kommen Demetrius, der Lysander und Hermia sucht, und Helena, die ihm gefolgt ist. Oberon

beobachtet den Streit der beiden und gibt Puck, als er zurückkommt, den Auftrag, mithilfe der Blume dafür zu sorgen, dass Demetrius Helena liebt.
Oberon findet wenig später die schlafende Titania und drückt ihr den Nektar in die Augen. Darauf kommen Hermia und Lysander und legen sich schlafen. Sie schlafen kaum, als Puck kommt und Lysander für Demetrius hält. Dann kommen Helena und der echte Demetrius. Helena stolpert über Lysander, der sich in sie verliebt und ihr folgt.
Als er geht, kommen die Handwerker. Puck kommt dazu und verwandelt Zettels Kopf in den eines Esels. Darauf führt er ihn zu Titania, die aufwacht und sich in Zettel, den Eselskopf, verliebt. Oberon, der sich darüber köstlich amüsiert, entdeckt kurz darauf den Fehler. Er befiehlt Puck, die Blume bei Demetrius anzuwenden. Dann lieben beide Helena, sowohl Lysander als auch Demetrius.
Oberon erkennt das Chaos und befiehlt Puck, es rückgängig zu machen. Dieser ordnet die Schlafenden nebeneinander an und wendet nochmals den Nektar an. Daraufhin entzaubert Oberon Titania, die ihn dann wieder liebt.

Am nächsten Morgen wird den Liebenden das Einverständnis zu ihrer Hochzeit gegeben.
Ende gut, alles gut, in den Worten von Shakespeare.
„Give me your hands, if we be friends and Robin shall restore amends."«
Nochmals klatschten ihr alle Beifall.
Sarah wandte sich an Julia: »Meine Liebe, haben Sie uns auch nicht angeflunkert, dass Sie das Schauspiel noch nie gesehen haben?«
Julia räusperte sich leise. »Ich habe es zwar noch nie gesehen, aber ich habe es schon hunderte Male gelesen.«

Mit Genugtuung blickte sie in die Runde. Sarah hatte sie schon vorgewarnt, dass ganz London sich den Mund über sie zerreißen würde. Keiner kannte sie, und so wurden die reinsten Räubergeschichten erzählt. Man wusste nur, dass Lord Catterick eine blutjunge Frau geehelicht hatte. Noch keine neun Monate waren vergangen, und schon war das erste Kind da. Also waren sich alle einig, Julia müsse eine Erbschleicherin sein. Und dann gab es da noch ein zweites Kind, von dem niemand wusste, woher es kam.

Heute war ihr erster großer öffentlicher Auftritt, seit sie mit George verheiratet war, und dann noch ohne Ehemann. Das heizte die Mäuler erst richtig an. Julia wusste genau, warum diese Frau sich direkt an sie gewandt hatte: Sie wollte sie testen und bloßstellen. Wenn sie den Inhalt des Stücks nicht gekannt hätte, wäre sie hier unten durch gewesen, aber sie hatte es der feinen Gesellschaft gezeigt und ihnen hoffentlich eine Lehre erteilt. Sie wusste auch genau, dass sich in dieser Runde nicht viele mit ihrem Intellekt messen konnten, und darauf war sie stolz.

Benjamin klopfte an sein Glas und erhob sich. »Meine Damen und Herren, ich möchte die Gelegenheit ergreifen, Sie alle herzlich willkommen zu heißen. Aber ganz besonders möchte ich Ihnen, unseren Ehrengast, Lady Catterick, vorstellen, eine liebe Freundin des Hauses, Sie hat uns schon einen Vorgeschmack von ihren Qualitäten gegeben, aber vielleicht tut sie uns einen zweiten Gefallen, indem sie uns ein Stück auf dem Klavier vorspielt. Wir hatten schon einige Male den Genuss, und ich muss sagen, diese Dame kann einen süchtig machen mit ihrem Spiel. Ich bin leider kein großer Musikkenner, aber wenn Lady Julia spielt, wünsche sogar ich, dass das Spiel nie aufhören sollte.«

Wieder ein Gemurmel.

»Nun, Lady Catterick, tun Sie uns den Gefallen?«
Julia erhob sich und sprach mit sicherer Stimme, während sie ihre schmale Hand an den Hals legte: »Zuerst möchte ich mich für die Einladung und die fürstliche Bewirtung bei unseren liebenswerten Gastgebern bedanken. Es ist für mich eine große Ehre, bei so ausgesuchten Gästen dabei sein zu dürfen.«
Julia wusste, sie trug etwas zu dick auf, aber sie sollten ruhig merken, dass sie eine hervorragende Kinderstube besaß.
»Es ist natürlich sehr schwer für mich, die verehrten Herrschaften nachher mit meinem bescheidenen Spiel nicht zu enttäuschen, nachdem ich zu sehr gelobt wurde.« Sie nickte in die Runde und setzte sich wieder. Von der Seite konnte sie sehen, wie Christopher in sich hineinschmunzelte.
»Über was amüsieren Sie sich so köstlich?«
»Glauben Sie mir, Lady Julia, ich bin ein totaler Heiratsgegner, aber Sie wären die erste Frau, die ich auf der Stelle wegheiraten würde.«
Buuh, das war sogar für Julia ein so außerordentliches Kompliment, dass ihr das Blut in den Kopf schoss. Sie lächelte ihn kalt an, rückte ihren Kopf näher zu ihm und erwiderte: »Christopher, darf ich Sie jetzt, ich hoffe das letzte Mal, darum bitten: Respektieren Sie mich bitte als verheiratete Frau, die ihren Mann tief und innig liebt. Ich möchte solche Komplimente nicht mehr hören, auch werde ich weder mit Ihnen noch sonst jemandem ins Theater oder zum Ball gehen. Ich muss Ihnen sonst für die Zukunft meine Freundschaft aufkündigen.«
Spitzbübisch lächelte er und neigte seinen Kopf etwas. »Besten Dank, ich habe diese Botschaft verstanden. Ich versichere Ihnen, dass Sie zukünftig keinen Grund mehr haben werden, sich über mich zu beklagen.«
Julia spielte noch ein kurzes Klavierstück, dann verabschiedete

sie sich ohne viele Worte. Sie musste sich eingestehen, sie hatte sich prächtig amüsiert. Hoffentlich konnte sie morgen bei der Hauptversammlung die Herren auch so beeindrucken.

Am Morgen, noch bevor Julia fertig war, wurde ihr Christopher gemeldet. Jetzt wurde sie doch böse. Hatte er die Nachricht denn nicht verstanden? Sie betrat mit mürrischem Gesicht das Besucherzimmer.
Christopher saß gelangweilt am Rauchertisch und las die Zeitung. »Julia, nicht böse sein, ich wollte nur mit Ihnen etwas besprechen. Ich meine, dass es sehr wichtig für Sie ist.«
Fragend blickte sie ihn an und setzte sich ihm gegenüber. »Nun, ich höre?«
»Zuerst muss ich Ihnen erklären, wie hier die Zusammenhänge sind. Außerdem wäre es gut, wenn Sie die Namen der wichtigsten Leute kennen würden. Diese Herren sind sehr empfindlich, wenn man sie nicht mit ihrem Namen anspricht. Wir sind eine Gruppe von 15 Aktionären, und eigentlich sind wir alle in irgendeiner Art miteinander verwandt.« Christopher unterrichtete sie gut eine Stunde, dann war es Zeit zum Gehen. »Julia, es ist besser, Sie fahren mit Ihrer Kutsche. Es wäre nicht gut, wenn man uns zusammen sieht.«
»Das ist sehr rücksichtsvoll von Ihnen. Ich wäre sowieso nur in meiner eigenen Kutsche gefahren. Wir sehen uns gleich.«

Punkt zehn Uhr stand Julia im Saal. Die Herren waren schon versammelt und warteten nur auf sie.
Wie Christopher es ihr erklärt hatte, begrüßte sie jeden der Anwesenden mit seinem Namen, was sehr angenehm aufgenommen wurde.
Zuerst wurde der Geschäftsbericht vorgelesen, dann wurde über Fragen und Antworten zu den Aktien, Dividenden und

Versteuerung diskutiert. Es wurde nach der Höhe der Dividende für das Geschäftsjahr 1828 gefragt, oder zum Beispiel, wann die Dividende ausbezahlt würde. Ein anderer fragte, was wohl wichtig wäre bezüglich Auszahlung und Versteuerung bei der Einfuhr von Baumwolle. Es wurde berichtet, dass der Preis der Schafwolle gestiegen war. So ging es den ganzen Morgen. Julia hatte sich Notizen gemacht und auch Fragen zurechtgelegt.

Der zuständige Geschäftsführer der Strumpfwirkerei von Leicester wurde zu Wort gebeten. Seine Augen ruhten kurz prüfend auf Julia, dann wandte er sich an den Rest der Gesellschaft.

»Durch die Bobbnet-Maschine, die wir uns im vergangenen Jahr zugelegt haben, wurde die Fertigung von Spitzen unendlich vereinfacht und der Verbrauch, infolge der billigen Preise, ebenso gesteigert, so dass wir zusätzlich zwanzig neue Arbeiter einstellen mussten. Für die Zukunft sehe ich dieses Geschäft sehr positiv, darum würde ich vorschlagen, dass wir den Gewinn benützen und in Nottingham eine Zweigstelle eröffnen.«

Das wurde einstimmig angenommen. »So, ich glaube, im Detail haben wir alle Punkte durchgesprochen. Gibt es noch eine Frage oder möchte jemand einen Vorschlag machen?«

Vorsichtig erhob Julia die Hand.

»Bitte, Lady Catterick.«

»Ich habe mich in letzter Zeit etwas mit der Seidenindustrie beschäftigt. Wie Sie sicherlich wissen, wurde 1824 der Zoll der Rohseide von vier Schilling per Pfund auf einen Penny herabgesetzt, und seither stieg die Anzahl der Doublierspindeln von 780.000 auf 1.180.000, und die Nachfrage steigt von Tag zu Tag. Nun, mein Vorschlag wäre, nachdem wir über Gelände und Fabrik verfügen ...« Sie blickte jeden der Herren

einzeln an. »Wir könnten eine Tramiermaschine kaufen.«
Es entstand ein Gemurmel, dann erhob sich das kleine Männchen, das gestern über sie so hergezogen war. »Lady Catterick, wie ich gesehen habe, haben wir einstimmig darüber abgestimmt, dass der Überschuss für eine neue Fertigung in Nottingham investiert werden soll. Mit welchem Geld wollen Sie das neue Projekt finanzieren?«
Julia blickte ihm scharf in die Augen. »Wofür gibt es denn Banken? Wenn man wachsen will, muss man investieren. Es geht natürlich auch mit eigenen Mitteln, aber wie Sie wissen, sehr langsam. Wir sind mitten drin in der explosionsartigen Entwicklung der Industrie, und um mitsprechen zu können, müssen wir zu den Größten gehören. Und zu denen können wir nur gehören, wenn wir investieren, und das können wir nur mit dem Geld der Bank.«
Nachdenklich starrte sie in die Runde und blieb an den Augen von Christopher hängen, der sie belustigt anschaute.
»Aber ich habe noch eine Idee, vielleicht gefällt die Ihnen besser: Wir könnten den Seidenabfall der Kokons selbst bearbeiten und damit den Artikel Spunsilk herstellen. Das ist überhaupt der Schlager, denn wir könnten das Produkt an die Pariser und Lyoner Webereien zu einem guten Preis verkaufen.«
Lord Bridgewater erhob sich. Seine Augen glänzten boshaft. »Lady Catterick, ist es unhöflich, wenn ich frage, ob diese Ideen von Ihnen oder von Ihrem verehrten Gemahl stammen?«
Formgewandt hob sie ihre Hand etwas an. »Ist es für Sie oder für Ihre Entscheidung wichtig zu wissen, ob die Ideen in einem Frauenkopf oder einem Männerkopf entstanden sind?«
Lord Bridgewater stieg die Röte ins Gesicht. »Entschuldigen Sie, Lady Catterick, so habe ich das nicht gemeint.«

Julia nickte. »Ich werde Ihre Frage beantworten. George ist mein großer Lehrer. Ich habe viel von ihm gelernt, und im Grunde genommen stammt die Idee, die Seidenabfälle zu verarbeiten, zwar nicht von ihm, aber er brachte mich darauf, denn er hat alle seine Geschäfte so aufgebaut, dass er immer das Produkt vom Anbau bis zur Verarbeitung und sogar dem Verkauf in seinen Händen behält, und in dieser Reihenfolge verdient er immer Geld.« Aus ihrer Aktentasche holte sie eine Studie über die Seide, ihre Herstellung, Produktion, Versand, Einkauf, Verkauf und Finanzierung. Sie überreichte jedem der fünfzehn Anwesenden eine Mappe.
»Vielleicht könnten Sie das in den nächsten Tagen studieren und darüber nachdenken.«
Julia rieb sich die Augen. Sie war müde, denn so eine Sitzung war doch anstrengender, als sie sich vorgestellt hatte.
Als sich Christopher bei Julia verabschiedete, fragte er: »Kann ich Sie heute Abend noch kurz besuchen? Ich müsste mit Ihnen noch etwas besprechen.«
»Um sieben Uhr erwarte ich Ihren Besuch.«

Die Uhr schlug sieben Mal, dann wurde geläutet. Julia schüttelte den Kopf. Ob er wohl vor der Haustüre gestanden und die Schläge der Uhr gezählt hatte? Sie hatte den Butler angewiesen, Lord Mornington ins Kaminzimmer zu führen. Da war es weniger kalt, und das Knacken des Holzes brachte immer eine gemütliche Stimmung auf.
Kurz blickte sie Christopher an. »Sie scheinen mir zu den Leuten zu gehören, die gern Champagner trinken.«
Christopher rollte ungläubig die Augen. »Woher wissen Sie denn das?«
Indem sie sich entspannt in den Sessel zurücklehnte, lächelte sie Christopher an. »Was sagen Sie dazu, wenn ich Ihnen sage,

dass es mir mein Gefühl sagte?«

Er dachte ein Weilchen über ihre Antwort nach, dann zog langsam ein Lächeln über sein Gesicht. »Mir scheint, Sie sind nicht nur eine schöne Frau sondern besitzen auch übersinnliche Fähigkeiten, dass Sie so wunderbar in meinem Inneren lesen können.«

Julias Blick senkte sich. Sie überlegte, was sie ihm darauf antworten konnte, aber ihr fiel nichts ein.

Obwohl er versprochen hatte, sich gesittet zu benehmen, konnte Julia den stechenden Blick spüren, mit dem er unverfroren ihren Körper abtastete. »Wissen Sie, Julia, ich war heute morgen richtig stolz auf Sie. Sie haben es den Herren richtig gezeigt, dass auch eine Frau Gehirn hat.«

»Das kann schon sein, aber zum Glück haben die nicht in mein verängstigtes Inneres schauen können. Und außerdem habe ich gesehen, dass ich noch sehr viel lernen muss.« Sie glättete ihren blauen Rock aus Seidenmoiré.

»Wenn Sie wünschen, stelle ich mich Ihnen gerne als Privatlehrer zur Verfügung.«

Irritiert blickte sie auf die gepflegte Hand von Christopher. »Das ist sehr freundlich von Ihnen, aber ich reise morgen zurück.«

»Schon?«, fragte er sichtlich enttäuscht. »Sie sind doch erst angekommen!«

»Sie scheinen zu vergessen, dass ich zwei Söhne und einen Mann habe, die mich hoffentlich sehnsüchtig erwarten.«

»Das würde ich auch, wenn ich Ihr Mann wäre. Aber warum haben Sie zwei Söhne?«

»Wir haben einen Jungen adoptiert. Er ist ein Engel, George und ich lieben ihn wie unseren eigenen Sohn.«

»Ich glaube, in Ihrem Leben gibt es noch viele Geheimnisse.«

»So viele auch nicht. Ich bin eine Frau mit einem transpa-

renten Gesicht, und darum erzähle ich Ihnen eine Geschichte, in der auch Sie vorkommen.«
»Da bin ich aber gespannt!«
Mit geheimnisvoller Miene, begann sie zu erzählen.
»Können Sie sich an den September des Jahres 1825 erinnern? Sie waren mit Ihren Freunden bei einer Beerdigung. Auf der Rückreise übernachteten Sie in einem Gasthof. Dort gab es ein Spektakel mit einem Pferd.«
Die Augen von Christopher weiteten sich immer mehr. Er hob seine Hand und unterbrach Julia: »Ich habe es doch gewusst, dass ich Sie kenne, Julia! Sie waren als Mann verkleidet, und der andere junge Mann mit dem Kind … Nein, das kann ich nicht fassen!« Er schüttelte den Kopf. »Sie sind genial, aber wollen Sie mir nicht erzählen, warum Sie verkleidet gereist sind?«
»Nein, das bleibt mein Geheimnis, aber ich erzähle Ihnen ein anderes Geheimnis. Dieser Junge, den Sie auch kennengelernt haben, den hat George adoptiert. Ist das nicht eine edle Tat von ihm?« Neckisch neigte sie ihren Kopf.
»Würden Sie das auch für eine Frau tun, wenn sie den Wunsch hätte, ein Kind zu adoptieren?«
Christopher legte seine Hand ans Kinn. Nach einer langen Pause meinte er zerknirscht: »Warum soll ich Ihnen etwas vormachen? Ich will eigene Kinder, die meinen Namen tragen. Und es ist schon schwer, mit den eigenen Nachkommen ein vernünftiges Verhältnis aufzubauen. Wie schwierig muss es dann erst sein, ein fremdes Kind als sein eigenes zu sehen. Ich gestehe neidlos zu, das war eine großartige Geste, Ihnen und dem Kind gegenüber.«
Julia warf ihm einen rätselhaften Blick zu. »Sie haben sich doch immer gefragt, warum ich George geheiratet habe?«
Christopher grinste breit und nickte bestätigend.

»Nun, das ist einer der vielen Gründe. So einen Mann, der aus Liebe über seinen eigenen Schatten springt, gibt es nicht noch einmal. So hat er mich und meine Liebe gewonnen. Christopher, nachdem Sie einen Teil meiner Geheimnisse kennen, bitte ich Sie nochmals: keine anzüglichen Blicke und Komplimente mehr! Geben Sie mir ihr Wort darauf.«

Christopher nahm drei Finger in den Mund, feuchtete sie an und streckte sie in die Höhe. »Ich schwöre.«

Julia wunderte sich über sich selbst. Sie saß am Kamin mit dem umschwärmtesten Lebemann von ganz London und hatte nicht einmal ein schlechtes Gewissen.

»Wie sind Sie eigentlich mit George verwandt?«

»Er ist mein Großonkel.«

»Dann kennen Sie ihn ja sehr gut, oder?«

Christopher nahm das Kristallglas in die linke Hand und betrachtete den sprudelnden Champagner. »Nein, eigentlich kenne ich ihn nicht sehr gut. Ich bin bei George immer wie vor einer Wand. Wenn ich meine, ich habe einen Schritt gewonnen, um ihn besser zu kennen, dann sagt er etwas, was mich erstaunt und völlig aus dem Gleichgewicht bringt. Ich würde sagen, er ist unkalkulierbar und unberechenbar.«

»Ist das Ihrer Meinung nach gut oder schlecht?«

»Nun, für George ist es gut. Aber sein Partner muss immer auf der Hut sein und das ist sehr anstrengend. Sie sind schon bewundernswert. Mein Gott, wenn ich zurückdenke, er hatte hier in London einen ganzen Harem an Mätressen. Auf mich als Mann wirkte er immer sehr seriös, aber er muss etwas haben, das sämtliche Frauen den Verstand verlieren lässt.«

Jetzt lachte Julia laut hinaus.

»Oh, Entschuldigung, ich wollte nicht …«

»Sprechen Sie nur weiter, mich interessieren die vergangenen Zeiten meines Gemahls ungemein. Sie dürfen nicht glauben, dass George in meinen Augen dadurch an Wert verliert. Er ist für mich der liebenswerteste Mann, an den ich mich anlehne, auf den ich bauen und vertrauen kann, er ist mein starker Baum in meinem Leben, den ich brauche wie das tägliche Brot. Ich hoffe nur, dass mir noch viele Jahre mit ihm vergönnt sind.«

Die Stimme von Christopher, die noch vor ein paar Minuten weich und einschmeichelnd war, hatte jetzt einen metallischen Klang angenommen. »Können wir von etwas anderem reden?«

»Stört es Sie, wenn ich über meinen Mann spreche?« Julia konnte ihn nur verwundert anblicken.

»Ja, es stört mich. Ich bin eifersüchtig, obwohl ich nicht eifersüchtig sein darf. Es steht mir nicht zu, Sie gehören mir nicht, aber in meinem Herzen hat sich ein Gefühl eingenistet, das mir selbst nicht gefällt. Ich würde es am liebsten herausreißen und vernichten, aber nachdem das nicht geht, muss ich damit leben. Ich habe Ihnen versprochen, dass ich mich anständig benehmen werde, und dazu stehe ich. Ich werde Sie nie mehr mit meinen Gefühlen belästigen, aber eins müssen Sie wissen: Ich werde immer für Sie da sein, und vielleicht geben Sie mir eine Chance, wenn Ihr Mann eines Tages nicht mehr unter uns weilt. Damit möchte ich nicht sagen, dass ich ihm etwas Böses wünsche.«

»Das tun Sie aber doch! Wer gibt Ihnen denn die Sicherheit, dass ich Sie erhören würde?«

»Niemand, aber wir alle leben von der Hoffnung, und nachdem Nicholas aus meinem Leben getreten ist, habe ich auch keinen Rivalen mehr.« Jetzt leuchteten seine Augen gefährlich auf. »Oder habe ich meinen alten Rivalen wieder?«

Er wusste nicht, wie nah er der Wahrheit war.

Gnädig erwiderte Julia: »Wir werden sehen, was die Zukunft bringt.« Aber schon die Erwähnung von Nicholas machte Julia

neugierig, und darum fragte sie: »Kennen Sie Nicholas näher?«
Christopher brachte wieder ein unverschämtes Grinsen zum Vorschein. »Und ob ich ihn kenne! Wir waren zusammen auf demselben Internat. Ich bin zwei Jahre älter als Nicholas. Obwohl wir ja auch irgendwie verwandt sind, waren wir nie Freunde, aber Feinde auch nicht.« Christopher dachte nach. »Vielleicht sind wir uns zu ähnlich.« Er musste grinsen. »Natürlich nicht im Aussehen. Er hat so etwas Geheimnisumwittertes an sich. Mit seinen melancholischen Augen hat er mir immer die Mädchen weggeschnappt.«
»Es dürfte für Sie doch kein Problem gewesen sein, neue Mädchen zu finden, oder täusche ich mich da?«
Er blickte Julia zuerst von der Seite an, dann lachte er laut hinaus. »So schnell haben Sie mich schon durchschaut?«
»Ich kann aus Ihnen lesen wie aus einem Buch.«
»Ja, ich weiß, Julia. Sie sind die Erste, die das sagt, die anderen Damen sagten immer das Gegenteil, ich wäre Ihnen zu schwierig, oder sie würden mich nicht verstehen, aus mir würde man nicht klug und so fort, darum erstaunen Sie mich wirklich!«
»Christopher, wir reden über alles Mögliche, aber nicht über das, was Sie mit mir besprechen wollten. Was haben Sie auf dem Herzen?«
»Alles ist wichtig, und Ihre Gesellschaft macht mir Vergnügen.«
Julia blickte ihn strafend an.
Christopher faltete seine Hände wie beim Beten, verneigte sich vor Julia und murmelte so was wie eine Entschuldigung. »Julia, ich möchte mehr über die Seide erfahren und warum Sie sich dafür interessieren?«
Julia schenkte sich ein Glas Wasser ein. »Es liegt vielleicht daran, dass ich weiche Stoffe bevorzuge, und Seide ist der angenehmste Stoff, den ich kenne, darum habe ich mich schon

seit Jahren damit beschäftigt. Es gibt eine nette Legende, wie die Seide entdeckt wurde, aber vielleicht kennen Sie die Erzählung schon?«

»Das kann ich mir nicht vorstellen, die Geschichte würde mich brennend interessieren.«

»Die chinesische Kaiserin Lei Zu entdeckte während eines Spaziergangs in ihrem Garten durch Zufall kleine gelbe Eier, die im Geäst eines Maulbeerbaumes klebten. Sie beobachtete in den nächsten Tagen, wie sich kleine Raupen aus den Eiern entwickelten und diese sich schließlich in einen Faden einwickelten. Sie haspelte die Kokons auf und stellte daraus ein Gewebe her.«

»Jetzt habe ich wieder etwas gelernt. Julia, ich möchte mehr über die Seide wissen.«

»Christopher, ich nehme an, das was ich weiß, wissen Sie auch, nämlich dass die Seide eine Naturfaser mit unübertroffenen Eigenschaften ist. Das betrifft sowohl den Tragekomfort bei Kleidung als auch ihre Eignung als Malgrund.«

»Julia, wissen Sie zufällig, wie heute die Seide hergestellt wird?«

»Es freut mich, dass Sie so großes Interesse zeigen. Nun, die Entstehung der Seidenfaser erfolgt bei der Seidenraupe in einem trockenen Spinnverfahren. Die aus der Drüse der Tiere ausgedrückte Spinnlösung erstarrt in der Luft zu einem festen Faden. Durch achterförmige Bewegung spinnt sich die Raupe bis zur völligen Einhüllung ein. Von diesem Kokon wird nun der Seidenfaden abgehaspelt.

Christopher runzelte die Stirn. »Das ist äußerst interessant! Nachdem Sie heute Morgen etwas heftig reagierten, als man Sie fragte, ob die Idee von George kommt, getraue ich mich fast nicht zu fragen, aber haben Sie über das Seidengeschäft mit George gesprochen?«

Julia legte die Hand in den Schoß und wippte mit einem Fuß.

»Natürlich habe ich mit ihm gesprochen. Meinen Sie denn, ich hätte nur so aus dem hohlen Bauch heraus diese Vorschläge gemacht? George fand es eine hervorragende Idee. Er meinte, er würde mich voll unterstützen, und wenn die anderen nicht zustimmen, werden wir andere Partner suchen.«

»Gut, Julia, ich habe die Informationen, die Sie uns heute übergeben haben, gründlich studiert. Ich finde die Idee gut, und ich werde mich nochmals mit den anderen zusammensetzen. Aber ich glaube, den anderen hat die Idee auch gefallen, nur konnten sie es nicht so offenkundig zeigen. Sie verstehen, wenn so ein Vorschlag von einer Frau kommt, ist es schon aus diesem Grund für gewisse Männer nicht akzeptierbar.«

»Wem sagen Sie das!«, erwiderte Julia verdrossen.

Christopher erhob sich. »Es ist Zeit für mich zu gehen, aber eines möchte ich Ihnen noch ans Herz legen. Halten Sie sich bei Lord Bridgewater etwas zurück, Sie sollten ihn sich nicht zum Feind machen. Er ist ein gefährlicher, kalter, berechnender Mann.«

»Danke, Christopher, dass Sie mich warnen, ich werde auf der Hut sein.«

»Und grüßen Sie mir George herzlich. Ich denke, wir werden uns jetzt öfter sehen, nachdem wir zukünftig mehr Geschäfte miteinander machen werden.«

Julia begleitete ihn an die Tür. Als sie ihm ihre Hand reichte, berührte er flüchtig mit seinen Lippen ihre Stirn. Kurz war Julia wie elektrisiert. Sie rief sich in die Wirklichkeit zurück, und die Erinnerung an Nicholas erwachte von neuem.

Die Sterne funkelten hell, als Christopher mit seiner Kutsche davonfuhr. Sie war noch nicht müde, darum setzte sie sich noch vor den warmen Kamin und dachte über Christopher nach. Er war ein aufmerksamer und angenehmer Plauderer. Aber mehr würde es von ihrer Seite aus nie sein. Ihr Herz war vergeben an jemanden, der ihrer Liebe wahrscheinlich gar nicht wert war, aber das Herz fragt nicht nach Gründen. Entweder ist der Funke da oder nicht. Wo er wohl jetzt sein mochte? Bei ihrer Hochzeit hatten sie sich das letzte Mal gesehen. Sie wusste genauso gut wie Nicholas, dass es so das Beste war.

14. Kapitel

Zu Georges größter Freude gehörte, Julia im Schlaf zu betrachten. Sie pflegte immer in einem weißen Negligee zu schlafen, und ihr weicher, kurvenreicher Körper war mit einer Decke halb bedeckt. Er bot sich ihm dar wie ein Gemälde. Ob wach oder im Schlaf, Julia war für ihn die aufregendste Frau. Da fiel ihm ein, dass im ganzen Herrenhaus noch kein einziges Bild von Julia existierte. Das würde er nachholen, er würde die bekanntesten und besten Maler bestellen. Heute war ein ganz besonderer Tag. Er holte aus seiner Jackentasche ein Kästchen, das mit weinrotem Samt überspannt war, öffnete es und lächelte. Es wird ihr bestimmt gefallen. George blickte zu Julia, die zwischenzeitlich aufgewacht war und zu ihm herüberlächelte.

»Mein Engel, du bist schon wach. Meinen herzlichen Glückwunsch, dass du es mit mir schon drei Jahre ausgehalten hast, bei all meinen Launen.« George eilte zu Julia, setzte sich auf ihr Bett, umarmte sie stürmisch und überreichte ihr das Kästchen.

Überrascht nahm Julia das Geschenk und öffnete den Deckel.

»Oh, sind die Perlen aber schön, wo hast du denn solche Prachtexemplare her? Und auch noch schwarz, das habe ich noch nie gesehen! Und der Verschluss, das ist eine Besonderheit, eine wahrlich meisterhafte Arbeit.« Behutsam nahm sie die Kette in die Hand und reichte sie George. »Kannst du mir

die Kette umlegen und den Verschluss schließen, bitte?«
George nahm ihr die Kette aus der Hand. »Die Perlen sind wahre Juwelen des Meeres, eine Schöpfung der Natur. Es sind Barockperlen. Glaube mir, auch ich habe nicht gewusst, dass es schwarze Perlen gibt, sie stammen angeblich aus Polynesien. Ein Seemann verkaufte die Perlen unserem Juwelier in Dover. Als er mir die dunklen Perlen zum Kauf anbot, habe ich sofort an dich gedacht. So gab ich ihm den Auftrag, daraus eine dreireihige Perlenkette zu machen mit einem Brillantverschluss. Ich wusste doch, dass sie dir gefallen würde, ich konnte sie mir wunderbar an deinem langen Hals vorstellen.«
»Du bist lieb, ich habe wirklich den besten Ehemann auf Erden, aber ich habe auch etwas für dich.« Sie stand auf und zog zu ihrem Negligee den passenden Morgenrock an. Dann trat sie an den zierlich vergoldeten Sekretär. Sie öffnete ein Geheimfach, holte ein mit Seidenpapier eingewickeltes Geschenk hervor und überreichte es George. »Auch dir alles Gute zum Hochzeitstag!«
George wickelte das Geschenk umständlich aus. Zum Vorschein kam eine Taschenuhr. Sie war aus schwerem Gold, und als er sie öffnete, erklang eine wunderschöne Melodie. Im Inneren des Deckels war eine Gravur. George las laut vor: „Meinem Gatten, dem ich alles zu verdanken habe. In Liebe, Julia."
Verlegen blickte George zur Seite und wischte sich heimlich eine Träne aus den Augen.
»Ich danke dir, mein Engel. Das ist das schönste Geschenk, das ich je bekommen habe.«

Tief versunken saß Julia im Schaukelstuhl auf der schattigen Terrasse und las ein spannendes Buch, als George zu ihr trat und ihr einen schwarz umrandeten Brief hinstreckte. »Du hast

Post bekommen.«

Julia blickte auf das Kuvert. Ihr siebter Sinn sagte, was darin stand, darum zögerte sie, bevor sie danach griff. Sie hielt ihn in der Hand und wusste nicht, ob sie fähig war, ihn zu öffnen.

George beobachtete, wie ihre großen Augen sich dunkelgrün verfärbten. Ein Zittern lief durch ihren Körper, und ihre Hand umklammerte den Brief, so dass ihre Adern hervortraten. Er versuchte, die reglose Miene von Julia zu entschlüsseln.

Sie blickte durch ihn hindurch. »Ich fahre morgen zu meiner Familie nach Nice House.«

»Aber willst du nicht zuerst lesen, was da drinsteht?«

»Meine Großmutter ist gestorben.«

Ungläubig starrte George auf Julia hinab und nahm ihr dann den Brief aus der Hand. »Gestatte mir.« Er öffnete ihn und las still seinen Inhalt. Das Blut wich aus seinem Gesicht. Er ließ die Hand mit dem Brief hängen und starrte Julia unschlüssig an. »Soll ich ihn dir vorlesen?«

»Ja, sei bitte so nett. »Dann las George mit zitternder Stimme vor:

Geliebte Cousine,

ich weiß nicht, wie ich es dir behutsam mitteilen soll, aber wie kann man den Tod eines geliebten Menschen mitteilen? Jedes geschriebene Wort ist zu viel. Unsere geliebte Großmutter, Lady Isabel, ist von uns gegangen. Vielleicht beruhigt es dich, wenn ich dir mitteile, dass sie nicht gelitten hat. Sie stieg abends in ihr großes Himmelbett und ist nicht wieder aufgewacht. Ein Tod, wie wir ihn uns alle wünschen.

Der Arzt meinte, es war einfach ein müdes Herz. Wahrscheinlich war sie unser überdrüssig.

Wenn du diesen Brief bekommst, wird der Mensch, den wir über alles geliebt haben, schon unter der Erde sein. Es ist also

nicht nötig, dass du Hals über Kopf abreist, obwohl wir uns natürlich alle riesig freuen würden, dich wiederzusehen. Ich soll dich natürlich von der ganzen Familie recht herzlich grüßen. Verzeih mir, dass ich dir nicht mehr schreiben kann, aber schon diese Zeilen haben mich Überwindung gekostet. Oh, entschuldige, ich habe ganz vergessen, mich zu erkundigen, wie es deiner Familie geht?
In der Hoffnung, bald etwas von dir zu hören.

In Liebe dein Cousin
Francis

George zog Julia zu sich hoch und nahm sie in die Arme.
»Großmutter ist tot, ein unfassbarer Gedanke. Sie, die immer voller Energie und Lebensmut steckte, eine Frau, die ständig und unaufhörlich in Bewegung war. Sie war eine außergewöhnliche Person gewesen, eine imposante Frau. Sie wollte noch so viele Dinge erleben. Dieses Jahr wollte sie uns besuchen. Auch war sie doch noch gar nicht so alt. Und plötzlich war ihre innere Uhr abgelaufen. Entsetzlich, einfach schrecklich. Ich habe sie so geliebt.«
»Komm, mein Kleines, weine dich aus, das ist die beste Medizin für Schmerzen. «
Julia hatte einen Kloß im Hals; sie lächelte ihn verzweifelt an, dabei atmete sie tief durch. »Ich fahre morgen in aller Frühe los.«
»Julia, ich möchte dich gern begleiten.«
»Nein, George, das geht nicht. Du solltest bei Roger bleiben, wir können ihn nicht so lange alleine lassen.«
»Aber wie lange gedenkst du denn fortzubleiben?«
»Ich weiß noch nicht. Ich denke so lange, bis alles geregelt ist.«
Mit ihrem Kummer wollte sie alleine sein, darum sagte sie zu

George: »Sei mir bitte nicht böse, ich möchte mich etwas zurückziehen.«
George ließ sie langsam los. Er war gekränkt und fühlte sich zurückgestoßen. Sie ließ ihn nicht teilhaben an ihrem Leid, und was soll das heißen, bis alles geregelt ist, was will sie denn in Ordnung bringen? Die Reise machte doch keinen Sinn mehr, die alte Dame war längst unter der Erde. Resigniert dachte er, dass seine Frau einen Dickschädel hatte. Wenn sie sich etwas in den Kopf setzte, würde sie es auch durchführen. Das Einzige, was er machen konnte, war, Bernhard, dem Kutscher, Bescheid zu geben. Er ließ es sich aber nicht nehmen, noch vor dem Morgengrauen mit Julia aufzustehen und sie zur Kutsche zu begleiten.
»George, ich werde noch in Dover Halt machen, ich habe lange nicht mehr nach meinem Geschäft geschaut.« Sie legte ihre behandschuhte Hand auf seinen Arm. »Ich verspreche dir, so schnell wie möglich zurückzukommen. Küsse mir meine zwei kleinen Lieblinge. Ihr drei werdet mir fehlen.«
George nahm sie in die Arme und küsste sie fordernd auf den Mund, so, als wollte er sagen, das ist mein, und was mir gehört, werde ich verteidigen.
Noch lange blieb George stehen und schaute ihr nach, bis die Kutsche nicht mehr zu sehen war.

Julia, überkam ein melancholisches, mulmiges Gefühl, als sie den vertrauten Weg einschlug, der sie zu ihrer Heimat führte. Sie kehrte in ihre Kindheit zurück. Längst vergessene Erinnerungen stiegen in ihr auf. Sie fühlte und roch die Natur als etwas Köstliches, so intensiv, als ob sie nie von hier fortgegangen wäre. Die Stallungen sahen noch genauso aus wie sie sie verlassen hatte, nur standen heute keine Pferde auf der Koppel. Sie seufzte tief auf. Sie konnte sich glücklich schätzen, eine so schöne Kindheit auf diesem wunderschönen Fleck Erde verbracht zu haben, mit diesen unübertrefflichen Menschen, die sie so selbstlos aufgezogen hatten. Ja, sie war hier glücklich, hatte viel, sehr viel gelernt, das ihr heute sehr wichtig und nützlich war. Aber in der Zwischenzeit war so viel geschehen.

Francis saß hinter dem großen Schreibtisch seines Vaters und starrte mit trübem Blick durch die sauberen Fenster auf den großen Park. Seit Langem hatte er Magenprobleme und fühlte sich nicht gut. Er dachte über sein Leben nach und überlegte, was er ändern konnte. Er brauchte ein Wunder, aber bekanntlich gab es keine. Bei diesen Gedanken wurde die Tür schwungvoll aufgerissen. Ihm blieb einen Augenblick die Luft weg. Blitzartig wusste er, es gab doch noch Wunder auf dieser elendigen Welt. Freudig ging er Julia entgegen und nahm sie schwungvoll in die Arme.
»Oh, meine geliebte Cousine, schön, dich nach all den Jahren wiederzusehen! Du siehst umwerfend aus, aber das muss ich dir ja nicht sagen, du hast immer gewusst, dass du eine Schönheit bist.« Francis nahm Julia wie selbstverständlich an der Hand und zog sie zu der weinroten Ledercouch, fasste sie an beide Schultern, setzte sie in die tiefen Polster. »Ich kann es immer noch nicht fassen, dass du einfach die Tür aufmachst und hereintrittst, als ob du nie weg gewesen wärst. Julia, du weißt gar nicht, wie du mir gefehlt hast!«
Leicht schlug Julia mit ihrer Hand auf das Leder neben sich. »Komm, setz dich zu mir! Darum bin ich auch gekommen. Ich hatte das Gefühl, dass ich jetzt unbedingt meine Lieben besuchen musste. Wo ist denn der Rest der ganzen Familie?«
»Mutter ist im Dorf, um einige Dinge einzukaufen, aber sie kommt bald zurück. Annabelle besucht mit unserer Tochter

ihre Eltern, sie kommt nächste Woche zurück. Und Vater, der ist in seinem Schlafzimmer und hält seinen Mittagsschlaf.«
Julia hatte ein ungutes Gefühl. Sie spürte, hier stimmte es nicht mehr, sie war umgeben von Traurigkeit, Kummer, Finsternis.
»Meine Liebe, bist du nicht müde und willst dich etwas ausruhen und frisch machen nach der langen Reise?« Jedes Mal, wenn er sie eine Zeit lang nicht gesehen hatte, war er aufs Neue überrascht über ihre Anmut. Sie hatte den Charme von Großmutter geerbt und besaß die gleichen aristokratischen Züge. Ihre smaragdgrünen Augen, eingerahmt von langen, dichten Wimpern. Ihre Haut war weich und makellos, das Haar leuchtend rot.
»Wie besorgt du um mich bist! Aber ich bin nicht müde, im Gegenteil, ich bin richtig aufgekratzt. Leider kann ich nicht lange bleiben, weil ich in Dover noch einiges erledigen muss, und um ehrlich zu sein, möchte ich George nicht so lange mit Roger allein lassen.«
»Gut, das verstehe ich natürlich.«
»Francis, ich hätte jetzt die größte Lust, mit dir auszureiten.«
»Wunderbar, wie lange brauchst du, um dich umzukleiden?«
»Wie du weißt, ich bin schneller als der Wind. Meinen Koffer habe ich schon, mit deiner Erlaubnis, in mein altes Zimmer bringen lassen. Sagen wir in einer halben Stunde?«
»Du bist aber komisch, du weißt doch, dass hier immer dein Zuhause ist und dein Zimmer dir immer zur Verfügung steht!«
»Was für ein Schatz, du doch bist, dann sehen wir uns also bei den Pferden.« Julia hatte einen Blick, der nichts übersah. Es gab kaum mehr Personal, dementsprechend blitzte das Haus nicht mehr so, wie sie es gewohnt war. Im Garten, dem Stolz ihrer Tante, gab es überall Unkraut.
Francis saß schon auf seinem Pferd und ritt in der Koppel im Kreis, um das Tier zu beruhigen, als Julia zu den Ställen kam.

Sie stellte sich an den Zaun und beobachtete Francis. Er war ein leidlicher Reiter, aber ihm fehlte das gewisse Etwas, und das Pferd verstand nicht, was er wollte. Ein Jammer, denn das Pferd, auf dem er saß, hatte Potenzial. Es war noch jung, und unter der richtigen Hand könnte es ein gutes Rennpferd werden, aber nicht mit Francis.

Der Stalljunge brachte ihr eine braune, gutmütige Stute. Sie stieg schwungvoll auf das Pferd und rief Francis zu: »Wir können gehen!«

Der Junge öffnete für Francis das Gatter, damit er herausreiten konnte. Unerwartet schlug das Pferd aus. Um Haaresbreite hätte es den Stalljungen erwischt, wenn der Bub nicht so reaktionsschnell gewesen wäre und sich zur Seite geworfen hätte.

Julia schüttelte den Kopf. Nicht auszudenken, was alles hätte passieren können. Wie ein Akt in einem Theaterstück. Das Antlitz von Francis färbte sich vor Scham ganz rot. Zum Glück konnte er sich auf dem Pferd halten. »Francis, was hast du dir denn da für einen Teufel zugelegt?«

»Den habe ich beim Kartenspiel gewonnen.«

»Ungläubig starrte Julia Francis an. »Hast du denn kein anderes Pferd, das du jetzt zum Ausreiten benützen kannst, bis dieser Wilde etwas besänftigt ist?«

»Ich habe nur noch diese beiden Pferde.«

Vor Staunen blieb Julia der Mund offen, aber sie sagte nichts dazu. Sie ritt ein gutes Stück von Francis entfernt, um vor diesem wilden Hengst sicher zu sein. Sie beobachtete, wie Francis das Pferd nur ein kleines bisschen berührte, und es machte einen Satz auf die Seite und galoppierte wie der Teufel los. Julia nahm die Verfolgung auf. Sie sah sofort, dass Francis das Pferd nicht mehr unter Kontrolle hatte, er ließ es nur noch laufen. Am kleinen See machte das Pferd Halt und trank etwas

Wasser. Jetzt wartete Julia nur noch darauf, dass es in den See watete und Francis abwarf. Das konnte ja ein heiterer Ausritt werden!

Francis wandte sich um und blickte Julia an. Er war grün im Gesicht, und mit einer etwas zittrigen Stimme sagte er: »So ein Satan! Er macht mit mir, was er will.« Er ließ sich mit wackligen Knien von dem Pferd gleiten und lachte Julia dabei verlegen an. »Kannst du dich noch erinnern, hier sind wir als Kinder im Sommer Boot gefahren und haben um die Wette gerudert.«

Julia stupste Francis an: »Ab und zu hast du mich gewinnen lassen.«

»Ja, manchmal, ich glaube, das war das Einzige, in dem du nicht besser warst als ich.«

»Das ist nicht wahr.«

»Doch, Julia, das ist wahr. Wollen wir nicht ein Stück zu Fuß gehen?«

Julia stieg von ihrem Pferd ab und band die Stute an den nächsten Baum.

Gemeinsam gingen sie durch die nassen Felder zu einer alten Schäferhütte. Die Fenster waren eingeschlagen und einige waren zugemauert. Davor stand eine morsche Holzbank. Auf die setzten sie sich.

Francis verschränkte die Arme hinter dem Kopf, so dass seine braunen Haare zurückfielen und die hohe Stirn freilegten.

Noch nie war Julia aufgefallen, wie ähnlich Francis doch seinem Vater war. Dieselben Augen, der schmale lang gezogene Mund, das knochige Kinn mit dem unübersehbaren Grübchen. Unbequem war das Gesicht geworden, nervös und aggressiv. Was war nur in den Jahren geschehen?

Francis schlug die Beine übereinander. Mit einem halb fragenden und halb spöttischen Blick musterte er Julia. »Bist du glücklich in deiner Ehe? Ich habe jetzt noch deine Worte im Kopf, als du uns allen mitgeteilt hast, dass du nur einen Mann heiratest, den du liebst, und wenn du den nicht findest, heiratest du gar nicht.«

Mit der rechten Hand gab Julia ihm einen Klaps auf den Hinterkopf. »Was denkst du denn, selbstverständlich bin ich glücklich. Ich liebe George. Er ist der wunderbarste Mann, den man sich nur vorstellen kann. Jeden Wunsch liest er mir von den Augen ab.«

Missbilligend hob Francis die Augenbrauen. »Ich will dir ja nicht zu nahe treten, aber so wie ich dich kenne, zweifle ich an deinen Worten. Dass du gerade auf Lord Catterick verfallen bist, das geht mir einfach nicht in den Kopf. Er könnte doch dein Großvater sein! Ist das nicht eine langweilige Ehe?«

Julia blickte Francis an und übersah bewusst den spöttischen Glanz in seinen Augen. »Meinst du nicht auch, dass es von mir abhängt, ob meine Ehe langweilig ist oder nicht?« Dabei zog sie eine Grimasse, und beide mussten lachen, aber Julia spürte genau, dass seine gute Laune nur vorgetäuscht war.

»Um die Wahrheit zu sagen, ich dachte immer, dass dir Nicholas gefällt, aber da habe ich mich ja kräftig getäuscht, oder?«

»George ist der beste Mann, den sich eine Frau nur wünschen kann. Aber reden wir von dir – was macht deine Ehe?«

»Müssen wir darüber reden?«

»Ich glaube schon, wir hatten doch nie Geheimnisse voreinander, oder?«

»Nun gut. Seit deiner Hochzeit haben wir uns beide vorgenommen, dass unsere Ehe einfach zu funktionieren hat. Ich habe erst danach wirklich gesehen, was für gute Eigenschaften sie besitzt. Es ist angenehm, mit ihr zu leben, obwohl ich immer das Gefühl habe, davonrennen zu müssen. Aber das hat mit Annabelle nichts zu tun, mir fällt hier einfach die Decke auf den Kopf. Ich muss hier raus, unter Menschen, ich fühle mich einsam, mir fehlen die Diskussionen, die Feste. Auch fehlt mir die Bestätigung, dass ich etwas zuwege bringe, ich fühle mich als Versager. Und ich glaube, Annabelle geht es ähnlich wie mir. Bei ihr ist es noch viel schlimmer, sie ist in der Stadt aufgewachsen.«

Julia grinste breit. »Bei euch passt auch der Spruch: „Ist eine Katze noch so zahm, wenn man sie einsperrt, wird sie wild."«

»Du kannst gut lachen, du fühlst dich überall wohl.«

»Ja, da kannst du recht haben, aber jetzt erzähl mir die Wahrheit: was ist los auf dem Gut?«

»Wie meinst du das?«

»Du vergisst, dass ich hier groß geworden bin, und ich weiß, wie es ausgesehen hat, als ich es verließ. Nun sehe ich, wie es heute aussieht.«

Francis wirkte auf Julia wie ein großer, einsamer Junge, der sich schämte, über seine Probleme zu reden. »Jetzt komm schon raus mit der Sprache! Ich bin keine fremde Person, ich bin deine Cousine, deine Vertraute, und bin ich dir nicht auch wie deine kleine Schwester?«

Nachdenklich strich Francis mit beiden Händen seine Haare nach hinten, streckte sich etwas und lächelte Julia verzweifelt an.

»Meine Schwester …« Er betrachtete seine Stiefelspitzen. »Weißt du, Julia, so dumm es klingen mag, unsere Probleme fingen an, als du uns verlassen hattest. Einige Tage, nachdem du fort warst, hatten wir heftige Gewitter mit faustgroßem Hagel, der zerschlug unseren ganzen Weizen. Gut, für dieses Unglück konnte ich nichts, aber einige Wochen später fand ich schwarze Flecken auf den Rübenblättern. Ich dachte mir dabei nicht viel, aber in kürzester Zeit waren nicht nur die Blätter

befallen, sondern auch die ganzen Rüben. Es stellte sich heraus, dass es ein gefährlicher Pilz war, der nur selten auftritt. Ich war leider zu stolz und habe meinen Vater nicht um Rat gefragt. Stell dir nur vor, was uns allein das Futter kostete, das wir für die Tiere kaufen mussten. Ich habe versucht, es geheim zu halten und habe meinen Schwiegervater um ein Darlehen gebeten, in der Hoffnung, es bei der nächsten Ernte wieder hereinzubekommen.«
»Entsetzt blickte Julia ihn an, sie wollte ihn etwas beruhigen.
»Aber das kommt doch überall mal vor.«
Francis winkte ab: »Lass nur, Julia, inzwischen weiß ich, was ich falsch gemacht habe. Aber ich bin noch nicht am Ende. Gehen wir weiter zu den Kartoffeln. Das gewitterhafte Wetter mit den milden Temperaturen war für die Verbreitung der Kraut- und Knollenfäule ideal. Gepaart mit meiner Unerfahrenheit haben wir auch da einen Großteil der Ernte verloren. Nun, nach einem schlechten Jahr kommt bekanntlich ein gutes Jahr. Generell gab es auch in der Umgebung viele Blattläuse, aber ich hatte 60 % mehr als die anderen. Was soll ich dir erzählen, Julia, wie du weißt, bin ich kein Bauer, und leider habe ich auch keine große Liebe dazu; der Gutsverwalter, den ich eingestellt hatte, war leider die gleiche Krücke wie ich. Du kannst dich doch sicherlich an die Pflaumenplantage erinnern, die Vater vor sechs Jahren anlegen ließ. Eigentlich habe ich dieses Jahr mit der ersten großen Ernte gerechnet, aber stell dir vor, was für ein Phänomen der Natur, die ganzen Pflaumen sind Zwillinge, und niemand will sie kaufen. Ich weiß nicht, was ich mit ihnen machen soll. Der Geschmack ist gut – was meinst du, soll ich sie hängen lassen?«
Julia überlegte kurz. »Warum machst du nicht einen Pflaumenbranntwein aus deinen Früchten? Wenn du ihn fertig hast, kann ich dir behilflich sein, ihn zu verkaufen.«

»Das ist vielleicht keine schlechte Idee, ich lasse es mir durch den Kopf gehen.«

»Aber Francis, das verstehe ich alles nicht, dein Vater ist überhaupt der beste Bauer, den ich kenne. Von ihm habe ich sehr viel gelernt.«

»Vater!« Er lachte sarkastisch. »Es war schon immer besonders schwierig, in die Fußstapfen eines großen Mannes zu treten. Wird man dem schweren Erbe gerecht? Kann man alle Erwartungen erfüllen? Die Zweifel nagen und nagen und heute wirst du ihn nicht wiedererkennen, er hat sich sehr verändert. Als du weg warst, sagte er zu mir. „So, mein Sohn, jetzt zeige deiner Familie, was du von der Landwirtschaft verstehst. Ab sofort bist du der Verwalter dieses Guts." Dann zog er sich in seine Bibliothek zurück, und dort verbringt er den ganzen Tag. Oft kommt er nicht einmal zu den Mahlzeiten herunter. Und wenn er herunterkommt, schaut er mich oft stumm und vorwurfsvoll an, dreht sich um und geht dann wieder. Oder er kommt, ohne anzuklopfen ins Schlafzimmer, schreit uns an und fragt, wer wir sind und was wir in seinem Haus machen. Wir sollen schauen, dass wir hier verschwinden. Auch Mutter erkennt er oft nicht, und dann gibt es wieder Tage, da ist er wie immer sehr freundlich und nennt uns alle beim Namen. Vor ein paar Wochen sagte er doch glatt, dass er glücklich ist, mich als Sohn zu haben. Zehn Minuten später fragte er mich, wer ich wohl bin. Wenn man ihm nicht immer das Essen und Trinken bringen würde, dann würde er auch das vergessen.«

Die Wahrheit seiner Worte lähmte Julias Zunge.

Francis stützte seine Arme auf seine Knie. »Ich glaube, er ist sehr krank, aber die Fachleute, Therapeuten, Ärzte schütteln nur den Kopf. Er ist geistig nicht mehr voll zurechnungsfähig.«

Beruhigend strecke Julia ihre Hand Francis entgegen, und er

nahm sie fest in die seine. Das Gefühl der Verbundenheit zwischen ihnen festigte sich.
Er blickte aus seinen nussbraunen Augen, um die sich kleine dunkle Linien zogen. Spuren der ganzen Problematik der vergangenen Jahre. »Das waren ganz sicher die ersten Sargnägel für unsere geliebte Großmutter, sie hat sehr darunter gelitten.«
»Schrecklich, aber deine finanziellen Probleme bekommen wir wieder in den Griff.«
»Das glaube ich nicht, denn ich bin noch nicht am Ende meiner Schandtaten. Ich habe wieder angefangen zu spielen. Ab und zu gewinnt man und ab und zu verliert man. Ich habe eben mehr verloren als gewonnen.«
Julia biss sich auf die Lippen, um nicht zu verraten, wie enttäuscht sie war. »Kannst du vielleicht mehr ins Detail gehen, was hast du verloren?«
»Alles.«
Erschreckt schloss Julia ihre Augen, um das eben Gesagte zu verdauen. Das konnte doch nicht sein, das konnte nur ein Irrtum sein! Ihr Mund war trocken, sie schluckte schwer, öffnete die Augen und schaute auf die goldfarbenen Getreidefelder. Dieses Jahr würde es eine gute Ernte geben. »Alles, wirklich alles?«
»Ja, Julia, was soll ich beschönigen, der stolze Besitzer dieses schönen Landes ist jetzt ein anderer.«
»Und wer?«
»Du kennst ihn, Nicholas Dudley.«
Eisiges Entsetzen durchfuhr Julia. Es wurde ihr schwarz vor Augen. Das war zu viel, sie dachte noch, und wie die Damen der feinen Gesellschaft sich aus einer unangenehmen Affäre zogen, indem sie in Ohnmacht fielen, fiel Julia einfach auf die Seite.

Bestürzt sah Francis Julia an, und bevor er überhaupt nach ihr fassen konnte, lag sie schon auf dem Boden. Er stand hastig auf, beugte sich über sie, klopfte an ihre Wangen, schüttelte ihren Körper und schrie heftig: »Julia, wach auf, was ist denn geschehen?« Langsam öffnete sie die Augen und wusste im ersten Moment nicht, wo sie war, aber dann kam ihr wieder die Erinnerung. Francis nahm sie in den Arm und streichelte immer wieder behutsam über ihre Stirn. Schließlich hatte sie sich gefasst und riss sich von ihm los. »Bist du von Sinnen, dein Erbe im Poker zu verspielen? Von was willst du denn leben? Deine Tochter, deine Frau und deine Mutter, dein Vater, wissen sie denn schon Bescheid?«
»Nein, aber ich muss es ihnen bald sagen, denn ich weiß nicht, wie lange Nicholas uns hier noch wohnen lässt.«
Mit übergroßen Augen blitzte sie Francis an. Sie musste sich beherrschen, denn am liebsten hätte sie ihn verprügelt. »Du bist ein Monster! Wie konntest du das nur tun?« Julia war die Bestürzung ins Gesicht geschrieben. »Ich dachte immer, du wärst ein Gentleman.«
»Von Nicholas redest du nicht, was? Der Mann versteht sich zu gut auf die Karten, um ein Gentleman zu sein. Und außerdem hat er mich immer zum Trinken animiert, bis ich nicht mehr klar denken konnte. Es ist schon unglaublich, was Nicholas trinken kann und immer noch nüchtern ist. Ich will mich ja nicht entschuldigen, aber er ist ein heimtückischer Mensch. Er tut immer so freundlich, aber ich spüre, dass er es auf mich abgesehen hat.«
Steif nickte Francis. »Warum, weiß ich auch nicht, ich glaube sogar, dass er mich hasst.«
Francis saß da und schüttelte nur seine Schultern. In plötzlicher Angst vor den Dingen, die da noch kommen sollten, blickte er auf. »Meinst du nicht, dass mir dein Mann aus der

Patsche helfen kann?«

Entrüstet schüttelte Julia ihre Locken. »Nein, das glaube ich nicht, weil ich ihn nicht um Hilfe für dich bitten werde. Du musst aus eigenen Kräften aus deiner misslichen Lage herauskommen. Du hast dir doch sicher schon Gedanken gemacht, was du nun unternehmen möchtest. Du kannst das nicht so hinnehmen, du musst kämpfen!«

»Ich habe versucht, mit Nicholas zu reden, aber er hat mir nur kalt eine Abfuhr gegeben. Dann habe ich ihn zum Duell aufgefordert, und du hättest mal sehen sollen, wie er mich mit seiner arroganten Fratze ausgelacht hat. Er ließ mir ausrichten, dass er für mich nicht mehr zu sprechen ist. Julia, ich bin nicht so wie du.«

»Nein, das bist du nicht, aber das ist ja auch nicht schlimm, du hast so viele hervorragende Eigenschaften.« Kühl musterte sie Francis. »Aber um ehrlich zu sein, Nicholas ein Duell anzubieten, war schon das Dümmste, was dir einfallen konnte. Und außerdem ist es verboten. Lass uns gemeinsam überlegen, was wir tun können.« Julia blickte zum Himmel. Gleich würde die Sonne untergehen. Sie hatte ein ungutes Gefühl. Es war Rache. Nicholas hasste Francis aus ganzem Herzen, weil er gesehen hatte, was er ihr zugefügt hatte. Nein, das Land würde er Francis niemals zurückgeben, aber was konnte sie tun? Sie musste unbedingt mit ihm reden, vielleicht konnte sie Nice House zurückkaufen. Selbst wenn sie ihren ganzen Schmuck verkaufen musste, sie musste es einfach versuchen. »Francis, du wirst vorerst deiner Familie nichts mitteilen. Ich fahre morgen in aller Frühe nach Dover. Verstehst du, du unternimmst nichts, bis du Nachricht von mir bekommen hast!«

Die Sonne war schon hinter dem Horizont verschwunden, die rote Glut am anderen Ende der Welt erlosch in Orangentönen.

Der Himmel verwandelte sich allmählich in ein helles Violett, die wunderbare Stille ländlicher Dämmerung senkte sich sacht herab. Die Landschaft und der Horizont verflossen ineinander wie ein Liebespaar. So hatte sie es in Erinnerung. Julia fasste seinen Arm. »Schau, die Welt ist so schön! Schließ deine Augen und stelle dir vor, hier weiden Pferde, Schafe, Kühe, das Land ist fruchtbar, die Ernte steht vor der Tür. Das Einzige, was auf der Welt überhaupt einen festen Wert hat, ist Grund- und Bodenbesitz; dafür musst du arbeiten und kämpfen.«
»Du redest wie ein Schotte.«
»Ich schäme mich deswegen nicht. Im Gegenteil, seit ich weiß, dass in mir schottisches Blut fließt, bin ich stolz darauf.«
»Ich bin mir sicher, dass du deine Ziele immer verfolgst und durchsetzt.«
»Ja, das mache ich immer. Francis, erlaubst du mir, mit deinem wunderbaren Pferd zurückzureiten?«
»Meinst du nicht, dass der Hengst zu wild ist, oder hast du heute noch Lust, vom Pferd zu fallen?« Er glaubte seinen Worten selbst nicht, denn er wusste, dass Julia Tiere liebte und hauptsächlich Pferde. Sie war eins mit ihnen. Er konnte sich erinnern, als Julia eines Morgens in ihrem Zimmer nicht auffindbar war, da hatte sie bei ihrem Pferd geschlafen, aber er konnte sich innerlich nicht eingestehen, dass Julia in allem besser war als er. Er liebte sie, aber er war auch immer etwas eifersüchtig auf sie. Er hasste es, wenn er sie um Hilfe bitten musste.
Sie gingen zu ihren Pferden. Der wilde Hengst war nicht zu sehen.
Francis legte eine Hand wie einen Schild an seine Stirn und suchte den Horizont ab. »Was machen wir nun?«
»Ich denke, das Pferd steht schon im Stall und wartet auf uns.« Rasch streckte Julia ihren Arm aus. »Schau mal Richtung

Norden. Das ist er doch, oder nicht?«
Francis nickte. »Er hat dort über den Zaun gesetzt.«
Die Bestie musste sie gesehen haben, denn wie der leibhafte Satan kam er jetzt den Hügel heraufgaloppiert.
Julia verließ sich auf ihr Gefühl, obwohl ihr der Schweiß ausbrach, als sie das schwarze Ungeheuer auf sich zurasen sah.
Francis wurde blass wie der Tod. Er hatte nur noch einen Gedanken: Er bringt sie um! Aber wie ein Wunder blieb er direkt vor ihr stehen, wieherte, stampfte mit dem rechten Vorderfuß und blies Luft aus seinen Nüstern.
Langsam hob Julia die Hand. Blitzartig machte er eine wilde Bewegung, und es sah so aus, als ob er in ihre Hand hineinbeißen wollte, aber er schnappte ihre Hand nur mit seinen Lippen und rannte wieder weg. Er war einfach übermütig.
»Dieses Pferd ist der wahre Teufel!« Sagte Francis.
»Sprich bitte etwas leiser und lenk das Pferd nicht ab. Der Hengst muss spüren, wer sein Herr ist. Er betrachtet uns nur als seine Spielgefährten.« Mit der Hand lockte sie ihn an. Er kam tatsächlich zurück, schnupperte an ihren Haaren, sauste aber dann wieder weg.
Ratlos fragte Francis: »Was machen wir jetzt? Reiten wir gemeinsam auf einem Pferd zurück oder willst du warten, bis er dir aus der Hand frisst? Der Mistkerl kennt den Weg nach Hause.«
»Du hast recht, es ist schon spät.« Sie setzte sich hinter Francis auf das Pferd, und so ritten sie langsam in Richtung Nice House.
Plötzlich erschien das Pferd wieder, umkreiste sie, bis es ihm zu dumm war, dann trottete es ganz friedlich den beiden hinterher.
»Francis, bleib bitte stehen, ich möchte noch einmal versuchen, bei ihm aufzusitzen, vielleicht hat er sich jetzt

ausgetobt.«

Sie ließ sich vom Pferd heruntergleiten und blieb dann einfach nur stehen, bis er zu ihr kam. Sie sprach ganz leise, starrte ihm in seine feurigen Augen. Dann kam er mit der Schnauze an ihre Brust, schubste sie, rannte weg und kam wieder zurück. Blitzschnell nahm sie die herunterhängenden Zügel, jetzt hatte sie ihn. Er schaute ihr kurz verblüfft in die Augen, wieherte, blieb aber stehen. Jetzt ließ er sie ohne Probleme aufsteigen, und auf dem Heimweg machte er keine Sperenzchen mehr.

»Von wem hast du eigentlich dieses Pferd gewonnen?«

Zuerst wollte Francis nicht mit der Sprache heraus, bis er durch seine Zähne herauspresste: »Von Nicholas«.

Das war zu viel für Julia. Sie konnte sich nicht mehr beherrschen, fuhr aus ihrer Haut und schrie: »Gibt es denn keinen anderen, mit dem du Poker spielen kannst? Ich höre immer nur Nicholas, den Namen kann ich langsam nicht mehr ausstehen.«

»Reg dich bitte nicht so auf, aber weißt du, er gab mir ab und zu die Chance, mit ihm zu spielen, obwohl er wusste, dass ich nichts mehr zu verlieren habe, aber er meinte, vielleicht kann ich so mein Hab und Gut Stück für Stück zurückgewinnen. Und irgendwann gewann ich dieses Pferd.«

»Du bist ein Dummkopf! Ist dir nie der Gedanke gekommen, dass er dich mit Absicht diesen Teufel gewinnen ließ, weil er doch nur will, dass du dir mit diesem Pferd das Genick brichst?«

»Das ist doch Unsinn, was du jetzt sagst.«

»Ach ja, dann pass das nächste Mal sehr gut auf, wenn du mit ihm spielst, was er dir anbietet.«

Francis war gekränkt. »Julia, hältst du mich für einen Versager?«

Sie musste sich unheimlich zusammennehmen, um ihre wahren Gefühle und Gedanken nicht preiszugeben. Sie wollte hinausschreien, ja, du bist ein Versager, aber stattdessen sagte sie: »Nein, ich halte dich nicht für einen Versager, aber ich finde, du musst schleunigst dein Leben ändern. Zuerst musst du aufhören zu spielen. Warum fängst du nicht an, mit deiner Frau Schach zu spielen? So schlägst du zwei Fliegen mit einer Klappe: Du verbringst mehr Zeit mit deiner Familie, bleibst mehr zu Hause und kannst abends die Probleme des Tages mit Annabelle besprechen.«

»Meisterst du so deine Ehe mit George?«

»So ungefähr läuft meine Ehe. Du glaubst gar nicht, was man sich alles erzählen kann. So kommt man sich näher, und man versteht auf einmal den anderen, man kann sich besser in ihn hineinversetzen. Aber das Wichtigste ist natürlich, dass du dich innerlich öffnest und deine Seele freilegst.«

Francis schwieg. Er dachte bei sich, sogar ihr Leben meisterte sie besser als er, und dann auch noch, da war er sich sicher, mit einem Mann, den sie nicht liebte. Aber er würde noch hinter das Geheimnis kommen, warum sie George geheiratet hatte.

Als sie zurückkamen, war es dunkel. Auf der Terrasse brannten Gaslaternen, darum konnte Julia schon von Weitem Lady Beatrice und Sir Richard auf der Terrasse erkennen. Ihre Tante stand hinter ihrem Onkel, und es sah so aus, als ob sie seinen Kopf massieren würde.

Erklärend sagte Francis: »Mutter gibt Vater ab und zu eine Kopfmassage, weil sie glaubt, dann würde sein Kopf besser durchblutet und dadurch würden seine Gedächtnisstörungen besser werden, aber bis jetzt hat es nicht geholfen.«

Als sie näher kamen, hatte Lady Beatrice sie schon erkannt. Sie eilte ihnen mit schnellen Schritten entgegen und nahm Julia in den Arm. Dabei kamen ihr die Tränen. »Mein geliebtes Kind, wie schön, dich wiederzusehen, du glaubst gar nicht, wie du

mir gefehlt hast und wie hübsch du aussiehst. Du hast kein Gramm zugenommen, wie machst du das nur, schau mich an, ich glaube, ich habe, seit du weg bist, mindestens fünf Kilogramm zugenommen.« Dabei schaute sie an sich herab.
Gerührt legte Julia ihrer Tante den rechten Arm um ihre Schulter, und gemeinsam schritten sie zu Onkel Richard, um ihn zu begrüßen, aber dieser stand auf und ging sichtlich verwirrt ins Haus.
»Mach dir nichts daraus, mein Kind, vielleicht erkennt er dich beim Abendessen.«
»Francis hatte mich ja schon vorbereitet, aber um ehrlich zu sein, ich konnte mir seinen Zustand einfach nicht vorstellen. Er ist auch sehr hager geworden.« Julia räusperte sich. »Können wir nicht noch ein bisschen hier draußen sitzen bleiben? Heute ist ein herrlicher lauer Abend!«
»Aber natürlich, meine Liebe. Francis, kannst du uns bitte noch eine Gaslaterne holen?« Dann wandte sich Lady Beatrice wieder an Julia: »Stell dir vor, Henry Durham hat vor einem Jahr geheiratet, ein recht hübsches Ding, vor einem Monat bekamen sie Zwillinge. Seither ist Henry wie aus dem Häuschen, jedem erzählt er, wie glücklich er ist. Wir müssen unbedingt für dich ein Abendessen veranstalten und Henry und seine Frau einladen. Wenn er erfährt, dass du hier warst und wir ihn nicht eingeladen haben, wird er nie wieder ein Wort mit uns reden.«
Interessiert blickte sich Julia um, zog einen Stuhl näher zu ihrer Tante heran und setzte sich neben sie. »Tantchen, nicht so schnell, vorerst bleibe ich nur diese Nacht. Ich muss wirklich ganz dringend nach Dover, aber ich komme in ein paar Tagen wieder zurück.«
»Aber warum, Kindchen, das verstehe ich nicht. Wenn es so wichtig ist, hättest du doch zuerst nach Dover fahren können,

oder?«

Sanft ergriff Julia die Hand ihrer Tante. »Ich hatte solche Sehnsucht nach meiner Familie, dass ich die Reise umgekehrt unternahm.«

Lady Beatrice entgegnete mit süßer Stimme: »Wenn das so ist, dann ist ja alles in Ordnung.«

Der ungekünstelte Charme von Julia war ansteckend. Francis spürte, wie mit ihrem Lachen die Spannung mehr und mehr von ihm wich. Für kurze Zeit vergaß er seine Probleme. Er baute fest auf Julia.

Die Luft war erfüllt vom lieblichen Wohlgeruch des Magnolienbaums. Den weichen Duft, wie Parfüm, wehte der Südwind in ihre Nasen. Der Abend verging in lockerer und angenehmer Stimmung, die Gaslaterne stieß schwarze Rauchwölkchen in den nächtlichen Himmel.

Im Haus rührte sich noch nichts, als Julia in die Kutsche stieg. Sie drehte sich noch einmal um, um ihre alte Heimat zu betrachten. Sie wollte sie in ihrem Unterbewusstsein einprägen, so wie sie es immer gesehen hatte. Sie klopfte an die Wand zum Bock. »Vorwärts, Daniel!«

Mit einem harten Ruck fuhr die Kutsche los. Die schönen Tage waren vorbei, es hatte wieder zu regnen begonnen. Mit einem leichten Seufzer nahm Julia die Wolldecke, legte sie über ihre Knie, holte das Buch mit der Buchhaltung von Nice Castle hervor, das ihr Francis am Vorabend noch überreicht hatte. Die Situation war schlimmer, als sie es sich je im Traum hätte vorstellen können. Francis war wirklich der schlechteste Bauer, der ihr je über den Weg gelaufen war, aber seine Buchhaltung stimmte genau. Wenigstens ein Pluspunkt für ihn. Sie machte eine Kalkulation, wie viel Geld sie aufbringen musste, um das Besitztum wieder in Schwung zu bringen. Nach ihrer ersten

Berechnung war es möglich, aber dazu brauchte sie einen guten Mann, der das Land bewirtschaften konnte.

Bevor sie sich ein Hotel suchte, fuhren sie zuerst zu Nicholas. Dieses Mal wollte sie sich nicht die Blöße geben und von einer dahergelaufenen Dirne gemustert werden. Darum schickte sie Daniel vor, um sie anzumelden.

Daniel kam mit langem Gesicht zurück. »Lady Catterick, der Butler sagt, dass Sir Nicholas Dudley im Coffee-House ist. Wenn Sie wünschen, kann er ihn benachrichtigen lassen.«

»Gut. Er soll ihm bestellen, dass ich ihn sprechen möchte. Und dann kannst du mich in die Fünfte Straße zur Bank fahren.« Julia grinste in sich hinein. George hatte ihr über die Gewohnheiten der Geschäftsleute in den Städten erzählt, dass sich das Mittagessen in London, und auch in anderen wichtigen Städten, nach Börse und Banken richtete. Zuerst ging man zu einer Stippvisite ins Coffee-House, anschließend zum Dinner nach Hause. Wie war doch das Leben auf dem Lande verschieden. Man stand früh auf. Sie hatte gehört, dass hier der Adel vor zwölf Uhr nicht ansprechbar war.

Die Bank lag im Schatten von zwei Kastanienbäumen, es war ein schönes altes Patrizierhaus. Als Julia die Bank betrat, war sie die einzige Kundin. Der Bankbeamte hinter dem Schalter gähnte mit offenem Mund. »Können Sie mich bitte Mr. Smith melden.«

Eilfertig legte der Mann seine Feder und ein Stück Papier auf die Seite. »Mr. Smith ist vor einem halben Jahr nach London versetzt worden, er hat einen viel wichtigeren Posten bekommen«, erzählte er Julia wichtigtuerisch. »Wollen Sie mit dem neuen Direktor sprechen?«

»Ja, bitte melden Sie mich bei ihm an.«

Sie wurde sofort empfangen. Der Raum war nicht sehr groß.

Ringsherum an den Wänden standen braun gestrichene Aktenschränke.

»Setzen Sie sich doch bitte. Mein Name ist Mr. Williams, und mit wem habe ich die Ehre?«

»Julia Catterick.«

»Sind Sie die Tochter von Lord Catterick?«

Interessiert blickte sich Julia um. Sie war soeben wieder in männliche Regionen vorgedrungen. Frauen existierten in diesem Milieu nicht. Hier roch es nach alten, verstaubten Büchern. Mr. Williams war ein Mann, wie man sich einen Bankmenschen vorstellte. Groß, schlank, steif, korrekt gekleidet, seine braunen Haare makellos mit einer Pomade nach hinten gekämmt. Ein Glas hatte er an ein Auge geklemmt, um besser lesen zu können. Er war diplomatisch. Dieser Typ von Mensch zeigte nach außen keine Schwächen. Aber wenn man hinter die Fassade schaute, war man oft enttäuscht. Neugierig hefteten sich Julias Augen an die von Mr. Williams. Sie war auf seine Reaktion gespannt.

»Ich bin nicht seine Tochter, ich bin seine Frau.«

Jetzt fiel ihm doch glatt vor Schreck sein Augenglas herunter. Er stammelte etwas vor sich hin und bückte sich, um sein Monokel aufzuheben. Dann wandte er sich wieder an Julia, die ihn amüsiert beobachtete.

»Dann kommen Sie in seinem Namen und wollen auf seinem Konto einige Bewegungen vornehmen lassen?«

Julia konnte sich nicht verkneifen, Mr. Williams anzugrinsen. Sie ließ ihn etwas zappeln. Er rutschte auf seinem Stuhl hin und her.

»Was kann ich für Sie tun, Lady Catterick?«

»Mein Mädchenname ist Julia Hardcastle. Unter diesem Namen habe ich vor ein paar Jahren ein Konto eröffnet. Das möchte ich auf meinen jetzigen Namen umschreiben lassen.

Und außerdem würde ich gern einen Teil meines Guthabens abheben und möchte, dass Sie den Tresor öffnen, den ich hier in Ihrer Bank gemietet habe.«

Jetzt fiel ihm noch mehr die Kinnlade herab. »Dann sind Sie also die mysteriöse Lady Hardcastle, für die jeden Monat eine bestimmte Summe einbezahlt wurde.« Jetzt taute er etwas auf, er schnupperte ein Geschäft.

»Sie haben auf Ihrem Konto eine beachtliche Summe. Wäre es da nicht ratsam, das Geld fest anzulegen, dann bringt es mehr Zinsen.«

Kurz überlegte Julia. »Nein, das möchte ich im Moment nicht, aber was würden Sie mir denn empfehlen?«

»Gold, Aktien, Fabriken, Ländereien, die Geschäfte laufen gut, eigentlich ist zurzeit alles am Steigen.«

»Klingt gut, aber an Grund und Boden bin ich mehr interessiert.«

»Da hätte ich etwas Interessantes für Sie. Am Hafen wird das letzte große Grundstück angeboten. Es gibt zwar schon einen Interessenten, aber wie immer kommt es auf die Höhe des Angebots an.«

Bestätigend nickte Julia und legte ihre Beine übereinander. »Wer ist der Besitzer?«

»Eine Miss Mabel Brennington«

»Sagen wir mal, ich wäre interessiert, wer wäre mein Gegenspieler?«

»Mr. Nicholas Dudley. Er ist auf das Grundstück schon lange scharf, denn seine Bürogebäude sind ihm zu eng geworden, und er braucht mehr Lagerräume, aber bis jetzt wollte Miss Brennington nicht verkaufen. Sie hat sich erst vor ein paar Tagen entschlossen, zu ihrer Nichte nach London zu ziehen. Dort möchte sie sich ein eigenes Haus kaufen, dazu benötigt sie das Geld.«

Die Gedanken von Julia waren hellwach. Sie schluckte. Es war nicht zu fassen, wo sie hintrat und hinschaute, dieser Nicholas. Dem musste ja bald die ganze Stadt gehören.

»Ist Nicholas Dudley ein Kunde Ihrer Bank, Mr. Williams?«

»Ja.«

Julia stutzte und räusperte sich laut. »Welches Interesse haben Sie dann, es mir anzubieten?«

Oh, das hätte sie wohl nicht fragen sollen. Mr. Williams lief purpurrot an.

»Nun ja, es ist immer besser, wenn es zwei Anbieter gibt.«

Julia lachte laut hinaus. »Um den Preis hoch zu treiben.«

Mr. Williams blickte verlegen an Julia vorbei.

»Warum spielen Sie nicht mit offenen Karten? Was haben Sie gegen Mr. Nicholas Dudley? Sie können in mir eine Vertraute sehen, mir ist er auch nicht sonderlich sympathisch.« Sie ließ diese Worte auf ihn einwirken, bevor sie weitersprach. »Ich verspreche Ihnen, dass ich es nicht weitererzählen werde.« Es entstand eine lange Pause, und Julia spürte den Konflikt, in dem sich Mr. Williams befand. Ihr Blick fiel auf seine ineinander gekrallten Hände. Dann nagte er an seinen Nägeln, was zu seiner gepflegten Erscheinung überhaupt nicht passte, bis es aus ihm heraussprudelte.

»Erstens ist Miss Brennington meine Tante, und zweitens ist Mr. Nicholas ein arroganter Kotzbrocken.« Uff, jetzt war es heraus, man sah ihm an, dass er sich wohler fühlte.

»Hat er Ihnen persönlich etwas getan oder können Sie ihn einfach nicht leiden?«

»Beides.«

»Seien Sie doch nicht so wortkarg. Sie haben A gesagt, jetzt müssen Sie schon auch B sagen.«

»Er hat meine Tochter verführt und das hat sich jetzt herumgesprochen. Darum findet sie nun keinen Mann mehr.«

Nun wurde Julia einen Ton blasser. Es kostete sie große Mühe, im gleichen Plauderton weiterzureden. »Darf ich mir erlauben, Sie zu fragen, wie alt Ihre Tochter ist?«

»Sie ist vor einem Monat neunzehn Jahre alt geworden.«

Daher wehte also der Wind. Sie ärgerte sich über sich selbst. Aber es gab ihr einen gewaltigen Stich ins Herz. Nicholas konnte einfach das Mausen nicht lassen.

»Wenn ich Sie richtig verstanden habe, geht es also nicht ausschließlich ums Geld, sondern Sie wollen einfach nicht, dass er das Grundstück bekommt. Sehe ich das so richtig?«

Erleichtert antwortete er: »Ja, Sie sehen es richtig.«

»Sie würden mir also die Immobilie geben für den gleichen Betrag wie das Angebot von Mr. Nicholas?«

Mit verkniffenem Gesicht nickte er. Mr. Williams war in einer verzweifelten Lage, das sah Julia ganz klar, aber das war ihr gleichgültig. Hauptsache, sie konnte daraus einen Profit schlagen.

»Also gut, ich bin interessiert. Setzen Sie den Kaufvertrag auf. Morgen um zehn Uhr möchte ich, dass wir uns auf dem Grundstück treffen.« Julia erhob sich. »Aber bevor ich gehe, möchte ich noch zum Tresor.«

Mr. Williams stand auf und machte eine tiefe Verbeugung. »Aber selbstverständlich, Lady Catterick. Wie lange gedenken Sie, in Dover zu bleiben?«

»Leider nur ein paar Tage.«

»Aber so schnell geht der Verkauf nicht vonstatten. Der Notar benötigt, mit viel Zureden, mindestens eine Woche.«

»Machen Sie sich mal keine Sorgen. Glauben Sie mir, er wird für uns in zwei Tagen die Urkunde erstellt haben.«

»Wie können Sie so sicher sein?«

»Glauben Sie es mir einfach, auch ich habe meine kleinen Geheimnisse.«

Mr. Williams öffnete für Julia die Schublade, in der sich ihre Wertsachen befanden, dann wandte er sich ab.
Julia holte einen Diamantring heraus und betrachtete ihn intensiv. Der Erlös dieses Rings müsste vorerst reichen, das Gut wieder in Schwung zu bringen. Aber zuerst musste sie von Nicholas das Land zurückbekommen. Dieser Teufel, überall hurt er herum, er kann nicht mal seine schmutzigen Finger von so jungen Dingern lassen! In diesem Moment hasste sie ihn, und das war die Gelegenheit, ihm eins auszuwischen. Je mehr sie darüber nachdachte, desto besser gefiel ihr der Gedanke. So ein kleines Teufelchen sehnte sich nach Rache.
Der Tresor wurde wieder sorgfältig verriegelt. Beim Abschied sagte Julia: »Mr. Williams, bringen Sie doch Ihre Tochter morgen zu unserer Verabredung mit, ich möchte sie gern kennenlernen.«

Als Julia ins Hotel kam, war schon eine Nachricht für sie da.

„Erwarte dich um acht Uhr zum Abendessen.
Gruß, Nicholas."

Es gab Julia einen Stich. Er wusste sicher, was sie von ihm wollte. Eben schlug es sieben Uhr. Sie würde zu spät kommen.
In der Ferne blitzte und donnerte es. Es würde nicht mehr lange dauern, nach der Schwüle des Tages kam unweigerlich die Abkühlung.
Das schwere Eisentor zur Einfahrt stand weit offen, die Kutsche durchquerte einen großen Torbogen, die Gaslaternen leuchteten ihr den Weg. Julia stieg aus der Kutsche, stand kurz regungslos vor der hell erleuchteten Haustüre. Zuerst zögernd, dann mit fester Hand ergriff sie die bronzene Pfote und ließ sie zweimal ertönen. Es war halb neun, sie musste nicht lange

warten. Nicholas öffnete die Tür persönlich. Sie musterten einander, und jeder versuchte, einen nichtssagenden Blick aufzusetzen. Es waren drei Jahre vergangen, seit sie sich bei Julias Hochzeit das letzte Mal sahen. Julia zitterten die Knie. Sie wusste, dass sie beide im Herzen verwundet waren, und sie wünschte sich Rache.

Nicholas forderte Julia auf einzutreten und nahm ihr das Nerzcape ab. »Du kommst eine halbe Stunde zu spät.«

»Soll ich wieder gehen?«

»So habe ich es nicht gemeint.«

»Nicholas, wo hast du heute denn deine gute Kinderstube gelassen! Begrüßt man so seine Stiefmutter?«

Sofort wusste Julia, dass sie jetzt zu weit gegangen war, als sie sah, dass sich die Gesichtsfarbe von Nicholas leicht veränderte. Das Wort Stiefmutter musste ihn zur Heißglut bringen, aber genau das hatte sie vor. Sie konnte beobachten, wie es in ihm arbeitete.

Er lächelte sie etwas säuerlich an. »Ich gehe vor«. Er führte sie ins Kaminzimmer. Der Raum war nicht sehr groß, dafür hatte er eine fürstliche Eleganz. Vier matt geschliffene Kandelaber an den Wänden verströmten warmes Kerzenlicht, die Wände waren mit feinster, silbergrauer Seide bespannt. Nicholas rollte aus dem Hintergrund einen reichhaltigen Teewagen heran, auf dem Likör, Wein und Champagner und eine Platte mit feinen Leckerbissen standen.

Julia sträubten sich die Haare. Sie wusste, was das bei Nicholas bedeutete. Aber nicht mit ihr. Sie musste an ihr eigenes Schicksal und an die Tochter von Mr. Williams denken. Er hatte sie beide nur benutzt. Das war seine Spezialität, junge Mädchen zu entjungfern. Julia stand vor Nicholas in einem perfekt sitzenden Kostüm, darüber das Gesicht, das im gedämpften Licht des Kerzenscheins gespenstisch blass wirkte.

Sie war Nicholas greifend nahe.

»Nimm doch bitte Platz, Julia. Was führt dich zu mir?«

Das Blut pochte ihr wild in den Schläfen. »Du weißt genau, warum ich hier bin.«

Er blickte sie verwundert an. »Ach ja, und warum sollte ich das wissen?«

Sie fragte so gleichgültig, als würden sie über etwas Alltägliches sprechen: »Was willst du für das Landgut meines Onkels haben?«

Schallend lachte Nicholas hinaus. »Das Land ist unverkäuflich, es ist mir schon richtig ans Herz gewachsen, mich verbinden viele sentimentale Gedanken daran. Es ist mir ein heiliger Platz, an dem du aufgewachsen bist, mein Schatz. Weißt du, ich habe mir sogar gedacht, meinen Wohnsitz nach Nice Castle zu verlegen.«

Mit süßer Stimme entgegnete Julia: »Du hast mir einmal gesagt, alles ist käuflich, also sag mir deinen Preis.«

»Lass mich überlegen. Essen wir doch zuerst mal einen kleinen Happen.«

Mit geübter Hand öffnete Nicholas den Champagner, ohne Julia zu fragen, was sie gern trinken wollte, schenkte ihr das Glas voll, nahm einen Teller, füllte ihn mit lauter kleinen Leckerbissen und stellte ihn vor sie hin. »Der Champagner wird dir schmecken, oder wolltest du Wein?«

Julia winkte ab. »Ist schon in Ordnung.«

»Meine Liebe, ich habe mir gedacht, heute ist für uns ein besonderer Anlass zum Feiern, da ist das Beste gerade gut genug, was meinst du?«

Blicke flogen zwischen ihnen hin und her, und er fuhr fort: »Oder trinkst du nur mit meinem Vater Wein? Du verstehst doch heute sicher mehr davon als vor drei Jahren, nachdem du mit einem Weinkenner verheiratet bist.«

Julia fühlte sich von seinen Blicken wie gelähmt. Sie reagierte nicht.

»Du siehst betörend aus, mit deinem eng anliegenden blauen Kostüm, das alles zeigt und doch auch nichts. Was hat mein Vater doch für eine mondäne Frau geheiratet!« Nicholas' Stimme triefte vor Sarkasmus. »Weiß er, dass du mich besuchst?«

Ironisch zog Julia die Brauen hoch: »Du bist ein Scheusal, aber sei getrost, ich werde es ihm erzählen.«

»Ach ja, ich bin überzeugt, dass du es ihm nicht erzählen wirst, aber sei versichert, dein Geheimnis ist mein Geheimnis.«

Locker setzte sich Julia auf einen Sessel, die Beine übereinander geschlagen, so dass ihr der enge Rock etwas provozierend hoch rutschte. Julia hatte erreicht, was sie wollte. Nicholas starrte gebannt auf ihre schlanken Beine, und es dauerte ein Weilchen, bis er seinen Blick losriss und sie angrinste.

»Was gibt es Neues bei der glücklichen Familie?«

»Lass gefälligst deine Ironie und bleib sachlich. Sprechen wir lieber vom Geschäft, das ist nämlich der einzige Grund, warum ich zu dir gekommen bin. Oder hast du etwa gedacht, ich besuche dich, weil du so umwerfend bist?«

»Doch, das habe ich gedacht. Drei Jahre sind eine lange Zeit, um mit einem Greis zusammenzuleben. Da könnte ich mir schon vorstellen, dass so eine heißblütige Person wie du Gelüste nach einem Jüngeren bekommen könnte.«

Aus ihrer Stimme konnte man nicht hören, was in ihrem Inneren vor sich ging, als sie erwiderte: »Dein Vater ist der beste und einfallsreichste Liebhaber, den ich mir vorstellen kann. Du darfst mir ruhig glauben, dass er jedem Jungen etwas vormachen könnte, auch dir.« Und schnell fügte hinzu: »In seinen Armen fühle ich mich restlos glücklich.«

Ohne mit der Wimper zu zucken, nahm Nicholas diese Provokation hin. Er ließ sie an sich abprallen wie einen Gummiball.

»Was macht denn mein kleiner Bruder? Vielleicht sollte ich meine Familie doch einmal besuchen, um meinen kleinen Stiefbruder etwas genauer anzusehen. Es könnte doch sein, dass er meiner Familie gar nicht ähnlich sieht.« Nachdenklich krauste Nicholas seine Stirn. »Ich kann mir einfach nicht vorstellen, dass mein Vater noch zeugungsfähig ist.«

Dabei zog er seine Schulter lässig in die Höhe. »Ich sehe, die Dame ist nicht gewillt, darüber Auskunft zu geben. Schade, es wäre sicher sehr aufschlussreich für mich zu wissen, welcher von den Stalljungen der Vater ist. Vielleicht ist es Andreas oder ist es der Michael, aber ich tippe mehr auf Albert.«

Ihre Stimme war leise, eisig, anklagend und voller Hass: »Du elender Bastard!« Sie rannte auf ihn zu und stolperte über den Teppich. Nicholas fing sie im Sturz auf. Einen Augenblick lag sie in seinen Armen. Er nutzte die Gelegenheit und drängte sich an ihren Körper. Ein herber Duft umgab ihn. Ihr Gesicht, vor Sekunden noch flammend vor Hass, hatte jetzt einen Ausdruck der Hilflosigkeit.

Ihre Lippen zitterten, als sie sagte: »Lass mich los!«

Nicholas streckte seine Arme aus und ließ sie frei.

Sie strich den Stoff ihres Rocks glatt und fasste sich schnell wieder. »Um deine Frage zu beantworten, meinem Sohn geht es gut. Er sieht dir übrigens sehr ähnlich, also es gibt wirklich keinen Zweifel, wer der Vater ist.«

Sein sonst so gebieterisches Gesicht verlor für einen Moment seine Ruhe und zeigte einen Zug starker Erschöpfung. Er atmete tief durch. »Gut, hören wir mit dem Spiel auf, ich gebe dir dein so geliebtes Land wieder zurück.«

Nervös griff sie nach ihrem Glas, nippte daran und verfolgte

Nicholas mit ihren Blicken. »Was willst du dafür?«
Nicholas stand auf, ging um den Sessel und blieb vor ihr stehen. Er wollte jede Regung in ihrem Gesicht in sich aufnehmen, als er ganz langsam sagte: »Ich gebe dir das Anwesen, wenn du heute Nacht bei mir bleibst.« Lüstern blickte er Julia an: »Ich meine natürlich, dass du meine Geliebte wirst.«
Vor Verblüffung vergaß Julia zu atmen. Hatte sie richtig gehört: Geliebte? Er konnte einfach nicht aufhören, sie zu reizen. In ihrem Gehirn hallte es wider, Geliebte, es schrie ihr dieses Wort zu, das sie auf das Tiefste erniedrigte. In ihr wallte wütende Empörung auf. Wut, verletzte Eitelkeit und auch Enttäuschung brachten ihr Gemüt in wilden Aufruhr. Jetzt verschluckte sie sich auch noch an ihrem Bissen und fing an zu husten. Sie lief rot an, holte ein Taschentuch hervor, erhob sich und ging Richtung Ausgang. »Weißt du, Nicholas, so wichtig, ist mir der Landsitz dann auch wieder nicht. Und wenn ich irgendwann wirklich mal deinen Vater betrügen und die Geliebte eines anderen würde, dann ganz sicher nicht deine, denn du widerst mich an. Auf Wiedersehen! Vielleicht sehen wir uns irgendwann mal wieder.«
Bumm, das hatte gesessen. Nicholas nahm seine Hände und rieb sein Gesicht und schüttelte sich. Nein, so einfach kam sie nicht davon. Sie ist ein richtiges Biest, und kaltblütig ist sie auch. Von dieser Seite hatte er sie noch nicht kennengelernt. Sie ließ sich nicht erpressen. »Julia, warte.«
Sie drehte sich nicht um, sondern lief weiter zum Flur.
»Julia, ich habe dir einen anderen Vorschlag zu machen.«
Jetzt drehte sich Julia um. Sie hatte große Lust, ihn zu erdolchen, aber sie wusste, was für sie auf dem Spiel stand. Mit aller Gewalt wollte sie das Besitztum zurück, koste es, was es wolle. Als Nicholas sah, wie sie ihn zuckersüß anlächelte,

wusste er, sie pokerte mit ihm, aber warum nicht, sie war eine gleichwertige Gegnerin. Sie konnte sich mit ihm messen in jeder Beziehung, besser als ihr Cousin, der Jammerlappen.

»Spielen wir eine Runde Schach. Mein Vater hat mir erzählt, dass du besser spielst als ich, also ist es kein Risiko für dich. Wenn du gewinnst, bekommst du die Urkunde. Wenn ich gewinne, verbringst du diese Nacht mit mir. Ist das ein faires Angebot?«

Ohne lange zu überlegen, sagte sie: »Das hast du gut eingefädelt! Ich akzeptiere, aber vorher möchte ich die Akten sehen.«

Einen Augenblick zögerte Nicholas, dann trat er an einen Sekretär, schloss eine Schublade auf und nahm einen blauen Umschlag heraus. In schwungvoller Schrift stand auf dem Deckel ihr Name. Sie wollte danach greifen, aber er zog die Hand zurück.

»Nicht so schnell, mein Schatz.«

Er legte die Akten zurück, verschloss die Schublade wieder und steckte den Schlüssel in seine Jacke.

Julia senkte den Kopf. Er durfte nicht ahnen, was in ihr vorging. Sie deutete auf das Schachspiel, das auf dem Nebentisch schon bereitstand. »Fangen wir an.«

Neugierig blickte Julia Nicholas an: »Hast du gewusst, dass ich ablehnen würde?«

»Ich habe mir gewünscht, dass du dich genau so nach mir sehnst wie ich nach dir, mein Schätzchen, aber wie gesagt, es war ein Wunsch. Ich wusste, dass du ablehnen würdest. Du darfst den ersten Zug tun.« Geheimnisvoll lächelte er sie an: »Aber ich weiß eigentlich gar nicht, warum dir das Wort Geliebte so missfällt. Im Prinzip ist es für dich doch nichts Neues. Oder wie nennt man eine Frau, die mit einem Mann schläft, bevor sie verheiratet ist? Ach, ich habe vergessen zu sagen, mit einem anderen Mann.«

Keine Sekunde ließ Nicholas Julia aus den Augen. Sie wurde noch einen Ton blasser.

Wegwerfend antwortete sie: »Der Spruch „Ein Gentleman genießt und schweigt" trifft bei dir wohl nicht zu, oder? Außerdem, warum trinkst du denn nichts? Ich habe gehört, du würdest die Leute unter den Tisch saufen und ihnen dann ihr ganzes Hab und Gut abnehmen.«

Dröhnend lachte Nicholas hinaus: »Das ist das Beste, was ich seit Langem gehört habe. Das stammt sicher von deinem Cousin. Weißt du, er kann einem eigentlich leidtun, er sucht immer einen Schuldigen für seine Dummheiten. Sein Problem ist, dass er ein dummer Spieler ist.«

»Und du, was bist du?«

Nachdenklich zog Nicholas seine Stirn in Falten. »Was bin ich, eine gute Frage«, er seufzte kurz auf, »ich bin ein scharfsinniger Spieler, ich riskiere nur das, was ich riskieren möchte. Francis ist ein schwacher Mensch. Man sollte nicht glauben, dass ihr aus derselben Familie stammt. Aber wahrscheinlich sind deine schottischen Vorfahren die willensstarke Rasse.«

Nun war Julia sprachlos. Woher wusste er das schon wieder?

»Du fragst dich sicherlich, woher ich das weiß?« Er lächelte und zuckte seine Schultern. »Wenn dein Cousin zu viel intus hat, dann erzählt er dir sein miserables Leben. Im Suff hat er mir freundschaftlich seine Seele geöffnet und mir seine hoffnungslose Liebe zu dir gestanden.« Er senkte den Kopf. »Vergiss nicht, du bist am Zug.«

Ihre grünen Augen blickten glasklar auf Nicholas. Er sah umwerfend aus. An seinen Schläfen zeigten sich vereinzelt ein paar graue Haare, aber das machte ihn noch anziehender. Wenn er nur nicht so ein Scheißkerl und Draufgänger wäre, dann wäre ihr Leben sicher anders verlaufen. Was dachte sie nur für einen Blödsinn, sie musste sich konzentrieren.

»Meine Liebe, wenn du gewinnen solltest, und so sieht es gerade aus, dann würde ich an deiner Stelle die Hypothek Francis nicht zurückgeben.«

»Warum, wie meinst du das?«

»Bist du so naiv oder tust du nur so? Oder gefällt es dir, als Bittstellerin zu mir zu kommen? Dein Cousin wird bei der nächsten Gelegenheit das Landgut wieder verspielen, und vielleicht bekommst du es dann nicht so billig zurück.«

Julia überlegte. Nicholas hatte recht, daran hatte sie noch gar nicht gedacht.

Er setzte seine Figur in das nächste schwarze Feld und beugte sich zu Julia vor, so als ob er ihr etwas Vertrauliches zu sagen hätte. »Die Frau von Francis kann einem ja auch leidtun, dein verehrter Herr Cousin säuft wie ein Loch und hurt wie ein Matrose. Es gibt kein Strichmädchen, das dein verehrter Cousin noch nicht ausprobiert hat.«

Voller Verachtung rümpfte Julia die Nase. »Das glaube ich dir nicht. Er hat viele Fehler, aber zu den Huren geht er nicht. Hör endlich auf damit, immer nur schlecht von ihm zu reden. Er hat sich mir gegenüber einmal schlecht benommen, aber ich habe ihm verziehen. Das war meine Sache und geht dich nichts an.«

»Oh, wie du ihn verteidigst. Hast du doch etwas für ihn übrig?« Behutsam beugte sich Julia vor. Ihre grünen Augen waren hart wie Stein. »Rede doch kein so dummes Zeug! Wir sind zusammen aufgewachsen und haben ein Verhältnis zueinander wie Bruder und Schwester. Er ist meine Familie, da übersieht man eben ein paar Schwächen.« Unmerklich hatte sich Julias Gesicht verändert. Es wirkte jetzt seltsam ruhig. Sie blickte an Nicholas vorbei und starrte ins Leere und versank in tiefes Schweigen.

Nicholas hätte alles Mögliche gegeben, um zu wissen, was in ihr vorging. Er ließ nicht locker. »Hat dir dein verehrter Cousin auch erzählt, dass er an mich auch ein paar Aktien verloren hat, die er wahrscheinlich seinem Vater aus dem Tresor gestohlen hat?«

Innerlich kochte Julia. Sie spürte den Blick von Nicholas auf sich gerichtet. Sie konnte an seinen Augen deutlich sehen, wie er es genoss, sie zu quälen. Er wollte sie aus der Reserve locken, aber den Gefallen würde sie ihm nicht mehr tun. Das Herz tat ihr weh, sie wollte es nicht glauben, aber ganz tief im Innern wusste sie, dass alles, was Nicholas über Francis erzählte, der Wahrheit entsprach. Vielleicht schaute sie zu sehr in Francis hinein? Sie wollte nur die guten Dinge an ihm sehen. Sie seufzte innerlich, aber was sollte sie tun, sie musste ihn unterstützen, koste es, was es wolle.

Nicholas bewunderte sie. Er griff sie an, verwundete sie, aber sie verzog jetzt keine Miene mehr und saß ganz ruhig in ihrem Sessel. Sie tat so gleichgültig, als würden sie über das Wetter plaudern. Schauspielerin hätte sie werden sollen. »Julia, du musst besser aufpassen. Dieser Zug war ein Fehler, aber du hast immer noch eine Chance zu gewinnen.«

Nicholas beugte sich zu einer braunen Holzkiste, die auf dem Tisch stand, öffnete den Deckel und holte sich eine dicke Zigarre hervor. Er rollte sie zwischen seinen Fingern und schnupperte genüsslich daran.

Julia konnte die Spitze nicht unterdrücken: »Hast du nicht gesagt, dass du viele Schwächen hast, aber rauchen nicht?«

»Habe ich das gesagt? Nun, das war vor einigen Jahren, und seither habe ich mir noch einige zusätzliche Mängel angewöhnt. Übrigens habe ich heute einen wunderschönen Ring gekauft, eine Gelegenheit, die man nicht jeden Tag bekommt. Der Ring ist mindestens das Doppelte von dem wert, was ich dafür bezahlt habe.« Er stand auf und holte aus seinem Sekretär eine kleine Schatulle, öffnete sie und schnalzte mit der Zunge. Ich liebe Edelsteine. »Dieser hat ein Feuer wie nur wenige Stücke. Hast du gewusst, dass die Schönheit eines Edelsteins hauptsächlich von seinen optischen Eigenschaften abhängt: Lichtbrechung, Farbe und Feuer?«

Langsam trat Nicholas zu Julia und hielt ihr das Schmuckstück vor die Nase. »Ist er nicht schön? Er ist wie geschaffen für deine zarte Hand, meinst du nicht auch?« Er nahm den Ring aus dem Kästchen und reichte ihn Julia. »Willst du ihn nicht ausprobieren? Wenn du dich anstrengst und mir heute Nacht alle meine Wünsche erfüllst, schenke ich ihn dir vielleicht.«

Das war zu viel. Julia machte Fäuste und krallte sich die Nägel ins Fleisch.

»Geliebte Julia, ist dein Cousin dir so viel wert, dass du sogar deinen Schmuck für ihn verkaufst?«

Ihre Blicke bohrten sich wie Pfeile ineinander.

»Glaub mir, mein Engel, er wird es dir nie danken.« Genüsslich zündete er sich jetzt die Zigarre an.

Ein heller Blitz erhellte den Raum, ein harter Donnerschlag folgte. Julia schreckte zusammen, schloss die Augen und versuchte, sich zu konzentrieren.

Es fing an zu regnen, zuerst ganz sanft, dann prallte es mit einer Wucht an die Fensterläden, dass sie erzitterten.

Mit zufriedener Miene beobachtete Nicholas die Wassertropfen, wie sie an die Schreiben klatschten. »Der Regen wird meinen Feldern guttun, was meinst du, Julia?«

In Julia brannte es innerlich wie Feuer. Sie hatte sich heute ein zweites Gesicht zugelegt. Den Genuss würde sie ihm nicht gönnen, sie noch einmal schwach zu sehen.

Fast scheu blickte Nicholas auf dieses perplexe Gesicht. Was ging in ihr vor? Fünf Jahre kannte er sie schon. Sie war immer ein Rätsel für ihn gewesen, aber noch nie wie an diesem Abend. Sie hatte in den Jahren ihren Reiz nicht eingebüßt. Er hatte den Wunsch, sich diesen leuchtenden Augen hinzugeben, diesem verführerischen Mund, seinen Körper und sein Herz dieser exzentrischen Frau zu schenken, er begehrte sie in diesem Moment mehr als alles andere auf dieser Welt.

»Julia, du hast nicht aufgepasst, schachmatt, du hast verloren, du hast dich von mir zu sehr ablenken lassen. Ich wusste, wenn ich dich nicht angreife, habe ich bei dir keine Chance zu gewinnen. Willst du jetzt nicht doch deinen Champagner trinken? Er ist der beste, den ich auftreiben konnte.«

Verblüfft blickte Julia auf das Spiel, nahm das Glas und schluckte das Getränk in einem Zug hinunter. Sie zitterte am ganzen Leib. Dunkelrot vor Wut sprang sie auf die Füße, und ihre Selbstbeherrschung war dahin. Er hatte ihr nachspioniert, als sie den Ring zu Mr. Lampert gebracht hatte, oder dieser hatte Nicholas sofort benachrichtigt. Sie presste heraus: »Du bist das größte Scheusal, das mir je begegnet ist.«

Innerlich freute sich Nicholas wie ein Kind. Er konnte es nicht fassen, dass er gewonnen hatte. Er war am Ziel. Er setzte sich tiefer in seinen Sessel und blickte auf sein Opfer. Julia hatte einen gereizten Ausdruck, und ihr Mund war vor Ärger schmal.

»Kann schon sein. Um zu gewinnen, sind mir alle Mittel recht. Julia, du kannst schon ins Schlafzimmer vorgehen, ich komme in fünf Minuten nach, ich gebe dir Zeit, damit du dich für mich schön machst,« sagte Nicholas, so frech und anzüglich wie möglich.

Noch einen Augenblick blieb Julia sitzen und betrachtete die Schachfiguren. Sie fragte sich: Wie konnte das nur passieren? Langsam erhob sie sich, aber Nicholas stand schon hinter ihr, mit einem diabolischen Lächeln griff er nach ihr, legte besitzergreifend seine Arme um ihren Körper, drehte sie um und blickte ihr tief in die Augen. Aber was er sah, gefiel ihm nicht. Er ließ sie los.

Langsam wandte sie sich von Nicholas ab und ging aufrechten Gangs zur Tür hinaus.

Nicholas rief ihr nach: »Das Schlafzimmer ist im ersten Stock. Du wirst es sicher finden, die Tür steht weit offen.«

Wie ein angeschossenes, verwundetes Tier schlich sich Julia die Treppe hinauf.

Nicholas stand da, den Ring in der Hand, den er intensiv betrachtete. Er hatte sie da, wo er sie wollte, sie sollte leiden, genau so, wie er gelitten hatte und eigentlich immer noch litt. Aber sonderbarerweise machte es ihm jetzt keinen Spaß mehr, sie leiden zu sehen. Im Gegenteil, sie tat ihm leid. Was sollte er tun? Ihr folgen, eine unvergessliche Nacht mit ihr verbringen? Aber was kam dann? Stattdessen ging er zum Sekretär, nahm eine Feder, tunkte sie in Tinte, schrieb ein paar Zeilen in seiner spitzen Schrift, zerknüllte das Papier und rieb sich die Augen. Er war müde, unsagbar müde, er brauchte unbedingt Ruhe. Es gab zu viele Probleme. Ärger, wo er hinschaute, und dann noch dieses Weib, das ihn keine Nacht schlafen ließ. Ein paar Tage in einem Kurort mit anderen Menschen wären sicher nicht schlecht. Er nahm seinen Hut und verließ das Haus mit langen und entschlossenen Schritten. Das Spiel war aus. Er hatte alles eingesetzt und doch verloren, das Kapitel war beendet. Er musste seinen Weg gehen ohne Julia. Es gab noch andere Frauen, und wenn es auch nur solche waren für die langen einsamen Nächte.

Unschlüssig stand Julia im Raum, verzog ihren Mund und betrachtete bitter sein Liebesnest, ein Himmelbett, das doppelt so groß war wie das ihre. In der Mitte schlief eine graue

Siamkatze, die sie nicht einmal eines Blickes würdigte. Um die Katze lagen edle chinesische Seidenkissen, daneben befand sich ein geschmackvoller Schlafanzug, schon für die Nacht hergerichtet. Sie nahm ihn in die Hand und schnupperte an ihm. Er roch leicht nach seinem nach Weihrauch duftenden Herrenparfüm. Sie legte den weichen Stoff wieder zusammen, setzte sich aufs Bett und blickte sich neugierig um. Die Wände, die Vorhänge und die Bezüge der Sessel und Stühle waren in zartem Rosa gehalten. Der chinesische Seidenteppich war das Prunkstück in diesem Raum, und vor dem knisternden Marmorkamin lag ein großes Zebrafell. Sie musste sich eingestehen, ihr gefiel dieser Raum, sie könnte sich hier wohlfühlen. Sie stand auf und öffnete eine Tür, sie wurde geblendet.
»Was ist denn das?«, fragte sie laut.
Es war ein großes Bad, mit Mosaiken und kleinen Spiegeln ausgelegt. Das in den Boden eingelassene Badebecken schimmerte azurblau. Für die Wände hatte der Künstler Glasmosaike verwendet, die eine blühende Unterwasserwelt mit Pflanzen, Schnecken und verschiedenen Fischarten zeigten. Der Himmel war eine Kuppel mit tausend kleinen Sternen, die aus Spiegelglas kunstvoll eingesetzt waren. Um die Wanne standen viele brennende Kerzen, sie gaben dem Raum zusätzlich einen märchenhaften Effekt.
Nun kam es Julia zu Bewusstsein. Nicholas hatte wirklich damit gerechnet, dass sie einwilligte. Kannte er sie besser als sie sich selbst? Aber wenn er sich so sicher war, warum kam er dann nicht? Ihr Gesicht erhellte sich. Plötzlich wusste sie, dass er nicht kommen würde, und sie schüttelte erleichtert den Kopf und lächelte. Nein, er würde nicht kommen, sie hatte sich nicht in ihm getäuscht. Vergessen waren die ganzen Spitzen, Sticheleien, Beleidigungen und Anspielungen. Das war

wohl das schönste Geschenk, das er ihr machen konnte. Es war für sie wertvoller als der ganze Besitz. Sie blickte nochmals zurück und seufzte. Das Haus war ruhig, von Nicholas war nichts zu hören. Sie lief leichtfüßig ins Kaminzimmer zurück, griff zu dem Champagnerglas, das wieder gefüllt an seinem Platz stand. Sie schüttelte den Kopf. Dachte er denn wirklich an alles?
Sie ließ ihre Augen umherschweifen, bis sie unter dem Schachbrett den blauen Umschlag entdeckte. Sie nahm ihn in die Hand und öffnete ihn. Da lagen fein säuberlich die vom Notar bestätigten Verträge des Landguts, auf ihren Namen ausgefertigt. Sie war sprachlos. Er hatte das ganze Land auf ihren Namen umschreiben lassen. Daneben lag ein Brief. Sie öffnete das Kuvert, holte das Schreiben hervor und las.

Stiefmutter,

sei nicht so anmaßend und denke, ich gebe dir die Hypothek deinetwegen zurück. Ich gebe sie zurück, weil uns familiäre Bande verbinden. Wie soll ich es sagen, ich bin meinem Vater einen Gefallen schuldig, den bezahle ich eben, indem ich dir dein Erbe zurückgebe.
Ob es mir gefällt oder nicht und du es vielleicht nicht glaubst, die Familie ist mir heilig, und wenn du auch nur meine Stiefmutter bist, versuche ich, dich zu respektieren, obwohl es mir schwerfällt. Als ich dich heute Abend betrachtete, habe ich dich mit einer Edelnutte verglichen. Was sagst du dazu? Darum habe ich mir gedacht, ich verbrenne mir nur die Finger an dir. Nimm es mit Humor und entschuldige bitte, wenn ich dich allein zurücklasse, aber jetzt will ich mich amüsieren mit einer, die ich richtig in die Arme nehmen kann. Bei dir habe ich so meine Bedenken.

Aber vielleicht hole ich mir ein anderes Mal, was du mir schuldest.

Nicholas

Sie begann zu zittern. Das Champagnerglas entglitt ihrer Hand und fiel zu Boden, es zerbrach in tausend Stücke. Geistesabwesend blickte sie auf das Stück Papier. Ihre Augen weiteten sich vor Zorn, und sie spürte, wie ihr das Blut in den Kopf stieg. Sie war wie gelähmt, konnte weder denken noch sich bewegen, aber dann überschlugen sich ihre Gedanken, und sie brach in lautes, hysterisches Lachen aus.
»Mein Gott«, stieß sie aus, »Nicholas, wie ich dich hasse!«
Innerlich musste sie sich zur Ordnung rufen. Was regte sie sich auf? Sie hatte erreicht, was sie wollte, mit welchen Mitteln auch immer, das war egal. Sie setzte sich und nahm noch einen Happen. Seltsam, in solchen Stresssituationen bekam sie immer Hunger.
Was für eine eigenartige Situation. Hier saß sie allein im Hause ihres Exgeliebten. Langsam beruhigte sie sich. Noch ein Schluck wäre sicher nicht schlecht. Sie nahm das leere Glas von Nicholas und füllte es mit dem sprudelnden Getränk. Man könnte sich an das Gesöff gewöhnen. Sie hätte vorher auch Wasser trinken können, sie hätte es nicht bemerkt. Resigniert dachte sie, Nicholas hatte alle Register gezogen, um sie zu verletzen. Langsam sah sie ihn auch wie der Rest der Welt: Er war und blieb einfach ein Bastard. Sie kam einfach nicht darüber hinweg. So ein unverschämtes Schreiben! Sie schwor sich, das würde sie ihm heimzahlen. Was sollte sie nun mit dem angefangenen Abend machen? Sie schaute sich um. Es war falsch, sie allein im Haus zu lassen. Sie würde hier in aller Ruhe ein bisschen herumspionieren, man konnte ja nie wissen,

wofür das gut war. Nicholas stand sicher auf der anderen Straßenseite und wartete, bis sie aus seinem Haus verschwand, aber den Gefallen wollte sie ihm nicht so schnell tun. Boshaft dachte sie, er solle ruhig etwas frieren und nass werden.
Sicher überlegte er sich, was sie wohl so lange in seinem Haus tat. Sie ging zurück ins Schlafzimmer. Da gab es immer Heimlichkeiten. Sie öffnete das Ankleidezimmer. Im Schuhregal standen seine Schuhe, fein säuberlich geputzt in Reih und Glied, und mittendrin ein paar grüne Damenschuhe. Oh, Nicholas, also gibt es doch eine Herzdame für dich. Sie öffnete weitere Schubladen, fand aber nur Kleidung und belanglose Dinge. Es war alles ordentlich an seinem Platz, da, wo es hingehörte. Julia blieb stehen, stutzte kurz, drehte sich um und ging nochmals an den Schuhschrank, holte die Damenschuhe heraus, setzte sich aufs Bett und probierte einen Schuh an. Verwundert schüttelte sie ihren Kopf. Das waren ihre Ballschuhe, die sie in jener verhängnisvollen Nacht getragen hatte. Laut sagte sie vor sich hin: »Nicholas, du bist ein Romantiker mit Bodenhaftung.«
Sie zog den Schuh wieder aus und stellte ihn an seinen Platz zurück. Wie lange war das schon her! Sie rief sich diese Nacht in Erinnerung, und es glitt ein Lächeln über ihr Gesicht. Sie war ein berauschendes, überwältigendes Erlebnis. Nicholas hatte sie in die Liebe eingeführt. Mit Gewalt musste sie sich losreißen. Vorbei ist vorbei, sie durfte nicht an die Vergangenheit denken, die Zukunft war wichtig und nicht das Vergangene.
Nachdenklich blickte sie sich um und öffnete eine Schublade. Darin befand sich eine Kette mit einem Medaillon, in dem eine Miniatur zu sehen war. Julia hielt es näher an ihre Augen. Es war ein hübsches Frauengesicht mit langen, schwarzen Locken. Der wunde Punkt in seinem Leben, seine Mutter. Würde er

jemals diese Tragödie verkraften können? Mit einem tiefen Seufzer legte sie das Schmuckstück an seinen Platz zurück, verließ den Raum und lief zum Wohnzimmer. Die Wände waren mit grüner Wildseide ausgeschlagen, an den Fenstern hingen Vorhänge aus fast demselben Stoff, nur waren darin zusätzlich Silberfäden eingewoben. Ihr Blick fiel auf einen großen Mahagonischrank, der mit seinem Wappen geschmückt war. Sie öffnete die Schranktür, aber es war nur erlesenes Geschirr zu sehen. Nicholas hatte wirklich einen guten Geschmack. Ihr gefiel dieses Haus viel besser als sein erstes, in dem sie alle zusammen nach dem Ausflug Tee getrunken hatten und Elsa wahrscheinlich zum ersten Mal in ihrem Leben einen Schwips hatte. Sie schlenderte weiter und durchquerte das Musikzimmer. Dann stand sie in seinem geheiligten Raum, dem Arbeitszimmer. Auch hier geschmackvolle Antiquitäten, schöne Gemälde und das Wichtigste, viele Bücher. Ein bequem aussehender Stuhl mit einer hohen Lehne stand hinter dem Schreibtisch. Sie konnte es sich nicht verkneifen, sich darauf zu setzen, öffnete eine Schublade nach der anderen, fand aber nichts Interessantes. Auf dem Schreibtisch standen nur Tinte und Schreibzeug. Sie schlenderte in das Kaminzimmer zurück. Richtig, da lag noch die feuchte Feder, die er benutzt hatte, um ihr die geschmacklosen Zeilen zu schreiben. Ihre Augen schweiften im Raum umher. Was suchte sie eigentlich? Sie wusste es nicht, aber ihr Blick blieb am Papierkorb hängen, der neben dem Sekretär stand. Da lag ganz einsam und verlassen ein zusammengeknülltes Stück Papier. Sie zog es heraus, glättete es und legte es auf die Schreibfläche.

Julia,

du verstehst sicher, dass ich dir nicht so einfach die Hypothek in die Hand drücken konnte. Weil ich dich liebe und respektiere, möchte ich nicht, dass du aus Zwang etwas tust, was du nicht möchtest. Ich habe noch nie eine Frau gezwungen, mit mir zu schlafen, und ich werde auch dich nicht zwingen, obwohl es nichts gibt, was ich mir mehr wünsche, als in deinen Armen zu liegen und deinen wundervollen Körper zu spüren und zu streicheln. Du musst dein Wort nicht halten. Ich weiß, du bist eine verheiratete Frau und du würdest mich danach hassen, und das möchte ich nicht.

Nicholas

Julia liefen die Tränen auf das Papier, so dass die Tinte zerfloss. Sie holte den anderen Brief, legte beide Schreiben nebeneinander und betrachtete sie lange. Er liebt mich und er hasst mich; sonderbar, genauso wie ich ihn hasse und liebe. Aber so etwas ist doch nicht möglich! Da musste sie wieder an ihre weise Großmutter denken, die sagte, Hass und Liebe liegen sehr eng zusammen. Nicholas reizte sie. Sie würde mit ihm etwas spielen, um zu sehen, was zuerst zum Vorschein kam, der Hass oder die Liebe. Heute hatte der Hass gesiegt. Sie trat schnell an das Tischchen mit dem Champagnerglas, nahm es in die Hand, betrachtete es kurz und trank es leer. Beim Hinausgehen griff sie nach ihrem Cape und verließ langsam und nachdenklich das Haus. Sie schaute sich nicht mehr um.

Julia konnte nicht schlafen. Sie wälzte sich im Bett hin und her. Es war erst kurz nach zwei Uhr. Sie stand wieder auf und ging prüfend, abwägend und nachdenklich in ihrem Zimmer auf und ab, überlegte und überlegte. Wie konnte sie, ohne Francis und die Familie zu verletzen, das Gut in der Hand behalten? Der Morgen dämmerte. Ihr sonst so hervorragender

Einfallsreichtum war restlos erschöpft, sie hatte alle Möglichkeiten und Unmöglichkeiten erwogen. Plötzlich kam ihr eine Idee. Sie war sich sicher, das war der einzige und der richtige Weg für alle. Sie traf eine Entscheidung, die das Leben von Francis in andere Bahnen lenken würde.

Albert rieb seine Augen, um richtig wach zu werden und um das Gesagte zu verdauen.
»Los, zieh dich an!« Julia warf ihm seine Kleider aufs Bett, die im ganzen Zimmer wahllos herumlagen. »Ich gebe dir die Chance deines Lebens, eine Heimat, Besitz und wenn du willst, eine Frau aus angesehener Familie.«
In Albert kam etwas Leben. »Wann, jetzt gleich soll ich mit Ihnen mitkommen?«
Laut lachte Julia los und zog an seinem Bettlaken. »Kündige dein Zimmer auf, und in zwei Stunden holen wir dich ab.«
»Und was ist mit meiner Arbeit?«
»Überlasse das nur mir, ich werde mit Philip reden.«
Der Dunst lag noch über dem Wasser, als Julia die bescheidene Behausung von Albert verließ. Sie stieg trällernd in die Kutsche ein, streckte den Arm zum Fenster hinaus und klopfte an die Tür. »Zu Mr. Dickens, bitte.«
Philip sah von seinem Büro aus Julia aus der Kutsche steigen und kam ihr freudestrahlend entgegen. »Lady Catterick, wie schön, dass Sie nach so langer Zeit mal nach unserem Geschäft schauen.«
Lachend reichte Julia Philip die Hand. »Ich weiß doch, dass ich den besten Partner habe, den man sich nur wünschen kann!«
Sie traten ins Büro, das erfüllt war mit allerlei Gerüchen, wie kaltem Rauch und frisch zubereitetem Kaffee. Sie krauste die Stirn. Es sah genau so aus, wie sie es in Erinnerung hatte. Es war einfach viel zu klein. Die Ordner stapelten sich auf dem

Fußboden, und an einem Schreibtisch saß derselbe Sekretär wie vor Jahren, der sie freundlich begrüßte.

»Gehen wir in meinen bescheidenen Raum.«

Es war wirklich ein winzig kleines Zimmer, in dem nur der Schreibtisch, ein Stuhl und zwei Aktenschränke Platz hatten.

Gedankenverloren meinte Julia: »Ich hatte ganz vergessen, wie klein der Raum ist.«

Philip stöhnte laut: »Wem sagen Sie das, Lady Catterick, ich suche schon geraume Zeit nach neuen Räumen, aber in dieser Zone gibt es nichts zu mieten.«

»Interessant, aber etwas anderes: Wie hat sich denn Albert bei Ihnen gemacht?«

»Er ist ein guter Junge, aber um es ganz ehrlich zu sein, er gehört aufs Land. Ich glaube, ihm gefällt es hier nicht besonders, dann ist er ein Außenseiter. Er sieht zwar recht gut aus, aber er hat keinen Penny. Die Mädchen, die ihm gefallen würden, wollen jemanden mit Geld, und die anderen, die will er nicht, er ist ziemlich wählerisch.« Er schmunzelte. »Das haben Sie ihm wohl beigebracht?«

Hell lachte Julia hinaus. Philip zeigte mit seiner Hand auf den Stuhl.

»Nehmen Sie doch bitte Platz.« Er selbst lehnte sich an den mit Akten überladenen Schreibtisch.

Julia ließ ihren Blick im Zimmer herumschweifen. Die Flasche Whisky, die sie neben dem Schreibtisch sah, gefiel ihr gar nicht. Seltsam, sie war immer der Meinung, dass Philip jetzt nur noch Wasser trank. Sie konnte nur hoffen, dass er nur gelegentlich einen Drink nahm.

»Ich möchte Albert nach Nice Castle als Verwalter schicken, denn mein Cousin hat kein großes Talent als Landwirt. Darum wollte ich Sie bitten, dass Sie sich nach einem anderen Mitarbeiter umschauen.«

»Das dürfte kein Problem sein.«

Julia studierte das Gesicht von Philip. »Wie läuft es mit Elsa?«

Jetzt leuchteten die Augen von Philip auf. »Bestens, wir wollen in fünf Monaten heiraten. Elsa hat Sie doch sicher zur Hochzeit eingeladen? Wir wollten Sie nämlich bitten, unsere Trauzeugin zu sein.«

»Das freut mich aber wirklich für euch beide. Ich habe immer gewusst, dass ihr wunderbar zusammenpasst. Elsa ist nicht nur meine beste Freundin, sondern auch eine wunderbare Person. Ihr ergänzt euch unübertrefflich. Aber zu Ihrer Frage, mit Freuden bin ich Ihr Trauzeuge, und die andere Frage, nein leider nicht, ich habe Elsa nur zehn Minuten gesehen. Beim Vorbeifahren habe ich geläutet, um sie und ihre Eltern zu begrüßen. Dabei ließen sie es sich nicht nehmen, mich und meine Freunde, zu denen Sie natürlich dazugehören, heute zum Abendessen einzuladen.«

»Das ist nett von Ihnen, vielen Dank. Haben Sie etwas dagegen, wenn ich rauche?«

»Wenn Sie frische Luft hereinlassen, dürfen Sie rauchen.«

Philip beugte sich zum Fenster und öffnete es, dann zündete er sich genüsslich eine Zigarre an.

Julia dachte, das war das erste Anzeichen, dass er ein angesehener Bürger geworden war. »Philip, sind Sie ausgelastet?«

»Was ist das für eine Frage! Habe ich für Sie nicht genug Geld verdient?«

Julia neigte ihren Kopf zur Seite und lächelte ihn geheimnisvoll an. »Oh doch, aber Sie könnten noch mehr Geld verdienen.«

»Da hören aber meine beiden Ohren sehr gut zu, wenn es um Geld geht.«

Grinsend schüttelte Julia den Kopf. »Sie sind komisch. Also, hören Sie zu: Ich werde das leere Grundstück hier in der

Straße kaufen.«

Verdutzt blickte Philip Julia an, bis er begriffen hatte, was sie sagte.

»Du lieber Himmel, Lady Catterick! Wenn Nicholas erfährt, dass Sie ihm die Liegenschaft vor der Nase weggeschnappt haben, wird er einen Tobsuchtsanfall bekommen. Er wird sich rächen, glauben Sie mir. Ich habe ihn kennengelernt, seit ich in dem Geschäft bin, man muss ihn mit Vorsicht genießen.«

Dann räusperte er sich laut. »Er wird uns Probleme machen. Bis jetzt ließ er uns in Ruhe, weil wir für ihn zu unwichtig waren.«

Nachdenklich starrte Julia auf ihre Handschuhe, die sie in der Hand hielt. »Philip, ich fürchte mich nicht vor Nicholas, glauben Sie mir, ich kann es mit ihm aufnehmen. Ich verstehe nicht, warum haben eigentlich alle Angst vor ihm?«

Philip zog an der Zigarre und blies Kringel in die Luft. »Das liegt doch auf der Hand. Er ist vermögend, einflussreich und außerdem der Sohn von Lord Catterick. Er trägt zwar den Namen Dudley seiner Mutter, aber inzwischen wissen doch viele, wer er ist. Außerdem ist er clever. Es gibt kein Geschäft, über das er nicht Bescheid weiß. Er ist tonangebend hier in Dover, und außerdem hat er überall seine Spitzel. Es ist nicht so, dass er mir unsympathisch wäre, im Gegenteil, er hat so viel Charme, dass die Menschen nicht den Wolf im Schafspelz sehen. Sie sind mit ihm jetzt verwandt, und vielleicht schützt sie das etwas. Aber ich, was mache ich?«

»So schlimm, wie Sie ihn hinstellen, ist er auch wieder nicht, man muss ihn nur richtig zu packen wissen.«

»Lady Catterick, man merkt, dass Sie mit ihm noch nicht viel zu tun hatten, sonst könnten Sie nicht so reden. Haben Sie sich schon überlegt, was Sie mit dem Grundstück anfangen möchten? Sie wollen es doch nicht nur als Anlage kaufen, oder?«

»Aber natürlich nicht! Das Geld muss rollen und arbeiten. Meine Idee ist, das größte Bürogebäude von Dover zu bauen. Die Büros, die wir selbst nicht brauchen, werden wir vermieten. Wie gefällt Ihnen der Gedanke, wenn wir als Mieter Nicholas Dudley hätten?«

Er schnalzte mit der Zunge. »Das ist ja total verrückt! Wie wollen Sie das Projekt denn finanzieren?«

»Darin sehe ich kein Problem. Einen Teil habe ich selbst, einen Teil leiht mir die Bank, und für den Rest werde ich Nicholas um einen Mietvorschuss bitten.«

Philip fiel die Zigarre aus dem Mund. Es gab zwei Möglichkeiten: Entweder hatte er die raffinierteste und intelligenteste Frau vor sich, oder aber die naivste. Er tendierte mehr zur ersten Möglichkeit.

»Und wenn mir noch Geld fehlen sollte, leiht mir mein Mann sicher den Rest.«

»Sie haben sich die Sache schon sehr gut zurechtgelegt.«

»Ja, das habe ich, und dazu brauche ich Sie. Kann ich mit Ihnen rechnen?«

Er verneigte sich vor ihr und sagte: »Ich bin Ihr Sklave.«

Julia holte ihre Taschenuhr hervor. »Jetzt muss ich leider gehen, wir sehen uns zum Abendessen. Sprechen Sie bitte vorerst mit niemandem darüber.«

Beide Kutschen kamen gemeinsam zur verabredeten Zeit vor dem großen Grundstück am Hafen an.

Julia stellte Albert als den Verwalter des Guts ihres Onkels vor. Die Tochter von Mr. Williams war ein hübsches blondes Ding. Sie gefiel Julia auf Anhieb, aber alleine der Gedanke, dass Nicholas sie auch besessen hatte, störte sie wahnsinnig und verursachte ihr einen bitteren Geschmack im Mund. Sie

wusste, das Mädchen konnte nicht dafür verantwortlich gemacht werden. Wahrscheinlich war sie auch nur ein Opfer, wie viele. Aber wenn sie ganz ehrlich zu sich war, sah sie selbst sich nicht als Opfer. Sie hatte sich ihm angeboten, und er hatte sie benutzt, aber auch sie hatte ihn benutzt. Hatte sie nicht jede Sekunde mit ihm genossen? Sie stöhnte. Alles alter Nebel von gestern. Es war schon sonderbar. Das Mädchen machte einen noch so unbeholfenen und unschuldigen Eindruck. Julia schüttelte den Kopf. So konnte man sich täuschen.
»Und wie gefällt Ihnen das Grundstück, Lady Catterick?«
Sie überlegte. Es hatte eine ideale Lage, und die Büros müssten sofort zu vermieten sein. In ihrer Fantasie sah sie ein großes, mindestens sechsstöckiges, freundliches, weiß getünchtes Gebäude, modern und nüchtern gehalten, vor sich. »Gut, Mr. Williams, es gefällt mir sehr gut, ich kaufe das Grundstück um den Preis, den Nicholas Dudley Ihnen angeboten hat. Sind Sie damit einverstanden?«
Mr. Williams witterte ein Geschäft, er überlegte blitzschnell. Vielleicht konnte er den Preis noch erhöhen. »Ich muss vielleicht doch noch mit meiner Tante sprechen.«
Scharf sah ihn Julia an und zeigte ihm ihre Perlenzähne. »Ich weiß doch, dass Ihre Tante das Angebot annimmt, das Sie ihr empfehlen, oder?«
Julia grinste innerlich: sie hatte ihn ertappt.
»Müssen Sie nicht noch erst mit Ihrem verehrten Gemahl reden, ob er mit dem Preis einverstanden ist? Ich weiß aus Erfahrung, dass Lord Catterick sehr unangenehm werden kann, wenn Dinge über seinen Kopf entschieden werden.«
Mit einer spöttischen Miene erwiderte sie: »So gut kennen Sie meinen Gemahl. Machen Sie sich keine Sorgen, der Käufer bin ich und nicht mein Mann. Das heißt, dass im Kaufvertrag nur ich erscheine.« Intensiv beobachtete sie Albert. Er unterhielt

sich blendend mit der jungen Dame, und auch sie schien von Albert angetan zu sein. So, jetzt musste sie nur überlegen, wie sie die zwei zusammenführen konnte.

»Mr. Williams, hätten Sie noch ein wenig Zeit? Ich möchte mit Ihnen noch eine andere geschäftliche Angelegenheit besprechen.«

»Ich habe für Sie so viel Zeit, wie Sie wünschen.«

»Sind Sie damit einverstanden, dass Albert mit meiner Kutsche Ihre Tochter nach Hause fährt? Und wir zwei fahren auf einen Kaffee ins Kaffeehaus.« Julia wusste genau, dass im Kaffeehaus keine Frauen zugelassen waren, aber sie musste ihn einfach provozieren und sein verdutztes Gesicht betrachten.

»Aber das geht doch nicht, Lady Catterick!«

»Ja, ich weiß, es war nur ein Spaß. Haben Sie zufällig den Kaufvertrag dabei?«

»Ja, hier in meiner Tasche.«

»Wie wäre es, wenn wir zu meinem Anwalt, Mr. Lampert, fahren?«

»Natürlich, das ist mir recht.«

Albert half Miss Williams in die Kutsche, Verlegen reichte sie ihm die Hand.

Zufrieden schmunzelte Julia. Das war immerhin ein Anfang.

Mr. Williams blickte den beiden mit gemischten Gefühlen nach.

Noch bevor Mr. Williams einen Kommentar über Albert abgeben konnte, sagte Julia: »Albert ist ein außergewöhnlicher Mann, er ist intelligent, fleißig, gut aussehend, verdient gut, und wenn er heiratet, bekommt er ein eigenes Häuschen mit Grund und Boden. Er ist für uns Gold wert, denn seit mein Onkel kränkelt, hat er alleine die Verwaltung für den Gutshof übernommen. Diese Arbeit macht er hervorragend. Glauben Sie mir, er hat eine große Zukunft vor sich.« Sie holte tief Luft.

»Wer Albert mal als Mann bekommt, hat das große Los gewonnen.«

Mit Genugtuung sah Julia, dass Mr. Williams sich Gedanken machte. Genau das war es, was sie erreichen wollte. Eigentlich müsste sie vor Scham in den Boden versinken. Wie konnte man nur so lügen, ohne mit den Wimpern zu zucken! Aber sie fühlte sich nicht schlecht, es war ja schließlich für Albert, ihren treuen Gefährten.

Mr. Williams riss seinen Blick von Albert los und wandte sich wieder Julia zu. »Lady Catterick, was wollten Sie noch mit mir besprechen?«

»Ich habe gehört, dass Nicholas Dudley sehr unangenehm werden kann. Ich möchte nicht, dass Sie Probleme mit ihm bekommen. Berichten Sie ihm doch nur, sie hätten eben die Nachricht von Ihrer Tante bekommen, dass Sie das Grundstück an Lady Catterick verkauft hat. Sie entschuldigen sich tausendmal bei ihm und sagen ihm, dass es Ihnen furchtbar leidtut, aber Sie hätten von den ganzen Verhandlungen nichts gewusst.«

Deutlich konnte man sehen, wie ihm ein Stein von Herzen fiel. »Das ist sehr freundlich von Ihnen. In der Tat wäre es für mich äußerst unangenehm, wenn er bei unserer Bank seine Konten kündigen würde. Oder noch schlimmer, wenn er bei unserer Zentrale in London ein schlechtes Wort über mich fallen lassen würde.«

Nachdenklich fixierte Julia Mr. Williams und nickte. »Das wäre sicher nicht gut für Sie. Ach ja, ich habe mir überlegt, auf diesem Baugrund ein Bürogebäude zu erstellen.«

Die Augen von Mr. Williams fingen an zu leuchten. »Das ist eine gute Idee. Kann ich Ihnen dabei irgendwie behilflich sein? Ich bin hier geboren und kenne hier jeden.«

»Ja, das können Sie in der Tat. Ich möchte bei Ihrer Bank

einen Kredit aufnehmen.«

»Das dürfte kein Problem sein, wenn der Kredit auf Ihren Mann läuft.«

Von der Seite blickte Julia Mr. Williams an und antwortete ihm scharf: »Habe ich Ihnen nicht gerade deutlich erklärt, dass ich das Grundstück auf meinen Namen kaufe, und das Gebäude, das darauf gebaut wird, wird selbstverständlich auch in meinem Namen gebaut. Wenn Sie mir nicht den Kredit auf meinen Namen geben wollen, gehe ich zu einer anderen Bank.«

Verlegen nestelte Mr. Williams in seiner Hosentasche und holte ein weißes Taschentuch hervor. »Verstehen Sie mich nicht falsch, das hat mit Ihnen überhaupt nichts zu tun, aber wir haben bei der Bank Richtlinien, und Sie sind nun einmal eine Frau.«

Julia zog ihre Brauen hoch. »Da sagen Sie mir nichts Neues. Richtlinien sind dazu da, dass man sie übersieht oder übergeht, habe ich nicht recht, Mr. Williams?«

Er schnäuzte laut in sein Taschentuch. Seit er diese Frau kennengelernt hatte, kam er von einem Schweißausbruch in den anderen. Sie brachte ihn völlig aus der Fassung. Sie war ihm immer einen Schritt voraus und hatte für alles eine Antwort. Wie hält das Lord Catterick mit so einer Emanze bloß aus? wunderte er sich.

»Michael Lampert erwartete sie schon. Er führte Julia und Mr. Williams in einen gemütlichen Nebenraum. »Was darf ich Ihnen anbieten, Lady Catterick, auch einen Whisky?«

»Nein danke, aber ein Glas Wasser nehme ich gern.«

Ohne Mr. Williams zu fragen, brachte er ihm einen Whisky und eine Zigarre.

Julia staunte nicht schlecht. Sie spürte, dass er den Bankmenschen einlullen wollte. »Mr. Williams, ich habe gestern noch mit Mr. Lampert über den Kauf und den geplanten Bau gesprochen. Er möchte jetzt gern mit Ihnen den Kaufvertrag durchgehen. Dazu brauchen Sie mich jetzt nicht mehr. Sie wissen ja, wo Sie mich finden können.« Sie stand auf und verabschiedete sich, ergriff den bronzenen Handgriff und wandte sich noch einmal Mr. Lampert zu.

»Ist es möglich, dass Sie für den Ring schon einen Käufer gefunden haben?«

Mr. Lampert nickte bestätigend mit dem Kopf. »Doch, ja, darüber wollte ich mit Ihnen noch reden. Der Käufer hat den Preis sofort akzeptiert, ohne zu handeln.«

Weiß er, wer der Verkäufer ist?«

»Ich habe es ihm nicht gesagt, aber ich glaube, dass der Käufer ahnt, wem der Ring gehört hat.«

»Wunderbar, vielen Dank. Ah, noch etwas, ich hätte es fast vergessen. Mr. Williams, ich würde Sie und selbstverständlich auch Ihre Frau und Ihre reizende Tochter gern zu einem kleinen Abendessen einladen, das zu meinen Ehren veranstaltet wird.«

»Aber gern. Sagen Sie mir wann und wo?«

»Heute Abend, im Hause von Notar Eggleston.«

Jetzt fiel ihm sein Monokel zum zweiten Mal herunter, seit er Julia kannte.

Julia schmunzelte. Sie war sich sicher, den Kredit in der Tasche zu haben.

Elsa wunderte sich über die Zusammenstellung der Gäste, und als ihr Julia auch noch den Sitzplan überreichte, konnte sie sich dann nicht verkneifen zu fragen: »Einen Plan für das Menü hast du nicht gemacht?«

Zuerst blickte Julia irritiert, dann verstand sie und lachte schallend hinaus. »Entschuldige, Elsa, die Macht der Gewohnheit.«

Elsa las die Liste laut vor. »Michael Lampert mit Frau, Mr. Williams mit Frau und Tochter … Neben das Mädchen willst du Albert setzen? Und Philip willst du neben mich setzen.«
Elsa schielte zu Julia. »Das ist aber nett von dir! Und was sehe ich da – Nicholas soll dir gegenüber seinen Platz bekommen, damit du ihn ja den ganzen Abend im Auge hast.«
Sie lachte lauthals hinaus: »Julia, was führst du im Schilde?«
»Elsa, ich bin eine glücklich verheiratete Dame.« Sie küsste Elsa auf die Wange. »In zwei Stunden bin ich wieder da.«

An diesem Abend wollte Julia schön sein. Sie stand vor dem Spiegel und blickte auf das rote Kleid, das auf dem Bett lag. Sie öffnete noch einmal den Schrankkoffer holte ein zart beigefarbenes, mit Gold und Silber durchwobenes Musselinkleid hervor.
Dieses Kleid hatte ihr George aus London als Geschenk mitgebracht. Sie wusste nicht, wie er es geschafft hatte, dass es ihr genau passte. Es war ein Meisterwerk der Kunst, und außerdem brachte es ihre roten Haare voll zur Geltung. Sie hatte nicht mehr viel Zeit. Sie nahm die Spange aus ihrem Schopf, und ihre Haare fielen wie ein langer, weicher Teppich auf ihre Schultern und kringelten sich verspielt.
Es kostete sie Zeit und Mühe, bis sie sich in das enge Kleid gezwängt hatte. Es war für englische Verhältnisse gewagt geschnitten, der Ausschnitt legte den Ansatz ihres Busens frei. Sie drehte sich vor dem Spiegel, und sie war mit sich zufrieden. Sie legte noch ein bisschen Rouge auf, damit ihre Augen noch intensiver leuchteten. Dann holte sie das sagenumwobene Schmuckstück von Francis aus der Schatulle und dachte bei sich: Die Sage hat nichts zu bedeuten, das ist lange her. Sie legte die Kette um den Hals und ließ den Verschluss

zuschnappen.

Lächelnd schritt Julia auf das Haus zu, im Rücken das leise Knistern ihres seidenen Mantels, der über den Boden streifte. Was war mit ihr los? Sie war nervös, denn sie wusste nicht so recht, wie sie Nicholas nach der vergangenen Nacht gegenübertreten sollte.

Bis auf Nicholas waren alle geladenen Gäste da, und es wurde heiß über Politik diskutiert.

Julia stand mit dem Rücken zur Tür, als sie einen stechenden Blick in ihrem Rücken spürte. Sie drehte sich um und sah, wie Nicholas gerade den eleganten Wollmantel abnahm und ihn mit erhabener Geste dem Butler reichte.

Alle Augen richteten sich auf Nicholas und seine Begleiterin.

Wie angewurzelt blieb Julia stehen. Er durchquerte mit gelassenen Schritten den Raum, und das Mädchen trippelte ihm ergeben hinterher. Er blieb vor Elsa und ihren Eltern stehen und begrüßte sie angemessen. Sein Blick suchte Julia, die sich von den anderen losriss und ihm entgegenkam.

»Ich freue mich, dass du dich für das kleine Abendessen freimachen konntest«. Dabei sah sie seine Begleiterin an.

Nicholas ließ Julia nicht aus den Augen. »Darf ich dir eine liebe Freundin vorstellen? Das ist Simone. Du hast sicher nichts dagegen, dass ich sie so unangemeldet mitgebracht habe?«

Julia biss sich auf die Zunge. »Ich denke nicht, dass es ein großes Problem ist, noch ein Gedeck aufzulegen.«

Simone war ungefähr so alt wie sie selbst, hatte ein attraktives Gesicht und einen geschmeidigen und sinnlichen Körper. Julia musste sich zugestehen, die Kleine war eine Wucht. Wo hatte er die schon wieder ausgegraben? Eigentlich hatte sie sich den Abend etwas anders vorgestellt, aber sie machte gute Miene zum bösen Spiel. Sie war zu allen äußerst liebenswürdig, aber hauptsächlich zu Simone. So wollte sie Nicholas zeigen, dass sie auf keinen Fall eifersüchtig war.

Die anderen Gäste hatten sich von ihrer ersten Verblüffung wieder erholt. Es wurde ein süßer Wermut gereicht. Nicholas kam Julia etwas näher und nickte anerkennend. »Hast du dich für mich so schön gemacht?«

Das Gesicht von Julia versteinerte sich. Sie konnte in seinen Augen einen Funken Belustigung erkennen. Er wollte sie provozieren, aber den Gefallen würde sie ihm nicht tun. Ihre Worte klangen sanft, zu sanft für ihren Geschmack.

»Ich muss dich leider enttäuschen, aber der Mann, der mich wirklich interessiert, ist leider heute Abend nicht anwesend.« Sie drehte sich zu seiner bezaubernden Begleiterin um und zeigte ihm ihre nackten Schultern. »Miss Simone, was haben Sie doch für ein bezauberndes Kleid, bei Gelegenheit müssen Sie mir Ihren Schneider nennen.«

Die junge Frau ging sofort auf das Gespräch ein. Sie war froh, dass man sie überhaupt beachtete.

Bei sich dachte Julia, die Kleine kann ja nichts dafür und weiß sicher nicht, was sich zwischen Nicholas und ihr abspielte.

Unverwandt starrte Nicholas auf den tiefen Ausschnitt. Plötzlich fühlte sich Julia nicht mehr so wohl. Jetzt ärgerte sie sich sogar, dass sie ihn eingeladen hatte. Eigentlich hätte sie sich ja denken können, dass er sie provozieren würde. Sie suchte sein Gesicht. Er wirkte sonderbar abwesend. Julia atmete tief und langsam. Sie schwor sich in diesem Moment, sie würde ihm die Stirn bieten, was auch kommen mochte. Es war ihr Abend, und sie würde ihn genießen.

Es wurde am Tisch Platz genommen. Michael Lampert, erkundigte sich laut bei Julia nach ihrem Gemahl.

Nicholas hörte mit und drehte sich Julia interessiert zu.

»George geht es wunderbar. Er ist so ein wundervoller Vater, dass er es vorzog, bei Roger zu bleiben. Er meint, in diesem zarten Alter kann man ein Kind nicht allein dem Personal überlassen.« Julias Augen leuchteten auf, und sie blickte Nicholas an, als sie fortfuhr: »Ich bin ja so glücklich mit ihm, ich könnte mir wirklich keinen besseren Ehepartner vorstellen, und ich bin heute sogar überzeugt, dass Männer erst in einem gewissen Alter die Reife für eine Familie mitbringen. Was meinen Sie?«

Jetzt kam eine große Diskussion in Schwung, die Frauen gaben ihr recht, die Männer, wie konnte es auch anders sein, waren mehr vom Gegenteil überzeugt.

Die Stimme von Nicholas nahm einen metallischen Klang an, als er Julia fragte: »Warum meinst du, dass ältere Männer bessere Ehemänner wären als junge?« Die Bitterkeit in seiner Stimme entging Julia nicht.

»Ganz einfach, sie bringen mehr Verantwortungsgefühl für ihre Familie mit, sie haben dann nur noch Augen für ihre Lebensgefährtin und müssen nicht mehr jedem Weibsbild nachstellen. Es ist zwar verpönt, darüber zu reden, aber jede Frau denkt es und keine getraut sich, es auszusprechen. Wir wissen es nicht, aber ahnen es doch, wie viele Männer fremdgehen, und wenn es nur mit der Hausangestellten ist. Um die Kinder kümmern sie sich im Allgemeinen überhaupt nicht, diese Probleme werden der Frau und dem Personal aufgebürdet.« Julia fuhr „Schlittschuhe", sie spürte, dass die Männer betreten wegschauten, aber die Frauen nickten eifrig.

»Vielleicht hast du recht«, sagte Nicholas zu Julias Erstaunen.

»Aber meinst du nicht auch, dass manche Frauen selbst Schuld haben, wenn ihr Mann fremdgeht?«

Bevor Julia antworten konnte, mischte sich Elsa ein. Ihr war das ganze Gespräch peinlich, sie wollte es in eine andere Richtung lenken. »Was meinen Sie, wenn jeder am Tisch eine Geschichte erzählt, ich fange damit an. Es ist eine Anekdote, in der nicht ich die Hauptperson spiele, sondern Julia.« Sie zwinkerte Julia zu.

»Meine liebe Freundin hat ein Gespür für Tiere, wie sie nur wenige Menschen haben. Sie ist eine begnadete Reiterin, aber mit sieben Jahren war sie eben auch noch nicht so toll wie heute. Wir hatten uns vorgenommen auszureiten, und uns wurden zwei lahme Gäule gesattelt. Der Stallbusche sollte mitreiten, der Junge war aber nicht auffindbar. Julia blickte nur schräg den Schimmel an, den sie reiten sollte. Dann ging sie in den Stall und stellte sich vor einen feurigen Hengst, der an einer Säule angebunden war. Sie wollte ihn streicheln, aber er schnappte sofort nach ihr. Er war noch sehr jung und nicht komplett zugeritten. Das heißt, an einen Sattel war er noch nicht gewöhnt. Sie nahm den Sattel vom Schimmel und wollte damit den Hengst satteln, der zunächst ganz ruhig dastand, aber als er den Sattel sah, änderte sich die Lage. Sofort spürte sie, dass er den Sattel nicht mochte, und so lockte sie ihn mit einer Mohrrübe, nach der er auch sofort schnappte. Julia band ihn los und ging mit ihm vor den Stall. Irgendwie schaffte sie es auch aufzusteigen, ich betone, ohne Sattel. Das Pferd gebärdete sich fürchterlich, sie hielt sich aber standhaft an seiner Mähne fest. Plötzlich galoppierte es wie ein Blitz davon. Nach zehn Minuten ungefähr kamen sie zusammen ganz langsam zurück. Das Pferd war ungewöhnlich ruhig und gelassen. Ich kann mich genau erinnern, als ob es gestern gewesen wäre.«

Elsa fing an zu lachen. »Es war einfach zu komisch, Julia strahlte und hatte einen siegessicheren Ausdruck im Gesicht, als das Pferd plötzlich einen Satz in Richtung Misthaufen machte.«

Ihre Mundwinkel zuckten vor Begeisterung über das, was sie jetzt sagen würde. Alle Augen waren erwartungsvoll auf Julia gerichtet.

»Er warf Julia genau in den dampfenden Mist.«
Gelächter brach los, den Gästen liefen Tränen vor Lachen über die Wangen. Sie machten alle Scherze auf Julias Kosten, aber sie nahm es mit Humor und lachte mit.
Simone verzog keine Miene. Sie fragte laut. »Ist Reiten denn so schwierig?«
Julia lag schon eine Frechheit auf ihrer Zunge, aber als sie zu Nicholas schielte, biss sie sich auf die Lippen. Er wartete nur auf eine abfällige Meinung von ihr, darum lächelte sie Simone zuckersüß an. »Sind Sie noch nie auf einem Pferd gesessen?«
»Nein, meine Eltern hatten keine Pferde, aber ich würde es vielleicht gern lernen.«
»Wie soll ich es Ihnen erklären?« Julia fasste an ihr ungewöhnliches Schmuckstück, das sie um den Hals trug, sie würde jetzt ihre ganze Diplomatie einsetzen. »Grundsätzlich ist im Leben nichts schwer, wenn man innerlich bereit ist, etwas zu lernen. So ist es mit dem Reiten und auch mit anderen Dingen im Leben.«
»Aber Miss Elsa hat gesagt, Sie haben ein spezielles Händchen für Pferde?«
»Nun, wenn man eine Begabung hat, heißt das nur, dieser Mensch ist für manche Dinge besser geeignet als andere Menschen. Aber grundsätzlich, wenn Sie reiten lernen wollen, ist es möglich.«
Jetzt wurde Simone von den anderen ausgefragt.
Julia hielt sich zurück. Sie dachte sich, sie würde es den anderen überlassen, sie ins Messer laufen zu lassen.
Es wurde teilweise so unangenehm, dass Nicholas eingriff.
Je weiter der Abend fortschritt, desto mehr fühlte sie die Blicke von Nicholas wie Nadeln auf ihrem Körper. Sie dachte an ihre unvergesslichen Nächte, schloss die Augen, fühlte seine Hände und überlegte kurz, was sie tun würde, wenn sie die

Möglichkeit bekäme, mit ihm durchzubrennen. Sie war sich in diesem Moment nicht sicher. Für ihr Seelenleben war es nicht gut, Nicholas zu oft zu sehen, denn er war wie eine Droge für sie und führte sie in Versuchung.

Es war ein gelungener Abend. Beim Abschied berührte Julia ihn leicht am Arm. »Nicholas, kann ich dich morgen nochmals kurz aufsuchen?« Sie fügte hastig hinzu: »Geschäftlich natürlich.«

Er blickte sie gespielt überrascht an. »Natürlich geschäftlich, ich habe bei dir nichts anderes erwartet, obwohl bei uns beiden nichts dabei wäre, wenn wir uns zum Kaffeeklatsch treffen und über die Familie plaudern würden. Ich bin ab zehn Uhr in meinem Büro, ich erwarte dich dann.« Er nahm galant ihre Hand, strich mit seinem Zeigefinger über ihren Handrücken und hauchte einen unaussprechlich weichen Kuss darauf, so dass es Julia kalt den Rücken hinunterlief.

Punkt zehn Uhr war Julia in seinem Büro, aber Nicholas war noch nicht da.

Nachdem Nicholas einen Tag zuvor sein Missvergnügen über Julia lautstark seinem Personal verkündet hatte, wusste jeder, dass sie Nicholas das Grundstück vor der Nase weggeschnappt hatte. Darum wurde sie mit äußerstem Interesse und Neugierde betrachtet. Mit größtem Respekt wurde sie sofort in Nicholas' Büro geführt.

Julia ließ ihren Blick durch den Raum schweifen und setzte sich steif auf einen harten Stuhl mit einer unbequemen, geraden Lehne, der vor einem kleinen runden Tisch stand. Keine fünf Minuten später hatte sie eine Kanne frisch zubereiteten Tee mit süßen Keksen vor sich stehen. Das Büro war hell und hatte ungewöhnlich große Panoramafenster. Der Blick auf das blaue Meer war wie ein Breitwandgemälde. Die

Türe war angelehnt, so dass sie jedes Wort verstehen konnte.
»So habe ich mir Lady Catterick wirklich nicht vorgestellt. So wie er sie uns schilderte, dachte ich, sie wäre eine alte Tunte, aber sie ist ja viel jünger als unser Chef.«
»Es wurde mir erzählt, dass sie mit ihm verwandt ist, kann das sein?«
»Ich glaube schon, ich habe gehört, sie soll seine Stiefmutter sein.«
Jetzt fingen beide an zu lachen.
Julia stand auf und stellte sich neben die Tür, um besser hören zu können. Sie stand ganz still und wagte sich nicht zu bewegen.
»Meinst du, er sagt Stiefmutter zu ihr?«
Das Gelächter wurde anzüglicher.
»Aber endlich mal eine, die unserem großen Chef die Stirn bietet. Das hat sich hier in der Stadt ja noch niemand getraut. Toll, einfach toll.«
Die Stimmen wurden etwas gedämpfter. »Es wäre um mich geschehen, wenn ich an so eine Rothaarige geraten würde. Warum läuft mir eigentlich nie so ein Weibsbild über den Weg? Die ist bestimmt eine Wucht im Bett!«
»Du hast eine viel zu dicke Nase! So eine Frau würde dich nie anschauen. Da musst du schon mit deiner gemütlichen Emma vorlieb nehmen.«
»Sei nicht so frech, deine Olle ist auch nicht besser.«
Die zwei Stimmen waren schlagartig still, als eine Tür geöffnet wurde.
Schnell setzte sich Julia wieder auf den Stuhl und versuchte, einen unschuldigen Gesichtsausdruck zu machen. Sie holte ihre Taschenuhr hervor. Es war zehn Uhr dreißig. Sie behielt die Uhr provokativ in der Hand, als Nicholas gemütlich hereinspazierte.

Erstaunt sagte er: »Dich hatte ich total vergessen. Ich sehe, du hast dich schon häuslich eingerichtet.« Er ging an Julia vorbei, ohne ihr die Hand zu reichen, und ließ sich auf seinen lederbezogenen Stuhl fallen. »Was kann ich für dich tun?«
»Du hast doch sicherlich schon gehört, dass ich das Grundstück hier an der Straße gekauft habe?« Dabei studierte Julia aufmerksam sein Gesicht, aber seine Miene verriet nichts. Statt zu antworten, fragte Nicholas: »Hast du nicht gut geschlafen? Du siehst aus, als ob du Albträume gehabt hättest. Du hast doch nicht etwa von mir geträumt, mein Engel?«
Das war eine freche Lüge. Sie hatte sich heute Morgen auf das Sorgfältigste zurechtgemacht, und die dunklen Augenringe, die sie wirklich hatte, waren weggeschminkt. »Nicholas, darf ich dich bitten, sachlich zu bleiben, ich sage zu dir ja auch nicht, dass deine Streifenhose nicht zu deinem Hemd passt.«
Er lachte. »Du hast recht. Um deine Frage zu beantworten, ich habe es leider viel zu spät erfahren.« Nachdenklich betrachtete er seine Hände. »Hast du nicht gewusst, dass ich mich schon seit Jahren um das Grundstück bemühe?«
Julia schwieg kurz verlegen, bevor sie antwortete. »Aber Nicholas, das ist das Erste, was ich höre. Das tut mir aber leid, wenn ich das gewusst hätte, dann hätte ich natürlich dir den Vorrang gegeben.« Diese Worte sagte sie so scheinheilig, dass sie über sich selbst überrascht war.
»Das glaube ich dir zwar nicht, aber was soll's, ich kann es jetzt sowieso nicht mehr ändern. Meinen Glückwunsch, ein guter Kauf.«
»Ich möchte ein Bürogebäude darauf bauen.«
»Und was habe ich damit zu tun?«
»Nichts, aber ich habe gehört, dass dir deine Räume zu eng geworden sind, und so will ich dir ein oder zwei Stockwerke zum Mieten anbieten. Du als mein Verwandter hast natürlich

Vorrang vor allen.«

Nicholas' Augen hatten sich schwarz gefärbt. Er dachte bei sich, wie schon so oft, sie hätte beim Theater sicher großen Erfolg, sie war eine perfekte Schauspielerin. Seine Augen hefteten sich an ihren Körper und blieben an ihrem Busen hängen. Wie gerne würde er ihre Bluse jetzt öffnen, ihre zarte, weiße Haut streicheln … War er denn verrückt?

»Sehr freundlich von dir, aber fang doch zuerst mit deinem Bau an, dann können wir noch einmal darüber reden.«

Julia versuchte, ihn in ihren Bann zu ziehen. »Weißt du, ich habe mir gedacht, dass wir jetzt schon einen Mietvertrag machen könnten, und du gibst mir eine Mietvorauszahlung.« Sie stand auf und ging zum Fenster. »Du hast einen wunderbaren Ausblick direkt aufs Meer. Ich habe mir überlegt, solche Fenster wären eine hervorragende Ausstattung, wenn ich sie in das Gebäude einbauen ließe, was meinst du?«

»Das ist deine Angelegenheit«, erwiderte er trocken.

»Ja, es ist meine Angelegenheit. Nicholas, du kennst doch sicher den Architekten John Soane?«

»Doch, ich habe schon von ihm gehört. In den letzten Jahren wurde er oft in der Zeitung erwähnt. Wenn ich mich nicht täusche, baute er die Bank of England in London.«

Voller Begeisterung sagte Julia: »Richtig, ist er nicht fantastisch? Seit fast vierzig Jahren arbeitet er daran, und sie ist immer noch nicht fertig. Es ist eine Bank mitten in der Stadt, mit Räumen, deren Kuppeln als Lichtquellen dienen und deren Ausstattung an die Bäder im alten Rom erinnert, mit Gärten, Innenhöfen, Triumphbögen und festungsähnlichen Mauern. Es wird gesagt, er ist der Meister des Lichts. Und weißt du auch, dass sie Lost City heißt?«

Ungläubig betrachtete er Julia. »Du denkst doch nicht, dass er dir dein Bürohaus baut?«

Wie ein Kind freute sich Julia. »Doch, Nicholas, das denke ich. Als ich vor einem Jahr das erste Mal seine Arbeiten besichtigte, war ich total begeistert. Ich habe mir damals schon gesagt, wenn ich jemals bauen würde, dann würde nur er mein Architekt sein. Ich habe über John Soane alles herausgefunden. Er wurde 1752 in der Nähe von Reading geboren als der jüngste von sieben Söhnen eines Maurers. Stell dir vor, als Fünfzehnjähriger arbeitete er bereits, um sich sein Brot zu verdienen, als Arbeiter auf Baustellen, und dann hatte er ein wahnsinniges Glück. Einem Londoner Architekten fielen die Talente des Jungen auf, und er nahm ihn mit nach London und förderte ihn. So war John Soane einer der ersten Architekten, der an der Royal Academy studierte. Dort gewann er 1776 mit dem Modell für eine Triumphbrücke die Goldmedaille und damit ein Stipendium für eine Italienreise.«

Julia sah, dass Nicholas gelangweilt zum Fenster hinausblickte. »Das interessiert dich wohl nicht? Ich hatte mir nur gedacht, dass ich dich dann eher animieren kann, meinem Vorschlag zuzustimmen, wenn du weißt, was für ein großer Mann das Gebäude bauen wird.«

»Ich glaube nicht, dass du diesen großen Magier dazu bewegen kannst, dein kleines, unbedeutendes Bürogebäude zu bauen.«

Julia schaute auf ihren Ring, drehte ihn ein paar Mal hin und her, und auf einmal leuchteten ihre Augen auf. »Unterschreibst du mir einen Mietvertrag von, sagen wir mal, zwei Jahren, wenn ich John Soane überreden kann, mein Architekt zu werden?«

Nicholas brauchte Zeit, um zu verdauen, was er gehört hatte, dann fing er schallend an, zu lachen. Er stand auf und stellte sich hinter Julia. »Wenn du meinst, weil ich mich vor zwei Tagen so großzügig gezeigte habe, so heißt das noch lange nicht, dass ich ein Trottel bin.« Dann setzte er laut und geschmacklos sein Lachen fort.

Schnell drehte sie sich ihm zu, starrte Nicholas eisig an und wartete, bis er aufhörte, seine Lachmuskeln zu bewegen. »Ist das so lustig?«

»Ja, das ist lustig, das ist wohl der beste Witz, den ich je gehört habe. Mein Vater gibt dir wohl nicht genug Geld, um das Projekt zu finanzieren? Und außerdem möchte ich mit dir keine Geschäfte machen, ich habe bei dir immer das Gefühl, dass ich mir an dir die Finger verbrenne.«

»Du wiederholst dich, das hast du mir schon einmal mitgeteilt. Wollten wir nicht sachlich bleiben?«

»Was soll das jetzt wieder heißen?«

»Ja oder nein?«

»Solche dubiosen Geschäfte mache ich normalerweise nicht.«

»Nicholas, überlege es dir gut. Wenn du mir jetzt nicht zusagst, werde ich mir andere Mieter suchen. Wie du ja weißt, gibt es in dieser Zone so gut wie nichts zum Kaufen oder zum Mieten. Aber wie ich dir schon sagte, ziehe ich dich natürlich als Mieter vor.«

Nicholas schüttelte den Kopf. »Ist dir das Ganze nicht eine Nummer zu groß? Was verstehst du denn vom Bauen und überhaupt von Geschäften?«

»Ich habe dir doch gesagt, wer den Bau in die Hand nehmen wird.«

Ein Anflug von Verärgerung huschte über Nicholas' Gesicht. »Julia, du bist wahnsinnig von dir eingenommen. Mich würde wirklich interessieren, was du damit bezwecken willst. Du lebst mit meinem Vater und deinem Sohn ganz schön weit entfernt. Lass dir gesagt sein, Geschäfte laufen nur, wenn man da zusieht, auch wenn du noch so einen berühmten Architekten verpflichtest. Er wird nicht die ganze Zeit hier in Dover sein, das wird schon gar nicht die Bank in London erlauben. Er macht dir deine Pläne und wird einen Bauleiter mit der Ausführung beauftragen. Aber trotzdem schleichen sich viele Fehler ein, und die musst du bezahlen, wenn du nicht dabei bist. Glaub mir, das Glück, das du mit Philip hattest, wirst du nicht ein zweites Mal haben, ich spreche aus Erfahrung. Aber wie du schon sagtest, weil du ein Familienmitglied bist, werde ich nachdenken und es mir durch den Kopf gehen lassen. Ich gebe dir in den nächsten Tagen Bescheid. Dann musst du mir in einer gemütlichen Stunde auch verraten, wie du die Alte überredet hast, dir und nicht mir das Grundstück zu verkaufen.« Nur am Vibrieren seiner Stimme war zu erkennen, was im Innersten von Nicholas vorging.

»Ach Nicholas, vielleicht hat sie es mir nur verkauft, weil ich eine Frau bin, ist das nicht möglich?«, antwortete Julia mit einem diabolischen Lächeln.

Sarkastisch erwiderte Nicholas: »Julia, du hättest mich heiraten sollen. Wir zwei hätten ein tolles Gespann abgegeben, so kaltblütig, wie du bist. Du lügst, ohne rot zu werden, aber glaube mir, ich werde dahinterkommen.« Immer noch stand Nicholas vor Julia. »Was würdest du tun, wenn ich dich jetzt küssen würde?«

Julia drehte sich wieder zum Fenster. »Nicholas, warum quälst du uns? Es ist vorbei, ich bin eine verheiratete Frau, lass uns Freunde sein, bitte.«

Er nahm eine Locke ihres Haars in seine Hand und roch daran. »Julia, du hast dich verändert, ich habe mich verändert, genau wie die Wellen des Ozeans, die sich ständig verändern. Außerdem bin ich ein schlechter Verlierer, der so lauwarme Kompromisse nicht gelten lässt.«

Dabei hob er beide Hände, als wollte er sie anfassen, aber dann ließ er sie wieder sinken, wandte sich um und setzte sich hinter seinen Schreibtisch. Er zog scharf seinen Atem ein, dann sagte

er. »Ich werde unseren gemeinsamen Anwalt benachrichtigen lassen, wie ich mich entscheide. Du brauchst dich also nicht mehr herzubemühen. Auf Wiedersehen, und grüße meinen Vater.«
Schwer schluckte Julia. »Heißt das, dass du meine Freundschaft zurückweist? Du ziehst vor, dass wir Feinde werden?« Abrupt drehte sie sich um. »Das kannst du haben!«
Sie riss die Tür auf und verließ mit hochrotem Kopf das Büro. Ihre Schritte hallten Nicholas noch Stunden im Ohr. Er dachte, das hätte er nicht sagen sollen, aber jetzt war es zu spät, das würde sie ihm nicht verzeihen.

Den Vertrag ging Julia Blatt für Blatt durch. Von einer Minute zur anderen wurde sie blasser, blickte auf das Papier, ihre Augen weiteten sich. Sie konnte einfach nicht glauben, was sie las.
»Bastard!«, stieß sie hervor. »Dieser elende Mistkerl, der weiß wahrscheinlich nicht, mit wem er es zu tun hat. Mr. Lampert, haben Sie ihm diesen gemeinen Vertrag aufgesetzt?«
Entrüstet zog er seine Brauen hoch. »Lady Catterick, für wen halten Sie mich? Seit Sie mit mir arbeiten, hat sich Nicholas etwas zurückgezogen. Diesen Vertrag hat er mir heute früh ins Büro bringen lassen.«
»Und was sagen Sie dazu?«
»Dasselbe wie Sie. Wenn Sie eine andere Möglichkeit haben, das Geld aufzubringen, verzichten Sie darauf, mit Mr. Nicholas Geschäfte zu machen. Sie erinnern sich, Lady Catterick, ich habe Sie am Anfang gewarnt: wehe, Nicholas hat jemanden auf dem Kieker.« Dabei konnte er ein Grinsen nicht unterdrücken.
Missmutig starrte sie ihn an. »Wollen Sie mir andeuten, dass Nicholas mich im Visier hat? Ist es das, was Sie sagen wollen?«
Er räusperte sich. »Nun ja, das wollte ich sagen. Was haben Sie

ihm denn getan, außer dass Sie seinen Vater geheiratet haben? Oder ist es gerade das, was ihn stört?«
Mit einer wegwerfenden Geste antwortete sie: »Ich habe ihm nichts getan. Sagen Sie mir lieber, was ich tun soll. Um die Wahrheit zu sagen, ich habe fest mit seinem Geld gerechnet.«
Nachdenklich neigte Mr. Lampert seinen Kopf näher zu Julia.
»Wenn das so ist, würde ich Ihnen vorschlagen, Sie gehen zu Nicholas und sprechen mit ihm. Ich habe das Gefühl, er will mit Ihnen Katz und Maus spielen.«
Ergeben zuckte Julia die Schultern. »Ja, das glaube ich auch, aber es wird sich noch herausstellen, wer der Jäger und wer das Wild ist.« Julia erhob sich. »Mr. Lampert, Sie hören von mir.«
Auf dem Weg zu Nicholas überlegte sie krampfhaft, wie sie ihn um den Finger wickeln könnte. Innerlich kochte sie. Am liebsten würde sie ihm den Vertrag vor die Füße werfen und ihn zum Teufel schicken, aber sie wusste, dass sie ihn brauchte. Julia ließ sich dreimal um den Block fahren und überlegte. Nicholas will mich demütigen, er will sich rächen. Was erwartete er, was sie tun würde? Genau das durfte sie nicht tun. Sie versuchte sich in Nicholas hineinzuversetzen. Er erwartete, dass sie wutentbrannt in sein Büro stürmen würde. Er würde sie auslachen und selbst den Vertrag zerreißen. Und mit eisigem Lächeln würde er ihr antworten: „Du brauchst mich, so wirst du nach meiner Pfeife tanzen oder gar nicht." Aber um genau das zu vermeiden, würde sie zuerst nach Nice Castle fahren und sich alles in Ruhe durch den Kopf gehen lassen. Außerdem musste sie zuerst noch nach London, um den Architekten zu überzeugen, für sie zu arbeiten. Und das waren mindestens drei bis vier Wochen. Sollte er ruhig denken, dass sie vielleicht einen anderen Geldgeber gefunden hatte, dann konnte er zittern, dass sie, Julia, ihm die Räume vielleicht gar nicht mehr vermieten wollte. Sie würde ihn vorerst im

Ungewissen lassen. Genau das würde ihre Taktik sein.
»Daniel, wir fahren nach Nice Castle.«

15. Kapitel

Julia nahm Francis am Arm. »Ich muss mich mit dir allein unterhalten.«
Er blickte sich um. Annabelle unterhielt sich mit Lady Beatrice, schielte aber immer mit einem Auge zu ihm hinüber. Seit Julia wieder hier war, behütete sie Francis wie ihren Augapfel.
Leise flüsterte er Julia ins Ohr: »Gehen wir ins Gewächshaus, dort gibt es ein lauschiges Plätzchen für stille Gedanken und zarte Träume.«
Sie traten in das relativ große Gewächshaus.
Julia machte große Augen. »Wie im Garten Eden! Ich hatte ganz vergessen, was für eine wunderbare Gärtnerin deine Mutter ist.«
»Kannst du dich nicht an ihren Spruch erinnern? „Narren hasten, Kluge warten, Weise gehen ins Gewächshaus."«
»Nein, kann ich mich nicht erinnern, aber ich verstehe schon, was man damit sagen möchte. Lady Beatrice holte hier ihre Kraft für die täglichen Probleme. Sie hatte hier eine Flora hineingezaubert, so könnte ich mir die sagenumwobenen Hängenden Gärten der Semiramis vorstellen, die leider mit Babylon untergegangen sind.«
»Ja, es ist ein Jungbrunnen für meine Mutter, sie hat sich hier ein lauschiges Plätzchen geschaffen. Sie holt sich hier Inspiration und Ruhe, damit sie ihre Familie weiter aushalten kann.«
Julia legte ihre Stirn in Falten. »Ist es denn so schlimm?«
Verzagt lachte Francis. »Du siehst in dieser Umgebung aus wie eine Elfe.«

»Lassen wir die Komplimente«, sagte Julia etwas barsch, »ich habe dich was gefragt.«

Als er immer noch den fragenden Blick von Julia sah, antwortete er: »Ja, manchmal ist es schlimm.«

Gedankenverloren gingen sie bis in die Mitte des Glashauses. Da stand ein kleiner runder Tisch für zwei Personen. Sie setzten sich hin.

»Meine Mutter hat vor ein paar Jahren von einem Mönch erzählt, dem sie irgendwie geholfen hatte, und zum Dank schenkte er ihr ein altes Buch, das heißt „Mondkalender". Hast du davon schon mal gehört?«

»Aber sicher, nach der Methode pflanzen wir heute noch an. Bei Voll- oder Neumond zum Beispiel soll weder gesät noch gepflanzt werden. Nimmt er ab, kommen Wurzeln und Knollengemüse in den Boden. In der Zeit muss auch geschnitten werden, und zunehmender Mond ist Pflanzzeit für Blatt- und Fruchtgemüse und hervorragend zum Mähen, wenn das Gras schön dicht wachsen soll.«

Francis schüttelte den Kopf. »Hat das mein Vater auch immer befolgt?«

»Du bist gut, von deinem Vater habe ich doch alles gelernt.«

Hilflos zuckte Francis mit den Schultern. »Es ist für mich demütigend zu sagen, aber ich bin wahrscheinlich der schlechteste Bauer auf Gottes Erden.«

»Ach, Francis, stell dein Licht nicht so unter den Scheffel,« schmeichelte Julia. »Aber hör zu, was ich mit dir besprechen wollte. Ich habe Albert mitgebracht, damit er hier als Verwalter arbeitet. Du weißt, er ist hier aufgewachsen. Dein Vater hatte uns beide sehr gut unterrichtet«, sagte sie augenzwinkernd. »Außerdem hat er sehr viel auf Nice Castle gelernt.«

»Was nützt mir ein Verwalter, wenn mir nichts mehr gehört?« Er fuhr sich nervös durch die Haare.

»Auf das wollte ich gerade kommen. Ich habe mit Nicholas gesprochen. Er rückt die Hypothek nicht heraus, aber es steht dir zu, die Domäne wie vorher zu verwalten, und deine Eltern können bis an ihr Lebensende hier wohnen bleiben. Nicholas gibt dir die Möglichkeit, das Land zum üblichen Schätzwert in den nächsten Jahren zurückzukaufen.«
Sichtbar erleichtert atmete Francis auf. »Du bist ein Engel, das ist mehr, als ich mir erträumt habe, ich bin dir ja so dankbar.«
»Lass die Floskeln, ich bin noch nicht fertig. Das Geld, das du benötigst, damit du den Besitz überhaupt noch halten kannst, strecke ich dir vor.«
Francis setzte an, etwas zu sagen.
Mit ihrem Zeigefinger schloss Julia den Mund von Francis. »Unterbrich mich doch nicht immer, jetzt kommt überhaupt das Wichtigste. Ich habe mir viele Gedanken über dich und deine Ehe gemacht. Wie du selbst sagst, bist du nicht fürs Landleben geschaffen.« Julia fasste Francis scharf ins Auge, bevor sie weitersprach. »Würde es dich vielleicht interessieren, für die East India Company zu arbeiten?«
Interessiert starrte Francis Julia an, unterbrach sie aber dieses Mal nicht.
»Du hast doch sicher schon davon gehört?«
Er grinste breit, als er sagte: »Julia, nicht in allem bin ich unwissend. Du weißt, ich war Jahre auf See, und darüber weiß ich vielleicht sogar besser Bescheid als du.«
»Natürlich. Entschuldige, Francis, das würde bedeuten, dass du und deine Familie im Winterhalbjahr in Macao leben müsstet. Das Klima soll dort wunderbar sein.«
Die Augen von Francis fingen an zu leuchten. »Macao kenne ich, da haben wir einmal Halt gemacht, um Proviant und Wasser aufzufüllen. Die Halbinsel wurde im frühen 16. Jahrhundert zum ersten Mal von portugiesischen Seefahrern

besucht. Ich glaube, so um 1557 gründeten die Portugiesen eine Handelsniederlassung. Es ist auch der einzige chinesische Außenhandelsposten. Zurzeit zahlt Portugal regelmäßig eine Pacht an die Chinesen. Macao hat eine lateinische Ausstrahlung, es hat mir wirklich sehr gut gefallen.«
Julia warf ihm ein schwaches Lächeln zu. »Das ist ja wunderbar, dann weißt du, was dich eventuell erwartet. Wo war ich stehen geblieben? Ach ja, und im Sommerhalbjahr wirst du allein in Kanton leben müssen. Das ist die einzige Stadt, zu der europäische Händler Zutritt haben. Dort werden die Geschäfte mit den Chinesen getätigt. Ich weiß aus zuverlässigen Quellen, dass die Gehälter überdurchschnittlich hoch sind, also kannst du außerordentlich viel Geld verdienen. Natürlich hat alles seinen Preis. Die Company hat erhebliche Probleme, zuverlässige und gute Leute zu bekommen. Viele sind Abenteurer und scheren sich einen Dreck um die Chinesen. Damit meine ich, du musst anders sein und versuchen, die Chinesen zu verstehen. Das Wichtigste ist, glaube ich, Einfühlungsvermögen, um ihnen Vertrauen einzuflößen. Wenn du das schaffst, dann garantiere ich dir, dass du in kürzester Zeit der gefragteste und bestbezahlte Mann sein wirst. Dann kannst du dir sicher einiges auf die hohe Kante legen. Es ist dir dann freigestellt, ob du dein Erbe für deine Kinder wieder zurückkaufen möchtest. Ich könnte mir vorstellen, dass dir und Annabelle so ein Leben gefallen könnte, mit der feinen Gesellschaft zu verkehren, mit Unterhaltung, Theater, Ballett, Bälle und vielen Einladungen.«
Sie ließ ihre Worte nachwirken. »Das wollte ich dir unter vier Augen sagen, denn du musst dir ganz sicher sein, dann kannst du mit Annabelle reden. Und wenn ihr euch beide einig seid, dann melde dich bei Lord Mornington in London an, er ist der Direktor der Britisch-Ostindischen Kompanie. Ich werde mich

persönlich bemühen, dass du den Posten bekommst. Das Land wird bei Albert in guten Händen sein. Mr. Lampert verwaltet mein Geld, und auf Nachweis wird er es Albert zukommen lassen. Sollten Probleme auftreten, werde ich mich persönlich darum kümmern.«

Sorgfältig wählte Julia ihre Worte: »Lass dir Zeit mit deiner Entscheidung.«

Unschlüssig blickte Francis Julia an. Dann fragte er: »Ich hätte gern deine ehrliche Meinung gehört. Meinst du, das ist das Richtige für mich?«

Julia schluckte und zwang sich, ein Lächeln auf ihre Lippen zu zaubern. »Ganz ehrlich gesagt, du bist die beste Person, die ich mir überhaupt vorstellen kann, um diese Arbeit auszuüben. Du bist sympathisch, kannst gesellig sein, kannst auf die Menschen zugehen, wenn du willst, du hast gleichermaßen Feingefühl, bist sensibel und hast eine freundliche Ausstrahlung.«

Zufrieden lächelnd lehnte sich Francis in seinen Stuhl zurück. »Weißt du, Julia, manchmal, braucht jeder mal ein Lob von einem anderen, um wieder etwas aufgebaut zu werden. In letzter Zeit war ich schon ziemlich deprimiert. Julia, du warst schon als Kind ein Sonnenschein, der mich oft aufgebaut hat und mich zum Lachen brachte.«

»Jetzt ist es aber genug. Wir schanzen uns dauernd gegenseitig Komplimente zu. Noch etwas, ich brauche deine Einwilligung, dass wir hier auf dem Land ein Haus für Albert und seine zukünftige Frau bauen können. Das geht natürlich auf meine Rechnung.«

»Wozu brauchst du eine Einwilligung von mir? Da musst du doch Nicholas fragen, oder?«

»Das ist richtig, aber ich wollte dich nicht übergehen. Nicholas hat mir übrigens die Vollmacht gegeben, dass ich auf dem Gut walten und schalten kann, wie es mir beliebt.«

Plötzlich hörten sie, dass im hinteren Teil des Gewächshauses eine Tür zuschlug. Sie blickten sich an.

Julia legte ihre schmale Hand auf die von Francis. »Nun, nachdem deine Frau schon Bescheid weiß, musst du nicht mehr lange um den heißen Brei reden, sondern ihr die volle Wahrheit sagen.«

Mit finsterer Miene erwiderte Francis: »Hoffentlich vergibt sie mir, denn sie kann oft sehr nachtragend sein.«

»Also, wenn sie dir eine Ohrfeige gibt, kann ich das durchaus verstehen«, feixte Julia.

»Weißt du, Julia, als du so unangemeldet vor zwei Wochen in mein Arbeitszimmer gestürmt kamst, hab ich gewusst, dass du meine letzte Rettung bist und dass du alles einsetzen würdest, um mir zu helfen. Vielen Dank!«

»Lass das, Francis, ich will keine Dankbarkeit. Das Einzige, was ich von dir verlange, ist, dass du die Finger vom Spielen lässt.«

Er blickte auf die vertraute Gestalt, die ihm gegenübersaß. In ihrem Ausdruck lag so viel Flehen und Bitten, dass sich Francis so schlecht und schuldig fühlte wie noch nie in seinem Leben.

»Francis, ich möchte, dass du es mir schwörst.«

Er verzog seinen Mund und hob dann seine Hand an die Brust. »Julia, ich schwöre es dir. Die Finger sollen mir abfallen, wenn ich noch einmal in meinem Leben Karten anfasse.«

»Ja, sie sollen dir abfaulen, du elendiger Dummkopf!«, sagte sie lachend. »Enttäusche mich bitte nicht, ich könnte es nicht überwinden, wenn unsere Heimat in andere Hände überginge. Und jetzt geh, such deine Frau. Sprich am besten gleich mit ihr. Wenn du willst, spreche ich mit deiner Mutter über Albert.«

»Das wäre sehr nett von dir, du kannst alles so logisch hinstellen.« Francis brannte noch eine Frage auf den Lippen, die er gerne beantwortet haben wollte, aber er getraute sich nicht.

»Ist noch etwas, Francis? Du siehst aus, als ob dich noch etwas bedrückt.«

Sein Kopf lief rot an, als er spürte, dass ihn Julia durchschaute und ihn sicher sein Leben lang durchschauen würde. »Du hast recht, ich wollte wissen, was Nicholas von dir als Bezahlung wollte.«

Julia sagte zuerst nichts, sondern starrte Francis nur sehr eigenartig an und lachte dann auf. »Er wollte nichts, rein gar nichts.«

Mit offenem Mund starrte er überrascht in Julias edles Gesicht. »Das kann ich nicht glauben. Nicholas hat noch niemandem einen Liebesdienst getan. Der würde sogar seine Großmutter verraten, wenn er dabei Geld verdienen könnte.«

»Was machst du dir Sorgen? Wenn er etwas verlangt hätte, dann hätte es sowieso ich bezahlen müssen und nicht du. Aber es ist die Wahrheit, er hat sich mir gegenüber als der große Gentleman gezeigt. Ich war selbst überrascht, aber immerhin sind wir verwandt. Das zählt doch, meinst du nicht auch?«

»Es überzeugt mich zwar nicht, aber wenn du das so sagst, muss ich es hinnehmen.«

Schallend lachte Julia hinaus, reichte Francis die Hand und zog ihn hoch. »Seit wann zweifelst du denn an mir, wenn ich was erzähle? Komm, auf in den Kampf!«

Julia fand Lady Beatrice im Garten, wo sie sich mit Albert unterhielt. »Schau mal, Julia, wen ich hier gefunden habe! Du hattest mir nicht gesagt, dass du Albert mitgebracht hast.«

»Tante Beatrice, das wollte ich gerade tun. Wollen wir nicht ein bisschen gehen?«

Lady Beatrice blickte Julia etwas unsicher an. »Gibt es irgendwelche Probleme, mein Kind? Ich habe schon längere

Zeit ein ungutes Gefühl.«

»Nein, Tante, es ist wirklich alles in Ordnung. Ich habe euch Albert mitgebracht, weil er jetzt hier als Verwalter arbeiten soll, aber natürlich nur, wenn es euch recht ist.«

Lady Beatrice wandte nochmals ihren Kopf in Richtung Veranda, auf der Onkel Richard saß und ihnen nachstarrte. »Sein Geist ist woanders. Er braucht von alledem nichts zu wissen. Er würde es doch nicht verstehen, wenn ich es nicht mal verstehe, was hier vorgeht. Wir sind natürlich einverstanden, wenn du es für richtig hältst. Du weißt, dein Onkel und ich haben immer große Stücke auf dich gehalten.«

Liebevoll umarmte Julia ihre Tante. »Es ist wirklich alles in bester Ordnung. Glaub mir, du brauchst dir keine Sorgen zu machen.«

Sie nickte leicht, hatte aber immer noch einen zweifelnden Gesichtsausdruck. »Gut, ich glaube dir.«

Es war jetzt innerhalb von zehn Minuten das zweite Mal, dass man ihre Worte anzweifelte. War sie jetzt so gut im Lügen oder so schlecht? Julia hakte den Arm bei ihrer Tante unter. »Nun erzähl mir, was gibt es hier Neues?«

»Seit du nicht mehr bei uns wohnst und Lady Isabel nicht mehr unter uns weilt, ist es hier etwas ruhiger geworden.« Angestrengt blickte sie in die Ferne. »Weißt du, mein Kind, die Krankheit deines Onkels Richard belastet mich doch sehr. Unser Arzt konnte mir bis heute keine Auskunft geben, also steht er genauso vor einem Rätsel wie ich.«

Nachdenklich streichelte sie den Arm ihrer Tante. »Wenn du möchtest, kann ich dir den Arzt von George schicken.«

Mit hoffnungsvollen Augen schaute Lady Isabel Julia an. »Da wäre ich dir sehr dankbar, denn langsam bin ich mit meinem Latein am Ende. Wenn es nicht so traurig wäre, könnte man darüber lachen. Stell dir vor, gestern ging dein Onkel im

Nachthemd spazieren.«

»Das ist ja unglaublich! Ein Mann, der sein Leben lang nach der Etikette gelebt hat.« Entsetzt schüttelte Julia mit dem Kopf.

»Das Eigenartige ist, sein Zustand ist sehr schwankend. Wenn er sich eine Stunde mit mir normal unterhält, dann schöpfe ich jedes Mal Hoffnung.« Geknickt senkte Lady Beatrice den Kopf.

Julia griff nach der schlaffen Hand ihrer Tante und versuchte, sie zu beruhigen. »Der Zustand von Onkel Richard wird sich bestimmt verbessern.«

»Ach, mein Kind, es ist schon gut. Du brauchst mir keinen Mut zuzusprechen.« Sie drehte dabei verlegen den Kopf zur Seite.

Ein lautes Streiten zweier Vögel ließ beide aufschrecken. Sie drehten sich wieder um.

»Reden wir von etwas anderem. Wann stellst du mir deinen Sohn vor?«

Vor sich hinlächelnd sagte Julia: »Tantchen er ist noch so klein, darum möchte ich ihm noch keine so anstrengende Reise zumuten, aber er ist ein ganz lieber Kerl. Wenn ich ihn anblicke, meine ich immer, mir geht das Herz auf. Und bis jetzt schlägt er voll in das Catterick-Geschlecht, er hat wunderschöne schwarze Locken, genau wie … « Julia hielt inne und biss sich auf die Zunge, denn fast hätte sie gesagt ‚wie Nicholas'. Sie fuhr fort: »Genau wie sein Vater. Nur die Augen hat er von mir und die blasse Haut.«

»Und du, bist du glücklich mit Lord Catterick? Entschuldige, wenn ich dich so direkt frage, aber er könnte ja dein Vater oder gar Großvater sein.«

»Als ich George heiratete, habe ich gewusst, dass er ein wundervoller Mensch ist, aber jetzt weiß ich, dass er für mich mit meinen Anlagen der Richtige ist.« Dabei blickte sie ihre Tante von der Seite an.

»Du weißt ja schon, was ich damit meine, oder?«

Lady Beatrice lächelte. »Du hast instinktiv immer das Richtige getan, und dein Mann sieht für sein Alter noch sehr gut aus.«

»Er ist auch in einer sehr guten gesundheitlichen Verfassung. Tantchen, ich reise morgen früh ab, darum muss ich dich jetzt leider allein lassen, denn ich muss noch einiges mit Albert besprechen.«

»Geh nur, ich gehe zu Onkel Richard zurück.«

Julia winkte Albert zu sich heran. »Albert, wir haben uns auf dem Heimweg schon unterhalten, dass du ein Haus bekommen sollst. Such dir den Platz aus, der dir am besten gefällt.« Dann blinzelte sie Albert verschmitzt an. »Und was hast du mir über Miss Williams zu berichten?«

Verlegen neigte Albert seinen Kopf zu Seite. »Sie ist entzückend.«

»Gefällt sie dir so gut, dass du um ihre Hand anhalten würdest?«

Alberts Augen fingen an zu strahlen. »Ach, Lady Julia, das wäre ein Traum, aber ihre Eltern würden mich nie akzeptieren.« Resigniert zuckte er mit den Schultern. »Ich bin für diese Leute doch nur ein armer und ungebildeter Habenichts.«

»Nein, Albert, das bist du nicht. Ich werde dir ein Stück Land kaufen, das kannst du dann gleichzeitig bewirtschaften. Meinst du nicht doch, dass du gar keine schlechte Wahl für diese Leute bist?«

Albert grinste wie ein Teddybär. »Das würden Sie für mich machen?«

Julia strich ihm über sein strubbeliges Haar. »Du bist doch mein treuer Begleiter, auf den ich mich immer verlassen konnte, oder nicht?«

Lange Zeit überlegte Julia, ob sie zuerst nach London fahren sollte oder zuerst zu George, um ihm der Form halber Bescheid zu sagen. Vielleicht könnte er sich entschließen, mit ihr nach London zu reisen, immerhin kannte er alle wichtigen Leute dort. Dadurch würde sie zwar einige Tage verlieren, aber es war sicher taktisch besser, wenn sie sich für George entschied.
Julia freute sich, wieder zu Hause zu sein. Vergessen waren die Zweifel, die durchlebten Ängste der Nächte, die plötzlichen Anwandlungen von Schwäche. Außer Atem eilte sie die Steintreppe zum Portal hinauf. Der Erste, der sie umarmte war Neil, dann Roger und George. »Es ist schön, euch wiederzusehen.«
George legte seinen Arm um die Schultern von Julia. »Du bist früher zurückgekommen, als ich erwartet hatte.«
Verlegen lehnte sie sich an den Körper von George und sagte leise: »Ich hatte so eine Sehnsucht nach meinen Männern.«
George küsste sie auf den Kopf. »Und ich nach dir, mein Engel.« Er räusperte sich laut. »Nun erzähl schon, was gibt's Neues?«
»Du glaubst gar nicht, was sich auf Nice Castle in meiner Abwesenheit alles ereignet hat!« Sie erzählte, ohne Luft zu holen.
George strich ihr neckisch über die Nase und zog sie am Arm mit sich. »Komm, mein Schatz, ich habe eine Kanne Tee in dein Arbeitszimmer bringen lassen.«
»Warum mein Arbeitszimmer?«
»Das ist doch dein Lieblingsplatz, oder nicht?«
»George, du bist so lieb zu mir.« Händchen haltend betraten sie den Raum. Julia stieß ein lautes »Oh ...« aus.
Das Erkerzimmer stand voller duftender Blumen. Julia fühlte, wie sich ihre Augen mit Wasser füllten. Sie wandte sich verlegen ab. »Hast du gewusst, dass du der beste Ehemann von

allen bist?«

»Nein, aber aus deinem Mund höre ich das gern.«

An George gelehnt, stand sie an dem großen Fenster mit dem Blick über das reiche, prachtvolle Land.

Kleinlaut sagte Julia: »Ich muss dir ein Geständnis machen.«

George zog eine Braue hoch. »So, was hast du denn angestellt?«

»Ich habe mich hinreißen lassen, in Dover am Hafen das letzte noch freie Grundstück zu kaufen.«

Schallend lachte George hinaus: »Dich muss man nur einmal allein wegfahren lassen, dann gibt es immer Neuigkeiten!«

Julia wunderte sich, dass George alles so gelassen hinnahm, was sie auch unternahm. Er musste sie sehr lieben, um so eine Frau, wie sie war, auszuhalten. Sie erzählte ihm alles Wesentliche und sagte abschließend: »Und darum bin ich gekommen, um dich nach London mitzunehmen.«

Es entstand eine lange Pause, bis George antwortete: »Julia, hast du bei allem, was du vorhast, auch an deine Familie gedacht oder nur an deine Selbstbestätigung?«

Nur zu genau wusste Julia, auf was er hinauswollte, jedoch sagte sie: »Ich verstehe nicht ganz, was du meinst.«

»Ach, Julia, machen wir uns nichts vor, du hast sofort nach dem Grundstück gegriffen, weil du hier ab und zu raus willst. Dir fällt die Decke auf den Kopf. Ich habe so etwas schon lange befürchtet. Du bist ein gebündeltes Energiepaket. Julia, versteh mich recht, ich möchte dir dieses Vergnügen nicht nehmen, aber das Projekt, von dem du mir gerade erzählt hast, das kann man nicht von hier aus organisieren. Du musst vor Ort sein, bis das Gebäude steht, meinst du nicht auch?«

Diese Worte kamen ihr irgendwie bekannt vor. Sie stöhnte innerlich, setzte sich neben ihn auf die Sessellehne und küsste ihn auf die Stirn.

George ließ es geschehen. »Julia, was möchtest du?«
»Dich.« Sie ergriff seine Hand und küsste ihn. Dann streichelte sie seinen Nacken, öffnete sein Hemd, schob ihre Hand unter den Stoff und streichelte seine Brust.
Er erwiderte ihre Küsse und sagte keuchend: »Ich bin eifersüchtig auf jeden Atemzug, auf jedes Lächeln, das du anderen schenkst.«
Dann schlossen sich seine Arme um ihren Körper. »Ich werde dich sehr vermissen. Wann fährst du nach London?«
Julia zog ihre Hand aus seinem Hemd, aber George ergriff ihr Handgelenk. »Lass deine Hand da. Es gefällt mir, wenn du mich liebkost; solange du mir nach einer Reise zeigst, dass du mich liebst und mich begehrst, kannst du machen, was du möchtest, aber du musst mir versprechen, nie länger als drei Wochen wegzubleiben.« Sie stand auf und zog ihn hinter sich her.

16. Kapitel

Noch nicht einen Tag war Julia in London, als der Butler ihr mitteilte: »Lord Mornington möchte Ihnen seine Aufwartung machen. Er erwartet Sie im gelben Zimmer.«
Julia betrachtete sich in dem großen Spiegel mit dem schweren, silbernen Rahmen. Sie war mit sich zufrieden. In ihrer neuesten Erwerbung, einem eleganten Kostüm aus tabakbrauner Seide, konnte sie sich sehen lassen. Freudestrahlend schritt sie Lord Mornington entgegen. »Sie haben die Engel gerufen, Christopher!«
»Das höre ich gern aus so einem lieblichen Munde.«
»Ach, hören Sie auf, ich habe nämlich ein Anliegen und das wollte ich mit Ihnen besprechen.«
»So, was kann ich denn für meine Herzensdame tun?«

Julia setzte sich zu ihm und bestellte Tee. »Christopher, suchen Sie für die Ostindische Kompanie in Kanton immer noch einen geeigneten Mann?«

»Ja, natürlich. Haben Sie mir denn einen anzubieten?«

Ihre Züge erhellten sich. »Mein Cousin wäre für die Kompanie die geeignete Person.«

»Ihre Worte sind für mich ein Gebot. Wann kann ich ihn kennenlernen?«

»Wenn Sie Interesse haben, lasse ich sofort einen Boten zu ihm schicken.«

»Gut, Julia, tun Sie das.« Christopher verschränkte die Hände hinter dem Kopf und betrachtete das rot leuchtende Haar und das mit Energie geladene Gesicht. »Sie haben mir so gefehlt! Sie sind so erfrischend aufmunternd. Wenn Sie in meiner Nähe sind, lebe ich richtig auf.«

Julia stand auf, kam auf ihn zu und legte ihren Zeigefinger auf seinen Mund. »Kein Wort mehr Christopher, sonst muss ich unsere erst zarte Freundschaft beenden.«

Er nahm ihre Hand, drehte die Handfläche an seinen Mund und streichelte mit seinen Lippen zart darüber. »Wie schwer mir das fällt! Aber wie ich schon einmal sagte, Ihre Freundschaft ist mir heilig.«

Stockend zog sie ihre Hand zurück. »Ich schätze, mein Cousin wird sich in ungefähr ein bis zwei Wochen bei Ihnen vorstellen können.«

»Kein Problem, ich werde ihn empfangen, und wenn ich zur gleichen Meinung komme wie Sie, dass er der Mann für uns ist, kann er nächsten Monat schon abreisen. Übrigens, haben Sie auch schon davon gehört, die ganze Stadt spricht von nichts anderem als von dem Rennen von Rainhill!«

Julia schüttelte ihren Kopf, »um was geht es da?«

»Auf der Strecke von Liverpool nach Manchester wurde eine

Eisenbahnstrecke gebaut.«

Gespannt lauschte sie seinen Worten.

»Nun, die Idee ist und war bis jetzt, die fünfzig Kilometer lange Strecke mit Hilfe von einundzwanzig ortsfesten Dampfmaschinen zu betreiben.«

Christopher kratzte sich nachdenklich an seiner Wange. »Jetzt ist mir der Name des Ingenieurs entfallen, der die Lokomotiven baut.«

Julia lachte. »Ist es zufällig Georgee Stephenson?«

Christopher blickte Julia entgeistert an. »Sie sagten doch, Sie wissen nicht, um was es geht!«

»Das weiß ich auch nicht. Ich weiß eben, wer Georgee Stephenson ist. Aber sprechen Sie doch weiter, ich bin schon ganz neugierig!«

»Um zu prüfen, ob Lokomotiven auch in der Lage sind, Steigungen zu überwinden, und um eine geeignete Lokomotive für diese Strecke zu finden, wurde von den Direktoren der Liverpool und Manchester Railway auf Drängen von Georgee Stephenson ein Wettbewerb ausgeschrieben.«

»Aha, und das soll das Rennen von Rainhill heißen. Aber bei einem Rennen müssen sicher verschiedene Lokomotiven teilnehmen?«

»Ja natürlich, das ist auch in diesem Fall so. Verschiedene Tests haben schon begonnen, und am 14. Oktober, also in einigen Tagen, wird sich entscheiden, wer es schafft. Ich habe eine Einladung bekommen, dann in dem Gewinnerzug mitzufahren. Hätten Sie nicht Lust mitzukommen?«

»Oh doch, das würde mich reizen, aber ohne Einladung?«

»Machen Sie sich keine Sorgen. Es wird für mich kein Problem sein, für Sie eine Einladung zu bekommen.«

Gedankenverloren blickte Julia zu dem großen Gemälde an der Wand. Es zeigte George, seine Frau und die beiden Kinder.

Christopher folgte ihrem Blick. »Stört es Sie, wenn hier die Gemälde seiner Familie hängen?«

Herausfordernd blickte Julia Christopher an. »Warum soll es mich stören? Sie haben mir nichts getan, ich habe mit niemandem in der Familie Probleme. Sagen Sie, Christopher, etwas anderes, kennen Sie den Architekten John Soane?«

»Er gehört zwar nicht zu meinen engsten Freunden, aber ich kenne ihn.«

»So gut, dass Sie ihn überreden könnten, mich einzuladen?«

Spöttisch grinste er Julia an. »Ich kann für Sie alles erreichen, aber wollen Sie mir nicht sagen, was Sie im Schilde führen?«

Julia legte ihre Finger auf den Mund und überlegte. »Es ist kein Geheimnis, natürlich kann ich es Ihnen erzählen.« Sie berichtete ihm die Details, die wichtig waren. »Und jetzt verstehen Sie sicherlich, warum als Architekt nur John Soane in Frage kommt?«

Laut seufzte Christopher. »Das verstehe ich zwar nicht, aber ich glaube, Sie sind genauso exzentrisch wie John Soane.«

Der würzige Duft der Rosmarinsoße, die das Lamm umgab, stieg ihr in die Nase. Mit mechanischer Bewegung nahm Julia einen Bissen. »Das schmeckt köstlich.« Sie verdrehte die Augen.

»Sie haben eine Perle als Koch! Den müssen Sie gut behandeln, damit er Ihnen nicht wegläuft.«

Sir Soane schmunzelte. »Davon dürfen Sie überzeugt sein! Er verdient fast so viel wie ein Minister.« Jetzt lachte er über seinen eigenen Witz. »So, Lady Catterick, was kann ich für Sie tun?«

Julia räusperte sich. »Sir Soane, ich bin eine große Verehrerin von Ihnen und Ihren Arbeiten, auch von Ihrer sehr individuellen Stilrichtung, die übrigens auf mich sehr romantisch und malerisch wirkt.« Sie legte keck den Kopf auf die Seite. »Und darum hätte ich gern, dass Sie für mich arbeiten.«

Verblüfft starrte er Julia an. »Habe ich richtig verstanden? Für Sie?«

»Ist, es ungewöhnlich, für eine Dame zu arbeiten?«

Sir Soane konnte ein Schmunzeln nicht unterdrücken. »In der Tat, für mich ist es nicht normal, eine Frau als Auftragsgeber zu haben. Aber warum erzählen Sie mir nicht, was Sie zu bauen gedenken?«

»Ein vier- oder fünfstöckiges Bürohaus in Dover.«

Er lachte kurz hinaus, wurde aber sofort wieder ernst. »Ich schätze es außerordentlich, dass Sie absichtlich so weit angereist sind, um mir Arbeit anzubieten, aber um ehrlich zu sein,« er legte sein Besteck zur Seite, putzte sich seinen Mund mit der feinen Leinenserviette ab und lehnte sich in seinem Stuhl zurück, »und das hat jetzt nichts damit zu tun, dass Sie eine Frau sind, einem Mann hätte ich dieselbe Antwort auch gegeben. Erstens habe ich keine Zeit, zweitens baue ich keine Bürogebäude, drittens habe ich vor, die nächsten Wochen zu verreisen, und darum muss ich leider ablehnen. Aber wenn sie wollen, kann ich Ihnen einen guten Schüler von mir vermitteln.«

Julia lächelte schwach. »Verstehen Sie mich nicht falsch, ich will nicht irgendeinen Architekten, ich möchte Sie.«

»Es ist für mich sehr schmeichelhaft, dass Sie so hartnäckig sind.« Er nahm sein Glas in die Hand und betrachtete die Farbe des Weins. »Zum Wohl, Lady Catterick, Sie sind eine eigenwillige Persönlichkeit. Bekommen Sie immer, was Sie wollen?«

Schelmisch lachte ihn Julia an. »Nein, nicht immer, aber meistens.«

»Aber jetzt haben Sie sich in ihr hübsches Köpfchen gesetzt, dass ich Ihr Architekt sein muss.«

»Sie sind für mich der genialste und fortschrittlichste Architekt. Ich habe mir einige ihrer Gebäude angeschaut, ganz zu schweigen von der Bank von England, die Ihnen einfach genial gelungen ist, und dem bemerkenswerten Bau, des säulenlosen Chelsea Hospitals. Sie zeigen in Ihren Bauten Intensität und Ernst. Ich glaube, in Ihren ausgefallenen Bauwerken spiegeln Sie sich selbst, Ihren Charakter, habe ich recht?«

Sir Soane blickte Julia sehr erstaunt an. »Sie sind eine sehr erstaunliche Lady. Wollen Sie sich mein Gruselkabinett anschauen?«

»Es gibt nichts, was ich lieber tun würde. Ihrem Haus geht der Ruf eines Museums voraus.«

»Ich bin ein leidenschaftlicher Sammler. In jedem Winkel des Hauses habe ich Sammelstücke platziert, die ich von meinen Reisen mitgebracht habe. Ich gehe Ihnen voraus.«

»Es ist faszinierend, wie es Ihnen gelungen ist, das Spiel mit dem Licht einzufangen.«

»Ich wollte für meine Sammlungen so viel wie möglich natürliches Tageslicht auffangen, darum habe ich überall Fenster, Spiegel und, so wie hier, einen Glasboden einbauen lassen.«

Sie gingen treppauf und treppab. Das Haus war exzentrisch und individualistisch bis zur Wunderlichkeit, besonders mit seinen ineinandergeschachtelten und ineinander übergehenden Räumen und verschieden hohen Böden.

»Die größte Kostbarkeit, die ich besitze, ist dieser Sarkophag des Pharaos Seth I.« Er strahlte Julia an. »Darauf bin ich besonders stolz. Aber fragen Sie mich nicht, was mich diese Kostbarkeit an Anstrengung und Nerven gekostet hat, aber hinterher ist alles vergessen, und ich stehe jeden Tag davor und

versetze mich in die Zeit zurück.«
»Dann waren Sie schon in Ägypten?«
»Aber natürlich, der Mohammed Ali Pascha hatte mich eingeladen, als Mineraloge mitzuarbeiten.« Er schmunzelte vor sich hin, »aber davon verstehe ich so viel, als ob Sie von mir verlangen, ich soll Ihnen einen Kuchen backen. Aber als ich mich schon mal im Land befand, nützte ich die Gelegenheit und reiste auf dem Nil von Kairo bis Abu Simbel nach Süden. Wenn Sie jemals die Gelegenheit bekommen, das Land zu besuchen, nützen Sie sie, es wird Ihnen gefallen.«
Innerlich jubilierte Julia. Mit sicherem Instinkt hatte sie das richtige Gesprächsthema, und sie wusste wieder einmal, sie hatte ihn in der Tasche, er würde für sie bauen, was sie wollte.
»Ich werde an Ihre Worte denken. Mich persönlich würde so ein Abenteuer reizen, aber ich glaube nicht, dass ich meinen Mann dazu bewegen kann.«
»Nun ja, er ist halt auch nicht mehr der Jüngste.«
Wohin Julia auch blickte, sie konnte sich überall wiedersehen, es gab eine Unmenge der schönsten und bizarrsten Spiele, die sie je gesehen hatte. »Sir Soane, erzählen Sie doch weiter. Mich interessiert, wo Sie überall waren.«
»Ich warne Sie: wenn ich anfange zu erzählen, kann ich nicht mehr aufhören.«
»Glauben Sie mir, es wird mich nicht langweilen.«
»Auf meiner Reise verbrachte ich mehrere Monate im antiken Theben. Danach unternahm ich Grabungen bei Medinet Habu und Karnak. Diese Namen sagen Ihnen sicher nichts, aber ich muss sie vollständigkeitshalber erwähnen. Auch war ich in verschiedenen Gräbern im Tal der Könige. In dieser Zeit betrat ich als Erster die Grabkammer KV5 und fing an, sie zu skizzieren. Lady Catterick, stört es Sie, wenn ich rauche?«
»Nein, nein, rauchen Sie nur.«

»Gehen wir ins Rauchzimmer, Lady Catterick. Meine nächste Reise nach Ägypten ist für den nächsten Monat geplant.«

Auf einem mit Tigerfell überzogenen Sessel nahm Julia Platz.

»Aber jetzt plaudern wir von Ihnen. Erklären Sie mir doch, was haben Sie sich vorgestellt?«

Julia redete sich in Begeisterung. »Es soll ein helles, freundliches Gebäude werden, mit großen Fenstern, das Licht und Sonne hereinlässt. Die Leute, die irgendwann in dem Gebäude arbeiten werden, sollen sich wohlfühlen. Die Eingangshalle soll großzügig gestaltet werden, vielleicht kann man einen kleinen Innengarten anlegen. Es soll alles in Weiß sein mit schwarzen Elementen, zum Beispiel weißer und schwarzer Marmor.«

»Wie viele Stockwerke haben Sie gesagt?«

»Ich dachte mir, dass es sich lohnt, vier bis fünf.«

Er nickte nachdenklich mit dem Kopf. »Das wir ein kostspieliges Projekt, wollen Sie nicht das Gebäude um ein oder zwei Stockwerke erhöhen? Das sind zwar im Augenblick höhere Kosten, aber wenn Sie alles vermieten können, machen Sie das Geschäft Ihres Lebens.«

Julia beobachtete das Flackern der Kerzen. »Ich mache alles, was Sie für richtig halten, Sie können schalten und walten, wie Sie wollen.«

Sir Soane blies den Rauch genüsslich in Ringen aus dem Mund und überlegte laut. »Vielleicht kann ich meine Reise um drei Monate verschieben … Lady Catterick, ich mache Ihnen einen Vorschlag: Ich mache Ihnen die Pläne und besorge Ihnen einen jungen Architekten, der die Arbeit so ausführen wird, als wenn ich persönlich die Arbeit beaufsichtigen würde.«

Julia war nahe dran aufzustehen und ihm um den Hals zu fallen, aber sie wusste, was sie einer Lady Catterick schuldig war. »Vielen Dank, Sir Soane, damit bin ich vollstens

zufrieden.«
»Ich habe im Geiste schon Ihr Gebäude vor mir. Ich muss mir natürlich vorher das Gelände anschauen. Wann können wir uns in Dover treffen, Lady Catterick?«
»Ich habe mir eigentlich gedacht, dass Sie sich mit meinem Partner in Dover unterhalten.«
»Lady Catterick, Regel Nummer eins: Ich unterhalte mich nur mit dem Bauherren.« Er schaute sie dabei fragend an.
»Kein Problem, ich werde in Dover sein, wann immer Sie es wünschen.«

Um sich etwas zu zerstreuen, schweifte Julia durch die Marktviertel von London. Sie bewunderte die Vielfalt der Obst- und Gemüsesorten, schlenderte in die Straße der Tuchhändler, und kam bei einem Bäcker vorbei, der gerade frisches Brot anbot. In der Straße der Luxusgüter blieb sie bei einem Goldschmied stehen, der in seiner Auslage eine goldene Anstecknadel präsentierte. Sie nahm den Türgriff in die Hand und wollte ihn herunterdrücken, als von innen jemand die gleiche Idee hatte.
»Welche Überraschung, Julia.« Christopher zog seinen Zylinder vor Julia. »Wollen Sie sich auch etwas Schönes zulegen?«
»Ich weiß noch nicht. Ich wollte mich umschauen, was es alles gibt.«
Statt zu gehen, drehte er sich wieder um und ging mit Julia in den Laden zurück. Ihre Blicke trafen sich, und seine Hand streifte wie durch Zufall die ihre.
Julias Herz fing an zu rasen, es traf sie wie ein Blitz. Plötzlich wurde sie der Gegenwart des Goldschmieds bewusst, der sie beobachtete. Sie machte einen Schritt rückwärts und spürte, wie sie errötete. »Christopher, gut, dass ich Sie sehe, ich möchte mich bei Ihnen herzlich bedanken, John Soane hat

mich in sein außerordentliches Haus zum Abendessen eingeladen, und Sie werden es kaum glauben.« Sie strahlte wie ein Weihnachtsbaum. »Er hat akzeptiert.«
»Das freut mich für Sie, aber eigentlich habe ich nichts anderes erwartet. Sie haben ihn bestimmt so lange umgarnt, dass ihm nichts anderes übrig blieb, als ja zu sagen.«
Mit ihren grünen Augen blitzte ihn Julia an. »Und darum muss ich wohl unsere Verabredung für das Spektakel am 14. Oktober absagen.«
Christopher machte ein bekümmertes Gesicht. »Warum?«
»Ich muss am 17. Oktober in Dover sein, dort treffe ich mich mit John Soane.«
»Das ist doch kein Problem, Sie können nach dem Rennen mit Ihrer Kutsche weiterfahren.«
Nachdenklich knabberte Julia an den Spitzen ihrer Handschuhe und dachte nach. »Das ist natürlich auch eine Möglichkeit. Gut dann sehen wir uns dort.« Aus der Jackentasche ihres maisgelben Kostüms zog sie eine kleine goldene Uhr und blickte darauf. »Christopher, ich muss Sie jetzt leider verlassen. Ich bin in zwanzig Minuten mit Sarah verabredet.«
»Kein Problem, Julia, ich begleite Sie an Ihre Kutsche.«

Nervöse Pferde, lautes Hufgetrappel und das Knarren vieler Wagenräder. Gemischt mit dem Zischen und Luftablassen der Dampflok war der Lärm fast unerträglich. Es standen Hunderte von Menschen dicht gedrängt nebeneinander, um ja nichts zu verpassen.
Es ertönte ein lautes Jubelgeschrei. Julia zog Christopher näher an sich und schrie ihm ins Ohr: »Was ist los, wer hat gewonnen?«
Er schrie zurück: »Die „Rocket" von Robert Stephenson.«
Das Geschrei ließ nach. Julia schüttelte den Kopf. »Es ist ein

Wahnsinn, wie sich die Menschenmassen begeistern können.«
Von hinten hörte Julia die Stimme von Nicholas. Für den Bruchteil einer Sekunde wünschte sie sich nur eins, vom Erdboden zu verschwinden und sich unsichtbar machen zu können. Solche Zufälle gab es doch nicht. Es gab nur eine Chance, sie musste ihm ganz unbefangen gegenübertreten. Sie machte eine halbe Wendung und rief erstaunt: »Nicholas, das ist aber eine Überraschung!«
Julia spürte mit Befriedigung, dass auch Nicholas sich bemühte, ein ruhiges Gesicht zu machen, damit sie seinen plötzlichen Schreck nicht bemerkte.
Nicholas eilte zu ihr und nahm ihre Hand, dann blickte er Christopher an. »Du?«
»Ja, willst du mich nicht begrüßen?«
»Entschuldige, guten Tag, Christopher. Seid ihr zusammen hier?« Dabei blickte er missbilligend auf Julia. Mit sichtlicher Genugtuung antwortete Christopher: »Ich begleite deine« (er blickte erst Julia dann Nicholas an) »na, wie sagt man da, deine Stiefmutter.«
Vor Lachen konnte sich Julia nicht mehr halten, erst recht nicht, als sie zu Nicholas sah. In seinem Gesicht spiegelte sich sein innerer Abscheu. Sie sah deutlich, ihm lag etwas auf der Zunge, was er sagen wollte, aber er konnte sich beherrschen, sein Mund blieb verschlossen.
Der Schaffner rief zum Einsteigen, Nicholas schloss sich, ohne dass er aufgefordert wurde, Julia und Christopher an.
Sie wurden in das reservierte luxuriöse Zugabteil geführt. Julia setzte sich ans Fenster. Mit einem Ruck fuhr die Lok schwerfällig los. Julia lehnte sich vor und sah zum geschlossenen Fenster des Wagens hinaus. Im Lichtstrahl der tief stehenden Sonne zog an ihnen die Landschaft vorüber. Riesige Weiden, Gebüsche, Baumgruppen, Teiche, Felder, es

war faszinierend. Die Spannung hatte ihren ganzen Körper ergriffen. Auf einmal spürte sie den Blick von Nicholas, der ihr gegenübersaß. Julia trug ein einzigartiges Reisekostüm. Es bestand aus gelber, cremefarbener Seide, der Stoff war mit allen nur denkbaren Mustern bedruckt. Dazu trug sie keck einen Strohhut, der mit demselben Stoff verziert war wie ihr Kostüm. »Kann mir jemand sagen, welchen Preis der Gewinner erhält?«
Christopher überließ es Nicholas, Julia zu informieren.
»Das Preisgeld ist 500 Pfund, und er kann sich die Hoffnung machen, die Lokomotive für die Strecke Manchester – Liverpool liefern zu dürfen.«
»Nicht schlecht, du bist doch sicher auch informiert, wie viele Dampflokomotiven bei diesem Rennen teilnahmen?«
»Nun, von den zehn gemeldeten Kandidaten waren nur fünf zum Rennen erschienen. Wenn es dich interessiert, dann erzähle ich dir auch, warum die „Rocket" gewonnen hat.«
»Ich bin ganz Ohr.«
»Die Lok besitzt zwei Achsen, von denen die vordere angetrieben wird, einen Heizröhrenkessel mit optimierter Vergrößerung der Heizfläche und einen um die Feuerbüchse herumgebauten Stehkessel. In letzter Minute baute er noch ein Blasrohr im Schornstein ein. Diese Vorrichtung sorgt für eine Erhöhung der Zugwirkung.«
Mit hochgezogenen Augenbrauen blickte Julia zu Nicholas, und in fast scherzhaftem Ton, aus dem leiser Spott herauszuhören war, sagte sie: »Nicholas, mir scheint, du hast mal wieder mit trefflicher Sicherheit auf das richtige Pferd gesetzt.«
Er grinste sie breit an. »Hast du etwas anderes erwartet? Du hättest dir auch ein paar Aktien kaufen sollen.«
Julia sah Nicholas kurz unschlüssig an. »Hat dir Georgee

Stephenson nichts von mir erzählt?«

»Was hätte er mir denn erzählen sollen?«

»Dass ich auch Aktien besitze. Ich habe sie mir schon zugelegt, als du sie uns wärmstens ans Herz gelegt hast. Ich habe also nur auf deinen guten Rat gehört.«

»Du überraschst mich immer wieder.«

»Ja, Nicholas, man sollte mich nicht unterschätzen.«

»Das glaube ich auch.« Dann blickte Nicholas irritiert zum Fenster hinaus. Er legte seinen Zeigefinger an die Scheibe. »Dieses Jahr wird es früher Winter, die meisten Bäume haben schon ihr Laub verloren.«

Christopher schaute von einem zum andern und schüttelte den Kopf. »Das soll einer verstehen, was hier vorgeht.«

Um das Thema zu wechseln, fragte er Nicholas: »Was gibt's denn bei dir Neues, bist du schon verheiratet?«

»Nein, du?«

»Nein, auch noch nicht. Ich kenne schon eine, die mir gefallen würde, aber es ist wie immer: Die schönsten Frauen sind schon vergeben.« Dabei grinste er Nicholas anzüglich an.

Nachdem die Fahrt zu Ende war und sie sich verabschiedeten, sagte Christopher Julia leise ins Ohr: »Julia, mir scheint, ich habe in Nicholas doch einen Rivalen. Aber dieses Mal lasse ich mir meine Herzdame nicht wegnehmen – ich werde wie ein Löwe um sie kämpfen.«

17. Kapitel

In Julia stieg langsam ein gefährlicher Zorn auf, als sie das Schreiben von Philip las.

George saß Julia gegenüber, hatte seine Zeitung zur Seite gelegt und beobachtete Julia besorgt. Als er sah, dass aus ihrem Gesicht jedes Leben verschwand, er nahm ihr das Schreiben aus der Hand und las es aufmerksam durch. »Was willst du tun?«

Staunen zeigte sich flüchtig in ihren Augen. »Was ich mache, ich weiß es nicht, ich kann euch doch nicht schon wieder allein lassen.«

Ein zufriedenes Lächeln begleitete seine Antwort. »Julia, fahr nach Dover, du wirst dort gebraucht.« Zärtlich blickte George in ihr sorgenvolles Gesicht, strich ihr die verlorene Locke von der Stirn. »Roger, Neil und ich kommen hier wunderbar zurecht, mach dir unseretwegen keine Sorgen«, sagte er mit belegter Stimme.

»Du hast A gesagt, so musst du auch B sagen. Fahr nach Dover und sieh nach dem Rechten.«

Sie nahm seine Hände in die ihren und küsste sie von beiden Seiten. Es schmerzte sie, George leiden zu sehen, denn im Grunde wusste sie, dass er es nicht für richtig hielt, was sie tat. »Du bist mir wirklich nicht böse?«

»Aber nein, du musst mir nur versprechen, dich nicht von fremden Männern verführen zu lassen.«

Hell lachte Julia hinaus. »Du bist der beste Ehemann von allen. Weißt du, George, jetzt muss ich dir ein Geheimnis verraten, warum der schwarze Hengst niemanden außer mir als Herrn akzeptierte.«

»Jetzt bin aber gespannt!«

Julia machte eine Schnute und schmunzelte. »Nun, ich bin eine Frau.«

George schaute sie fragend an. »Ja und?«

»Kommst du nicht von selbst dahinter?«

»Nein, ich habe keine Ahnung, was du damit sagen möchtest.«

»Was ich damit sagen möchte, ist, dass der Hengst seit seiner Geburt nur von weiblichen Wesen umgeben war, und so hatte er Angst vor einer männlichen Stimme.«

»Jetzt nimmst du mich aber auf den Arm!«
»Nein, wirklich, ich habe die damalige Besitzerin bei der Versteigerung kennengelernt. Wir haben uns kurz unterhalten. Sie hätte gern gehabt, dass mir mein Onkel das Pferd kauft, darum erzählte sie mir von seiner Macke, aber leider hast du den Preis so hoch getrieben, dass es meinem Onkel zu teuer wurde. Es war ein Sechsfrauenhaushalt. Die Frau hatte ihren Mann bei einem Unfall verloren, und da sie nicht sehr bemittelt waren, haben sie die Pferde selbst großgezogen. Sie mussten ihr bestes Stück verkaufen, weil sie Geld brauchten.«
George schüttelte seinen weißen Kopf. »Was es alles gibt.«

In der Innenstadt von Dover mietete sich Julia ein kleines Haus, das sie gleichzeitig als Büro benützen konnte.
Hier empfing sie auch Mr. Lampert. Er saß ihr mit betrübtem Gesicht gegenüber.
»Lady Catterick, es ist eingetreten, was ich befürchtet habe. Die Bank hat uns den Kredit abgelehnt. Sie verlangen einen potenziellen Bürgen. Ihnen genügt nicht nur das Grundstück, sie wollen, dass Lord Catterick für den Kredit geradesteht. Ich bin überzeugt, dass Nicholas dahintersteckt.«
Nervös schob er auf dem Schreibtisch die Blumenvase mit den Rosen zur Seite, damit er einen besseren Blick auf Julia hatte.
»Und nach meiner Meinung ist das erst der Anfang.«
Julia wurde krebsrot. Sie verzichtete auf eine Bemerkung und dachte bei sich, also hatte sich Nicholas doch entschlossen, ihr den Krieg zu erklären. Sie wollte keinen Krieg, aber wenn er schon nicht zu vermeiden war, dann würde sie kämpfen, und zwar mit allen Mitteln, die ihr zu Verfügung standen. Ihre cholerische Ader kam zum Vorschein. Ihr schien der Kopf zu zerspringen, und mit wütender Stimme sagte sie: »Wenn Nicholas die offene Feindschaft will, dann bin ich jetzt zum

Kämpfen bereit.« Sie starrte böse auf eine Fliege, die auf einer Rose saß und gierig den Nektar in sich aufnahm.

»Ich habe aber auch eine gute Nachricht, Lady Catterick. Die Pläne von Sir Soane wurden mir heute von einem relativ jungen Architekten übergeben, der die Bauaufsicht führen soll. Ich habe mir erlaubt, die Pläne etwas zu studieren, und ich denke, Sie werden sich mit dem Gebäude ein Denkmal setzen. Aber was mir ernstlich Sorgen macht, ist der relativ hohe Kostenvoranschlag. Das ist fast das Doppelte von dem, was wir kalkuliert hatten.«

»Das ist nicht gut, aber wenn es sein muss, dann müssen noch meine letzten Schmuckstücke herhalten.«

»Wäre es nicht einfacher, Sie bitten Ihren Gemahl, dass er sie unterstützt?«

Julia lächelte wieder, aber ihre Augen funkelten drohend. »Nein, vorerst nicht. Ich werde versuchen, alles allein durchzuziehen, Mr. Lampert. Es ist noch nicht sehr spät. Würden Sie mich zu Mr. Williams begleiten?«

»Natürlich. Wenn Sie wünschen, können wir gleich gehen.«

Mr. Williams empfing Julia äußerst zerstreut. »Lady Catterick, ich muss jeden größeren Kreditantrag in London bestätigen lassen. Wie Sie sehen, liegt es nicht an mir, dass er abgelehnt wurde.«

»Sie sagen, ab einer bestimmten Höhe?«

»Ja.«

»Und wenn Sie mir den Kredit geben, über den Sie alleine verfügen können?«

»Das wäre eine Möglichkeit, aber ich nehme an, Ihnen wird dann die Finanzierung nicht ausreichen.«

»Lassen Sie das meine Sorge sein. Sagen Sie, Mr. Williams, dass mein Kreditantrag abgelehnt wurde, obwohl das ganze Grundstück viel mehr Wert hat, da steckt doch etwas anderes dahinter, oder?«

»Lady Catterick, ich wurde über die Gründe nicht unterrichtet, aber wenn Sie meine Meinung hören wollen, dann bin ich überzeugt, dass Mr. Dudley dahintersteckt.«

Julia beugte sich vor. Ihre grünen Augen waren hart und ihre Stimme klang noch sachlicher. »Dachte ich es mir doch! Mr. Williams, Sie kennen doch das Fuhrgeschäft, welches auf mein Konto jeden Monat einen bestimmten Betrag einbezahlt?«

»Natürlich, wer kennt es nicht?«

»Desto besser. Können wir dieses Geschäft nicht auch als Sicherheit angeben? So können Sie uns vielleicht den Kredit erhöhen.«

Mr. Williams blinzelte Julia kurz an. »Das wäre eine Möglichkeit.«

»Wunderbar! Mr. Williams, wann kann ich das Geld bekommen?«

»Nachdem die Hypothek beim Notar eingetragen wurde, können Sie über das Geld verfügen, sagen wir in vier Wochen.«

»Gut, das reicht mir. Wie geht es denn Ihrer reizenden Tochter?«

»Danke der Nachfrage. Sicherlich haben Sie schon gehört, dass Ihr Verwalter bei mir um die Hand meiner Tochter angehalten hat.«

»Nein, diese Nachricht war noch nicht zu mir vorgedrungen, aber meinen herzlichsten Glückwunsch! Sie sind doch mit der Wahl Ihrer Tochter zufrieden?«

»Zufrieden ist wohl nicht das richtige Wort, aber so wie es scheint, ist meine Tochter in diesen Albert vernarrt. Was soll ich dagegen kämpfen, und im heiratsfähigen Alter ist sie auch.«

»Seien Sie versichert, Mr. Williams, mit Albert wird es Ihrer

Tochter nie an etwas fehlen.«
»Hoffentlich.«

Bei der Rückfahrt meinte Mr. Lampert: »Bei dieser Unterredung war ich total überflüssig. Sie würden eine sehr gute Juristin abgeben, bei Ihrem scharfen Verstand und Ihrer schnellen Auffassungsgabe.«
»Mr. Lampert, niemals ist etwas überflüssig, und danke für das Kompliment. Und jetzt, Mr. Lampert werden wir die Klingen kreuzen. Was ist der Schwachpunkt von Nicholas?«
»Lady Catterick, das Einzige, was mir einfällt, sind die Frauen, da hat er doch einen ziemlichen Verschleiß. Ich könnte mir schon vorstellen, dass einige dabei sind, die ihn hassen und ihn zum Teufel wünschen.«
Hart lachte Julia hinaus. »Das könnte ich mir auch vorstellen! Was schlagen Sie mir vor?«
»Ich bin gern Ihr Anwalt, aber ich war auch der Anwalt von Nicholas. Ich kann nicht gegen einen ehemaligen Klienten Intrigen schmieden. Er hat mir nie etwas getan, ich habe mit ihm immer gut Geld verdient.«
»Das ehrt Sie. Ich möchte ja nicht, dass Sie gegen ihn vorgehen, ich möchte nur kleine Ratschläge, wie ich ihn schachmatt setzen und vielleicht Informationen erhalten kann, wen er schon alles im Bett hatte und welche von den Frauen nicht ganz mit seinem Verhalten einverstanden waren. Schließlich hat er den Krieg angefangen, nicht ich.«
»Was ist denn mit der Tochter von Mr. Williams?«
»An Betty habe ich auch schon gedacht, aber automatisch würde es auch Albert erfahren, und das möchte ich nicht.«
»Wie Sie wollen. Ich kann die Namen und Adressen für Sie ausfindig machen.«

Kaum zwei Wochen später – Julia saß noch mit dem Morgenmantel bekleidet am Frühstückstisch – läutete es; verwundert blickte sie auf die Standuhr. Es war gerade acht Uhr. Wer konnte denn das sein?

»Lady Catterick, draußen steht eine junge Frau, die möchte Sie unbedingt sprechen.«

»Hat sie nicht gesagt, wie sie heißt?«

»Doch, ich glaube, sie sagte Betty Williams oder so ähnlich.«

»Sie soll hereinkommen, und bring ein zweites Gedeck.«

Etwas schüchtern betrat Betty das Esszimmer.

Julia kam ihr entgegen. »Das ist aber schön, dass Sie mich besuchen, Sie können gleich mit mir frühstücken.« Julia umarmte sie an den Schultern und begleitete sie an den Stuhl.

Die Köchin brachte ein weiteres Spiegelei mit Speck.

»Betty, was ist mit Ihnen los? Sie machen einen so verängstigten Eindruck.«

Mit piepsiger Stimme antwortete Betty: »Mein Vater schickt mich. Er meint ich soll Ihnen die Geschichte mit Nicholas erzählen.«

»Jetzt essen Sie zuerst das Ei, es wird sonst kalt.«

Betty nickte ergeben und schob sich ein Stück Brot in den Mund. »Sie sind sehr nett, Lady Catterick.«

»Ihr Vater erzählte mir, dass Sie bald heiraten werden. Sind Sie darüber glücklich?«

»Doch, Albert ist so lieb und einfühlsam, ich liebe ihn.«

»Das freut mich für Sie.«

»Lady Catterick, ich habe noch nie mit jemandem geredet, wegen der Geschichte mit Nicholas, nicht einmal mit meinen Eltern. Sie wissen nur, dass ich einmal mit ihm zusammen war. Aber ich denke, Sie sind eine Dame, die sehr fortschrittlich ist, vielleicht werden Sie mich nicht verurteilen.«

»Betty, Sie müssen es mir nicht erzählen, wenn Sie nicht

wollen.«

»Ich weiß, aber das Ganze hat mich sehr beschäftigt. Ich leide noch heute darunter, und darum habe ich mir gedacht, vielleicht ist es gar nicht schlecht, wenn ich mir den ganzen Druck von der Seele reden kann.«

Julia schenkte sich Kaffee ein und wartete.

»Es war vor einem Jahr, bei einem Frühjahrsball. Nicholas ließ mich keine Minute aus den Augen, er tanzte traumhaft mit mir, ich fühlte mich wie im siebten Himmel, und ich verliebte mich unsterblich in ihn. Seine einfachen Berührungen entzündeten meinen Körper. Ich dachte, ich verbrenne. Nach diesem Abend hatte ich mir eingebildet, er würde sich offiziell bei meinen Eltern vorstellen oder er würde wenigstens versuchen, mit mir eine Verabredung zu bekommen. Aber nein, er meldete sich einfach nicht, und ich dummes Küken hatte eine Fantasie, dass mir heute noch die Röte in meine Wangen schießt, wenn ich nur daran denke. Im Traum hatte ich schon das Hochzeitskleid an und sah mich Arm in Arm mit Nicholas in die Kirche schreiten.«

Krampfhaft hielt sie das Taschentuch in ihrer Hand.

»Ungefähr zwei Wochen später habe ich, unter irgendeinem Vorwand, den Butler überredet, dass er mich im Haus auf Nicholas warten lässt. Er führte mich ins Klavierzimmer. Dort wartete ich auch ein Weilchen, aber dann habe ich mich in sein Schlafzimmer geschlichen, zog mich aus und legte mich auf sein Bett. Es war schon spät, er hatte etwas getrunken und wollte mich nach Hause schicken. Ich setzte meinen ganzen Charme und Körper ein, um ihn zu überzeugen, dass er die Nacht mit mir verbringt. Ich sagte ihm, dass ich ihn lieben würde und noch mehr dummes Zeug. Nun, als ich nicht ging, zog er sich aus und nahm mich wie ein Stück Vieh. Ohne ein liebes Wort oder eine Liebkosung, rein gar nichts. Er achtete nicht auf meinen Schmerz. Egoistisch drang er brutal in mich ein, und noch bevor er zum Höhepunkt kam, entzog er sich mir. Mit kalten Augen fragte er mich, als alles vorbei war, ob ich nun zufrieden wäre. Dann drehte er sich auf die andere Seite und schlief ein. Ich war traurig, ernüchtert, deprimiert. Ich setzte mich in einen Sessel, so dass ich ihn genau beobachten konnte. Ich steigerte mich an jenem Abend in eine Wut hinein, so dass ich ihn am liebsten umgebracht hätte. Am frühen Morgen weckte ich ihn und forderte ihn auf, mich nach Hause zu bringen. Aber Nicholas stierte mich nur gelangweilt an und meinte, ich wäre doch auch allein hergekommen, so könnte ich auch allein wieder gehen. Hätte er mich mit seiner Kutsche heimgebracht, hätte sicher niemand mitbekommen, dass ich die Nacht in seinem Haus verbracht hatte. Aber wie es der Teufel will, wurde ich gesehen, wie ich am frühen Morgen sein Haus verließ, und so war das Gerücht in aller Munde und mein Ruf ruiniert.«

Julia rieb ihre Fingerspitzen aneinander und blickte verlegen zu Boden, als denke sie nach. Aber das waren wohl die wenigen Momente in ihrem Leben, wo sie nicht wusste, was sie sagen sollte.

»Lady Catterick, ich weiß, es war falsch, was ich gemacht habe, und ich verachte mich selbst. Aber gleichzeitig hasse ich Nicholas. Er hat mich beschmutzt und mein Leben zerstört.«

Laut seufzte Julia. »Betty, sind Sie zu mir gekommen, damit ich mich für Sie räche, oder aus einem anderen Grund?«

Betty neigte den Kopf und blickte Julia beschämt von der Seite an. »Mein Vater hat gemeint, wenn jemand ihm den Handschuh werfen kann, dann sind Sie das.«

Laut lachte Julia hinaus. »Ich muss bei Ihrem Vater einen großen Eindruck hinterlassen haben, Betty, aber jetzt einmal unter uns Frauen. Sie haben gewusst, was für einen schlechten

Ruf Nicholas hat. Er ist in Dover als der größte Weiberheld verschrien. Sie haben sich in sein Bett gelegt. Auf der anderen Seite können Sie froh sein, dass er sich rechtzeitig von ihnen zurückgezogen hat. Sie könnten heute schwanger sein, und das wäre erst fatal gewesen. Das ist eine Geschichte, die nur Sie und Nicholas etwas angeht. Weiß Albert Bescheid?«
»Nein, ich schäme mich, es ihm zu erzählen.«
»Dann gebe ich Ihnen einen guten Rat. Erzählen Sie ihm, dass Sie mit Nicholas geschlafen haben, aber erzählen Sie nicht, dass Sie sich in sein Bett gelegt haben. Ich glaube, dafür hätte er kein Verständnis. Das weiß niemand außer Nicholas, Ihnen und mir, und wir drei können schweigen.«
»Sie kennen Albert sehr gut. Er hat mir erzählt, dass Sie viel zusammen waren.«
»Das ist richtig, er war mir immer ein guter Freund.«
»Nun, Lady Catterick, ich habe noch ein Anliegen. Albert und ich möchten Sie darum bitten, dass Sie bei unserer Hochzeit unsere Trauzeugin sind.«
»Gern. Haben Sie schon ein Datum festgelegt?«
»Albert meint, wenn das Haus fertig ist, das Sie uns bauen, er schätzt in einem Jahr. Lady Catterick, ich möchte Sie nicht länger stören und bitte Sie um Entschuldigung, dass ich Sie mit meinen Problemen belästigt habe.«
Noch lange saß Julia am Frühstückstisch und grübelte vor sich hin. Es klang nach verschmähter Liebe, nach enttäuschten Gefühlen und einem gebrochenen Herzen. In einem war sie jetzt überzeugt: Um Nicholas etwas zu ärgern und ihm Steine in den Weg zu legen, wollte sie seine Affären nicht einspielen lassen. Das wäre ein Schlag unter die Gürtellinie. Es war eine rein geschäftliche Angelegenheit. Sie wollte ehrlich mit ihm kämpfen, das Persönliche musste herausgehalten werden.
Und trotzdem fragte sie sich immer mehr, was Nicholas für ein

Mensch war. Kannte sie ihn denn überhaupt? Sie glaubte Betty jedes Wort. Sie musste ihr nicht erzählen, was er für eine animalische Anziehungskraft auf Frauen hatte. Geschäftlich kam sie sich vor wie in einem Spiel von Maus und Elefant. Wo war er empfindlich? Es musste doch irgendetwas geben, wo sie ihn packen konnte. Vielleicht hatte Philip eine Idee.

Philip saß auf dem Schreibtisch und ließ seine Füße baumeln.
»Lady Catterick, Sie wollen wissen, ob wir Nicholas nicht Kunden abspenstig machen können? Wie haben Sie sich das vorgestellt? Nicholas ist gerissen, er hat mit seinen Kunden feste Verträge.«
»Könnte es nicht sein, dass einige Verträge abgelaufen sind und aus Vergesslichkeit geht es ohne Vertrag so weiter wie vorher?«
»Das weiß ich nicht, man könnte es aber herausfinden.«
»Warum wollen Sie sich mit Nicholas anlegen? Wenn er will, kann er uns vernichten, haben Sie sich darüber schon einmal Gedanken gemacht?«
»Und ob ich mir Gedanken gemacht habe! Nicholas ist doch derjenige, der mich daran hindern möchte, mein Bürohaus zu bauen. Hast du vielleicht einen besseren Vorschlag?«
Philip rieb sich nachdenklich am Ohr. »Mehr Aufträge bedeuten für uns auch, dass wir die Firma vergrößern müssen, aber auch das geht nicht so schnell.«
»Alles geht, wenn man will. Überlegen wir besser: Welche Vorteile hat eine kleine Firma einer großen gegenüber?«
»Eine große Firma ist unflexibler und hat generell höhere Kosten. Wir können besser auf die Wünsche der Kunden eingehen. Und das Letzte, was mir einfällt, wir könnten ihm die besten Leute abwerben.«
»Jetzt kommen wir der Sache schon näher. Fangen wir damit

an, dass Sie herausfinden, wer geneigt wäre, zu einem Fuhrunternehmen mit besseren Bedingungen zu wechseln. Bei den Verhandlungen möchte ich dabei sein. Punkt zwei, werben Sie seinen wichtigsten Mann ab. Wer hat den ganzen Tee bis jetzt hier im Land weitertransportiert?«

»Das Unternehmen von Mr. Nicholas.«

»Ich könnte mir vorstellen, dass mir Lord Mornington diesen Auftrag meiner grünen Augen wegen zuschanzt.«

»Wenn Sie das schaffen, Lady Catterick, das wäre ein harter Schlag für Mr. Nicholas.«

»Geschäft ist Geschäft. Bestellen Sie drei neue Kutschen mit der besten Ausstattung. Philip, hätten Sie etwas dagegen, einen neuen Partner im Geschäft aufzunehmen?«

»An wen haben Sie gedacht?«

»An Lord Mornington. Er wohnt in London und würde sich sicherlich nicht in das Geschäft einmischen.«

»Ich weiß nicht so recht. Wir kamen bis jetzt sehr gut voran und haben ordentlich Geld verdient.«

Mit harter Stimme sagte Julia: »Philip, ich brauche jetzt Ihre Unterstützung. Kann ich damit rechnen, ja oder nein?«

»In Ordnung. Ich verlasse mich voll und ganz auf Sie, Lady Catterick.«

»Ich werde Lord Catterick benachrichtigen lassen. Vielleicht hat er Lust, einige Tage in Dover zu verbringen.«

»Sagen Sie, Julia, warum interessiert es sie, Nicholas eins auszuwischen?«

»Christopher, das sehen Sie falsch. Ich möchte das Geschäft vergrößern, und das kann ich im Moment nicht, weil meine eigenen Mittel gebunden sind. Darum biete ich Ihnen eine Partnerschaft an, aber natürlich brauchen wir dann einen Vertrag mit der East Indian Company, so dass wir das alleinige

Recht haben, den Tee in ganz England zu transportieren.«
»Lady Julia, mein Erfolg bestand immer darin, dass meine Gefühle in meinen Geschäften nie eine Rolle gespielt haben. Ich würde mich, wenn ich zustimme, in eine missliche Lage bringen, und mein Ruf könnte darunter leiden.« Christopher blickte Julia lange an. »Was bekomme ich dafür?«
Offen sah Julia Christopher an. »Ich habe es Ihnen schon gesagt: eine Beteiligung an der Firma, oder haben Sie an etwas anderes gedacht, Lord Mornington?«
»Wissen Sie, was ich an Ihnen am meisten bewundere?«
»Bestimmt werden Sie es mir gleich sagen.«
»Sie sagen, was taktisch klug ist, und Sie leben, was Sie antreibt.«
»Danke für das Kompliment.«
Christopher ließ seinen Blick gedankenverloren durch das Büro von Julia gleiten. »Sie geben mir jeden Tag neue Rätsel auf. Sie könnten in einem Palast wohnen, mit Angestellten, die Ihnen, wenn Sie wollten, Ihre Füße küssen würden. Und Sie wählen ein kleines Haus, ohne Komfort zum Leben und zum Arbeiten. Sie sind eine zwiespältige Persönlichkeit.«
Auf dem Schreibtisch räumte Julia die Pläne zur Seite und stellte Christopher ein Glas Wasser hin. Dabei ließ sie ihn nicht aus den Augen.
»Julia, ich habe es mir überlegt. Ich kann das Angebot nicht annehmen, in Ihr Geschäft einzusteigen, das riecht nach Korruption, und das Risiko ist mir zu hoch. Ich kann Ihnen aber einen persönlichen, zinsgünstigen Kredit geben, um Ihr Geschäft zu vergrößern. Und einen Vertrag für den Tee kann ich Ihnen dann auch geben. Sind Sie damit einverstanden?«
»Christopher, Ihnen ist doch klar, dass ich Lord Catterick niemals betrügen werde. Ich kann Ihnen nichts versprechen und nichts geben, es ist lediglich ein Geschäft.«

»Sie haben es mir schon deutlich zu verstehen gegeben. Wenn Sie vielleicht anders wären, hätte ich nicht diese Hochachtung vor Ihnen. Vor vielen Jahren habe ich die Achtung vor den Frauen verloren, aber Sie lehren mich, dass nicht alle Frauen gleich sind.«
»Christopher, was wissen Sie über Francis?«
»Er macht sich gut. Wie mir berichtet wurde, setzt er seinen ganzen Elan ein, um seine Arbeit besser zu machen als seine Vorgänger, und das ist ihm bis jetzt gelungen. Es war ein guter Tipp von Ihnen. Übrigens für den kommenden Monat habe ich eine Reise nach Macao geplant. Wollen Sie nicht mitkommen und Ihren Cousin besuchen?«
»Christopher, Sie sind reizend. Laden Sie mich in ein paar Jahren zu so einer Reise ein, vielleicht nehme ich die Einladung dann an.«
»Ich verstehe schon, die liebe Familie. Ich werde Sie beim Wort nehmen. Meine Charakterstärke ist, dass ich warten kann.«

Julia stand mit dem Rücken zur geöffneten Tür und hatte einen Stapel Pläne in der Hand, die sie ordnen wollte. Als sich eine kalte Hand auf ihre Schulter legte, erschrak sie heftig und drehte sich schlagartig um.
Vor ihr stand Nicholas mit einem arroganten Lächeln.
»Entschuldige bitte, ich wollte dich nicht erschrecken, aber die Türen standen weit offen, so bin ich eben hereinspaziert.«
Plötzlich hatte Julia das Gefühl, als wäre ihr Blut in den Adern zu Eis erstarrt.
»Ich habe gehört, dass du schon länger in der Stadt weilst, und nachdem du mich nicht aufgesucht hast, wollte ich mal sehen, wie es dir geht.« Seine Stimme triefte geradezu vor Sarkasmus.
»Danke der Nachfrage, aber gut, dass du da bist. Ich wollte

dich sowieso fragen, ob ich es dir zu verdanken habe, dass mir alle Arbeiter weggelaufen sind?«

Er machte einen bestürzten Eindruck. »Was denkst du denn von mir?«

Das Gesicht von Julia erstarrte zu einer steinernen Maske. »Ich denke von dir, dass du ein ganz boshafter, heimtückischer und hinterhältiger Gauner bist. Du hast dich geärgert, dass ich dir die Immobilie vor deiner Nase weggeschnappt habe, und jetzt versuchst du, mich aus dem Verkehr zu ziehen, mit solchen gemeinen Tricks.« Julia atmete tief durch und blickte Nicholas eisig an. Er wollte etwas erwidern, aber sie fuhr ihm über den Mund.

»Ich bin noch nicht fertig. Dazu kommt dann auch noch der unverschämte Mietvertrag, den du aufgesetzt hast.«

Sie ging zum Schreibtisch, holte aus einem Stapel von Akten zielsicher die Akte mit dem Vertrag hervor, zerriss ihn vor seinen Augen und warf die Fetzen auf seine Schuhe. Ihr Zorn brodelte, und als sie sein selbstgefälliges Gesicht betrachtete, war es aus mit dem Rest an Beherrschung, den sie noch hatte, und sie rief: »Ich brauche deine Hilfe nicht, nicht jetzt und nie wieder!«

Laut lachte Nicholas hinaus. »Du benimmst dich wie eine Marktschreierin. Wenn dich so dein werter Herr Gemahl sehen würde, wäre er sicher sehr erstaunt, was für eine billige Lady er eingekauft hat. Oder benimmst du dich bei ihm auch gewöhnlich? Vielleicht gefällt ihm deine ordinäre Art sogar.«

Sie kniff die Augen zusammen. Sie spürte, wie das Blut zurückkehrte und in ihre Lippen schoss.

»Mein werter Herr Gemahl ist ein Gentleman, im Gegensatz zu dir, du bist ein Schurke. Hast du nicht das Skelett in meinen Grund und Boden gelegt und meinen Leuten den doppelten Lohn geboten, wenn sie mich boykottieren?«

Das arrogante, inzwischen völlig versteinerte Gesicht bewegte sich auf Julia zu. »Ah, daher weht der Wind. Ich gebe zu, dass ich nicht ganz unschuldig bin, aber das Doppelte habe ich nicht geboten.«

Julias Augen wurden zu engen Schlitzen. »Nicholas, du musst mich sehr hassen, um so schmutzig zu spielen. Mich wundert nur, dass du mir das Land meiner Familie zurückgegeben hast.«

Er sah sie mit spöttisch erhobenen Augenbrauen an. »Das kann ich dir beantworten: weil ich nicht ehrlich gespielt hatte. In meinem schwarzen Herzen kam dann doch so etwas wie ein Funken Mitleid für deine Familie auf. Aber das zwischen uns ist eine andere Sache. Du warst mein Besitz, oder ich habe es mir wenigstens eingebildet, und du hast mich an einem sehr sensiblen Nerv getroffen. Und wie du weißt, bin ich eifersüchtig und nachtragend.«

Julia hob beide Arme in die Höhe und fuchtelte mit den Händen.

»Ich war nie dein Besitz! Was ärgert dich eigentlich mehr, dass ich deinen Vater geheiratet habe oder dass ich dir den Bauplatz weggeschnappt habe? Oder ärgert dich, dass ich dir das ganze Teegeschäft weggeschnappt habe, oder ärgert es dich, dass ich dir deinen besten Mann abgeworben habe, oder ist es eine Kombination von allem?« Schallend lachte Julia hinaus. »Du hast bei der Bank in London interveniert, dass sie mir den Kredit verweigern, weil du genau wusstest, dass ich deinen Vater nicht bitten würde, als Bürge aufzutreten.« Sie hörte ihn Luft holen. Er wirkte auf einmal verwirrt, so als sei er verunsichert.

»Das Grundstück wurde mir mündlich hundertprozentig zugesichert, und ich weiß nicht, was du für ein falsches Spiel gespielt hast. Meinst du nicht auch, dass wir uns im Grunde doch sehr ähnlich sind? Aber wenn du zu dir selbst ehrlich

bist, dann musst du zugeben, dass du mit dem schmutzigen Spiel angefangen hast, nicht ich. Wie soll ich sagen, ich bin ein Opfer deiner Intrigen, denn nur ein billiges Straßenmädchen konnte sich so benehmen wie du. Aber was mich am meisten getroffen hat, wirst du nie erfahren, mein Engel!«
Insgeheim jubelte sie über sein Unbehagen. Überall spürte sie seine Wut. Sie wollte ihn verletzen, sie lechzte nach Rache. Julia fauchte: »Verschwinde, ich kann dich nicht mehr sehen! Du hast in mir auch einen sehr sensiblen Nerv geweckt. Wenn du mit deinem Erscheinen sehen wolltest, dass ich aus der Haut fahre, dann hast du erreicht, was du wolltest. Tu mir einen Gefallen, schließ bitte die Türe hinter dir.« Sie drehte sich um, und es gelang ihr nicht, das Wort zurückzuhalten: »Bastard!« Es herrschte eisige Stille im Zimmer. Sie war wie gelähmt und fühlte sich hilflos und ungeschützt, während sie wusste, dass Nicholas, inzwischen ihr Todfeind, sich darauf vorbereitete, ihr einen weiteren vergifteten Pfeil ins Herz zu schießen. Sie betrachtete ihre Hände; sie zitterten. Sie hörte nicht, als er ging. Nach einigen Minuten drehte sie sich um. Er war gegangen. Die Tür stand offen, wie zuvor. Sie lief zur Tür und warf sie mit voller Gewalt zu, griff nach einer Vase, die ihr am nächsten stand, und pfefferte sie an die Wand, dass sie in tausend Stücke zerbrach. Ihr liefen die Tränen herunter. Vor Wut setzte sie sich an den Schreibtisch, der übersät war mit Papieren, und legte ihre Arme darauf. Sie würde es ihm zeigen. Er würde es noch bereuen, sie kennengelernt zu haben. Sie, Julia würde es schaffen, dieses verdammte Gebäude zu erstellen, und wenn sie jeden Penny, den sie hatte, ausgeben musste. Sie war nicht die Frau, die mitten auf dem Weg umkehrte. Die Schmuckstücke brachten ihr bei Christie's, einen weit höheren Erlös, als sie es sich erträumt hatte. So konnte sie sich den Luxus erlauben, ihm seine Unver-

schämtheit vor die Füße zu werfen.
Die Standuhr schlug sechs. Sie blickte auf. Es war Zeit, zu Elsa zu gehen, die Julia gebeten hatte, den letzten Abend ihrer Junggesellinnenzeit bei ihr zu verbringen. Sie wischte sich die Tränen weg und sagte sich: Nicht mit mir, Nicholas, in mir hast du jetzt die schlimmste Rivalin, die du dir vorstellen kannst.

Vor dem Spiegel stehend, nahm Julia einen Wattebausch, tauchte ihn in Rosenwasser und wusch sich damit die Wangen. Die Haare hatte sie mit einer Spange hochgesteckt.
Mit gespreizten Füßen saß Elsa auf ihrem Rosenbett. »Warum hast du George nicht mitgebracht? Stimmt es bei euch nicht mehr?«
Im Spiegel konnte Julia Elsa beobachten, wie sie nach einer Bürste fasste, die neben ihr auf dem Bett lag. »Wie kommst du denn auf diese Idee? George scheut die anstrengende Reise, er hat Probleme beim langen Sitzen in der Kutsche.«
Gleichmäßig und sanft bürstete Elsa ihre langen schwarzen Haare. »Ich habe mich immer gefragt, warum du George geheiratet hast. Ich kenne dich so gut, dass ich weiß, es ist nicht das Geld und der Einfluss. Willst du mir nicht die Wahrheit erzählen?«
Angestrengt überlegte Julia. »Wegen Roger. George ist nicht der Vater.«
Elsa streckte den Kopf nach vorn, und ihre großen Mandelaugen weiteten sich. »Das kann doch nicht wahr sein!«
Sorgfältig verrieb Julia eine Hautcreme auf ihrem Antlitz und lächelte in den Spiegel. »Es ist aber so. Er ist für mich der liebenswerteste und wertvollste Mensch, dem ich zu ewigem Dank verpflichtet bin.«
Elsa blickte auf, sah zum Spiegel und betrachtete Julia

nachdenklich. »Du bist und warst für mich immer wie ein Buch mit sieben Siegeln. Ich weiß nie, was es für Überraschungen bietet.« Sie grinste Julia spöttisch an. »Wer der Vater ist, willst du mir wohl nicht sagen?«

Julia drehte sich zu Elsa um und schaute ihr in die Augen. »Es ist Nicholas.«

»Nein, du bist ja verrückt!«

»Nein, ich bin nicht mehr verrückt. Besser gesagt, ich war verrückt nach Nicholas, nach dem Mann, nach seinem verflixten Körper. Ich glaube, ich war ihm sogar sexuell hörig. Ich konnte an nichts anderes mehr denken. Ich dachte, ich könnte ohne ihn nicht leben.«

Elsa seufzte laut. »Hast du ihn so geliebt?«

Lange überlegte Julia, was sie antworten sollte. »Ich glaubte, ihn zu lieben, aber das ist lange her. Heute hat er mich dazu gebracht, dass ich ihn hasse.«

Der Schrei einer Eule unterbrach Julia. »Vielleicht ist Hass nicht das richtige Wort, aber er hat mich sehr enttäuscht.«

»Natürlich hat er dich enttäuscht. Er hat dich, wie es aussieht, sitzen lassen, ist es nicht so?«

»Ja, so kann man es nennen.«

»Aber es kommt im Leben immer, wie es kommen muss, und vielleicht ist es auch ganz gut so, dass es mit Nicholas nicht geklappt hat, denn ich schätze mich heute als glückliche Frau. Ich habe einen Sohn, einen Pflegesohn und einen Gatten, die mich abgöttisch lieben. Was kann man sich mehr wünschen?«

»Aber wenn du so glücklich bist, wie du sagst, warum bist du dann in letzter Zeit nicht mehr zu deiner Familie gereist?«

Julia öffnete das angelehnte Fenster ganz und ließ die Abendbrise herein. »Weil ich mich in ein Geschäft eingelassen hatte, das weißt du ganz genau. Ich habe zurzeit erhebliche Probleme damit, und um nicht mein ganzes Geld zu verlieren, das ich

hineingesteckt habe, muss ich alle Mittel und Kräfte freisetzen, die ich besitze.« Umständlich zog Julia den gelben Morgenmantel aus und setzte sich neben Elsa aufs Bett.
»Julia, auch das verstehe ich nicht. Das hast du doch alles nicht nötig! Warum musst du dir immer bestätigen, dass du alles kannst? Du willst dich aus der Masse hervorheben, das ist doch nicht normal für eine Frau.«
Mit beiden Händen umfasste Julia ihren Hals und streckte sich. Sie überlegte kurz, wie sie Elsa ihren inneren Zwiespalt erklären konnte. »Das ist vielleicht mein Problem. Ich kann nicht akzeptieren, als unmündige Frau behandelt und diskriminiert zu werden. Wir sind dieselben Geschöpfe auf Gottes Erde, so haben wir die gleichen Pflichten und auch Rechte.«
Es kam ein Nachtfalter durch das offene Fenster geflogen und setzte sich auf Elsas Hand. »Das ist ketzerisch, was du sagst. Ich bin mit meinem Los zufrieden, ich bin eine Frau und bin glücklich dabei und überhaupt, in letzter Zeit fällst du ganz schön aus der Rolle mit deinen emanzipierten Sprüchen. Die Leute machen Bücklinge vor dir und akzeptieren dich, aber nur, weil sie deinem Gemahl oder auch Nicholas in irgendeiner Art zu Dank verpflichtet sind oder mit ihnen irgendwelche geschäftlichen Beziehungen haben. Aber du darfst mir glauben, sie rümpfen hinter deinem Rücken die Nase.« Elsa hauchte den Falter an, daraufhin flog er davon.
»Meinst du, das weiß ich nicht? Aber ich kann das verlogene Getue einfach nicht mehr ertragen. Es wird Zeit, dass die Frauen anfangen, sich zu wehren.«
»Und wenn die Frauen sich gar nicht wehren wollen, was dann?«
Julia ließ ihre Schultern hängen. »Dann sollen sie eben so weiterleben wie bis jetzt. Mit einem Mann, mit dem sie verheiratet werden, obwohl sie ihn oft vorher nicht kennenge-

lernt hatten. Bei vielen gibt es keine Zuneigung, ganz zu schweigen von der Liebe. Du weißt so gut wie ich, was es für schlimme Ehetragödien gibt, und alles nur des Titels oder des Geldes wegen.«
»Und was meinst du, was sich die Leute über dich erzählen?«
»Ich nehme an, dass ich ein berechnendes Biest bin.«
Elsa lachte hell hinaus. »Ja, so ähnlich reden sie über dich.«
»Weißt du, Elsa, ich kann damit leben. Mir war zum Glück die Meinung anderer Leute nie wichtig.«
»Du hast das Aussehen einer anziehenden Frau, aber dein Verhalten und deine Art zu denken, ist die eines Mannes.« Jetzt wurde Elsa rot, als sie fragte: »Ist es wirklich so schön, mit einem Mann zusammen zu sein?«
Träumerisch sah Julia Elsa an und lächelte. »Wenn du den Mann wirklich über alles liebst, ist es wunderbar. Du sehnst dich nach ihm, du begehrst ihn und meinst, dass du ohne ihn nicht leben kannst. Du wartest sehnsüchtig, bis er abends zu dir ins Bett kommt und dich berührt. So war es wenigstens bei mir.«
»Meinst du, dass es zwischen Philip und mir auch so sein wird?«
»Aber natürlich, du liebst ihn doch, oder?«
»Ja, ich bin sehr in Philip verliebt.«
Sie hörten durch das offene Fenster die Kirchenglocke zwölf Mal schlagen. »Aber jetzt muss ich schlafen, ich will am wichtigsten Tag in meinem Leben schön sein, und darum brauche ich meinen Schönheitsschlaf.

Es war inzwischen das Stadtgespräch, dass Lady Catterick und Nicholas Dudley, ihr Stiefsohn, sich bekriegten. Darum erwarteten alle auf der Hochzeit ein Spektakel oder wenigstens einen Ausrutscher beider Seiten.

Julia strahlte und war bester Laune. Sie hatte gehofft, dass nach der gestrigen Auseinandersetzung Nicholas so viel Anstand besaß, der Hochzeit fernzubleiben. Aber er tat ihr den Gefallen nicht. Immerhin brachte er dieses Mal kein Straßenmädchen mit. Er hielt sich wenigstens bis zum Ball von ihr fern, aber der Form halber mussten sie wenigstens eine Runde miteinander tanzen, um das Gespräch nicht noch weiter anzuheizen.

Nicholas kam unverhofft hinter einer Säule hervor. »Darf ich um den nächsten Tanz bitten?«

Kurz fixierte Julia ihn, ließ ihren Blick über seinen Körper schweifen, nickte und ging zur Tanzfläche voraus.

Er fasste sie korrekt an der Hüfte. Ihre Hände berührten sich zuerst zaghaft, dann nahm er sie fest und besitzergreifend in den Arm und führte sie bei einem Walzer quer durch den Saal.

Mit deutlicher Sicherheit spürte Julia, dass es noch nicht zu Ende war mit ihr und Nicholas, und sie war sich sicher, dass er dasselbe fühlte. Er kam ihr keinen Zentimeter näher als die Etikette es erlaubte, aber sie fühlte ein fast vergessenes Prickeln in ihrer Brust. Sie schwebte in seinen Armen dahin wie ein Engel, der kurze Zeit alles vergab und glücklich war. Sie schloss kurz die Augen. Warum konnte es nicht immer so sein? Sie sah keine Kapelle, keine Menschen, sie war allein mit ihm auf einer Wolke, und sie ließ sich gleiten, in den sicheren Abgrund.

Plötzlich stand George vor ihnen. »Da komme ich ja gerade richtig. Nicholas, gestattest du mir, mit meiner Gattin zu tanzen?«

Verstört blickte Julia auf Nicholas und dann auf ihren Mann, lächelte ihn an, machte eine Drehung, und schon war sie in Georges Armen.

Nicholas verbeugte sich kurz, blickte nochmals stumm in ihre Augen und verschwand.

Julia fühlte sich ertappt und furchtbar schuldig, obwohl nichts vorgefallen war, aber sie musste George nur anschauen, so wusste sie, dass er sie durchschaut hatte.
George küsste Julia provozierend auf ihre nackte Schulter.
Julia zuckte zusammen. Sie wusste, was das zu bedeuten hatte. Es war sein Besitzerinstinkt. Er wollte der Welt berichten, hier ist meine Frau, die ich anbete und verehre, schaut nur alle her, ich alter Mann liebe sie, und wir sind ein glückliches Paar. Hoffentlich seid ihr auch alle neidisch und eifersüchtig auf uns.
»Hast du dich ohne mich gut amüsiert?«
»Ich hätte mich besser amüsiert, wenn du schon heute Morgen bei mir gewesen wärst.«
»Das ist schön, dass du das sagst.« Er drängte sich näher an Julia heran und flüsterte ihr ins Ohr: »Mein Engel, ich liebe dich, und ich sehne mich nach dir.«
Verwirrt senkte sie den Blick, und ein helles Rot überzog ihre helle Gesichtshaut.
»Julia, du siehst reizend aus, wenn du verlegen bist.« George lachte kurz hinaus. »Ich glaube, seit ich dich kenne, ist es vielleicht das dritte Mal, dass sich deine Wangen aus Verlegenheit röten.«
Mit seltsam verschleierten Augen blickte sie George an. »Ich habe dich auch vermisst.«
Nicholas ging noch nicht nach Hause, sondern blieb versteckt hinter einer Pflanze stehen und beobachtete mit versteinertem Gesicht die Szene. Julia sah, wie immer, umwerfend aus. Sie hatte ihre rote Mähne hochgesteckt und aus der Frisur blitzten Diamanten, die in dem festlich beleuchteten Saal wie Sterne blinkten. Dazu trug sie ein tief ausgeschnittenes, goldenes Seidenkleid mit eingewobenen Silberfäden. Nicholas bekam Magenschmerzen, als er sah, wie sein Vater strahlte und glücklich war. Seit er mit Julia zusammen war, sah er um Jahre

jünger aus. Nicholas fragte sich, warum diese Frau wohl auf die männliche Linie der Cattericks so eine Anziehungskraft hatte. In diesem Moment entschloss er sich, eine größere Reise zu unternehmen. Wenn sie aus seinem Leben nicht verschwand, so musste er fortgehen.

George streichelte Julia zart über ihre Wangen. »Du bist die schönste Frau, die ich kenne, aber heute siehst du einfach umwerfend aus.«

Sie zeigte ihm ihre schneeweißen Perlzähne. »Danke für das Kompliment. Wenigstens einer, der darauf aufmerksam wird.«

»Willst du mir wirklich ernstlich einreden, dass Nicholas dir kein Kompliment gemacht hat über dein Aussehen?«

Julia seufzte. »Ob du es mir glaubst oder nicht, das Einzige, was er heute zu mir sagte, war: „Darf ich dich um den nächsten Tanz bitten?"«

»Das glaube ich dir nicht.«

»Das darfst du mir ruhig glauben, es gibt nämlich einige Dinge, die du trotz deiner Spitzel nicht weißt.«

»Meinst du?«

Sie küsste ihn neckisch auf seine Schulter. »Ja, das meine ich.«

Am nächsten Morgen saß Julia schon im Esszimmer und schenkte sich eine heiße Schokolade ein, als George, ein Liedchen pfeifend, hereinkam. Er trug einen seidenen Morgenmantel mit grau abgestelltem Revers. »Hier bist du. Ich habe dich überall gesucht!«

Julia drehte sich um und lächelte ihn an. »Wie gut du heute früh aussiehst, einfach umwerfend mit deinen grauen Schläfen.«

Er beugte sich tief über Julia, nahm ihren Kopf in seine feinen Hände, hob ihn zu sich hoch und küsste sie auf den Mund.

»Du hältst mich jung. Seit ich dich kenne, fühle ich mich

wieder wie ein junger Gott.« Er hielt ihren Kopf immer noch in seinen Händen. »Ich danke dir für die wunderschöne Nacht.« George schmiegte seinen Kopf in Julias Haarpracht, sog laut den Duft ein.

»Deine Haare riechen nach Frühling.« Dann ließ er sie los und setzte sich ihr gegenüber. »Jetzt erzähl mir, warum du dieses Haus gemietet hast. Gab es nichts Besseres? Wenn das die Leute sehen, dann wird erzählt, dass ich pleite bin.«

Schallend lachte Julia hinaus. »Ich habe deinen Geldbeutel schon genug in Anspruch genommen.« Sie nahm die silberne Kanne mit dem Kaffee und schenkte George die Tasse voll.

»Mein Engel, mach dir bitte um mich keine Sorgen. Wenn ich es nicht mehr bezahlen kann, dann werde ich mich mit dir unterhalten. Wie oft muss ich dir noch sagen, was mein ist, ist auch dein. Es gehört uns beiden, und wenn ich einmal nicht mehr bin, gehört alles dir.«

Das Hausmädchen kam hereingeschlurft. »Was darf ich zum Frühstück bringen?« Rita war ein kleines Fettfässchen mit rot geäderten Apfelbäckchen und lustigen Augen, die nicht stillstehen konnten. Rita schaute ausschließlich George an.

Julia antwortete für ihn. »Wir hätten heute Lust auf Rührei, Speck, Schinken und ein getoastetes Weißbrot.«

Rita drehte sich mit ihrem plumpen Körper zu Julia und sagte leicht entrüstet: »Sie etwa auch?«

»Natürlich, zwei Portionen, bitte.«

Sie wandte sich ab und ging kopfschüttelnd in die Küche.

Als Rita draußen war, fing George lautstark an zu lachen. »Das ist ja vielleicht ein Unikum, und du lässt dir gefallen, dass sie dich anmacht, weil du heute mal richtig frühstücken möchtest.« Er blinzelte Julia neckisch an. »Sie kann wahrscheinlich nicht verstehen, dass man nach so einer Nacht etwas Kräftiges in den Magen braucht. Konntest du dir keine andere suchen, und ist sie dein einziges Personal?«

Julia tat beleidigt. »Ja, sie ist die Einzige. Ich habe nie Besuch zu bewirten. Sie macht das Haus sauber, kochen kann sie wunderbar, und mehr brauche ich nicht.«

»Ich wusste gar nicht, dass man dich mit so wenig zufriedenstellen kann!«

Julia alberte: »Siehst du, so eine bescheidene Frau hast du geheiratet.«

George nahm ihre Hand und küsste nacheinander jede einzelne Fingerspitze. »Ist es dir kalt? Du hast eisige Hände.«

»Nein«, sagte sie heiser.

»Mein Engel, du hast mir gestern Abend angedeutet, dass du mit mir etwas besprechen möchtest.« Er drehte ihre Hand um, so dass ihre Handfläche nach oben schauten, und betrachtete sie wie einen kostbaren Gegenstand.

»George, ich bin hier in einer ganz schwierigen Situation.«

George wirkte ganz ruhig, darum fasste sie den Mut, ihm alles zu erzählen. »Ich kann den Bau nicht fertigstellen, weil mir alle Bauarbeiter weggelaufen sind.«

Verständnislos blickte George sie an. »Was heißt weggelaufen?«

»Zuerst wurde ein Skelett in der Erde gefunden, und du kennst doch die Leute hier, die sind alle so abergläubisch. Ich bin so weit, dass ich glaube, dass man das Skelett auf dem Friedhof ausgegraben hat, und um die Leute zu erschrecken, wurden die Knochen auf meinem Grundstück vergraben. Von Anfang an wurde Sabotage betrieben, das heißt, es wurde Zement geliefert, der im Regen abgeladen wurde, und da blieb er auch liegen. Oder der Zement wurde am Abend angeliefert und am nächsten Morgen war er verschwunden. Es wurden Steine geliefert, dasselbe Theater. Jetzt geht die Geschichte herum, dass der Geist nicht will, dass auf seiner Ruhestätte gebaut

wird. Dann habe ich einen Arbeiter eingestellt, der nur auf das Material aufpassen sollte, aber schon am zweiten Tag tauchte er nicht mehr auf. Dann wurde der erste Arbeiter krank, dann der zweite und so fort. Das war natürlich die Schuld von einem Gespenst, das auf dem Grund wohnte, und dann kam gar keiner mehr zum Arbeiten. Angeblich gibt es in der ganzen Stadt keinen Arbeiter, der bei mir arbeiten möchte.«
George ließ ihre Hand los und legte sie wieder auf den Tisch.
»Das Material, das wir benötigen, ist angeblich auch überall ausverkauft.«
Die Hausmagd brachte die Teller mit den Eiern, stellte sie auf den Tisch und verschwand wieder.
»Das riecht gut, aber erzähl nur weiter.«
»Nun ja, ich weiß nicht, wie ich es dir sagen soll, aber mir wurde berichtet, dass Nicholas dahintersteckt.«
Überrascht schaute George sie an. »Wieso Nicholas? Was soll er denn für ein Interesse daran haben? Will er sich rächen, weil du mich geheiratet hast?«
»Weißt du, ich habe auch etwas getan, was nicht in Ordnung war.« Man konnte hören, wie Julia laut Luft holte. »Ich habe ihm diesen Baugrund vor der Nase weggeschnappt. Das Grundstück war ihm ganz sicher zugesagt und ich, wie soll ich sagen, ich habe ihn ausgetrickst.«
George lachte plötzlich schallend hinaus. »Was hast du gemacht?«
Julia machte einen Schmollmund. »Weißt du, ich konnte einfach nicht widerstehen.«
»Du willst mir sagen, du konntest nicht widerstehen, Nicholas eins auszuwischen, ist es so?«
Sie nickte nur.
»Du bist ja ganz schön durchtrieben! Ich wusste gar nicht, dass in dir auch ein kleiner Racheengel steckt.« George legte Messer

und Gabel weg und nahm einen Schluck Kaffee. »Und was hast du bis jetzt unternommen?«
»Alles.«
»Wirklich alles? Hast du auch mit Nicholas geredet?«
Sie stützte ihren Kopf auf die Hände und verdrehte dabei ihre Augen. »Nun, ich war nicht bei ihm, weil ich auch stinksauer bin wegen des Mietvertrags.«
»Halt, halt, da weiß ich ja auch noch nichts davon. Am besten fängst du noch einmal von vorne an.«
Da erzählte Julia ihm alles, Schritt für Schritt. Sie ließ nichts aus, auch nicht ihre Intrigen, und als sie fast fertig war, sagte sie: »Und dann tauchte er doch gestern ganz unschuldig hier in meinem Büro auf. Da verlor ich die Fassung. Ich warf ihm den Vertrag vor die Füße und schrie ihn an wie ein Gassenweib.«
Er sah sie freundlich an. »Ich kann es nicht fassen, dass gerade du so etwas fertigbringst.«
»Du bist mir nicht böse?«
Ein flüchtiges, zufriedenes Lächeln huschte über sein Gesicht. »Solange du mich nicht so behandelst, kann es mir egal sein.« Er räusperte sich und schmunzelte dabei. »Julia, ich weiß nicht, was zwischen euch vorgefallen ist. Ich habe dich nie gefragt und ich will es auch nicht wissen, aber ich habe das Gefühl, dass ihr euch gegenseitig Leid zufügt. Jeder will sehen, wer der Stärkere ist. Was mir überhaupt nicht gefällt, ist die Tatsache, dass du dir Geld von Christopher geliehen hast. Ich gebe dir einen Scheck, damit du ihm sein Geld mit Zinsen zurückgeben kannst. Es kränkt mich, dass du mich nicht darum gebeten hast.«
»Es tut mir leid. Ich wollte dir zeigen, dass ich in der Lage bin, alles allein durchzuziehen. Nun ja, man kann die Zeit nicht zurückdrehen, aber wenn du denkst, ich bitte Nicholas um einen Gefallen, dann täuschst du dich.«

»Nein, Julia, das möchte ich nicht. Im Gegenteil, ich wünsche, dass du dich von ihm fernhältst. Auch meine Geduld hat Grenzen. Wenn er auch mein Sohn ist, so kann er sich gewisse Dinge nicht erlauben. Wenn du gestattest, werde ich mich darum kümmern. Ich kann dir natürlich nichts versprechen.«
»O ja, George, ich wäre dir wirklich sehr dankbar, wenn du diese leidige Angelegenheit in die Hände nehmen könntest. Ich gebe es nicht gern zu, aber ich bin mit meinem Latein am Ende.«
»Für meine geliebte Frau bin ich zu allen Schandtaten bereit.«

Nicholas tauchte nicht mehr auf. Es wurde gemunkelt, dass er Hals über Kopf mit einem seiner Schiffe mit unbekanntem Ziel davongesegelt war.
Julia fragte George nicht, wie er es angestellt hatte, aber eine Woche später erschienen alle Arbeiter vollzählig. Das Baumaterial wurde anstandslos geliefert, der Bau wuchs von Tag zu Tag. Jetzt nahm Julia die Vermietungen in Angriff. Auch das war kein großes Problem, wie sich zeigte. Die Wirtschaft expandierte, jeder brauchte für seine Geschäfte mehr Räume. Julia war unermüdlich. Sie arbeitete täglich zwölf Stunden. Sie hatte sich ein Ziel in den Kopf gesetzt und sie würde erreichen, dass das Gebäude doch noch zur festgesetzten Zeit schlüsselfertig vor ihr stand. Es war nicht leicht, die verschiedenen Edelhölzer und den Marmor zu besorgen. Die Fenster waren eine Sonderanfertigung. An dem Bau gab es nichts, was Norm war, aber genau das gefiel ihr. George reiste wieder zu Roger und Neil zurück.

Der Tag der Einweihung rückte immer näher. Julia schrieb George, dass sie zwar verstehe, wenn er die beschwerliche Reise scheue, aber sie würde sich sehr freuen, wenn er sich trotzdem durchringen könnte, sie bei der Einweihung des Bürohauses zu begleiten.

Frühmorgens war Julia aufgestanden. Im kalten Wind fuhr sie am Kai entlang und betrachtete das geschäftige Treiben am Hafen. Von einem kleinen Schoner wurden gerade große Ballen abgeladen. Zu ihrem Glück fehlte nur noch Nicholas. Sie hätte ihm gern ins Gesicht gelacht und ihm entgegengeschleudert: »Und wer war jetzt der Stärkere?«

Julia trug ein blaues Kleid mit einer kurzen Jacke darüber, dazu einen passenden Hut mit schwingender Feder. Sie hatte ihr Ziel erreicht, der Triumph war ihr ins Gesicht geschrieben. Sie stand vor ihrem Werk, das sie sehr viel Kraft und Nerven gekostet hatte. Alles war vergessen. Sie war glücklich. Sie hielt ihre Hand schützend als Schild über ihre Augen und blickte nach oben. Es waren sechs Stockwerke. Damit war ihr Traum das höchste und größte Gebäude in ganz Dover. Das oberste Stockwerk war für Philip reserviert. Außer dem dritten Stock waren alle Büros vermietet, obwohl es einige Interessenten gab, die diesen auch mieten wollten. Aber sie war noch am Überlegen, ob sie Nicholas nicht doch noch eine Chance geben sollte, er würde dann ihren Preis bezahlen. Ihm nachlaufen und nochmals eine Offerte machen, nein, das würde sie nicht tun. Er sollte zu ihr kriechen wie ein Hund. Das war er ihr schuldig nach allem, was er ihr angetan hatte. Sie könnte sich über sich selbst ärgern, dass er ihr nicht aus dem Kopf ging. Noch einen Monat würde sie Nicholas geben zum Reagieren. Wenn er sich bis dahin nicht bei ihr melden würde, dann hatte er eben das Nachsehen. Sie schaute sich um. Die ersten Gäste kamen mit ihren Kutschen angefahren. Es würde ein Volksfest werden. Sie hatte die halbe Stadt eingeladen, und sie wusste, dass sie das Stadtgespräch war.

Philip trat an Julia heran. »Ist das nicht die Kutsche mit dem

Wappen Ihres Mannes?«

Erstaunt schaute Julia hin. Tatsächlich, George und Neil stiegen aus dem Wagen. Neil rannte zu Julia und umklammerte sie sehnsüchtig. »Mami, Mami!«

Sie küsste ihn stürmisch. »Das finde ich aber entzückend, dass George dich mitgebracht hat.«

George nahm seine Frau fest in den Arm und küsste sie auf den Mund.

»Ich konnte mir doch den wichtigsten Tag meiner süßen Geliebten nicht entgehen lassen.«

Julia strahlte beide an. »Ich bin ja so glücklich, dass ihr gekommen seid.«

»Du siehst hübsch aus«, sagte George leise.

Die Zeremonie begann. Zuerst sprach Julia über die außerordentliche Arbeit von John Soane, dem eigentlichen geistigen Schöpfer dieses Gebäudes, der auch hier seine zwiespältige Persönlichkeit eingeflochten hatte. Trotz der viktorianischen Elemente kam überall auch seine Liebe zur Moderne durch. Sie hob besonders hervor, dass er ein Künstler des Lichts war. Im ganzen Gebäude spielte er mit Lichtquellen. Sie bedauerte außerordentlich, dass er bei diesem wichtigen Tag, der Einweihung seiner Neuerschaffung, nicht dabei sein konnte. Sie gab das Wort weiter an die Mitglieder des Stadtrats. Die letzte Rede hielt der Bürgermeister, ein äußerst sympathischer Mann, der besonders den Mut und die Weitsicht der Erbauerin hervorhob und lobte. Er schloss seine Rede, indem er Julia zur Ehrenbürgerin der Stadt ernannte. Anschließend wurde das rote Band durchschnitten und das Gebäude wurde zur Besichtigung freigegeben. Dann gab es Bier und belegte Brote.

George trat nah an Julia heran, streckte die Hand aus und berührte ihren Arm. »Meinen herzlichsten Glückwunsch, mein

Schatz, du hast nicht nur ein Gebäude geschaffen, in dem man liebend gerne arbeiten wird, sondern es ist auch von außen eine Sehenswürdigkeit, ein wirkliches Denkmal.«

Julia frohlockte. »Ich bin auch glücklich. Ich habe mir einen Traum erfüllt, der mir zusätzlich noch jeden Monat mein Bankkonto füllt.«

»Ich bin stolz auf dich. Wann gedenkst du wieder zu uns nach White Castle zu kommen?«

Augenzwinkernd zog sie mit ihrem Arm George ganz eng an sich heran und flüsterte ihm ins Ohr. »Wenn es dir recht ist, sofort.«

Am liebsten hätte George Julia auf der Stelle in den Arm genommen und sie herzlich gedrückt. Er blickte sich um. »Wirst du noch gebraucht?«

Liebevoll lächelte sie George an. »Nein, Philip wird ab jetzt alles in die Hände nehmen. Glaub mir, ich will jetzt auch endlich wieder nach Hause zu meiner Familie.«

Kaum drei Wochen später bekam Julia die Nachricht, dass Nicholas wieder in Dover weilte und sogar den Mietvertrag unterschrieben hatte. Er war auch bereit, den Preis zu bezahlen, den Julia festgesetzt hatte. Sie hatte hoch gepokert und gewonnen: Er kam angelaufen wie ein Hund. Sie jubilierte vor Freude, als sie die Nachricht las. Sie lief zu George, nahm ihn in den Arm und tanzte mit ihm im Kreis. »Ich habe gewonnen, ich habe alles vermietet!«

18. Kapitel

Die Sonne stand noch hoch, als Nicholas in den Waldweg einbog. Der Hufschlag des Pferdes war nur noch ein gedämpftes Poltern auf dem weichen Boden. Durch die Laubbäume sickerte die heiße Augustsonne wie ein weiches warmes Leuchten, aber von all dem Schönen um ihn herum sah und spürte er nichts.

Nach einem Jahr innerlicher Unruhe hatte sich Nicholas endlich durchgerungen. Er musste Julia einfach gegenübertreten. Julia plagte ihn wie eine unheilbare Krankheit, sie war in sein Gedächtnis eingefressen wie eine schlecht verheilte Narbe. Was hatte sie aus ihm gemacht? Im letzten Jahr war er viel unterwegs gewesen. Er hatte sich von einem Abenteuer in das andere gestürzt. Aber er konnte nicht mehr genießen, was ihm angeboten wurde. Er benutzte jede Frau als Dirne und ohne Gefühl und ließ es jede spüren, was er von ihr hielt. Er bestrafte die Frauen für das, was Julia ihm zugefügt hatte. Jetzt war er so weit, dass er sich fragte, ob sie ihm etwas vorgespielt hatte. Wahrscheinlich hatte sie ihn nie geliebt, sonst hätte sie nie und nimmer die Hand seines Vaters annehmen dürfen. Was konnte er Julia nicht bieten, was sein Vater ihr gab? Er war alt, aber wie es aussah, stehen junge Frauen auf Männer, die ihre Großväter sein könnten, dachte er ironisch. War es das Geld? So gut kannte er sie, um zu wissen, dass ihr diese Dinge nicht viel bedeuteten. Er zermarterte sich den Kopf und versuchte Julia zu verstehen. Er fragte sich zum tausendsten Mal: Warum? Auch sich selbst konnte er nicht mehr verstehen, denn sein Selbstzerstörungsdrang wurde jeden Tag schlimmer. Das Leben spielte keine Rolle mehr für ihn, er lebte und wusste nicht warum. Es war für ihn unbegreiflich, wie ein Mensch sich so verändern konnte. Er wurde rücksichtslos und hatte mit niemandem Erbarmen. Er ekelte sich vor sich selbst. Die Menschen, mit denen er zu tun hatte, waren ängstlich bedacht, ihm alles recht zu machen. Sie fürchteten sich vor seinen Wutanfällen. Früher war es Respekt und heute war es Angst. Er spürte, dass er sich ändern musste, oder er würde sich selbst zugrunde richten. Nicholas zügelte sein Pferd und hob eine Hand, um seine Augen vor der Sonne zu schützen. Es waren jetzt mehr als fünf Jahre vergangen, seit Julia seinen Vater geheiratet hatte. Sie hatten einen Sohn. Er war sein Stiefbruder, welche Ironie des Lebens. Schon allein der Gedanke drehte ihm den Magen um.

Er war nicht angemeldet und hatte keine Ahnung, ob sein Vater über ihn und Julia Bescheid wusste, aber er nahm es nicht an. Somit konnte er ihm hoffentlich ungezwungen gegenübertreten. Sein Vater war sein Rivale, und er wünschte ihm den Tod. Er erschrak über sich selbst und schämte sich über seine schrecklichen Gedanken. Auf einmal erstarrte sein Gesicht. War das nicht Julia?

»Nicholas! Nicholas, ich bin's, Julia!«

Was sich Nicholas im Innersten wünschte, war eingetreten. Julia, seine Julia, würde er als Erstes treffen. Er blieb stehen und drehte sich um.

Ihre Blicke versenkten sich ineinander, als gehe ein Blitz in den anderen über. Obwohl er mit seinem Verstand dagegen ankämpfte, fühlte Nicholas, wie ein unerfüllbares Verlangen von ihm Besitz ergriff und seinen Geist umwölbte. Ausgelöscht war das Jahr. Von einem Augenblick zum anderen war er unsagbar glücklich. Das gab es doch nicht! Er hätte singen mögen.

»Wir haben schon gedacht, du hast uns vergessen. Was führt dich zu deiner Familie?«

Nicholas setzte sein unverschämtes Lächeln auf, nahm seinen

Hut ab und machte eine Verbeugung auf dem Pferd. »Sei mir gegrüßt, Stiefmutter. Ich bin gekommen, um dein Versprechen einzulösen.«

»Mein Versprechen? Ich verstehe nicht, was du meinst.«

»Nun, ich habe dir gewisse Urkunden gegeben, und dafür sollte ich etwas bekommen.«

Verstehend nickte Julia mit dem Kopf. »Ah, daher weht der Wind! Ich hätte nicht gedacht, dass du so lange reiten würdest, um etwas zu bekommen, was du in jedem Bordell haben kannst.«

»Meine Beste, du hast wie immer recht, aber ich habe auch meinen Stolz. Was ist eine Dirne, wenn ich Lady Catterick bekommen kann.«

»So siehst du das also. Du hast dich kein bisschen verändert, du bist immer noch der gleiche Sarkast. Weißt du, vor Jahren hat mal jemand zu mir gesagt, dass du sogar deine eigene Großmutter verkaufen würdest. Stimmt das?«

»Wie schätzt du mich denn ein, bin ich so?«

Sie ließ ihren Blick über den Körper von Nicholas streifen und sie überfiel ein unheimliches Verlangen, ihn zu berühren, ihn zu spüren, ihn auf seinen arroganten Mund zu küssen, über seine animalische Haut zu streicheln. Ihn verführen, das wäre mal was ganz Neues. Was war nur in sie gefahren! »Folge mir«, sagte sie, wandte sich um und begann den Weg zu nehmen, der auf der anderen Seite zum Hügel ging.

Er starrte auf ihren schmalen Rücken und folgte ihr ohne ein weiteres Wort. Instinktiv wusste er, wohin sie wollte, und sein Herz schlug wie Trommelschläge.

Vor der alten verlassenen Hütte des Wildhüters machte Julia Halt, stieg ab und band ihr Pferd an den morschen Gartenzaun. Sie betrat die Hütte und blieb mitten im Raum stehen.

Julia drehte sich um und blitzte Nicholas an, der noch immer etwas unentschlossen vor der Hütte stand. »Ich bezahle immer meine Schulden, ich bleibe keinem etwas schuldig.«

Nicholas ging die letzten drei Schritte in die Hütte hinein, auf Julia zu, zog sie an sich und strich ihr zärtlich übers Haar. Dann wanderten seine Hände die Schultern entlang, bis er ihre festen Brüste umfasste. Dabei blickte er ihr tief in die Augen. »Julia.«

Sie verschloss seine Lippen mit einem Kuss, und ihr Herz fing an zu galoppieren.

Nicholas fühlte, wie sie die Arme um ihn legte, wie ihre Finger sich in seinem Nacken festkrallten.

Julia war es, als spränge ein Funke auf sie über. Berauscht wie eine Ertrinkende suchte sie seinen Mund. Sie befühlten sich und tasteten gegenseitig ihre Körper ab, sie brannten lichterloh.

»Julia, ich liebe dich so sehr.« Nicholas nahm ihr Gesicht in seine Hände. »Liebst du mich auch ein bisschen?«

»Oh Nicholas, ich liebe dich so sehr, dass es wehtut, du hast mir so gefehlt.«

Er zog sie auf ein altes verstaubtes Bett. Es war ihnen egal, ob das Stroh Flöhe hatte. Sie befühlten sich, öffneten die Knöpfe und schoben ihre Kleider zur Seite. Sie bebten vor Sehnsucht miteinander. Nicholas schlang die Arme um Julia, er ächzte, stöhnte.

»Deine Haut ist weich wie Seide«. Er ließ seine Zunge an ihrem Hals entlanggleiten und biss sie leicht ins Ohr. »Ich begehre dich, Julia, du bist für mich das Brot des Lebens.«

Julia liebkoste die Haare auf seiner Brust und zwickte ihn in seine Brustwarzen. Ungeduldig streifte er die Bluse von ihren Schultern. Das Verlangen von beiden wuchs zu einem Hurrikan an, der alles um sie herum wegfegte. Sie flüsterten sich heiße Versprechungen zu, die, wie sie wussten, keiner einhalten konnte. Ihre Leiber schmerzten, aber sie fühlten nur einer den anderen. Sie verkrampften sich ineinander. Sie waren wie zwei Tobsüchtige, die losgelassen wurden. Julia biss sich am Hals von Nicholas fest, sie schrie und stöhnte. Julia war nicht mehr Julia, sie war in andere Regionen vorgedrungen, sie wollten sich gegenseitig die Zeit festhalten.

»Julia, ich liebe dich so sehr, ohne dich ist mein Leben nichts wert, komm mit mir, lass uns ein neues Leben anfangen.«
Sie umfasste mit ihren Schenkeln seinen nackten Körper. »Ich lasse dich nie wieder los, Geliebter, du hast mir so sehr gefehlt!«
Nicholas stöhnte: »Kannst du mir sagen, Julia, wenn sich zwei Menschen so lieben, wie wir uns lieben, warum konnten wir nicht zusammenkommen? Ich wünschte mir, wir könnten die Zeit zurückdrehen und noch einmal ganz von vorn anfangen.«
»Nicht grübeln, lass uns die Minuten genießen, die wir haben.«
Sie küsste ihn leidenschaftlich auf den Mund. Julia lag auf Nicholas, horchte auf sein Herz. »Hoffentlich hört es nie auf zu schlagen, ich könnte es nicht ertragen.«
Julia wollte sich von Nicholas herunterrollen, aber er hielt sie fest und zog sie wieder an sich heran, fuhr mit dem Kinn liebkosend über ihr Haar. Sein ganzer Körper zitterte, strömte eine fiebrige Hitze aus, und mit flehender Stimme sagte er: »Bitte verlass mich nicht, bleib bei mir, lass uns ein neues Leben beginnen.«
Julia hob den Kopf und sah ihm fest in die Augen, dann schüttelte sie den Kopf. »Ich kann nicht.« Sie erhob sich mühsam. Es musste ihr gelingen, ihre Gelassenheit wieder zurückzugewinnen, oder wenigstens den Schein zu wahren. Sie sah Nicholas mit undurchsichtigem Blick an. »Es ist schon spät, wir müssen gehen.«
Sorgfältig zog Julia ihre Bluse an, aber sie bemerkte, dass einige

Knöpfe abgefallen waren. Sie bückte sich und suchte auf dem staubigen Boden danach. »Weißt du, was ich am meisten an dir gehasst habe? Du hast mich immer im Ungewissen zurückgelassen. Dazu kam die Angst, dass während der Zeit, in der ich auf dich wartete, du dich mit irgendeinem Flittchen vergnügtest, dass du nie wieder zurückkehren würdest, die Angst der Einsamkeit, Angst vor dem Alleinsein, Angst vor den Nächten allein im Bett, die Angst, dein geliebtes Gesicht nie mehr in meinen Händen zu halten. Ich war rasend eifersüchtig, ich habe gelitten wie ein verwundetes Tier. Und das möchte ich nie wieder in meinem Leben durchmachen.« Sie nahm allen Mut zusammen und blickte ihm fest in die Augen. »Nicholas, dieses Mal möchte ich, dass du gleich wieder umkehrst. Ich habe mein Versprechen gehalten und eingelöst. Auch bitte ich dich, uns nie wieder zu besuchen.«
Auf einen alten, wackligen Stuhl, setzte sich Nicholas, um seine Strümpfe anzuziehen, beobachtete dabei Julia und sah, dass sich ihre Hände zu Fäusten ballten. Seine Augen wurden zu Schlitzen.
»Warum hast du Angst vor dir selbst, vor deiner Unberechenbarkeit, Unbeherrschtheit, deinem Sexhunger … Weil du genau weißt, wenn ich in deiner Nähe bin, wirst du immer wieder meinen Vater betrügen. Gerade warst du noch die heißeste Geliebte, die man sich vorstellen kann, und von einer Sekunde auf die andere bist du die kühle, distanzierte Frau, die nur ihre Schulden bezahlt.«
Dann nahm seine Stimme einen mitfühlenden Ton an. »Ich wusste nicht, dass du so gelitten hast. Es tut mir nachträglich noch sehr leid, aber du hast nie über deine Gefühle mit mir geredet.«
»Was hätte es denn geändert? Du warst mit dir selbst im Unklaren, warum sollte ich dich damit belästigen und die

eifersüchtige Braut spielen? Nun tust du mir den Gefallen und verschwindest?«

»Nein, Julia, den Gefallen tu ich dir noch nicht. Ich weiß, dass du deinen Seelenfrieden wieder haben möchtest und mich fern wünschst von deiner heilen Welt, aber ich möchte doch noch meinen Stiefbruder und meinen Vater besuchen.«

Wütend stand Julia auf. In der Zwischenzeit hatte sie zwei der drei Knöpfe gefunden. »Du scherst dich doch einen Dreck um das, was ich möchte!«

»Meine geliebte Julia, wie wenig du mich doch kennst. Ich liebe dich, und wir gehören wie Pech und Schwefel zusammen. Du musst mir nicht mit Worten beteuern, was du für mich fühlst. Ich muss dich nur anfassen, ich spüre jetzt noch, wie du glühst und innerlich zitterst, dich nach mir verzehrst, und wenn du könntest, würdest du deinen alten Mann, den du nicht liebst und der dir nicht das geben kann, was ich dir vor einigen Minuten gab, zum Teufel schicken. Du versuchst zwar, deine sexuellen Wünsche zu unterdrücken, und manchmal gelingt es sogar. Heute war nicht dein Tag der Dulderin, heute hat dein Körper genommen, was er wollte.«

Er nahm sie wieder in seine kräftigen Arme, strich ihr liebevoll eine Haarsträhne aus der Stirn, ließ seine Hände nochmals über ihren Oberkörper gleiten und umarmte sie ein letztes Mal. »Julia, wir zwei sind eins für immer. Ich liebe dich, vergiss das nie wieder.« Er ließ sie los und drehte sich um. »Du kannst vorausreiten, ich komme in einer halben Stunde nach.«

Natürlich hatte Nicholas recht. Julia bebte am ganzen Körper. Er hatte in allem recht. Sie schämte sich für ihre Gefühle und den Treuebruch, den sie eben begangen hatte. George hatte das nicht verdient. Sie war ein anderer Mensch, wenn Nicholas in ihrer Nähe war. Wie konnte man sich aus Liebe nur so vergessen! Sie schüttelte den Kopf, so dass ihre aufgesteckte

Frisur vollends auseinanderfiel, blickte in das schmutzige Fensterglas und betrachtete sich, aber was sie sah, gefiel ihr nicht. Ihr schaute eine lüsterne, rücksichtslose Wilde entgegen. Ihre Augen waren immer noch übernatürlich geweitet und glänzten, als ob sie Drogen genommen hätte. Sie zupfte ihr Kleid zurecht und ritt dann langsam zum Anwesen zurück. Sie ging nicht, wie sonst, zu George ins Arbeitszimmer, sondern sie musste etwas allein sein, sie musste sich sammeln. George kannte sie nur zu gut. Er würde spüren, dass etwas nicht in Ordnung war. In aller Eile zog sie sich um und schaute auf den Hof. Von fern sah sie einen einsamen Reiter zum Haupteingang reiten. Ohne ihn zu erkennen, wusste sie, wer es war. War sie nicht eine gute Schauspielerin? Sie konnte und musste sich zusammenreißen! Sie zog eine Grimasse. „Ich bin die reizende und entzückende Lady Catterick, eine vorzügliche Gastgeberin und so werde ich Nicholas begrüßen." Du hast ihn lange nicht gesehen, und er ist nichts weiter als dein Stiefsohn. Entschlossen und energisch machte sie die Tür auf und ging mit leichtem Schritt die Treppe hinunter. Der Butler kam ihr schon entgegen, um ihr Nicholas zu melden.

Julia ging ihm entgegen und reichte ihm die Hand. »Was für eine Überraschung, Nicholas! Da wird sich dein Vater aber freuen, dich nach so langer Zeit wiederzusehen. Komm, ich führe dich zu ihm, er befindet sich in seinem Arbeitszimmer.« Julia ließ ihn nicht zu Wort kommen, zog ihn hinter sich her, klopfte an die dicke Eichentür, und sie traten ein. »Schau mal, George, wen ich dir hier bringe, deinen verloren gegangenen Sohn. Ihr müsst mich leider entschuldigen, ich muss noch nach den Kindern schauen.«

Fluchtartig verließ sie den Raum. Sie konnte George nicht in die Augen sehen. Erst eine halbe Stunde Ekstase und jetzt die Reue. Wenn George nicht so gut zu ihre wäre, würde sie ihr

Gewissen sicher nicht so plagen. Nicholas musste wieder gehen. Sie war sich nicht sicher, ob sie sich so gut verstellen konnte, dass Georges scharfes Auge nichts bemerkt hatte. Sie holte sich ein Buch und setzte sich auf die Veranda. Nach kurzer Zeit jedoch verschwammen alle Buchstaben vor ihren Augen.
Nicholas klopfte an die Tür des Kinderzimmers, weil er glaubte, Julia sei bei ihren Kindern.
Das Kindermädchen schaute auf, als Nicholas fragte: »Ist Lady Catterick nicht hier?«
Roger saß auf dem Boden und baute mit Holzklötzchen einen Turm. »Mama ist vom Reiten noch nicht zurück?«
Nicholas ging auf Roger zu. »Ich bin dein Onkel Nicholas, und du bist sicher Roger.«
»Ja, das bin ich, du hast uns aber noch nie besucht.«
»Da hast du recht, das ist der erste Besuch nach der Hochzeit deiner Eltern.«
Roger warf seinen Turm um, stand auf, ging auf Nicholas zu und zupfte ihn am Rock. »Tante Doris sagt, dass ich dir wie aus dem Gesicht geschnitten gleichsehe.«
Nicholas lachte ihn an und strich ihm über sein dichtes Haar. »Wenn das deine Tante sagt, dann wird es auch stimmen.«
»Das sagt Mama auch. Weißt du, was ich werden möchte, wenn ich groß bin?«
Nicholas reichte ihm die Hand und ging mit ihm zum Sofa, setzte sich hin und nahm ihn auf den Schoß. »Nein, was möchtest du denn werden?«
Er blickte ihn mit seinen riesigen, runden Augen an. »Architekt möchte ich werden. Ich werde große Häuser und Schlösser bauen.« Dabei machte er mit beiden Händen einen großen Kreis. »Meine Mama hat mir versprochen, wenn ich Geburtstag habe, darf ich die ganzen Kinder in der Nach-

barschaft einladen. Möchtest du nicht auch kommen?«
»Sicher komme ich zu deinem Fest, das wird bestimmt ganz toll. Aber da musst du noch etwas warten, meinst du nicht auch?«
»Warum? Mama sagt, ich habe nächste Woche Geburtstag. Ist das denn noch lange?«
Nicholas stutzte kurz und rechnete blitzschnell nach. Irgendetwas stimmte da nicht. Er wandte sich an das Kindermädchen. »Wann hat Roger Geburtstag?«
»Am vierzehnten August.«
Nicholas verlor jede Gesichtsfarbe.
»Geht es Ihnen nicht gut?«
Nicholas antwortete nicht. Er stand auf und stellte Roger wieder auf seine Beine. »Ich besuche dich ein anderes Mal wieder, ich muss noch einige Dinge erledigen.« Er musste sich zuerst beruhigen, bevor er mit ihr sprechen konnte. Es bestand ja immer noch die Möglichkeit, dass das Kind von seinem Vater war. Er brauchte hundertprozentige Sicherheit, aber wie konnte er es herausfinden? Er musste einige Tage hier bleiben, dann würde er es schon herausbekommen. Er lief wie ein Irrer auf die Terrasse, setzte sich auf den Schaukelstuhl und starrte vor sich hin. Er bemerkte Julia erst, als sie ihr Buch auf den Tisch legte und ihn nachdenklich betrachtete. Er fuhr zusammen, als er zu ihr aufsah.
»Du siehst aus, als wäre dir der Leibhaftige persönlich begegnet?«
Neben Julia auf dem Boden saß Cosme, die Perserkatze, die er ihr vor Jahren geschenkt hatte. Mit ihren großen Bernsteinaugen blickte sie Nicholas vorwurfsvoll an und miaute.
»Entschuldige, Julia, ich muss mir etwas die Beine vertreten.«
Er stand auf und verließ die Terrasse.
Dieser Blick schnitt Julia mitten ins Herz. Instinktiv fühlte sie,

dass er Hilfe brauchte. Sie musste über sich selbst staunen, wie die Nähe von Nicholas sie beeinflusste, wie tief sie mit ihm verbunden war, dass sie die Stimmungen, in denen er schwebte, gefühlsmäßig spürte. Sie blickte sich vorsichtig um und hoffte, dass sie nicht beobachtet wurde. Dieses Haus hatte viele Augen und Ohren. So zwanglos wie möglich ging sie hinter Nicholas her. Einsam und verlassen saß er im Rosengarten auf einer Bank. Sie setzte sich in sicherem Abstand neben ihn. »Was ist mit dir los? Du siehst so niedergeschlagen aus, habt ihr gestritten?«

Nicholas antwortete ihr nicht. »Ist es dir unangenehm, wenn ich dir Gesellschaft leiste?« Verwirrt blickte er sie an. »Gestritten? Mit wem?«

Julia entging die Bitterkeit, die Mutlosigkeit in seiner Stimme nicht. »Willst du mir nicht sagen, was los ist?«

Geringschätzig blicke er sie an und lachte trocken. »Sind wir nicht alle eigenartig in dieser Familie, angefangen bei meiner Mutter, die sich zu Tode stürzte. Meine Schwester ist im höchsten Grade neurotisch und mein Vater ein Tyrann.« Dabei schaute er Julia von der Seite an. »Der hat aber, wie es aussieht, seinen Meister gefunden. Jetzt kommen wir zu mir. Ich habe versucht, mich zu analysieren, aber was meinst du, wie würdest du mich beurteilen?«

Julia wusste immer noch nicht, warum er gerade jetzt in Depressionen fiel, darum versuchte sie, das Ganze ins Lustige zu ziehen. »Was willst du zuerst hören, deine positiven oder deine negativen Seiten?«

»Welche Liste ist kürzer?«, meinte er lächelnd.

»Die Positive natürlich.« Sie rückte etwas näher an ihn heran und schaute in die Ferne. »Ich schildere dir, wie ich dich am Anfang sah, ohne dich näher zu kennen. Dich umströmte eine geheimnisvolle Aura, die eines Draufgängers, eines eleganten, faszinierenden Mannes, der nur seine Hand ausstrecken muss, und alles wird ihm großzügig hineingelegt. Für dich gab es im Leben keine Schranken, weil du keine akzeptierst. Auf der einen Seite warst du anziehend und charmant, ein großzügiger Mensch. Du bist sehr beliebt, hauptsächlich natürlich beim weiblichen Geschlecht, aber auch die Männer akzeptieren dich, weil du ein guter Unterhalter bist. Du bist gebildet, weißt über viele Dinge Bescheid. Du bist unersättlich, fordernd, arrogant, nachtragend. Du benutzt die Menschen, solange sie dir dienlich sind, dann schickst du sie weg. Du hast zwei Seelen in deiner Brust. Wenn man dich nicht näher kennt, könnte man annehmen, dass du ein harter Mann ohne Gefühle bist. Aber als ich das erste Mal in deine Augen schaute, sah ich, wie verletzlich du doch bist, und ich dachte mir, solche Augen sprechen von einem gefühlvollen Menschen, der eine große sensible Seele besitzt. Und das war der Moment ...« Julia blickte auf ihre Füße und hörte auf zu sprechen.

»Sprich weiter ... Das war der Moment, wo du dich in mich verliebt hattest, wolltest du das sagen?«

»Ja, Nicholas, aber das ist lange her, und es ist inzwischen viel geschehen.«

»Was ist passiert, dass wir zwei uns nicht gefunden haben? Oder sag mir einfach, was ich falsch gemacht habe. Was war es, was dich an mir gestört hat?«

»Nicholas, lassen wir die Vergangenheit. Wir können nichts rückgängig machen, es ist so, wie es ist. Es sollte einfach nicht sein. Ich will dir keine Vorhaltungen machen, und ich möchte auch nicht mit dir streiten. Lass uns doch nur einfach Freunde sein.«

»Du meinst, alles vergessen, was uns verbindet?«

»Ja, ich habe eine Familie, und für dich wäre es auch nicht schlecht, langsam eine Familie zu gründen.«

»Um mich so unglücklich zu machen, wie du es bist?«
»Wie kommst du darauf, dass ich unglücklich bin?«
»Nun, eine glückliche Frau lässt sich nicht mit einem anderen ein.«
Julia seufzte tief. »Nicholas, was wir heute Morgen zusammen erlebten, war etwas Wunderschönes, und ich will keine Minute, die ich mit dir verbrachte, vermissen. Und warum soll ich dir etwas vormachen oder dich anlügen. Du hast meinen Körper in deinen Händen gehalten und weißt genau, wie ich fühle und reagiere. In deinen Händen zerfließe ich wie Butter in der Sonne. Mein Herz fängt an zu flattern, wenn du nur in meiner Nähe bist. Aber das ist nicht alles im Leben. Die Wahrheit ist, du warst nie da, wenn ich dich gebraucht habe. Dein Vater hingegen ja. Du kannst nicht wissen, was wir zusammen durchgestanden haben. Wenn dein Vater nicht gewesen wäre, würde ich heute hinter verschlossenen Gittern sitzen. Ich liebe ihn auf eine andere Art, die viel dauerhafter und wertvoller ist als jede fleischliche Liebe. Gut, ich gebe zu, dass er mir nicht viel körperliche Erfüllung gibt. Aber im Grunde genommen ist das meine eigene Schuld, denn ich sträube mich bei ihm, mich innerlich gehen zu lassen.« Julia lächelte und zuckte verlegen mit den Schultern. »Du kannst das sicher nicht verstehen.«
Ihre Blicke trafen sich.
»Vielleicht hast du recht, Julia, ich kenne dich zu wenig, aber du hast mir nie die Chance gegeben, dich näher kennenzulernen.«
Plötzlich fühlte er sich alt und müde. Er gab sich einen Ruck.
»Julia, ich muss dich etwas fragen. Versprichst du mir, dass du mir die Wahrheit sagen wirst?«
Erstaunt hob sie ihren Kopf. »Hab ich dich jemals angelogen?«
Er antwortete ihr nicht, sondern stieß wie ein Verzweifelter die

Frage hervor: »Ist Roger mein Sohn?«
Plötzlich wurde Julia leichenblass und starrte in ein Gesicht, das die Wahrheit wusste. Sie ergriff seine Hand und versuchte zu sprechen, brachte aber keinen Ton heraus.
»Julia, verstehst du nicht? Ich muss es wissen!«
Mit gebrochener Stimme sagte sie: »Roger ist dein Sohn.«
»Aber warum hast du mir das nie gesagt?«
Mit trauriger Stimme antwortete sie: »Wann Nicholas, sag mir wann?«
»Du hättest mich benachrichtigen können, du hättest mich suchen können.«
»Hast du vergessen, dass du auf unbestimmte Zeit verreist warst? So wurde es Albert mitgeteilt, als er nach dir forschte.«
»Und aus diesem Grund hast du meinen Vater geheiratet?«
»Was hätte ich denn tun sollen? Ich war im fünften Monat schwanger. Du warst fast ein halbes Jahr weg und ich hatte keine Nachricht von dir. Du bist hier aufgetaucht, in der Kapelle, als ich schon verheiratet war.«
Jetzt war es Nicholas, der sprachlos vor Julia stand. »Wenn das wahr ist«, erwiderte Nicholas in einem Tonfall, als würde er vorsichtig über eine rissige Eisdecke gehen, »dann hast du mir bei lebendigem Leibe das Herz aus meiner Brust gerissen. Kannst du das verantworten?« Sein stechender Blick ließ Julia erschauern. »Und außerdem haben wir vor deiner Hochzeitsnacht miteinander geschlafen, hast du das vergessen?«
»Was erzählst du mir denn für einen Blödsinn!«
Wirr und verständnislos blickte Nicholas sie an. »Es kann doch nicht sein, dass du so betrunken warst, dass du unsere Liebe als Fata Morgana betrachtet hast!«
Nervös schloss Julia die Augen, um sich zu erinnern, aber da war nichts, rein gar nichts. »Ich habe jede Nacht von dir geträumt; ich dachte, es war ein Traum.«

»Das kann ich nicht glauben. So etwas gibt es doch nicht, dass man alles vergessen kann!«

Verzweifelt hob er seine Hände und strich mit ihnen über sein Gesicht.

»Nicholas, erkläre mir das mal etwas ausführlicher, bitte. Was war in dieser Nacht geschehen?«

Er schrie hinaus: »Du hast dich gewälzt wie ein Aal und hattest einen Orgasmus. Ich war natürlich der Meinung, dass du am nächsten Morgen die Hochzeit absagen würdest.«

Jetzt winkte er nur noch verzweifelt ab. »Julia, es hat alles keinen Sinn mehr. Es ist nicht zu glauben. Du bist die übergeschnappteste, verrückteste und gleichzeitig außerordentlichste Frau, die mir je begegnet ist! Ich bin ein geschlagener Mann. Ich habe alles verloren, was mir in meinem Leben wirklich etwas bedeutet hat. Weißt du überhaupt, dass ich das Haus, in dem ich jetzt wohne, für dich gekauft hatte? Ich habe für dich alles renovieren lassen, du solltest alles neu vorfinden. Es war alles fertig, als ich von meiner Reise zurückkam, dann fand ich die Einladung zu eurer Hochzeit vor. Es war wohl die schwärzeste Nacht meines Lebens. Wusste das Familienoberhaupt eigentlich, dass ich der Vater von Roger bin?«, fragte er äußerst zynisch.

»Zuerst nicht, aber heute weiß er es.«

Nicholas erstarrte die Stimme, bis er sich fasste und leise sagte. »Ich bewundere den Alten. Seit ich hier bin, hat er sich nichts anmerken lassen.«

»Er denkt, du weißt nicht, dass du der Vater bist.«

»Das ist ja wohl die unglaublichste Geschichte. Julia, wenn du mich wirklich liebst, dann trenne dich von ihm. Es haben sich schon Könige scheiden lassen, warum du nicht auch?«

Er bewegte sich wie ein Tiger im Käfig. Seine schwarzen Locken fielen ihm in die Stirn, er war wie von Sinnen.

Energisch streckte er die Hand aus, fasste Julia hart am Arm und blickte sie mit verwundeten Augen bitter an.

»Nicholas, das kann ich nicht. Er hat mir alles gegeben, er hat alles akzeptiert, er hat mich hilflos, wie ich war, genommen. Er hat mich wie eine Göttin behandelt. Er liebt mich, wie ich bin. Ich kann ihn nicht so verletzen. Er ist ein guter und wundervoller Mensch.« Julias Augen füllten sich mit Tränen.

»Er hat die Situation, in der du dich befandest, ausgenützt.«

»Nein, das hat er nicht.«

»Doch, Julia, ich kenne ihn genau. Er sucht nur seinen Vorteil und er wollte dich, aus seinem Ego heraus. Er ist nicht der selbstlose Mensch, den du glaubst geheiratet zu haben.«

»Nicholas, lass meinen Arm los, du tust mir weh!«

Er blickte auf seine Hand und zog sie lautlos zurück.

»Was redest du für einen Unsinn. Das Einzige, was ich dir sagen kann, ist, dass er mich liebt. Welcher Mann würde schon eine Frau heiraten, die ein Kind von einem anderen bekommt? Würdest du mich heiraten, wenn ich ein Kind von deinem Vater erwarten würde? Du brauchst mir nicht zu antworten, ich kenne die Antwort. Das würdest du nie und nimmer übers Herz bringen. Du kannst nicht über deinen Schatten springen, aber dein Vater konnte es aus Liebe, und darum kann ich ihn nicht verletzen, so einfach ist das. Es hat doch keinen Sinn mehr, darüber zu diskutieren. Ich bin verheiratet mit einem ehrenvollen Mann, und ich werde ihn nicht enttäuschen. Er hat mir aus der Patsche geholfen, als du nicht da warst, und dafür bin ich ihm ewig dankbar.

Und der Sohn, der dein Sohn ist, ist jetzt sein Sohn, weil du nicht da warst für ihn, verstehst du? Jetzt kannst du gehen, wir haben uns nichts mehr zu sagen, und ich hoffe, dass du uns nicht mehr besuchen wirst.«

Erstaunt blickte Nicholas zum Himmel. Die dunklen Wolken

waren verschwunden, die Sonne senkte sich langsam am Horizont. Er dachte, wie alles in der Natur und in seinem Leben, so war auch das Wetter unberechenbar. »Julia, du hast mir doch gerade bestätigt, was du für mich fühlst. Denk an deine Worte, die du mir in deiner Leidenschaft ins Ohr geflüstert hast. Julia, bitte tu mir das nicht an, wir brauchen uns, ich dich, du mich, wir sind für einander bestimmt, wir haben ein gemeinsames Kind, du kannst sofort mit mir kommen, ich habe genug Geld, wir können ins Ausland gehen, wir gehen dorthin, wo du hinwillst.«
Energisch schüttelte Julia den Kopf. »Wer gibt mir denn die Garantie, dass du dich geändert hast und uns nicht von heute auf morgen wieder verlässt und vielleicht, wenn ich Glück habe, nach einem halben Jahr wieder auftauchst? Nein, Nicholas, das tu ich meinem Sohn nicht an, er hat hier ein glückliches Zuhause. Hier herrscht Ruhe und Frieden, und ich bin sicher, das hätten wir bei dir nicht. Und außerdem behauptest du, dass du deinen Vater so gut kennst. Dann weißt du auch, dass er deinen Sohn, beziehungsweise seinen Sohn, mir nie überlassen würde, so ironisch das auch klingen mag. Und lieber sterbe ich, als dass ich meinen Sohn zurücklasse.«
Seine Stimme klang noch aufgeregt und gleichzeitig bittend. »Julia, wir drei können doch fliehen. Er wird uns nicht finden, wir könnten schon morgen mit meinem Schiff auf See sein.«
Traurig blickte sie Nicholas an. »Außerdem habe ich Neil gegenüber Verpflichtungen. George hat ihn meinetwegen adoptiert und ihm seinen Namen gegeben. War das nicht eine edle Geste von einem Lord Catterick? Unter anderem war das meine Bedingung, als ich ihn geheiratet habe. Er hat mir meinen Wunsch erfüllt, und ich habe nicht die Absicht, mein Versprechen ihm gegenüber zu brechen.«
»Du hast ihm ein Versprechen gegeben?«

»Wundert dich das? Ich habe ihm versprochen, dass ich ihn nicht verlassen werde und dass ich unter keinen Umständen seinen Namen in den Schmutz ziehen werde.«
»Das ist ja ungeheuerlich.«
»Ach ja, besitzt du auch so eine Größe, dass du Neil bedingungslos als deinen Sohn anerkennen würdest? Würdest du akzeptieren, dass wir Neil auf unserer Flucht mitnehmen?«
»Aber Julia, er ist doch nicht mein Sohn.«
Julia lachte bitter hinaus. »Was bist du doch für ein Narr!«
Sie drehte sich um und verließ hoch erhobenen Hauptes die Rosenlaube. Sie hatte Tränen in den Augen. Sie flüchtete in ihr Zimmer und schloss die Tür hinter sich ab, was sie sonst nie tat. Und sie weinte jämmerlich.

Nicholas war nicht mehr fähig, klar zu denken. Er kam in das Arbeitszimmer seines Vaters gestürmt, seine Augen waren blutunterlaufen. Er schrie: »Ich möchte, dass du Julia freigibst!«
»Möchtest du dich nicht setzen?« George holte aus seinem Schreibtisch eine Flasche Whisky und zwei Gläser hervor, schenkte beide Gläser randvoll und stellte ein Glas vor Nicholas hin. »Ich glaube, du brauchst jetzt eine Stärkung, mein Sohn.« Dabei grinste er seinem Sohn angriffslustig ins Gesicht. »Du willst also, dass ich Julia freigebe. Hast du dich denn schon einmal mit ihr unterhalten und sie gefragt, was sie möchte?«
»Ich weiß, was sie will. Sie liebt mich!«
»Nicholas, ich liebe Julia auch, und wenn sie bei mir bleibt, bin ich der glücklichste Mensch auf Erden. Mein Körper war ohne Julia nur noch wie eine Maschine. Ein Gefängnis, in dem ich meine Zeit absaß, aber aus einem Gefängnis soll man ausbrechen. Und das habe ich getan, als ich Julia kennenlernte. Ich

atme, ich lebe, ich liebe, und das lasse ich mir von dir nicht kaputt machen. Du hattest deine Chance, und du hast sie nicht genutzt. Ich werde alles, verstehst du, alles daran setzen, dass sie bei mir bleibt.«

»Auch wenn sie dich nicht liebt und nicht glücklich mit dir ist?«

»Das Risiko muss ich eingehen, mein Sohn.«

»Du bist egoistisch, du denkst nur an dich selbst.«

»Habe ich nicht alles Recht dazu, glücklich zu sein? So wie du es mit Julia sein möchtest.«

»Und es macht dir nichts aus, dass du meinen Sohn aufziehst?«

»Ah, daher weht der Wind, du hast also endlich erfahren, dass du einen Sohn hast, der leider jetzt mein Sohn ist. Aber um deine Frage zu beantworten: Auch das macht mir nichts aus. Er ist ein lieber kleiner Kerl. Ich liebe ihn, als ob es mein Kind wäre. Außerdem ist er mein Enkel und hat dadurch zwangsläufig mein Blut. Du kannst an Argumenten bringen, was du möchtest. Ich gebe Julia nie frei, nur über meine Leiche. Wie ich dir schon sagte, sie ist für mich das Beste, was mir bis jetzt in meinem Leben passiert ist.«

»Besser als Mutter?« Nicholas setzte sich, nahm das Glas in seine Hand und starrte auf das Getränk, dann trank er es in einem Zug leer. »Besser als deine Mutter, wenn du es genau wissen willst. Wie du ja weißt, wurden wir verheiratet. Sie hat mich genauso wenig geliebt wie ich sie. Sie war besessen und hat unsere Beziehung als Spiel gesehen, das gespielt werden musste, wann immer sie wollte.«

»Du hast sie umgebracht!«

George stand auf, nahm sein Glas, schritt zum großen, langen Fenster hinüber und schaute in den mit trüben Wolken verhangenen Tag hinaus. »Nein. Sie hat sich selbst umgebracht. Sie war krankhaft hysterisch, melancholisch, depressiv, misstrauisch, argwöhnisch und eifersüchtig. Es war sehr schwierig, mit ihr zu leben. Es ist doch normal, dass du das Weite suchst, wenn du dich als Ehemann zu Hause nicht wohl fühlst und es nur Spannungen gibt. Ich habe deine Mutter geachtet, aber ich habe sie nie geliebt. Sie hat mir das Leben zur Hölle gemacht. Sie war krank und hätte in eine Klinik gehört, aber ich hatte Zweifel und Gewissensbisse, ich habe meine Augen verschlossen vor der Wahrheit, und das war wohl der einzige Fehler, den ich vielleicht beging. Wie dir auch bekannt ist, haben wir Geschäfte in London. Wer sollte die denn betreuen, wenn nicht ich. Sie hat unser aller Leben vergiftet, auch hetzte sie euch Kinder gegen mich auf und erzählte euch Schauermärchen, die nicht wahr waren. Meinst du, ich habe nicht bemerkt, dass ihr vor mir Angst hattet? Sie war seit unserer Heirat unter ärztlicher Beaufsichtigung. Oft stand sie unter Drogen. Sie wurde mit dem Leben nicht fertig. Auch wenn du das nicht hören willst, es ist die Wahrheit. Und glaube mir, ich kann dir sehr nachfühlen, was es für dich bedeutet hat, mit anzusehen, wie deine eigene Mutter sich umbringt. Aber auch das ist ein Beispiel dafür, dass sie geistig nicht ganz normal war, sonst hätte sie es heimlich getan und nicht vor ihrem angeblichen Lieblingssohn. Bei einem Menschen, den man liebt, versucht man, alles Schlechte und Böse von ihm fernzuhalten, habe ich nicht recht?«

Nervös fuhr sich Nicholas durch die Haare und strich sich immer wieder über die Stirn.

Der Alte schaute seinen Sohn mit stählernen Augen an, die eine wilde kämpferische Entschlossenheit ausstrahlten, die Nicholas frösteln ließ. »Mein Sohn, ich kenne dich und dein Leben. Bis jetzt warst du derjenige, der keine Frau mit Respekt behandelt hat. Ich weiß genau, dass du mit den Frauen spielst. Reden wir von Julia. Auch sie hast du schwanger sitzen lassen.

Und wer bist du, um mich zu kritisieren! Du bist viel schlimmer als ich. Was ist denn zum Beispiel mit der Kleinen, die bei dir lebte?«

Nicholas schluckte.

»Sicher hast du Julia nicht erzählt, was für ein miserabler Mensch du bist. Sie hat sich am Dachbalken erhängt, nachdem sie dich aufsuchte und du sie des Hauses verwiesen hast!«

Nicholas klappte innerlich zusammen. Es war jetzt sieben Monate her. Er versuchte die Geschichte zu vergessen, aber er sah wieder den fürchterlich aussehenden Leichnam vor sich, und die Übelkeit kam zurück. Sie hinterließ einen Abschiedsbrief, der an ihn gerichtet war. Dann wurde er benachrichtigt, und er musste ihren Körper im Leichenschauhaus identifizieren. Er konnte sich noch an den ungewöhnlich strahlenden, blauen Himmel erinnern. Kathy war im Leben ein Schatten gewesen, und so war sie auch gestorben. Geräuschlos und ohne Aufhebens ging sie von dannen. Sie hatte ihm nicht einmal Vorwürfe gemacht. Sie hatte ihn lediglich gebeten, sich um seinen Sohn zu kümmern. Ihr Pech war, Nicholas Dudley, sie war ein zu guter Mensch. Der Alte hatte ja so recht, er war ein Schwein. Was wollte er denn hier beanstanden? Zwischen Vater und Sohn lagen Meilen eines offenen Schlachtfeldes, obwohl sie nebeneinander standen. Nicholas blickte lange Zeit einfach nur auf den Boden und ließ seine Schultern hängen. Dann nickte er bedächtig und ging mit gesenktem Kopf hinaus.

Julia wusste, dass der Tag kommen würde, aber sie hatte sich es nicht so schlimm vorgestellt. Das Schlimme am plötzlichen Auftauchen von Nicholas war nur, sie konnte es nun nicht mehr über sich bringen, dass George sie berührte. Sie musste ihren ganzen Willen zusammennehmen, um ihm nicht einfach seine Hand wegzustoßen, wenn er versuchte, liebevoll zu ihr zu sein. Sie litt wie ein Hund und wusste keinen Ausweg aus ihrem Elend. Sie war eigentlich ein willensstarker Mensch, aber dies war das erste Mal in ihrem Leben, dass sie sich zu schwach fühlte, um das Leben wie üblich weiterzuführen.

George lag mit offenen Augen im Bett und starrte an die Decke, die er nicht sah. Es war stockdunkel.
Es waren jetzt zwei Monate vergangen, seit Nicholas hier war. Seither wies ihn Julia ständig mit irgendwelchen Ausreden ab. Sie war sogar aus dem gemeinsamen Schlafzimmer ausgezogen mit der Begründung, er würde schnarchen. So ein Unsinn – das hatte sie am Anfang ihrer Ehe auch nicht gestört. Er kochte innerlich. Das war zu viel, er hatte sich zu lange blind gestellt, aber er wusste nicht, wie lange er sich noch beherrschen konnte. Nachdem sie sexuell an ihm kein Interesse mehr zeigte, war er fast davon überzeugt, dass mit Nicholas irgendetwas geschehen war. Vielleicht hatte sie sogar mit ihm geschlafen. Allein diese Vorstellung machte ihn rasend. Wann hatte es angefangen? Es war, als Nicholas forderte, dass er sie freigab. Was für ein Ansinnen! Er musste es herausfinden. Wenn dem so war, würden sie es büßen, beide. Er spürte, dass der Krug am Überlaufen war. Sie war für ihn die wirkliche Liebe. Auch jetzt, mit seinen 67 Jahren, fühlte er die fleischliche Lust. Er sehnte sich nach ihr. Er wusste, wenn er seinen ganzen Frust weiter in sich hineinfressen würde, ginge er daran zu Grunde. Aber wenn er es nicht tat, würde er sie verlieren, auch das wusste er. Er wünschte sich, er hätte nie erfahren, dass Nicholas ihre große Liebe war. Von Anfang an hatte sie ihm nichts vorgemacht, aber er als Narr hatte sich eingebildet, dass sie ihn irgendwann auch lieben würde. Heute wusste er, dieser Tag würde nie kommen. Nur wegen Nicholas,

seinem eigenen Sohn, seinem Rivalen, welche Ironie des Lebens! Das zweite Mal in seinem Leben hatten sie gemeinsam dieselbe Frau, nur hatte es ihm mit Silvia nicht so viel ausgemacht. Sie war ein Flittchen, und in dem damaligen Fall bekamen sie beide Hörner aufgesetzt. Damals war es gekränkter Stolz, aber heute war es etwas anderes. Wie es aussah, liebten sie dieselbe Frau, und keiner wollte auf sie verzichten. Er hatte seinem Sohn gegenüber Hassgefühle, obwohl er immer versuchte, sie zu unterdrücken. Er griff sich an sein Herz. Er durfte sich nicht aufregen, hatte ihm der Arzt nicht ausdrücklich gesagt, der nächste Herzinfarkt wäre im Anmarsch, wenn er sich nicht schonen würde. Aber was weiß der denn, was in ihm vorging. Das Schlimme war, er konnte sich ja auch mit niemandem darüber unterhalten. Das Gesündeste wäre, sich von Julia zu trennen. Aber dann konnte er sich gleich eine Kugel verpassen. Er musste mit ihr reden, sie mussten sich aussprechen. Normalerweise sprachen Eheleute nicht über ihre Gefühle, das wusste er, aber Julia war fortschrittlicher im Denken. Auch im Bett war sie nicht wie die herkömmliche Frau, sie konnte genießen und nahm, was sie wollte. Auch das liebte er an ihr. Was sollte er mit Nicholas tun? Ihm drohen, wenn er Julia nicht aus dem Weg ginge, würde er ihn enterben? Er wusste nur zu gut, das würde Nicholas überhaupt nichts ausmachen. Er war ein cleverer Geschäftsmann, das musste er anerkennen. Also wo konnte er ihn zu Fall bringen? Er musste ihn bestrafen. Er konnte alle Kontakte einsetzen. Wenn er wollte, könnte er ihn ruinieren, das wusste er. Was sollte Julia dann mit einem Habenichts anfangen? Das musste alles reiflich überlegt werden.

Am nächsten Abend klopfte George an die Schlafzimmertür von Julia. »Darf ich hereinkommen?«

»Aber natürlich.«
George stand etwas betreten vor dem großen Bett, in dem Julia lag. »Darf ich mich zu dir legen?« Bevor Julia etwas erwidern konnte, sagte George: »Ich rühre dich nicht an, wenn du nicht willst, aber wir sollten miteinander reden.«
Julia schlug das Bett zurück. »Komm.«
Als er diese Geste sah, musste er verbittert an die wunderschöne Hochzeitsnacht denken. Es war dieselbe Geste. George legte sich neben Julia. »Was habe ich falsch gemacht? Warum weist du mich zurück, warum kannst du mich nicht ein bisschen lieben?«
Julia setzte sich aufrecht ins Bett, nahm eine ihrer unbändigen Haarlocken und wickelte sie in ihren Zeigefinger ein. »Ich habe gedacht, wir gehören zu den Ehen, in denen Mann und Frau liebevoll und in gegenseitiger Achtung zusammenleben.«
»So etwa ist es, wie du sagst, aber alles ist ein Spiel. Jeden Tag führen wir ein Theaterstück vor. Für dich ist es vielleicht genug, und du bist zufrieden, aber ich nicht. Ich leide unter deiner Lieblosigkeit. Du bist höflich und freundlich zu mir, du spielst deine Rolle fast perfekt. Der Unterschied zwischen uns ist, dass ich dich von Herzen liebe, wie wahrscheinlich noch nie eine Frau zuvor. Und ich sehne mich nach dir wie ein junger Mann. Das mag aus dem Munde eines Siebenundsechzigjährigen etwas seltsam oder gar pervers klingen, aber es ist die Wahrheit. Und für dich bin ich nichts, vielleicht nur eine bequeme Notlösung.«
Seine Stimme zitterte. Er legte seinen Kopf auf ihre Füße und fing an, sie ganz leicht zu streicheln. Zuerst sanft, dann verlangend. Er stöhnte: »Hast du mich betrogen? Ich muss es wissen!«
Julia strich ihm über das Haar. Sie fühlte sich wie ein Häufchen Elend. Sie konnte ihm die Wahrheit nicht sagen. »Ich habe

dich nie betrogen.«

»Du hast mich vielleicht körperlich nie betrogen, aber psychisch jedes Mal, wenn wir zusammen waren. Dabei presste er seinen Körper fordernd an den ihren, suchte ihren Mund, berührte ihre Brust, öffnete die Knöpfe ihres Nachthemdes, fuhr mit seiner Hand durch die Öffnung. Julia ließ alles mit sich geschehen. Sie reagierte nicht auf seine Berührungen, sie war leblos, äußerlich wie innerlich war sie wie aus Eis. Auf einmal ließ er von ihr ab, atmete tief durch und blickte sie frostig an. »Warum reagierst du nicht? Ich will keine Puppe! Du duldest nur alles aus Dankbarkeit, weil ich deinem Bastard einen Namen gegeben habe.«

Seine Augen wurden schmal, die Röte stieg ihm ins Gesicht, und seine grauen Haare hingen wirr herunter. Er erhob seine Stimme: »Julia, ich werde Nicholas zerstören, zertreten, wie ein Elefant eine kleine Fliege zertritt. Das schwöre ich dir. Ich hasse ihn mit ganzem Herzen, so wie ich dich liebe.«

Beide schwiegen und ließen die gesprochenen Worte in ihren Köpfen nachwirken.

»Noch etwas. Wenn du daran denkst, hier wegzugehen, dann ohne Roger. Wie du ja sicherlich weißt, hast du nach unseren englischen Gesetzen kein Recht auf ihn, wenn du mich verlässt.«

Julia bekam Angst. Sie wusste genau, wenn er etwas sagte, meinte er es auch so, und er würde alle Hebel in Bewegung setzen, um sein Ziel zu erreichen. Mit zitternder Stimme sagte sie: »Was willst du denn? Ich bin doch bei dir und nicht bei ihm! Auch hatte ich nicht vor, dich zu verlassen. Lass Nicholas zufrieden, er wird uns nicht mehr belästigen. Du weißt besser wie jeder andere, dass er psychische Probleme wegen seiner Mutter hat. Ich werde versuchen, mein Verhalten zu ändern. Es ist doch nicht so, dass du mir nichts bedeutest. Wenn du willst, gehe ich Nicholas aus dem Weg – ich werde ihn nie wieder in meinem Leben sehen. Aber lass ihn zufrieden, er kann nichts für meine Gefühle.«

George war am Ende. Innerlich hatte er gehofft, Julia würde ihm gestehen, dass ihr Nicholas nichts mehr bedeute, aber nein, er war sich jetzt im Klaren: Julia würde nie aufhören, Nicholas zu lieben. Er streifte mit seinem Handrücken über ihre Wangen.

»Du siehst sehr blass aus.« Seine Stimme festigte sich wieder. »Ich erwarte von dir, dass du dein Verhalten änderst. Ich möchte eine Frau, die mich wenigstens respektiert.« Er stand auf und ging mit harten und entschlossenen Schritten davon, ohne sich noch einmal nach Julia umzudrehen.

Jetzt war es Julia, die in ihr Kissen weinte. Sie fühlte sich elend, niedergeschlagen und so hilflos. Es gab keinen Ausweg aus dieser Situation. George hatte noch nie so mit ihr gesprochen. Sie hatte das Gefühl, dass er heute dem Wahnsinn nahe war. Es lag ihr nicht daran, ihn zu verletzen, aber sie verletzte ihn, jeden Augenblick, den sie länger hier blieb. Sie hatte zwar bis jetzt noch nie daran gedacht, ihn zu verlassen, aber wie es aussah, kannte er sie besser als sie sich selbst. Die Lösung war, sie musste ihn verlassen, aber ihr Sohn? Nein, ihren Sohn ließ sie nicht zurück, für ihn war sie ja schließlich die Ehe eingegangen. Dann wäre alles umsonst gewesen. Er wäre dann genauso gebrandmarkt wie sie, und das musste sie ihm ersparen. Auf einmal musste sie an ihre Tante Beatrice und an das letzte größere Gespräch mit ihr denken. Sie hatte ja so recht gehabt in puncto Ehe.

Tagelang ließ sich George nicht sehen. Sein Butler brachte ihm seine Mahlzeiten ins Zimmer.

Dann hielt es Julia nicht mehr länger aus, und ohne

anzuklopfen trat sie in sein Zimmer.
George saß im verdunkelten Raum vor dem kalten Kamin.
Julia fröstelte, als sie zu ihm trat. »George, du benimmst dich wie ein kleiner, trotziger Junge. Willst du mir denn überhaupt keine Gelegenheit geben, mich zu ändern? Ich leide genauso wie du.«
Er musterte Julia von oben bis unten. »Du bist schön, aber warum bist du schwarz gekleidet? Es ist doch niemand gestorben, zumindest lebe ich noch.« Dabei zeigte er seine leicht grauen Zähne.
»Bitte, George, ich möchte dir einen Vorschlag machen.«
»Ich höre, Lady Catterick«, sagte er zynisch.
»Wir sind beide etwas gereizt und nervös. Vielleicht sollte ich eine Woche lang zu meiner Familie fahren. Dann können wir beide überlegen, was wir ändern können.«
Mit bissigem Ton erwiderte er: »Du kannst fahren, aber Roger bleibt hier.«
Jetzt rückte Julia den anderen Sessel näher zu George und setzte sich. Sie nahm seine kalten Hände in die ihren. »Warum hast du nie über deine Gefühle mit mir gesprochen?«
Er lachte bitter. »Ich bin nicht so aufgewachsen. Unsere Generation ist anders, außerdem bin ich ein alter, verknöcherter Mann, der lieber sterben möchte als so einsam weiterzuleben.«
Plötzlich hatte Julia wahnsinniges Mitleid mit George. Sie nahm seinen Arm und zog ihn hoch. »Komm, wir gehen spazieren.«
Als sie zusammen auf den Rasen traten, kam ihnen Roger entgegengerannt. »Mama, Papa ich gehe mit euch spazieren!«
Er nahm beide an die Hand, und so schlenderten sie zu dritt in den herrlichen Park mit dem alten Baumbestand. Sie merkten nichts von den regenschweren Wolken, die drohend und grollend am tiefgrauen Himmel hingen.

Julia hörte auf ihre Seele, die ihr sagte: George ist ein guter Vater zu Roger und Neil. Er hatte sie immer gut behandelt, jeden Wunsch hatte er ihr von den Lippen abgelesen. Er überschüttete sie mit Schmuck und anderen Geschenken. Sie musste allen dreien, nein allen vieren eine Chance geben. George war zu Anfang ihrer Ehe doch auch attraktiv für sie gewesen. Wenn sie ganz ehrlich war, sie hatte auch den Sex mit ihm irgendwie genossen. Warum sollte es denn nicht wieder so sein wie früher? Er war doch derselbe. Er war ihr Mann und verdiente Respekt und Liebe. Dabei lächelte sie mit zusammengepresstem Mund. Sie würde es schaffen, Nicholas zu vergessen. Sie war eine starke Persönlichkeit. Sagten das nicht alle, die sie kannten? Warum sollte sie nicht die liebende Ehefrau spielen können, für ihren Sohn und Neil, sie waren doch das Wichtigste in ihrem Leben. Wie war es doch: Der Glaube versetzt Berge, und sie würde in ihrem Geist ganze Gebirge versetzen können.

19. Kapitel

Am Anfang musste sich Julia zusammenreißen, die liebende Ehefrau zu spielen, aber nach einem Monat war es kein Spiel mehr. Sie spürte einen Wandel in sich, in ihrem Körper. Sie versuchte, nicht mehr an Nicholas zu denken, und obwohl es ihr nicht gelang, so dachte sie doch etwas seltener an ihn.
George blühte jeden Tag mehr auf. Auch er spürte, dass Julia anders war als früher. Sie suchte seine Nähe, sie streichelte ihn im Vorbeigehen. Es war das eingetreten, nach vielen Jahren, von dem er immer geträumt hatte. Sie hatte sich ihm geöffnet und ihm eine Chance gegeben. Natürlich wusste er, dass Julia Nicholas nicht vergessen hatte. Aber das war ihm gleichgültig. Sie war wieder bei ihm im Schlafzimmer eingezogen, sie war

zärtlich zu ihm, und er glaubte, dass sie ihm nichts vorspielte, wenn sie zusammen waren. Ob es die Wahrheit war oder nicht, er wollte glauben, dass sie ihn doch auch irgendwie liebte. Er wollte es glauben, und dieser Glaube machte ihn glücklich. Er ließ Nicholas mitteilen, dass seine Besuche nicht mehr erwünscht wären. Er wusste instinktiv, dass Nicholas sich daran halten würde. Wahrscheinlich hatte Julia ihm auch eine Nachricht zukommen lassen, aber das war ihm gleich, so hatte er wenigstens seinen Seelenfrieden. Sie besuchte auch nicht ihre Familie, wie sie angekündigt hatte. Trotzdem machte er sich Sorgen, denn seit einigen Tagen sah Julia richtig schlecht aus. Sie hatte dunkle Augenringe und sah oft durchsichtig aus. Er musste mit ihr nach London gehen, da gab es bessere Ärzte als hier auf dem Land. George klopfte an die Schlafzimmertür, öffnete sie leicht und streckte den Kopf hinein. »Ach, da bist du ja, ich habe dich im ganzen Haus gesucht.« Als George sah, dass Julia schon im Bett lag, trat er näher. »Du bist schon im Bett, fühlst du dich nicht wohl?«

»Ach, George, es ist nicht der Rede wert.« Sie klopfte mit der Hand auf das Bett neben sich. »Setz dich einen Augenblick zu mir.«

Er nahm ihre schmale, kalte Hand in die seine. »Du hast ja Eishände.« Er fing an, die zarten langen Künstlerfinger zu wärmen und führte sie an seinen Mund, um sie zu küssen. »Was bedrückt dich, mein Engel?«

»In meinem Magen rumort es, mich fröstelt, und mir ist schlecht.«

George legte seine Hand an ihre Stirn. »Heiß bist du nicht.« Er fuhr mit seinen Händen über ihre Brust.

»Es geht mir schon etwas besser.«

Mit den Fingern strich er ihr zart über eine Brustwarze, die sich durch den dünnen Stoff des Nachthemdes abdrückte.

»Ich muss dir etwas ganz Wichtiges mitteilen. Komm etwas näher, ich muss es dir ins Ohr flüstern.«

Gespannt hielt George den Atem an. Er schlug sich gegen die Stirn. »Natürlich, du bekommst ein Baby!« Er schaute sie erwartungsvoll an.

Sie lächelte ihn an. »Erraten, du wirst Papa.«

Das Gesicht von George erstrahlte. Er schlang die Arme um sie und küsste sie auf den Mund. »Das ist das schönste Geschenk, das du mir machen konntest!« Der Stolz in seiner Stimme war unüberhörbar. »Julia, ich liebe dich, ich kann es nicht in Worten ausdrücken, was mein Herz dir sagen möchte. Seit ich dich kenne, war es mein innigster Wunsch, von dir ein Kind zu bekommen.« George versenkte seinen Blick in ihre Augen und wollte sie damit aufsaugen. »Mein Liebster, warum hast du mir das nie gesagt?«

»Weil ich dich nicht unter Druck setzen wollte.« George legte sanft seinen Kopf auf ihren Bauch. »Es wird bestimmt ein Mädchen, das genauso hübsch und intelligent sein wird wie seine Mama.«

Liebevoll streichelte Julia über seine weißen Haare, lächelte auf ihn hinunter und dachte, er ist auf jeden Fall ein besserer Vater als Nicholas. Warum konnte sie ihn nicht einmal in einem Augenblick wie diesem vergessen. Sie verachtete sich dafür. Das durfte nicht so weitergehen, sie musste noch mehr an sich arbeiten. Nicholas durfte in ihren Gedanken nicht mehr auftauchen. Jetzt erst recht nicht, wenn sie ein Kind haben würden.

Blitzartig hob George den Kopf, blickte Julia mit weit aufgerissenen Augen an, schnappte nach Luft, röchelte, als wenn er etwas sagen wollte, aber nicht konnte, fasste sich an den Hals und fiel mit dem Kopf wieder auf ihren Körper, wo er liegen blieb.

Erschüttert schrie Julia: »George, George, was ist denn los?« Sie rüttelte ihn. Er keuchte und atmete schwer. Julia schob seinen Oberkörper von sich weg, öffnete sein Hemd und stammelte: »George bitte, bitte, tu mir das nicht an.« Dann begann sie hysterisch zu schreien: »George beweg dich, wach auf, ich brauche dich doch noch!«
Sie stand auf, rannte hektisch zur Tür, riss sie weit auf und schrie wie eine Wilde nach Hilfe. Sie ging wieder zu George ans Bett zurück. Da lag er mit verdrehten Augen. Sie legte ihren Kopf auf seine Brust. Er atmete leise. Was war mit ihm geschehen? Wie leblos lag er auf dem weichen Federkissen.
Der Butler ließ sofort den Arzt benachrichtigen und kümmerte sich um alles.
Eingemummt in ihren rosa Morgenmantel saß Julia in einer Ecke, die Füße an ihren Körper gezogen, und beobachtete alles wie aus der Ferne, als ob sie das alles nichts anginge. Keiner beachtete sie. Das ganze Haus war wach und in Aufruhr.
»Lady Catterick! Lady Catterick!«
Verstört richtete Julia ihre Augen auf den Arzt. Sie stand auf schlang die Arme um sich, um die Kälte abzuwehren, die trotz des brennenden Kamins Besitz von ihren Knochen ergriffen hatte.
»Ich kann leider für Ihren Mann heute nichts mehr tun, ich komme morgen wieder zurück. Sie sollten sich auch ausruhen.«
Hilflos ließ Julia ihre Schultern hängen und fragte mit ächzender Stimme: »Aber was hat er denn?«
»Lady Catterick, ich bin mir nicht ganz sicher, aber ich glaube, es war ein Schlaganfall.«
»Ja, aber wird er denn wieder gesund?«
Unsicher legte er seinen Arm um Julia, denn er wusste nicht, wie sie die Wahrheit aufnehmen würde. »Leider muss ich Sie

enttäuschen. Bei leichteren Hirnschlägen können sich die Patienten wieder erholen, aber in diesem Fall glaube ich es nicht, da müsste schon ein Wunder geschehen. Vielleicht tritt in ein paar Monaten eine kleine Besserung ein, aber nicht so, dass er normal weiterleben könnte.«
Julia kamen die Tränen.
»Gehen Sie zu Bett, Lady Catterick. Schlafen Sie ein paar Stunden. Morgen komme ich zurück und erkläre Ihnen alles ausführlich. Ah, ich würde Ihnen empfehlen, in einem anderen Raum zu schlafen.« Er drückte ihre Hand. »Es tut mir leid, dass ich für Ihren Gatten nicht mehr tun kann.«
Lange noch hörte Julia in ihren Ohren die hallenden Schritte auf dem Gang. Sie wandte sich um und sah, dass der Butler auf einem Stuhl neben dem Bett saß. »John, ich danke Ihnen für Ihre Hilfe. Vielleicht können Sie veranlassen, dass jemand bei meinem Mann bleibt. Ich werde ein paar Stunden bei meinem Sohn schlafen. Falls eine Änderung in seinem Zustand eintreten sollte, rufen Sie mich bitte sofort.«
»Selbstverständlich, Lady Catterick.«
Julia betrat leise das Zimmer, das neben dem elterlichen Schlafzimmer lag. Sie trat ans Fenster und zog den Vorhang etwas zur Seite. Im fahlen Licht der Morgendämmerung konnte Julia dunkle Wolken ausmachen, die sich drohend am Horizont zusammenballten und einen heftigen Regenguss ankündigten. Sie stand da und weinte qualvoll. Warum mussten immer so schlimme Dinge geschehen, wenn sie schwanger war?
Der Zustand von George verbesserte sich nicht. Er war von einer Sekunde auf die andere zum Krüppel geworden. Er konnte nicht mehr sprechen, sich nicht mehr bewegen, er lag nur stumm in seinem Bett und blickte mit starrem Blick vor sich hin.

Es war entsetzlich zu sehen, wie Roger vor seinem Bett stand und verständnislos Georges Hand nahm. Er flehte: »Papa, steh auf, beweg dich, komm mit mir in den Garten!« Ihm kamen die Tränen.
Neil, der hinter ihm stand, nahm Roger am Arm. »Komm, du kannst mit mir spielen. Vater wird nie wieder mit uns sprechen können.«

Trotz allem hatte Julia die ersten Monate noch Hoffnung, aber dann musste sie der Realität ins Auge sehen und seine Kinder verständigen. Da sie sowieso nach Dover fahren musste, wollte sie es Nicholas persönlich mitteilen.
Als ihre Kutsche in die engen Gassen von Dover einbog, empfand Julia eine fast schuldbewusste Freude. Endlich einmal weg von der Beklemmung, von der traurigen Atmosphäre, die sich seit der Krankheit wie ein Nebel auf das Haus gelegt hatte. Keiner getraute sich zu lachen oder laut zu sprechen. Sie hätte ebenso gut einen Boten zu Nicholas schicken können, um ihn zu benachrichtigen, dass sein Vater sehr krank war. Julia schloss die Augen und gestand sich ein, dass die Wahrheit ganz anders aussah. Sie wollte Nicholas sehen. Sie hatte die weite Reise angetreten, um sich trösten zu lassen. Sie brauchte Fürsprache, eine Schulter, an die sie sich in diesen Tagen lehnen konnte. Sie brauchte ihn gerade jetzt so sehr. Wie schon tausendmal zuvor, fragte sie sich, warum sie von ihm nicht loskam. Sie dachte an das letzte Mal, als sie zusammen waren. Allein schon der Gedanke daran rief Gänsehaut bei ihr hervor. Er war der perfekte Liebhaber. Er hatte viele Fehler, aber sie wollte sie nicht sehen. Es war viel einfacher zu glauben, er wäre Mister Wunderbar, der sie nur in seine Arme schließen musste, und alles Böse um sie herum war vergessen. Sie wusste genau, dass sie sich etwas vormachte.

Die Kutsche hielt vor seinem ockerfarbenen Palais. Das große Tor stand offen. Julia dachte, sicherlich erwartet er jemanden, aber als die Haustür auch nur angelehnt war, wunderte sie sich noch mehr. Sie trat einfach ein, ohne zu läuten. Es sollte eine Überraschung sein. Sie hörte Geräusche, denen sie in der dämmerigen Halle folgte. Sie kamen aus dem Klavierzimmer. Auch diese Tür war nur angelehnt. Sie drückte sie etwas auf, so dass sie in den Raum blicken konnte, und was sie sah, ließ sie den Atem anhalten.

Nicholas stand vor einer hübschen Frau. Er öffnete gerade drei Knöpfe ihrer Bluse, streifte mit seinen Fingern über ihren Busen, zog das Band auf, mit dem sie ihre Haare zusammengebunden hatte, küsste ihren Nacken, befühlte ihren Körper, und zog sie zu sich heran.

Die Frau seufzte: »Mein Geliebter, du machst mich so glücklich.«

Er öffnete weitere Knöpfe und liebkoste ihren Busen. Er stöhnte laut: »Meine geliebte Zigeunerin, was für eine herrliche, weiche Haut du hast.«

Julia wurde es schlecht. Sie kam ins Wanken und stieß aus Versehen an die Tür.

In diesem Moment blickte Nicholas auf und sah sie.

Julia drehte sich um und stolperte wie in einem bösen Traum davon. In ihren Ohren hallten die Worte „geliebte Zigeunerin". Sie hörte ihr Herz laut schlagen, aber noch bevor sie die Haustür erreichen konnte, war Nicholas hinter ihr, zerrte sie von der Tür weg und hielt ihre Arme fest.

Julia wehrte sich. »Du Bastard, ich hasse dich!« Dann riss er ihre Arme hoch und presste sie an die Wand. Ihre Handtasche fiel zu Boden und der Inhalt rollte heraus.

»Julia, hör auf dich zu wehren, hör mir zu!«

Aber Julia wehrte sich und benahm sich wie eine Irre.

Nicholas presste seinen Körper gegen ihren. Sein Griff war eisern. Er suchte ihren Mund, aber sie biss einfach in seine Lippen, die sofort zu bluten anfingen. Dann gab er Julia eine schallende Ohrfeige.
Julia ließ von ihm ab und hörte auf sich zu wehren.
Er lockerte etwas den Griff, aber sofort stemmte sie sich gegen ihn und wollte sich losreißen.
Nicholas rief: »Julia, verdammt noch mal, nimm dich doch zusammen und lass dir das erklären.«
»Lass mich los, du elender Schuft, ich will dich nie wiedersehen!«
Nicholas lachte höhnisch auf: »Bist du eifersüchtig? Natürlich, Lady Catterick ist eifersüchtig.« Jetzt presste er seinen Leib fest gegen ihren, ließ eine Hand über ihren Busen gleiten und schob die andere zwischen ihre Knie. »Sag, dass du mich willst! Sag, dass du mich begehrst, sag „nimm mich!" Ich will dich. Gib zu, dass es dich erregte, was du soeben gesehen hast.«
Julia versuchte ihn zu stauchen, aber alles, was sie versuchte, ließ ihn kalt.
Verdächtig höher hob er seine Hand. »Du wünscht dir nichts sehnlicher, als mich in dir zu spüren. Verdammt noch mal, gib es endlich zu.« Er rieb sein erregtes Glied an ihr. »Sag „nimm mich auf der Stelle".«
Verzweifelt biss Julia die Zähne aufeinander. Er kam mit seinem Mund immer näher, presste seine verletzten Lippen auf die ihren und öffnete sie gewaltsam mit seiner Zunge.
Julia presste immer noch ihre Lippen zu einem Strich zusammen.
»Sag endlich, dass du mich willst.«
Julia schrie: » Ja, zum Teufel, ich begehre dich!«
Jetzt ließ er sie los. »Das wollte ich nur hören.«
Mit großer Anstrengung kehrte Julia in die Gegenwart zurück,

blickte sich um und sagte mit harter Stimme: »Nicholas, ich verachte dich, und jetzt habe ich dir doch tatsächlich dein Liebchen verscheucht.«

Der Blick von Nicholas bohrte sich in Julia, dann zuckte er nur mit den Schultern. »Komm, wir müssen reden.« Er legte seinen Arm besitzergreifend um ihren Rücken und zog sie mit sich in den angrenzenden Raum.

»Ich hätte nicht kommen dürfen«, sagte Julia mit zerknirschter Stimme. »Natürlich hast du alles Recht der Welt, dein Leben zu leben, es tut mir wirklich leid, aber als ich euch beide so vereint vor mir sah, hab ich durchgedreht.«

Nicholas nahm Julia jetzt wieder in den Arm, aber dieses Mal sanft und gefühlvoll.

Erlöst schloss Julia die Augen. Sie fühlte, wie eine Wärme sie umstrahlte. Julia wusste nicht, wie lange sie so vereint dastanden, aber sie meinte, es war eine Ewigkeit, als Nicholas die Zweisamkeit zerriss.

»Wenn du mich so unangemeldet besuchen kommst, hat das doch sicher seinen Grund?«

»Ja, in der Tat. Nicholas, dein Vater hatte einen Schlaganfall. Er ist gelähmt, und nach dem Urteil der Ärzte wird er nie wieder gesund.« Sie verstummte, als sie Nicholas' entsetzten Gesichtsausdruck sah und die tiefe Röte, die sein Gesicht überzog.

»Bitte, setz dich doch.« Dann ging er zum Kamin, legte ein weiteres Holzscheit auf, holte zwei Gläser und eine Flasche Wein, entkorkte sie fachmännisch und schenkte beide Gläser voll.

Instinktiv spürte Julia, dass er sich jetzt gefasst hatte. Er setzte sich ihr gegenüber. »So, jetzt erzähl mal von Anfang an.«

Julia begann, sich ihren Druck von der Seele zu reden. Den letzten Satz beendete sie, indem sie sagte: »Außerdem bin ich im fünften Monat schwanger.« Das flackernde Licht der Gaslampe ließ Julias Gesicht gespenstig erscheinen.

»Von wem ist das Kind?«

»Was denkst du wohl, von wem das Kind ist?« Unvermittelt fing Julia an zu zittern, sie suchte Halt an der Stuhllehne. »Es war ein anstrengender Tag«, sagte sie mit bebender Stimme. »Mir ist etwas merkwürdig zumute.«

Plötzlich überwältigte Nicholas die Liebe zu ihr. »Vielleicht solltest du dich etwas hinlegen.«

»Nein, ich will mich nicht hinlegen. Nimm mich ganz fest in deine Arme«, bat sie.

Nicholas kam zu ihr, setzte sich neben sie, schlug die Arme fest um ihre Taille. »Ich liebe dich, Julia, ich habe dich immer geliebt. Das, was du vorhin gesehen hast, hat nichts, rein gar nichts zu bedeuten.«

Sie lächelte ihn schwach an. »Ich weiß.«

Verliebt blickte er ihr in die Augen, sah, wie eine Träne ihre Wange hinunterlief und küsste sie weg. »All diese Jahre habe ich mir gewünscht, dass du hier bei mir schläfst. Schlaf heute Nacht mit mir, bitte.«

Sie nickte.

»Und von nun an jede Nacht unseres ganzen Lebens.« Dann küsste er sie immer wieder.

Nicholas stand auf. »Ich sage dem Kutscher Bescheid, dass er nicht mehr gebraucht wird.«

Als Nicholas zurückkam, war Julia schon ins Schlafzimmer vorgegangen. Er eilte ihr nach. Sie lag angezogen auf dem Bett und schlief. Er zog ihr behutsam die Kleider aus und betrachtete mit staunenden Augen ihren makellosen Körper. Er konnte die Wölbung an ihrem Bauch erkennen, er streichelte ihn mit zitternden Händen, er küsste ihn und wusste, dass das ungeborene Kind in ihr sein Kind war. Er zog die Bettdecke über sie, setzte sich neben das Bett und betrachtete sie lange. Dann kleidete er sich aus und legte sich zu ihr. Er wollte nur ihren sinnlichen Körper spüren, damit war er schon zufrieden. Mit so wenig kann ein Mensch glücklich sein, dachte er bei sich. Er schob behutsam seinen Arm unter ihren Hals und wollte die Petroleumlampe ausblasen. Dann überlegte es sich aber noch einmal und zog seine Hand zurück: Er wollte sie betrachten bis zum letzten Schein des Lichts.

Die Liebe zu Nicholas hatte einen Riss bekommen, einen feinen Riss, der sich nicht reparieren ließ, aber trotzdem sehnte sie sich immer wieder nach ihm. Wie eine Süchtige suchte sie seine Berührungen, das wusste Julia nur zu genau.

20. Kapitel

»O Gott!« Julia schluckte einen Schmerzensschrei. Entsetzen leuchtete in ihren Augen auf. Sie war doch erst sieben Monate schwanger! Aber das ist doch viel zu früh! Sie klammerte sich mit einer Hand am Bettpfosten fest und fasste sich mit der anderen an den Bauch. Ihr Leib schmerzte, ihre Füße waren geschwollen, ihr Umfang wurde zwar jeden Tag größer, aber sie hatte das Gefühl, dass das Kind in ihr nicht mehr wuchs. Es zerfraß ihren Körper. Sie spürte, mit ihr war etwas nicht in Ordnung. Sie krümmte sich vor Schmerzen und schleppte sich ins Bett. Die Gedanken schwirrten wirr durcheinander. Als es ihr ein bisschen besser ging, läutete sie nach dem Butler.
»Was kann ich für Sie tun, Lady Catterick?«
»John, kennen Sie die Kräuterfrau, die am Waldrand wohnt?«
Er lächelte verbindlich. »Wer kennt sie nicht, die alte Hexe.«
Zu müde, um zu widersprechen, erwiderte sie: »Lassen Sie die

Frau bitte sofort kommen.«

John stand kurz stramm. »Wie Sie wünschen, Lady Catterick.« Er ging aber nicht, sondern blieb stehen.

Julia schaute ihn erstaunt an. »Ist noch etwas?«

»Soll ich nicht doch lieber den Arzt holen?«

Julia seufzte laut und lächelte John an. »Kennen Sie den Spruch „der Glaube versetzt Berge"? Ich glaube und vertraue mehr dem Kräuterweibchen als dem Arzt. Bei dem fühle ich mich jedes Mal schlechter als besser.«

Jetzt musste auch der sonst sehr steife und trockene John lächeln: »Ja, vielleicht haben Sie recht.«

Keine zwei Stunden waren vergangen, als es an die Schlafzimmertür klopfte. Übelkeit schnürte ihr den Hals zu, mit krächzender Stimme rief Julia: »Herein!«

Die Frau hatte sich nicht verändert, Julia hatte das Gefühl, dass bei der Alten die Zeit stillgestanden war. So wie sie vor Jahren vor ihr stand, mit demselben Kleid, dem vergilbten Strohhut auf dem Kopf, ein leuchtend rotes Samtband. Um ihre breite Hüfte trug sie einen blauen Leinenrock, der bis zu den Schuhen reichte. In ihrer Aufmachung sah sie irgendwie naiv und drollig aus, und das war es wohl, was den Leuten an ihr nicht gefiel und ihnen kein Vertrauen einflößte. Aber Julia wusste, wenn ihr jemand helfen konnte, dann war es diese Frau.

Sie untersuchte sie gründlich. Ihre Hände waren erstaunlich weich und geschmeidig. Sanft strich sie über Julias Lenden, es war ihr nicht unangenehm. Als sie fertig war, blickte sie Julia mit ihren dunklen Vogelaugen an. »Wenn Sie das Kind behalten wollen, bleiben Sie jetzt im Bett und stehen erst wieder auf, wenn das Kind geboren ist.«

Müde fragte Julia die Alte: »Ist es so schlimm?«

Das Weibchen nickte ernst, und Julia konnte in ihrem zer-

furchten Gesicht einen besorgten Ausdruck erkennen. »Sie müssen sich jetzt schon auf Schwierigkeiten bei der Geburt einstellen.«
»Was wollen Sie damit sagen?«
»Sie könnten bei der Geburt sterben.«
Erregt fasste sich Julia an den Hals und drückte laut Luft aus ihrer Lunge heraus. Sie wusste, wenn die Kräuterfrau so was sagte, war es ernst. Sie lehnte sich im Bett zurück und schloss die Augen. Sie bemerkte noch, wie jemand sie zudeckte. Das musste sie zuerst verdauen. Sie war doch noch so jung! Sie wollte leben! Die erste Schwangerschaft war doch so einfach gewesen. Jetzt war ihr auch klar, warum so viele Frauen bei der Geburt eines Kindes starben. Die Diät und die vielen Kräutertees, die ihr verordnet wurden, brachten ihr zwar Erleichterung, aber nicht mehr. Die Tage vergingen, und es machte ihr sogar Spaß, im Bett zu liegen. Sie hatte nun endlich Zeit, die Bücher zu lesen, für die sie oft zu müde war. Aber dann fing sie an zu grübeln. Es war für sie nicht leicht, die ganze Last des Imperiums auf ihren Schultern zu tragen, und jetzt lag sie im Bett wie ein Invalide, genau so wie ihr Mann. Sie brauchte Hilfe, sie musste Nicholas rufen lassen. Wenn sie wirklich sterben sollte, brauchte sie Nicholas, damit er sich um die Kinder, seinen Vater und das Gut kümmerte.

Julia hatte eine unruhige Nacht. Sie wachte schweißgebadet auf. Sie hatte einen furchtbaren Albtraum. Sie lag in einem wunderbaren, weißen Himmelbett. Plötzlich färbte sich das Bett blutrot, ein großer schwarzer Vogel mit riesigen Flügeln, kam auf sie zugeflogen und verschlang sie samt dem riesigen Bett. Dann sah sie eine unförmige Masse, die mit Blut verschmiert war. Unruhig schlief sie wieder ein.
An einem leisen Geräusch wachte sie auf und öffnete die

Augen. Über ihr war das Gesicht von Nicholas, der sie bekümmert anblickte.
Er strich zart über ihre nasse Stirn.
Matt lächelte sie Nicholas an. »Schön, dass du da bist, ich muss mich mit dir über die Zukunft unterhalten.«
Nicholas hielt ihr mit der Hand sanft den Mund zu. »Zuerst frühstücken wir zusammen.« Er stand auf. »In einer halben Stunde bin ich wieder da.«
Schon der Anblick ihres Geliebten hatte Julia gereicht, sich besser zu fühlen. Es war beruhigend, Nicholas jetzt an ihrer Seite zu wissen. Die Zofe half ihr bei der Morgentoilette, danach legte sie sich wieder in das frisch überzogene Bett, das nach Kernseife duftete. Als sie noch schnell in ihren Handspiegel sah, erschrak sie heftig. Ihr blickten leblose Augen entgegen, aus einem bleichen, viel zu spitzen Gesicht, umrahmt mit glanzlosen Haaren.
Julia musste nicht lange warten. Nicholas kam mit einem enormen Tablett in der Hand zur Tür herein.
Er stellte es auf ein kleines Tischchen, das direkt neben dem Bett stand. Fürsorglich schenkte er ihr eine Tasse duftenden Kaffees ein, strich ihr ein Brot mit frischer Butter und Honig, schnitt es in acht gleich große Stücke, von denen er ihr eins in den Mund steckte.
Julia lachte laut hinaus: »Essen kann ich noch allein.«
»Ach, lass mir doch das Vergnügen, dich zu umsorgen, das Glück habe ich sicher nicht oft im Leben.« Er strich mit seinem Zeigefinger über ihre Wangen, hinab über ihren Hals zur Brust. Sein Finger blieb einen Augenblick zu lang auf ihrer vollen Brust liegen.
Julia beobachtete ihn.
Auf einmal riss er mit Gewalt seine Hand weg und räusperte sich laut. »Nun, was kann ich für die schönste Frau tun? Du

hast mich rufen lassen?«

Aufrecht setzte sich Julia ins Bett. »Nicholas, es steht nicht gut um mich. Es besteht die Möglichkeit, dass ich die Geburt nicht überstehe.«

Bestürzt und fassungslos starrte er auf das magere Gesicht. Er konnte nicht glauben, was er soeben gehört hatte. Er brauchte einige Minuten, um sich zu fassen. »Was redest du denn für ein dummes Zeug!«

Beschwichtigend legte Julia ihre schmale Hand auf die von Nicholas. »Reg dich nicht auf, ich möchte nicht mit verdeckten Karten spielen. Ich sagte, es besteht die Möglichkeit, und so müssen wir gewappnet sein. Ich habe ein Testament geschrieben, in dem du der alleinige Erbe bist, mit der Bedingung, dass du unseren Sohn großziehst und ihm ein guter Vater bist. Dasselbe gilt auch für Neil. Ich will, dass er dieselben Rechte hat wie unser Sohn Roger. Versprichst du mir das?«

Nicholas verschloss Julia den Mund, indem er sie küsste. »Sag nichts. Du wirst leben, du wirst uns sogar alle überleben.«

Der Zustand von Julia verbesserte sich nicht. Die Entbindung stand bevor. Nicholas wich in dieser Zeit keinen Augenblick von ihrer Seite. Das Kräuterweiblein wurde im Herrenhaus einquartiert.

Vorsichtshalber hatte Nicholas auch den Arzt gerufen.

Der sagte dann zu Nicholas: »Sie müssen sich entscheiden, das Kind oder Lady Catterick?«

Die Nerven von Nicholas waren zum Bersten angespannt. Am liebsten wäre er dem Arzt an die Gurgel gegangen. So eine unverschämte Frage! Wen würde er wohl am Leben haben wollen? Seine Julia, seinen über alles geliebten Engel! Sie wollte er natürlich haben. Was kümmerte ihn denn ein Kind, das er

überhaupt nicht kannte und nicht kennenlernen wollte. Nicholas, der sich genau kannte, wusste, er würde das Kind nie lieben können, wenn es das Leben seiner Geliebten kostete.
»Versprechen Sie mir, dass Sie unter allen Umständen das Leben von Lady Catterick retten werden!«
Die Wehen dauerten drei Tage, dann wurde ein Mädchen geboren. Es lebte nur eine Stunde.
Von alledem bekam Julia nichts mit. Sie kämpfte gegen die Dämonen, die an ihrem Körper rissen und zerrten. Es war ein schrecklicher Kampf ums Überleben, denn sie hatte sehr viel Blut verloren. Nach Tagen des Fiebers schlug Julia wieder die Augen auf. Ganz nah war das Gesicht von Nicholas. Sie fasste mit ihren langen transparenten Fingern nach seinem Gesicht. Sein Bart kratzte sie, er musste sich tagelang nicht rasiert haben. »Du siehst schlechter aus als ich. Willst du nicht schlafen gehen?«
»Aufwachen und schon wieder frech werden«, sagte Nicholas lachend. »Ach, Julia, du kannst dir nicht vorstellen, wie glücklich ich bin, deine wunderschönen Augen zu sehen. Ich dachte schon, du bist meiner überdrüssig und willst mich nie wieder ansehen.« Er legte sich neben Julia aufs Bett, legte seinen Arm um ihren Bauch und flüsterte ihr ins Ohr: »Ich hätte es nicht überstanden, wenn du ohne mich gegangen wärst.«
Fest drückte Julia die Hand von Nicholas. »Ich habe wirklich gedacht, das ist das Ende. Ich habe mich im Schlaf aus meinem Körper entfernt und schwebte über mir.« Ein melancholisches und mulmiges Gefühl beschlich sie.
»Ich wurde an den Ort meiner Kindheit zurückversetzt. Ich sah meine Großmutter, wie sie mich zu sich rief, dann blickte ich zurück, sah Roger, der den Mund aufmachte, um mit mir zu sprechen, aber statt Worten kamen hässliche schwarze

Kröten aus seinem Mund. Dann kamst du, nahmst die Kröten in die Hand und warfst sie nach Neil. Dann sah ich George, wie er mich vorwurfsvoll anstarrte, und plötzlich sagte er zu mir, ich solle mich nicht feig aus dem Leben schleichen. Es wurde dunkel um mich, und ich dachte bei mir, also so ist es, wenn man stirbt.«

Sie hielten sich an den Händen fest wie zwei Kinder.

»Julia, ich dachte für einen Augenblick, das ist das Ende meines Engels, aber Gott hat meine Gebete erhört. Wie geht es dir denn wirklich?«

»Jeder Teil meines Körpers tut mir weh, ich fühle mich ausgelaugt, matt und frustriert, aber ich lebe, und dafür bin ich sehr dankbar. Auch dir vielen Dank! Im Unterbewusstsein habe ich immer gewusst, dass du bei mir bist. Das werde ich dir nie vergessen.«

Nach zwei Wochen ging es Julia etwas besser. Sie fragte nicht nach dem Kind, denn sie wusste, dass es nicht mehr unter ihnen weilte. Mit leeren, traurigen Augen schaute sie Nicholas an. »Ich kann keine Kinder mehr bekommen.«

»Wen zum Teufel kümmert es, ob du noch Kinder bekommen kannst? Du bist über den Berg, und das ist das Wichtigste.«

Nicholas hatte wie selbstverständlich die Rolle ihres Gatten übernommen. Es war nichts Anstößiges daran. Jeder nahm es als normal hin. Nicholas war immerhin der Sohn des Hauses. Er ging bei ihr im Schlafzimmer ein und aus, wie es ihm beliebte, wachte nächtelang an ihrem Bett, hielt ihre Hand und legte sich zu ihr. Aber als sie wieder gesund war, zog er sich von ihr zurück. Er sagte mit finsterer Miene. »Julia, ich möchte mich von dir verabschieden, es ist für mich Zeit zu gehen.«

Julia war nicht überrascht. Sie wusste, dass er das sagen musste.

»Ich danke dir für alles. Vielleicht kommst du bald wieder, um uns zu besuchen.«
Dazu sagte Nicholas nichts. Er nahm nur ihre Hand und küsste ihre Fingerspitzen. »Julia, ich liebe dich. Pass auf dich und die Kinder auf.«
Ihre Gefühle waren in Aufruhr. Am liebsten hätte sie gesagt: Bleib hier bei mir, bitte verlass mich nicht, aber ihre Lippen blieben stumm. Sie musste an Roger denken. Die Zungen der Menschen waren böse.
Nicholas war schon an der Tür, als Julia leise sagte: »Nicholas, ich liebe dich auch.«
Er machte auf dem Absatz kehrt, eilte zu Julia, nahm sie in den Arm und küsste sie hingebungsvoll. »Weißt du, was ich am meisten hasse, wenn ich dich sehe?«
Sie schüttelte den Kopf. Er nahm sie noch fester, noch besitzergreifender in den Arm und flüsterte ihr ins Ohr: »Wenn ich mich von dir verabschieden muss.«
Er nahm ihre Hand und legte sie an seine Wange. » Du bist für mich der liebste Mensch auf Erden. Du kannst immer auf mich bauen. Ich werde nie aufhören, dich zu lieben, verstehst du, nie.«
Julia stand im Hof und sah ihm nach. Nicholas flog wie ein Sturmwind davon, bis er in einer Staubwolke verschwand.
Die letzten Worte schloss sie in ihr Herz wie einen geschliffenen Diamanten in eine fast leere Schatzkammer.

Gefasst akzeptierte Julia ihr Schicksal, auch wenn es bisweilen eine unheimliche Qual für sie war. Sie beklagte sich nie und wurde die bewundernswerteste Pflegerin der Welt.
Das frühere Büro von George gestaltete Julia jetzt als Schlafzimmer um. Sie wusste, es war sein Lieblingsraum. Hier hatten sie abends Schach vor dem warmen Kamin gespielt, sich

gegenseitig ihr Leben erzählt und zusammen diskutiert. Außerdem war der Raum direkt an der Terrasse gelegen, und so konnte er von den Fenstern direkt in den großen Park schauen. Hier konnte er in seinem Zustand die vier Jahreszeiten vorbeiziehen sehen. Julia quartierte sich neben Georges Zimmer ein.

Die Familie war ihretwegen bitter zerstritten, aber paradoxerweise schweißte die Tragödie Georges die Familienbande wieder zusammen.

Es war Weihnachten im Jahr 1834. Julia hatte die ganze Familie dazu eingeladen, mit ihrem Vater vielleicht das letzte Weihnachtsfest zu verbringen.

Julia stand auf einer Leiter und schmückte zum Fest den Weihnachtsbaum mit vielen kleinen silbernen Engeln, Lametta, Holzfiguren und geschliffenen Glaskugeln, als Nicholas leise hinter sie trat. »Der Baum ist elegant, groß, stolz und unbeugsam wie du.«

»Danke für das Kompliment! Es sollte doch eins sein, oder?«

»Selbstverständlich! Kann ich dir helfen?«

»Das kannst du, reich mir die Schachtel mit den roten Kugeln.« Nicholas bückte sich und reichte sie Julia. »Komisch, einen geschmückten Weihnachtsbaum habe ich noch nie gesehen, aber deine Erfindung gefällt mir.«

»Ich muss dich enttäuschen. Diese Tradition hat mein Onkel bei uns eingeführt. Diese Art von Weihnachten feiert man in gewissen Adelshäusern in Deutschland.«

»Das ist mir neu.«

»Ich habe dich nicht so früh erwartet.«

»Ich wollte dich sehen«, fügte er leise hinzu, »ich hatte Sehnsucht nach dir.«

Julia drehte sich zu Nicholas um und versuchte, den aufkommenden Zorn zu unterdrücken. »Es freut mich auch, dich nach zwei Jahren Abwesenheit wiederzusehen. Das ist eine lange Zeit, meinst du nicht auch? Ich bitte dich wirklich mit Nachdruck, dass du solche Anzüglichkeiten nie wieder von dir gibst. Ich bin die Frau deines Vaters, und das werde ich sein bis an sein Lebensende. Du weißt auch, dass Eleonora mit ihrer Familie kommt. Ich möchte nicht in einer dunklen Ecke mit dir erwischt werden. Halt dich bitte zurück. Du verstehst doch sicher, dass ich mir von niemandem etwas nachsagen lassen möchte.«

Nicholas war gekränkt über die kalte Abfuhr. »Begrüßt man so einen früheren Geliebten?«

Mit spitzer Zunge erwiderte Julia: »Ich kann dir nicht sehr gefehlt haben, sonst hättest du dich mal erkundigt, wie es mir, deinem Sohn oder wenigstens deinem Vater geht, oder?«

»Die Spitze musste ja kommen! Fühlst du dich wohl in der aufopfernden Rolle, die du spielst?«

Ohne sich noch einmal umzudrehen, sagte Julia: »Meinst du nicht, dass wir alle im Leben eine Theaterrolle spielen? Ich bin mittendrin und werde meine Aufgabe zu Ende führen. Ich fände es auch wunderbar, wenn du dich mit deinem Vater versöhnen würdest. Er hat dich immer geliebt und hat dir nie absichtlich ein Leid zugefügt. Auch wenn du es nicht wahrhaben wolltest.«

»Du hast dich nicht verändert, du bist immer noch wunderschön.«

Sie stieg jetzt langsam die Leiter herab und blickte ihm fest in die Augen. »Nicholas, mir scheint, du hast mich nicht verstanden. Solange dein Vater lebt, bin ich seine Frau und fordere von dir den Respekt, den du deinem Vater schuldig bist. Ob es dir gefällt oder nicht, ich bin deine Stiefmutter, weiter nichts. Was zwischen uns war, ist lange vorbei. Du hast mir wieder einmal gezeigt, wie wichtig für dich bin. Aber deine Abwesenheit hat mir wenigstens geholfen, Klarheit in mein Inneres zu bringen. Ich konnte mich von dir befreien, und darüber bin ich froh. Ich bin heute ein anderer Mensch, ob du es mir glaubst oder nicht. Ich sehe dich heute mit klarem und nüchternem Verstand, ich sehe dich so, wie du bist, mit allen deinen Fehlern, und glaub mir, du hast beachtlich viele Fehler. Und außerdem habe ich festgestellt, wie sehr ich doch deinen Vater liebe. Leider kann ich es ihm heute nicht mehr so beweisen.«

Jetzt konnte sich Nicholas nicht mehr zurückhalten. »Glaubst du den Mist, den du mir erzählst, eigentlich auch? Hast du deine eigenen Worte vergessen, die du mir vor zwei Jahren zugeflüstert hast?«

»Mein lieber Nicholas, du hast von alledem nichts verstanden, was ich dir über mich und meine Empfindungen erzählt habe. Das Schlimmste dabei ist, du hast dir nicht mal die Zeit genommen, dir Gedanken über mich zu machen, über mein Leben, meine Gefühle.«

»Das ist anmaßend, was du sagst. Woher willst du wissen, dass ich mich geistig mit dir nicht beschäftigt habe?«

Julia lachte bitter auf. »Oh, Nicholas, du bist wie ein Kind. Ein reifer Mann versucht, die Frau, die er angeblich liebt, zu unterstützen. Ich will nicht aufzählen, was alles auf meinen Schultern lastet. Fremde Menschen haben mir geholfen, hatte mehr Verständnis als du. Immerhin ist das Imperium, das dein Vater geschaffen hat, auch dein Erbe. Aber du benimmst dich, als ob dich das alles nichts anginge. Ich möchte dir keine Vorwürfe machen, aber du hast dein Recht verspielt, vertraulich mit mir zu sein.«

»Vielleicht hast du recht, mir Vorwürfe zu machen, aber vielleicht hatte ich wichtige Gründe, nicht zu kommen.«

»Versuch dich nicht zu entschuldigen, ich lasse es nicht gelten. Wie heißt noch der weise Spruch? „Wo ein Wille ist, ist auch ein Weg."«

»Julia, du bist enttäuscht und verletzt, das muss ich akzeptieren, aber meine Gefühle haben sich nicht geändert, das wollte ich dir nur sagen. Ich weiß auch, dass die Umstände gegen mich sind, aber eines Tages wirst du wieder frei sein. Dann sollst du wissen, dass du nicht alleine bist und ich auf dich warten werde, denn ich liebe dich, noch immer.« Nicholas verließ mit lauten Schritten den Raum.

Mit festem Griff hielt Julia eine Kugel in der Hand, die letztlich unter dem starken Druck zerbrach. Sie ließ die Scherben fallen und sah auf ihre blutverschmierte Hand. Dann stiegen Tränen in ihre Augen. Sie musste durchhalten, das war sie Georg schuldig.

Das sonst so stille Haus war jetzt erfüllt mit freudiger Erwartung. Zur Bescherung waren, alle im Musikzimmer versammelt, das nach Tannen duftete.

Vor einigen Monaten hatte Julia wieder angefangen, Klavier zu spielen. Am Anfang war es ihr schwergefallen, ihre Hände waren nach den Jahren steif geworden, und es fehlte das Sensible, das einen durchschnittlichen Spieler von einem begabten Musiker unterscheidet. Aber jetzt hatte sie ihre alte Sicherheit zurückgewonnen. Sie wollte mit Roger, Neil, Nicholas, Georg und Eleonora samt Ehemann und Kindern ein harmonisches Fest verbringen. Dafür hatte sie monatelang geschuftet, vielleicht auch, um sich abzulenken. Sie war ja noch eine junge Frau, aber manchmal fühlte sie sich uralt. Als die ganze Familie, einschließlich Georg, versammelt war, setzte sie sich an den Flügel und suchte die Augen von Roger, der neben seinem Cousin mit ernstem, erwartungsvollem Blick zu Julia blickte. Julia lächelte ihren Kindern liebevoll zu, schloss die

Augen, machte einige Fingerübungen und setzte an, eine festliche Weihnachtsmelodie zu spielen. Dann blickte sie zu Roger und Neil. Beide verstanden sofort. Sie erhoben sich und setzten sich neben Julia auf die Bank, nahmen dieselbe Haltung und Gestik wie Julia an und spielten sechshändig sanfte und besinnliche Lieder.

Nicholas stand neben der Eingangstür, an die Wand gelehnt, und starrte Roger an. Es war das erste Mal, dass er versuchte, ihn aus der Sicht eines Vaters zu sehen. Seine Schwester sagte, er wäre sein Abbild. Nur die herrlichen smaragdgrünen Augen hatte er von Julia geerbt. Nicht zu vergessen, das musikalische Talent natürlich auch. Er selbst war nur mäßig begabt. Dann musste er lächeln, denn eine Locke hing Roger ins Gesicht, genauso wie ihm selbst. Er überlegte krampfhaft, wann war das letzte Mal, dass Julia ihm liebevoll die Strähne aus dem Gesicht strich? Nicholas konzentrierte sich wieder auf seinen Sohn. Er war ein sensibles empfindsames, hübsches Kind. Seine Erziehung war erstklassig, er musste Julia ein Lob aussprechen. Nicholas war stolz, obwohl er Roger nie sagen durfte, dass er sein Vater war. Es stimmte ihn traurig, dass ihm das Schicksal so einen Streich spielte. Dann richtete er sein Auge auf Neil. Er musste achtzehn Jahre sein. Er konnte nicht verstehen, was Julia an dem Jungen fand. Er war nichts Besonderes, in seinem breiten Gesicht zeigten sich rote, entzündete Pickel, seine dunkelbraunen Haare wurden mit Pomade in Form gebracht, das Schönste an ihm waren seine ovalen, braunen Augen. Der Körper war breit, er hatte große Arbeiterhände. Nicholas wunderte sich, wie man damit überhaupt Klavier spielen konnte. Man sah deutlich, aus welcher Schicht er kam. Vielleicht hatte Julia vor rund vier Jahren recht, als sie sagte, dass er mit Neil nie zurechtkommen würde. Wenn sie alle vier davongelaufen wären, hätten sie wegen des Jungens sicher öfters Streit bekommen. Neil himmelte Julia an und hing an ihr wie eine Klette. Der Junge machte ihm Angst. Es war nicht normal, wie er sie verehrte. Nicholas hatte das Gefühl, dass der Junge sein Leben für Julia geben würde. Neil war ihm gegenüber höflich, aber immer kurz angebunden. Er spürte deutlich, dass er ihn nicht mochte. Wusste er etwas? Er glaubte es nicht, aber vielleicht fühlte er etwas. Nun ja, der Junge hatte Julia alles zu verdanken. Er verkehrte jetzt in der feinen Gesellschaft studierte an der besten Universität, trug den Namen Catterick, wenn man da nicht dankbar war. Julia sah aus wie eine Braut. Sie trug ein weißes Musselinkleid mit einem großen, spitz zulaufenden Ausschnitt. Dieses Gewand hob ihre schlanke Taille besonders hervor. Dazu trug sie, wie immer, einen edlen, aber nicht protzigen Schmuck. Die roten Haare hatte sie zu einem langen Zopf gebunden. Sie wusste genau, was ihr stand. Romantisch war der ganze Raum beleuchtet mit Hunderten von Kerzen, die der Räumlichkeit einen weichen, gelben festlichen Ton gaben. Sie hatte Atmosphäre hineingezaubert, wo es normalerweise keine gab.

Das Spiel war beendet, die Jungen gingen wieder auf ihre Plätze, und Julia setzte das Klavierspiel fort.

Für den Catterick-Clan und auch für Nicholas war es das erste Mal, dass sie Julia spielen hörten. Sie waren sichtlich ergriffen und lauschten voller Hingabe. Es hatte ihr niemand so viel Talent zugetraut. Als sie das Spiel beendete, war es mäuschenstill. Dann klatschten alle Familienmitglieder Beifall wie nach einem Konzert.

Julia war mit sich zufrieden. Das sollte ihr zuerst jemand nachmachen. Sechzehn Jahre tägliches Üben hatten sich ausgezahlt. Sie genoss die bewundernden Blick der Familie und sog die Komplimente in sich hinein. Sie hatte das Gefühl, dass sie mit ihrem Spiel die Anerkennung bekam, um die sie

jahrelang gekämpft hatte.
Nicholas sprach kein Wort, er musterte sie nur. Ihm war elend zumute. Er wusste, er hätte nicht kommen dürfen. Er litt wie ein Hund, er durfte es nicht zeigen, und sie hatte auch recht, er musste mit seinem Vater Frieden schließen.
Lächelnd stand Julia auf, ging zu Georg, und drehte den Rollstuhl zu Nicholas. »Georg, dein Sohn Nicholas möchte dir etwas sagen.«
Etwas betreten stand er vor seinem Vater, bis er schließlich sagte: »Vater, ich möchte mich bei dir entschuldigen. Heute weiß ich, dass du an Mutters Tod keine Schuld hast. Kannst du mir verzeihen?« Nicholas kam seinem Vater etwas näher und sagte zögernd: »Ich wollte dir sagen, dass ich dich liebe.«
Georg konnte ihm nicht sagen „ich liebe dich", aber Julia hatte das Gefühl, wie schon oft, dass er verstand, denn seine Augen füllten sich mit Wasser.
Nicholas drückte die Hände seines Vaters, beugte sich hinunter und umarmte ihn. Mit aufrechtem Gang verließ er den feierlich geschmückten Raum, ohne ein Wort zu sagen. Eleonora, ihre Stieftochter, stand neben Julia, blickte ihrem Vater ins Gesicht und fragte: »Meinst du, dass er das wahrgenommen hat?«
Gedankenverloren stand Julia daneben. Sie strich Georg über seine Schulter, dann wandte sie sich Eleonora zu: »Ich denke schon, dass er alles versteht.«
Nicholas stand am Fenster in der Bibliothek und schaute auf die Terrasse. Da sass sein Vater dick eingemummt in seinem Rollstuhl, vor ihm sass Julia in einem langen Silberfuchsmantel und hatte ein dickes Buch in ihren behandschuhten Händen. Sie las seinem Vater vor, dann klappte sie das Buch zu, stand auf stellte sich hinter ihren Vater, umarmte ihn von hinten und küsste ihn auf sein Haupt.
Eleonora trat lautlos neben Nicholas und fasste ihn um den

Hals: »Wirst du da nicht eifersüchtig, wenn du das herzinnige Verhältnis siehst? Sie liebt ihn, man kann es sehen, ja spüren. Das kann ich zwar nicht nachvollziehen, aber es muss wohl so sein. Ich habe immer geglaubt, dass sie Vater nur seines Geldes wegen geheiratet hat, aber heute muss ich mir eingestehen, dass ich mich getäuscht habe. Es war vielleicht nicht nur wegen des Geldes. Zwischen den beiden besteht etwas anderes, es ist eine Verbindung, etwas Tiefes, Festes, ich weiß auch nicht so recht, wie ich es ausdrücken soll, aber sie haben eine Verbindung wie ein Lasso, das jeder festhält und keiner loslassen kann, sonst würde sie ihn nicht so liebevoll behandeln. Auch wenn niemand dabei ist, ich habe sie schon öfters heimlich beobachtet. Da streichelt sie ihn gefühlvoll, sprach mit ihm, und ich dachte immer, Vater bekommt nicht mehr viel mit, aber ich habe mich getäuscht. Seine Augen fangen an zu glänzen, wenn Julia in seiner Nähe ist, und sie erlöschen, wenn sie den Raum verlässt. Glaube mir, ich bin eine Frau, ich spüre das, das ist keine Schau.« Dann blickte sie Nicholas an: »Und du? Liebst du sie oder hasst du sie?«
Nervös zuckte Nicholas zusammen. »Was soll denn diese dumme Frage?«
»Ich meine, dass es zwischen euch etwas gibt, oder?«
Eleonora lachte kurz auf: »Wir zwei waren zwar nie das innige Geschwisterpaar, aber du bist mein Bruder, und ich kenne dich verdammt gut. Du hast dich zwar in den letzten Jahren sehr verändert, aber gewisse Merkmale im Charakter bleiben. Und man kann sie nicht verstecken oder verdrängen. Nun, willst du es mir nicht sagen?«
»Was hast du für eine Einbildungskraft! Julia ist mir egal, ich akzeptiere sie als die Frau meines Vaters. Ich bewundere sie, wie sie die Situation meistert, und dass sie Vater nicht aus Geldgründen geheiratet hat, das wusste ich von Anfang an.«

Eleonora spitzte die Ohren. »Du hast das gewusst? Das ist ja interessant! Habt ihr euch schon vor der Heirat gekannt?«
»Du bist heute wirklich sehr wissbegierig!«
»Ja, das bin ich, denn seit ich hier bin, beobachte ich dich und Julia. Ihr habt ein Geheimnis, das euch verbindet. Willst du es mir nicht anvertrauen, sonst komme ich mir noch mehr als Außenseiterin vor.« Geheimnisvoll lächelte er Eleonora an und tippte ihr zart mit seinem Zeigefinger auf ihre mit Sommersprossen übersäte Stupsnase.
»Ich möchte darüber nicht reden.«
Eleonora wurde etwas lauter: »Aber ich, verdammt noch mal, ich möchte darüber reden! Ich habe ein Recht darauf zu wissen, was hier gespielt wird. Ich bin deine Schwester, die Tochter des Hauses. Ich könnte nicht sagen, dass Julia meine Freundin werden könnte, aber ich habe das Gefühl, dass die Catterick-Männer in sie vernarrt sind, und es gibt etwas, was ich nicht weiß. Ich erkenne an, sie hat, seit sie mit Vater verheiratet, ist, versucht, die Familie wieder zusammenzuführen. Und seit Julia hier ist, überweist mir Vater, besser gesagt Julia, jeden Monat ein großzügiges Taschengeld, ohne dass ich darum gebeten habe. Sie ist clever und berechnend, und wie ich mitbekommen habe, ist sie der Manager der Unternehmungen und der Grafschaft. Es sieht wenigstens so aus, dass sie ihre Arbeit gut macht, das erkenne ich an. Was mir nicht gefällt ist, dass sie wie eine Spinne überall ihre Fäden gesponnen hat. Sie spioniert uns nach, weiß über uns besser Bescheid als wir selbst. Darum weiß sie auch, dass es in meiner Ehe und auch finanziell nicht zum Besten steht. Ich nehme an, aus diesen Gründen hat sie sich entschlossen, mir jeden Monat Geld zu überweisen. Im Grunde genommen bin ich ihr sogar dankbar, dass sie mir die peinliche Situation ersparte, sie um Geld zu bitten, obwohl mir ein großer Teil des Vermögens

zusteht. Aber, wie ich sehe, stört dich das alles nicht. Klar, du hast dein eigenes Einkommen, du bist ein erfolgreicher und einflussreicher Unternehmer. Dich schert es nicht, ob sie dir ein paar Kröten zum Nachtisch zuwirft oder nicht. Außerdem habe ich das Gefühl, dass du ihr den Rücken stärkst. Du stehst wohl voll und ganz hinter ihr, nicht wahr?«

Der Gesichtsausdruck von Nicholas war nun nicht mehr brüderlich. »Ja, ich stehe voll und ganz hinter ihr und ihren Entscheidungen.«

Eleonora pustete laut los. »Das hätte ich ja niemals gedacht, so etwas aus deinem Mund zu hören. Sie wird uns noch um unsere Erbmasse prellen. Du bist doch der Sohn! Willst du das Erbe nach dem Tod von Vater nicht antreten?«

»Vater lebt noch, und warum soll ich mir darüber Gedanken machen? Es kommt sowieso oft anders, als man denkt oder plant. Ich habe meine Geschäfte, und oft reicht mir meine Zeit nicht aus. Ich habe genug zum Leben, es fehlt mir an nichts. Aber wie du sagst, mein Schwesterherz, macht Julia ihre Sache gut. Sie hat, seit sie das Geld in der Hand hat, ihr und unser Vermögen vermehrt. Was wollen wir mehr? Und dich hat sie auch nicht vergessen«, sagte er spitz. »Das ist doch ein guter Zug von ihr. Ich kenne niemanden, der freiwillig Geld herausrückt, und dann auch noch an eine Stieftochter, die ihr das Leben bis jetzt nicht sehr leicht gemacht hat, stimmt's? Und jetzt versuche deine Eifersucht zu unterdrücken, das bringt dir nur ein Magengeschwür ein.«

Entrüstet schüttelte Eleonora den Kopf. »Mich würde nur interessieren, wie sie es angestellt hatte, Vater wie Sohn um den Finger zu wickeln, und wenn ich bisher noch Zweifel hatte, so bin ich jetzt überzeugt, dass du etwas mit ihr hast. Ich würde sogar so weit gehen zu behaupten, dass du ihr verfallen bist. Sie hat euch beide verhext, gib es doch wenigstens zu.«

»Das wird ja immer besser! Jetzt stellst du Julia sogar als Hexe hin. Was weißt du denn schon von ihr? Nichts, du bist voreingenommen und redest, ohne zu überlegen.«
»Das ist richtig, ich weiß nichts von ihr, und wenn ich um Aufklärung bitte, magst du dich mit mir nicht unterhalten. Aber wenn eine junge hübsche Frau einen Greis heiratet, da steckt doch meistens nichts Gutes dahinter.«
»Nun gut, mein Schwesterchen, dieses Mal hast du dich eben getäuscht. Unser Vater hat nicht die Schlechteste geheiratet. Er war mit ihr wahrscheinlich das erste Mal in seinem Leben glücklich. Es hat zwar nicht sehr lang gedauert, aber die paar Jahre habe ich ihm gegönnt. Er musste genauso leiden wie wir zwei als Kinder mit unserer Mutter. So, Eleonora, jetzt lassen wir dieses Thema fallen. Sag mir lieber, ob du mehr Geld benötigst. Du weißt ja, dass ich immer für dich da bin.«
»Nicholas, das ist jetzt nicht so wichtig. Ich finde nur, du solltest dir keine Hoffnungen machen. Wenn Vater stirbt, wird sie dich nicht erhören.«
»So, und warum nimmst du das an?«
»Warum? Sagen wir mal so: Mein Gefühl sagt mir das. Wenn sie dich früher schon nicht erhört hat, dann wird sie dich jetzt als Witwe Catterick noch weniger erhören. Oder hattet ihr doch etwas miteinander?«
Nicholas lief bis über beide Ohren rot an.
Eleonora klatschte vor Begeisterung in die Hände. »Nein, ich werde verrückt, ihr zwei hattet ein Verhältnis. Das wird ja immer toller. Hat sie Vater etwa mit dir betrogen?«
Nicholas riss sie am Arm. »Du bist ein unmögliches Frauenzimmer! Nun ja, wir hatten vor der Ehe mit Vater eine kleine Liebelei, mehr aber nicht. Dann hat sie Vater kennengelernt, und wahrscheinlich hat sie sich in ihn verliebt. Wie du ja selbst sagst, die zwei verbindet eine große Liebe. Also zerbrich dir

nicht dein hübsches Köpfchen über etwas, das du sowieso nicht verstehen würdest.«

»Nein, du hast recht, das würde ich nie verstehen, wie sich Vater und Sohn in dieselbe Person verlieben können. Und wenn du mir schon Geld anbietest, ich nehme alles, was du erübrigen kannst. Mein Herr Gemahl hat sich in letzter Zeit etwas verspekuliert. Vielleicht kannst du ihn in einer ruhigen Minute zur Seite nehmen und ihn etwas beraten.«

Es ertönte ein leises Gelächter, Julia schaute zu Boden; zu ihren Füßen lagen Roger und Neil. Sie spielten mit einer Dampfeisenbahn, die Nicholas zu Weihnachten mitgebracht hatte.

»Hör mal, Mami, warum haben wir einen Weihnachtsbaum und unsere Freunde nicht?«

Gelöst lächelte Julia Roger an. »Mein Onkel Richard, bei dem ich aufgewachsen bin, war als junger Mann einige Jahre in Berlin, und von dort hat er diesen Brauch mitgebracht.«

Roger hielt seinen Finger direkt in den Dampf, zog ihn aber schnell wieder zurück. »Pass auf, dass du dir deinen Finger nicht verbrühst!«

George saß im Rollstuhl seiner Frau gegenüber und blickte starr auf die Veranda. Julia folgte seinem Blick und erkannte Nicholas, der sie stumm anstarrte.

Es war für Nicholas ein unvergessliches Bild. Er sah eine liebende Mutter, die in Eintracht bei ihrer Familie saß. Wie ein Eindringling kam er sich vor. Was hatte er hier zu suchen? Vielleicht war es das letzte Mal, dass er seinen Vater sehen würde. Er spürte einen Stich und eine Leere in seinem Herzen, die er sich nicht erklären konnte. Am liebsten wäre er jetzt geflohen. Er machte kehrt, ging in Richtung Garten und betrachtete erstaunt die Tropfen auf den Blättern, die nach

dem Morgenregen silbern glitzerten. Er hatte mit seinem Vater Frieden geschlossen, aber er fühlte sich trotzdem nicht besser. In letzter Zeit war er sehr depressiv. Hatte er dieselben Anlagen wie seine Mutter? Auch er wünschte sich manchmal den Tod. Was waren die Aspekte in seinem Leben?
Auf einen alten, stummen Mann war er eifersüchtig, der sich nicht mehr bewegen konnte, aber das Glück besaß, eine Familie zu haben, wie er sie gern hätte. Warum konnte er nicht so fühlen wie vor neun Jahren? Die Zeit verstrich, er wurde älter, die Geschäfte liefen über alle Maßen gut, er verdiente wie noch nie und hatte immer den richtigen Riecher. Das machte ihm so schnell keiner nach. Aber das war ihm gleichgültig, es bedeutete ihm nichts. Was bedeutet schon Geld und Macht, wenn man nicht glücklich ist! Er war anmaßend, arrogant, eingebildet, blasiert und überheblich. Er gestand sich ein, dass er verbittert war, weil er zum ersten Mal in seinem Leben nicht bekam, was er sich wünschte. Er war ein Narr.
Julia hatte Nicholas am Fenster gesehen. Sie blickte zu George, dann erhob sie sich und eilte Nicholas hinterher.
Nicholas hörte es leise hinter sich rascheln. Er drehte sich um und sah, dass Julia ihm mit eiligen Schritten entgegenkam.
»Nicholas, ich muss mit dir reden.«
Er antwortete ihr nicht, sondern ging langsam weiter.
»Ist es dir unangenehm, wenn ich dich begleite?«
Ohne ihr zu antworten, ging Nicholas weiter.
Julia beschleunigte ihren Schritt, um auf der Höhe von Nicholas zu bleiben.
Sie sprachen lange nichts und gingen nebeneinander her wie ein altes Ehepaar, das sich nichts mehr zu sagen hat.
Ein eisiger Nordwind trieb Julia Tränen in die Augen.
Nicholas schlug die Richtung zur Kapelle ein, bis er sich eines Besseren besann. Er blieb stehen und betrachtete Julia. »Ist dir

nicht kalt? Wie kannst du mir im Kleid ohne Mantel hinterherlaufen! Du holst dir noch den Tod!« Er zog sich seinen Mantel aus und hängte ihn Julia über ihre Schultern.
»Nicholas, du siehst schlecht aus. Bist du krank?«
Matt lächelte er Julia an. »Krank? Ja, vielleicht. Seit ich hier bin, kann ich kaum mehr schlafen. Ich habe Albträume. Ich glaube, die Umgebung, Vater, die Familie tun mir nicht gut.«
Julia nahm eine seiner Hände und streichelte sie sanft. »Warum suchst du dir nicht eine Frau? Meinst du nicht, es ist Zeit für eine Familie?«
Nicholas nahm eine Locke von Julia in die Hand und schnupperte daran. »Warum riechen deine Haare immer so frisch nach Heu, nach Natur, nach Leben?«
»Rede doch keinen Unfug! Warum weichst du mir aus? Ich möchte mich mit dir unterhalten. Erzähl mir, was du in den vergangenen zwei Jahren getan hast! Du kannst mir doch nicht erzählen, dass es kein ernsthaftes Verhältnis gab.«
Ironisch schmunzelte Nicholas sie an. »Die letzte Frau, an der ich ein wenig Interesse hatte, hast du mir aus dem Haus gejagt.«
Beschämt schlug sich Julia eine Hand vor dem Mund. »Du machst wohl Witze.«
»Nein, ich mache keine Witze. Sie hat mir wirklich gefallen, und ich glaube, es hätte mehr werden können, aber das Schicksal hat dich gerade an diesem Abend zu mir geführt. Weißt du, ich habe nie an das Schicksal geglaubt, aber an diesem Abend habe ich angefangen, daran zu glauben. Das Schicksal möchte keine andere Frau als dich, und wenn ich dich nicht bekommen kann ...« Geistesabwesend starrte er zum grauen Horizont. »Gut, das muss ich wohl akzeptieren. Darum habe ich aufgehört zu suchen oder mir Hoffnungen zu machen, und außerdem glaube ich, dass ich kein guter Ehe-

mann und schon gar nicht ein guter Vater sein könnte. Je älter man wird, desto wählerischer wird man. Wird mir so ein junges Ding vorgestellt, sehe ich sofort ihre Fehler, die ich wahrscheinlich vor Jahren nicht gesehen hätte.«
»Nicholas, das glaube ich dir nicht.«
»Doch, Julia, das weißt du genau. Du kennst mich wahrscheinlich besser als ich mich selbst. Du hast so unheimliche Menschenkenntnisse in die Wiege gelegt bekommen, dass es für mich oft erschreckend ist, wie treffsicher du die Menschen beurteilen kannst. Auch hast du die Genialität, dich in deinen Gegner oder einfach in den anderen Menschen hineinzuversetzen. Und weil du das kannst, pirschst du dich an deine Opfer heran und bringst sie alle zu Fall.«
»Wer ist jetzt der Psychologe, du oder ich? Und außerdem wollten wir über dich reden nicht über mich.«
»Ach, Julia, was ich sagen will, ich bin ein sehr schwieriger und schlechter Mensch und auch nicht fähig, eine Frau glücklich zu machen.«
Erstaunt blickte sie Nicholas an. »Ich weiß nur, dass du ein eingebildeter, hochnäsiger, anmaßender, arroganter, blasierter und überheblicher Mensch bist, aber schlecht bist du nicht.«
Er musste lächeln. »Weißt du, du bist der einzige Mensch, der mich zum Lachen bringen kann, wenn ich in so einer idiotischen Stimmung bin.«
Es war kalt. Julia rieb sich die Arme.
Nicholas fing an zu laufen und rief ihr zu: »Wer zuerst am Gartentor ankommt, darf sich etwas wünschen.«
Julia hatte einen gestählten und durchtrainierten Körper. Es machte ihr nichts aus, einen Kilometer zu laufen.
Nicholas gewann trotzdem um eine Handbreit.
Außer Atem sagte sie: »Das ist nicht fair, du bist eher losgerannt als ich.«

»Ist es dir jetzt etwas wärmer?«

»Ja, ich bin sogar etwas ins Schwitzen gekommen.«

Das Tor war nur angelehnt, und sie eilten durch den kleinen Garten, dessen Erde im Januar tief gefroren war.

Nicholas schob den schweren Eisenriegel zurück. Geräuschvoll öffnete sich die große Holztür. Die Kapelle war ein alter romanischer Steinbau, der nie verändert worden war. Sie betraten ehrfurchtsvoll den ruhigen und dunklen Raum und setzten sich auf eine Holzbank.

Behutsam legte Nicholas seine Hand auf ihr Knie. »Ein seltsamer Ort für eine Unterhaltung, findest du nicht auch?«

»Ja, aber es ist wenigstens nicht so kalt. Was ist, warum musterst du mich?«

»Du bist eine seltsame Orchidee, du wolltest dich doch mit mir über Vater unterhalten, oder?«

»Richtig, aber erzähl du zuerst: Was hast du in den letzten Jahren getrieben?«

»Die letzten Jahre waren nicht die besten in meinem Leben. Ich bin viel gereist, habe viel Geld ausgegeben, habe zu viel getrunken zu viel gespielt, zu viele Frauen gehabt, habe die Menschen verletzt und vor den Kopf gestoßen, habe beim Duell einen Menschen fast erschossen, habe in die falschen Aktien investiert, habe die Malaria hinter mir. Soll ich weitermachen, Julia?«

Stumm blickte sie ihn an.

So fuhr er immer schneller fort: »Ich habe Depressionen, bin mutlos, lustlos, griesgrämig, und manchmal hasse ich mich sogar für das, was ich bin und was ich aus meinem Leben gemacht habe.«

Nicholas starrte auf das runde Taufbecken aus rotem Sandstein. »Hier wurde ich getauft, und seit dem Tod meiner Mutter wurde hier nur noch eine Messe gehalten. Das war deine Hochzeit. Du warst eine schöne Braut, und wie sehr habe ich mir damals gewünscht, an der Stelle meines Vaters zu stehen.«

»Können wir dieses Thema beiseite lassen, bitte? Wir können die Uhr nicht zurückdrehen.«

Nicholas schlug sich die Hand vor den Kopf. »Du hast vollkommen recht, ich grüble zu viel.«

Beruhigend legte Julia ihre Hand auf seine. »Ich habe mit mir selbst Frieden geschlossen. Warum bist du nicht bereit zu vergessen? Fang ein neues Leben an. Ich wünsche mir einen Nicholas, so wie ich ihn kennengelernt habe: stark, arrogant, der sich nimmt, was er will.«

»Meinst du das jetzt wörtlich, dass ich mir nehmen soll, was ich will?«

Julia stieß ihn mit dem Ellbogen in die Rippen. »Du weißt ganz genau, was ich meine!«

»Vermutlich hast du recht.« Dabei seufzte er tief und lange. Dann tasteten seine Hände nach Julia. Er nahm ihren Kopf in seine wunderbaren Hände und küsste sie mit so viel Zartgefühl, dass Julia nur einfach die Augen schloss und sich willig den Berührungen hingab. Er zog sie vollends an seinen muskulösen Körper und schlang seine Arme um ihre schlanke Hüfte.

Sie vergaßen alle guten Vorsätze. Julia hatte die Zuneigung, die Berührungen und Zärtlichkeiten vermisst. Seit Jahren hatte sie mit keinem Mann mehr geschlafen. Sie war ausgehungert nach Liebe, darum griff sie zu wie nach einem Stück Brot. Jetzt wollte sie Nicholas haben, so wie sie ihn immer haben wollte.

Ohne Hast fasste Nicholas Julia mit seinen Händen, drückte den Mantel zur Seite, schob seine Hand in ihren Ausschnitt, befühlte und streichelte ihre Brust. Seine andere Hand ließ er an ihrem Körper entlang zu ihrer wohl geformten Hüfte

gleiten, zum Bauch, hinab zu ihren Knien. Er betastete ihre langen Beine, griff unter ihren Rock, tastete sich langsam höher an ihrem heißen vibrierenden Schenkel entlang.
Julia stöhnte vor Lust.
Seine Hände waren überall gleichzeitig. Er knöpfte ihr Kleid auf und küsste die aufgerichteten rosigen Spitzen ihrer Brüste, die nach Liebkosung verlangten.
Sie wusste, was geschehen würde, wenn sie sich nicht zurückzog. Sie konnte nicht sagen, wie sehr sie sich nach ihm sehnte. Sie wollte, dass er in sie drang, sie wollte ihn in sich haben, fühlen, spüren, sie wollte noch einmal erleben, wie es war, einen Mann zu haben.
Erregt öffnete Nicholas seine Hose und zog Julia auf sich.
Plötzlich hörten sie ein Geräusch. Die Holzdielen knarrten.
Julia fuhr erschreckt zusammen und blickte Nicholas bestürzt an. Jetzt war eingetreten, wovor sie sich am meisten fürchtete.
Sie zog den Mantel wieder über ihre Schultern und flüsterte: »Ich verschwinde besser.« Sie huschte davon.
Zuerst blieb Nicholas noch sitzen und überlegte, dann stand er auf, lief auf leisen Sohlen zur Sakristei und öffnete mit Schwung die Tür. Es gab hier keine Möglichkeit, sich zu verstecken. Als er den Raum betrat, fiel ein langer Lichtstahl direkt auf eine Säule. »Du kannst ruhig hervorkommen, ich weiß, wo du steckst.«
Neil kam zum Vorschein und baute sich breitbeinig vor Nicholas auf.
Die zwei schickten sich tödliche Blicke entgegen.
»Was fällt dir ein, uns nachzuspionieren?«
»Ich kann hier machen, was ich will, aber du gehörst nicht hierher.«
»Was hast du gesagt, du frecher Lümmel?«
»Du bist ein Schwein und willst meine Mutter verführen, aber

die bekommst du nie.«

»Was redest du für einen Blödsinn?«

»Ich habe alles gesehen. Du bist ein Scheißkerl, sie ist die Frau meines Vaters.«

»Du wolltest wohl sagen, dass es mein Vater ist?«

»Er ist mehr mein Vater als deiner, weil er mich liebt im Gegensatz zu dir. Dich hasst er, alle hassen wir dich.«

»Mach, dass du hier verschwindest, sonst muss ich dir eine kleben, du unverschämter Kerl!«

»Nein, ich verschwinde nicht, sondern du, und wenn du dich meiner Mutter noch einmal näherst, bring ich dich um, das schwöre ich dir!«

Nicholas war am Ende seiner Geduld. Er trat einen Schritt auf Neil zu und gab ihm eine schallende Ohrfeige.

Ein Zittern lief durch Neils Körper, dann richtete er sich mit traumwandlerischer Bewegung auf, stürzte sich auf Nicholas und versetzte ihm mit seiner dicken Faust einen Schlag direkt auf die Nase. Der Schlag war so stark, dass Nicholas für Sekunden ohnmächtig wurde.

Neil schrie: »Ich verabscheue dich, du elender Teufel! Ich bring dich um! Ich bring dich um!« Dann boxte er mit seinen Pratzen wie ein Trommelschläger auf Nicholas ein.

Nicholas war auf so viel Aggressivität und Stärke nicht gefasst. Er schlug ein paar Mal zurück, aber gegen den kräftigen Jungen konnte er nichts ausrichten. So lag er nach kurzer Zeit am Boden und versuchte mit seinen Armen sein Gesicht zu schützen.

Rasend wie eine Bestie schlug Neil mit seinen Fäusten und Füßen gleichzeitig auf Nicholas ein. Sein Gesicht hatte sich zu einer teuflischen Grimasse verwandelt. Er hatte völlig die Kontrolle über sich verloren.

Plötzlich merkte Nicholas, dass Neil innehielt und wie ein

dicker schwerer Baumstamm neben ihm hinstürzte. Als er aufblickte, sah er Julia wie ein Racheengel über Neil gebeugt. In den Händen hielt sie einen schweren silbernen Kerzenleuchter. Sie wandte sich ab, ohne weiter auf Neil zu achten und blickte zu Nicholas. »Wie geht es dir?«
»Ich weiß nicht ...«
Sie kniete sich neben ihn, strich ihm mit ihrem Kleid das Blut von den Augen, griff ihn unter den Arm und zog ihn hoch. »Meinst du, wir schaffen es, dich ins Herrenhaus zu bringen?«
Dankbar nickte Nicholas Julia zu.
Julia ließ Nicholas in sein Zimmer bringen und gab Anweisung, die Kräuterfrau zu benachrichtigen. Zu John, dem Butler, sagte sie: »Bitte schau nach Neil, er liegt in der Sakristei.«
»Natürlich, Lady Catterick.« Er wandte sich zum Gehen, als Julia hinzufügte: »Wenn es möglich ist, ohne großes Aufsehen.«
Er blickte sich nochmals um. »Selbstverständlich.«
Nicholas lag auf dem Bett und blickte Julia an, die neben ihm saß. »Ich brauche keine Hilfe, es sieht schlimmer aus, als es ist.«
Julia seufzte. »Ich weiß nicht«, nahm ein Tuch, tauchte es in eine Schüssel mit Wasser und tupfte das Blut ab.
»Deine Lippe ist verletzt, die ist jetzt schon ganz dick, und deine Nase, vielleicht ist sie gebrochen?«
»Ich werde es überleben, aber dieser Neil ist ein gemeingefährliches und hinterlistiges Subjekt, der tickt doch nicht richtig im Kopf.«
»Ich weiß auch nicht, was in den Jungen gefahren ist.«
»Das kann ich dir sagen. Der sieht mich in jeder Hinsicht als Konkurrenz. Er fühlt sich als Sohn des Hauses, als Erbe, und dich sieht er als seinen Besitz. Ich kann dir nur einen guten Rat

geben: Schick den Kerl weg, sonst wirst du es noch bereuen.«
»Du darfst ihn nicht so hart beurteilen. Wahrscheinlich hat er nur durchgedreht, als er uns in dieser peinlichen Situation gesehen hat. Er vergöttert mich, und Götter tun so etwas nicht.«
»Liebe Julia, du machst es dir sehr einfach, aber ich sehe es anders.«
John klopfte an die Tür und streckte den Kopf herein, »Lady Catterick, Neil ist nicht auffindbar.«
Julia nickte ihm zu. »Ich danke dir, John.«

Es hatte schon Mitternacht geschlagen. Julia lag noch wach und starrte ins Dunkle, als zaghaft an die Tür geklopft wurde. Sie wusste, das konnte nur Neil sein. Sie richtete sich auf und sagte: »Komm herein und mach Licht.«
»Gehorsam zündete Neil die Kerzen auf dem dreiarmigen Kerzenhalter an, der auf der Eichentruhe neben der Tür stand. Das Licht erhellte den Raum. Mit scheuem und ängstlichem Blick trat er vor Julias Bett. Neil hatte das leicht zersauste Aussehen eines Mannes, der in höchster Eile aus seinem Bett geschlüpft war.
»Bist du mit mir böse?« Dabei senkte er beschämt den Kopf.
Julia biss sich auf ihre Lippen. »Komm her«, sagte sie und zeigte auf den Platz neben sich auf dem Bett. Julia wählte ihre Worte sorgfältig: »Neil, ich weiß nicht, was du gesehen hast, aber ich bin eine Frau und habe auch ein Leben. Es gibt Dinge, die du nicht weißt, von Nicholas und mir.«
»Warum erzählst du es mir nicht?«
»Neil, das kann ich nicht und das will ich auch nicht. Es ist mein Geheimnis.«
»Du bist eine verheiratete Frau. Wie kannst du da mit Nicholas herumspielen?«

»Das wirst du nicht verstehen.«
Er sagte sehr heftig: »Nein, das verstehe ich auch nicht. Nicholas ist ein Verführer. Er will dich nur benützen, und hinterher wirft er dich weg wie einen alten Sack.«
»Neil, mäßige dich! Ich erlaube dir nicht, so mit mir zu reden. Ich weiß nicht, ob du mich verstehst, aber es ist für mich manchmal eine große Belastung, das Familienoberhaupt zu sein, und deshalb fühle ich mich manchmal allein.«
Triumphierend hob Neil seinen Zeigefinger. »Wenn Vater noch gesund wäre, würde er Nicholas umbringen.« Neil wich vor dem fassungslosen Blick von Julia zurück.
Sie erhob ihre Stimme: »Was fällt dir eigentlich ein!« Sie versetzte ihm eine schallende Ohrfeige. Dann blieb ihre Hand in der Luft hängen, und sie erstarrte vor Schreck zur Salzsäule.
»Du bist das gleiche Frauenzimmer wie alle anderen Weiber auch!« Vor Schreck zitterte sein ganzer Körper, und es traten ihm die Tränen in die Augen. Es kostete ihn alle Kraft, sich umdrehen. Er sah Julia an, die im Dämmerlicht erschreckend blass aussah. Er warf sich an ihre Brust, umarmte sie mit einer solchen Heftigkeit, dass Julia erschrak. Er weinte in ihren Armen wie noch nie in seinem Leben.
Auch Julia stiegen Tränen in die Augen. Sie sammelten sich in ihren Augenwinkeln, liefen die Schläfen hinunter und tropften zum Schluss schwer auf Neils dunkles Haar, das Julia liebevoll streichelte.
»Neil, was soll ich nur mit dir machen?«

21. Kapitel

Es war ein Spätherbsttag. Die Sonne begann bei wolkenlosem Himmel noch einmal feurig zu brennen, und gegen Mittag wurde es geradezu hochsommerlich warm. Es war der neunundsechzigste Geburtstag von George. Julia strich ihm über sein weißes und immer noch volles Haar. »Herzlichen Glückwunsch!« Sie nahm den Rollstuhl und führte ihn auf die Terrasse, um die wunderbare Herbstsonne einzufangen. Sein Blick schweifte über sein prächtiges Land, und sie war sicher, dass er wahrnahm, was er sah. Er war einst ein gut aussehender Mann, mit großer Macht und Einfluss, jetzt war er eine kleine zusammengesunkene Gestalt.

Als Julia am nächsten Morgen das Schlafzimmer betrat, lag George tot im Bett. Er war lautlos von ihnen gegangen, ohne dass es je eine Besserung in seinem Zustand gab, ohne dass er von ihnen Abschied nehmen konnte. Julia stand da wie angefroren und starrte leichenblass auf ihren toten Gemahl. Sie beugte sich über ihn und umschlang den noch warmen Körper. Ihre langen roten Haare fielen als Teppich über sein Gesicht, und sie gab ihm auf seine blauen Lippen den letzten Kuss zum Abschied in die Ewigkeit. Tiefer Schmerz erfüllte ihr Herz. Hier lag ihr Gemahl auf dem Sterbebett, und noch im Tode stand in seinem Antlitz jener Ausdruck verzweifelten Flehens. Sie betrachtete ihn mit glasigen Augen und sah, wie sein Blick allmählich in den Zügen des Todes erstarrte. Bald würde er in den Brettern eines Sarges verschwinden, wo sein Körper zu Staub würde.

Obwohl Julia schon lange auf den Tag vorbereitet war, traf es sie doch wie ein Schlag. Sie ließ die Familie und Freunde von George benachrichtigen, um ihm das letzte Geleit zu geben. Es wurden alle Spiegel im Herrenhaus mit schwarzem Leinen verhüllt.

Eine schwarz gefärbte Reiherfeder wogte auf dem breitkrempigen Samthut, der raffiniert die Augen verdeckte, und ein schwarzer hauchdünner Schleier verbarg den Rest ihres Gesichts vor den anderen. Aber unter dem Schleier waren ihre Gesichtszüge vor lauter Selbstbeherrschung zu einer Maske erstarrt. Alle um sie herum sprachen gleichzeitig mit schmerzbewegter Stimme auf sie ein. Man wollte ihr Trost und Mitgefühl und Zuneigung mitteilen. Sie lauschte nur mit einem Ohr, dann sprach der Pastor irgendetwas, doch sie verstand kein Wort davon. Sie wagte nicht, sich zu bewegen, obwohl es ihr kalt war. Sie erlebte alles wie in einem bösen Traum. Deutlich und klar empfand sie die tiefe Erschütterung ihres Herzens. George wurde in die kalte, gefrorene Erde gelegt. Schon allein der Gedanke ließ Julia zittern. Die Landschaft würde bald einen Winterschlaf halten. Auch sie könnte jetzt einen Winterschlaf gebrauchen, sie war so müde und ausgelaugt.

Als George unter der Erde war, nahm Nicholas Julia einfach am Arm. Willenlos folgte sie ihm. Er setzte sie neben sich auf den Bock und breitete eine Decke über ihre Knie. Er fasste die Zügel, schnalzte dem Pferd zu und sprach beruhigend auf sie ein.

Julia lehnte sich mit geschlossenen Augen an ihn, dankbar um die Nähe eines Menschen.

»Wir sind da.«

Julia schreckte auf. »Mein Gott, ich muss eingeschlafen sein.«

Nicholas begriff, welch große ergreifende Tragödie sich in diesem hilflosen Gesicht abspielte. Er konnte Julias tiefe Trauer nicht fassen. Aber im Innersten wusste er, dass es nicht gespielt war. Sie hatte diesen Mann auf ihre Art geliebt. Er war doch sein Vater, aber das Einzige, was sich in seinem Inneren

abspielte, war die Empfindung einer gewissen Erleichterung darüber, dass dieser eiserne, unbeugsame Wille nun aufgehört hatte zu existieren. War er deswegen ein schlechter Mensch?
Nicholas half ihr vom Wagen, und nebeneinander schritten sie den Kiesweg entlang zum Säulenportal. Sie stiegen die Marmortreppen hinauf und durchquerten schweigend die dämmrige Halle.
Dann drehte sich Julia um und nahm ihren Hut umständlich ab. »Entschuldigst du mich bitte, ich möchte jetzt alleine sein.«
Zärtlich blickte er in ihr trauriges Gesicht.
Sie lächelte ihn wie aus der Ferne an und strich ihm mit dem Zeigefinger die Falte zwischen den Augenbrauen glatt. »Mach dir meinetwegen keine Sorgen«, sagte sie leise, dann ging sie wortlos die Treppe hinauf. Im ersten Stock angekommen, drehte sie sich noch einmal um und sah, dass Nicholas ihr immer noch nachblickte.
»Julia, brauchst du mich wirklich nicht mehr?«
Sie schüttelte nur niedergeschlagen den Kopf.
Unschlüssig stand Nicholas da. So konnte er nicht zurückreisen, darum ging er mit festen Schritten in den ersten Stock und öffnete die Tür zu Julias Schlafzimmer.
In sich versunken saß Julia auf dem Bett und starrte zum Fenster hinaus.
Ergriffen stand er vor ihr, suchte ihren Blick, setzte sich neben sie, und im nächsten Augenblick lagen sie sich in den Armen.
Erschöpft legte Julia den Kopf auf Nicholas' Schulter und weinte still.
Fürsorglich streichelte er ihr tränenfeuchtes Gesicht. Er fühlte die unterdrückte Liebe in sich aufsteigen, aber er nahm sich zusammen, denn er wusste, es war noch zu früh. Er musste ihr und auch sich selbst Zeit lassen. So küsste er sie ein letztes Mal und ging.

Der Frühling kam, die kühlen Regengüsse des Aprils wurden von der balsamischen Wärme und Farbenpracht des Mais abgelöst, aber Julia nahm kaum den Wonnemonat wahr. Sie übersah den strahlenden Himmel, die Vergangenheit ließ sie nicht ruhen. Das Unterbewusstsein nahm Besitz von ihrem Körper, das Grübeln und die Vorwürfe schlichen sich ein, sie fühlte sich einsam und verlassen. Ihr Herz vergaß nicht, dass George nicht mehr in ihrer Nähe war. Tagsüber gehorchte ihr Verstand im Allgemeinen, nur nachts, wenn sie allein in ihrem großen Himmelbett lag, wachte sie mitten in der Nacht auf, schlich auf Zehenspitzen über den Gang zu Roger und legte sich zu ihm ins Bett. Dann spürte sie die Leere und die Kälte in ihrem Herzen nicht so sehr, aber es war kein Trost. Oder sie stieg die große Treppe ins Erdgeschoss hinunter und überquerte die große Eingangshalle, die zu Georges Arbeitszimmer führte. Ehrfürchtig betrachtete sie den leeren Raum, als wäre es eine Kirche. Das war sein Zimmer, in dem er gearbeitet hatte, in dem er wichtige Entscheidungen traf, Dokumente unterschrieb, in dem sie ihn erst richtig kennengelernt hatte und in dem er das letzte Jahr seines Lebens verbrachte. Dann tastete sie sich an den großen Schreibtisch mit den wunderbaren Intarsienarbeiten heran und fuhr sanft mit der Hand darüber. Schließlich trat sie hinter den Schreibtisch und nahm in dem großen Ledersessel Platz. Dort fühlte sie sich George näher. Durch seine unendliche Liebe zu ihr; er hatte sie gelehrt, ihn zu lieben. Ihr Unterbewusstsein hatte jedes Wort und jede Geste gespeichert, die sie glaubte, vergessen zu haben. Es war, als würde sie zu einem Teil von ihm werden. Sie erzählte ihm ihre täglichen Probleme. Er hörte ihr aufmerksam zu, wie er es immer tat, und zum Schluss gab er ihr Ratschläge. Als sie eines Nachts wieder an seinem Schreibtisch saß, hatte sie das Gefühl, dass die Tür aufging und

George wie ein Schatten hereinschwebte, vor ihr stehen blieb und zu ihr sprach.

»Julia, was sind deine Wünsche in deinem Leben? Erfülle sie dir! Du bist vermögend, hast Ansehen, nimm es dir, es steht dir zu. Geh in die Welt, lebe dein Leben, schau nicht zurück, sondern schau in die Zukunft. Ich gebe dich frei.«

Julia wollte nach dem Schatten greifen, aber er war nicht mehr da. Was war das für eine Botschaft? Sie erkannte auf einmal mit Erstaunen, dass die Rückkehr in die Vergangenheit unvermeidlich war. Sie konnte sich hier nicht länger verstecken. George hatte recht. Er hatte ihr in London das große Haus mit einem dicken Bankkonto vermacht, und auch ihre eigenen Einkünfte waren kräftig angewachsen. Der Verwalter, den sie vor einem Jahr für den Gutshof engagiert hatte, stellte sich als ein hervorragender Mann heraus. Die Geschäfte liefen gut, sie hatte auch ihr Geld gut investiert. Sie hatte alles erstaunlich gut im Griff. Ihrer Stieftochter überwies sie nach wie vor eine beträchtliche Summe. Damit war jene zufrieden und machte ihr keine Probleme. Von Nicholas hatte sie seit Georges Tod nichts mehr gehört. Sicherlich wusste er, dass sie ihm noch nicht gegenübertreten konnte. Sie musste ausprobieren, wie es sein sollte, unabhängig in einer Stadt zu leben. Auch gab es dort viel zu erledigen, also würde es ihr sicherlich nicht langweilig werden. Das Dahindämmern war vorbei.

Eine große, dunkle Gestalt trat wieder einmal in den Mittelpunkt ihres Denkens, und sie kämpfte innerlich dagegen an. Verzweifelt zog sie das Bild von George hervor, schloss die Augen und strengte sich heftig an, nur ihn zu sehen, aber sein Bild verschwamm jeden Tag mehr, und zum Vorschein kam immer deutlicher Nicholas. Sie wartete jeden Tag auf ihn. Sie war sich sicher, es würde nicht mehr lange dauern, bis er auftauchte. Sie wollte ihn bei sich haben, wollte mit ihm leben, mit ihm schlafen.

Zwei Monate war sie schon in London, als eines Nachmittags ein Bote eine Eintrittkarte für das Schauspiel „Der Widerspenstigen Zähmung" von William Shakespeare überbrachte. Julia nahm die Karte in die Hand und überlegte. Kein Gruß, kein Absender, seltsam. Ihre Augen leuchteten auf und zeigten ein breites Lächeln. Die Karten hatte ihr bestimmt Nicholas geschickt! Sie jubelte innerlich. Sie hatte sich nicht getäuscht. Es war auch höchste Zeit, dass er sich bei ihr meldete.
Als Julia die breite Treppe herunterschritt, stand Neil an der Eingangstür und beobachtete Julia mit zusammengepresstem Mund. Hast du vor, auszugehen?«
»Ja, Neil, ich gehe ins Theater.«
»Warum hast du mir nichts gesagt? Ich hätte dich begleitet.«
»Das geht nicht, ich habe nur eine Eintrittskarte.«
»Wenn du mich dabei haben wolltest, hättest du mit deinen Beziehungen auch eine zweite Karte bekommen.«
»Neil, warum machst du mir das Leben so schwer? Ich möchte endlich wieder leben und mich amüsieren. Steht mir das nicht zu?«
»Ich bin der Letzte, der dir dein Vergnügen nicht gönnt, aber du kannst doch nicht allein ins Theater gehen, das ist doch anrüchig.«
Julia lachte. »Du siehst doch, dass ich es kann. Du bist ein richtiger Spießbürger. Neil, ich brauche keinen Anstandswauwau.«
Die Loge war leer, als Julia sie betrat. Das Theater war bis auf den letzten Platz besetzt. Nach zehn Minuten hörte sie wie der Vorhang auf- und wieder zugezogen wurde. In freudiger Erwartung blickte sie sich um.
Christopher nickte ihr freundlich zu. Ihre Miene veränderte

sich und zeigte unerwartet ihre Enttäuschung. Er flüsterte ihr ins Ohr: »Schön, Sie wiederzusehen.« Christopher setzte sich neben sie, und sie sprachen während des Theaters kein Wort.
»Vielen Dank für die Karte, Christopher. Die Vorstellung war ein Erlebnis.«
»Das freut mich, wenn es Ihnen gefallen hat, Julia. Darf ich Sie noch zu einer Tasse Tee einladen? Hier um die Ecke ist ein Künstlerlokal, da ist es recht gemütlich.«
»Warum nicht? Ich lebe schon zu lange zurückgezogen.«
Christopher reichte ihr den Arm. »Wenn Sie es mir erlauben, würde ich Sie gern öfter ausführen?«
»Sie sind reizend, aber George ist erst acht Monate tot. Sie verstehen, was ich meine.«
Sie betraten ein typisches Studentenlokal, in dem viel debattiert und diskutiert wurde. Junge Leute mit viel Idealismus und großen Ideen, die Welt zu verändern. Sie bekamen in der hintersten Ecke einen Zweiertisch.
»Wenn es Ihnen hier nicht gefällt, können wir auch ein anderes Lokal aufsuchen.«
»Doch, es gefällt mir hier recht gut.«
Sie bestellten zwei Bier.
»Julia, ich hatte im Theater den Eindruck, dass Sie enttäuscht waren, mich zu sehen. Haben Sie jemand anderen erwartet?«
Julias Gesicht färbte sich dunkelrot.
Betrübt sagte er: »Also habe ich ins Schwarze getroffen, schade.«
Er blickte Julia an. Seine dunklen Augen schienen ihr Innerstes zu durchdringen. »Eigentlich bin ich enttäuscht. War es Nicholas, den Sie erwartet haben?«
Julia wich seinem Blick aus.
Mehr zu sich selbst sagte er: »Touché, auch wieder ins Schwarze getroffen.« Die Muskeln in seinen Wangen spannten

sich und wurden wieder locker, als ihre Blicke wieder aufeinandertrafen. »Sie werden mir dann sicher auch nicht beantworten, ob Sie ihn lieben, oder?«
»Warum wollen Sie das wissen? Ich bin ihnen keine Rechenschaft schuldig!«
»Nein, das sind Sie nicht, aber ohne es mir zu bestätigen weiß ich, dass Sie ihn lieben. Wissen Sie, Julia, eigentlich bin ich ganz froh, dass Nicholas mein Rivale ist. Wissen Sie warum? Wenn er Sie bis jetzt in ihrem Herzen noch nicht verwundet hat, so wird er Sie bald verletzen. Es gibt keine Frau, die eine Beziehung mit Nicholas unbeschadet überstanden hat. Es tut mir zwar leid für Sie, aber so bekomme ich vielleicht eine Chance, Sie für mich zu gewinnen.«
Christopher nahm das Glas Bier in die Hand. »Auf die Liebe.«
»Zum Wohl, Christopher! Warum meinen Sie, Nicholas so gut zu kennen?«
»Ich habe ihn studiert. Es war für mich ein unterhaltsames Spiel, mit mir selbst eine Wette abzuschließen, wer sein nächstes Opfer war und wann er sie zum Teufel schicken würde. Glauben Sie mir, es waren immer die Mädchen, die verloren haben, nie Nicholas. Ich weiß heute noch nicht, was er an sich hat, dass so viele Frauen den Kopf bei ihm verlieren. Ich gebe zu, er sieht gut aus, aber menschlich ist er ein Schwein.«
Die Stimme von Christopher war plötzlich von einer unheimlichen Ruhe. »Gefällt Ihnen nicht, was ich sage?«
»Sie haben es erfasst. Sie haben kein Recht, über Nicholas herzuziehen und ihn schlecht zu machen. Sie reden wie ein eifersüchtiger Ehemann.«
»Eifersüchtig? Nun ja, vielleicht haben Sie recht, Julia. Ich bin ehrlich an Ihnen interessiert. Ich weiß nur zu genau, wenn das Herz vergeben ist, hat ein anderer keine Chance. Aber

vielleicht schenken Sie mir ab und zu etwas Zeit, damit wir uns besser kennenlernen können. Oder gefalle ich Ihnen überhaupt nicht?«

»Christopher, darum geht es nicht. Sie sind charmant und ein guter Unterhalter. Ich bin gern mit Ihnen zusammen. Aber Sie dürfen sich keine Hoffnungen machen.«

»Lieben Sie ihn so sehr?« Er fasste nach ihrer Hand, die auf dem Tisch lag.

Julia nickte nur leicht.

»Ich verstehe.«

»Nein, Sie verstehen nicht. Vielleicht haben Sie sogar in vielen Dingen über Nicholas recht, aber ob es jemals mit uns zwei etwas werden sollte, das steht in den Sternen.«

Sie suchte nach Worten. »Es hat mir in meinem Leben immer geholfen. Nicholas ist für mich keine Eintagsfliege und ich bin es für ihn auch nicht. Aber eine große Liebe bleibt auch bestehen, wenn man sich selten sieht.«

»Nun, ich teile nicht ganz Ihre Meinung. Aus der Sicht eines Mannes mag es ja recht unterhaltsam sein, zu seiner Geliebten zu gehen, wenn er Lust auf sie hat. Er ist zu nichts verpflichtet, kann tun, was er will, und kann sich sogar eine zweite Geliebte halten, ohne dass sie es mitbekommt. Aber ich kann mir nicht vorstellen, dass Sie eine Frau sind, die sich damit zufrieden gibt.« Christopher ließ ihre Hand los. »Nicholas ist kein Mann, der verlieren kann. Ich nehme an, er hat es nie überwunden, dass Sie seinen Vater geheiratet haben. Er ist wie ein wildes Tier. Er kämpft lange mit seinem Rivalen, und wenn sein Gegner sich ergeben hat, hat auch er sein Interesse an ihm verloren. Dann läuft er davon, lässt alles liegen und sucht sein nächstes Opfer.« In dem Blick, den er ihr zuwarf, war etwas Geheimnisvolles, etwas Wissendes.

»Warum mögen Sie Nicholas nicht?«

»Genau aus den Gründen, die ich Ihnen eben genannt habe. Er kennt bei Frauen keine Grenzen. Ich glaube nicht einmal, dass er weiß, wie viele Frauen er schon benutzt hat. Blicken Sie mich mit Ihren grünen Augen nicht so entsetzt an, auf meine Menschenkenntnis und Erfahrungen konnte ich mich bis jetzt immer verlassen.«

Julia presste die Zähne zusammen und versuchte, gegen das Chaos ihrer verwirrten Gefühle anzukämpfen. Sie konnte Christopher nicht recht geben, aber ganz tief im Inneren ihres Herzens wusste sie, dass er recht hatte, aber sie war noch nicht so weit, es sich einzugestehen.

»Ich bin sicher, dass so noch nie ein Mann mit Ihnen geredet hat, aber auch ich liebe die Ehrlichkeit, und weil ich Sie sehr schätze und verehre, wollte ich Ihnen die Augen öffnen. Ich will nicht, dass auch Sie wie die anderen in Ihr Verderben rennen. Ich hoffe aufrichtig, dass Sie mir dieses Gespräch nicht übel nehmen. Sie liegen mir sehr am Herzen. Es ist vielleicht noch zu früh, über Liebe zu sprechen.

»Ich würde jetzt gern nach Hause gehen.«

Er stand auf und legte ein paar Scheine auf den Tisch. »Wie Sie wünschen.« Christopher half ihr in die Kutsche, setzte sich neben sie und gab dem Kutscher ein Zeichen. »Julia, ich gebe Ihnen einen guten Rat. Testen Sie Nicholas, spionieren Sie ihm nach, vergewissern Sie sich, ob er Ihrer Liebe wirklich würdig ist.«

Eine lange Pause entstand. »Julia, Sie sind eine Frau, wie ich keine kenne. Sie stehen mit beiden Beinen auf dem Boden und lassen sich von niemanden etwas vormachen. Aber ich glaube, bei Nicholas stellen Sie sich blind.«

Sie suchte nach Worten, aber ihre Tränen erstickten ihre Stimme.

Beschützend legte Christopher seinen Arm um ihren schmalen

Körper. »Es ist nicht leicht, wenn ein Fremder einem die Wahrheit ins Gesicht schleudert, die man nicht akzeptieren will oder kann. Aber Ihr brillanter Verstand gibt mir recht.«
Er hielt sie umfangen. »Sie können immer mit mir rechnen.« Beim Abschied ergriff er nochmals ihre Hand. »Vergessen Sie ihn.«
Lange stand Julia noch an der Tür und sah der Kutsche nach, die von der dunklen Nacht wie ein Ungeheuer verschlungen wurde.
Als sie das Haus betrat, stand Neil am Treppenaufgang. Er hatte auf sie gewartet. Vorwurfsvoll sagte er: »Du kommst spät.«
Julia war nicht in der Stimmung, sich noch mehr Vorwürfe anzuhören. »Neil, geh ins Bett und lass mir meine Ruhe.«
Ohne ihn zu beachten, lief sie an ihm vorbei und stieg müde die breite Treppe zu ihrem Schlafzimmer hinauf.»Sie zündete die drei Kerzenleuchter an, die neben einer großen Spiegelwand standen. Zwei Monate würde sie Nicholas noch einräumen. Wenn er sich bis dahin nicht bei ihr melden würde, dann wollte sie sich mehr mit Christopher befassen. Er hatte recht mit dem Detektiv, warum nicht. Was wusste sie von Nicholas? Nur das, was er ihr selbst alle paar Jahre erzählte.
Es war noch Glut im Kamin. Sie fachte das Feuer von neuem an, setzte sich in den Ohrensessel davor und starrte in die züngelnden Flammen. Was war das für ein eigenartiges Verhältnis, wenn es überhaupt ein Verhältnis war. Sie war frei, und das war es doch, was er sich nach eigenen Worten wünschte. Warum kam sie von ihm nicht los? Jedes Mal, wenn sie dachte, sie hätte sich von ihm gelöst, dann tauchte er genau in diesem Moment wieder auf und beherrschte sie sowohl im Geist als auch mit seinem Körper. Was hatte er aus ihr gemacht?

Überall blühten die Rosen, und es lag ein süßer Duft in der Luft, die Julia begierig einsog. Es war ein unbeschreiblich schöner Tag. Sie saß auf der Terrasse und beobachtete die Schmetterlinge, für die das Leben so unbeschwert aussah. Es war für sie nicht angenehm, was ihr Philip über Nicholas mitgeteilt hatte; in Dover lebte er sein Leben wie immer, und man sah an seiner Seite wieder ein Liebchen, das angeblich nicht älter als achtzehn Jahre war.
Sie legte den Brief weg. »Nicholas, warum nur trittst du unsere Liebe mit Füßen! Sie kam mühsam zu dem Entschluss, dass er genau so war, wie Christoph ihn schilderte. Sie war gerade dabei, ihm zu schreiben, um seine Einladung zu einem Diner anzunehmen.
Es waren für Julia Monate des Vergnügens. Sie lernte Christoph besser kennen. Er war ein wundervoller, verständnisvoller Mensch ohne Launen, immer ausgeglichen und immer zum Scherzen aufgelegt. Über Nicholas hatten sie nie wieder gesprochen. Christopher fragte sie nicht, und sie erzählte ihm nichts.
Er suchte immer mehr ihre Gesellschaft und überhäufte sie mit Geschenken. Wenn er auf Reisen war, vermisste ihn Julia, sie genoss seine Gesellschaft.
Nur mit Neil hatte sie Probleme. Er konnte einfach keinen Mann an ihrer Seite akzeptieren. Bei der letzten Auseinandersetzung sagte sie ihm klipp und klar, entweder lebte er unter ihrem Dach nach ihren Regeln, oder er könne gehen, wenn ihm das nicht passte. Er hatte sich wohl Gedanken darüber gemacht, denn seither hörte sie kein ungezogenes Wort mehr von ihm.
Es war kurz vor Weihnachten. Es war kalt und kristallklar, als Julia am Morgen in Dover erwachte. An den Fenstern zeichneten sich Eisblumen ab, die sicherlich erst in einigen

Stunden schmelzen würden.
Sie zog ihren geblümten Morgenmantel über und trat auf die Terrasse hinaus. Die unverfälschte Luft eines frostigen und kalten Morgens wehte ihr in einer harten Brise entgegen. Sie sog in tiefen Zügen die Frische ein und sah, wie ihr Atem eine Wolke bildete. Sie hauchte einen Kringel in die Luft, der kurze Zeit vor ihren Augen als Kreis stehen blieb. Die Kälte drang durch den dünnen Stoff, doch sie genoss die Frische. Es war Zeit sich anzuziehen. Sie wählte ein mattgrünes Wollkleid, das nach der neuesten Mode aus Frankreich geschnitten war. Das Kleid hatte aus feinster Spitze einen verzierten Kragen. Es war um die Brust herum sehr eng. Das Mieder betonte ihre schmale Taille, und so wurde ihr voller Busen wunderbar zur Geltung gebracht. So konnte sich Nicholas im Geist ihre Kurven ausmalen und daran denken, was er aus Dummheit nicht benützt hatte. Julia bürstete sich das Haar aus der Stirn und legte es sorgsam in eine Fülle aus Locken, die in weichen Wellen mit einem Kamm zusammengebunden wurden.
Kokett wandte sich Julia nochmals dem Spiegel zu. War sie noch so schön und attraktiv? Sie nickte bestätigend, doch sie sah noch gut aus. Ein Jahr war vergangen, seit sie ihn das letzte Mal gesehen hatte. Ein Jahr der erzwungenen Abwesenheit ihres Geliebten, Nicholas. Ihre rotgoldene Lockenpracht brachte ihr blasses Gesicht harmonisch zur Geltung. Sie war etwas voller geworden, fraulicher, aber sie war immer noch schlank. Sie konnte sich noch sehen lassen.
Es klopfte, und die Zofe meldete Nicholas an.
»Führe ihn bitte ins Musikzimmer, ich komme gleich hinunter.« Ihr Herz klopfte, aber sie hatte sich geschworen, die Kühle und Unnahbare zu spielen. Sie war wieder einmal innerlich verletzt. Nicholas mutete ihr sehr viel zu, und jetzt war sie nicht mehr bereit, sein Verhalten einfach so hinzu-

nehmen.

Sie stieg langsam und hoch erhobenen Hauptes die Treppe hinab, hielt für einen Augenblick den Atem an, drückte mutig die Türklinke herunter und war bereit, in die Höhle des Löwen einzudringen. Hochmütig warf sie den Kopf zurück. Hier in diesem Zimmer befand sich die Liebe ihres Lebens. Sie zwang sich, ihre Stimme so ruhig wie möglich klingen zu lassen.

»Guten Tag, Nicholas.« Dabei reichte sie ihm die Hand. Er nahm sie und hauchte einen zarten Kuss darauf.

»Guten Tag, Julia.«

Ihre Knie zitterten. Er sah noch besser aus. Sein unwiderstehliches Lächeln besaß er immer noch, und seine Falten waren etwas tiefer geworden. Er gehörte zu dem Typ Mensch, wie sein Vater, der im Alter noch anziehender wurde. Der Bart, den er sich zugelegt hatte, stand ihm ausgezeichnet.

»Was führt dich zu mir?« sagte sie absichtlich etwas kühl.

»Die Vergangenheit. Auch glaube ich, dass ich dir genügend Zeit zum Überlegen gelassen habe, und außerdem habe ich ein Recht, meinen Sohn öfter zu sehen.«

Wie eine Schlange zischte Julia: »Unterstehe dir, Roger ein Sterbenswort über uns zu erzählen. George war sein Vater, und so wird es auch bleiben.«

Nicholas schlug wie ein Soldat beide Beine zusammen, hob seine Hand wie zum Gruß an seine Schläfe. »Jawohl, Kapitän!« Dabei zeigte er sein verlockendes Lächeln. »Willst du mir nicht einen Drink und einen Stuhl anbieten? Früher warst du gastfreundlicher zu mir.«

Spielerisch schlug sie sich mit der Hand auf den Mund. »Entschuldige, bitte. Was kann ich dir bringen lassen?«

»Mein Engel, hast du etwa vergessen, welches mein Lieblingsgetränk ist?«, erwiderte er anzüglich.

Ganz ruhig sagte sich Julia, er möchte dich nur aus der Reserve

locken, er hat sich kein bisschen verändert. Sie klingelte, und als der Butler erschien, bestellte sie bei ihm eine Flasche Wein. Nicholas mischte sich ein und forderte: »Den besten, den es im Keller gibt, und zwei Gläser.«
Der Butler blickte Julia erstaunt an und erwartete ihre Bestätigung.
Sie nickte ihm freundlich zu, um zu bestätigen, was Nicholas verlangte. Julias nervöse Spannung legte sich, sie lächelte Nicholas gelöst an. »Nimm doch bitte Platz.« Dabei machte sie eine weite Bewegung mit der Hand und deutete auf einen Stuhl neben sich, direkt am Kamin, der angenehm prasselte.
Als Nicholas sich setzte, lag sein Blick warm auf Julia. »Es ist schön, dich wiederzusehen. Ich nehme an, es geht dir gut?«
Julia nickte steif. »Danke der Nachfrage.«
Als John mit dem Silbertablett kam, befahl Nicholas: »Lassen Sie das Servierbrett bitte hier auf dem Tischchen stehen, wir machen den Rest.«
Amüsiert beobachtete sie Nicholas. »Ich trinke schon seit Jahren keinen Alkohol mehr.«
»Dann wirst du jetzt eine Ausnahme machen, der alten Zeiten zuliebe.« Er gab dem Butler einen Wink, der darauf sofort verschwand. Nicholas schenkte beide Gläser ein und prostete Julia zu.
Mit spitzen Fingern ergriff sie das Glas, trank aber nicht. Sie fixierte Nicholas. Er hatte glasige Augen, was bedeutete, dass er schon etwas getrunken hatte. Julia setzte sich neben ihn, legte die Beine übereinander und wartete ab.
»Meine Liebe, es scheint, dass du dich nicht sehr über meinen Besuch freust.«
»Damit hast du nicht ganz Unrecht.«
»Das ist aber schade, ich habe dich sehr vermisst.«
Schallend lachte sie hinaus. »Nun, um die Wahrheit zu sagen,

ich habe überhaupt keine Zeit gehabt, an dich zu denken. Warum sollte ich auch, kannst du mir einen Grund nennen?«
»Ein Grund wäre die Liebe.«
Gedehnt erwiderte sie: »Die Liebe? Was ist das, kannst du mir das vielleicht erklären? Ich glaube, ich habe es vergessen.«
»Warum bist du so zickig zu mir?«
Julia legte den Zeigefinger auf den Mund und tat so, als müsse sie überlegen. »So, du meinst also, ich bin zickig? Das ist ja sehr aufschlussreich.«
Nicholas zog ironisch einen Mundwinkel hoch. »Erzähle, was hast du die ganze Zeit ohne mich gemacht, mein Engel?«
In honigsüßem Ton erwiderte sie: »Reizender Nicholas, ich habe gelebt, habe kleine Reisen unternommen, habe mich kräftig amüsiert, und ich habe mir einen Hausfreund zugelegt, der immer für mich da ist.« Sie blinzelte ihn verführerisch an. »Hast du verstanden? Immer, das heißt Tag und Nacht. Wenn ich es richtig betrachte, führe ich das perfekte Leben.« Julia freute sich diebisch, wie sich das Kinn von Nicholas versteinerte. Sein schwacher Punkt war die Eifersucht.
»Was ist denn los mit dir, willst du mich provozieren?«
In Julias Stimme schwang verhaltener Spott: »Aber nein, was denkst du denn von mir?«
Es folgte eine unbehagliche Pause.
»Julia, du fragst überhaupt nicht, was ich die ganze Zeit getrieben habe.«
»Warum soll ich dich fragen? Mich interessiert das nicht. Schau, Nicholas, ich habe mein Leben, und du hast dein Leben. Du hast dich doch nach dem Tod deines Vaters auch nicht für mich interessiert. Gut, ich kann ja verstehen, dass ich nicht so wichtig für dich bin, aber du hast einen Sohn.« Sie legte ihren Kopf auf die andere Seite. Julia spürte deutlich, sie hatte ihn bald so weit, dass er explodieren würde. »Und wie es

aussieht, ist dir Roger auch gleichgültig.«
Seine Augen nahmen eine gefährliche Farbe an. Er stieß die Weingläser aneinander. »Auf alte Zeiten! Warum willst du nicht mit mir trinken? Hast du etwa vor dir selbst Angst, oder hast du Angst, dass ich mich an dir vergreifen werde? Das brauchst du nicht zu haben, ich habe mich längst anderweitig amüsiert.« Dabei grinste er provozierend.
Julia erhob sich und sagte mit übertrieben süßer Stimme: »Ach, Nicholas, das ist für mich nichts Neues. Je jünger, desto besser. Ich habe mir zum Zeitvertreib einen achtzehnjährigen Studenten angelacht. Du kannst dir nicht vorstellen, wie er es mit mir treibt. Glaube mir, Nicholas, von dem könntest sogar du noch einiges lernen.«
Nicholas wurde blass und stand heftig auf. Die angespannten Kiefermuskeln bewiesen, dass seine Geduld auf eine gefährliche Probe gestellt war.
Sie erschrak über seinen Anblick. Sie wusste, wenn sie jetzt nicht irgendetwas tat, würde er zuschlagen. Im Reflex erhob sie ihre Hand mit dem Glas und schüttete Nicholas den Inhalt ins Gesicht. Dabei erschrak sie über sich selbst, Panik flackerte in ihren Augen auf.
Nicholas schlug ihr das Glas aus der Hand, dass es auf dem Boden zu tausend Scherben zersprang. Dann blitzte er Julia gefährlich an und hob die Hand zu einer Ohrfeige, aber in letzter Sekunde besann er sich eines Besseren. »Du bist ein explosives Luder! Das wirst du nie wieder tun, hast du verstanden? Aber es freut mich, dass du dich heute genauso wenig unter Kontrolle hast wie früher. Ich habe dir nie gesagt, dass es genau das ist, was ich an dir am meisten liebe. Dein emotionelles Verhalten mir gegenüber. Ich wusste nie, woran ich bei dir war. Für mich war es jedes Mal ein Abenteuer, wenn ich mit dir zusammen war.« Nicholas trat an ihre Seite und legte

seine Hand auf ihre Schulter.

Julia blitzte ihn an und schüttelte seine Hand ab.

Das machte Nicholas noch wilder. Jetzt ergriff er brutal ihren Arm.

Julia wollte sich losreißen. »Lass mich los, du Schuft! Du bist ja betrunken, und eine Ohrfeige hättest du verdient! Es ist ein volles Jahr vergangen seit dem Tod deines Vaters, und wo warst du, als ich deinen Beistand, deinen Rat und dein Mitgefühl gebraucht hätte? Du hast dich nicht verändert, du tust heute mit mir, was du immer getan hast. Du kommst zu mir, mit einer unschuldigen Miene, und verstehst überhaupt nicht, warum ich böse bin. So war es, als du mich mit Roger allein gelassen hast, und so ist es heute noch. Außerdem hast du kein Recht auf Roger. Er ist mein Kind und der Sohn deines Vaters. Ich verbiete dir, Roger zu sehen. Du hast selbst einen Sprössling. Besuche ihn und seine Mutter, die ist vielleicht beglückt, dich zu sehen. Ich bin es nicht. Du bringst jedes Mal Unruhe in mein Leben. Lass mich zufrieden! Mir tust du keinen Gefallen, wenn du hier auftauchst. Vor vielen Jahren habe ich dich gebeten, du sollst aus meinem Leben verschwinden. Heute flehe ich dich an: Lass mich und meinen Sohn in Frieden! Wenn du da bist, bin ich ein anderer Mensch, aber das bin nicht ich, und so will ich nicht sein, ich will meinen inneren Frieden haben!«

»Herrgott noch mal«, schnaubte Nicholas. »Sei nicht so ein eingeschnappter Dickschädel. Du hast einmal zu mir gesagt, für unsere Liebe bist du zu allem bereit. Alles nur Phrasen und hohles Gerede?«

»Das ist lange her. Ich habe dir eine Chance gegeben, und du hast sie nicht genutzt.«

»Julia, ich bin nicht gekommen, weil ich wusste, dass du Zeit brauchst, um dich von meinem Vater zu befreien. Ich wollte,

dass du innerlich frei bist für mich.« Er hielt sie immer noch an der Hand, und auf einmal wirkte er sehr nüchtern. »Oder willst du mir sagen, dass du mich nicht mehr liebst?«
Mit ihren großen Augen sprühte sie ihm Gift ins Gesicht. »Nein, ich liebe dich nicht mehr. Es ist vorbei, ich habe genug gelitten. Nie mehr, Nicholas! Ich bitte dich aufrichtig, geh aus meinem Leben für immer.«
»Wie stellst du dir das vor?«
»Das ist ganz einfach. Wir werden uns nie wiedersehen.«
Seine Augen ruhten prüfend auf Julia, und plötzlich veränderte sich sein Gesichtsausdruck wieder.
Julia schrie: »Untersteh dich!«
Mit einem Lächeln um den Mund zog er Julia vollends zu sich heran und umarmte sie. »Du gehörst mir. Ich werde dich nie, verstehst du, nie freigeben, ich werde immer zwischen dir und einem anderen Mann stehen. Dann ist es doch besser, du nimmst mich.«
Julia wehrte sich mit der ganzen Kraft, die sie besaß, aber er hielt sie umklammert wie ein Stück Eisen. Es gab für sie kein Entrinnen. Er drängte seinen Mund auf den ihren. Er tat ihr weh, sie wollte nicht. Mit seiner Zunge öffnete er gewaltsam ihren Mund. Sie war fest entschlossen, dieses Mal nicht nachzugeben, doch dann verließen sie ihre Kräfte, sie gab den Widerstand auf, versuchte durch seine Augen in seine Seele zu schauen, und was sie da sah, befriedigte sie. Sie küssten sich leidenschaftlich. Unter seinen Berührungen wurde sie wie immer zu Wachs. Es war eine Umarmung zweier Menschen, die nicht wussten, wie lange es dieses Mal dauern würde.
Nicholas stöhnte: »Ich habe dich so vermisst! Du hast mir so gefehlt, mein bezaubernder Engel! Ohne dich hat das Leben für mich keinen Sinn. Ich bin nur ein halber Mensch ohne dich, ich brauche dich wie das tägliche Brot, wie die Luft zum

Atmen, ich liebe dich so!«

Julia traten Tränen in die Augen. Darauf hatte sie jahrelang gewartet. In diesem Augenblick fiel die ganze Last von ihr ab, die sie Jahre mit sich getragen hatte. Sie konnte lachen, die Sonne schien.

»Nicholas, ich liebe dich, ich liebe dich so sehr, halt mich fest und lass mich nie wieder los!«

Ein mit Strass besetzter Kamm ragte aus der Frisur von Julia hervor. Nicholas konnte sich nicht verkneifen, daran zu ziehen, so dass ihre ganze Haarpracht auf die Schulten fiel. Mit warmer Stimme sagte er: »Ich liebe es, wenn du deine Haare offen trägst. Habe ich dir schon einmal gesagt, wann ich mich in dich verliebt habe?«

»Nein.«

»Trotz meiner damals dreiunddreißig Jahre war Liebe ein leeres Wort für mich gewesen, bis ich dich dann im Vorzimmer unseres Freundes Michael Lampert sah. Es war für mich, als flöge das Tor meines Herzens auf, als breche das gefrorene Eis. Und ein Feuer wurde entzündet, das sich zu einer hellen Flamme entwickelte. Es kam aus mir eine unvorstellbare Leidenschaft, über die ich selbst erschrak. Das waren Gefühle, mit denen ich nicht zurechtkam, die in mein bisheriges Leben nicht passten. Ich habe versucht, sie zu unterdrücken. Darum auch mein idiotisches Verhalten in vielen Dingen. Kannst du das verstehen?«

Jede Faser ihres Körpers bebte. »Das ist das Schönste, was du mir jemals gesagt hast.«

So standen sie einige Minuten, bis Nicholas Julia etwas von sich wegschob und sie betrachtete. Dann kniete er vor Julia nieder, zog einen großen Brillantring aus seiner Jackentasche, nahm ihre rechte Hand und streifte ihr den Brillanten über den Ringfinger.

»Julia Catterick, geborene Hardcastle, darf ich Sie um Ihre Hand bitten?«

Das war für Julia zu viel, und sie fing an, wie ein Schlosshund zu weinen.

Nicholas nahm sie wieder in den Arm. »Weinst du jetzt aus Freude oder aus Leid? Soll es Ja oder Nein bedeuten? « Er küsste ihr ihre Tränen weg und strich ihr zart übers Haar. »Siehst du, was ich meine? Du bist die unberechenbarste Person, die ich kenne. Es gibt wohl keine Frau, die weinen würde, wenn man ihr einen Heiratsantrag macht.«

Verzweifelt lachte Julia hinaus. »Nicholas, ich kann doch nicht meinen Stiefsohn heiraten!«

»Willst du mir damit sagen, dass du meinen zweiten Heiratsantrag ablehnst? Wie viele Anträge möchtest du noch bekommen, bevor du mich akzeptierst?«

Verstört stand sie vor Nicholas. Sie wusste, dass das kein Spiel mehr war, er meinte es todernst. »Nicholas, verstehe doch, ich habe einen Sohn, nein zwei Söhne, was werden die Leute sagen?«

Er unterbrach sie, und seine Stimme nahm einen scharfen Ton an: »Nein, ich verstehe nicht. Das musst du mir nicht sagen, Roger ist von mir und Neil, nun, das ist ein anderes Thema, darüber müssen wir uns noch unterhalten, aber ich nehme doch an, dass er uns nicht im Weg stehen wird, oder?« Er wandte sich abrupt um, nahm seinen Hut und Stock. »Grüße mir meinen Sohn.«

Er drehte sich auf dem Absatz noch einmal zu Julia um. »Vergiss nie, ich liebe dich. Du hast drei Tage Zeit, um dich zu entscheiden.« Er zog die Tür zu und war weg.

Wie ein begossener Pudel stand Julia da und sah ihm unglücklich nach. Das darf doch nicht wahr sein! Was hatte sie ihm gesagt, sie wäre seine Stiefmutter? Hektisch fing sie an zu lachen. Sie wusste ja, wenn Nicholas in ihrer Nähe war, fiel die

Welt aus allen Fugen. In den letzten Monaten war sie mehr oder weniger ausgeglichen, ausgewogen und ruhig gewesen, sie hatte sich in die Arbeit gestürzt und ihr hatte nichts gefehlt. Sie hatte sich damit abgefunden, Nicholas nicht mehr so schnell zu sehen. Die ersten Monate war sie mit ihrer Trauer beschäftigt, aber dann gab es keinen Tag, an dem sie nicht an ihn gedacht hatte, aber er glänzte durch Abwesenheit. Was sollte sie nur über sein Verhalten denken? Wenn man jemanden so liebt, wie er sagte, warum dann ein Jahr? Das verstand sie nicht. Wahrscheinlich würde sie ihn nie verstehen, die Liebe zu ihm war zu kompliziert und anstrengend. Sie nahm das Glas, aus dem er getrunken hatte, füllte es mit Wein und trank es in einem Zug leer. Dann blickte sie unentschlossen ins Leere, drehte sich um, ließ sich in einen Sessel fallen und grübelte über Nicholas nach. Sie war in seinen Händen wie Wachs, daran hatte sich nichts geändert. Wenn er in ihrer Nähe war, setzte der Verstand aus. Das ließ sich nicht leicht mit ihrem Inneren vereinbaren. Mit George war es etwas anderes gewesen. Er war ihr ruhender Pol, bei ihm fand sie zu sich selbst, und trotzdem hatte sie ihn mit Nicholas betrogen. Noch heute schämte sie sich, dass sie so schwach geworden war. Gut, sagte sie zu sich selbst, ich werde mich entscheiden müssen, und es fiel ein wenig von der Spannung von ihr ab. Auf einmal verglich sie Christopher mit Nicholas. War sie denn total übergeschnappt? Jetzt, wo sie am Ziel ihrer Träume war? Ihr Wunschtraum sollte in Erfüllung gehen, und sie dachte an einen anderen und verglich ihn? Ihre Gefühle waren wie ein Puzzle, das zuerst zusammengefügt werden musste. Die Liebe zu Nicholas tat weh, war nicht gesund, war fatal für beide. Wie kann es sein, dass man den anderen absichtlich verletzen will, so wie es heute der Fall war? Kraftlos ließ sie ihre Schultern hängen, und sie spürte, wie eine Träne über ihre Wange in den

Mund lief.

Dem Personal ließ sie ausrichten, dass sie heute nicht mehr gestört werden wollte, nahm die Flasche und ging in ihr Schlafzimmer.

Am nächsten Morgen wachte sie mit einem dicken Kopf auf. Nicholas hatte einen schlechten Einfluss auf sie. Das letzte Mal, als sie sich sinnlos betrunken hatte, war in der besagten Nacht, an die sie sich nicht mehr erinnern konnte – die Nacht vor ihrer Hochzeit. Wäre sie nicht so betrunken gewesen, hätte sie George nie geheiratet, und jetzt, elf Jahre später, betrank sie sich wieder sinnlos. Hatte er drei Tage oder drei Monate gesagt? Nein, es waren drei Tage. Wie sollte sie sich entscheiden? Sie war verwirrt, verstört und ratlos. Sie sehnte sich nach ihm. Seit sie Nicholas wieder in den Armen gehalten hatte, war das längst vergessene Prickeln in ihrem Körper wieder erwacht. Er meinte es ernst, in drei Tagen würde er mit irgendeinem seiner Schiffe wegfahren und nicht so schnell wieder zurückkommen. Sie brauchte Zeit zum Nachdenken. Sie war ratlos und wusste nicht, wie sie sich entscheiden sollte. Die wahnsinnige Angst, die in ihrem Innersten tobte, die Angst vor der Zukunft, vor dieser Ehe, sie konnte es nicht noch einmal ertragen, das Kommen und Gehen, wie es ihm passte. Eine Ehe mit Nicholas konnte der Himmel auf Erden sein, oder aber die Hölle, und daran würde sie ganz sicher zugrunde gehen. Oder hatte er sich geändert? Konnte sie Roger so einen Vater zumuten? Er hatte sich all die Jahre nicht um Roger gekümmert, obwohl er doch wusste, dass es sein Sohn war. Er hatte ihm immer riesige Geschenke mitgebracht, aber so erkauft man sich nicht die Liebe eines Kindes und schon gar nicht die eines Jungen, der übersensibel ist. Und Neil, das war das andere Problem. Die beiden hassten sich. Julia legte beide Hände auf ihr Gesicht und bedeckte ihre Augen. Und wenn sie es richtig betrachtete, sie hatten ein ganz eigenartiges Verhältnis zueinander. Sie konnten nicht ohne ihn leben, aber sie glaubte, sie konnten auch nicht miteinander leben. Warum beließ er es nicht so wie es war? Oder er könnte sie vielleicht zwei-, dreimal in der Woche besuchen, dadurch konnte er Roger besser kennenlernen. Das Schönste war doch, sie konnten sich sehen, sich lieben, sich berühren. Die Frau in ihr begann zu zittern. Wenn sie nur an ihn dachte, empfand sie ein quälendes Verlangen, seine Hände in zärtlicher Liebkosung auf ihr zu spüren. Längst wusste sie, dass sie Nicholas körperlich verfallen war, aber das hinderte sie nicht daran, ihr Gehirn einzuschalten. Das musste sie ihm klarmachen, sie mussten zuerst ausprobieren, wie es ist, als Familie zu leben, bevor sie ihn heiraten würde. Aber warum eigentlich heiraten? So konnte er ihr nichts vorschreiben. Es war doch viel einfacher, ihn als Geliebten zu behalten, so würden sie ihrer gegenseitig sicher nie überdrüssig werden. Wenn sie genug von ihm hatte, konnte sie ihn für einige Zeit nach Hause schicken. Er war ein schwieriger Mensch, und sie konnte weiß Gott auch sehr launisch sein. Nach dem Tod von George hatten sie sich zu dritt sehr gut arrangiert. Sie waren zufrieden so und führten ein harmonisches Leben. Bald war Neil mit seinem Studium fertig, dann würde sie ihn in die Geschäfte einführen. Tagsüber war sie im Büro. Sie konnte sich nach den vielen Jahren nicht vorstellen, eine liebende Frau zu werden, die abends auf ihren schwer arbeitenden Ehemann wartet. Nicholas war in vielen Dingen altmodisch und nicht so tolerant und großzügig wie sein Vater. Wenn sie sich gegenüber ehrlich war, gefiel ihr das Leben, so wie sie es führte, wunderbar. Ein langer tiefer Seufzer entrang sich ihren Lippen. Systematisch hatte sie sich in die Geschäfte eingearbeitet. Es war manchmal sehr hart, aber sie hatte es geschafft. Sie hatte Einfluss, Macht,

Anerkennung, Stärke. Sie wusste, man sprach über sie hinter vorgehaltener Hand, aber auch ihre Gegner bewiesen ihr Respekt. Natürlich wünschte sie, dass sie abends nicht allein in einem kalten Bett liegen musste, wünschte sich jemanden, dem sie ihre Träume, Probleme, Wünsche erzählen konnte. Konnte sie das alles Nicholas sagen? Sie hatte das Gefühl, dass er sie nicht verstehen würde. Sie war nicht mehr die junge Frau von vor elf Jahren, die mit Nicholas die ganze Welt bereist hätte, nur um mit ihm zusammen zu sein. Nein, das würde er nicht verstehen. Wie konnte sie sich diplomatisch aus dieser Schlinge befreien, ohne ihn zu verletzen, ohne ihn zu verlieren. Sie liebte ihn, sie liebte ihn noch genau so wie am ersten Tag.

Nicholas wusste nicht, ob es richtig war, Julia ein Ultimatum zu stellen. Wie er sie kannte, würde sie sich nicht erpressen lassen. Aber er fand keinen anderen Ausweg. Er wusste, wenn sie jetzt nicht zustimmte, seine Frau zu werden, dann würde sie es nie mehr tun. Er kam von ihr nicht los. Es verband sie so viel, und genau das, was sie verband, stand ihnen im Weg. Er war verzweifelt. Er wusste genau, was in ihr vorging. Solange man allein ohne Familie und Kinder lebte, konnte man gewissermaßen die Gesellschaft ausschließen. Aber nicht, wenn man Rang und Namen hat, den man wegen ihres gemeinsamen Sohns nicht beschmutzen durfte. Roger musste es in irgendeiner Art büßen, aber das war ihm so egal, es kommt im Leben der Moment, in dem man nur an sich denkt. Sein Herz schien von einem bleiernen Gewicht erdrückt zu werden, und es schrie danach, von dieser Last befreit zu werden.
Nun wollte er endlich die Frau haben, auf die er so viele Jahre verzichten musste. Er war nicht mehr bereit, länger zu warten. Jede wache Minute beherrschte sie seine Gedanken. Julia hatte ihm den Kopf verdreht, als sie sich zum ersten Mal sahen, und

so war es geblieben. Jede Faser seines Körpers sehnte sich nach ihr. Er musste sie besitzen, mit Brief und Siegel. Nachdem er erfahren hatte, dass Christopher sich um Julia bemühte, trat sein Jagdinstinkt hervor und beherrschte seine Gefühle und seine Gedanken. Das machte ihn rasend, damit musste es ein Ende haben, sie musste endlich wissen, wohin sie gehörte.
Die unerfüllten Sehnsüchte seines Herzens machten ihn traurig und hoffnungslos. Drei Tage würde er ihr geben, keinen Tag mehr. Sein Schiff lag im Hafen und wartete auf ihn. Er gab ihr jetzt und auch sich selbst die letzte Chance. Er schwor sich, wenn sie nicht kam, würde er sie vergessen mit einer anderen Frau, die irgendwo auf der Welt auf ihn wartete.

Julia stand am Fenster ihres Büros und blickte auf den Hafen hinab. Von einem kleinen alten Schoner wurden Ballen mit Baumwolle abgeladen. Einige fielen ins Wasser. Das andere Schiff nahm die letzte Fracht an Bord, und weitere Kisten mit Handelsgütern wurden zügig und sicher aus dem Speicher zum Schiff getragen.
Julia schien auf diese Szene zu starren. Philip, der sie beobachtete, ahnte, dass sie nicht das Geringste sah. Es war ein kalter, feuchter Tag. Über der Straße lag jetzt schon Nebel, der vom Meer heraufzog. Bald würden sie die Hand vor den Augen nicht mehr sehen können. Mit schlaffer Hand deutete Julia auf das Schiff und fragte: »Gehört das Nicholas?«
Philip wählte seine Antwort mit Bedacht: »Das Schiff von Nicholas ist seit heute früh auf See.«
Eine Hand hatte sie um den Hals gelegt, und die andere umklammerte das Fensterbrett. Sie war sich der Anwesenheit Philips nicht länger bewusst, und plötzlich sackte sie bewusstlos zusammen. Ihr letzter Gedanke war: Ich habe das Liebste verloren.